Udo Weinbörner, 1959 in Plettenberg geboren, lebt heute in der Nähe von Bonn, wo er als Referent im Bundesministerium der Justiz arbeitet. Er hat bereits zahlreiche erfolgreiche Sachbücher veröffentlicht.

Von 1986 bis 1996 hat Udo Weinbörner die »Bonner literarische Zeitung« herausgegeben und Feuilletonbeiträge für »Die Welt« und den »Rheinischen Merkur« verfasst. Danach wurde er vor allem als Autor von Kurzhörspielen und Fachartikeln bekannt. »Schiller« ist sein erster historischer Roman.

Udo Weinbörner

Schiller

Udo Weinbörner

schiller

Der Roman

Langen Müller

Besuchen Sie uns im Internet unter
www.langen-mueller-verlag.de

Schutzumschlag: Wolfgang Heinzel
Umschlagbilder: akg-images, Berlin, Schiller-Nationalmuseum
und Deutsches Literaturarchiv Marbach am Neckar
Herstellung und Satz: VerlagsService Dr. Helmut Neuberger
& Karl Schaumann GmbH, Heimstetten
Gesetzt aus der 11,2/13,4 Punkt Adobe-Garamond
Druck und Binden: GGP Media GmbH, Pößneck
Printed in Germany
ISBN 3-7844-2989-0

Für Anne und Jan

Ich bin nicht tot,
tausche nur die Räume,
ich leb' in Euch
und gehe durch Eure Träume.

Michelangelo

Inhalt

Erstes Buch
Ludwigsburg im Jahr 1772

Der Not gehorchend,
nicht dem eignen Trieb.

(Schiller: Die Braut von Messina,
Eingangsszene)

Und setzet ihr nicht das Leben ein,
nie wird euch das Leben
gewonnen sein.

(Schiller: Wallenstein/Wallensteins
Lager, 11. Auftritt)

1

Der Sommer kam mit heißen Tagen. Das Korn stand schon hoch, weil die Äcker im Frühjahr reichlich Regen bekommen hatten. Fritz und sein Freund Elwert lungerten auf der Landstraße herum, und ihr Weg führte keineswegs direkt zur Schule, wo sie heute morgen beim strengen Dekan Zilling Religionsunterricht erwartete.

»Und wenn er schon weg ist?« Elwert war ungeduldig, mochte nicht zu spät kommen. Außerdem brannte die Sonne am frühen Morgen schon vom Himmel herab, sodass einem der Sinn danach stehen konnte, sich in das kühle Schulgebäude zu flüchten, und sei es um den Preis eines langweiligen Vormittags, bei dem ihre Aufmerksamkeit nur durch die Furcht vor drastischen Bestrafungen Zillings halbwegs aufrecht gehalten werden würde.

Fritz schüttelte den Kopf, kannte seinen Freund besser. »Der Hoven muss bald kommen! Der macht so etwas nicht. Oder meinst du, er konnte seine Sehnsucht nach unserem Dekan nicht bezähmen?« Diese Frage war so absurd, dass Fritz lachen musste. Doch Elwert schien mit anderen Dingen beschäftigt und reagierte überhaupt nicht. »So setzen wir uns doch wenigstens ein wenig«, schlug Elwert jetzt vor, der seltsam matt aussah. Aber auch diesem Vorschlag widersprach Fritz: »Ich sehe ihn besser, wenn ich stehe.«

Die Zeit verstrich und eine Bestrafung wegen der Verspätung war ihnen beiden jetzt sicher. Doch was wog eine Bestrafung gegen den Verlust des besten Freundes Hoven? Unentschlossen und langsam traten jetzt beide doch den Schulweg an. Die schnurgerade Straße flimmerte in der Sonnenglut. Immer wieder blieb Fritz stehen, reckte sich bis auf die Zehenspitzen und hielt kopfschüttelnd Ausschau. Sie waren allein unterwegs auf der Landstraße. Verlassen von der Welt, dachte

Fritz. Und die Einsamkeit ließ ihn seine Furcht vor der Prügel, die sie gleich erwarteten, noch deutlicher spüren. Elwert schien es inzwischen völlig die Sprache verschlagen zu haben. Fritz presste die trockenen Lippen fest aufeinander. Hoven würde heute nicht mehr kommen. Niemand kam. Mutlos und enttäuscht ließ sich Fritz jetzt doch in den Schatten neben dem am nächsten stehenden Baum niedergleiten. Mit hochgezogenen Knien lehnte er mit dem Rücken an dem kantigen Stamm. Elwert folgte seinem Beispiel. Es spielte jetzt keine Rolle mehr, ob sie eine Stunde früher oder später ankamen. Was schien überhaupt noch von Bedeutung? Fritz sah den Mücken zu, die in der Sonnenluft tanzten.

»Der Zilling wird eine ganz schöne Wut auf uns haben«, begann Elwert das Gespräch nach einer Weile. Fritz, der sich wegen seiner Angst und Enttäuschung Luft zu machen suchte, begann sofort seinen Freund zu beschimpfen: »Hast wohl Angst! Denkst immer nur an dich! Und wenn dem Hoven was geschehen ist? Wenn er gar überhaupt nicht mehr kommt? Du bist mir ein schöner Freund! Lamentierst wegen ein paar blauer Flecken und vergisst deine Freunde!«

Erschrocken über die eigene Heftigkeit beobachtete Fritz die Reaktion seines Schulkameraden, aber Elwert nahm den Wutausbruch wie einen erfrischenden Regenguss. Fritz verstand ihn plötzlich. Nichts war schlimmer, als stillzuschweigen und allein an seiner Angst zu kauen, die einem wie ein Kloß im Hals steckte. Er wünschte sich nur die Kraft, das Schicksal zu zwingen. »Natürlich ist mir der Hoven nicht gleichgültig! Warum, meinst du, sitze ich hier bei dir!«, protestierte Elwert und knuffte ihn in die Seite. Er kramte jetzt in seinem Ranzen, zog einen Kreuzerwecken hervor, teilte diesen und hielt Fritz eine Hälfte hin. »Da, nimm.« – »Keinen Appetit. Wie kannst du jetzt nur ans Essen denken!«, erboste sich Fritz. »Wenn Hoven hier hocken und auf uns warten würde, hätte er schon drei von der Sorte verdrückt, das kannst du mir glauben!«, grinste Elwert und biss mit bedächtiger Ruhe in seinen Wecken. Fritz nahm die andere Hälfte. Elwert hatte Recht.

Auch die letzten Krümel des Wecken waren bald vertilgt und die drückende Einsamkeit des Sommermorgens lastete ebenso schwer auf Fritz wie die Hitze. Wenn Hoven gar nicht mehr kam … Wenn alles zerfiel auf dieser Welt und keine Freundschaft mehr Bestand hatte?

Elwert stand auf, klopfte sich die Hose sauber und griff nach seinem Ranzen. Doch Fritz quälte die Gewissheit des Verlustes von Hoven. »Und wenn ihm was geschehen ist, Elwert? Wenn wir jetzt alle sterben müssen und es vielleicht nur noch nicht wissen? Eine schreckliche Krankheit, eine Seuche, ein Hinterhalt. Hingemäht wie das Vieh! Und mühen uns Jahr für Jahr nach Stuttgart des Landschulexamens wegen. Wofür quälen wir uns, wenn es keine Freundschaft mehr gibt und uns am Ende nur der Tod erwartet? Ein Held, Elwert, möchte ich sein! Ein Streiter für die Freundschaft. Doch wo ist die Hoffnung? Alles ist schal und trocken und kein Fleiß, keine Tugend lohnen wirklich.«

Elwert schritt voran und zog Fritz durch seine Entschlossenheit mit. »Trocken, mein Freund, ist bei der Hitze vornehmlich meine Kehle!« – »Die Welt zerfällt in Scherben und du machst Witze.« Voll hilflosem Zorn trat Fritz mit seinen Schnallenschuhen nach Steinen und beförderte diese in Elwerts Richtung, der sprang, um diesen auszuweichen. »Nun quäl dich nicht unnötig und lass den Quatsch.« Elwert nahm einen der Steine auf und warf ihn zurück. »Mal nicht die ganze Welt schwarz, weil dein Großvater gestorben ist. Der Mann war alt, und wir haben unser ganzes Leben noch vor uns. Der alte Mann ist jetzt im Himmel und hat's überstanden. Komm, proben wir unseren Heldenmut und strecken einstweilen dem Zilling unseren Hintern für eine zünftige Abreibung entgegen!«

Zwei Straßenzüge von der Schule entfernt stand die Stadtkirche von Ludwigsburg. Von weit her hörten sie schon die Orgelmusik. Fritz entdeckte die angelehnte Kirchentür.

»Hörst du die Orgel? Da probt bestimmt der Schubart. Es ist das Lutherlied ›Ein feste Burg‹. Hör doch, wie erhaben die Töne daherkommen, als könne sie nichts erschüttern.«

»Fritz, lass die Tür. Komm doch weiter!«

Doch die Musik war ihm wie ein Band, dem er folgen musste. All seine Enttäuschung und Trauer schwang mit in den dunklen Tönen der Orgel. Er betrat die Kirche, verharrte eine Weile im Eingangsbereich. Das Dröhnen der Orgel füllte die Leere in seinen Gefühlen und verdrängte die Probleme der Gegenwart. Fritz wagte keinen Schritt mehr weiter zu gehen. Fasziniert lauschte er. Auch wenn er nur wenig von Musik verstand, dies schien ihm große Kunst zu sein. Etwas, das nicht sonntags in der Kirche gespielt werden durfte. Wenngleich – dieser Musik konnte nichts Teuflisches anhaften.

Doch die Musik verstummte jäh mit einer schrillen Dissonanz, die unmissverständlich zum Ausdruck brachte, dass nicht nur Schubart, sondern gleichsam die Orgel selbst verstimmt war. »Wer in drei Gottes Namen lärmt da unten rum und hat kein Ohr für die Musik und keinen Verstand! Trete er hervor!« Schubarts Stimme donnerte gewaltig von oben herab und Fritz fühlte sich an die alttestamentarische Zwiesprache von Mose mit Gottvater erinnert. Fast im gleichen Moment sah er Elwert die Flucht ergreifen. Wenn er schon für ihn, vielleicht auch für Hoven, eine Tracht Prügel von Dekan Zilling riskierte, so wollte er wahrscheinlich seinen Mut nicht überstrapazieren. Fritz erwiderte Schubarts wütenden Blick von unten mit einem Achselzucken: »Ich bin's nicht gewesen. Sie hätten ewig so weiterspielen mögen und von mir wäre in Andacht kein Laut zu hören gewesen ...« – »Rotzlümmel, freche!«, fluchte Schubart, der die ihm erwiesene Ehrerbietung aus dem Mund eines fast vierzehnjährigen rot gelockten, bleichgesichtigen Knaben für einen Schabernack hielt und jetzt von der Empore hinunterstürmte.

Elwert kam nicht weit, denn er lief vor der Kirche geradewegs in die Arme des Dekans Zilling, der ihn bei einem Ohr zu fassen bekam und ihn in schmerzhaft verdrehter Haltung zurück in die Kirche zwang. Den erschrockenen Fritz begrüßte Zilling mit den Worten: »Da haben wir ja das Lumpenpack beisammen!«

Für einen Moment setzte Fritz alle Hoffnung auf Schubart. Ein Künstler mit so tiefen Empfindungen musste Verständnis haben und die Welt in eine gerechtere Bahn zwingen. Tatsächlich stießen Schubart und Zilling am Fuß der Holzstiege zur Empore fast zusammen. »Hat er sie angestiftet, der Musik zu lauschen, die so dröhnend über die Straße weht, dass mir ein geistvoller Unterricht schier unmöglich ist?« Wenn Zillings Zorn wallte, konnte niemand ihn besänftigen. »Was versteht der Herr Dekan denn von Musik? Sie sollten vielleicht mit mehr Feuer in Religionsdingen unterrichten und Ihre Schüler ließen sich nicht so leicht ablenken. Vielleicht ist auch die Musik der bessere Gottesdienst.« Schubart schmunzelte überlegen und seine gesamte Körperhaltung verriet, dass er nicht viel von dem Geistlichen hielt. Zilling schäumte vor Wut: »Das wird ein Nachspiel haben! Glaubt er, sich dem Müßiggang an der Orgel ungestraft hingeben zu dürfen und das Ganze noch als Kunst und Gottesdienst zu verbrämen, während sich unsereins müht, gute Menschen zu erziehen. Ich weiß sehr wohl einiges über ihn!« Dazu hob er drohend den Zeigefinger der linken Hand in die Höhe. »Er soll aufrührerische Verse verbreiten.« – »Ich kenne da wohl so manchen Vers, der Ihnen, Herr Dekan, nicht schmeckt, der Allgemeinheit aber munden würde! Eine Kostprobe?« Schubart lachte fast ausgelassen. »Wenn Zilling, Er, kein Flegel wär, dann spräch er nicht mit Er …« – »… endgültig genug von diesen Frechheiten!«, schrie Zilling dazwischen und trat ihm gefährlich nah. »Oho, der Herr Dekan will raufen. Zu dieser Respektlosigkeit ließe noch nicht einmal ich mich im Gotteshaus hinreißen!«, entgegnete Schubart.

Ohne es wirklich zu bemerken, hatte Zilling das Ohr seines Schülers Elwert losgelassen und dieser befand offenbar, wie Fritz kleinmütig feststellen musste, dass er für heute genügend Mut bewiesen hatte, und entwischte aus der noch immer offen stehenden Kirchentür. Gern wäre Fritz ihm gefolgt, aber er stand noch immer unbeweglich mitten im Kirchenschiff und hoffte noch immer auf ein Wunder, das von Schubart ausgehen könnte. Nur einen verzweifelten Augenblick lang schien der Dekan versucht, dem Organisten an den Kragen zu langen. Fritz schätzte wohl nicht zu Unrecht, dass Zilling nicht nur rhetorisch, sondern auch körperlich unterlegen wäre, wenn er tatsächlich zugelangt hätte. Und hätte Zilling seiner Wut nachgegeben, für Fritz und sein unentschuldigtes Fernbleiben vom Unterricht hätte sich wohl niemand mehr interessiert. Doch der Dekan maß die gedrungene, kräftige Statur Schubarts. Er hielt den Blick in Schubarts rundes, fleischiges Gesicht nicht aufrecht. Nur kurz erhob sich sein rechter Arm wie zum Schlag und Fritz hielt den Atem an. Dann aber brachte er nur ein gequältes Lachen hervor, und mit den Worten: »Ich lass mich doch nicht von ihm provozieren! Da kann ein jeder sehen, zu welchen Missetaten seine Unverschämtheiten verleiten können …« ging er entschlossenen Schrittes auf Fritz zu, griff mit unnachgiebiger Härte nach dessen Arm und zog den Schüler, der ihm widerwillig folgte, mit einem kräftigen Ruck hinter sich her.

Fritz bewunderte den Organisten und es war das Gefühl eines erneuten Verlustes, das ihn jetzt überwältigte. An seinem Schicksal nahm Schubart jedoch offenbar keinen Anteil, denn ohne ein weiteres Wort warf er hinter beiden die Kirchentür zu und verriegelte diese. Die Welt, die Fritz so viel bedeutete, verschloss sich hinter ihm und lieferte ihn der Ungerechtigkeit und den Quälereien eines machtbesessenen, tobsüchtigen und vielleicht auch sadistischen Geistlichen aus.

2

Elwert wartete auf der Landstraße auf Fritz und stützte seinen schwer humpelnden Freund auf dem Nachhauseweg. Fritz brachte aber außer einer kurzen Begrüßung kaum ein Wort über die Lippen. Er verbiss sich die Schmerzen und verlor mit heldenhafter Haltung kein Wort über die erlittene Schmach. Elwert, verlegen und schuldbewusst, plapperte das Blaue vom Himmel herunter. Fritz fühlte sich schließlich erleichtert, die letzten Meter zum elterlichen Haus allein gehen zu können. Ihm war sehr unwohl. Er zitterte am ganzen Körper.

In der Stube saß Frau von Hoven bei seiner Mutter und schwätzte bei Kaffee und Kuchen. Fritz nahm sich auch ein Stück und hockte sich vorsichtig auf die Türschwelle zur Küche. Von draußen hörte er Christophine, die mit den beiden kleinen Schwestern spielte. Fritz hoffte, aus dem Gespräch etwas über seinen Freund Hoven zu erfahren, und gab sich alle Mühe, trotz seines erbarmungswürdigen Zustandes, der Unterhaltung zu folgen.

»Ihr Vater, Frau Schiller, war ein aufrechter Mann. Weiß Gott, er wird vielen fehlen.«

Frau Dorothea Schiller trocknete sich daraufhin ein paar Tränen. Sie hatte sehr an diesem eigensinnigen und mürrischen alten Mann gehangen und viel mit ihm gelitten, als ihm Krankheiten und Altersgebrechen immer mehr zusetzten. Fritz liebte seine Mutter dafür, wenngleich er sich nur eine ungefähre Vorstellung davon machen konnte, wie viel Kraft es sie gekostet haben mochte, für ihre fünfköpfige Familie zu sorgen und sich gleichzeitig um den Großvater zu kümmern. »Ja, es ist schwer, die Eltern zu Grab zu tragen. Denn ehe man sichs versieht, rückt die Reihe an einen selbst. Und Sie, liebe Frau Schiller, haben ja noch Ihre große Familie.« Jetzt legte Frau von Hoven eine gewichtige Pause ein und ließ diese letzten Worte auf ihre Zuhörer wirken.

Fritz erschrak zutiefst. Es stimmte also doch! Friedrich von Hoven und seinem Bruder war etwas geschehen! Aber wie konnte dann diese Frau so teilnahmslos dasitzen, Kuchen löffeln und Kaffee schlürfen? Nein, das konnte, das durfte nicht sein!

»Aber, Frau von Hoven, Sie haben doch auch Ihre Jungs. Die machen schon ihren Weg und werden Ihnen Freude bereiten«, antwortete Dorothea Schiller. »Leer ist es und still im ganzen Haus, als sei ein Marder in einem Hühnerstall eingefallen. Und jetzt habe ich nur noch für meinen Hauptmann zu sorgen, der ohnehin den ganzen Tag aus dem Haus ist. Die Zeit schleicht den ganzen Tag lautlos vor sich hin und die Stunden zerren zäh an meinen Nerven. Auch wenn Sie, werte Freundin, Ihren Vater verloren haben, es ist noch junges Leben um Sie. Aber wer weiß, wie lang …« In der Stimme der Frau von Hoven schwang etwas Pathetisches mit, das Fritz hätte beruhigen können, dass alles nicht so schlimm sein konnte. Aber sein Erschrecken steigerte sich ein weiteres Mal. Der Friedrich tot, hingerafft von einer heimtückischen Krankheit! Keinen klaren Gedanken mochte Fritz mehr fassen. Zerschlagen wie er sich fühlte, fiel ihm der Teller zu Boden und er sprang auf.

»Sagen Sie, Frau von Hoven, was ist mit Ihren Söhnen? Sind sie tot? Das darf nicht sein!« Fritz schrie sein Erschrecken heraus.

»Nein, so beruhig dich doch, Fritz!« Dorothea Schiller versuchte, ihn in die Arme zu schließen, aber Fritz wich ihr aus und humpelte entschlossen auf Frau von Hoven zu, warf sich vor ihr auf die Knie und hing mit beiden Händen an ihrem Rock. Ihm war es dabei völlig gleichgültig, welchen Eindruck dies auf die ebenfalls erschreckte Mutter seines Freundes machen würde. Zu tief war sein Schmerz. »Was hat er nur!«, rief Frau von Hoven aus. »Natürlich leben beide Jungen noch. Fritz, komm zu dir!« – »Wo sind sie? Ich will es wissen!«, beharrte Fritz jetzt, der die von Frau von Hoven künstlich erzeugte Unsicherheit nicht mehr länger ertragen konnte.

»Des Herrn Herzogs Order ging an alle Offiziere, die Söhne haben. Jetzt hat er beide allergnädigst auf der Solitude behalten … So nimm doch bitte deine Hände von meinem Rock und steh auf!« Verlegen strich Frau von Hoven ihre Rockfalten zurecht, während Dorothea Schiller die Kuchenreste vom Boden aufsammelte und das Geschirr in die Küche brachte. »So ist es also wahr, dass der Herzog die Jungen in seine militärische Pflanzschule zwingt«, sagte Dorothea Schiller.

Fritz verstand überhaupt nichts, stand aber jetzt gehorsam auf und nahm am Tisch gegenüber von Frau von Hoven Platz. Sein Freund und dessen Bruder lebten noch – das war das Wichtigste für den Moment! Ihm wurde schwindelig, aber er hielt sich tapfer.

»Mein Friedrich hat es nicht gewollt! Ganz sicher wollte er nicht fort!«, protestierte Fritz. »Er lässt dich auch schön grüßen.« Frau von Hoven lächelte ihn nachsichtig an. »Es ist eine Ehre für ihn.« – »Er hat das nicht gewollt! Und er nimmt es nicht als Ehre! Warum lügen Sie? Lügen ist klein und hässlich.« Fritz mochte sich nicht mehr beruhigen. »Mein Gott, Dorothea, was ist nur mit Ihrem Kind los?« – »Fritz, so komm doch zu dir. Dem Friedrich und seinem Bruder geht es gut«, versuchte jetzt auch Dorothea Schiller auf ihn einzuwirken, aber was wusste sie schon von dem Verlust, der ihn traf? »Lassen Sie ihn nur, er meint es ja nicht so. Und Recht hat er irgendwie auch«, sagte Frau von Hoven mit weinerlichem Ton. »Immer hab ich es dem Hoven gesagt, aber ein Offizier nimmt es nicht so arg, solang es ihn nicht höchstselbst betrifft. Dabei habe ich mich immer so gefürchtet. Warten Sie nur, liebste Freundin, das trifft auch Sie.« Und dabei schaute sie Fritz direkt ins Gesicht, dass ihm angst wurde.

»Mein Mann hat mir noch nichts davon erzählt«, antwortete Dorothea Schiller aufgeregt. »Davon hätte er gesprochen.« – »Unser Herzog verschont keinen – auch Ihren Fritz nicht, meine liebe Freundin. Wer sollte es ihm verbieten? Wir haben noch gemeint, ein Kind herzugeben muss reichen. Unseren Ältesten haben wir versucht zu verbergen. Aber der Herzog hat meinen Mann angefahren: Warum glaubt er, mir seinen zweiten Sohn verheimlichen zu können? Der muss auch her! Und spute er sich! Gemein gelacht hat er dabei. Und mir zerreißt es das Herz in der Brust.« Theatralisch griff sie sich an die Brust, dort wo Rüschen und Spitzen des Brusttuches sie bedeckten, um sogleich Kaffee und Kuchen zu loben.

Fritz spürte den Boden unter sich schwanken. Seine schlimmsten Befürchtungen wurden Wahrheit: Er verlor seinen besten Freund.

Auch wenn er nichts von der drallen Frau von Hoven mit ihrem Hang zu Klatschgeschichten hielt, ihre Kinder waren ihr entführt. Daran ließ sich nichts rütteln – und er selbst schien der Nächste zu sein, dem dieses Schicksal unabwendbar drohte.

»Nach dem Landschulexamen studiert unser Fritz Theologie. Das ist so ausgemacht. Was sollte der Herzog dagegen haben?« Dorothea Schiller suchte nach Argumenten, ihre innere Ruhe wiederzufinden. Fritz sah es seiner Mutter an, dass sie zwar vernünftig sprach, aber keineswegs beruhigt schien. Rücken und Gesäß brannten ihm immer noch wie Feuer, doch sein Stolz verbat es ihm, über die von Dekan Zilling empfangene Prügel zu berichten und sich seine Wunden behandeln zu lassen. Schon gar nicht kam so etwas in Frage in Gegenwart der klatschsüchtigen Frau von Hoven!

»Es hatte auch was Gutes. Der August hat so bitterlich geweint, als er seinen Ranzen packen musste, dass wir ihn nicht aus dem Haus bekommen hätten, wenn nicht der Friedrich mitgegangen wäre. Jetzt ist wenigstens mein Kleinster nicht allein«, erzählte Frau von Hoven weiter. Dorothea Schiller schwieg betroffen. Fritz fragte gequält: »Und macht er keine Ausnahme, der Herr Herzog?«

Ohne Fritz weiter zu beachten, redete Frau von Hoven weiter auf ihre Freundin ein. »Seine Neue, die Frau Baronin, soll er in Bayreuth kurzerhand in die Karosse gehoben haben und schon in derselben Nacht mit ihr abgestiegen sein. Gebetet werden sie nicht die ganze Nacht haben. Und jetzt wohnt sie bei ihm auf dem Schloss …«

Gespräche dieser Art wurden im Schiller'schen Haushalt üblicherweise nicht über den Herzog geführt. Und wenn sich Fritz auch noch so elend fühlte, wollte er doch jetzt nichts versäumen. Vor seinen Augen verschwamm aber die Umgebung langsam und das Gesicht der Frau von Hoven geriet zur Fratze, zum Inbegriff seiner Ängste.

»Man hört, die Gräfin wird sich scheiden lassen von ihrem Mann, wo sie doch evangelisch ist.«

Frau von Hoven schüttelte ungläubig vor so viel Naivität ihrer Freundin den Kopf. »Das macht die Sache doch nicht besser, wo er katholisch verheiratet bleibt. Außerdem glaube ich das mit der Scheidung nicht einmal. Diese Herrschaften brauchen nicht den Segen der Kirche, um sich hinzugeben. Das war schon immer so. Schon seinen seligen Vater kümmerte die Religion wenig. Ist er doch katholisch geworden beim Anblick des kaiserlichen Reiterregiments. Die leben wie die Wilden. Dem Schmied seine Margarete – noch keine achtzehn – hat jetzt auch schon ein Kind von ihm.« Frau von Hoven hob vor Erregung den Zeigefinger drohend in die Luft. »Sie wird bald niederkommen.« – »Dabei hätte er die Macht. Er könnte so viel Gutes tun«, seufzte Dorothea Schiller.

In diesem Moment stürmten Louise und Maria Charlotte, die beiden jüngsten Schillerkinder lärmend in die Stube und Frau Schiller rief nach Christophine. »Geh, bring die Kleinen wieder nach draußen. Was hier besprochen wird, schickt sich nicht für Kinderohren.« Verlegen strich sich Dorothea Schiller, der es wohl am liebsten gewesen wäre, wenn auch Fritz mit nach draußen gegangen wäre, eine Haarsträhne aus der Stirn. Gespräche über unverfängliche Themen lägen ihr mehr, dachte Fritz, der dem Phinele noch kurz zulächelte, bevor sie mit den Kindern wieder nach draußen lief. Aber Frau von Hoven war eindeutig keine Frau für den Austausch von Kochrezepten, und Fritz wunderte sich zum wiederholten Mal, dass sie zu den Freundinnen seiner Mutter gehörte. Schon kehrte sie, nur kurz unterbrochen durch die Anwesenheit der Mädchen, zu ihrem Thema zurück.

»Glauben Sie nicht, der Herzog wird eine Ausnahme machen, nur um Württemberg einen neuen evangelischen Kuttenspringer zu schenken. Ein schneidiger Offizier oder ein verschlagener Jurist sind ihm da allemal lieber. Und wie man hört, soll Fritz in diesem Schuljahr große Fortschritte gemacht haben …« – »Lassen Sie doch meinen Jungen in Ruhe. Wer weiß, wie sich alles fügen wird. Schauen Sie nur, er ist schon ganz blass. Sie ängstigen ihn mit Ihren Reden, liebste Freundin. Fritz, komm, trink etwas.« Dorothea Schiller stellte ihm eine Tasse Wasser auf den Tisch. Fritz spürte die Besorgnis seiner Mutter, registrierte den Seitenblick von Frau von Hoven und hörte wie aus großer Ferne noch: »Die Franziska von Leutrum soll übrigens gar nicht so hübsch sein. Da hat der Herzog schon besseren Geschmack bewiesen. Aber sie wird schon ihre Qualitäten haben …«, dann schwand ihm das Bewusstsein und er spürte noch einen stechenden Schmerz, als er seitlich vom Stuhl kippte und auf den Boden schlug.

Nasse Tücher kühlten seinen Rücken und sein entblößtes Hinterteil. Die Haut darunter pochte heiß. Seine Mutter saß am Bettrand und wischte ihm mit einem nassen Tuch immer wieder über Nacken und Stirn. Fritz fieberte ein wenig, aber er fühlte sich jetzt besser. Er genoss die Fürsorge, die ihm zuteil wurde. Gleichzeitig machte er sich, kaum dass er wieder zu Bewusstsein gekommen war, Gedanken darüber, wie er seinem Vater die Verletzungen erklären könnte, ohne noch dessen Zorn zu reizen. Aber zunächst küsste ihn seine Mutter auf die Stirn und flüsterte ihm Worte des Trostes ins Ohr. Langsam schärften sich seine Sinne wieder.

Da hörte er Männerstimmen aus der Stube und schon nach kurzem Lauschen erkannte er die Stimme seines Vaters und die des Präzeptors Honhold von seiner Schule. Zu seiner größten Verwunderung schalt sein Vater die von Dekan Zilling vorgenommene Züchtigung als nicht hinnehmbare Härte und Präzeptor Honhold entschuldigte sich wortreich für den Dekan, den er ermahnt habe, nicht fahrlässig mit der Gesundheit der ihm anvertrauten Schüler umzugehen. Gehorsamst erkundigte sich der Präzeptor Honhold nach dem Befinden des Jungen. Daraufhin trat Kaspar Schiller an das Bett seines Sohnes, sah, dass dieser das Bewusstsein wieder erlangt hatte, und ordnete an, er möge sich sein Nachthemd überwerfen und in der Stube erscheinen. Dorothea Schiller, die offenbar mit der Entscheidung ihres Mannes nicht einverstanden war, half ihrem Sohn beim Aufstehen und Ankleiden. Etwas unsicher fühlte sich Fritz auf den Beinen und angstvoll trat er seinem Vater und dem Präzeptor unter die Augen. Letzterer gab ihm freundlich lächelnd die Hand und schien offenbar erleichtert, Fritz bereits wieder auf dem Weg der Besserung zu finden.

»Jetzt berichte er mir, warum dort blaue Flecken und blutige Striemen auf seinem Hinterteil blühen. Stell er sich grade hin und beginne er zu erzählen!« Der militärisch gestrenge Tonfall in Kaspar Schillers Stimme ließ keine Ausflüchte zu. Auch auf die Beschwichtigungen des Herrn Präzeptors ging der Vater nicht weiter ein. Gesenkten Hauptes, rastlos mit den Händen den Hemdzipfel drehend, gab Fritz schüchtern zur Antwort: »Ich habe den Unterricht bei Herrn Dekan Zilling versäumt und Herrn Schubart beim Orgelspiel zugehört. Dies hat den Herrn Dekan Zilling sehr wütend gemacht. Insbesondere weil er sich mit dem Herrn Schubart aufs Heftigste gestritten hat.« – »So, der Schubart … Und dann hat er brav Hinterteil und Kreuz hingehalten, damit der Herr Dekan seine Wut auf Schubart an ihm abreagieren kann!«

Fritz schaute vorsichtig seinen Vater an, in dessen Stimmlage sich jetzt jedoch so etwas wie Mitgefühl anzudeuten schien.

»Und nichts gesagt hat er seiner Mutter von dem Vorfall und den Schmerzen, als er nach Hause kam?« – »Ich habe nichts erzählt, denn ich habe mir gedacht, der Herr Dekan meint es nur gut …« Der Präzeptor Honhold wandte sich ab, um seinen Gesichtsausdruck zu verbergen. Aber Kaspar Schiller rief: »Ist er toll geworden oder ist er ein Duckmäuser, der Angst hat, sich zu seinen Taten zu bekennen? Das nächste Mal gibt er Bescheid, wenn er sich nicht wohl fühlt, damit seine Wunden versorgt werden können. Hat er mich verstanden? Geh er jetzt schlafen.«

Fritz blickte dankbar zu seinem Vater auf, dessen Stimme sogar mild klang. Rasch trugen ihn seine nackten Füße über den kalten Boden zurück zu den Salben und kalten Umschlägen. Für heute war er in der Familie tatsächlich so etwas wie ein Held und selbst die kleinen Geschwister verkniffen sich jeden Laut und schlichen andächtig umher. Gegen Abend stellte ihm seine ältere Schwester, das Phinele, selbst gepflückte Wiesenblumen ans Fenster. Auch wenn Fritz fand, dass Blumen für einen männlichen Helden nicht das richtige Mittel der Gunstbezeugung und Verehrung waren, rührte ihn die Geste schon sehr.

Fritz lag an diesem Abend noch lange wach. Er hatte zwar kein Fieber mehr, aber sein Herz schlug noch unregelmäßig. Sein Kopf arbeitete rastlos an unsinnigen Gedanken, von denen er keinen zu Ende führte. Im Zimmer nebenan hörte er die Stimmen seiner Eltern. Seine bisherige Kinderwelt, in der Phinele und er sich eingerichtet hatten, schien zerbrochen. Nur eine Frage der Zeit blieb es offenbar, bis der Herzog ihn auch von zu Hause wegbefahl. Und immer wieder musste er an Schubarts Orgelspiel denken, an dessen furchtloses Auftreten. Was Fritz brauchte, war eine Mitte, etwas, das er völlig überzeugt als die Wahrheit in seinem Leben akzeptieren konnte – so wie der Schubart seine Kunst. Fritz fühlte sich zerrissen von widerstreitenden Gefühlen und Gedanken und suchte die Nähe seiner Eltern. Er stand auf, kauerte in der Nähe der Tür und horchte den vertrauten Stimmen.

»Die Welt da draußen ist größer, wahrhaft groß, Dorothea, außerhalb unserer kleinen missgünstigen Welt hier in Ludwigsburg und im Ländle. Und vor allem ist sie gerechter, als es uns der Herzog glauben lassen mag, wenn er uns den Lohn schuldig bleibt und wir darben und unser Augenmerk nur aufs tägliche Leben richten müssen. Dies macht die Nasenspitze zum Horizont! Der Klopstock dagegen ist ein Poet! Einer, der weit schaut ins Land – über Grenzen hinweg. Und Schubart hat es als Erster begriffen! Das sage ich! Ein großer, ein deutscher Poet – mitten in dieser halbherzigen Kleinstaaterei, die uns klein und in Ketten hält!« – »Sprich leiser, Kaspar. Du weckst sonst noch die Kinder auf«, bat Dorothea.

»Es ist schwer, seine Zunge im Zaum zu halten, wenn das Herz überquillt. Und das mir altem Haudegen! Es waren noch viele da, ein richtiges Ereignis.« Kaspar Schiller ging offenbar in der Kammer umher, denn Fritz hörte die Dielen knarren. Aber Fritz verließ seinen Horchposten nicht. Klopstock? Fritz erinnerte sich, den Namen schon einmal im Zusammenhang mit Schubart von Vater gehört zu haben. Wie das klang! Ein Poet … Konnte dies sein eigener Weg sein? Konnten die Worte, wohl gesetzt in Klang und Vers und Reim die Welt weiten, Stütze sein und Halt auf der Suche nach der Wahrheit und Freiheit?

»Fritz, komm ins Bett. Wenn der Vater dich dort erwischt, wie du lauschst …«, bat Phineles Stimme leise flüsternd aus der Dunkelheit. »Sei still!«, zischte Fritz seiner Schwester zu. »Ich erzähle dir nachher alles. Ich kann ohnehin nicht schlafen.« Sein Herz schlug so heftig, dass ihm schwindlig wurde. Sein Ohr klebte förmlich an der Tür. Für einen Moment erschrak Fritz, als sein Vater direkt vor der Kammertür stehen blieb, und er suchte schon fieberhaft nach einer passenden Ausrede. Aber er spürte nicht wirklich Angst, entdeckt zu werden, und blieb hocken. Deutlich erklang Vaters Stimme, als er aus einem Gedicht vorlas:

»Ihr habt der Menschheit heilige Wunde
Tief herunter entweiht. Sie hätten Engel mit Jauchzen
Und mit weinendem Dank von der Könige König empfangen.
Oh, ihr standet erhoben; um eure Throne versammelt
Stand das Menschengeschlecht. Weit war der Schauplatz, der Lohn groß,

Menschlich und edel zu sein. Die Himmel sahn euch. Es wandten
Alle Himmel ihr Angesicht weg, wenn sie sahen, was ihr tatet;
Wenn sie sahen den mordenden Krieg, des Menschengeschlechtes
Brandmal alle Jahrhunderte durch, der untersten Hölle
Lautestes, schrecklichstes Hohngelächter, den ewigen Schlummer
Eurer Augen, das neben euch drückte der kriechende Liebling,
Keine Tugend belohnt und keine Träne getrocknet! …«

Bedeutungsvoll verstummte die Stimme seines Vaters und Fritz spürte, wie diese Worte, so erhaben über die Finsternis, ihn beschäftigten und nicht losließen.

»Mit laut tönender Stimme, dass es von den Decken widerhallte, hat uns der Schubart das vorgetragen und gefordert, dass die Menschheit das Joch der Unterdrückung abschütteln müsse, damit ein jeder genug habe und in Frieden leben könne. Diese Poesie, Dorothea, ist zu etwas nutze! Eine deutsche Dichtung für eine neue Zeit!« Kaspar Schiller konnte sich nicht beruhigen und sprach trotz der erneuten Ermahnung seiner Frau mit unverminderter Lautstärke weiter. Als er schließlich noch berichtete, wie sie gepackt vom Feuer des Vortrages alle Klopstocks Buch bestellt hätten, empörte sich Dorothea Schiller: »Und das Geld reicht nicht für das tägliche Brot! Jetzt, wo der Fritz bald mit dem Studium beginnt, müssen wir doch alles zusammenhalten. Wenn du wenigstens etwas Geistliches gekauft hättest, das er vielleicht hätte gebrauchen können …« – »Dorothea, du verstehst das nicht. Man meint, man müsste fliegen, wenn man es nur könnte.« Kaspar Schillers Stimme wurde rau. »Natürlich hast du auch Recht. Und den wackeren Schubart wird es die Stellung kosten. Der Dekan Zilling hockte auch da, jener, der ihm nicht grün ist. Ein so freies Wort weiß die Obrigkeit nirgendwo zu schätzen. Und Feinde hat der Schubart mit seiner frechen Art wahrlich genug. Aber Mut hat er und öffnet uns die Augen. Dem Schubart gebührt Anerkennung, Dorothea.« – »Dieser Mensch mit seinen Weibergeschichten predigt seine eigene Art von Freiheit. Er soll sich lieber um seine beiden Kinder und seine Frau kümmern.« Dorothea Schiller blieb nüchtern und Fritz in seinem Versteck bedauerte, dass sie die Glut der Verse, das Unerhörte der Worte nicht verstehen, nicht einmal empfinden konnte. Gern hätte er seiner

Mutter zugerufen, dass er auf alle Studien der Welt verzichten wolle, wenn ihm solche Poesie verschlossen bliebe.

Die Hand von Kaspar Schiller legte sich auf die Türklinke. Fritz sprang auf und floh ins Bett. Ihm gelang es nicht mehr, sich zuzudecken, da kroch schon der Lichtschein durch den offenen Türspalt. Fritz presste die Augen fest zu und stellte sich schlafend. In seinem Kopf klangen die Verse nach: »Keine Tugend belohnt und keine Träne getrocknet.«

Der Vater trat an sein Bett und zog ihm die Decke über die Schultern. Nebenan weinte die kleine Maria Charlotte, die am Zahnen war. Fritz hörte, dass seine Mutter sie aufnahm und ihr beruhigend zuredete. Dann sagte sie zu ihrem Mann, der noch in der offenen Tür stand: »Diese Poesie ist nicht für unsereinen. Sie macht nicht satt.« – »Ja, ja. Sie macht unruhig und unzufrieden. Doch wie kann man in Frieden leben, wenn der Herzog seine Schulden gegen mich nicht begleicht, wo wir das Geld so nötig haben? Da hat er fünfzig mit lebensgroßen vergoldeten Götter- und Fabelwesen geschmückte Prachtschlitten für den Winter in Auftrag geben lassen, von denen jeder zehn Mal so viel kostet, wie ich in einem halben Jahr verdiene. Aber ein Offizier wie ich hat das Maul zu halten und zu parieren …«

Die Tür fiel ins Schloss und nebenan erlosch das Licht. An den gleichmäßigen Atemzügen erkannte Fritz, dass seine Schwester bereits eingeschlafen war. Wohin sollte er sich in solch einem Leben wenden? Noch lange lag er wach und spürte das Blut pochen in seinen Wunden auf dem Rücken.

Am nächsten Morgen saß Fritz am Tisch inmitten der Stube und malte lateinische Verben auf die vor ihm liegende Schiefertafel. Aus der Küche quoll der süßliche Dunst, der von den eingekochten Früchten herrührte, die Christophine und Mutter in den letzten Tagen gepflückt hatten.

Beide nahmen jetzt den schweren Topf von der Feuerstelle und Dorothea Schiller rührte zähflüssigen Honig unter die Früchte. Fritz schaute ihr bei den Verrichtungen zu. Er bemerkte die gebückte Haltung seiner Mutter, wie sie sich vor Sorgen und Müdigkeit kaum auf den Beinen halten konnte. Was waren seine Sorgen schon gegen die Not, täglich für die Familie sorgen zu müssen? Nein, er würde hart gegen sich selbst sein, arbeiten, sich fortbilden und es ihr so entlohnen! »Mit geht der Honig aus«, sagte Dorothea zu ihrer Tochter. »Ich fürchte, ich muss noch zum Imker, und dies jetzt, wo es uns ohnehin am Nötigsten mangelt.« – »Lass nur, Mutter!«, rief Fritz eilig, sprang auf und lief zur Haustür. »Mir kann er nichts abschlagen. Ich laufe schon!« – »Warte«, rief sie ihm zu, kam hinter ihm her, fasste ihn bei der Schulter, strich ihm die widerspenstigen roten Locken aus dem Gesicht und musterte ihn versonnen. Fritz wurde verlegen und versuchte, sich vorsichtig abzuwenden. Aber noch bevor er selbst die Haustür öffnen konnte, flog ihm diese entgegen und er stieß mit Elwert zusammen. »Komm mit zur Schule! Der Präzeptor Honhold hält heute eine Ansprache. Sie haben den Schubart davongejagt.« – »Unseren Schubart?« Fritz stürmte ins Zimmer, griff sich seine wenigen Schulsachen und eilte dem Freund hinkend hinterher.

Keinen Gedanken mehr an seine Mutter, die sich um seine Gesundheit sorgte und ihm noch hinterherrief. Keinen Gedanken mehr an die noch immer schmerzenden Wunden, die jetzt höllisch brannten, als er zu schwitzen begann. »*Lautestes schrecklichstes Hohngelächter … Keine Tugend belohnt und keine Träne getrocknet!*« Alles würde er dransetzen, etwas aus sich zu machen! Und wenn es das Leben kosten würde! Fritz wollte fortan keine Grenzen mehr akzeptieren, außer denen, die er sich selbst setzte. Wenn du es nicht schaffst, sagte er zu sich selbst, bleibe hart, bleibe hungrig, durstig nach Erfolg und Leben! Elwert lachte ausgelassen, lief voran und war froh, seinen Freund wieder auf den Beinen zu sehen.

3

Jetzt plagte ihn die Gicht schon im Spätsommer. Hauptmann Kaspar Schiller zog schwerfällig das rechte Bein nach. Im vorderen Schlosshof verschnaufte er und sah sich um. Er kam nicht gern hierher. Die hohen Fenster in immer gleichem Abstand blickten gleichgültig aus dem hellen Geviert der Mauern auf ihn herunter. Die Fräcke und reich bestickten Uniformen wichen ihm aus, als er langsam die prunkvolle Treppe emporstieg. Die Fußgarde an der Tür des Warteraums ließ den

Hauptmann Schiller passieren. Kalt und düster wirkten die großen Innenräume auf Kaspar Schiller, obwohl das Sonnenlicht fast ungehindert durch die Fenstersprossen fiel. Eine angstvolle Ahnung beschlich ihn und ließ ihn einen Moment zaudern.

Durch die letzte hohe Flügeltür schritt mit schwarzem Mäntelchen und weißem Beffchen Dekan Zilling auf ihn zu. Scheu grüßte Kaspar Schiller und verbeugte sich. Über die kleinen, heimtückischen Schweinsaugen des Dekans senkten sich die Augenlider zum Dank ein wenig. Dann schritt der Dekan vorbei, stolz und frech.

Denunzianten und Lügner leben wohl in diesem Staat, dachte Kaspar Schiller verbittert und wünschte sich, es wäre Schubart gewesen, der dort durch die Tür gekommen wäre. Er ballte die Faust hinter dem Rücken: Im nächsten Leben sehen wir uns wieder, Herr Zilling! Wie mochte es um den Glauben des Dekans bestellt sein, wenn er davon überzeugt war, zu seinem eigenen Vorteil ungestraft andere ins Unglück stürzen zu dürfen …

Vor dieser letzten Tür zum herzoglichen Kabinett warteten gut ein Dutzend weitere Personen auf eine Audienz. Eine Stuttgarter Gemeindeabordnung stand dicht gedrängt beisammen und sprach sich Mut zu. Kaspar Schiller wusste, dass es ihnen darum ging, dass der Herzog seine Residenz wieder von Ludwigsburg nach Stuttgart verlegen sollte. Man wollte nicht vergebens zwölf Millionen Gulden Schulden für den Landesherrn übernommen haben. Doch so bekannt jedermann das Anliegen dieser wohl gekleideten Herren war, die größtenteils die wohlhabene Stuttgarter Bürgerschaft vertraten, so offensichtlich trat schon in der Situation hier vor der Tür zum herzoglichen Arbeitszimmer ihre Machtlosigkeit zu Tage. Der Herzog wird leichtes Spiel haben, die Sache in seinem Sinn zu entscheiden, dachte Kaspar Schiller. Und er wird ihnen neue Rechnungen aufmachen, seine Lustbarkeiten zu finanzieren. Ein paar Bürgermeister vom Land in ihrer schlichten schwarzen Sonntagskleidung mit Silberknöpfen und in ihren klobigen Schuhen drückten sich ängstlich in der Nähe der hohen Fenster herum und blickten verächtlich auf die in ihren Augen eitlen Städter. Sie würden den Herzog bitten, ihre Klee- und Haferfelder zu verschonen und nicht sein Wild für die Seefeste und Mondjagden auf ihre Kosten zu mästen. Natürlich würde auch dieses Anliegen den Herzog nicht in seinen alltäglichen Geschäften weiter belasten, schätzte Kaspar Schiller, aber er würde sie vielleicht freundlich und verständnisvoll empfangen, da er sie für seine Landpartien als Treiber und Bediente noch gebrauchen könnte. Außerdem schien nie ausgeschlossen, dass der eine oder andere über eine hübsche Landestochter verfügte, die ihm bei Gelegenheit die Ehre erweisen könnte.

»Hilf dir selbst, so hilft dir Gott«, seufzte Kaspar Schiller. Nie wäre er auf den Gedanken gekommen, ohne ausdrücklichen Befehl hier vor dem Herzog wegen irgendetwas vorstellig zu werden. Dies hier gehörte ganz entschieden nicht in seine Welt. Mit Fleiß, Sparsamkeit und tiefem Gottvertrauen richtete er sein Leben – Dinge, die bei Hofe gar nichts oder nur wenig zählten.

Zu seiner Überraschung wurde er als Erster hereingerufen und er spürte, wie ihm die Blicke aller Wartenden, Beladenen und Ängstlichen folgten. Mit gesenktem Kopf schritt er in die Mitte des großen Kabinettraumes. Die von Gicht geplagten Knochen schmerzten sehr bei der tiefen Verbeugung, die er absichtlich etwas verlängerte. Dann stand er unbeweglich in strammer militärischer Haltung, den Blick starr auf den Wandbehang hinter dem mit Blattgold verzierten Schreibtisch des Herzogs gerichtet.

Herzog Carl Eugen erhob sich und ging mit leicht federndem Schritt über das verschiedenfarbige Holzparkett des Zimmers. Die Hände auf dem Rücken verschränkt, schien er über etwas nachzudenken.

Kaspar Schiller kämpfte gegen die Unsicherheit, gegen die Angst, die seinen Pulsschlag beschleunigte. Schweiß trat ihm auf die Stirn. Er erinnerte sich an die Stunden und Minuten vor den großen Schlachten, an denen er als Soldat in württembergischen Diensten teilgenommen hatte. An diese atemlose Stille vor der ersten Gewehrsalve, dem ersten Kanonendonner. Nur die Leere nicht Besitz ergreifen lassen in diesen letzten Momenten, den Geist wach halten und schärfen! Die Wehrhaftigkeit und der Überlebenswille standen in diesen Augenblicken auf der ernstesten Probe. Es gab kein Ausweichen, kein Zurück. Er, Kaspar Schiller, gereift zum erfahrenen Soldaten, geübt im Überleben, aus den untersten Rängen sogar zum Hauptmann befördert, hatte seine Lebenslektion gelernt. Er straffte seine Haltung, den Hut fest unter den linken Arm geklemmt, und wich dem Blick des Herzogs nicht aus, als dieser unvermittelt nah vor ihm stehen blieb. Gleich würde er fallen, dieser erste Schuss in diesem ungleichen Kampf … Das Augenduell dauerte nur einige Sekunden, dann wandte sich Carl Eugen ab und sprach: »Beruhige er sich. Hat wohl gedacht, ich hätte ihn vergessen? Dabei kenne ich ihn wohl. Außerdem hat er gute Freunde, die auf ihn aufmerksam machen – wohnt doch die Frau von Hoven im gleichen Haus? Mein Kammerdiener ist bekannt mit dieser Familie. Wie ich höre, soll sein Sohn Fortschritte gemacht haben bei seiner Bildung – auch Empfehlungen des Dekans Zilling im Griechischen und seines Lehrers Jahn im Lateinischen liegen mir vor. Ein wenig ungestüm noch, der Herr Sohn, wie?« Carl Eugen legte das Papier, das er vom Schreibtisch aufgenommen hatte, wieder zur Seite.

Kaspar Schiller war es mehr als unangenehm, dass sich jetzt der Herzog erneut unmittelbar vor ihm aufbaute und seinen direkten Blickkontakt suchte. Aber er schwieg, ließ sich nicht zu einer unbedachten Äußerung herausfordern.

»Ist er nicht gebeten worden, seinen Sohn zur herzoglichen Schule anzumelden, damit aus ihm ein rechter Württemberger werde? Er hat sich noch nicht hier eingefunden für die Erledigung der Formalitäten. Er ist anscheinend so bedeutend, dass ich selbst mich bemühen muss.« Herzog Carl Eugen lachte kurz auf und ging erneut im Zimmer auf und ab. »Eure Herzogliche Durchlaucht mögen entschuldigen, aber …« – »Ich weiß, ich weiß«, mit einer Armbewegung, als würde er ein Orchester dirigieren, schnitt ihm Carl Eugen einfach das Wort ab, »jetzt kommt die alte Leier von seiner Gicht, die ihn plagt. Ist er ein Kerl oder ein Waschweib? Was meint er, warum ich ihn die Uniform eines Hauptmanns tragen lasse! Nicht damit er sich müßig ins Bett lege, seine Zipperlein zu pflegen und den Interessen seines Landesherren zu trotzen! Er soll nicht so schauen und sich beruhigen!«

Kaspar Schiller spürte, wie seine Lippen bebten. Waren es nicht die Jahre im Feld unter freiem Himmel, die Entbehrungen als Soldat und seine nie gebrochene Loyalität gewesen, die ihm diese Gicht eingebracht hatten? Er hatte sich geschunden für seinen Sold, dem ihm dieser aufgeblasene Hagestolz jetzt schon wieder für Monate schuldig geblieben war! Immer schwerer fiel es ihm zu schweigen zu diesen ungerechten Vorwürfen und Unterstellungen. Es biss fest die Zähne aufeinander – dies hier war ein Kampf anderer Art, und Kaspar Schiller wusste, dass es nur noch darum gehen konnte, seine Niederlage in Grenzen zu halten. »Er weiß nichts kontra zu sagen? Nein? Er schweigt. Nun gut, dann gib er mir seinen Sohn für meine Schule, damit ich aus ihm was Gescheites machen kann!« Der fordernde Unterton des Herzogs ließ keinen Zweifel an seiner Entschlossenheit mehr zu. Dennoch wollte Kaspar Schiller seinen einzigen Sohn nicht kampflos hergeben. »Ich und meine Frau werden Eurer Herzoglichen Durchlaucht auf ewig dankbar sein, wenn unser Sohn der Neigung zum geistlichen Beruf folgen darf. Es ist auch Herrn Dekan Zilling nicht verborgen geblieben, mit welchem Eifer und Erfolg sich unser Sohn um eine geistige und sittliche Reife bemüht und seine Kenntnis in den Schriften der Bibel vervollständigt hat. Mit Eurer gnädigsten Herzoglichen Erlaubnis müsste er für die Fortführung seiner Studien nach Tübingen.« Kaspar Schiller wunderte sich über die Festigkeit seiner Stimme, und fast war ihm so, als könne er sich selbst zuschauen in dieser Situation und höre jemanden Dritten sprechen. Er stand auf unsicherem Grund und durfte es bei allem Widerstand gegen das herzogliche Begehren nicht riskieren, seine eigene Existenz und die seiner Familie zu gefährden.

»Hauptmann Schiller, hat er nicht sein ganzes Leben treu seinem Land gedient? Es ist ihm wohl nicht schlecht bekommen. Er ist wer und nützlich für das Gemeinwesen und seinen Herzog!« Herzog Carl Eugen stand vor ihm und wippte auf den Zehenspitzen. »Die Religion hat noch kein Land reich und seine Bürger satt gemacht. Ich sage ihm: Es sind schon genug Kuttenspringer im Land, die sich im Wortverdrehen üben! Ich brauche Staatsdiener, Beamte! Sein Sohn könnte dem Land nützlich sein wie er selbst. Warum ziert er sich? Sein Sohn lernt etwas, bekommt eine Zukunft und wird in herzoglichen Gnaden auch noch durchgefüttert!« Eine Weile schwieg der Herzog und schaute Kaspar Schiller prüfend ins Gesicht. Dann senkte er seine Stimme, die damit einen bedrohlichen Unterton annahm: »Was hat er, Hauptmann Schiller, jetzt vorzubringen, sich meinem Wunsch zu widersetzen? Er soll es jetzt sagen, sofort! Oder er soll schweigen und sich fügen!«

Gewehrsalven und Pulverdampf verzogen sich und Kaspar Schiller sah sich im Geiste allein und verlassen auf dem Schlachtfeld im Angesicht einer heranstürmenden, gut bewehrten Übermacht. Nicht zu schnell aufgeben, dachte er, in tiefer Sorge um das Wohlergehen seines einzigen Sohnes. Fritz war schon als Kind immer ein wenig schwächlich und kränklich gewesen. Alle Kinderkrankheiten hatte er aufs Schwerste durchlitten. Oft war er in Fieberkrämpfe gefallen, sodass sein Leben an einem seidenen Faden gehangen hatte. Kaspar Schiller konnte sich sehr wohl vorstellen, was der militärische Drill und die Härte, die den Offizieren zu Eigen war, die die herzogliche Schule beaufsichtigten, bei seinem Sohn anrichten könnten. Er kannte sehr wohl alle Schattenseiten des Soldatenlebens von herzoglichen Gnaden. Die Gicht in seinen Knochen und der von Narben gezeichnete Körper erinnerten ihn täglich an den Preis, den ein solches Leben auch von den Härtesten forderte. Alles hatte er daher dafür getan, um Fritz ein anderes, besseres Leben zu ermöglichen. Nicht vergebens wollte sich Kaspar Schiller den privaten Lateinunterricht für seinen Sohn beim Pfarrer Moser in Lorch vom Mund abgespart haben, in einer Zeit zudem, in der ihm der Herzog an die zweitausend Gulden Lohn schuldig geblieben war und sie nicht wussten, wovon sie die Kinder ernähren sollten. Er, Kaspar Schiller, war diesem Land und seinem Herzog wahrlich nichts schuldig geblieben! Sein Sohn hatte sich die Freiheit zu studieren verdient.

»Er schweigt trotzig! Sieht er denn nicht ein, dass ich das Beste für seinen Sohn will?« Carl Eugen trat erneut in sichtlicher Erregung einen Rundgang durch das Zimmer an, die Hände auf dem Rücken verschränkt, die Finger in nervöser Bewegung. Seine Sache stand schlecht, das wusste Kaspar Schiller sehr wohl, aber noch immer schlug das Kämpferherz. Einen Haken schlagen vor der Übermacht, eine Flucht andeuten, um dennoch mit gezogenem Degen sich wehrhaft zu stellen … »Die Gnade Eurer Herzoglichen Durchlaucht steht mir nur allzu deutlich vor Augen und ich werde ebenso wie meine Frau zeitlebens mich in Dankbarkeit daran erinnern. Derart um das Fortkommen und die Bildung der eigenen Landeskinder bemüht zu sein, zeugt von wahrhafter Größe und Herzensbildung, die niemandem verborgen bleiben darf. Und dass der Wunsch der Herzoglichen Durchlaucht an meine Familie gerichtet wird, macht uns wirklich glücklich. Aber man unterrichtet an der Pflanzschule doch nicht geistliche Wissenschaften, und ich kenne Neigung und Begabung meines Sohnes sehr wohl. Ich weiß nicht, ob er bei seiner zarten Natur sich der robusteren Wirklichkeit eines anderen Berufsstandes, von dem ich sehr wohl eine Vorstellung zu haben glaube, eignen wird. Das ist es, was einer Entscheidung im Wege steht, und der Schmerz, der mit dem Verzicht auf den Berufswunsch einhergeht.«

Übellaunig griff der Herzog nach dem Weinglas auf seinem Schreibtisch, leerte es in einem Zug, um es anschließend in einer Ecke des Kabinetts zu zerschmettern. Das Klirren des Glases klang in des Hauptmanns Ohren wie das Aufeinandertreffen von Degenklingen. Unwillkürlich trat Kaspar Schiller einen Schritt zurück, nahm aber sofort wieder Haltung an. Der Herzog verfiel jetzt in einen Kasernenhofton: »Was meint er, warum ich so lange mit ihm spreche? Er ist Soldat und hätte doch einfach zu parieren! Sein Sohn soll groß gewachsen sein und er, Hauptmann Schiller, sei daher nicht so zimperlich. Ich werde für seinen Sohn sorgen – auch dann noch, wenn er den Schulhosen entwachsen ist. Wähl er sich ein anderes, ein nützliches Fach. Jurisprudenz meinetwegen – sie ernährt auch ihren Mann.« Herzog Carl Eugen nahm eine Schriftrolle von seinem Schreibtisch und händigte sie Kaspar Schiller aus. »Also? Ich habe einen Eleven auf der Pflanzschule mehr! Faktum! Les er das, unterschreibe er und seine Frau und reiche es ein in meiner Kanzlei. Nach Weihnachten erwarte ich seinen Sohn. Bei meiner sonstigen Ungnade. Wegtreten!« Der Herzog trat ans Fenster und drehte ihm den Rücken zu. Das Blut schoss Kaspar Schiller zu Kopf und seine Hände zitterten. Deutlicher als sonst quälte ihn die Gicht in seinem Bein. Ungelenk und schwerfällig fiel seine Gunstbezeugung aus, die der Herzog nicht wahrzunehmen schien.

»Ich danke Eurer Herzoglichen Gnaden für sein Interesse und die Ehre.« Er entfernte sich mit rückwärts gewandten Schritten und fand vor Aufregung nicht sofort zur Tür. Warum nur musste die Hoven mit ihrer Klatschsüchtigkeit und Missgunst auch seinen Sohn ins Unglück stürzen? Er verabscheute dieses Weibsbild zutiefst und er würde Dorothea die nächste Zeit den Umgang mit ihr untersagen. Aber jetzt war es zu spät. Es war geschehen. Fritz würde nie mehr nach Tübingen können, um dort zu studieren; die Klauen der Staatsräson hatten jetzt auch ihn in den Griff genommen. Mit gesenktem Kopf und hängenden

Schultern eilte Kaspar Schiller durch den Empfangsraum, ohne noch einen Gruß oder Blick für die dort Wartenden übrig zu haben. Diese schauten besorgt hinterher, fürchteten sie angesichts des offenkundigen Misserfolges dieses Offiziers um das Gelingen ihrer eigenen Angelegenheiten.

Wolken zogen auf und schickten einen feinen, dichten Landregen über die Schlossanlagen. Kaspar Schiller, niedergeschlagen und verzweifelt, schaute nicht mehr zu den hohen Fenstern empor, die den Innenhof umschlossen. Es interessierte ihn auch nicht, ob der Herzog oben noch immer am Fenster stand und ihm hinterherblickte. Ganz sicher war er seinem Land ein guter Diener und daran würde sich auch nichts ändern. Das Parieren war ihm als Soldat zur zweiten Natur geworden, mochten seine Feierabendgedanken auch noch so rebellieren und eigene Wege gehen. Aber wie sollte er seinem Sohn erklären, dass er als Vater vor dem Herzog versagt hatte? Gradewegs lief Hauptmann Schiller in eine Gruppe von Soldaten und Offizieren, die auf dem Weg in eines der Gebäude waren. Er rempelte sogar zwei von ihnen an, murmelte eine nicht verständliche Entschuldigung und ging, ohne militärischen Gruß, begleitet von den Protestrufen einfach weiter. Nur dem Eingreifen eines älteren Offiziers verdankte er es, dass es nicht zu Handgreiflichkeiten kam. Dieser fasste die Angerempelten am Arm und hielt sie mit den Worten zurück: »Lasst ihn. Das ist der Schiller. Der kommt gerade vom Herzog …« Unwillkürlich blickte die Gruppe nach oben. Sie sahen tatsächlich ihren Carl Eugen am Fenster stehen und zu ihnen hinunterschauen. Rasch zerstreute sich die Gruppe.

Unter einem der Torbogen verweilte Kaspar Schiller, zog die Schriftrolle hervor und überflog den verlogenen und schicksalhaften Text.

Nachdem es Seiner regierenden Herzoglichen Durchlaucht zu Württemberg gnädigst gefällig gewesen, unseren Sohn

Johann Christoph Friedrich Schiller

in die Herzogliche Militär-Akademie zu unserer untertänigsten Danksagung in Gnaden aufzunehmen, (…) versprechen wir, dass obenbenannter unser Sohn dieser Einrichtung so wohl als allen übrigen Gesetzen und Anordnungen des Instituts auf das Genaueste nachzuleben geflissen sein wird …

Kaspar Schiller las den Text erneut, Wort für Wort. Tränen traten ihm, dem hartgesottenen Offizier, in die Augen und er weinte hemmungslos. Alle angestaute Anspannung, Wut und Enttäuschung ließen sich nicht länger zurückhalten. Passanten und Wachtposten blickten ihm in sein tränenüberströmtes Gesicht. Aber niemand wagte, sich ihm zu nähern. Erst in der Nähe des Opernhauses nahm Kaspar Schiller schließlich wahr, dass er durch die Schlossanlagen ging. Er blieb stehen, versuchte sich zu beruhigen und betrachtete den Prunkbau mit all den Zierraten und Verkleidungen. Inzwischen hatte es auch aufgehört zu regnen. Ihm fiel ein, dass es des Herzogs Anordnung gewesen war, dieses Prachtgebäude aus Holz zu errichten. Ein Holz, so dachte Kaspar Schiller mit innerer Befriedigung, das sich dem durchlauchtigsten Befehl bald widersetzen und im morastigen Grund verfaulen musste. Tatsächlich beruhigte er sich ein wenig und wischte sich mit dem steifen Stoff seiner Uniformjacke über das Gesicht. Er nahm seinen Weg auf der schnurgeraden Straße wieder auf, und als er vor Wittleders Bude stand, in der man Amt und Würde alljährlich kaufen musste, wollte man ihrer nicht verlustig gehen, stand sein Entschluss fest.

Wenn die Zeit gekommen sein würde, würde er Fritz den Entschluss des Herzogs mitteilen. Knapp und ohne unnötige Gefühle werde er ihm erklären, dass seine künftige Laufbahn die eines Beamten in Württemberger Diensten sein würde. Und wenn es ihm als Vater auch das Herz brach, er würde von Fritz Gehorsam fordern, ihn schließlich auf seinem letzten Weg in seiner Kindheit hin zur Militärischen Pflanzschule begleiten und hoffen, dass er stark genug sei, dort seinen eigenen Weg zu finden. Die Erkenntnis der eigenen Hilflosigkeit ergriff ihn und er wusste, dass es seinem Sohn genauso ergehen würde. Kaspar Schiller zog sich den Uniformrock grade, rückte sich den Degen zurecht und richtete den Blick nach vorn. Fritz würde das erste Mal die Einsamkeit des Lebenskampfes spüren, der er schon seit Kindesbeinen, als sein eigener Vater früh gestorben war, ausgesetzt gewesen war. Er würde erwachsen werden. Ganz sicher würde es ihn stärken. Darauf jedenfalls richtete Kaspar Schiller jetzt seine ganze Hoffnung.

4

Noch einmal flehte Fritz ohne Hoffnung: »Habt doch Mitleid mit mir! Gebt mich nicht weg! Ihr wollt doch nicht mein Unglück. Ich habe es geahnt, seit der Hoven weg ist. Aber warum muss ich den gleichen Weg gehen? Jeder Mensch hat doch etwas in sich, das sich nicht befehlen lässt! Gilt das Wort des Herzogs so viel mehr als meine Not?«

Kaspar Schiller stand marschbereit in der Tür und sah wortlos und unsicher zu Boden. Während der vergangenen Weihnachtsfeiertage hatte Fritz versucht, das Unvermeidliche zu vergessen. Besondere Aufmerksamkeit war ihm von seinen Eltern zuteil geworden, die er an seine Geschwister weitergab. Jetzt quälte ihn der Abschied umso härter.

Frierend stand Fritz in der Finsternis vor seiner Mutter und den Geschwistern. Ein schwaches Kerzenlicht erleuchtete den Raum. Das Phinele fiel ihm schluchzend um den Hals: »Ach, könnte ich nur für dich gehen! Ich halte zu dir und denke immer an dich!« Seine Mutter saß kraftlos auf einem Stuhl in der Stube und reichte ihm einen Becher mit warmer Milch, den Fritz aber ignorierte, stattdessen fiel er auf die Knie und legte seinen Kopf in ihren Schoß. Ihre Hände strichen sanft über seinen Nacken. Dorothea Schiller flüsterte Worte des Trostes, wie immer, wenn er schwer krank daniedergelegen hatte. Fritz sah ihre Tränen, wie sie ungehindert über ihre Wangen liefen. Es hatte keinen Zweck, das Leid des Abschieds zu verlängern. Er wollte seine Familie nicht mit der eigenen Verzweiflung quälen. Er trank die Milch, dann drückte er seine beiden kleinen Schwestern an die Brust, die verschüchtert in ihren weißen Nachthemden in der finsteren Ecke der Stube standen und ihn mit großen Augen anschauten.

Seinen Ranzen hatte Fritz bereits gestern gepackt, und Dorothea Schiller legte ihm noch ein Brot dazu. Er schulterte seine wenigen Habseligkeiten und trat vor seinen Vater. »Hat er an alles gedacht?«, fragte Kaspar Schiller und maß seinen Sohn mit prüfendem Blick. Fritz nickte nur kurz und blieb die Antwort schuldig, weil ihm die Stimme versagte.

Draußen empfing Fritz die beißende Kälte des Winters. In der Nacht hatten Schneestürme eingesetzt, die jetzt im fahlen Morgenlicht noch nichts von ihrer Heftigkeit eingebüßt hatten. Eisiger Wind zerrte an dem kahlen Geäst der Alleebäume und raubte Fritz ein ums andere Mal den Atem. Schwer schleppte er an seinem Ranzen und stemmte seinen schmalen Körper den Widrigkeiten dieses Tages entgegen. Die unterdrückten Tränen saßen ihm noch in der Kehle. Fast empfand er es als Erleichterung, dass der eisige Wind sie jetzt aus den Augenwinkeln trieb. Vor ihm stapfte Kaspar Schiller, der ihm so ein wenig Schutz vor dem Wind bot und mit seinen Fußstapfen den Tritt erleichterte. Fritz musterte die breite, verschneite Gestalt seines Vaters, der sich Schritt um Schritt leicht nach vorn gebeugt nicht vom Weg abbringen ließ und auch nicht innehielt. Er stellte sich vor, dass der Vater stehen blieb und ihn einfach in seine Arme schließen würde, aber er war sich zugleich sicher, dass dies so nicht geschehen konnte. Der Ruf einer hungrigen Krähe klagte von weit her über das Feld, wurde aber bald vom Nebel und der niedersinkenden Wolkenmasse erstickt. Die weißen Parkanlagen lagen wie eine leblose Ebene vor ihnen.

Fritz behielt die Schultern seines Vaters im Blick und schritt dem Unvermeidlichen entgegen. In dieser verzweifelten Situation wurde ihm bewusst, wie alt und hilflos der Vater gewesen sein musste, als er die Forderung des Herzogs entgegengenommen hatte, wie schwer ihm selbst dieser Gang sein musste und wie mühselig er an der inneren Unaufrichtigkeit seines geduckten Lebens trug. Er würde nicht stehen bleiben und sich nach ihm umdrehen – er konnte Fritz nicht ins Gesicht sehen und hatte doch keine Schuld daran. Auch sein Vater war klein und ihn drückte die Last des Lebens schwer, dachte Fritz mitleidsvoll. Irgendwie machte ihm diese Erkenntnis seinen eigenen Weg leichter. Fritz blies die warme Atemluft in die frostblauen Finger seiner Fäuste. Der Weg, der jetzt durch den Schlosspark führte, schien ihm nicht enden zu wollen. Endlich hob sich auf dem Hügel das Rokokoschloss mit seiner umlaufenden Galerie aus der Nebel- und Schneewand hervor. Hoch wölbte sich die beschneite Kuppel des Mittelbaus. Aus den Kaminen stieg Rauch. Kaspar Schiller verlangsamte seinen Schritt, ließ Fritz näher herankommen. Dann deutete er, ohne sich umzudrehen, auf die mächtig geschwungene Doppeltreppe vor dem Schloss und sagte: »Dies wird dein neues Heim sein, mein Sohn …« Fritz schien es so, als habe er noch etwas Tröstendes anfügen wollen, aber sein Vater schwieg nach kurzem Zögern und stapfte weiter durch den Schnee.

Erst, als sie fast die Treppe erreicht hatten, drehte sich Kaspar Schiller zu seinem Sohn um, fasste ihn bei den Schultern und sah ihm mit großem Ernst in die Augen. »Gib er mir sein Wort, dass er den Befehlen Folge leisten und fleißig lernen wird. Denk er daran, was ich ihm eingeschärft habe. Dies hier ist keine Dorfschule mehr und es herrscht militärische Ordnung! Unterschätze er dies nie! Er weiß, dass die Familie von der Gunst des Herzogs lebt. Bedenke er dies stets!« Als sich seines Vaters Blick für einen Moment in der Weite verlor, bemerkte Fritz, dass er angstvoll auf den Hohenasperg schaute. Dort befand sich die Festung mit dem Gefängnisturm. Fritz fror erbärmlich, dass ihm die Zähne hart aufeinander schlugen.

Stundenlang führte sie ihr Weg über die langen Flure des Schlosses von Kanzlei zu Kanzlei. Hier waren Papiere auszufertigen, dort untersuchte man ihn auf seine körperliche und geistige Eignung und schließlich beriet man über die vom Landschulexamen und der Schule bescheinigten Leistungen. Noch nie hatte Fritz das Schlossgebäude betreten, und er staunte über den zur Schau gestellten Reichtum, bemerkte aber zugleich auch, dass sein Vater seinen sicheren Ton verlor und sich in devoter Höflichkeit übte. Als ob es nicht genug gewesen wäre, dass er hier in Sklavendienste eintrat, wurde offenbar noch erwartet, dass man sich duckte und buckelte! Ein Anstaltsmedikus diagnostizierte Untergewicht bei dem groß gewachsenen Jungen, eine Augenentzündung und leichte Erfrierungen an den Füßen. Ansonsten wurde Fritz für tauglich befunden.

Man wies ihm seinen zukünftigen Klassenraum und sein Arbeitspult zu. Fritz verstaute seine Bücher. Der Dreizehnjährige wurde entsprechend der Ordnung der Anstalt in eine blaue Uniform gesteckt, vervollständigt durch weiße Weste und Hose, durch Degen und Stulpenstiefel, durch einen Zweispitz mit Silbertressen und Federbusch sowie durch einen Zopf und den auf jeder Seite mit Gips verkleisterten Schleifenlocken. Hauptmann von Seeger händigte ihm die umfangreichen Regeln der Militärischen Pflanzschule aus und befahl ihm, diese binnen zwei Tagen zu lernen. Man würde ihn abfragen und nach zwei Tagen kein Pardon bei Verstößen geben.

Ein Bett mit Namensschild wurde Fritz zugewiesen und im Schlafsaal das rasche Abschiednehmen befohlen. Vor den gaffenden Eleven, die nach ihrem morgendlichen Exerzieren jetzt ihre Betten machten, reichte ihm sein Vater die Hand zum Kuss. Fritz spürte, dass es jetzt endgültig kein Zurück mehr geben konnte, dass seine Kindheitstage hinter ihm lagen. Unsicherheit, Angst und Verzweiflung übermannten ihn und er wurde dennoch ein letztes Mal zum Kind. Tränen strömten ihm über die Wangen und ein Schluchzen von tief unten aus seinem schmächtigen Körper schüttelte ihn. Seine blassen Lippen suchten die Hand des Vaters und er verweilte in dieser Haltung, wollte den Moment hinauszögern. Es kümmerte ihn nicht, was seine künftigen Mitschüler denken mochten. In seiner Verzweiflung waren ihm diese nicht existent.

»Ich muss jetzt gehen, Fritz. Es ist ja kein Abschied auf immer, auch wenn ihn seine Geschwister und seine Mutter hier nicht besuchen dürfen. Aber das weiß er ja.« Selten hatte die Stimme seines Vaters so mild geklungen. »Es hat mich sehr gefreut, was sein Lateinlehrer Jahn und der Präzeptor Honhold über ihn geschrieben haben. Er ist doch ein braver Junge, der auch hier seinen Weg und uns Ehre machen wird.« Noch immer erhob sich Fritz nicht aus der gebückten Haltung. Noch immer ließ er nicht ab von der Hand seines Vaters. Ungebrochen strömten die Tränen. »Achte er mir auf seine Füße. Mit Erfrierungen ist nicht zu spaßen. Das schmerzt sehr, wenn man diese Dinge nicht ernst nimmt.« Fritz hörte seinen Vater seufzen. Mit einer Hand griff er ihm unters Kinn und hob das Gesicht des Jungen empor. Tiefernst und traurig sah er dem Jungen in die Augen. »Adieu, mein Sohn. Gott beschütze ihn!« Und dann fuhr er ihm mit der Hand sanft wie nie über den Hinterkopf. Diese Geste erinnerte Fritz an seine Mutter und er verlor den letzten Rest von Haltung. Er warf sich weinend an die Brust seines Vaters, der ihn mit beiden Armen umfing und verlegen und gerührt zugleich nach dem Aufseher schaute, der im Flur wartete.

Ein paar Eleven lachten und rissen Witze über das Muttersöhnchen. Dies machte Kaspar Schiller zornig und in einem barschen Tonfall, der dem eines Offiziers würdig war, wies er die Grünschnäbel zurecht: »Gleichgültig ist wohl nur der, meine Herren, der nie ein Elternhaus gehabt hat. Sie sind doch wohl gebildete Personen oder jedenfalls solche, die auf dem besten Weg sind, es zu werden. Da sollten Sie wissen, was Schmerz heißt und Abschied nehmen, und sich nicht so kindisch aufführen! Ich darf wohl annehmen, dass Sie meinem Sohn gute Kameraden sein werden, die ihm sein Elternhaus ersetzen und seinen Verlust, den er heute erleidet, erträglich machen werden? Ich bitte Sie darum, meine Herren!« Doch eingeschüchtert reagierten die Eleven keineswegs. Ein stämmiger Kerl mit breitem Mund rief vergnügt: »Haben Sie keine Sorge, Herr Hauptmann, beim Landesvater selbst sind wir wie im Paradies. Milch und Honig strömen uns in den Rachen. Und gebratene Tauben pflücken wir uns alltäglich von den Bäumen ...« – »Unser Vater sorgt gar väterlich für uns, so als hätte er uns alle gezeugt!«, wusste ein anderer zu ergänzen und erntete dafür Gelächter und tosenden Beifall, vor allem von jenen zahlreichen Eleven, die tatsächlich in Verdacht standen, uneheliche Kinder von Carl Eugen zu sein.

»Dannecker, Scharffenstein! Sie spekulieren wohl auf Arrest!«, ertönte die frostige Stimme des Aufsehers von der Tür her.

»Man wird doch wohl anmerken dürfen, wie gut es uns hier geht und dass der hochwohlgeborene Herzog gütig und edel mit uns verfährt, Herr Leutnant Nies?« Diese spitzfindige Frage Danneckers ließ der Aufseher unbeantwortet. Er trat stattdessen neben Kaspar Schiller und bemerkte knapp: »Es ist Zeit.« Kaspar Schiller schob seinen Sohn von sich, gab ihm noch einen kräftigen Händedruck, in dem alles lag, was noch zu sagen gewesen wäre. Dann fiel die Tür des Schlafgemachs hinter dem Vater und dem Aufseher Nies ins Schloss. Die Trennung vollzog sich jetzt auch körperlich und in ihrer grausamen Endgültigkeit. Fritz kämpfte damit, die Tränen zurückzuhalten. Schwer hob und senkte sich sein schmächtiger Brustkorb. Es schien ihm fast übernatürliche Kräfte zu erfordern, den Schmerz und die Trauer zu unterdrücken. Doch da fühlte er sich am Oberarm gepackt und als er den Blick hob, stand ein Eleve mit männlichem Gesicht und kräftigem Körper vor ihm und sagte freundlich in gebrochenem Deutsch: »Du brauchst keine Angst zu haben. Wir halten hier zusammen. Ich heiße übrigens Scharffenstein, vom französischen Württemberg, aus Mömpelgard. Der mit der dicken Lippe da hinten ist der Dannecker. Wir sind eine prima Truppe, wirst schon sehen!« Fritz wollte etwas erwidern, doch schon fuhr wieder der Leutnant Nies dazwischen, verteilte Ohrfeigen und trieb die Jungen zur Arbeit.

Noch bevor der neue Eleve Fritz Schiller weiteren düsteren Gedanken nachhängen konnte, rief die Trompete zum Unterricht.

5

Die stahlblaue Uniform mit schwarzem Kragen und großen, steifen Ärmelaufschlägen zwängte ihn ein. Schiller brauchte zu lang, um die Frisur mit den Gipslocken und dem angesteckten Zopf zu richten, und noch etwas derangiert lief er den übrigen Eleven hinterher. Scharffenstein knuffte ihn, damit er sich auf dem Weg in den Rangiersaal links einreihte. Rechts gingen die adligen Eleven, die so genannten Kavaliere, mit ihren silbernen Achselschnüren und gepuderten Haaren, die sie schon auf den ersten Blick von den Bürgerlichen unterschieden.

»Hier werden die Schüsseln aufgereiht, bevor sie in den Speisesaal kommen – und wir eben auch«, grinste Scharffenstein.

»Deshalb Rangiersaal«, flüsterte Schiller, der den prüfenden Blick des Hauptmanns Dionysus von Seeger, der hier vom Schneidermeister zum Intendanten der Anstalt aufgestiegen war und für Ordnung und den ungestörten eintönigen Tagesablauf sorgte, wohl merkte. Da entdeckte er in den Reihen der Adligen seinen ehemaligen Schulkameraden Friedrich von Hoven und es gab kein Halten mehr für ihn. Er stürmte aus der Reihe, quer durch den Rangiersaal und fiel dem völlig überraschten Freund um den Hals. »Hoven! Friedrich, mein Freund!« Tränen flossen ihm übers Gesicht, als er dem stocksteif vor Verlegenheit und Angst strammstehenden Hoven die Wangen küsste. »Dass ich dich wieder habe! Wie habe ich dich vermisst! Jetzt werde ich alles auf mich nehmen! Mein Hoven!«

Die Eleven brachen wegen dieses Zwischenfalls in helles Gelächter aus, und die Unteroffiziere, stets um die Ordnung und den unterwürfigen Gehorsam ihrer Zöglinge besorgt, sprangen hinzu. »Auseinander! Man trete auseinander! Sofort, sage ich! Schiller, Hoven, was ist in Sie gefahren!« Einer riss Schiller am Arm weg von seinem Freund, ein anderer drehte ihm schmerzhaft das linke Ohr. »Er trägt die Uniform des

Herzogs! Die Zeit der Kinderspiele ist vorbei! Er hat sich zu benehmen und einzureihen wie jeder andere auch!«

Noch bevor Schiller wieder hinter Scharffenstein seinen Platz einnehmen konnte, schrie ihn von Seeger an: »He da, der Neue dort! Warum ist seine Uniform falsch zugeknöpft? Sein Zopfband ist auch ein Stück länger als erlaubt!« Er schwang viel sagend den Stock. »Damit er sichs merke: Die Schonfrist ist bald vorbei! Man wird ihm die Regeln notfalls einbläuen! Spute er sich lieber und bringe das in Ordnung!« Als Hauptmann von Seeger weiter die Reihen der Eleven abschritt, um Ordnung, Sauberkeit und Sitz der Uniformen zu prüfen, nutzte Scharffenstein die Gelegenheit und band Schiller das Zopfband neu, während dieser nervös an den Knöpfen seiner Uniform nestelte. Der Intendant hatte noch nicht das Ende der Reihe erreicht, da fuhr er auf ein Zeichen eines seiner Unteroffiziere auf dem Absatz herum, stand stramm und schrie: »Der Herr Herzog! Stillgestanden!«

Irgendwo weiter hinten ertönte ein Trommelwirbel. Mit einer ruckartigen Bewegung, die auf Sekundenbruchteile abgestimmt war, knallten die Stiefel und die Eleven kehrten ihre Gesichter in einer halben Körperdrehung hin zu einer Gasse. Adlige und Bürgerliche standen sich jetzt in gleicher banger Ungewissheit gegenüber, die Augen starr aufeinander gerichtet. Nur aus den Augenwinkeln spähten sie die Gasse hinunter in Erwartung des Herzogs.

Carl Eugen von Württemberg schritt behäbig in den Saal, ließ seinen Blick kurz über die angetretenen Eleven seiner Militärischen Pflanzschule gleiten und bot sodann seinen Arm einer schlanken, wohlgeformten Dame an seiner Seite.

»Seine Mätresse, die Franziska«, flüsterte Scharffenstein. »Das einzige weibliche Wesen hier in unserem Elend ...«

Hauptmann von Seeger trat hinzu, verbeugte sich tief und schritt drei Fuß hinter seiner Durchlaucht die Reihen ab. Es herrschte eine angespannte Stille. Der Herzog lobte einzelne Eleven, kniff ihnen ein Auge, ermunterte sie zu besseren Leistungen, beliebte sogar zu scherzen, worauf der für eine Abteilung zuständige Unteroffizier das Zeichen zum Beifallslachen gab, das im Takt einsetzte und verstummte. Schritt um Schritt näherte sich der Herzog mit seiner Begleitung auch Schiller, der ihm ängstlich entgegensah. Wenige Meter vor ihm begann einer der bürgerlichen Schüler völlig unvermittelt lautlos zu weinen. Er verlor seine Haltung, senkte beschämt den Kopf. Der Herzog blieb stehen, schob seine Mätresse ein wenig zur Seite, griff dem Schüler ans Kinn, hob dessen Kopf, um ihm ins Gesicht zu schauen. Schiller beobachtete aus den Augenwinkeln, dass der Unglücksselige am ganzen Körper zitterte.

»Na, nun beruhige er sich. Was hat er denn?«, erkundigte sich Carl Eugen in geradezu besorgtem Tonfall. Als der Schüler nicht sogleich antwortete, fragte er von Seeger: »Was für ein Unrecht ist ihm denn widerfahren?« – »Eure Durchlaucht«, von Seeger verbeugte sich umständlich, »auf Wegen, die ich nicht nachverfolgen konnte, erhielt der Eleve die Nachricht, dass sein Vater todkrank sei und in den nächsten Tagen zu sterben drohe.« – »Das ist sehr bedauerlich. Er hat mein Mitgefühl«, sagte Carl Eugen und nickte verständig. Der Schüler, der diese Anteilnahme in seiner Verzweiflung falsch deutete, versuchte die Gelegenheit zu nutzen, fiel auf die Knie, um dem Herzog die Rockschöße zu küssen. »Wenn ich meinen Herrn Vater noch einmal sehen dürfte. Nur einen Tag, gnädigster Herzog …« Seine Stimme erstickte im Schluchzen. Der Herzog half ihm auf die Beine, fasste ihn fest bei den Schultern und sprach dann laut, dass es im ganzen Rangiersaal zu hören war: »Geht nicht! Solche Lauserei! Lockert nur die Zucht! Erwachsen ist er und hängt nicht länger an den Rockzipfeln seiner Eltern!« Als das bisher lautlose Weinen des Jungen in ein deutlich vernehmbares Wimmern überging, fügte er etwas milder hinzu: »Sei er nun still. Ich will sein Vater sein.« Dann reichte er seiner Dame wieder den Arm, nickte dem Jungen noch einmal freundlich zu. »Und wir alle sind seine Familie und Stütze in dieser für ihn schweren Zeit.«

Der Besuch, der letzte Liebesdienst an den Vater war abgelehnt! Was würde unausgesprochen bleiben zwischen dem Jungen und seinem Vater? Wie hatten sie sich das letzte Mal voneinander verabschiedet? Schiller versuchte sich an den Abschied von seinem Vater zu erinnern, der erst wenige Tage zurücklag. Er war entsetzt. Ihm wurden jetzt das erste Mal die weitreichenden Folgen seines Eintritts in die Militärische Pflanzschule bewusst. Sein Dasein hier blieb endgültig. Es gab kein Zurück! Verloren waren Elternhaus und Heimat! Er würde ganz auf sich allein gestellt sein in dieser engen, ungerechten Welt. Was er brauchen würde wie das tägliche Brot waren Freunde. Aber angesichts des sich nähernden Herzogs mit seinem Gefolge wagte er es jetzt noch nicht einmal, in Scharffensteins Richtung zu schauen.

Leutnant Nies, der für Schillers Abteilung zuständige Unteroffizier, versetzte ihm einen Stoß. »Wo ist seine Haltung?« Da war der Herzog auch schon zwei Schritte an ihm vorbei und nahm sich Scharffenstein vor. »Er hat ein freches Mundwerk. Leutnant Nies hat mir berichtet, er habe sich mit seinem Freund Dannecker Scherze auf meine Kosten erlaubt. Warum ist er so undankbar? Da hat er seinen Lohn!« Der Herzog holte aus und verpasste Scharffenstein zwei Maulschellen, dass sein Kopf nur so hin und her flog. »Von Seeger, notiere er, der Nies erhält für seine aufrichtige Diensterfüllung ein Trinkgeld.« Scharffensteins Wangen färbten sich rot, ein Tropfen Blut rann aus seinem rechten Nasenloch, aber er schaute ungerührt geradeaus wie durch eine Wand in ein in der Ferne liegendes Zimmer.

Carl Eugen wandte sich um, kam jetzt auf Schiller zu. »Na also, da haben wir ja nun des Hauptmann Schillers Gewächs. Macht nicht grade Anstalten, einen künftigen Gardeoffizier abzugeben, wie? Mit Schönheit ist er nicht gesegnet. Na, die Spargelbeine werden wir ihm schon beim Exerzieren stärken, wie?« Hauptmann von Seeger und Leutnant Nies lachten pflichtschuldigst zur Bestätigung. Schiller bebte wie im Fieber und hätte am liebsten geweint. Noch immer ruhte der prüfende Blick des Herzogs auf ihm. »Seine Stiefel haben Dreck am Absatz und der Ärmelaufschlag ist staubig, er gehört gebürstet. Eine Sauerei ist das! Merke er sich das, ich dulde kein Schwein in meiner Schule!« Dann deutete er mit dem ausgestreckten Zeigefinger auf die roten Haare. »Blass wie ein Albino, mit geröteten Augen. Er sieht nicht gesund aus. Und dann dieses Rot der Haare, das einem gar ins Auge sticht. Puder, Nies, besorgen Sie ihm Puder, auch wenn er nicht von Adel ist! Damit ich diese unsägliche Farbe nicht länger sehen muss.« Dann tänzelte Carl Eugen ein paar Schritte zur Seite, mimte die Hörner eines Stiers und rief: »Auf jeder Weide würde er auf die Hörner genommen!« Er gab persönlich den Befehl zum Gelächter, dem sofort Folge geleistet wurde und das reihum lief.

Auf von Seegers Kommando richteten sich die angetretenen Eleven in Richtung Speisesaal aus und ihr Marschschritt war so gleichförmig wie ein Trommelschlag. Das Hellblau der Uniformröcke mit dem Weiß der Hosen und Westen bildete eine schier endlose Reihe. Der Herzog stand am Ende des Rangiersaals und nahm die Parade ab. Der Marschtakt hielt an, bis jeder Eleve seinen Stuhl mit seinem Namensschild darauf gefunden hatte. Dann standen sie schweigend hinter den Stuhllehnen und warteten auf den Befehl: »Zum Gebet!« Mit einem einzigen klatschenden Geräusch schlugen die Hände zusammen und die Blicke der Eleven richteten sich nach des Herzogs Bild aus. Einer der älteren Eleven stand dort und sprach das Tagesgebet.

Hunger und Müdigkeit traten in einen elenden Wettstreit um die Oberhand. Doch die Furcht vor den Strafen und deren Folgen verbannte den Wunsch nach Aufbegehren oder den Drang, sich einfach resigniert gehen zu lassen, in den hintersten Winkel der geheimsten Gedanken. Das hatte Schiller rasch gelernt, und so mühte er sich, seine Gefühle zu unterdrücken und den Verstand auszuschalten. Es gab keine Alternative, keine Hoffnung auf Veränderung. Aber er stumpfte ab, mit jedem Tag, jeder Stunde, in der er einfach nur funktionierte. Er sah keinen Sinn darin, hier für die Juristerei seine Fähigkeiten auszubilden. Wie eine Marionette rausgeputzt, vollführte er seine Drehungen, bewegte er seine Lippen, wenn er inhaltsleer auswendig Gelerntes wiedergab oder antwortete, wenn man ihn fragte. Und er hätte, wenn man ihn wachgerüttelt und nach dem Sinn der Antworten gefragt hätte, nicht einmal sagen können, worum es eigentlich gegangen wäre. Der Hohlraum in seinen Gedanken und Gefühlen wuchs unaufhörlich und schien ihn in Momenten wie diesen, wo ihm Hunger und Müdigkeit zusetzten, völlig auszufüllen.

Der Herzog mit Gefolge ging zum rückwärtigen Saalende. Dort speiste er in der Nähe des Kavaliertisches. Laut hallte sein: »Dinez, messieurs!« wie ein Befehl durch den Speisesaal. In einem einzigen Takt rückten jetzt die adligen Eleven ihre Stühle und nahmen Platz. Dann das: »Man nehme Platz!« an die Adresse der Bürgerlichen und das Schauspiel wiederholte sich am oberen Ende der Tafel. Mit geschultem Tempo griff man jetzt zum Löffel, um im Takt der Brotsuppe den Garaus zu machen. Lakaien trugen jetzt die Schüsseln mit duftenden Speisen, die die Eleven schier rebellisch machten, an den Tisch des Herzogs, an dem neben seiner Mätresse Franziska von Hohenheim auch die besten Schüler der Militärischen Pflanzschule Platz nehmen durften. Letztere gekleidet in Galauniform, geziert mit Auszeichnungen und Orden. Schiller vergaß seinen Hunger und schaute auf zur herzoglichen Tischgesellschaft. Mit heißen Blicken folgte er jeder zum Mund geführten Gabel, mit offenen Ohren versuchte er, über die Entfernung Gesprächsfetzen aufzuschnappen. August von Hoven, der kleine Bruder seines Freundes, genoss das Vorrecht, dort am Tisch zu sitzen … Und er, einer der Besten seines Jahrganges beim Landschulexamen, musste sich lächerlich und klein machen lassen und am unteren Ende der Tafel seinen Platz nehmen!

Schiller bekam einen Streich über den Hinterkopf vom Leutnant Nies, der unbemerkt hinter ihn getreten war. »Was gafft er so unverschämt und greift nicht zum Löffel! Ist das ein Benehmen? Jetzt greife er im Takt zu oder er wird hungrig zu Bett gehen.«

Schiller begann zu löffeln und schluckte mehr an den Enttäuschungen und der Trauer über seine Situation als an der Brotsuppe. Leutnant Nies entfernte sich.

»Der Dannecker steht ja immer noch hinter seinem Stuhl. Los, Scharffenstein, sag ihm doch, dass er sich setzen soll«, sagte Schiller ängstlich mit Blick auf seinen Schulkameraden. »Geht nicht«, antwortete Scharffenstein. »Ich habe mir rote Backen eingefangen und Dannecker muss zur Strafe für seine Bemerkungen vor der leeren Schüssel stehen und uns zusehen, wie wir den Saufraß hier soupieren.«

»Soll ich ihm einen Brotkanten mitnehmen?« Schiller mochte die Härte der Strafe nicht akzeptieren. »Lass das lieber, wenn dich der Nies oder unser tapferes Schneiderlein Seeger erwischt, trifft es dich härter. Wir wissen uns schon zu helfen und schmuggeln immer mal wieder einen Wecken rein für solche Fälle«, versuchte Scharffenstein ihn zu beruhigen. Dannecker stand still, die Hände auf die Stuhllehne gelegt, die Augen starr geradeaus gerichtet. »In Berlin bekäme er wenigstens eine halbe Portion und müsste sich als Letzter setzen. Aber wir hier sind strenger, härter, ganze Kerle!« Scharffenstein lachte verächtlich.

Schiller nahm seinen Löffel wieder auf. Er musste essen, bei Kräften bleiben für das, was ihn vielleicht noch erwartete. Kaum waren die Aufseher ein paar Schritte entfernt, begannen die halblauten Gespräche, setzte ein geheimnisvolles Tuscheln ein, das einen Menschen, der in der

Tür des großen Speisesaales gestanden hätte, mehr an die Geräusche eines riesigen Insektenschwarms als an die Unterhaltungen halbwüchsiger Eleven erinnert hätte.

»Hasch! Den Spieß ihm zwischen die Rippen, da lag er, streckte alle vier über seine Gesellen. Wie die Hasen beim Treibjagen zuckten die Kerls übereinander …«, Masson stieß mit dem Löffel in seine Suppe, als ob er sie hätte aufspießen wollen. »Hab mein Tag so kein Gaudium gehabt«, wusste Petersen zu ergänzen. Und Scharffenstein, den sich nähernden Nies im Blick, imitierte zischend den Ruf: »So brennt an allen Ecken!« Mit der linken Hand deutete er über seine rechte Schulter auf Nies. »Dort hinten braust's. Lasst uns mit der Beute gelassen zu dem großen Haufen ziehen.« – »Gebt mir einen Trunk Wasser. – Himmlische Luft – Freiheit! Freiheit!« Petersen griff nach dem Wasserkrug, der auf dem Tisch stand, und verstieg sich sogar zu einer auffälligen theatralischen Geste.

Leutnant Nies stand jetzt hinter ihm, schnarrte mit den Stiefeln und räusperte sich Respekt fordernd. Petersen tat so, als hätte er ihn nicht bemerkt, blickte über den Tisch zu Masson und rief ihm zu: »Sieh nur, wie es unserem Professor Abel schmeckt. Ein Beleg dafür, wie hungrig doch Geistesarbeit machen kann, und der Professor Jahn scheint auch froh, die Geschichte hinter sich lassen zu können …« Dann drehte er sich um, tat überrascht, Leutnant Nies zu entdecken, hob sein Wasserglas und wünschte mit einem Grinsen auf dem Gesicht: »Gesegnete Mahlzeit, Leutnant Nies! Die Suppe ist heute wieder einmal sehr schmackhaft und nahrhaft.«

»Klappe halten und löffeln! Ihn knöpf ich mir ohnehin noch vor, stinkt er mir nach Tabak. Wenn ich ihm auf die Schliche komme, ist er fällig. Also löffele er und riskiere er keine dicke Lippe!« – »Er stinkt nach Fusel wie ein sauer gewordenes offenes Weinfass«, brummte der stehende Dannecker, ohne seine Lippen zu bewegen, und Nies wusste nicht, von wem die nicht zu überhörende Bemerkung gekommen war. Wütend schaute er in die Runde, ging aber dann weiter am Tisch entlang.

»Wovon redet ihr hier so komisch?«, wollte Schiller wissen. »Wir treiben hier heimlich Literatur. Das waren Sätze aus dem Götz von Berlichingen, einem Stück des großen Goethe«, antwortete Scharffenstein. »Leck mich am Arsch!«, grinste Masson und die Schar der Eleven lachte verhalten.

»Ha! Galotti solltet ihr lesen! Vom Lessing ist das Stück. Freiheit von Fürstenwillkür! Das ist ein Thema für uns!«, rief Petersen aus. »Die Literatur ist bestimmt verboten«, gab Schiller zu bedenken. »Hier ist doch alles verboten, was nur nach Leben schmeckt«, antwortete Dannecker verbittert.

»Du musst hier schlau werden und frech«, riet Scharffenstein dem Schiller, »sonst verblödest du.« Er legte den Löffel vorschriftsmäßig auf den rechten Tellerrand.

»Du wirst uns doch nicht verraten?« Masson nahm ihn skeptisch in Augenschein.

»Wir haben die ›Deutsche Chronik‹ abonniert, die der Schubart jetzt in Augsburg herausgibt. Der traut sich was!« – »Schubart? Den kenne ich«, sagte Schiller, der plötzlich von einer seltsamen Erregung ergriffen wurde.

»Hört ihr? Er kennt den Schubart!« – »Er hat bei uns Orgel gespielt, dass man alles vergessen konnte!« Die Eleven ließen Schiller erzählen und hingen an seinen Lippen. »Er nennt unsere Anstalt hier eine Sklavenplantage – und hat damit verflucht noch mal nicht Unrecht, wenn man bedenkt, wie uns der Herzog eingekauft hat und hier eingeschlossen hält!«, sagte Petersen schließlich. »Er soll mit seinen Spottgedichten nur nicht mehr dem Württemberger Aug' in Aug' gegenübertreten, denn das könnte böse für ihn enden«, argwöhnte Scharffenstein, und alle stimmten nochmals ein Loblied auf ihr Idol, den mutigen Schubart an.

»Wir deponieren die Bücher im Strohsack und an verschiedenen verschwiegenen Ecken im Gebäude, wo wir uns treffen und uns heimlich vortragen«, klärte Masson mit seinem französischen Zungenschlag Schiller auf. »Keine Sorge, ich werde niemandem etwas sagen. Ich würde gern mitmachen«, antwortete Schiller.

»Abgemacht. Was kannst du denn beisteuern?«, wollte Petersen wissen.

»Ich habe nicht viel. Allenfalls vierzig Kreuzer …« – »Dass du dich nicht schämst, Petersen!« Scharffenstein knuffte den Schulfreund böse in die Rippen.

»Wir bekommen die Bücher und auch die ›Deutsche Chronik‹ von Professor Abel. Der lüftet uns die Köpfe kräftig durch mit der Literatur«, sagte Dannecker. »Wenn wir ihn nicht hätten …« – »Es wäre kaum zum Aushalten«, seufzte Scharffenstein. »Dein Freund Hoven ist übrigens mit von der Partie. Er hat uns gestern Klopstock mitgebracht.« – »Klopstock?« Schiller spürte sein Herz vor Aufregung schlagen. Da war etwas Bekanntes, Vertrautes, das ihn an seine letzten Tage zu Haus erinnerte. »Klopstock ist wirklich groß. An seinen Versen will ich mich aufrichten. Er spricht die Sprache der Freiheit.« – »Die Literatur ist unsere Freiheit! Ein Hoch darauf!« Scharffenstein hielt sein Wasserglas in die Höhe und die anderen stimmten flüsternd ein, denn die Aufseher näherten sich wieder.

»Zum Gebet!«, brüllte von Seeger sein Kommando.

Wie von einer Sprungfeder getrieben, sprangen die Eleven auf die Beine, rückten fast im Takt die Stühle mit zwei Handgriffen zurecht und schlugen mit einem einzigen Klatschen die kalten Hände zum Gebet zusammen. Den Blick wieder starr auf das Bild des Herzogs gerichtet, dankte Schiller Gott still für Hovens Nähe, für Klopstock und seine neuen Freunde.

6

»Du bist betrunken, Hoven.«

Sie stolperten im strömenden Regen in Zweierreihen hintereinander her. Jetzt schon die zehnte Runde, die sie immer wieder über den Akademiehof, durch einen Teil des Parks, zurück zum Hof und die Stufen rauf zu ihren Unterkünften und dann vorbei an dem lang gestreckten weißen Gebäude des Schlossanbaues führte. Dort wartete der Intendant von Seeger, vor dem Regen geschützt, unter einem Dachvorsprung auf sie und trieb sie an.

»Mensch, halte er Schritt! Sonst drehen alle noch bis heute Abend hier Runden! Kopf hoch, Hoven! Und glotz nicht wie ein Schwein!«, erscholl von Seegers Stimme. Und schließlich sein Befehl: »Stillgestanden! Habt Acht! Rechts um!« Endlich schien ein Ende der Plackerei absehbar.

Hoven grinste Schiller frech an: »Geht doch ...« Dann befiel ihn ein Schluckauf und er bekam eine Ohrfeige vom Oberaufseher Nies dafür. »Marotten sind das!« – »Geht doch! Geht doch! Du kannst dich ja kaum auf den Beinen halten!«, zischte Schiller ihm vorwurfsvoll zu. Hoven grinste dämlich, atmete schwer. Fast wäre er zur Seite gestürzt, wenn Grammont, ein Eleve aus dem Französisch sprechenden Mömpelgard, ihn nicht gestützt hätte. Dann lallte Hoven: »*So eingeengt in die Kraft des Vollbringens? So grenzenlos an Gefühl?* Ich hab's, meine Freunde. Ich hab's tatsächlich – das Buch von Goethe, der den Götz geschrieben hat.«

»Sag lieber, wo du den Fusel versteckt hast. Wenn du gleich auffliegst, werden die alles auf den Kopf stellen!«, bat ihn Grammont.

»Welcher Fusel?« Hoven stierte ihn blöd an und strich sich über den Bauch. »Gibt keinen Fusel mehr nicht ...« – »Hoven, was ist mit dem Buch? Welches Buch von Goethe?«, fuhr Schiller ihn aufgeregt an. »Der Werther ist es und seine Leiden. Eine unglückselige Liebe, ein Sturm, ein Brausen, dass es einem ganz eng wird hier in der Brust und ...« Weiter kam Hoven nicht mehr, denn er erbrach sich in einem weiten Schwall. Dann sackte er einfach zu Boden. Schiller und Grammont halfen ihm wieder auf die Beine und stützten ihn von beiden Seiten. In der Gruppe wurde das Gelächter und Gemurmel immer lauter. Trotz des nicht nachlassenden Regens schlich sich Hauptmann von Seeger gewissermaßen an. Er nahm sich Zeit, seine Opfer zu beobachten. Ergötzte sich an ihrer Verlegenheit, ihrem Schuldbewusstsein. Der Regen rann ihm in den Kragen, was seine Laune nicht verbesserte. »Augenblicklich loslassen, den Elenden! Haltung, verstanden!«, herrschte Hauptmann von Seeger die beiden an, die gehorchten und Hoven den Gesetzen der Schwerkraft überließen. Dieser taumelte ein wenig, stierte überrascht zu seinen Freunden und sackte dann hilflos mit einer knappen Vorwärtsbewegung an die Brust des stattlichen Hauptmanns.

Dieser, empört und angeekelt, wich zurück und Hoven fiel erschöpft und schwer atmend zu Boden. Gelächter und Unruhe machten sich breit. Hauptmann von Seeger rief aufgebracht zwei Offiziere zu sich und befahl, das volltrunkene Schwein in seinem verabscheuungswürdigen Zustand in die Kellerzelle zu werfen. Mit überschlagender

Stimme ordnete er eine Durchsuchung aller Schlafräume, Flure und Klassenzimmer an. Allen Eleven wurde befohlen, in strammer Haltung im Regen auszuharren, bis die Durchsuchungen beendet seien. Sodann fiel sein prüfender Blick auf Schiller. »Und was ist mit ihm? Sieht zerzaust aus wie 'ne Wildsau! Er könnte mehr auf sich halten.« Zu den noch immer strammstehenden Eleven gewandt: »Schaut ihn ruhig an – ein schlechtes Beispiel steht hier.« – »Bitte gehorsamst um Verzeihung, Herr Hauptmann. Es war mir nicht möglich, dem Matsch auszuweichen ...« – »Oho, aufmüpfig wie immer, dieser Schiller. Stets auf ein Spielchen aus. Pass er mir auf, dass er's nicht überzieht. Und was ist mit seiner Uniform? Nichts, rein gar nichts! Schlottert an seinen mageren Knochen wie an einer Hühnerbrust! Und zugeknöpft bis zum Halskragen! Ein Knopf zu viel, Schiller! Ein Knopf zu viel!«, brüllte von Seeger, damit ihn alle hören konnten. »Muss wohl zugesprungen sein der Knopf, beim Exerzieren«, gab Schiller zurück, ohne eine Miene zu verziehen, und erntete dafür schallendes Gelächter der Eleven und zum Lohn zehn Extrarunden.

So bleibe ich wenigstens warm, während die Kameraden im Regen stehen und frieren, dachte er. Als er sich kurze Zeit später mit dem Handrücken die Nase wischte, stellte er fest, dass er blutete. Er warf während des Laufens den Kopf in den Nacken und schmeckte den süßen Geschmack des eigenen Blutes.

Dass sie nichts gefunden hatten außer einem alten Wecken, machte schnell die Runde, als sie in den Schlafsälen ihre Sachen wechselten und die Betten machten. Der Unterricht würde an diesem Vormittag auf eine Stunde zusammengestrichen werden, was Schiller bedauerte, denn dadurch fiel Philosophie bei Professor Abel aus. Wozu brauchte der Mensch noch seinen Kopf, wenn er stramme Waden hatte! Schiller war verärgert und zugleich gespannt, ob er mit seinen Kollegen das von Hoven offenbar herbeigeschaffte neue Buch von Goethe finden könnte. Mit der Suche mussten sie jedoch noch bis in die Nacht hinein warten, wollten sie nicht Gefahr laufen, entdeckt zu werden.

Schiller steckte noch in Hemd und nassen Hosen, als er von dem Aufseher Nies auf den Flur gerufen wurde. Zwei Mal habe in den letzten Tagen ein Frauenzimmer nach ihm gefragt. Ob er irgendwelche Liebschaften unterhalte und sich heimlich aus der Anstalt davonstehlen würde? Schiller konnte sich keinen Reim auf die Anschuldigungen machen, verneinte jede Verfehlung und schwieg. Aufseher Nies versuchte, ihn zu provozieren, indem er gestenreich und mit schnalzender Zunge die körperlichen Vorzüge der jungen Dame zu beschreiben wusste. Dies änderte nichts an Schillers Haltung. Nies schloss mit den Worten: »Verstockt wie immer. Habe auch nichts anderes erwartet. Mach er, dass er sich ankleide und mir folge. Der Herzog wünscht ihn zum Rapport.« Schiller hetzte zurück in den Schlafsaal und begann, sich hastig anzukleiden. Scharffenstein und Petersen traten zu ihm. »Was wollte er von dir?« – »Ich soll Damenbesuch gehabt haben«, brummte Schiller missmutig, »und soll jetzt beim Gottvater antreten, weil ich darüber nichts zu sagen weiß.« – »Ganz ein Gentleman, vom Scheitel bis zur Sohle«, spottete Petersen. »Hätte ich ihm gar nicht zugetraut, unserem schmalbrüstigen Schwerenöter, dass ihm die Damenwelt zu Füßen liegt.« Schiller knuffte seinen Freund ärgerlich in die Rippen und verbot sich lose Reden, was diesen aber nur weiter anspornte. Jede Gelegenheit, sich vom tristen Alltagseinerlei, in dem jede Kleinigkeit minuziös geregelt war, abzulenken, wurde dankbar wahrgenommen. Das wusste auch Schiller, der sich selbst gern an solchen Späßen und Neckereien beteiligte, jetzt aber lieber allein gewesen wäre, um seine Gedanken für das Treffen mit dem Herzog zu ordnen. »Und du hast wirklich keine Ahnung?«, fragte Scharffenstein. Schiller verneinte. »Da wird man dir ganz nett einheizen. Am besten, du legst dir schon mal eine gute Geschichte zurecht. Für den Notfall meine ich.«

»Irgendwann wird diese Plagerei hier ein Ende haben und der Herzog kann mich mal auf Götz'sche Weise!«, rief Schiller wütend aus. »Wie meinst du das?«, fragte Scharffenstein und blickte seinem Freund wegen des Gemütszustandes besorgt ins Gesicht. »Diese Schinderei hier in der Pflanzschule kann ja nicht ewig dauern. Ich kann zwar nicht flüchten, ohne meiner Familie zu schaden, da mein Vater als Offizier von der Gnade des Herzogs abhängig ist. Aber habe ich erst mal den Abschluss in der Tasche, hat Württemberg mich die längste Zeit gesehen«, antwortete Schiller und verstieg sich dabei zu einigen pathetischen Gesten. »Der Arme. Er hat ja keine Ahnung!«, grinste Petersen. »Muss noch einiges lernen, unser Nesthäkchen.« – »Ich hau dir gleich eine aufs Maul!«, rief Schiller aus.

»Das wird auch nicht viel helfen«, warf Scharffenstein ein. »Der Herzog hat es schriftlich, dass wir ihm unser ganzes Leben verpflichtet sind. Nach der Schule wirst du als Jurist in den herzoglichen Dienst einrücken. Wohl oder übel.«

Schiller spürte, wie ihm Tränen in die Augen traten. Geschockt brachte er kein Wort über die Lippen. Raschen Schrittes und ohne sich umzudrehen ließ er die Freunde stehen und lief auf den Flur, um dem Aufseher zu folgen. Noch im Gehen ordnete er seinen Zopf und nestelte nervös an den Knöpfen seiner Uniform.

Schiller war noch nie im Kabinettraum gewesen. Verschüchtert stand er auf dem verschiedenfarbigen Holzparkett, versuchte aber, obwohl er in strammer Haltung den Kopf geradeaus gewandt hielt, aus den Augenwinkeln möglichst viel vom Raum wahrzunehmen. Herzog Carl Eugen saß hinter seinem mit Blattgold verzierten Schreibtisch, lehnte sich zurück und verschränkte seine Arme vor dem Bauch. Sein Blick hatte etwas Lauerndes. Schiller verspürte nicht die geringste Lust, seinen Aufenthalt in der Gegenwart des Herzogs weiter auszudehnen. Obwohl er sich nichts vorzuwerfen hatte, schlug ihm sein Herz angstvoll bis zum Hals. Schiller versuchte es mit Husten. Die listigen kleinen Augen des Herzogs fixierten ihn, während Schiller aus den Augenwinkeln die beiden Windhunde verfolgte, die im Bereich der hohen Fenster umherschlichen. Was, wenn dieser mit einem kostbaren Pelzkragen angetane gemütliche Dicke da vor ihm einfach: »Fass!« riefe und sich amüsierte, wenn diese Bestien ihn zu Boden reißen und seinen Hals suchen würden? Man kannte solche Schauergeschichten …

Schiller versuchte sich abzulenken von seinen Angstfantasien. Er überlegte, wo wohl in dieser Etage des Schlosses der Abort eingerichtet sei und ob Carl Eugen diesen allein beanspruchen könnte oder ob er wie die Eleven in den Hof müsste. Der Gedanke an den Herzog mit hängender Hose und krampfhaft nach oben geschobener Brokatweste ließ ihn ein wenig lächeln. Er schalt sich, kindisch zu sein, seine Zeit mit solchen Gedanken zu vertreiben, anstatt sich auf die bevorstehende Situation angemessen vorzubereiten.

»Lies er das!«, Carl Eugen, dem das Mienenspiel seines Zöglings nicht gefiel, warf ihm quer über den Schreibtisch einen Brief vor die

Füße. Schiller stand wie angewurzelt. Damit hatte er nicht gerechnet. »Nun rühr er sich und lies das endlich!«

Schiller bückte sich, das Schreiben aufzuheben, und erzitterte vor Aufregung. Noch bevor er die ersten Worte gelesen hatte, erkannte er die Handschrift seiner Mutter. Sie sprach ihm in dem Schreiben Mut zu, schickte ihm Wecken, damit er nicht ganz so schmal würde. Er solle auf sich Acht geben.

Mit wenigen behänden Schritten war der Herzog jetzt neben ihn getreten und entriss Schiller den Brief, noch bevor er ihn zu Ende lesen konnte. Die Szene verfehlte ihre Wirkung nicht. Heimweh übermannte Schiller. Tränen flossen ihm über die Wangen. Er verlor jegliche Kontrolle über seine Gefühle und war dem weiteren Vorgehen des Herzogs ausgeliefert. »Weiß er, was das ist?« Carl Eugen hielt ihm einen kleinen mit einer roten Stoffschleife verzierten Korb mit Wecken vor das Gesicht, den Schiller bislang gar nicht wahrgenommen hatte. »Natürlich weiß er, was das ist! Er soll ja durchaus intelligent sein, auch wenn dies seine Noten und sein Betragen nicht immer vermuten lassen. Ich will ihm aber trotzdem sagen, was das ist! Eine Unverschämtheit ist das!« Des Herzogs Stimme hatte eine Schärfe angenommen, die keinen Widerspruch duldete, und selbst die Hunde begannen feindselig zu knurren und beäugten Schiller.

»Die Wecken sind von meiner Mutter?«

»Hat er Anlass gegeben zu klagen? Ernähre ich ihn nicht ausreichend? Will er neben seiner impertinenten Faulheit auch noch gefräßig und fett werden? Oder ist er ganz einfach nur ein Muttersöhnchen, das nicht zum rechten Mann taugt? Wahrscheinlich verhält es sich so – aber denke er nicht, ich ließe ihm das durchgehen!« Carl Eugen nahm einen Wecken heraus und warf ihn den beiden Windhunden zum Fraß vor, die sich sofort mit Heißhunger darüber hermachten. Vor Empörung zitterte Schiller am ganzen Körper. Er dachte daran, dass im Schiller'schen Haushalt nie Überfluss geherrscht hatte und dass jeder der Wecken eine Liebesbezeugung seiner Mutter darstellte. Allzu gern hätte er sie umarmt und ihr gedankt. Aber stattdessen ahnte er schon, was ihn erwartete. »Er schweigt. Man berichtete mir schon davon, dass er sich zuweilen recht verstockt gibt. Dabei soll es durchaus auch Anlässe geben, bei denen ihm sein loses Mundwerk durchgeht!« Carl Eugen umrundete ihn, die Hände jetzt auf dem Rücken verschränkt. »Hat er Anlass zu klagen? Antworte er mir jetzt auf der Stelle!« Natürlich hätte Schiller klagen können. Jeder Eleve, der nicht ausgezeichnet am Tisch des Herzogs speisen durfte, beschwerte sich täglich über den Fraß, den sie vorgesetzt bekamen. Aber das war nichts Besonderes und betraf jeden Soldaten im Dienst des Herzogs ebenfalls. Nur die hatten die Freiheit, das Gelände zu verlassen und sich bei Gelegenheit anderweitig zu versorgen, während die Eleven hier gefangen gehalten wurden. Schiller wusste sehr wohl, dass ihm das Recht zu klagen nicht zugestanden worden wäre und dass ihn allenfalls bei gezeigter Undankbarkeit eine Rosskur bei Wasser und Brot erwartete. »Kein Grund zu klagen, Eure Herzogliche Durchlaucht. Ich habe auch keinen Anlass gegeben, mir Wecken zu schicken, und bitte, diese liebe Geste meiner Frau Mutter zu verzeihen, die die Anstaltsordnung nicht kennt.« Schiller versagte fast die Stimme bei seiner Antwort. »Also, keine Klage, keinen Anlass … Das will ich wohl vermerken. Lasse er sich jetzt mit väterlicher Strenge den rechten Weg weisen.« Carl Eugen legte Schiller nach dieser Antwort beschwichtigend die Hand auf die Schulter, und so sehr Schiller diesen Mann ablehnte und fürchtete, so deutlich spürte er aber auch, dass er für ihn die derzeit wichtigste Bezugsperson war. Die Geste beruhigte ihn einen Moment und er vergaß sich sogar, wischte sich die Tränen von den Wangen.

»So gefällt er mir schon besser! Jetzt setze er sich an den Besuchertisch dort drüben, nehme Papier und Feder und schreibe, was ich ihm diktiere.« Carl Eugen wandte ihm den Rücken zu, trat vor die hohen Fenster, blickte zum Hof hinaus und wippte dabei auf den Zehenspitzen.

»Liebste Mutter, Euren Gruß aus der Heimat habe ich wohl erhalten. Aber ich bedarf seiner nicht. Die väterliche Fürsorge des ehrenwerten Herzogs lässt nichts zu wünschen übrig. Sie verbietet es mir sogar, Gebrauch von den Wecken zu machen, denn ich will sein tägliches Bemühen um unser Wohlergehen und unser Fortkommen nicht beleidigen. Aus Dankbarkeit habe ich den Windhunden des Herzogs einen Wecken zum Kosten gegeben, der ihnen wohl geschmeckt hat. Die Geste hat den Herzog wohl erfreut …« – »Herzogliche Durchlaucht, lieber Vater, muss ich das wirklich schreiben?« In Schillers Augen lag etwas Flehentliches, denn er spürte wohl, wie sehr der Brief geeignet war, die Gefühle seiner Mutter zu verletzen und ihn weiter von der Familie zu entfremden. »Kein Wort anders als ich es sage! Untersteh er sich! Ich lasse die Wecken noch heute mit einem Boten zurückschicken. Seine Frau Mutter wird es lernen, wie er es lernen muss!« Der Herzog beendete das Diktat ohne einen lieben Gruß mit ein paar kalten, nichts sagenden Formeln und Schiller musste sich verzweifelt fügen.

Schiller war schon von der Audienz entlassen, als ihn Carl Eugen noch einmal zurückrief. Den Mund zu einem spöttischen Grinsen verzogen, lehnte der Herzog gegen seinen Schreibtisch. »Wie man hört, soll bereits zwei Mal eine junge Dame nach ihm gefragt haben. Er macht gar nicht den Eindruck eines Weiberhelden. Aber stille Wasser sind bekanntlich tief – wer weiß, was für Fähigkeiten da in ihm schlummern.« Jetzt schritt der Herzog auf ihn zu, zupfte ihn bei seinem Rüschenkragen und sah ihm direkt in die Augen. »Ich werde ihn nicht nach dem Namen dieser Person fragen, die sich mit Schülern herumtreibt. Aber ich sage ihm, dass so etwas hier nicht geduldet wird! Sollte das noch einmal vorkommen, wird er Konsequenzen zu spüren bekommen, die ihm diese Flausen austreiben. Studieren soll er und nicht Weiberröcken anhängen! Und jetzt sieh er zu, dass er nicht noch mehr Unterricht versäumt. Im Laufschritt ins Klassenzimmer! Ab, marsch!« Mit einer Hand drängte ihn der Herzog zur Tür und warf sie eigenhändig donnernd hinter ihm zu.

7

Am Abend ordnete Carl Eugen zusätzliche Unterrichtsstunden an, um den durch das nachlässige Exerzieren versäumten Unterrichtsstoff nachzuholen, wie es hieß. Es dunkelte bereits. Die Herren Professoren ließen Kerzen in den Unterrichtsräumen anzünden. Der Eleve Kapf, ein verwegener Draufgänger, nahm die Kerzenhalter und stellte sie alle in der unmittelbaren Umgebung des Katheders auf. Der alte Professor für Religion schien gerührt, als er auf Nachfrage die Antwort erhielt, man wolle auf seine schwachen Augen Rücksicht nehmen. Er blinzelte in das Schwarze des großen Klassenraumes und bemerkte nur die ihm freundlich zugewandten Köpfe der Eleven in den ersten Reihen. Er begann zu lesen und zu dozieren, freute sich über die Zustimmung, die ihm aus den ersten Reihen der Eleven lautstark zuteil wurde, und bemerkte nicht, dass in den hinteren Reihen heimlich Karten gespielt und geschlafen wurde. Plötzlich klirrte eine Fensterscheibe. »Ein Windstoß!«, hieß es aus dem Dunkel des hinteren Raumes, während die Eleven vorn die Fortsetzung der Lesung begehrten. Diesem Wunsch kam der alte Professor nur allzu gern nach.

Kapf war im Schutz der Dunkelheit auf und davon, um Konterbande zu holen. Konterbande hießen alle Dinge, deren Besitz verboten war: Schnaps, Wein, Tabak, Esswaren aller Art, Bücher, Federkiele, Tinte. Schlotterbeck hatte unter anderem weißen Pfeffer bestellt. Kapf und er wollten dem Aufseher Nies damit das Bett bestreuen, um ihm eine unruhige Nacht zu bescheren. Das führt zu nichts, dachte Schiller, aber ihm fiel auch nichts Grundsätzlicheres ein, um gegen das System aufzubegehren. Also kratzte er seine letzten Kreuzer zusammen, bestellte eine Knackwurst für Hoven, denn den konnten sie ja nicht ewig im Keller einsperren, und Schnupftabak für sich. Schiller selbst war noch nie draußen auf Beschaffungsgang gewesen, aber er wusste, dass seine Kollegen dort ein verzweigtes Netz von Beziehungen aufgebaut hatten. Im Ort selbst gab es manche, die Mitleid mit den Jungen hatten und auch um die eigenen Kinder fürchteten, dass diese ebenfalls irgendwann diesem militärischen Regime unterzogen und ihnen entfremdet würden. Einen besonderen Reiz bekamen die verbotenen Ausflüge natürlich durch die Verlockungen des Weiblichen. Hier in der Militärischen Pflanzschule herrschte eine absolute Männerwelt. Draußen warteten nicht nur sorgende Mütter darauf, den Eleven ihr Leben zu erleichtern, auch Wäscherinnen, Bäckersfrauen und, wie nicht zuletzt Kapf prahlerisch behauptete, sogar einige junge Frauen waren ihnen herzlich zugetan.

Nach gut einer Stunde flogen drei Mal kleine Steinchen an die hintere Fensterscheibe im Klassenzimmer. Masson öffnete das Fenster geräuschlos, während die Eleven den Vortrag des Professors mit lauter Zustimmung bedachten und ihn mit einer Vielzahl wild durcheinander geworfener Fragen begleiteten. Wahrscheinlich hielt der alte Professor seine jungen Zöglinge des Abends für besonders empfänglich für religiöse Themen, denn gleiches Feuer konnte er im Unterricht während des Tages kaum entdecken. Kapf schwang sein geschnürtes Säckchen mit der Konterbande und dann sich selbst ins Zimmer. Er war völlig durchnässt und außer Atem. Draußen wäre er fast einem Trupp Offiziere in die Arme gelaufen. Er strahlte wegen des gelungenen Unternehmens und fühlte sich einmal mehr als der Held des Tages. Ein Windstoß fuhr durchs Zimmer, Regen prasselte in einem kurzen Schauer herein. Die Kerzen flackerten unruhig und die zwei am entferntesten stehenden verlöschten. Erschrocken blickte der alte Professor auf und befahl: »Man schließe das Fenster. Ihr holt euch noch den Tod!« Natürlich hatte er nichts von all den Vorkommnissen bemerkt.

Am nächsten Tag machte der Aufseher Nies einen äußerst unausgeschlafenen Eindruck, hatte er doch in der Nacht seinem Namen alle Ehre gemacht. Kapf wurde mit einer fiebrigen Erkältung auf die Krankenstation gebracht – nicht ohne dass er sich zum wiederholten Mal über die langen Exerzierübungen bei dem Mistwetter beschwert hätte. Der Aufenthalt auf der Krankenstation schwächte seinen Triumph nicht im Geringsten. Man ließ die Eleven des betreffenden Schlafsaales antreten und befragte sie nach dem Pfeffer. Das Einzige, was man jedoch fand, war ein in der Handschrift des Herzogs geschriebener Zettel: »Lieber Schnarch! Der weiße Pfeffer wird dafür sorgen, dass er nicht schläft und auf meine Eleven spannt. Er soll Nachlässigkeiten zu erkennen gegeben haben. Gnädigst! Carl Eugen, Herzog zu Württemberg« Der Zettel wanderte mit dem Ausdruck höchster Empörung an den Hauptmann der ersten Abteilung, von dort an den Intendanten von Seeger, was wiederum dazu führte, dass der ganze nächste Tag mit Exerzieren und Befragungen ausgefüllt war und der Unterricht erneut ausfiel. Die Nachforschungen blieben jedoch erfolglos.

Schlotterbeck, Grammont, Masson und Petersen gratulierten Schiller heimlich zu seiner ausgezeichneten Handschrift. Grinsend stellte dieser in Abrede, etwas damit zu tun zu haben, und genoss es, dass ein Abglanz des Kapf'schen Triumphs jetzt auch auf ihn fiel.

Nach dem Mittagessen des darauf folgenden Tages erhielt Schiller die Nachricht, sein Vater, der Herr Hauptmann, warte im Besucherzimmer auf ihn. Er dürfe hinübergehen, müsse sich aber zum Nachmittagsunterricht rechtzeitig wieder einfinden. Er war nicht vergessen!

Er erhielt Besuch! Der Vater wartete auf ihn! Er stürmte die Flure entlang, hörte längst nicht mehr auf Ermahnungen und Zurechtweisungen … Er vergaß anzuklopfen, drückte hastig die Türklinke zum Besucherzimmer und stürzte seinem Vater geradezu in die Arme. Dieser schob ihn ein wenig von sich, blickte ihn sorgenvoll und tieftraurig an. Schiller verstand die verhaltene Reaktion nicht so recht.

»Vater, dass Sie mich besuchen kommen! Wie ich mich freue! Wie geht es daheim? Vermissen mich alle so, wie ich sie vermisse?« Er atmete hastig, griff nach der Hand des Vaters, um diese zu küssen. Verlegen entzog ihm Kaspar Schiller dieselbe. Sein Sohn spürte, dass sie offenbar alles darangesetzt hatten, ihm auch diese letzte Fluchtstätte zu nehmen. »Was ist Vater? Was habe ich getan?« – »Mein Sohn weiß sehr wohl, dass er hier auf Kosten des Herrn Herzog lebt. Man sorgt sich hier um sein Fortkommen. Und die Familie ist stolz darauf, dass man ihn für diese Schule auserwählt hat. Und nun? Er ist der Siebte unter elfen! Das ist nicht viel. Nur eine Auszeichnung im Griechischen. Wenigstens das! So macht er dem Namen Schiller keine große Ehre! Man hört, er versumpft im Boden, statt hier hoffnungsvoll zu sprießen und Blüten zu treiben!« Kaspar Schillers Stimme zitterte vor Empörung.

Das konnte nicht der einzige Grund gewesen sein, warum sein Vater hierher gekommen war! Schiller wurde ein wenig schwindlig. Wo war die Sorge um sein Wohlergehen? Warum fragte er nicht nach den Gründen seines Versagens? Und es gab Gründe, die Schiller anzuführen gewusst hätte! Wie sehr vermisste er seine Mutter und Christophine. Schiller schaute seinen Vater erneut bittend an, doch der alte Mann gab sich verschlossen. Da musste noch etwas anderes sein. »Was hat den Herrn Vater sonst noch zu mir geführt?«, fragte Schiller knapp und direkt. Er versuchte dabei, so gut es ging, seine Gefühle zu unterdrücken. Kaspar Schiller senkte den Blick, stieß mit den schwarz glänzenden Soldatenstiefeln auf die Dielen, dass es in dem ansonsten so stillen Raum krachte. »Nein, das war es nicht allein«, gab er zu. »Bete er heute Abend für seine kleine Schwester Maria Charlotte, die nur sechs Jahre alt werden durfte. Gestern haben wir sie zu Grabe tragen müssen.« – »Das darf nicht sein! Meine kleine Schwester tot! Warum hat man mir nicht Bescheid gegeben? Wie geht es der Mutter? Grämt sie sich sehr, hat sie geweint? Ein Gefangener, ein Schwerverbrecher bin ich wohl, dass man die Welt vor mir schützen muss? Meine kleine Schwester stirbt, es bricht der Mutter das Herz und ich erfahre hier nichts. Exerzieren darf ich, während man sie zu Grabe trägt! Nicht einmal den kleinen Liebesdienst lässt man mir! Die arme kleine Charlotte!« Schiller schrie die Empörung heraus. Seine ganze Gestalt war Auflehnung und Protest.

Kaspar Schiller erschrak zutiefst, erkannte seinen Sohn kaum wieder. »Fritz! Fritz! Beruhige er sich! Mäßige er sich doch!« – »Die Ruhe selbst bin ich! Diese Bande, goldberockt und dekoriert, bestiehlt mich meiner Freiheit! Mein Herr Vater, merkt er nicht, wie er nicht mehr er selbst ist? Ich bin es! Ihr Sohn, der um seine kleine Schwester trauert, der seine Mutter tröstend in die Arme schließen will! Alle Juristerei und Exerziererei hat mir die Liebe noch nicht austreiben können. O nein! Doch hier in diesen hohen Hallen gilt eine andere Losung! Die Bande der Natur, die Empfindungen des Herzens gelten nichts. Nur wer recht kalt wird gegen das, was andere Menschen da draußen berührt, kann reüssieren. Lächerlich tot ist diese Welt! Und ich, ich bin viel zu ruhig, mein Herr Vater! Viel zu ruhig!« Schiller schrie, stapfte umher und schlenkerte wild mit den Armen. Er war wachsbleich geworden, sein Atem flog wie nach einer großen Anstrengung.

Die Tür zum Besucherzimmer wurde aufgestoßen. Ein dicker, ungepflegter Aufseher schritt entschlossen in den Raum, deutete mit ausgestrecktem Finger auf Schiller: »Was ist hier los? Schrei er gefälligst nicht so! Ist das eine Art? Der Herzog hat angeordnet, dass mit leiser Stimme zu sprechen sei. Besuchszeit zwischen Angehörigen gleichen Namens ist auf fünf Minuten beschränkt. Also fasse er sich kurz! Und schreie er nicht so!« Kehrtwende und die Tür flog wieder ins Schloss.

Kaspar Schiller wollte etwas antworten, aber Schiller hob mahnend den Finger. Mit einem verächtlichen Blick sah er dem Aufseher hinterher. Jetzt horchte dieser an der Tür, bereit, sich jederzeit eine reichlich bemessene Bezahlung für eine Anzeige beim Herzog abzuholen. Aus dem Gesicht Schillers war jede Art von Kindlichkeit verschwunden, es war kantig, mit eingefallenen Wangen. Anklagend schaute er jetzt seinen Vater an. »Also: Warum, Herr Vater? Warum hat mir niemand Bescheid gegeben? Habt Ihr nicht geschrieben? Oder hat diese Bande hier auch diese Briefe konfisziert?« – »Ich habe selbst versucht vorzusprechen. Aber ohne Besuchstermin …«, die Stimme von Kaspar Schiller verriet Betroffenheit. »Dann konnte ich nicht mehr von zu Hause weg. Die Dinge standen zu schlecht. Auch die Phine war zwei Mal da, um Bescheid zu sagen. Das dumme Ding hat nicht gewusst, dass es ausgeschlossen ist, als Frau hier hereinzuschauen.« – »Das Phinele«, nickte Schiller traurig und verbittert, »es war das Phinele, das nach mir gefragt hat. Vor nichts machen sie Halt! Fragen noch nicht einmal nach dem Anlass! Was zählt schon der Tod eines einfachen Menschen!« Dieses Mal war es an dem Vater, mahnend den Finger zu heben und auf die Tür zu deuten. Dann fragte Kaspar Schiller besorgt: »Was hat er nur? Was ist ihm denn widerfahren?« – »Ach nichts, Herr Vater! Es ist alles in schönster Ordnung hier, denn jede Minute unseres Anstaltslebens unterliegt festen Regeln. Was soll ich da haben, was in Unordnung geraten? Vielleicht habe ich nur keinen Urlaub, um meine kleine Schwester zu beerdigen? Wer bin ich schon, verweigert man doch anderen den Besuch des Vaters am Totenbett! Ich hatte ja auch Wichtigeres zu tun. Ich musste die Namen der Fürsten des Heiligen Römischen Reiches auswendig lernen und Muskeln an den Waden bilden.« – »Fritz, ich kenne ihn nicht mehr!« Kaspar Schiller fasste seinen Sohn bei den Schultern. »Lass er das! Das nimmt sonst ein böses Ende mit ihm.«

»Vater, sprich schneller, erzähl mir von zu Hause. Wie geht es der Großmutter Kodweiß zu Marbach? Was macht das Phinele? Gibt es Neuigkeiten aus dem Ort? So erzähl er doch! Die Zeit für Bedürfnisse der Seele ist knapp bemessen. Die Seele lässt sich kommandieren, Gefühle kann man einsperren und das Leben im Minutentakt zerbröseln!« – »Ich soll ihn grüßen von allen. Dem Phinele geht es gut. Sie schneidet immer noch Papierfiguren für ihr kleines Theater aus und sollte sich doch lieber aufs Hausfrauliche besinnen. Großmutter Kodweiß kommt recht gut allein zurecht. Deine Mutter versorgt sie in der Woche so gut es geht mit.« – »Schneller, Vater! Schneller! Die Zeit rennt!« Schiller erinnerte sich daran, wie er als kleiner Junge auf Vaters Schoß gesessen und der ihm von tanzenden Derwischen erzählt hatte, die sich bis zur Besinnungslosigkeit drehten und wirbelten. Er fühlte das Feuer hochlodern – er war einer dieser Derwische und alles drehte sich immer schneller und er konnte nicht aufhören. Lang vorbei die Zeiten der Erzählungen, der väterlichen Zuwendung! Drehen, wirbeln und nicht aufhören ... »Schneller, Vater, rede er doch! Gleich ist es vorbei. Wer weiß, ob man uns die fünf Minuten wirklich gönnt ...« – »Was ist los, Fritz! Er ist bleich. Fritz! Gibt es etwas zu verheimlichen? Vielleicht wächst er zu schnell, wie der Herr Medicus gesagt hat. Zu wenig Fleisch an den Knochen, das raubt die Kraft und schürt die Trauer ...«, Kaspar Schiller wurde lauter, versuchte sich bei seinem rasenden Sohn Gehör zu verschaffen. »Wenn es das ist, sagt es dem Herzog. Der ändert das auch! Der ändert alles, was am Menschlichen von Tadel ist!«, rief Schiller aus und lachte wirr. »Fritz, lass er das!«, rief Kaspar Schiller empört. »Bete er zu Gott, dass er ihn stärke, ihm zu Gehorsam, Strebsamkeit und Ehre verhelfe! Gott ist unser Hort, überall wo wir sind. Er kann uns erheben über die Widrigkeiten des Alltags. Klammere er sich an Gott, dann wird ihm leichter ums Herz.«

Schiller taumelte ein wenig, überwältigt vom Gefühl, das ihn mitriss. Er stand da mit geschlossenen Augen, keuchend, ganz in sich gekehrt. Dann brach die Frage aus ihm hervor, die er so lange zurückgehalten hatte: »Vater, wenn ich die Schule hier beende, erfolgreich beende, ihm, meinem Herrn Vater zur Ehre, dann bin ich doch frei in meinem weiteren Lebensweg, oder? Es ist nicht wahr, was Schlotterbeck und Petersen behaupten, dass ich durch eine Urkunde auf Lebenszeit den Diensten des Herzogs verpflichtet bin?« Für einen Moment herrschte eine absolute Stille. Kaspar Schiller blickte erschrocken auf seinen Sohn. Dann schlug Schiller seine Augen auf, lächelte seinen Vater voller Vertrauen an. »Sag er, dass ich frei bin, wenn ich euch hier nur Ehre gemacht habe.« – »Er weiß doch selbst, dass ich das nicht sagen kann!«, protestierte Kaspar Schiller. »Was hat er dagegen, dem Herzog zu dienen? Er bekommt eine Stellung, sein Auskommen. Das ist weit mehr als viele in diesen schweren Zeiten haben!« – »Ihr habt mich tatsächlich verschachert! Ihr habt es getan! Wie ein Stück Vieh! Auf Lebenszeit, auf Tod und Teufel? Wie war der Preis, Vater? Oder ward Ihr gar zu bescheiden, einen Preis zu fordern? Jedes Schwein hat seinen Preis, bevor man es zur Schlachtbank führt ... Habt mich verkauft an ihn, den Serenissimus!« – »So geht es zu im Leben. Es ist an der Zeit, dass er es lernt«, antwortete Kaspar Schiller. »Es ist zu allen Zeiten so, dass der Herzog die Unterschrift unter einen Zettel verlangt als Gegenleistung für den Freiplatz auf der Militärischen Pflanzschule und dem Versprechen auf eine Stellung, seinen Fähigkeiten angemessen. Seine Mutter und ich haben unterschreiben müssen. So ist es im Leben!« – »Weil ich gratis esse und gequält werde, gibt eine Mutter ihr Kind weg? Ihr habt mich verraten auf alle Zukunft! Studieren sollte ich! Erinnert Ihr euch noch, wie Ihr es mir eingepaukt habt? Theologie. Wo ist Gott, wenn Eltern ihre Kinder verschachern? Ach, der Abgrund …« Schiller vollführte jetzt tatsächlich mit ausgebreiteten Armen eine Drehung und taumelte. Ihm schwand alles vor Augen, er fühlte einen gallenbitteren Geschmack im Mund. Erneut spürte er wie schon am Tag zuvor, dass ihm das Blut aus der Nase rann.

»Was hat er? Ist ihm unwohl? Der Medicus! Zu Hilfe, ein Medicus!« Kaspar Schiller versuchte, seinem Sohn zur Hilfe zu kommen. Doch bevor er ihn erreichte, lag dieser bewusstlos auf dem Boden.

8

»Ich habe hier etwas, das ihm die quälenden Grillen vertreiben kann!« Ein kleiner, behäbiger Herr, äußerst lebhaft, mit lachenden Augen, stand vor Schillers Bett und hielt ein dickes Buch mit Pappband triumphierend so lange in die Höhe, bis er sich absolut sicher war, dass Schillers Blicke dem Gegenstand der Leidenschaft folgten.

»So geben Sie schon, Herr Professor Abel«, bat ihn Schiller, der sich noch etwas schwach fühlte. Abel überreichte Schiller das Buch und dieser las: ›Shakespeare, Theatralische Werke, übersetzt von Herrn Wieland.‹ Am liebsten hätte er sofort mit dem Lesen begonnen, und nur die Höflichkeit seinem Besuch gegenüber hielt ihn ab.

»Ich wusste doch, dass ich ihm eine Freude mache«, stellte Abel fest und strahlte.

»Der Engländer! Sein oder Nichtsein! Es gibt keinen Größeren, keinen, der mehr Kraft und Mut besitzt, alle Lauheit Lügen straft! Sie wissen nicht, was es für mich bedeutet in dieser Trostlosigkeit. In all dieser Lügerei hier, dieser Bespitzelung, diesen Verboten, aufatmen zu können, denken zu dürfen, wahre Freiheit zu spüren!« Schiller geriet geradezu in Ekstase. »Jetzt lasse er es aber gut sein. Lesen soll er schon in dem Buch, aber krank wie er ist, auch das Bett hüten und nicht die Duelle des Hamlet ausfechten! Also gib er Ruhe, sonst überlege ich es mir anders.« Professor Abel schmunzelte und war sich sicher, dass sein Zögling diese mahnenden Worte richtig verstand. »Ich werde auf der Stelle gesund und stark. Shakespeare steht mir zur Seite.«

Abel machte eine verschwörerische Geste. »Ich bin nicht allein gekommen …« Er drehte seine kleine kräftige Figur Richtung Tür, als stünde er auf einem Zapfen, als sei er ein Wettermann. Und schon öffnete sich diese und Scharffenstein, Hoven, Petersen und natürlich Kapf kamen herein und umstanden mit lautem Hallo das Bett. Die Freunde versorgten den überraschten Schiller mit Federkiel, Tinte, Papier, damit er die Muße nutze, etwas für den heimlichen literarischen Zirkel zu dichten. Schiller wehrte verlegen ab, er sei doch kein Dichter. Es verbiete sich sogar vom Dichten zu sprechen, wenn man ein Genie wie Shakespeare zur Hand habe. Jedoch die Freunde ließen nicht locker und es herrschte schon bald der schönste Übermut.

»Nur eines noch: Wenn man das Buch bei ihm findet, sage er nicht, dass er es von mir hat«, bat Professor Abel, »der Herzog hat es nämlich verboten.« – »Ein Beweis dafür, dass Shakespeare ein Genie ist. Denn alles, was wirklich bedeutend ist, wird hier doch mit Verboten belegt!«, rief Kapf begeistert aus. »Kunst von dieser Größe braucht ein freies Land«, entgegnete Schiller düster. »Herr Professor kann sich ganz auf mich verlassen …«

»Wo wir gerade bei den Verboten sind. Damit er es weiß, den Schnupftabak habe ich verboten. Denke er daran, er liegt nicht ohne Grund hier auf dem Krankenzimmer«, sagte Professor Abel und blickte sich mit erhobenem Zeigefinger im Kreis der Getreuen um. »Weiß jemand von euch überhaupt, was Schnupftabak ist?«, fragte Kapf mit Unschuldsmiene. »Es soll so etwas geben, das die Nasenlöcher schwärzt …«, Petersen setzte ein nachdenkliches Gesicht auf. »Aber das ist doch verboten. Undenkbar, dass jemand so etwas hier hereinschmuggelt und dann tatsächlich auch noch nimmt.« Allgemeine Zustimmung. Mit feierlichem Ernst setzte Hoven noch einen drauf: »Oder gar Alkohol! Das ist nichts für den scharfen Geist eines hart lernenden Eleven, der sich an den Mühlsteinen der Geistesgeschichte und

Wissenschaft wetzt. Nur versoffene Landsknechte, die nichts anderes können, als mit ihren Säbeln rasseln, fallen der Unvernunft anheim und saufen …«

»Hört, hört!«

»Doch wo Sünde ist, kann auch die Buße nicht fern sein«, schallte es von Petersen. »Denn schließlich hat jede Sünde in unserer Anstaltsordnung eine Nummer; der Économie wegen. Dort, wo alles so übersichtlich geordnet ist, können junge Menschen wie wir doch nicht fehlgehen. Ein Hoch auf die Anstaltsordnung, meine Herren!« Sie stießen lachend mit imaginären Gläsern an und prosteten sich zu.

»Was seid ihr doch für göttliche Lumpen!« Abel lachte begeistert. »Der Umgang mit euch wird mich noch meine ganze gute Reputation kosten. Übertreibt es mir nicht! Aber seid unbesorgt, es gefällt mir, wie ihr zusammenhaltet und das Beste aus eurer Situation macht.«

»Mensch, Hoven, jetzt erzähl endlich! Hast du wirklich das neue Buch von Goethe, den Werther, mein ich? Und wo hältst du ihn versteckt?« Schiller richtete sich im Bett auf und fasste seinen Freund beim Arm. »Endlich fragt er! Und ich sorgte mich schon, unser Fritz sei ernsthaft krank«, grinste Hoven. »Wir haben eigens ein wenig einstudiert vom tragischen Ende, wollten aber erst mal prüfen, wie es dir geht, um dich nicht allzu sehr zu erschrecken. Komm, Scharffenstein, fang an!«

Scharffenstein ging aus dem Zimmer, um dann mit großer Geste die Tür zu öffnen und hereinzutreten. Sein rechter Arm machte eine ausholende Bewegung gegen das Bett und deutete auf Schiller: *»Er lag gegen das Fenster entkräftet auf dem Rücken, war in völliger Kleidung, gestiefelt, in blauem Frack mit Weste.«* Dann wies er auf die Freunde: *»Das Haus, die Nachbarschaft, die Stadt kam in Aufruhr.«* Hoven nahm den Vortrag auf: *»Werthern hatte man auf das Bett gelegt, die Stirn verbunden, sein Gesicht schon wie eines Toten, er rührte kein Glied. Die Lunge röchelte schon fürchterlich, bald schwach, bald stärker; man erwartete sein Ende …«* Hoven warf seine rundliche Gestalt auf den Boden, wälzte sich dort in höchster Not. *»Vom Weine hatte er nur ein Glas getrunken. Emilia Galotti lag auf dem Pult aufgeschlagen«*, sprach jetzt Petersen, die Hand ausgestreckt auf Shakespeare deutend.

»Von Lessing«, rief Schiller. »Ein tolles Buch …«

»Um zwölf mittags starb er. Der alte Amtmann folgte der Leiche und

die Söhne. Albert vermochts nicht. Man fürchtete um Lottes Leben. Handwerker trugen ihn. Kein Geistlicher hat ihn begleitet. Ende!« Hoven gruppierte die Freunde zum Leichenzug, der jetzt durch das Zimmer schritt. Kapf mimte den Trauermarsch. Schiller und Abel applaudierten.

»Hört ihr, ich will die ganze Geschichte, die zu solch einem ergreifenden Tod führt. Kein Wort will ich missen!«, bat Schiller seine Freunde. »Gebt mir nur gut auf das Buch Acht.« – »Keine Sorge, Nies und Seeger werden es nicht finden. Es ruht unter einer losen Holzdiele in der Treppe, die zu den Klassenräumen führt«, antwortete Hoven. »Teufelskerls seid ihr!«, rief Abel begeistert aus.

»Er soll ein unbändiges Genie sein, dieser Goethe«, wusste Scharffenstein zu berichten. »Man erzählt sich, dass er auch bei Hofgesellschaften im Werther-Frack auftritt und den Damen ungeniert den Hof macht. Ein ganzer Kerl, nicht nur in Wort, sondern auch in Tat!«

»Dabei scheut er sich nicht, den Götz und andere Kraftausdrücke im Mund zu führen, wenn ihm etwas nicht behagt.« Typisch Kapf, dachte Schiller, dass ihm das Fluchen am meisten imponierte. Auf ein Zeichen intonierte die ganze Elevenbande: »Leckt mich am Arsch!«

»Aber, meine Herren, wollen Sie Wärter und Wache herbeirufen, die ich doch gerade mit einem Handgeld zur Ruhe geschickt habe?« Abel legte den Finger auf die Lippen. »Überhaupt sollte man immer auch daran denken, dass Selbstmord keine Lösung und eine große Sünde vor Gott ist. In diesem Sinne ist der Werther kein gutes Buch für junge Leute.«

Für einige Sekunden herrschte Schweigen in der Runde der Eleven.

»Es ist stets gefährlich, Liebe und Tod in einem Atemzug zu nennen. Wir leben nicht in der Zeit von Romeo und Julia«, führte Professor Abel den Gedanken fort.

»Hat denn nicht schon der große Shakespeare bewiesen, dass es nichts Aufregenderes gibt als die unausweichliche Kraft, die endgültigen Gewalten von Liebe und Tod, die alles mitreißen?«, begehrte Schiller auf, dem die Mahnung seines Lehrers missfiel. »Ich habe nichts gegen Leidenschaft in der Literatur«, entgegnete Abel, »was aber, wenn dieser Roman der Gefühle eine Epidemie von Selbstmorden unter jungen Leuten auslöst? Die Kraft solcher Bücher kann gefährlich sein. Nichts anderes sage ich.«

»Was wollen Sie noch, Herr Professor? Das Buch ist hier doch schon verboten«, erwiderte Petersen und zuckte gleichgültig mit den Schultern. »Ein Buch verbieten, dass kaum vier Wochen nach seinem Erscheinen schon vergriffen ist – das löst wohl keine Probleme.« Scharffenstein schob die Hände tief in die Rocktaschen.

Hoven zog aus seinem blauen Uniformrock die Dezemberausgabe der Deutschen Chronik hervor: »Hört einmal, was der Schubart geschrieben hat! ›Da sitz ich mit zerflossenem Herzen, mit klopfender Brust und mit Augen, aus welchen wollüstiger Schmerz tröpfelt, und sag Dir, Leser, dass ich eben ›Die Leiden des jungen Werther‹ von meinem lieben Goethe – gelesen? – nein, verschlungen habe. Kritisieren soll ich? Könnt ich, so hätt ich kein Herz ... Soll ich einige schöne Stellen herausheben? Kann nicht. Das hieße mit dem Brennglas Schwamm anzünden und sagen: Schau, Mensch, das ist Sonnenfeuer! – Kaufs Buch und lies selbst. Nimm aber Dein Herz mit! – Wollte lieber ewig arm sein, auf Stroh liegen, Wasser trinken und Wurzeln essen, als einem solchen sentimentalen Schriftsteller nicht nachempfinden können.‹«

»Auf Schubart ist Verlass«, sagte Schiller eher zu sich selbst. »Was gibt es da noch zu rechten?«

»Sicherlich, es ist ein außergewöhnliches, bemerkenswertes Buch. Aber auch Lessing meint, ein abkühlendes Nachwort wäre nötig, um zu zeigen, dass es auch bei der Darstellung der Liebesdinge um das Große, das Allgemeine in der Kunst geht«, sagte Professor Abel mit großem Ernst.

»Mir gefällt es, dass der Autor die Liebe ernst nimmt, sie als große Passion, als Lebenschance sieht und nicht als vergängliche Tändelei oder als Spielzeug der Langeweile. Er ist ganz nah bei den Menschen und ihren Gefühlen. Sein Buch hat eine große Tiefe und erweckt eine unstillbare Sehnsucht nach solcher Wahrhaftigkeit«, erklärte Scharffenstein. »Gut gesprochen, mein Freund. Allein, ich habe noch keine Zeile lesen können. Seid so gut und besorgt mir doch das Buch. Ich will es in einer Nacht zu Ende lesen«, bat Schiller.

Eine Turmuhr schlug. Professor Abel mahnte zum Aufbruch, bevor es noch jemandem einfallen könnte, sie hier zu verraten und ihre Zusammenkunft im Krankenzimmer dem Herzog zu melden. Kapf schlich sich seufzend ins Nachbarzimmer, seine Erkältung auszukurieren. Schiller umarmte seine Freunde. Die Tür fiel ins Schloss. Schiller lächelte und griff nach Shakespeares Werken. Er hielt in dieser Enge die Welt in Händen.

Nach dem Mittagessen wurden die Eleven zum Spaziergang im Akademiehof nach draußen kommandiert. Der Wind blies längst nicht mehr so scharf und die Temperaturen ließen bereits den Frühling ahnen. In Gruppen schritten sie jetzt über den sonnenhellen Hof, gaben sich ausgelassen oder diskutierten. Einige Professoren schlossen sich zwanglos an. Offiziere und Aufseher standen abseits, beobachteten gelangweilt das Treiben und behielten das Stundenglas für diesen Freigang im Auge.

Schiller saß auf einer Parkbank im Hof und streckte die Beine wohlig von sich. Er fühlte sich nach den dumpfen Krankenwochen so stark wie schon lange nicht mehr. Gierig atmete er die frische Luft und blinzelte gegen das Sonnenlicht zu seinen Freunden hinüber, die auf ihrer Runde immer wieder an seiner Bank vorbeikamen, um ihn mit spöttischen Bemerkungen ein wenig zu necken. Schiller durfte zwar am Unterricht teilnehmen, war aber noch von jeglicher körperlicher Tätigkeit befreit. Auch wenn er jetzt gern mit den anderen umherspaziert wäre, genoss er es doch, nicht exerzieren, reiten, tanzen und vor allem nicht putzen zu müssen. Kurz bemessen war diese Zeit der Rekonvaleszenz und er musste sie nutzen, um Kräfte zu sammeln für das, was ihm wirklich wichtig erschien.

Sein rechter Fuß fand einen Rhythmus, den er zu einer imaginären Musik klopfte. Den Blick in eine Ferne gerichtet, die nur er sah, drangen ihm erste Worte, dann ganze Verse ins Bewusstsein. Er wiederholte sie immer wieder in rascher Folge, murmelte sie leise vor sich hin, fügte neue Sätze an, ersetzte in Gedanken ein Bild durch ein anderes. Schon bald fügten sich Einzelteile zum Ganzen.

In was für einem dürftigen Umfeld musste er leben, dass ihm jetzt nicht Feder, Tinte und Papier zur Verfügung standen, um wenigstens diese ersten Versuche festzuhalten! Aus Angst, das Gewonnene gleich wieder dem Meer des Vergessens überantworten zu müssen, klopfte sein Fuß kräftiger, wurden seine Wiederholungen eindringlicher, wiegte er verhalten mit dem Oberkörper vor und zurück.

»Ade! Die liebe Herrgottssonne gehet,
Grad über tritt der Mond!
Ade! mit schwarzem Rabenflügel wehet
Die stumme Nacht ums Erdenrund ...«

Allzu gern hätte er wenigstens lautstark deklamiert, aber auch der Gedanke an Poesie war ihm bereits untersagt. Schiller vertraute auf sein Gedächtnis. Bis zum Abend würde er ein Blatt Papier für die Verse gefunden haben ...

Ein Schritt knirschte auf dem Kies des Weges. Der Schatten eines näher tretenden Mannes fiel auf den dichtenden Eleven. Schiller erschrak, war zugleich verärgert, wollte in seinem kurzen Frieden nicht gestört werden.

»Bleib er sitzen. Ich habe gehört, er war krank? Er scheint mir noch überreizt. Seine Beine zucken nervös. Er soll mir künftig nicht mehr so unangenehme Chosen machen und einfach umfallen. Liegt wohl auch an seiner ungestümen Art. Konzentriere er sich auf die Dinge, die von ihm erwartet werden, und treibe er weniger Unsinn mit seinen Kameraden. Es fehlt ihm doch nichts bei mir, da kann er doch froh auf seine Zukunft schauen!« Herzog Carl Eugen hielt seinen Kopf etwas steif unter der neuen, für seinen Kopf offenbar zu groß geratenen Modeperücke.

Ihm fehlt die Freiheit, sich umzuschauen, dachte Schiller. In seiner Verkleidung sieht er nur sich selbst und nichts, was neben oder hinter ihm stattfindet. Wie konnte ein kleiner Eleve da auf Verständnis hoffen? »Es geht mir schon besser, Euer herzoglicher Vater.« – »Nun lasse er den Kopf nicht hängen. Habe ich ihn nicht befreit von aller Sorge um die Zukunft? Gesorgt habe ich für ihn hier mit einer guten Ausbildung und stelle ihm sogar ein Amt in Aussicht. Ich befreie ihn von den Ketten der Sorge; selbst von den unsichtbaren, den vielleicht schwersten: den Ketten des Elternhauses. Und glaube er mir: Ich weiß, wovon ich spreche.« Der Herzog verfiel mehr und mehr seinem selbstverliebten Vortrag, sprach von den Rousseau'schen Erziehungsprinzipien, deren Verwirklichung selbst Voltaire an dieser Anstalt festgestellt habe, und dass er ihnen allen wie ein gestrenger, aber sorgender Vater den Weg weisen wolle. Natürlich könne niemand von der Jugend eine solche Weitsicht erwarten, dazu gehöre die Lebensweisheit des Alters. Deshalb müssten die Eleven von der Welt getrennt und auf die wesentlichen Ziele des Lebens vorbereitet werden, so wie man einen jungen Baumstamm binden und stützen müsse, damit er gerade wüchse.

Schiller schwieg, der Zauber dieser Frühlingsstunde war gebrochen. Jetzt galt es vielmehr aufzupassen, was der Herzog wirklich von ihm wollte.

»Wissen soll er, ich bin nicht nachtragend. Seinen Taufpaten, den Oberst Rieger, habe ich unlängst in Gnaden wieder aufgenommen. Politisch konspiriert hat er und leistet nun Abbitte. Er bewacht jetzt die politischen Gefangenen im Hohenasperg. Und ich bin sicher, ich könnte keinen besseren Aufseher bekommen.« Der Herzog deutete mit dem Goldknauf seines Stocks in Richtung Hohenasperg und Schiller verstand den Wink sehr wohl, verkniff sich aber die Lobeshymnen auf den väterlichsten aller Herrscher, die jetzt von ihm erwartet wurden. Schiller schwieg.

»Ungeachtet seiner Krankheit, er ist ein schlechter Schüler.« Der Goldknauf des herzoglichen Stocks deutete jetzt auf Schiller. »Die Juristerei liegt ihm nicht?« – »Ich bitte ergebenst um Verzeihung, wenn ich mich noch nicht in dem gebührenden Maß in die Materie eingefunden habe, aber Theologie wird an der Akademie nicht angeboten …« – »Lass er das ruhen!«, fiel ihm der Herzog ins Wort. »Es steht ihm nicht zu, sich über den Willen seiner Eltern und seines Landesvaters zu verhalten. Wer glaubt er denn, dass er ist, um beurteilen zu können, was für ihn gut sei?« Schiller erblasste vor Wut und Hilflosigkeit.

Auch dieses Zusammentreffen mit dem Herzog schien einen für ihn ungünstigen Verlauf zu nehmen. »Aber ich bin kein Unmensch. Das soll er schon erkennen«, versuchte es Carl Eugen jetzt in einem begütigenden Tonfall. »Wenn es seiner Genesung förderlich ist, will ich wohl bedenken, was Professor Abel kürzlich erwähnte, dass er einen Kopf für die Philosophie habe. Nutze er einmal seine Krankenzeit und schreibe er mir eine Abhandlung: ›Sind tugendhafte Frauen gegenüber jeglicher Versuchung standhaft?‹ Ich bin gespannt auf seine Ausführungen.« Das beschäftigte den Alten – die Treue seiner jungen Geliebten. Fast erschien Schiller der Herzog menschlich. Eifersucht, eine Liebschaft ohne Kinder und die Erkenntnis des eigenen Alterns. Carl

Eugen unterschied sich in diesen Punkten kaum von seinen Untergebenen. »Wie soll ich über die Tugendhaftigkeit der Frauen schreiben, wenn ich doch keine zu Gesicht bekomme?«, fragte Schiller mit gespielter Hilflosigkeit. »Wird ihm schon was einfallen, wenn ihm das Philosophische wirklich liegt und er einen Kopf hat«, brummte der Herzog unwillig zur Antwort. »Untertänigst, selbstverständlich.« – »Na also. Ich erwäge, alsbald die Akademie nach Stuttgart zu verlegen. Vielleicht eignet er sich ja besser für das Medizinische. Er hat für seine Arbeit drei Tage Krankenurlaub. Dass er mich nicht enttäusche.« Kurz hob der Herzog seinen Stock und ging dann auf das Schlossgebäude zu.

Kaum war der Herzog zwanzig Meter entfernt, meldete sich Friedrich Hoven aus den Büschen hinter der Bank: »Ist der Alte endlich weg?«

»Mensch, Hoven, alter Freund, hast du mich erschreckt!«

»Das ist eine Sache! Habe gehört, der Alte bekommt kein Geld mehr und wird gezwungen, nach Stuttgart zu ziehen. Das ist eine Stadt, da wird er uns nicht gänzlich wegsperren können vor der Welt.« Hoven schien sehr aufgeregt.

Kapf stürmte ins Klassenzimmer. »Wisst ihr es schon – wir werden Akademie und kommen nach Stuttgart! Die große Welt, Freunde, dürstet nach meinen Taten!«

Sofort wurde er von den anderen Eleven umdrängt und mit Fragen bestürmt. Schiller stand abseits und beobachtete mit Hoven und Scharffenstein die Szene. Sie selbst hatten noch nichts gesagt. Bis jetzt schien ihnen alles noch zu vage und unsicher. So aufregend sie die Nachricht auch fanden, sie setzten ihre täglichen Hoffnungen auf andere Dinge.

»In Stuttgart gibt es Weiber zuhauf, die was mit einem kräftigen Kerl wie mir anzufangen wissen!«, prahlte jetzt Kapf in gewohnter Selbstüberschätzung und Schiller und die Seinen antworteten mit lautem Gelächter, in das Kapf gern einstimmte.

Schiller setzte seine ganze Hoffnung auf den anstehenden Wechsel ins Medizinfach, auch wenn er dadurch seine Jahre in der Akademie noch einmal verlängern musste. Er flüchtete fast jede Nacht in die Welt der Literatur. Die Bereiche der dichterischen Fantasie waren frei von Zuchtmeistern und Despoten. Neben der Poesie versuchte er sich jetzt immer häufiger an Dramen, verwarf aber vieles recht bald wieder als unfertig und hohl. Schiller suchte nach dem Stoff, der ihm geeignet schien, Leidenschaft zu entfachen, Mauern niederzureißen und der Bedrängnis der Menschen Ausdruck zu verleihen.

Professor Abel bestärkte seine Schüler in ihrem Streben nach höheren Werten und nach der Unabhängigkeit des Geistes. Ganz im Sinn der Rousseau'schen Lehren, die aus seinem Mund ganz anders klangen als aus dem des Herzogs, rief er ihnen zu: »Ein Genie ist rastlos tätig, sucht eigene Wege in den Stürmen des Lebens. Mit Feuer stellt es sich den Hindernissen entgegen und erntet so Reichtum an Gedanken und Gefühlen. Wer nur in die Fußstapfen der Vorfahren tritt, wird diese nicht überholen!« Schiller fühlte sich seltsam erhoben. Ihm war, als wären die Worte seines Lehrers geradezu auf ihn gemünzt. »Flieht den unnützen Zerstreuungen der Welt, denn in jedem von euch schlummert ein großer Mann, der der Menschheit etwas geben kann. Das Genie verhöhnt seinen Kerker, wirft die Ketten des Alltags ab, bildet sich und schafft Großartiges!« Donnernder Beifall. Tot geglaubte Hoffnungen wurden erweckt. Keinen ließen die Worte Abels unberührt. Mit neuer Kraft warf sich der Kreis um Schiller auf die Dichtung.

Wer wollte da an Schlaf denken? Kapf lauerte auf dem Flur vor den Schlafsälen und hielt Ausschau nach den Aufsehern, während Masson mit seinem schweren französischen Zungenschlag in der Nähe der Tür lautstark aus einem Buch die Heldentaten der Kaiser des Römischen Reiches Deutscher Nation zum Besten gab. Auf einem Bett im Schlafsaal aber standen abwechselnd Haug und Schiller und trugen mit Feuer aus ihren Werken vor. Ihr lebhafter Vortrag, unterbrochen von Beifall und dazwischen gerufenen Einwendungen, erhitzte die Gemüter. Tyrannen wurden mit leichter Hand vom Thron gestoßen, verbannt oder gemeuchelt und Liebesschwüre im Angesicht des Todes erneuert. Shakespeare und Goethe, Othello, Hamlet und Werther, Götz und Galotti wurden die Götter der Nacht. Ihr Feuer speiste die eigene Fantasie. Zeitweise sprang auch Kapf hinzu, den es draußen auf Posten nicht länger hielt.

Dies gab Nies und Seeger eines Nachts die Gelegenheit, die literarische Bande auffliegen zu lassen. Schiller mit zur Decke gestreckter Faust auf seinem Bett stehend, versagte die Stimme, als der Intendant zusammen mit dem Aufseher in den Schlafsaal stürmte. Die davonstürzenden Eleven verursachten zunächst ein heilloses Durcheinander, dennoch entriss Seeger dem entsetzten Schiller sein Manuskript, beschlagnahmte Tinte und Feder. Zuletzt fanden sie noch einen Kreuzerwecken unter Schillers Kopfkissen. Die folgende Untersuchung ergab, dass der Wecken auf Kredit von einer im Schloss beschäftigten Stubenmagd beschafft worden war.

Vor dem Mittagessen traten die Eleven wie üblich im großen Rangiersaal zur täglichen Musterung an. Im obersten Knopfloch von Schillers Uniformrock steckte wie befohlen der rote Strafzettel, auf dem die Vergehen notiert waren. Der Herzog schritt die Reihen ab, verteilte hier ein Lob, dort eine der üblichen Ohrfeigen und entschied spontan über die zu verhängenden Strafmaße. Hin und wieder ließ er sich von Hauptmann von Seeger oder einem der Aufseher Bericht erstatten.

Carl Eugen riss den Strafzettel aus dem Knopfloch, überflog die Zeilen.

»Was treibt er nachts Poesie und wiegelt mir die Kameraden auf? Die Ordnung hier hat ihren Sinn – er wird lernen, sich nach ihr zu richten. Schmerzlich wird er lernen müssen! Hält sich wohl für einen großen Dichter ...« Allgemeines Gelächter unter den Aufsehern und wie befohlen bei der nahe stehenden Abteilung der Eleven.

»Rechtfertige er sich!«

»Euer herzoglicher Vater wissen, wie sehr ich mich der Poesie verbunden fühle. Habe ich nicht zuletzt zum Geburtstag Ihrer Reichsgräfin von Hohenheim ein schönes Poem verfasst? Nichts läge mir ferner, als den Unwillen Eurer Herzoglichen Durchlaucht zu erregen.« Die Sätze, die ihm zuvor schon Hoven und Scharffenstein eingebläut hatten, kosteten ihn eine unsägliche Überwindung. Vor Scham lief er im Gesicht rot an.

»Ich sehe wohl, dass es ihn reut. Allein, ich kann Eigensinnigkeit und Aufruhr an der Akademie nicht dulden. Und dass er noch auf Kredit frisst, wo er hier doch hinreichend versorgt wird, zeugt von einer Schwäche an innerer Haltung, die einer Korrektur bedarf. Nur durch Strenge lernt der Mensch die Schäden verbessern.« Der Herzog griff Schiller ans Revers seiner Uniformjacke und schüttelte ihn kräftig, dann nahm er einen Schritt Abstand, damit Schiller ihm als Nichtadliger untertänigst den Rocksaum küssen konnte. »Seeger, walte er seines Amtes und züchtige den Eleven.« Sprachs und steckte Seeger und Nies je einen Taler zur Belohnung für ihre Anzeige zu.

Am nächsten Morgen trat Schiller ohne Uniformrock, Zopf und Gipslocken an.

»Hemd ausziehen!«, befahl Hauptmann von Seeger, der mit aufgekrempelten Ärmeln bereits auf ihn wartete. »Streck er sich da vorn bäuchlings auf der Bank aus. Mach er es sich nur richtig bequem. Ich will ihn gleich noch kommodieren!« Seeger, Nies und zwei Aufseher amüsierten sich über den vor Angst und Kälte schlotternden Eleven, der mager bis auf die Knochen ein Bild des Jammers bot.

»So sehen also Helden aus, die Tyrannen vom Thron stürzen. Da fürchten wir uns aber mächtig!«, spottete Nies unter allgemeinem Gelächter.

»Wer austeilt, muss einstecken können, armes Dichterlein! Allein, dass eine Stubenmagd jetzt wegen ihm ohne Broterwerb dasteht, verdient mindestens zwölf Stockhiebe!«, schrie Hauptmann von Seeger ihn an. »Eigentlich gehört er anschließend noch eingesperrt«, schlug ein anderer Aufseher vor, »aber schmalbrüstig wie der ist, passt der durch die Gitterstäbe.« – »Bedank er sich bei dem Herzog, der ihm in seiner Gnade den Arrest bei Wasser und Brot erspart hat.« Nies und die anderen Aufseher pressten ihn fest auf die Exekutionsbank und Hauptmann von Seeger schlug zu. Zähneknirschend empfing Schiller die entehrenden Schläge.

»In der Berliner Akademie ist die Prügelstrafe verboten«, sein einziger schwacher Protest.

»Wir sind halt aus härterem Holz gemacht als die Preußen! Also halt er sein freches Maul! Zur Belohnung bekommt er einen extra Streich mit dem Prügelholz!«, schrie Hauptmann von Seeger zur Antwort und schlug wieder zu.

Vor Schmerzen zuckte Schillers Körper zusammen. Doch kein Klagelaut kam über seine Lippen. Gleich einer Vision stand ihm der Goethe'sche Ritter Götz zur Seite. *»Auf diese Art dein Leben lassen, Götz, so zu enden! Es sei drum! So ist mein Tod der Welt das sicherste Zeichen, dass ich nichts Gemeines mit den Hunden gehabt habe.«* Der Folterknecht ließ sich jetzt Zeit mit den Schlägen. Der stechende Schmerz verebbte langsam in ein höllisches Brennen, bevor er den nächsten Hieb erleiden musste. Fast war Schiller dankbar dafür, dass ihn die Aufseher grob auf die Exekutionsbank drückten. Wahrscheinlich hätte er trotz aller Willenskraft nicht stillhalten können. Und schon sauste das Prügelholz erneut auf seinen Rücken. *»Schließt eure Herzen sorgfältiger als eure Tore. Es kommen die Zeiten des Betrugs, es ist ihm Freiheit gegeben. Die Nichtswürdigen werden regieren mit List und der Edle wird in ihre Netze fallen … Freiheit!«* So sprach Götz, als er starb.

»Was murmelt der Kerl vor sich hin?« Nies packte ihn mit der Faust im Nacken. »Führt er immer noch ein aufrührerisches Wort? Lang er nur noch mal kräftig hin, mein Hauptmann. Dieser Kerl bettelt um Schmerzen.«

»Vergiss einen Verräter. Wir wollen seine Anschläge vernichten, sein Ansehen untergraben, und Gewissen und Schande sollen ihn zu Tode fressen … Mein lieber Sickingen, mehr davon!« Der kalte Schweiß trat Schiller auf die Stirn. Eiseskälte und Gluthitze quälten seinen Körper gleichzeitig. Jetzt wäre er bereit, hier liegen zu bleiben, bis sie ihn tot geschlagen hätten. »Will er noch mehr? Stehe er endlich auf!«, fuhr von Seeger ihn an und warf das Prügelholz in die Ecke. Zu einem der Aufseher gewandt: »Reich er ihm das Tuch, damit er sich das Blut abwischt, sonst ist sein Hemd rot beim Tanzunterricht.«

Schiller taumelte, verlor kurz das Gleichgewicht, landete auf seinen Knien. Sie lachten noch einmal über ihn. »Vorsicht, Nies, nicht anpusten, sonst fegst du ihn noch in die Ecke.« – »Mager wie ein Windspiel. Verträgt nichts, der Bursche, aber ein Maul für zwei.« – »Jetzt stehe er nicht so da, als könne er nicht bis drei zählen. Und troll er sich, ehe ich mich noch einmal an ihn erinnere!«, schrie ihn Hauptmann von Seeger im Befehlston an und warf ihm seine Sachen vor die Brust. Das Strafkommando verließ den Raum und die Tür fiel krachend hinter den Männern zu. Schiller kleidete sich an, betrachtete lange das blutige Tuch, mit dem er sich den Rücken abgetupft hatte. Dann hob er das Prügelholz auf und wischte sorgfältig das darauf haftende Blut ab. So unsicher er auch auf den Beinen stand, so vermied er es doch, sich hinzusetzen, aus Angst, nicht wieder aufstehen zu können. Schließlich steckte er das Tuch ein. Es sollte ihn erinnern, dass es zwischen ihm und dem Herzog keinen Waffenstillstand mehr geben konnte.

9

Es blieb trostlos. Während sich die Eleven in der freien Stunde nach dem Mittagessen auf dem Eis des zugefrorenen künstlich angelegten Teiches im Ludwigsburger Schlosspark vergnügten und sich die Kälte des Januars mit Schneeballschlachten vom Leib hielten, durchforsteten die Aufseher wieder einmal die Schlafsäle und Unterrichtsräume.

In den letzten Wochen hatten sich die Freunde bei ihren heimlichen Zusammenkünften gemeinsam an einem Roman im Werther'schen Stil versucht.

»Der Schiller hält sich für was Besseres, einen Poeten vielleicht. Und ihr, ihr lasst euch seine Unverschämtheiten gefallen«, lästerte Boigeol, der den literarischen Zirkel verachtete und sich als bester Reiter und Fechter seines Jahrganges einen Namen gemacht hatte. »Lern du erst mal ordentlich Deutsch schreiben«, gab Schiller zurück. »Es ist aber wahr. Mit deiner Kritik an unserem Roman raubst du allen den Mut weiterzumachen«, beschwerte sich jetzt auch Masson.

»So schlecht kann das Ganze doch nicht gediehen sein«, verteidigte Petersen die gemeinsamen Schreibversuche. »Die weiblichen Figuren sind leblos und die Sprache bleibt zu gekünstelt«, äffte Boigeol mit hoher Fistelstimme Schillers Dialekt nach und versuchte sich in dessen teilweise übersteigerter Gestik.

»Und das bei den von mir beigesteuerten Liebesabenteuern!«, empörte sich Kapf.

»Vielleicht eben gerade wegen dieser«, murmelte Schiller vor sich hin und sprach eher mit sich selbst. »Lass das, Boigeol. Dich geht das nichts an. Du hast nicht mitgeschrieben. Aber im Ernst, Schiller, du übertreibst es mit deiner Kritik, wenn du schon die erste Szene als leblose Heuchelei geißelst.« Hoven versuchte, die Diskussion zu versachlichen, und erntete Zustimmung.

Schiller blickte verärgert auf die verhinderte Autorenschar, ließ sich aber nur zu einer wegwerfenden Handbewegung hinreißen. »Wir haben unseren Spaß gehabt, aber ein zweiter Goethe ist deshalb aus uns nicht geworden«, trat Scharffenstein jetzt dazwischen und schüttelte sich, denn ihn hatte gerade ein Schneeball im Nacken getroffen. »Aber es ist wahr, Schiller, du hast mehr kritisiert als uns geholfen und uns damit alle Motivation genommen. Ich glaube, wir hätten auch ohne deine harte Kritik unsere Unzulänglichkeiten früher oder später erkannt.«

»Scharffenstein, dir will ich gerne antworten. Ohne Kritik gibt es keine Entwicklung zum Guten hin. Sie ist das Licht, das wir brauchen, in der Dunkelheit, die uns umgibt.« Da war es wieder: das Pathos in Schillers Stimme, das mitzureißen vermochte. »Bei dem Lichtlein, das du entzündest, denke ich eher an eine rußige Funzel, der es an Öl mangelt, als an eine lodernde Fackel oder gar ein Höllenfeuer. Der kleinste Windhauch und vorbei ist es mit dem großen Poeten!«, antwortete Boigeol bissig in Schillers Richtung. »Vielleicht, Boigeol, hast du sogar Recht. Ich bin ja nicht weniger kritisch, wenn es um meine Gedichte, meine Dramen geht. Wir haben alle ein wenig gespielt und sollten jetzt alle mit erwachsenem Ernst erkennen, dass es nicht reicht und vorbei ist«, sagte Schiller und stapfte durch den Schnee davon.

Alle blickten ihm überrascht und betroffen hinterher.

Scharffenstein war mit wenigen Schritten an seiner Seite: »Schiller, lass den Kopf nicht hängen!« – »Hast du Shakespeare gelesen? Ich meine, wirklich gelesen? In größter Bedrängnis und höchster Begeisterung stürzt er seine Helden und hat dabei noch den frechsten Witz zur Hand, um die Verderbtheit der Welt bloßzulegen! Der Kerl zermalmt mich. Mir fehlt es an Witz, an Geistesgegenwart, an Feuer – und vor allem, Scharffenstein – mir fehlt der Stoff für ein Drama, das sich wirklich lohnt. Ich habe meine ganzen letzten Dramenversuche ins Feuer geworfen.« – »Schiller, du bist zu hart mit dir! Wenn es einer von uns schafft, dann du. Dir fließen die Verse aus dem Mund wie Boigeol die Gehässigkeiten. Niemand von uns kann mit dir konkurrieren. Deshalb hat deine Kritik solch Gewicht. Du darfst nicht aufgeben, hörst du? Dir muss es gelingen!« Scharffenstein fasste den Freund bei den Schultern und drückte ihn herzlich. »Schaut her, unser Liebespaar!«, tönte es von Boigeol. Gelächter. Protestrufe. »Das ist eine Unverschämtheit!« Schiller stürmte vorwärts und packte Boigeol am Kragen. Dieser trat Schiller die Beine weg und beide wälzten sich im Schnee des herzoglichen Parks. Sie schlugen wild aufeinander ein. Die Eleven liefen zu einem großen Kreis zusammen und feuerten die Kämpfenden laut schreiend an.

»Was ist hier los!«

Schiller und Boigeol ließen sofort voneinander und sprangen auf. Der Kreis der Eleven verstummte schlagartig und rückte ängstlich zusammen, gerade so, als sei ein Raubvogel unter eine Herde ängstlicher Schafe gefahren.

»Was soll die Rauferei und das Geblöke! Wer hat angefangen?«, erkundigte sich der Herzog energisch.

»Sagst du ein falsches Wort, mache ich dir das Leben jeden Tag zur Hölle!«, zischte Dannecker dem Boigeol ins Ohr.

»Nun, Dannecker, was hat er da zu tuscheln?« Der Herzog wies mit seinem Stock fordernd auf den Eleven. »Schiller und Boigeol haben Kain und Abel gespielt. Eine dramatische Aufführung, herzoglicher Vater«, rief Haug geistesgegenwärtig dazwischen. »Treibt er wieder Poesie, der Schiller?«, argwöhnte Carl Eugen. »Wo zum Teufel sind die Aufseher, die solchen Radau unterbinden?« Er schrie nach dem Intendanten von Seeger, der aufgeregt angelaufen kam. »Na also, der Herr Intendant ist auch schon da! Ist er nicht für die Ordnung der Akademisten zuständig – oder hütet er seine Flöhe?«

Von Seeger, der gerade erst zum Oberst befördert worden war, zeigte mit einer raschen Verbeugung die notwendige Demut. »Herzogliche Durchlaucht, bitte allergütigst um Vergebung. Ich war dabei, die Schlafsäle und privaten Schatullen der Zöglinge zu durchsuchen, und brauchte fast jeden Mann.« – »Und? Hat er was gefunden?« Von Seeger blickte in die Runde, fixierte den Schiller. »Tinte und Federkiel bei Schiller. Beides nicht aus der Anstalt. Ansonsten billige Unterhaltungsbücher. Zwei Wecken bei den Neuankömmlingen aus der Kunstabteilung. Alles konfisziert!« – »Herr Oberst, ich bin ihm wieder gewogen. Er soll künftig mehr Unteroffiziere haben, um die Überwachung zu verbessern.« Carl Eugen blickte triumphierend lächelnd in die Runde. »Nicht dass ihr mir denkt, ihr könntet es bunt treiben in meiner verführerischen Stadt Stuttgart. Ich will euch den Fresskorb schon höher hängen.«

Versteinerte Mienen und betroffenes Schweigen bei den Eleven.

»Tinte und Federkiel! Schiller, treibt er wieder heimlich Poesie. Seine schulischen Leistungen sind nicht umsonst mangelhaft. An dem Fleiß seines Herrn Vater sollte er sich ein Beispiel nehmen. Eine hässliche Seele, die mich stets zu hintergehen trachtet, der Eleve Schiller. Da – hat er seine Maulschelle!« Der Herzog holte weit aus und schlug zwei Mal so hart zu, dass Schiller ins Taumeln geriet.

»Vielleicht«, schlug der übermütig werdende von Seeger jetzt vor, »sollte man auch mal bei den lehrenden Herren etwas genauer hinschauen. Manche führen doch gar zu freie Reden und verdrehen den Eleven den Kopf.« – »Damit er es weiß: Die Professoren sind für die Köpfe und nicht für die Hintern da. Geistesbildung duldet keinen Zwang, da brauche ich kluge Köpfe. Die Kontrolle überlass er mir – es bleibt, wie ich es angeordnet habe: Er ist für Eleven da und hat damit offenbar mehr als genug zu tun«, wies ihn der Herzog zurecht.

Nach dem Vorfall wurden die Eleven wieder in die Akademiegebäude getrieben. Hoven zog Schiller mit sich unter dem Vorwand, ihn unbedingt allein sprechen zu müssen. Er bat sogar Scharffenstein, zurückzubleiben.

»Was soll das, Hoven?«, fragte Schiller unwillig. »Lass gut sein. Ich will schon gehen«, sagte Scharffenstein und nickte Schiller freundlich zu. Hoven führte Schiller in eine stille Ecke des Flures vor den Schlafsälen. »Ich bin deinetwegen heute Morgen schon bei Professor Abel gewesen.« – »Und?« – »Du verdienst es nicht mit deiner miesepetrigen Art.« Ganz im Gegensatz zum ausgesprochenen Vorwurf strahlte Hoven seinen Freund an. »Du suchst einen dramatischen Stoff? Einen Stoff, der die Welt erzittern lässt? Ich habe ihn und du kannst endlich beweisen, was in dir steckt!« Hoven zog eine Zeitung unter seinem Hemd hervor. »Hier, mein Lieber. Im ›Magazin‹ hat ihn der Schubart veröffentlicht.« Hoven blätterte und deutete dann auf den Text. »›Zur Geschichte des menschlichen Herzens‹ hat er ihn genannt.«

Schiller riss ihm den Text aus den Händen und begann wie fieberhaft zu lesen. Sein Freund gehörte nicht zu den Wichtigtuern; es musste etwas dran sein an der Geschichte. »Hast du das gelesen? Er stellt den Stoff jedem deutschen Genie zur Verfügung, damit bewiesen werden kann, dass auch in Deutschland große Leidenschaften und große Charaktere zu Hause seien. Trotz der Ketten, an die die politischen Umstände den Einzelnen binden. Mensch, Hoven, der bezieht sich auf

Shakespeare!« Schiller begeisterte sich mit jeder gelesenen Zeile mehr. Seine Lippen formten die gelesenen Worte nach. Hoven beobachtete stolz die Begeisterung seines Freundes.

»Zwei Söhne von ungleichem Charakter ... Ein Genie der eine! Duckmäuserisch der andere! ... Verbummelter Student ... Brief unterschlagen. Er rettet unerkannt den alten Edelmann, den der zweite beiseite schaffen wollte! ...Das muss der Vater sein und alles muss tragisch enden. Hoven, das kann nicht anders als tragisch enden!«

»Ist es was für dich?«

Schiller jubelte und umarmte Hoven. »Wenn ich es jetzt nicht schaffe, tauge ich nichts. Ich will es beweisen! Ich werde ein Drama schreiben, es auf die Bühne bringen und ihnen im Text und im Spiel den Spiegel vorhalten, dass ihnen der Atem stockt! ›Der verlorene Sohn‹ könnte es heißen.« Er ballte seine Fäuste und hob sie drohend zum Bild des Herzogs empor, das am Treppenaufgang hing.

Ein Trompetensignal schmetterte im Hof. »Jetzt geht die Schinderei, diese elende, schon wieder los! Alles eng wie in einer geschnürten Brust!«, fuhr Schiller wütend auf. »Heute musst du vier Gipslocken tragen, denk daran, und die Paradeuniform«, mahnte Hoven, »heute ist eine Parade von Wert.« – »Hyänengewinsel, Natterngezücht, Teufelsbrut! Ich will jetzt schreiben!«, rief Schiller und vorbeieilende Eleven schauten ihm kopfschüttelnd nach, wie er zum Schlafsaal strebte, um sich anzukleiden.

Das Abendessen war beendet. Die Eleven warteten auf den Befehl, sich zu erheben. Mit eiligen Schritten kam ein Bedienter vom Tisch des Herzogs und flüsterte mit Hauptmann Galsberg, der heute anstelle von Nies die Aufsicht über die Abteilung führte. Schon donnerte dessen Stimme: »Eleve Schiller, zu seiner Durchlaucht!« Schiller erschrak. Langsam erhob er sich, nestelte noch an seiner Uniform, da wurde er schon zur Eile getrieben. Er spürte die besorgten Blicke seiner Freunde im Rücken. Zunächst hatte ihn aber Hauptmann Galsberg am Wickel: »So will er doch nicht dem Herzog unter die Augen treten. Den Rock von der Suppe bekleckert und auch die Haarschleife nicht richtig gebunden!« Der Hauptmann zog die Schleife zurecht. »Er muss einfach mehr auf sich halten. Jetzt ist keine Zeit mehr. Sehe er zu, dass er den

Herzog nicht warten lässt. Und keine Unverschämtheiten!« Er verpasste ihm einen Klaps auf den Hinterkopf, dass der Puder auf Schillers Schultern staubte.

Schiller nahm vor dem Tisch Haltung an, starrte geradeaus und rührte sich nicht. Carl Eugen hatte ihn bemerkt, ließ ihn aber warten und trieb Konversation.

Schiller hörte die Reichsgräfin von Hohenheim sagen: »Wie können Indianer ohne Waffen im fernen Amerika den Engländern solche Schwierigkeiten bereiten? Und was ich überhaupt nicht verstehe, was geht es uns hier in Württemberg an?«

Carl Eugen amüsierte sich über die Unwissenheit seiner Mätresse und forderte den am Tisch sitzenden von Seeger auf, den Sachverhalt zu erklären. Dieser fühlte sich geschmeichelt und erläuterte, dass es die weißen Siedler seien, die den Engländern solche Scherereien bereiten würden, und dass man durchaus von einer guten Bewaffnung dieser Leute sprechen könne. Es sei ein heftiger Kampf entbrannt, der schon viele tausend Menschenleben gekostet habe. Man wolle unabhängig vom englischen Mutterland einen eigenen Staat mit einer eigenen Regierung.

»Ich fühle mit meinem Königlichen Herrn Bruder, der englischen Majestät«, rief jetzt der Herzog aus. »Undankbares Gesindel die Untertanen, allesamt! Diese gottlosen Viehzüchter und Waldläufer faseln etwas von Freiheit. Leute ohne Kultur! Was soll denen denn eine Freiheit bringen? Freiheit wovon, Freiheit wofür?« Man lachte bei Tisch und schüttelte den Kopf. »Narren und Verbrecher – aber gefährlich. Der Untertan hat zu gehorchen, sonst ist er nicht glücklich. Macht diese amerikanische Unsitte Schule, sterben überall Menschen für solche Spinnereien. Selbstverständlich habe ich meinem Bruder, dem englischen Monarchen, Soldaten geschickt, dem Treiben ein Ende zu setzen.« – »Ich verstehe nicht«, antwortete Franziska von Hohenheim, »wovon wollen sie Freiheit, wo doch der englische König so weit entfernt ist.« – »Sie wissen es ja selber nicht«, seufzte Carl Eugen. »Irgendein Wirrkopf hat ›Menschenrechte‹ gefordert. Was immer das sein mag! Das stinkt nach Empörung und Rebellion! Aber glaube mir, liebe Franziska, die Geschichte wird über diese Episode hinweggehen und diese Barbaren dem ewigen Vergessen überantworten.«

Franziska von Hohenheim war wegen dieser langen Belehrung keineswegs amüsiert. Sie holte eine goldene mit Perlen besetzte Dose aus ihrer Tasche und puderte sich die Wangen. »Gibt es etwas Langweiligeres als Politik? Mein lieber Herzog, ich habe mich schon lange nicht mehr richtig amüsiert. Wenn Sie erlauben, Carl Eugen, ziehe ich mich zurück.« – »Aber Fränzel!« Der Herzog mochte es nicht leiden, wenn seine Mätresse verschnupft war. Das waren ihm offensichtlich diese Siedler in Amerika und deren Menschenrechte nicht wert. »Warte doch bitte einen Augenblick. Dort, der Eleve Schiller hat ein ungewöhnliches Talent zum Dramatischen. Heute kam ich dazu, wie er Kain und Abel aufzuführen vorgab. Ich bin mir sicher, er ist der Geeignete, dieser Runde etwas Unterhaltsames vorzuführen. Was meint er dazu?«

Schiller hielt seinen Blick immer noch geradeaus gerichtet. Schweißperlen traten auf seine Stirn. Was sollte er sagen, wie sich verhalten?

»Neulich hat ihn unser lieber Oberst von Seeger angetroffen, wie er mit hoch erhobener Faust auf seinem Bett herumgesprungen ist und sich vor lauter Poesie Schaum vor den Mund geredet hat.« Der Herzog schien bester Laune. Intendant von Seeger stimmte sogleich beipflichtend ein. Die Reichsgräfin versuchte zu beschwichtigen: »Sie machen den jungen Mann verlegen, Carl Eugen. Wenn er noch so ein großer Künstler wäre, Ihre Rede würde ihn hemmen.« Schiller hätte etwas darum gegeben, das Mienenspiel der am Tisch versammelten Personen zu studieren, um zu erfahren, was man tatsächlich von ihm erwartete, aber es war ihm untersagt, dem Herzog in die Augen zu schauen. Er bot alle Kraft auf, sich zu beherrschen, bis seine Muskeln zu schmerzen begannen.

Der Herzog, entschlossen, das Spiel weiter zu treiben, legte etwas Süßliches in seine Stimme: »Man hat mir berichtet, er könne nicht nur Biblisches darstellen, sondern auch Leute nachahmen. Seine Mitschüler zum Beispiel, seine Professoren, seine Aufseher – am Ende gar mich selbst? Nun, wie verhält er sich dazu?«

Schiller schwieg, er ahnte nichts Gutes.

»Carl Eugen, ich bitte dich ...«, Franziska von Hohenheim versuchte ein letztes Mal zugunsten von Schiller einzugreifen. Schiller wagte kurz zu den am Tisch versammelten Personen hinzuschauen, aber er entdeckte nicht mehr als ein undurchsichtiges Mienenspiel des

Herzogs und einen Oberst von Seeger, dem die Situation offenbar gefiel. Wahrscheinlich stellten sich die Herrschaften vor, wie sie eine Situation schaffen könnten, die vielleicht zu einer weiteren Prügelstrafe führte. Wie konnte er der Aufforderung des Herzogs nachkommen, ohne eine Bestrafung und Herabsetzung fürchten zu müssen? Fieberhaft suchte Schiller nach einem Ausweg für seine bedrängte Seele. Die Wände des Speisesaals schienen immer enger auf ihn zuzurücken. Er rang nach Atem.

»Er wird sich doch wohl seinem herzoglichen Vater nicht widersetzen? Also, rühr er sich und zeige er, was in ihm steckt!«, rief der Herzog jetzt so laut, dass alle im Saal ihre Köpfe reckten. Schiller blickte Hilfe suchend August von Hoven an, der als Chevalier und mehrfach ausgezeichneter Schüler an der Tafel des Herzogs speisen durfte. Aber der Bruder seines Freundes hielt gesenkten Blickes nur seinen Teller fest im Visier. Franziska von Hohenheim erhob sich, lächelte Schiller an und erklärte: »Sie würden mir persönlich eine besondere Freude bereiten, wenn Sie die langweiligen Gespräche bei Tisch durch Ihr Spiel vergessen machen würden, Herr Eleve.« Sie reichte ihm ein Glas Rotwein. Schiller zögerte noch immer, nahm aber dann das Glas, trank es in einem Zug leer und fand, dass nur dreiste Entschlossenheit ihm aus dieser ausweglosen Situation helfen konnte. Zudem fühlte er sich insoweit schon sicherer, dass die Mätresse des Herzogs für ihn irgendwie Partei ergreifen und das Schlimmste abwenden würde. Schiller räusperte sich. Sein Gesichtsausdruck wandelte sich in Sekundenschnelle. Ein herablassender Blick traf alle am Tisch Versammelten. Er stolzierte jetzt um den Tisch herum. Seinen Mitschülern und Lehrern mochte der Atem stocken, denn sie erkannten sofort den sich wiegenden Schritt des Herzogs und dessen Gestik wieder. Er imitierte sogar die Stimme des Landesfürsten, um ihn grob anzufahren: »He, Schiller, was stiert er gar so gierig auf die Speisen! Gefräßig wie immer! Immer nur auf billigste Vergnügungen aus, statt sich zu bilden zum Wohle seines Landes!«

Carl Eugen riss ungläubig die Augen auf, seine Hände verkrampften sich an den Stuhllehnen. Franziska von Hohenheim griff nach einem Fächer, den sie vor den Mund hielt, um ihr Lachen zu verbergen. Oberst von Seeger wurde blass und hätte wahrscheinlich am liebsten das Weite gesucht und gefunden. Schiller blieb unbeirrt, griff nach der Weinkaraffe, füllte das Glas des Herzogs: »Wenn ich schon seiner Fresssucht nicht nachzugeben gedenke, genieße er wenigstens dieses geistige Getränk. Ein wenig mehr Geist kann ihm nämlich nicht schaden, nicht wahr, Fränzel?« Er goss sich auch noch selbst ein und prostete Carl Eugen gönnerisch zu. »Nicht so schüchtern, mein junger Eleve! Er soll doch sonst so ein Draufgänger sein.« Schiller packte der Übermut, er griff dem Herzog ans Revers und zog aus einem Hemdsärmel einen kleinen roten Zettel, der einem Strafbillet ähnlich war. »Und was haben wir hier? Der wackere Seeger verlangt eine Bestrafung, weil er dem Eleven Kempf für dessen Spitzeldienste Prügel angedroht hat? Denkt wohl gar ans Prügelholz, der Seeger!« Schiller lachte. »Er mag sich anderweitig körperlich ertüchtigen. Wir wollen unseren Schiller heute nicht bestrafen, ...« Er fuhr dem Herzog mit dem Handrücken die Wange entlang. Dieser zuckte zusammen und schaute hilflos drein. »... wir sehen durchaus ein, dass Spione einem erbärmlichen Geschäft nachgehen.«

Carl Eugen sprang auf. Für einen Moment hin und her gerissen zwischen dem Wunsch, den Eleven zu züchtigen und das Spiel mitzutreiben, um sich keine Blöße zu geben. Da hörte er seine Mätresse kichern, schaute in die Runde der breit grinsenden Eleven und wollte gerade dem Treiben, das ihm entschieden zu weit ging, Einhalt gebieten, als Schiller ihm erneut das rote Billet vors Gesicht hielt.

»Man glaubt es kaum! Fränzel, stelle sie sich vor. Dieser Eleve wagt es, seinem Herzog in die Augen zu schauen. Da, er macht es schon wieder, hat sie das bemerkt! Seeger! Mann, springen Sie auf oder hüten Sie nur Ihre Flöhe?« Lautes Gelächter im Saal. Von Seeger klebte wie gelähmt an seinem Stuhl, wischte sich nur den Schweiß von der Stirn. »Seeger, sperr er diesen frechen Kerl in den Keller – wie gehabt – bei Wasser und Brot, damit er lernt, sich zu ducken und seine Gefräßigkeit zu zähmen!« Franziska von Hohenheim fasste Schiller jetzt beim Arm. »Aber Carl Eugen, es ist doch noch ein so junger Mensch. Da sollte man nicht so grob verfahren. Ich bin sicher, er wird den Tadel ernst nehmen und sich bessern.« – »Gut, dann wollen wir gnädig sein, denn eigentlich denke ich, dass in dem Eleven, der kein Tier mehr sein mag, das dem Blick der Menschen ausweicht, ein kluger Kopf wohnt.«

Schiller klopfte Carl Eugen gönnerisch auf die Schulter. Dann imitierte er gestenreich die Art, wie der Herzog seinen Goldstock zu führen pflegte. »Schule er seinen trägen Verstand und schreibe er mir ein schönes Poem über die Tugendhaftigkeit des Fürsten, das ich wohl gerne morgen Abend hören werde.« Für wenige Sekunden kreuzten sich Schillers und des Herzogs Blicke und Schiller erkannte mit Genugtuung, dass ihn dieser in die ewige Verdammnis wünschte, aber angesichts der Öffentlichkeit nicht zu handeln imstande war. Franziska von Hohenheim konnte nicht länger an sich halten, sie prustete vor Lachen und verschluckte sich. Schiller baute sich breitbeinig vor dem Herzog auf, stemmte die Arme in die Hüften und warf noch einmal einen abschätzigen Blick auf sein Gegenüber. »Eleve Schiller«, er ahmte die Stimme theatralisch übertrieben laut nach und er wusste, dass seine Kameraden jetzt an seinen Lippen hingen, »wenn schon die gnädige Reichsgräfin ihm ihr Wohlwollen zeigt, will auch ich ihm gewogen bleiben. Seine Dreistigkeiten und seine Völlerei seien ihm einstweilen verziehen. Zum Dank sei es ihm erlaubt, gleich den adligen Eleven Unsere Hand zu küssen …« Bevor Carl Eugen noch reagieren konnte, ergriff Schiller dessen Hand und neigte seine Lippen darüber. Dann imitierte er das breite, verschlagene Lachen des Herzogs, schritt majestätisch auf Franziska von Hohenheim zu und reichte ihr den Arm. »Ach Fränzel! Was beherbergt unsere Akademie doch dumme Bauernbuben!« Noch einmal drehte er sich zu Carl Eugen um und rief ihm zu: »Bedien er sein keckes Mundwerk an den Fleischresten, damit er in der Nacht gut gesättigt schnarcht und nicht mehr im Bett tanzt und die Eleven närrisch macht.« Dann zog er die Reichsgräfin, die ihm laut lachend folgte, zur Tür des Saales. »Fränzel, lassen wir uns den Abend nicht weiter verderben und den Tölpel stehen.«

Franziska von Hohenheim schien durchaus gewillt, ihrem galanten Kavalier auch noch bis in den Hof zu folgen. Sie lachte ausgelassen wie ein junges Mädchen und winkte dem Herzog zu. Doch der schien jetzt endgültig genug von dem Spiel zu haben. Er lief den beiden, eher ungeschickt stolpernd als majestätisch schreitend, nach und rief: »Jetzt ist es genug, Schiller! Lass er mir die Fränzel!« Er entriss Schiller ihren Arm, zögerte einen kurzen, schrecklichen Moment, besann sich aber und lachte dann: »Bedien er sich selbst an der Tafel zum Lohn. Von

Seeger, stehe er nicht bleich da wie ein Wachstuch, sondern schenke er dem Eleven Rotwein ein.« Noch einmal sein breites Lachen, das ihm nicht recht gelingen wollte. Schiller hatte schon längst wieder Haltung angenommen, die Augen starr geradeaus auf die nächste Wand gerichtet. »Er ist mir ein rechter Galgenstrick! Wenn er es mir zu bunt treibt«, der Herzog hob drohend den Zeigefinger, »verfrachte ich ihn für seine Unverschämtheiten mit der nächsten Schiffsladung Soldaten nach Amerika. Da kann er die Freiheitsnarren mit Gewehr und Kugel bekehren und einem sinnvollen Gewerbe nachgehen.«

Lachend und drohend verließ er mit Franziska von Hohenheim den Speisesaal. Schiller fühlte sich erleichtert und sicher, dass ihm künftig ähnliche Befehle des Herzogs erspart bleiben würden.

Nicht nur in Stuttgart, sondern auch auf der Solitude wurden die Anzeichen des bevorstehenden Umzuges im Laufe des Jahres 1775 unübersehbarer. Zuerst rollten nur die Wagen mit den Kostbarkeiten aus den Schlossgebäuden. Bald aber schon wurde auch die im Rücken des Schlosses angrenzende Akademie von der gleichen Unruhe erfasst. Erste Klassenräume wurden geräumt, Mobiliar und Gerätschaften zur Herzoglichen Militärakademie an der Planie nach Stuttgart geschafft. Es tauchten neue Gesichter auf, Unteroffiziere, Soldaten, aber auch Bürger und Handwerker aus der Stuttgarter Bevölkerung, die ihr Geld und ihre Dienste zur Verfügung stellten. Der Unterricht litt unter den ungewohnten Einschränkungen und der entstehenden Unruhe, aber Leerlauf blieb auch weiterhin nicht zu befürchten. Dort, wo Räumlichkeiten und Mittel fehlten, wurde fleißig exerziert und für den offiziellen Einmarsch in Stuttgart geprobt.

Schiller wechselte, zum Leidwesen seines Vaters, ins medizinische Fach. Seine einzige Leidenschaft galt aber unverändert der Dichtung. Heimlich schrieb er ganze Nächte durch und seine Noten ließen Schlimmstes befürchten.

Korporal Schwäble, ein dicker, gemütlicher Soldat mit einem rauschenden Bart, wurde zum neuen Aufseher der Abteilung ernannt, weil Nies zum Leutnant aufstieg und in Erwartung der Stuttgarter Verhältnisse höhere Befehlsgewalt bekam. Der Herzog verstärkte die Wachen in den Häusern und auch vor dem Schloss, um der Unruhe unter den

Eleven zu begegnen und Fluchtversuche zu verhindern. Den Eleven war der Wechsel in der Person des Aufsehers recht. Sie sorgten für Ruhe und Ordnung in den eigenen Reihen und Korporal Schwäble ließ sie gewähren. Schiller war der neue Aufseher in besonderer Weise zugeneigt, hatte er doch mit dessen Vater zusammen gegen die Preußen gefochten. Über ihn kursierten jetzt heimlich Briefe nach draußen und er wurde auch zum Boten für Papier, Tinte und verbotene Bücher. Die gefährlichen Ausflüge, um Konterbande zu holen, wurden seltener. Schiller schrieb sich, ohne Wissen seiner Eltern, mit dem Phinele und erfuhr manches von zu Hause. Die Zeit der allgemeinen Unruhe verschaffte ihm eine Atempause und gab ihm Kraft für die Arbeit an dem Schubart'schen Stoff.

Atemlos, den Mund vor Erregung geöffnet, lauschte Schiller auf die schlurfenden Schritte von Nies im Flur. Er lauerte hinter der Tür, geschützt von der Dunkelheit. Das Schrittgeräusch verstummte kurz, wenn Nies lauschend vor der Tür eines Schlafraumes stehen blieb. Manchmal hörte man auch, wie er quietschend die Tür einen Spalt breit öffnete. Aber meistens spähte der Leutnant nur durch das Schlüsselloch. Nies machte kein Licht, führte keine Laterne mit sich, denn er kannte jeden Zentimeter der Schlafsäle und Korridore. Zumindest darin waren ihm die Eleven jedoch ebenbürtig.

Vor der Tür des Schiller'schen Schlafsaales verstummten die Schritte des Leutnants ungewöhnlich lang. Die Fantasie drohte Schiller bereits Streiche zu spielen. Nur wenige Zentimeter und das massive Holz der Tür trennten Nies und den Eleven. Der Knauf bewegte sich und langsam öffnete Nies die Tür einen Spalt. Schiller drückte seinen schmächtigen Körper flach an die Wand. Von draußen fiel nur schwach der Mondschein durch die Fenster des Schlafsaales. Nies mochte nur schemenhafte Umrisse der Betten erkennen. Kein Laut war zu hören. Um Schiller zu entdecken, hätte der Leutnant den Raum betreten müssen. Dafür gab es keinen Anlass. Schiller horchte, hielt den Atem an, klopfenden Herzens. Über dem ganzen Gebäude lag eine Grabesstille. Ganz langsam schloss sich die Tür wieder. Aufatmend horchte Schiller auf die Schritte, wie sie sich langsam im Flur wieder entfernten.

Rasch huschte Schiller von Bett zu Bett, aber seine Freunde lagen noch wach und warteten nur auf ein Signal zum Aufbruch. Sie öffneten die Tür des Schlafsaales und schlichen auf den Korridor. Plötzlich hörten sie weiter hinten im Eingangsbereich des Gebäudes ein lautes Rufen und Poltern. Zuerst erschraken sie, konnten sich aber schon bald ein Lachen kaum verkneifen, war doch Leutnant Nies in die Fänge des Korporals Schwäble geraten, der heute den Nachtdienst versah. Sie waren erleichtert, denn nach diesem Vorfall würde Nies, der schlimmste Spürhund unter den Unteroffizieren, wohl kaum noch einmal Lust verspüren, im Dunkeln auf Elevenjagd zu gehen. Die Eleven bewegten sich fast geräuschlos, hielten sich nach rechts. Dann tasteten sie um eine Ecke, stiegen vier Stufen abwärts und standen jetzt in der Vorhalle der Akademie. Hier rückten sie erneut ängstlich zusammen und lauschten.

Vor der Pforte patrouillierten die Posten mit ihren Sturmlaternen. Ab und zu hallte ihr lautes »Wer da?« durch die Nacht. Der Weg führte die Eleven an der Wohnung des Pförtners und am Sprechzimmer der Akademie vorbei. Rechts davon betraten sie einen schmalen Gang. Das von draußen hereinfallende Licht einer Sturmlaterne entriss für kurze Zeit ein Porträt des Herzogs der Dunkelheit. Hier auf dem Gang hockte bei Besuchszeiten stets der lauschende Aufseher, seinen Blick fest auf das Stundenglas geheftet. Rasch huschten sie auch diesen Gang entlang. Die an dessen Ende liegende Kammer war ihr Ziel. Die Kammer wurde nur ein Mal in der Woche in Gebrauch genommen. Hier lagerten auf langen Gestellen zahllose Puderbeutel. Die gut und gerne vierzig Zentner Puder für adlige Eleven, Professoren und Offiziere hatten der Kammer unter den Eleven den Spitznamen »Mehlsack« eingebracht.

Dannecker hielt die Tür weit auf, damit das schwache Licht des Ganges in den Mehlsack fiel, während Scharffenstein einen Bogen Leinenpapier aus dem Schubfach eines Schrankes nahm, um damit das schmale Türfenster auszukleiden. Dann entzündeten sie eine mitgebrachte Wachskerze und schlossen die Tür.

»Durchlaucht haben geruht, die getreuen Söhne der Akademie zu bitten, es sich im Mehlsack bequem zu machen«, scherzte Hoven. »Ein jeder besorge sich einen Ruhesessel«, lachte Petersen. Jetzt lachten auch die anderen, verhalten noch, Aufregung und Angst hinterließen noch ihre Spuren. Man nahm drei Schemel, legte eine kleine Leiter darüber und nahm Platz. »Lasst uns nicht zu viel Zeit vergeuden«, mahnte Dannecker. »In zwei Stunden spätestens sollten wir wieder in unseren Betten liegen.«

Das Wagnis, den Mehlsack zum literarischen Verschwörernest zu machen, war groß und die Folgen, wenn man sie erwischte, nicht auszudenken. Schiller blickte in die Runde, las aus den Blicken seiner Freunde Spannung und Ungeduld.

»Komm, lies endlich, Schiller!«, forderte ihn Haug auf.

Schiller zog ein Konvolut von Blättern unter seiner Weste hervor und begann mit gedämpfter Stimme. Aber schon nach wenigen Sätzen riss ihn das Drama vom verlorenen Sohn derart mit, dass er nicht anders konnte, als laut zu werden und wild zu gestikulieren.

»Pfui! Pfui über das schlappe Kastratenjahrhundert, zu nichts nütze, als die Taten der Vorzeit wiederzukäuen und die Helden des Altertums mit Kommentationen zu schinden und zu verhunzen mit Trauerspielen. Die Kraft der Lenden ist versiegen gegangen, und nun muss Bierhefe den Menschen fortpflanzen helfen.«

Von Augenblick zu Augenblick wurde es den eng beieinander hockenden Eleven unbehaglicher zumute. Es war nicht allein die Angst, dass sie durch den ungestümen Vortrag Schillers entdeckt werden könnten, es waren auch die unglaublichen Sätze des Dramas, die gegen die bestehende Ordnung rebellierten.

»Still!« Scharffenstein legte den Finger auf die Lippen. Sie lauschten und machten erschrockene Gesichter. Draußen, ganz in der Nähe, bellte ein Hund. Ein anderer antwortete mit lang gezogenem Wolfsgeheul. Der schaurige Ton zerrte an den Nerven. Dann dieses »Wer da!« und ein kurzes Hackenschlagen, bevor wieder Stille einkehrte. Und dann erneut der Moor im Drama. Erst verhalten, dann immer lauter und frecher aus Schillers Mund:

»Da verrammeln sie sich die gesunde Natur mit abgeschmackten Konventionen, haben das Herz nicht, ein Glas zu leeren, wie sie Gesundheit dazu trinken müssen – belecken den Schuhputzer, dass er sie vertrete bei Ihro Gnaden, und hudeln den armen Schelm, den sie nicht fürchten. – Vergöttern sich um ein Mittagessen und möchten einander vergiften um

ein Unterbett, das ihnen beim Aufstreich überboten wird. – Verdammen den Sadduzäer, der nicht fleißig genug in die Kirche kommt, und berechnen ihren Judenzins am Altare – fallen auf die Knie, damit sie ja ihren Schlamp ausbreiten können – wenden kein Aug vom Pfarrer, damit sie sehen, wie seine Perücke frisiert ist. – Fallen in Ohnmacht, wenn sie eine Gans bluten sehen, und klatschen in die Hände, wenn ihr Nebenbuhler bankrott von der Börse geht. – So warm ich ihnen die Hand drückte! Nur noch ein Tag! – Umsonst! – Ins Loch mit dem Hund! – Bitten! Schwüre! Tränen! Hölle und Teufel!«

Schiller schrie und stampfte auf den Boden. »Um Himmels willen, Schiller, nicht so laut!« Hoven packte ihn bei den Schultern. »Wir wollen lieber nicht das ganze Stück lesen«, meinte Petersen mit belegter Stimme. »Wenn die uns am Kragen packen, ist es vorbei mit dem lustigen Leben ...« – »Hölle und Teufel! Bitten und Schwüre! Habt ihr gehört? Haut doch ab, wenn ihr die Hosen voll habt!« Schiller lachte verächtlich. Von draußen erschallte erneut der Ruf eines Postens. Die Freunde blieben hocken. Sie waren nicht feige! Einige Passagen hatte Schiller mit so viel Herzblut geschrieben, dass er sie längst auswendig rezitierte. Er griff nach dem Besen, der in der Ecke stand und ihm jetzt zum Degen wurde.

Schiller hastete über die Zeilen, schmetterte Satz um Satz, Szene um Szene unter die Zuhörer.

»Ein sehr kühnes Buch«, rief Masson dazwischen. »Das wird ein Geniestreich im Schubart'schen Sinne, Schiller!«, begeisterte sich Hoven.

Schiller, angespornt durch den Zuspruch, redete sich in Rage, sprang aufgeregt im Raum hin und her. Mehrfache Bitten, doch leiser zu werden und nicht solch einen Lärm zu verursachen, missachtete er jetzt einfach.

Masson sprang auf: »Wäre es nicht besser, morgen weiterzulesen?« Er befürchtete Schlimmes und wollte nicht zu viel wagen. Auch Scharffenstein trat jetzt neben ihn: »Beschimpfe mich, wie du willst, Schiller. Ich will Offizier werden und mich nicht ewig in der Akademie schinden. Es gibt Grenzen, die sollten wir bei allem Wagemut nicht überschreiten.« Schiller trat beiden in den Weg, hielt sein Manuskript in die Höhe: »Hasen, Krüppel und lahme Hunde seid ihr alle, wenn ihr nicht das Herz habt, etwas Großes zu wagen!« Die Freunde versuchten, Schiller zu beruhigen, doch der wollte keine Gefahr mehr kennen. Da verließ Hoven den Mehlsack und die anderen folgten schweigend.

Schiller blieb allein zurück. Seine Freunde hatten ihn verlassen. Er starrte auf das Manuskript in seinen Händen, lauschte in die Stille, die ihn umgab, und blinzelte in die Flamme der Wachskerze. Allmählich beruhigte er sich. Es blieben Trotz und Trauer. War er zu weit gegangen? Er hatte mit seinem herrischen Wesen die Freunde beleidigt. Hatte er ein Recht, sie zwingen zu wollen, so zu fühlen, so zu denken wie er? Er stand da wie zerschlagen und grübelte. Schließlich löschte er die Wachskerze und schlich zum Schlafsaal den anderen nach.

»Scharffenstein!«, er flüsterte den Namen seines Freundes, bereit, sich zu entschuldigen, aber es kam keine Antwort mehr. Die Freunde schliefen schon, erschöpft von der Aufregung der letzten Stunden.

Schiller hörte von fern die Rufe der Wachtposten. Aus der Matratze zog er Papier, Feder und Tinte und schlich zum Fenster. Im schwachen Licht des Mondes nahm er den Faden wieder auf.

Nach dem Reiten gab man ihnen eine Viertelstunde frei. Die Eleven standen in der Sonne und schwatzten. Man stieß und puffte sich nach Herzenslust und erzählte Belangloses. Haug stand schweigend dabei. Erst auf die Frage, was er denn habe, zog er ein Papier hervor und rief: »Ein Hoch auf unseren Schiller! Mein Vater hat ihn gedruckt.« Schiller starrte Haug ungläubig an. Sofort wurde ihm bewusst, warum Haug mit dieser Sensationsnachricht gezögert hatte. Wie mochte dem Sohn zumute sein, dessen Vater als Erstes ein Gedicht eines Mitschülers druckte und über die eigenen Versuche hinwegging?

»Gedruckt? Wirklich?« – »Das kann nicht sein! Zeig her!« – »Der Schiller? Gedruckt …« Es kam zu einem Handgemenge. Jeder wollte das Zeitungsblatt sehen.

»Pfoten weg!«, schrie Haug. »Und nicht so ein Radau, der Mann im Gedicht schläft. Ihr Rabauken, ehrt den Abend und werdet andächtig.«

»Hör auf zu predigen und zeig her!«

»Es ist eine Elegie mit dem Titel ›Der Abend‹. Gedruckt im ›Schwäbischen Magazin‹. Ruhe! Ich lese vor! Ruhe, verdammt noch mal!« Haug hielt das Zeitungsblatt, nach dem jetzt Dutzende Hände griffen, in die Höhe. »Was wollt ihr wissen? Nein, natürlich ist es nur mit ›Sch‹ unterzeichnet, ansonsten hätten sie wohl unseren Schiller und meinen alten Herrn am Wickel, da der Herzog doch das Dichten verboten hat.« – »So es nicht zu seinen eigenen Ehren ist«, rief Schiller und riss Haug endlich das Blatt aus den Händen. Hochrot, fast verlegen, drückte Schiller das Gedicht an die Brust. Seine erste Veröffentlichung! Jemand hatte seine Zeilen für wert gehalten, sie zu drucken! Schon bedrängten ihn die Eleven. Schiller tanzte vor Freude im Kreis. »Ich zeig's euch nicht. Ich bin gedruckt!«

In diesem Moment trat Koporal Schwäble, der neue Aufseher und ehemalige Kriegskamerad von Schillers Vater, zu der Gruppe und zog Schiller zur Seite: »Er ist unbesonnen, ein Feuerkopf, brüllt seine Unzufriedenheit bei jeder passenden und unpassenden Gelegenheit heraus und erregt Aufsehen. Das kann böse enden.« Korporal Schwäble trat noch näher heran und senkte seine Stimme: »Euer Kempflein, der Elevenspion in herzoglicher Gunst, hat Puderspuren vor der Mehlkammer entdeckt und einen Abdruck von einem recht menschlichen Fuß, der einem Nachtgespenst nicht ähnlich sieht. Und wer weiß, vielleicht findet er auch noch Haare, die unter dem Puder rot schillern. Sein Verhalten, Schiller, würde dem Herrn Vater nicht gefallen.«

Doch der erwiderte nur hitzig: »Sicher, meinem Herrn Vater gefällt so manches nicht! Er zieht ja auch Bäume für den Park des Herzogs. Die stehen in jungen Jahren stramm gebunden an Stöcken und widersprechen nicht.«

10

Schon im Dunkel des kalten Novembermorgens verließen sie in geschlossenen Abteilungen das Schloss Solitude, um in die neue Stuttgarter Akademie einzuziehen. Dem Murren der an den Straßen ausharrenden Ludwigsburger Bevölkerung folgte trotz aller Trübe des Tages, an dem tief hängende Wolken die Sonne vollends verdunkelten, ein triumphaler Einzug in die neue Residenzstadt Stuttgart. Dicht an dicht, in drei, vier Reihen, standen die Bürger beisammen, jubilierten und applaudierten. Manche waren von weit her angereist, denn ein solches Spektakel wurde zu Ehren der Bevölkerung nicht alle Tage gegeben. Herbstblumen und Tannensträuße flogen durch die Luft und den im Takt marschierenden Akademisten geradewegs vor die Füße.

Es war ein großer, ein besonderer Tag, dies spürte auch Schiller, der sich wie alle anderen durch die Musik und den Glanz des Augenblicks mitreißen ließ. Die Eleven fühlten sich trotz der voranreitenden Kavallerie mit den mächtigen Pauken, den Fahnenschwenkern, dem Geschmetter der Fanfaren und Trompeten, trotz der wohlhabenden Bürgersöhne hoch zu Ross und der Staatskarosse des Herzogs mit seiner herausgeputzten Mätresse, als Hauptpersonen der Veranstaltung. Tatsächlich waren es nicht nur die braven Bürgertöchter, die den jungen, stolz marschierenden Akademisten schöne Augen machten, auch die Stadtväter und Honoratioren begleiteten den Einzug der inzwischen über die Landesgrenzen hinaus berühmt gewordenen Akademie mit kaum verhohlener Freude.

Alle Begeisterung täuschte nicht darüber hinweg, Schiller schmerzten die Füße. Er versuchte sich abzulenken. In Gedanken ging er die Aufstellung des Zuges noch einmal durch. In der ersten Abteilung die Schüler mit fürstlicher Abstammung, dann die erlesene Schar der Grand-Chevaliers und Chevaliers im Glanz ihrer Fleißorden und dann in sieben weiteren Abteilungen die bürgerlichen Eleven, vornweg die Offiziersschüler, die Juristen und seine eigene, die medizinische Abteilung. Ganz hinten Dannecker in der Abteilung der armen Kunstschüler. Ein rechter Ameisenstaat: Schmarotzer und Pulverdampf als die tragenden Säulen des Herzogtums und ganz hinten jene, die malend und bildnerisch für die Ewigkeit dieser Zustände verantwortlich zeichnen sollten.

Schiller kam zum wiederholten Mal aus dem Tritt. Schaute starr auf die sich gleichmäßig hebenden und senkenden Schultern des Korporals Schwäble vor seiner Abteilung. Als er den Takt wieder gefunden hatte, nahm er sich, wie viele andere auch, die Freiheit, seinen Blick hin und wieder dem Publikum am Straßenrand zuzuwenden und das aufmunternde Lachen der Bürgertöchter zu erwidern. Auch wenn er als Flügelmann dem Publikum am nächsten kam, bemerkte er sehr wohl, dass manche Blicke ihn eher befremdlich streiften. Weiße, enge Hosen, bis zu den Knien heranreichende Stulpenstiefel und der Zweimasterhut mit Federbusch schienen keine Mode für einen Kerl wie ihn zu sein. Ein Windstoß blies ihm entgegen und sein Hut rutschte wieder einmal schief auf seinem roten Haarschopf. Unvorschriftsmäßig schob er ihn sich zurecht und musste schmunzeln, als er daran dachte, dass es ihm kaum einmal gelang, die vier gegipsten Locken und seinen Haarzopf ordentlich anzubringen. Bei Anlässen wie diesen wäre er für gut zehn Zentimeter Körpergröße weniger durchaus dankbar gewesen. So aber marschierte er zumeist im Tritt mit den anderen, mit der Beflissenheit eines Strammen, aber unbeholfen staksig und steif, wie in Kleider gezwängt, die ihm nicht passten. Hände und Arme brachen immer wieder aus der Zucht des Marschierens aus und folgten eigenen Impulsen.

Bei einem seiner verbotenen Seitenblicke entdeckte Schiller plötzlich seinen Vater, ganz in Ausgehuniform, in vorderster Reihe am Straßenrand. Er war, so schien es, allein gekommen. Der Blick des Vaters fiel strafend aus – natürlich wusste er als Soldat am besten, was für eine jämmerliche Figur sein Sohn da abgab. Noch bevor sie auf gleiche Höhe kamen und Schiller den Blick wieder stramm geradeaus richten wollte, konnte er erkennen, dass sein Vater die Hand zum Gruß an den Soldatenhut hob und salutierte. Gern hätte Schiller auch Mutter und Geschwister gesehen. Drei Jahre war es jetzt her, dass er das letzte Mal mit dem Phinele gesprochen hatte. Vorbei. Im Takt der Pauken, Trommeln und Trompetenklänge mitten durch die bunte Menschenschar. Jetzt nur die Füße heben auf diesem buckligen Kopfsteinpflaster und nicht stolpern. Die Sache gut zu Ende bringen, der Familie Ehre machen.

Er hörte die Mädchenstimme gerade in dem Moment, in dem seine Abteilung in die Hauptstätterstraße einbog. Schiller blickte erschrocken auf. Das konnte nicht sein! Sein Blick irrte kurz durch die Menschenmenge am Straßenrand. Tatsächlich, Christophine! Gern hätte er ihren Ruf erwidert, aber kein Laut kam über seine Lippen. Seine Schwester drängte sich mit aller Entschlossenheit nach vorn. Sie entwischte auch dem vorn zur Sicherung stehenden Soldaten und lief hinter Schillers Abteilung her. Unruhe erfasste ihn. Unweigerlich kam er erneut aus dem Tritt. Die hinter ihm marschierenden Eleven zischten ihm bereits unfreundliche Worte zu. Einige Zuschauer bemerkten die entstehende Unordnung und den unbeholfen dahertappenden langen

Eleven mit den roten Haaren. Sie zeigten mit dem Finger auf Schiller und lachten. Wenige Schritte noch, da ging das Phinele neben ihrem Bruder her. Glücklich und verlegen zugleich rief er ihr leise zu: »Fort! Phinele, wenn sich der Korporal umdreht ...« Aber Christophine trotzte, hielt Schritt, strahlte ihren Bruder an. Erwachsen war sie geworden. Eine richtige kleine Frau. Schiller war stolz auf sie, bewunderte ihren Mut und ihre Entschlossenheit. Schüchtern blickte er immer wieder zur Seite. Von hinten rief einer, das Weibsbild solle endlich aus der Abteilung verschwinden. Was wusste der schon? Sie lief ein Stück vor, um ihm besser ins Gesicht schauen zu können. »Fritz!«, bettelte sie nur mit tränenerstickter Stimme und er wusste, am liebsten hätte sie ihn bei der Hand genommen und nach Hause geleitet. Schiller kehrte ihr das Gesicht zu und lächelte. Da zog sie eine Soldatenfaust grob zurück an den Straßenrand. Fast hätte sie noch ihr Gleichgewicht verloren. Sie wurde gepackt und zurück in die Menschenwand gedrückt. Sie schrie, wehrte sich gegen den Griff des Soldaten, der sie aber nicht losließ. Schillers Abteilung zog vorüber. Er wandte sich sogar noch einmal um, blickte über die Schulter in ihr tränenüberströmtes Gesicht. Seine Lippen bewegten sich. Seine Stimme erstickte. Er bekam einen Stoß von hinten und bewegte sich mechanisch vorwärts. Christophine hatte einen Blumenstrauß mitgebracht, den sie ihm jetzt mit aller Kraft noch vor die Füße warf. Heimlich hatte sie ihn in den herzoglichen Treibhäusern gepflückt und ihm übergeben wollen. Jetzt war es zu spät. Die Trommelstöcke hämmerten und die Stiefel der Eleven gingen über die Blumen hinweg.

Die Abteilungen marschierten durch das doppelt bewachte Haupttor auf den geräumigen Exerzierplatz, den ein dreiteiliger Kasernenbau umschloss. Aus dem Mittelgebäude ragte eine Kirche mit einem kleinen bleigedeckten Turm hervor. In einem der lang gestreckten Gebäudeflügel, die auf das Schloss zuliefen, würden die Eleven und Aufseher wohnen. Auf der Hofseite gegenüber befanden sich die großen Lehrsäle, die Bibliotheken, Lehrmittelsammlungen, und auch ein Bad sollte es geben. Klein und ärmlich nahmen sich da die Verhältnisse auf der Solitude aus. Doch der Blick begegnete keinem Park wie dort, keinem Baum, keinem Strauch. Nur tote Mauern ringsum, die streng die Freiheit zu begrenzen schienen.

Schiller war unbehaglich zumute – vorbei war es mit den Träumereien in den Freistunden, mit den Ausflügen, um Konterbande zu holen. Hier schien totale Überwachung möglich.

Die Tore der Herzoglichen Militärakademie an der Planie schlossen sich und die Marschmusik verstummte. Der Herzog stand im offenen Wagen und sprach zu seinen Akademisten. Man spürte seinen Stolz über den Fortschritt. Die Zahl der Eleven war inzwischen mächtig gewachsen. Sogar aus Übersee kamen neuerdings Schüler zur Ausbildung an die Akademie. Und selbst die Kinder von Prinzen, Grafen und Baronen saßen in den Lehrsälen und horchten auf die Vorträge der von Carl Eugen verpflichteten Professoren. Der Herzog fühlte sich auf dem Höhepunkt seiner Macht, und es ging das Gerücht, sogar die Majestät des Reiches, der Kaiser, habe seinen Besuch zugesagt. Schiller setzte wie viele andere Eleven auch seine Hoffnung auf diesen Besuch. Wenn die Akademie erst einmal den Rang einer Universität erhielte, würden sie alle promovieren können. Vielleicht lag doch noch der Weg in die Freiheit vor ihnen.

11

Die Freunde trafen sich in der Freistunde nach dem Exerzieren, die sie eigentlich zum Reinigen ihrer Uniformen nutzen sollten, im vorderen Akademiehof in einem Winkel, der von der Freitreppe schützend eingegrenzt wurde. Kapf hatte einen Neuen im Schlepp und stellte ihn vor. Er hieß von Wolzogen und hätte, so Kapf wichtigtuerisch, eine wunderschöne Mutter. Kapf war zufällig Zeuge des Abschieds von derselben vor dem Sprechzimmer geworden. Wolzogen errötete und knuffte Kapf für seine anzüglichen Handbewegungen, mit denen er die Beschreibung jenes weiblichen Wesens unterstrich. Der Neue machte keinen schüchternen Eindruck und würde durch seine offene Art die Gruppe sicherlich bereichern. Schiller reichte ihm die Hand und Scharffenstein klopfte ihm freundschaftlich auf die Schulter. »Und was treibt ihr hier so?«

»Ich nehme an, du meinst nicht die eben überstandene Exerzierstunde …«, antwortete der noch immer schwer schnaufende Friedrich von Hoven, der so gar nichts von der Beweglichkeit und Genialität seines Bruders August abbekommen hatte. »Nein, die meine ich wahrlich nicht. Aber ihr seht mir nicht so aus, als würdet ihr euch nur dem muskelprotzenden Stumpfsinn hingeben«, entgegnete Wolzogen. »Kennt ihr Montaigne, jenen alten Skeptiker. Ich habe eben seine Essais gelesen. Auch Lessing hat ihm einiges zu verdanken, glaube ich.«

»Oho, ein Literat, ein Philosoph gar in unseren Kreis geraten!«, rief Schiller aus.

»Lange tot, der Montaigne«, Masson machte eine wegwerfende Handbewegung, »und antik verstaubt.« – »Ihr solltet ihn aber kennen lernen, er befähigt zur Kritik. Wer kann garantieren, dass uns die Vernunft zuverlässig leitet? Das wäre ein Thema für eine Disputation«, ereiferte sich Wolzogen. »Ich denke schon, dass ich garantieren könnte, dass uns hier kaum etwas Vernünftiges leitet«, versetzte Grammont grinsend. »Sehr treffend – und ganz ohne Skepsis meine Zustimmung. Vivat!« – »Dann doch lieber Klopstocks Oden. Er packt den Menschen als Ganzes bei seinem Denken, Glauben und Fühlen«, schlug August von Hoven vor. »Klopstock, ja gut. Nichts gegen Klopstock. Er hat die ganze Herrlichkeit. Aber leben wir nicht hier im Dreck unter Fron und Qual? Wo ist das Reich der Leidenschaften, der Sinne, die den Leib zwingen und im besten Fall einen neuen Geist schaffen?« Schiller ergriff feurig das Wort. »Wieland!«, rief Kapf mitgerissen aus. Er verschlang diesen Autor seit neuestem geradezu. Wielands Götterliebschaften und vor allem seine gewagten Szenen hatten ihn in den Bann geschlagen. Haug lachte ihn aus. »Aber warum nicht? Lest Wieland, und die Enge der papierenen Dichtkunst, der schönen Schnörkel im Klopstock'schen Sinn wird euch vor Augen stehen. Klopstock ist doch nur das eitle Ich. Schön zu lesen, aber nicht ausgereift – ein Wein mit schalem Nachgeschmack, aus dem etwas Großes hätte werden können«, Schiller kamen die Worte wie von selbst über die Lippen, obwohl er bislang noch wenig darüber nachgedacht hatte.

»Und was ist mit Schubart?«, fragte Friedrich von Hoven, der an die Vorlage für Schillers Drama dachte, die er ihm aus dem »Schwäbischen Magazin« besorgt hatte. »Ein Haudegen, der die Spreu vom Weizen zu trennen versteht! Eine Zierde der Württemberger, dem alle Zagheit und Lauheit fremd ist. Er mästet sich nicht an Fürstenhöfen. Er ist frei wie ein Vogel, wagt alles und spricht aus, was wir alle denken. Ohne Menschen wie ihn wäre auch am Tag Nacht um uns. Wenn es mehr von seiner Sorte gäbe, bräuchten wir keine Sklavenseelen mehr bedauern, könnten wir Despoten und Menschenschinder dem Vergessen einer längst vergangenen Zeit überantworten. Seine Dichtung hat ein Ziel wie ein von einem starken Bogen abgeschossener Pfeil.« Die Eleven jubelten auf. Feuer und Leidenschaft, das war es, was ihre Tage in der Akademie mit Leben füllte. Und auch Wolzogen nahm Anteil und bat sofort, etwas von Schubart lesen zu dürfen.

»Das mit der Nacht am Tag hast du schön gesagt, Schiller …«, überrascht schauten alle zur Treppe hinauf, wo ein weiterer Neuankömmling stand. »Nur solltest du vielleicht schon mal probehalber eine Kerze anzünden.« Schiller sprang die Stufen hinauf und umarmte diesen Neuankömmling stürmisch. »Mensch, Elwert, du hier?« Jetzt waren sie wieder beisammen, Schiller, Elwert und Hoven, wie in ihren Kindheitstagen. »Du hast dir verdammt lange Zeit gelassen, unseren Reigen hier zu komplettieren!« Hoven und Schiller machten ihren Freund lautstark der Gruppe bekannt und führten ihn in die Gepflogenheiten der Gemeinschaft ein. Nach einer Weile jedoch fragte Schiller nach: »Wie hast du das gemeint mit der Kerze, Elwert?« Die Eleven verstummten und sahen erwartungsvoll auf den Neuen. Elwert rang sichtlich mit der Antwort, erklärte dann nur kleinlaut: »Sie haben vor drei Monaten Schubart in Ketten gelegt und in der Festung Hohenasperg bei Wasser und Brot ins Verlies gesperrt. Wie einen Schwerverbrecher, so heißt es.«

»Ein Gerücht«, wehrte Schiller ab, der kreidebleich geworden war. Zum ersten Mal wurde ihm wirklich bewusst, auf welchem schmalen Grad auch er mit seinen Schriften und seinem Drama wandeln würde, wenn seine Zeilen – was er sich sehnlichst wünschte – erst einmal das Licht der Öffentlichkeit erblicken würden. Wie eine Schlinge legte sich die Nachricht um seinen Hals.

»Unser Herzog hat ihn eingekerkert?«, fragte Scharffenstein. »Ohne Anklage, ohne Gerichtsverfahren, einfach so?« – »Es wird ihm nichts nützen! Er kann seinen Untertanen nicht das Denken verbieten!«, rief Schiller wütend aus. »Ich denke, der Herzog ist nicht dumm«, analysierte Haug sachlich. »Die Wahrheit ist ihm nicht gefährlich, aber derjenige, der sie besitzt.«

Betroffenes Schweigen. Keiner schaute mehr dem anderen ins Gesicht. Alle verspürten sie ihre Rechtlosigkeit, die ungebremste Macht der Willkür.

Schiller behielt seinen Freund Elwert im Blick. Dem schien offenbar angesichts des Umstandes, dass sein Vater Leibmedikus des Herzogs war, die Stimmung in der Gruppe immer unbehaglicher zu werden. Elwert schwieg und bedauerte, überhaupt etwas gesagt zu haben. Aber er wusste mehr, davon war Schiller überzeugt, der jetzt die ganze Wahrheit erfahren wollte. Er bahnte sich seinen Weg durch die Freunde, seine Hände packten Elwerts Schultern und er schüttelte ihn durch. Dabei schrie er ihn an: »So rede endlich, Elwert! Die ganze Wahrheit! Die ganze, verstehst du!«

Elwert erschrak. Er kannte seinen Freund nicht wieder. Auch wenn Schiller früher schon impulsiv gewesen war, die Zeit in der Akademie hatte ihn sehr verändert.

»Man hat ihn mit einer List auf württembergisches Gebiet gelockt. Der Klosteroberamtmann von Blaubeuren, der Scholl, hat ihn eingeladen und ist mit ihm gereist. Die Einladung war aber nur eine Finte des Herzogs, dessen Häscher im Haus des Klosteroberamtmannes bereits warteten. Dann soll alles ganz schnell gegangen sein. Der Husarenoffizier von Vahrenbühler mit zwei Husaren und der Graf von Sponeck, der Oberforstmeister von Blaubeuren, sollen ihn festgenommen und der Amtmann Oetinger ein Papier darüber aufgesetzt haben. Schubart hat sich, wie man berichtet, nicht einmal gewehrt.« Elwert sprach mit leiser Stimme.

»Kein Wunder«, mutmaßte Petersen, »wahrscheinlich hat er auf einen gerechten Prozess gehofft.« – »Der Oberst Rieger soll auf der Festung ein hartes Regiment führen, wie man hört«, sagte Kapf. »Ihm steckt wohl selbst noch die Haft im Turmverlies in den Knochen, aus der ihn der Herzog erst vor einem Jahr entlassen hat. Da wird der arme Schubart auf keine Erleichterungen hoffen dürfen.«

»Warum denn nur ins Verlies – in dieses feuchte Rattenloch ohne Licht und Wärme? Das bringt ihn um.« Schiller raufte sich die Haare. Tränen der Verzweiflung stiegen ihm in die Augen. Er ließ die Freunde stehen und lief zum Schlafsaal.

Zum Takt von Trommelschlägen marschierten die Eleven in den Rangiersaal und ordneten sich. Leutnant Nies und Hauptmann Freiherr von Harlachinger schnarrten ihre Befehle herunter, die die Zöglinge in Gruppen zu je zwei Gliedern ordneten und im militärischen Schritt auf die Doppeltreppe zubewegten, die in den großen Speisesaal hinaufführte.

Der Speisesaal in der Stuttgarter Akademie war ein überlanger Raum, der durchaus künstlerisch ansprechend gestaltet war und keineswegs den Eindruck einer militärischen Sklavenplantage erweckte. Die glatten Wände wurden zwischen den hohen Fenstern von kapitellartigen Säulen unterbrochen. An der Decke prangten Gemälde – einige Felder waren noch ausgespart, Motive dort teilweise blass unterlegt vorgezeichnet. An ihren Entwürfen arbeitete der Maler Gaibel.

Im Gleichschritt marschierten die Eleven jetzt in den Speisesaal ein. Am ersten Eingang, für die Söhne des Adels bestimmt, nahm Hauptmann von Harlachinger die Parade ab, am zweiten Eingang für die bürgerlichen Eleven musterte Leutnant Nies jeden Einzelnen kritisch. Ein Blick auf die linke zuckende Gesichtshälfte von Nies verriet Schiller, dass der Herzog heute anwesend sein musste. Die Herzen der Eleven schlugen heftiger. Die Augen, starr geradeaus gerichtet, vermochten nicht zu erkennen, von welcher Seite die herzoglich väterliche Gnade drohte. Im Speisesaal schmückten viele Büsten der größten Denker aus Jahrtausenden die kostbar aufgeputzten Wände. Der starr ausgerichtete Blick reichte stets bis zur Nasenspitze einer Gipsbüste und nicht weiter. Aus Reih und Glied heraus traten die Einzelnen völlig mechanisch hinter ihren Stuhl, nahmen Haltung an und starrten reglos vor sich hin. Keine Bewegung zu viel, kein Geräusch, das aus dem Takt ausgebrochen wäre. Die Bürgerlichen verharrten in steil aufgerichteter Haltung hier, die Adlingen dort vor den Tischen im Saal. Kein Wort durchbrach die strafbewehrte Stille. Auch die Trommel schwieg jetzt. Die Eleven, die Auszeichnungen, Brustkreuze oder Halsorden trugen, durften als Chevaliers an die runde Tafel treten, die erhöht in der Rotunde inmitten des Saales stand.

Er war da. Schiller spürte das Prickeln, das über die gespannte Haut rieselte, das lauernde Rumoren im Bauch, das sich nicht begründen ließ, aber untrüglich verriet, dass die Augen des herzoglichen Vaters sie alle in den Blick genommen hatte. Irgendetwas würde geschehen. An den Eckplätzen der langen Tischreihen stellten sich jetzt die Unteroffiziere auf. Von der Mitte des Speisesaales her leuchteten die Uniformen der Obristen und Majore. In der Mitte an der Tafel in der Rotunde stand der Intendant der Akademie, von Seeger. Schiller hörte es eher, als dass er etwas hätte erkennen können. Am anderen Ende des Saales, wo die Schmalwand mit Arkaden durchbrochen war, entstand eine Bewegung. Schmetternd rief es in den Saal: »Seine Durchlaucht der Herzog von Württemberg! Habt Acht!« Der Intendant eilte dem Herzog entgegen. Seine Stimme ein Messer in der absoluten Stille. Er meldete die Zahl der angetretenen Schüler.

Der Herzog blieb stehen und überprüfte die wohlausgerichtete Gradlinigkeit der in Reihen vor den Stühlen ausharrenden »Söhne«. Im Türbereich hinter dem Herzog formierte sich eine kleine Gesellschaft, der sich der Herzog jetzt zuwandte und sie mit einer kleinen Handbewegung zur Tafel in der Rotunde einlud. Auf einen erneuten Wink hin erscholl von Oberst von Seeger ein völlig ungewohntes: »Rührt euch!« Zögernd, unsicher, fast verlegen legten die Eleven die stramme Haltung ab und blickten erwartungsvoll zur Tafel in der Rotunde. Seiner Durchlaucht Mätresse und der gute Geist der Akademie, die Reichsgräfin von Hohenheim, an der Spitze der Gruppe, die hinter dem Herzog eingetreten war, verneigte sich gegen die herzogliche Hand. Ein schmächtiger Junge wurde nach vorn geschoben, dem die Reichsgräfin schützend einen Arm um die Schultern legte.

»Was soll das Theater heute? Ich habe Hunger!«, zischte Petersen empört. »Du wirst dich noch gedulden müssen. Ich glaube, unser gottgleicher Vater hat heute seinen salbungsvollen Koller«, flüsterte Kapf zur Antwort und die in der Nähe stehenden Eleven konnten sich ein Grinsen kaum verkneifen. Gespannt waren sie dennoch alle.

Würdevoll schritt der Herzog nach vorn, machte eine ausladende Armbewegung.

»Guten Tag, meine Söhne!« Der Gruß wurde von den Eleven punktgenau wie ein Pistolenschuss erwidert. Der Herzog schien zufrieden. »Dannecker, Heidelhoff, einen Achtelschritt nach links an den Stuhl!«, kommandierte Carl Eugen und die so Angesprochenen zuckten zurück in die Reihe.

»Es ist der junge Schubart«, flüsterte Schiller aufgeregt. »Meinst du wirklich?« Masson zweifelte noch. »Warum dann so ein Aufstand?«, fragte Scharffenstein. »Er will sich angesichts des am Vater des Jungen begangenen Unrechts ins rechte Licht setzen …«, mutmaßte Schiller verbittert und empfing einen strafenden Blick von Oberst Nies, dem die Unruhe in der Abteilung unangenehm auffiel.

»Liebe Söhne«, Carl Eugen sprach mit sanfter Stimme im Ton eines Predigers, sein von Wohlleben gepolstertes Gesicht mit vorquellendem Mund schien nur noch Güte auszustrahlen, »ihr seid mir ein Symbol meines aufstrebenden Landes. Ihr erfahrt meine Obhut und Fürsorge! Als wahrer Fürst blicke ich voll Zuversicht in die Zukunft, da ich weiß, dass ein jeder von euch das ihm aufgetragene Amt als mein Diener zum Wohle von Württemberg ausfüllen wird. Meine mir von Gott auferlegten Pflichten, euch auf diesen Weg zu führen, erfülle ich über Maß. Das kann mir ein jeder von euch bezeugen. Ist es nicht so? Grammont!«

»Jawohl, Herr Vater!«

»Gut so! Bon!« Carl Eugen nickte dem Eleven zu. »Doch Undankbarkeit und Impertinenz lassen sich nicht allein mit guten Taten aus der Welt schaffen. Wenn das gottgefällige Streben eures Fürsten verleumdet und gute Gaben in den Schmutz gezogen und der Lächerlichkeit preisgegeben werden, muss diesem schlechten Beispiel ein Ende bereitet werden. Denn auch dies ist Unsere gottgefällige Pflicht, die es – nicht zuletzt auch zum Nutzen des fehlgeleiteten Frevlers – gebietet, solche gefährlichen Subjekte in sehr enge Verwahrung zu nehmen.« Mit einer Handbewegung dirigierte Carl Eugen den Jungen heran, der sich nur zögernd aus dem schützenden Arm der Reichsgräfin löste. Im großen Saal herrschte eine angespannte Stille, die nur von den ängstlich zögernden Schritten des Jungen durchbrochen wurde. »Der Vater dieses Knaben, mein ehemaliger Organist und Lehrer in meiner Anstalt, hat in unflätiger Weise Unser Vertrauen missbraucht und Unsere Fürsorge mit Füßen getreten. Er hat es gewagt, öffentlich Unsere geheiligte Person anzutasten und im Ausland lächerlich zu machen!« Carl Eugen stellte den Knaben vor sich und drückte mit seinen fleischigen Händen schwer auf dessen Schultern. Schließlich ereiferte er sich in seiner Rede doch derart, dass er auf die

Schultern wie auf ein Rednerpult einschlug und dem jungen Schubart davon die Tränen über die bleichen Wangen strömten. Schiller beobachtete, wie die Reichsgräfin einen Schritt nach vorn machte, um zugunsten des Jungen einzugreifen, aber sich schließlich nicht getraute. So empört, so blumenreich die Rede von Carl Eugen auch ausfiel, kein Wort von Gerichtsverfahren oder Befristung der Inhaftierung kam über seine Lippen. »Doch! Wir sind Menschen, empfindsam und sehen Unseren Untertanen, so unvollkommen er im Einzelfall auch sein mag, mit Milde an. Die Verwahrung auf dem Hohenasperg wird Schubart zur Besinnung bringen, ihm die wahren Werte zeigen und ihn Enthaltsamkeit lehren von seinem trunkenen Leben. Auch Wir sind nicht immer frei von Sünde gewesen. Dies wollen Wir freimütig und reuig bekennen. Daher ist Großherzigkeit angezeigt. Es wäre eines fürsorgenden Landesfürsten unwürdig, auch Frau und Kinder eines Missetäters zu strafen. Wir glauben fest daran, dass dieser Schützling, Ludwig Schubart mit Namen, zu einem tüchtigen Menschen und Untertanen erzogen werden kann. Er wird als Eleve in Unserer Akademie ein besseres Leben führen und ich werde dem Sohn des Frevlers ein Vater sein! … Herr Intendant von Seeger! Hier übergebe ich ihm seinen neuesten Schützling, auf dass er etwas Rechtes aus ihm mache!« Fest griffen die Hände des Herzogs zu und schoben den Jungen von sich.

Noch bevor ihn der Intendant in Empfang nehmen konnte, preschte Franziska von Hohenheim vor, beugte sich zu dem Jungen herab, wischte ihm mit einem spitzenbesetzten Tuch die Tränen ab und tröstete ihn zärtlich. »Keine Sorge. Es wird alles gut werden.« Ludwig Schubart schien sich tatsächlich zu beruhigen und warf einen ersten unsicheren Blick auf die vor ihren Stühlen ausharrenden Eleven. »Ich habe deinem Vater versprochen, dass dir nichts geschehen wird. Ich werde mich um dich kümmern. Auch der Herzog ist ein guter Herr und Vater über all diese Jungen hier. Er wird für dich ebenfalls sorgen. Ängstige dich nicht mehr.«

Carl Eugen wandte sich bereits ab und begab sich zur Tafel.

»Stillgestanden! Habt Acht!«, schnarrte der Befehl von Oberst Nies. Dreihundertfünfzig junge Leute erstarrten hackenschlagend zu leblosen Puppen.

Von Seeger führte den jungen Schubart mit einem knappen Befehl weg von der Reichsgräfin. Schiller riskierte einen Blick in das Gesicht des Intendanten. Er verabscheute dieses weibische Getue, das ihm nur seine Zöglinge verweichlichte, und er trug diese Abneigung auch offen zur Schau. Das, was beim Herzog in Gleichgültigkeit mündete, schlug bei dem Intendanten und seinen Offizieren in übertriebene Härte und Hass um. Ludwig Schubart fand seinen Platz an einem der langen Tische. Man ließ ihn dort mit hängenden Schultern und gesenktem Blick stehen. Von Seeger schritt zurück zur Tafel.

»Achtung! Zum Gebet! Eins, zwei …!« Bei zwei klatschten siebenhundert Hände mit einem einzigen Geräusch zusammen. »Unser täglich Brot gib uns heute!«, erscholl es wie ein Schlachtruf zum Himmel.

»Achtung!«, kommandierte Oberst Nies. »Front zum Tisch! … Setzen!«

Eine tiefe Verbeugung zur Tafel in der Rotunde und ein einziges rumpelndes Geräusch von rückenden Stühlen, das schließlich in einen fast trommelartigen Takt überging, mit dem das Besteck den Zinn der Teller berührte.

Von fern hörte Schiller noch die befehlende Stimme von Carl Eugen, den seine gezeigte herzogliche Güte offenbar in beste Stimmung versetzt hatte: »Seeger! Schreibe er meine Rede von der herzoglichen Großherzigkeit nieder. Das Reskript soll von Professor Abel sodann zu meinem fünfzigsten Geburtstag ausgearbeitet und im ganzen Land bekannt gemacht werden.« – »Er kümmert sich um Schubarts Familie! Hättest du das gedacht, Schiller?«, fragte Scharffenstein. Schiller schwieg betroffen. »Man sagt, er lässt der Frau Geld zukommen, damit sie in Stuttgart ihr Auskommen findet«, wusste Elwert zu berichten, dem daran gelegen war, seinem Vater keine Scherereien zu bereiten. »Er ist ein eitler Fatzke! Seht doch nur, wie er sich in seiner Mildtätigkeit im ganzen Land zu spreizen gedenkt!« Schiller mochte sein Essen nicht schmecken. »Gib zu, er hätte sie auch ihrem Schicksal überlassen können. Und seine Mätresse kümmert sich offenbar wirklich um die Kinder«, wandte jetzt auch Haug ein.

Schiller warf einen Blick zur Tafel in der Rotunde. »Wie einen Galgenstrick hat er den Schubart in Ketten gelegt und ins Loch geworfen. Das zählt! Ich werde ihm ein Denkmal setzen, an dem niemand vorbei kann. Wahrscheinlich muss alles Gute erst verderben, zum Räuber und Mörder werden, um sich gegen solche Despoten zu behaupten!« Schiller, ganz in Rage geraten, war dabei zu vergessen, wo er sich befand. Schon stand Nies hinter ihm, nahm ihm den Teller weg und ließ Schiller vor dem Tisch während des ganzen Essens strammstehen. »Dass du immer übertreiben musst!«, zischte ihm Petersen vorwurfsvoll zu.

Doch Schillers Gedanken liefen weiter. »›Der verlorene Sohn‹ klingt doch zu brav, zu biblisch. ›Räuber‹ müssen es sein, die diese verfluchte Ordnung auf den Kopf stellen. Das erst hat etwas Dramatisches!«

12

Schiller stand am Schreibpult im Schlafsaal, vor sich ausgebreitet schwere Folianten, Bücher und Papiere. »So fleißig? Wie geht es mit den ›Räubern‹?« Hoven trat hinter ihn, legte ihm die Hand auf die Schulter und versuchte, seine Handschrift zu entziffern. »Anatomie, mein lieber Freund, nur Anatomie. Knochen und Muskeln, harte Fakten unserer menschlichen Existenz. Wie soll ich sonst morgen vor Professor Consbruch bestehen?«, antwortete Schiller, ohne von den Aufzeichnungen aufzublicken. »So kenne ich dich gar nicht.« Schiller lachte: »Mag sein. Reden kann ich ja wie ein Wasserfall, über das menschliche Wesen schwadronieren. Aber in Anatomie fällt meine Faulheit und mein Desinteresse am ehesten auf. Also pauke ich lieber, damit mich Consbruch und Hofmedikus Reuß in Ruhe lassen.« – »Du entwickelst dich zum Streber, hortest sogar schon passable Noten in Arzneimittellehre und Physiologie. Schiller, ich mach mir ernsthafte Sorgen!« Hoven lachte ihn aus. »Du hast es gerade nötig! Aber im Ernst, anders werden wir dieser Akademiezucht kaum entrinnen können. Oder willst du etwa dreißig werden, bevor du ein Mädchen küsst?«, entgegnete Schiller. »Du schreibst ja wenigstens schon mal drüber. Zeig mal, was du da studierst.« Hoven vertiefte sich in die Kapitel der aufgeschlagenen Bücher. Nach einer Weile meinte er: »Ich tue mich unendlich schwer, diese staubtrockenen lateinischen Beschreibungen zu pauken. Um wie viel leichter wäre das Studieren, wenn wir praktizieren dürften, wenn wir die Knochen in Händen halten und gewichten, den Sitz der Organe mit eigenen Augen feststellen könnten.«

»Das ist der Unterschied zwischen uns. Dich interessiert die Medizin wirklich. Für mich bleibt sie nur Mittel zum Zweck. Ich pauke für die Prüfungen, damit ich in Ruhe schreiben kann. Verschone mich daher mit Leichenfledderei und Metzgershandwerk.« Schiller las wieder angestrengt im Lehrbuch. »Vielleicht hast du Recht.« Hoven fiel es heute schwer, sich zu konzentrieren, er suchte lieber die Unterhaltung.

Jetzt trat auch Elwert hinzu. »Habt ihr schon gehört? Inzwischen liegen schon zehn Eleven mit hohem Fieber und Erkältung auf der Station. Die Kunstklasse soll es am schlimmsten erwischt haben. Auf Anordnung des Intendanten soll wegen des Dauerregens und der Fiebererkrankungen die nächste Woche das Exerzieren ausfallen.« – »Vivat!«, riefen Hoven und Schiller wie aus einem Mund. »Ich weiß nicht, ob ihr immer noch so begeistert seid, wenn ihr hört, dass zusätzlicher Tanzunterricht und Etikette vorgesehen wurden. Freue mich doch schon wieder außerordentlich auf deinen flotten Schritt bei der Gavotte, Schiller. Oder möchte der Herr als Dame beim Menuett brillieren?«, neckte Elwert die beiden Freunde.

Schiller war ein miserabler Tänzer, nahm Elwert die Anspielung aber nicht übel. »Also habe ich die Wahl, entweder als Hinkefuß den Tanzbären zu mimen oder als Fieberkranker die Temperaturrekorde auf der Krankenstation zu schlagen. Schöne Aussichten, mein Freund. Mit diesen Neuigkeiten hättest du auch draußen bleiben können!« – »Dachte mir doch, dass ich euch erfreuen kann«, grinste Elwert.

Die Tür des Schlafsaales fiel laut ins Schloss und die Eleven staunten nicht wenig, als sie von dort den Hofmedikus Reuß näher kommen sahen. Auch er trat an das Schreibpult, inspizierte nur kurz die dort liegenden Bücher, nahm sodann die Brillengläser in die linke Hand und erklärte: »Wie ich sehe, nehmen die Akademisten ihre Aufgaben ernst. Sehr erfreulich. Will es mir wohl merken.« Er räusperte sich, schaute kurz in die Runde, nahm auch die weiter hinten im Schlafsaal mit dem Säubern ihrer Uniform beschäftigten Eleven in Augenschein, ganz so, als ringe er mit einer Entscheidung.

Schiller trat neben den Hofmedikus: »Können wir Ihnen helfen, Professor Reuß?«

»In der Tat.« Er zog ein Schreiben hervor, hielt es in die Höhe. »Mich erreichte vor einer Stunde die schriftliche Bitte des Apothekers Farber, dessen Geschäftsräume in der Nähe der Stiftskirche liegen. Wegen eines Gichtanfalls könne er seine Finger nicht rühren. Zu allem Übel sei auch sein Gehilfe, der Provisor Schanz, wegen der derzeit grassierenden Fiebererkrankung ausgefallen. Kurzum, der Apotheker benötigt zum Mischen der Getränke und zum Pillendrehen zwei tüchtige und geschickte Eleven des medizinischen Fachs, die er gern für ein paar Stunden ausleihen will. Ich habe bereits mit dem Herrn Intendanten gesprochen und möchte mich der Bitte nicht verschließen.« Die Aufregung über die Mitteilung stand allen ins Gesicht geschrieben. Konnte das wahr sein? Hier winkte ein Passierschein für einen Tag in Freiheit! Schiller hätte am liebsten Reuß bei den Schultern gepackt und gerufen: »Ich! Ich gehe natürlich!« Aber so ging das nicht. Sie alle mussten wohl oder übel die Entscheidung abwarten, und Reuß gefiel sich in der Rolle des Allmächtigen. Ohne eine Miene zu verziehen, schweifte sein Blick über die Köpfe der Eleven. »Nun, ich denke, der von Hoven wird gehen. Vorzügliche Leistungen, der Akademist, ein klarer Kopf, hat das Zeug zu einem tüchtigen Medikus ...« Professor Reuß überreichte dem überraschten Hoven einen Passierschein, um sodann erneut eine kleine Pause einzulegen, die die Spannung unter den Eleven steigerte. »Nun, Schiller, wie wäre es mit ihm? Gewiss, es gibt Tüchtigere, aber er hat geschickte Hände fürs Pillendrehen, und der Freund aus Kindertagen wird da draußen in der weiten Welt nicht gern auf ihn verzichten mögen. Lasse er meinen Freund, den Apotheker Farber, ein wenig teilhaben an seinen philosophischen Neigungen, aber dass er mir nicht zu viel schwadroniere und seine Lehrer blamiere. Nehme er es als Ansporn für seine künftigen Leistungen.« Nach diesen Worten hielt jetzt auch der strahlende Schiller einen Passierschein in Händen und blickte dem davoneilenden Hofmedikus dankbar nach.

Als sie sich der Wachstube näherten, kamen sie sich wie zwei Ausbrecher vor, die etwas Unerhörtes im Schilde führten. Erst der scharfe Befehlston des Kommandanten, der ihre Passierscheine einforderte, half ihnen zurück in die Gegenwart. Dann öffneten sich die zwei Gittertore. Unsicher, als bewegten sie sich auf schwankendem Boden, betraten Schiller und Hoven die Straße. Sie wagten zunächst nicht, ein Wort zu sagen, denn das Schloss mit seinen zahllosen Fenstern lag noch in Rufweite hinter ihnen. Erst als sie die Vorgärten des Schlosses durchquerten und die Bürgerhäuser Stuttgarts immer näher kamen, begannen sie, übermütig zu lachen und Scherze zu treiben. Aber schon kurze Zeit danach bemerkte Schiller, dass ihnen ein schwarzer Schatten folgte. Ein Mann in teuren Kleidern, in einen großen, schwarzen Umhang gewandet, hielt sich in sicherer Entfernung, seine Anwesenheit galt jedoch unzweifelhaft ihnen beiden. Nichts Ungewöhnliches, denn dem Herzog blieb nichts verborgen in seinem Ländle. Seine Spitzeldienste waren gut organisiert und berüchtigt.

Die Arbeit beim Apotheker ging ihnen gut von der Hand und er erwies sich als freundlicher und geduldiger Lehrmeister. Schon nach wenigen Stunden häuften sich die verschiedenen Medikamente und Tinkturfläschchen auf dem Apothekentisch. Fiebersenkende Flüssigkeiten versetzt mit dem Sud aus gekochten und getrockneten Kräutern, Mittelchen gegen Husten, Leib- und Kopfschmerzen und mancherlei andere Verstimmungen und Krankheiten. Aufmerksam verfolgten die beiden Akademisten der medizinischen Fakultät das geschäftige Treiben in der Apotheke, halfen bei der Zusammenstellung der Medikamente nach Rezepturen und hörten sich so manchen Rat des Apothekers an geplagte Mitbürger an. Dies war die Praxis, wie sie Hoven herbeigesehnt hatte. Aber auch Schiller gefiel die Abwechslung derart, dass er für eine Weile ganz seine Literatur vergaß. Nach verrichteter Arbeit dankte der Apotheker Farber den beiden und lud sie zu einem Imbiss ein. Schiller lugte misstrauisch aus dem Fenster der Apotheke auf die Straße. Er befürchtete, dass sie noch immer unter Beobachtung standen.

Farber beruhigte ihn: »Studiosi, ich weiß zwar, dass auf Ihrem Passierschein steht, dass Sie gleich nach der Arbeit in die Akademie zurückkehren müssen, aber enttäuschen Sie bitte meine Magd nicht, die bereits mit Freude einen kleinen Gaumenkitzel vorbereitet hat. Seien Sie unbesorgt, niemand wird etwas über diese kleine Heimlichkeit erfahren.«

Schiller und Hoven folgten dem Apotheker in seine Privatgemächer, die hinter dem Apothekenraum lagen. Stöhnend ließ sich der gichtgeplagte Farber in seinem Sessel nieder und schlang ein Katzenfell um die Hände, während die beiden auf einer Eckbank Platz nahmen. Schon erschien der gute Geist des Hauses, die Magd Resi, die ihm, so behauptete der Apotheker augenzwinkernd, schon seit über zwanzig Jahre das Leben bitter mache. Die gegenseitigen Neckereien waren Farber und seiner Resi zur guten Gewohnheit geworden und Schiller und Hoven amüsierten sich prächtig.

Resi spielte die Gekränkte: »Kein Essen sollte ich ihm mehr vorsetzen. Er hat es einfach nicht verdient!« Sie entkorkte eine Flasche mit duftendem Tokaier und schenkte ein. »Da hört ihr es, meine Herren Studiosi, aushungern will sie mich!«, rief Farber mit gespielter Empörung aus. Der Imbiss entpuppte sich für die Karlsschüler, die wahrlich nichts Gutes gewohnt waren, als kleines Festmahl. Ihre Teller waren rasch leer und auch eine Nachspeise füllte noch ihre Mägen.

»Resi«, befahl daraufhin der Apotheker streng, »bringe sie nun das Rauchopfer her, damit wir in Dankbarkeit gegen unseren Herren, der uns solche Köstlichkeiten zuführen ließ, ein paar Wölkchen zum Zeichen gen Himmel schicken können.« Resi stellte einen Tabaktopf aus weißem Porzellan auf den Tisch, reichte dem Herrn Apotheker seine lange Stilpfeife und nahm für die beiden jungen Herren zwei kleine tiefbraun angeschmauchte Gastpfeifen aus einem Ständer auf einem Schränkchen. »Langen Sie nur zu, meine Herren.« Der Apotheker stopfte bereits seine Pfeife und roch genüsslich am Tabak, bevor er ihn entzündete. Der gute Mann weiß zu leben, staunte Schiller. Endlich durften sie ihrem Laster frönen, dem sie in der Akademie nur heimlich im Glockenturm oder mit dem Kopf im Schacht eines offenen Kamins nachgehen konnten. Sie pafften mit heftigen Zügen. »Na, übertreiben Sie es mal nicht mit Ihrem feurigen Temperament, mein lieber Schiller, sonst denkt man auf der Straße noch, es habe hier zu brennen angefangen.« Der Apotheker freute sich an dem Wohlergehen der beiden Studenten. Schiller und Hoven tauten auf. Nicht in ihren kühnsten Träumen hätten sie sich einen so angenehmen Arbeitstag vorstellen können. Es entspann sich ein freundliches, offenes Gespräch.

Auch er ist froh, in seinem engen Stuttgarter Bürgerswinkel, wo er es sich recht behaglich eingerichtet hat, etwas Abwechslung zu bekommen, dachte Schiller, und ihm kam der Gedanke, dass wohl auch der Mensch in vermeintlicher Freiheit ein Stück weit Gefangener seiner Umstände sein könnte. Draußen dunkelte es bereits und die ersten Bürger führten ihre Handlaternen mit sich. Resi entzündete eine Öllampe und stellte sie auf den Tisch. Eine weitere Flasche des herrlich duftenden Tokaiers wurde entkorkt. An der Rückseite des Raumes stand ein kleines Bücherregal und darüber hing eine Weltkarte. Schiller konnte der Versuchung nicht länger widerstehen und fuhr mit den Fingerspitzen die Buchrücken entlang. Unter den Büchern fanden sich Kostbarkeiten, die, weil literarisch und verboten, in der Akademie nicht zu bekommen waren. Schließlich wanderte Schillers Blick über die Weltkarte.

»Sie bereisen in Gedanken wohl die Weltmeere, mein lieber Schiller?«, neckte ihn der Apotheker. »Die Welt ist so groß und man weiß so wenig davon«, seufzte Schiller. »Auch ich hatte stets die Sehnsucht zu reisen und die Welt zu erkunden«, gestand Herr Farber, »aber geschafft habe ich es noch nicht einmal bis Frankreich. So dient mir die Karte als Gedächtnisstütze, wenn ich Neuigkeiten aus der Welt höre und lese.« – »Sie haben auch von den Kämpfen in Amerika gehört?«, fragte Hoven. »Sicherlich. Man muss in Stuttgart ja schon blind sein, um nicht den jungen Kerls mit Bedauern hinterherzuschauen, die schlecht ausgerüstet die Reise in den Krieg antreten. Wenn ihr mich fragt, so antworte ich zweierlei: Erstens ist der Verkauf unserer Jugend eine Schande, denn kaum einer von ihnen wird seine Heimat wiedersehen. Zweitens gilt das alte Sprichwort: Bleib im Land und nähr dich redlich, denn Gutes gibt es in der Ferne nur wenig zu hoffen.« – »Wer weiß das hier schon«, zweifelte Schiller verhalten. »Das ist nur der Kräuterduft in der Apotheke, der ihm das Hirn vernebelt«, scherzte Hoven. »Mir ist es schon ernst mit meiner Wissbegierde«, antwortete Schiller und schien zu grübeln. »Gern hätte ich Ihre Meinung über ein Wort erfahren, dass ich erst vor kurzer Zeit zum ersten Mal gehört habe. Wenn ich fragen dürfte?«

Hoven hob sein Glas und prostete beiden zu. »Jetzt nimm dich aber zusammen, alter Freund, und stör nicht die Gemütlichkeit. Der Herr Apotheker ist nicht unser Magister!« – »Lassen Sie nur, von Hoven«, Herr Farber winkte beschwichtigend ab, »ich will gern versuchen, mit meinem überschaubaren Wissen auszuhelfen.« Sprach's und stieß genüsslich Tabakwolken in die Luft. Schillers Hände fuhren die Küstenlinien von Amerika entlang. »Was, verehrter Herr Apotheker, sind ›Menschenrechte‹? Ich meine, man führt immerhin einen Krieg darum. Aber was sind die Rechte des Menschen, wo stehen sie niedergeschrieben?« Der Apotheker blickte überrascht auf. Mit einer solchen Frage hatte er nicht gerechnet und wusste auch keine konkrete Antwort darauf. Er wiederholte das Wort, gewichtete seine Bestandteile und meinte nur, es klinge wohl bedeutend und feierlich, aber verbrieft seien diese Rechte hierzulande wohl kaum. »Es muss etwas mit Freiheit zu tun haben, denn sie kämpfen für ihre Unabhängigkeit von der englischen Krone«, schlug Hoven vor. »Ihr meint also wirklich, dass sie gegen den König, die Obrigkeit, kämpfen?«, wunderte sich der Apotheker. »Da ruht kein Segen drauf!« Der Resi, die nachschenkte, rief er zu: »Hat sie das gehört? Die kämpfen gegen ihren König. Sitzen irgendwo in der Wildnis bei gefräßigen Bären und Wölfen und wollen wohl keine Steuern mehr zahlen. Am Ende wollen sie wohl selbst die Herrschaft spielen! Das würde ein schönes Chaos geben!« Vor Aufregung vergaß er sogar seine schmerzenden Gichtknochen, stand auf, lief in der Stube umher. »Mit Aufruhr und Geschrei werden die im Wilden Westen dort die Welt nicht besser machen. Lieber Schiller, so gesehen, scheint das Wort eine gefährliche Bedeutung zu haben. Nichts für uns Württemberger!« – »Fügen müssen wir uns, damit es uns gut geht. Wir erfahren es doch täglich«, pflichtete Hoven dem Vortrag des Apothekers bei.

Doch Schiller schienen diese Wahrheiten zu flach: »Ihr seid also der Meinung des französischen Königs, der über seinesgleichen behauptet, dass es der Wille Gottes sei, dass jeder, der als Bürger-Mensch geboren werde, ohne eigenes Urteil zu gehorchen habe?« – »Schiller, jetzt fallen Sie nicht ins andere Extrem. Ob das der Wille Gottes ist, dass ich von früh bis spät in der Apotheke stehe und Steuern zahle, scheint mir auch zu hoch gegriffen. Aber vermag ich einfacher Bürger zu urteilen, wo die Grenze zwischen Recht und Unrecht eines Menschenlebens verläuft? Das will wohl bedacht sein, von klugen Köpfen!« – »Ja, ja, unser Schiller ist wie ein Haken einer Angel, den man so schnell nicht loswird, wenn er einen erst mal gepackt hat. Lassen Sie sich lieber auf keinen weiteren Diskurs ein, Herr Apotheker, sonst schmeckt Ihnen am Ende der Tokaier nicht mehr!« Auf Hovens Ratschlag lachten alle drei herzlich und beendeten die Diskussion. Schiller spürte den guten Willen und die Ehrlichkeit des Apothekers, aber zugleich auch die bürgerliche Enge, die sie alle gefangen hielt. Er nahm sich vor, in den nächsten Tagen mit Professor Abel über das Thema Menschenrechte zu sprechen, denn er hoffte, einen geistigen Schlüssel für ein Leben in Freiheit und Selbstbestimmung zu finden.

Draußen schlug der eiserne Türklopfer gegen die Eichentür der Apotheke. Es schien sich um ein sehr dringliches Anliegen zu handeln. Die Magd beeilte sich, den Fremden hereinzulassen, der, wie sie im Nebenzimmer hören konnten, lautstark eine Medizin gegen Schlaflosigkeit und Magengrimmen forderte. Mit dem Protestruf: »Meine Medizin will ich haben!« stand plötzlich Professor Balthasar Haug im Türrahmen und warf einen strengen Blick auf die schmauchende und trinkende Gesellschaft des Apothekers.

»Eleven unserer Akademie! Von Tabakqualm verhüllt und dem Trunke ergeben!«, polterte er los. »Wie kann ein Apotheker die Großherzigkeit Unserer Durchlaucht so missbrauchen und zwei junge Menschen zum Ungehorsam verführen, die doch nur zum Studium und zu rechtschaffenem Arbeiten gekommen sind! Ich rufe die Stadtwache!« Professor Haug holte zu einer großartigen Geste aus und machte Anstalten, den Raum zu verlassen.

Schiller und Hoven erbleichten vor Schreck und fürchteten Schlimmstes.

Lachend rief der Apotheker nach seiner Magd: »Beruhigen Sie unseren Professor, Resi, schenken Sie ihm um Himmels willen rasch von dem Tokaier ein.« Professor Haug nahm einen ordentlichen Schluck, schnalzte mit der Zunge und erklärte: »Tatsächlich, das, mein lieber Farber, ist die Medizin, die mir fehlte. Ich spüre förmlich, wie ich mich nicht nur beruhige, sondern geradezu den Drang verspüre, in eurem Bund der Vierte zu werden.« Die Eleven atmeten auf – der Professor hatte ihnen einen Streich gespielt. Doch hielten sie es jetzt für angezeigt, die beiden Herren unter sich zu lassen, aber Haug erklärte sofort: »Hiergeblieben wird! Ich bin weder der Intendant noch der Oberaufseher, sondern Professor der schönen Wissenschaften. Und als solcher fühle ich mich in der Gegenwart eines neu entdeckten Dichters und seines Freundes pudelwohl und bestehe auf Gesellschaft.«

»Der Schiller ist ein Dichter?«, fragte der Apotheker Farber erstaunt. »Ich dachte, Sie lesen mein ›Schwäbisches Magazin‹, lieber Freund. Abgründe tun sich mir da auf, dass Sie noch nichts von dem ›Eroberer‹ gelesen haben, den unser feuriger Held dort in der letzten Woche unter Beifall des Publikums zum Besten gegeben hat.« Schiller spürte die Aufrichtigkeit dieses Lobes von Professor Haug und wand sich zwischen Stolz und Verlegenheit.

Als Schiller am Morgen des 10. Oktober 1778 die Füße auf den Boden vor sein Bett stellte, dröhnte ihm noch der Schädel vom verkosteten Tokaier. Sogar sein Gleichgewichtssinn schien beeinträchtigt, und Elwert befand, er solle sich vielleicht krankmelden. Scharffenstein, der ebenfalls den Leidenden in Augenschein nahm, empfahl ihm jedoch nur, sich mal wieder anständig zu waschen und die Wäsche zu wechseln. Der Gestank, den er verbreite, sei ansonsten nicht auszuhalten.

Die Mitteilung des Korporals Schwäble, dass der Tanzunterricht für die Medizinstudenten ausfiele und man sich stattdessen für eine außerordentliche Lehrveranstaltung des Hofmedikus Reuß im Keller des Schulgebäudes einzufinden habe, passte zunächst zu den Sonnenstrahlen, die dieser Oktobermorgen durch die hohen Fenster des Schlafsaales schickte. Doch der kleine, schlecht beleuchtete Kellerraum, in dem sich die Eleven versammelten, um auf ihren Professor zu warten, war selbst im Sommer feucht und kalt und jetzt im Herbst geradezu unangenehm ungemütlich. Schiller fröstelte und Hoven, blass und übernächtigt, klapperte sogar mit den Zähnen.

»Muss ganz schön hart gewesen sein, die Arbeit in der Apotheke«, grinste Elwert frech. Doch Schiller, viel zu müde, um zu antworten, betrachtete nur die von Salpeterflecken gesprenkelten Wände. Hofmedikus Reuß und Professor Consbruch traten schließlich mit feierlichem Ernst vor die Eleven, wählten fünf der älteren – unter ihnen auch Schiller und Hoven, nicht jedoch Elwert – aus und schickten die übrigen wieder zurück nach oben in die Klassenräume. Es stand etwas Ungewöhnliches bevor, da bedurfte es keines längeren Rätselratens. Hofmedikus Reuß führte die kleine Gruppe durch die unterirdischen Gänge, schloss verschiedene Türen auf, bis sie schließlich in einen größeren Raum traten, der durch einen Windfang, einem schweren schwarzen Tuch, das von der Decke bis zum Boden reichte, geteilt wurde. Keiner der Eleven sprach ein Wort. Noch nie waren sie hier unten gewesen.

Hofmedikus Reuß trat hinter einen schweren Eichentisch, auf dem chirurgische Instrumente bereitlagen. Professor Consbruch und ein Unteroffizier als Gehilfe entzündeten verschiedene starke Öllampen und leuchteten den Raum grell aus. Anschließend verteilten sie an die Eleven schwarze bis zum Boden reichende Umhänge, die sie auch sich selbst überwarfen. Hofmedikus Reuß hielt geduldig die Hände verschränkt und wartete das Ende der Vorbereitungen ab. Ein Ritual wie zu einer Einweihung, dachte Schiller. Gab es hier etwa einen Geheimbund der Mediziner? Wurde schwarze Wissenschaft betrieben?

Consbruch nickte Reuß zu und dieser begann einen kurzen Vortrag: »Herren Studiosi, Sie stehen bald kurz vor Ihren abschließenden Prüfungen. Auf diesem Weg gilt es, noch manche Feuertaufe zu durchleben. Mein Kollege und ich wollen es heute kurz machen. Wir haben Sie ausgewählt, einem seltenen Ereignis beizuwohnen. Nichts darf Ihnen am menschlichen Körper und seinen Leiden fremd bleiben. Daher reicht die papierene Wissenschaft gelehrter Bücher nicht, sondern Sie müssen mit eigenen Augen und mit Ihren Händen begreifen, wie der menschliche Körper funktioniert und wie Geist und Körper zusammenwirken. In dieser Ursache haben wir Sie herbestellt. Sie werden jetzt einer Obduktion beiwohnen ... Weiß einer von Ihnen, was das ist?« Erschrocken blickten fünf Augenpaare den Hofmedikus an. Keiner meldete sich zu Wort. »Nun, von Hoven?« – »Die Öffnung eines Toten zur Untersuchung der Todesursache«, stammelte der Aufgerufene.

Die Eleven schluckten schwer. Natürlich hatten sie sich Praxis gewünscht, dabei aber eher an den Dienst am lebenden Patienten gedacht. Keiner von ihnen hatte je ein Skalpell geführt oder einen toten Körper betastet. Schiller erwog für einen kurzen Moment, den Raum einfach zu verlassen, durch all die Türen, die langen Kellergänge entlang wieder nach oben ins Freie zu gehen. Was ging ihn das an? Er wollte schreiben. Es befielen ihn starke Zweifel, ob er diese Situation überhaupt durchstehen würde. Fast reflexartig drehte er sich zur Tür, seine Hand bereits auf dem Riegel.

»Schiller, er wird mir assistieren! Und Laierbach, er scheint mir geschickte Hände zu haben, wird die Schnitte wieder zunähen! Von Hoven! Der Protokollblock mit Stift liegt hier für ihn bereit, er hat eine ordentliche Schrift. Ich werde ihm die Ergebnisse diktieren.« Die Befehle des Hofmedikus ließen keinen Zweifel zu – aus diesem Raum führte zurzeit kein Weg nach draußen. »Schiller, Laierbach, treten Sie vor, machen Sie sich mit den Instrumenten vertraut, die hier ausgebreitet liegen, prägen Sie sich die Bezeichnungen ein, Beschriftungen finden Sie auf den Zettelchen daneben – ich dulde keine Schwachheiten und Verzögerungen!«

Schiller warf Hoven einen kurzen, verzweifelten Blick zu, aber der Freund konnte nicht helfen. Auch er wirkte eher schreckensstarr angesichts der bevorstehenden Ereignisse.

»Kennt jemand die Bedeutung des lateinischen Wortes ›Obduktion‹?«, fragte Professor Consbruch. Schiller und Laierbach traten an den Tisch, ihre Blicke fieberhaft auf die dort ausgebreiteten Instrumente gerichtet. Eine Zange mit dem Namen »Knochenbrecher« und die dazugehörige Säge fesselten Schillers Bewusstsein derart, dass er kaum empfänglich war für die verschiedenen Wundzangen, Klammern und Haken. »Obduktion heißt eigentlich Abdecken. Gemeint sein könnte die Verhüllung der Leiche nach der Untersuchung«, antwortete eifrig einer der Eleven, die zum Zuschauen bestimmt waren.

Schiller wollte sich den Anblick des Toten so lange wie möglich ersparen und fixierte seinen Blick, ein eifriges Studium vortäuschend, weiter auf den Knochenbrecher. Plötzlich entstand eine Unruhe unter den Eleven, sogar vereinzelte Entsetzensschreie waren zu hören. Schiller hob den Blick und wich von dem Tisch zurück. Vor ihnen lag auf einer kalten Marmorplatte der bleiche, ausgemergelte Körper eines Eleven, den sie alle als fröhlichen Burschen und guten Zeichner gekannt hatten. Die Angst vor dem Unausweichlichen der bevorstehenden Leichenöffnung, die bisher nur in einem unbestimmten Gefühl des Unwohlseins gelauert hatte, verschaffte sich explosionsartig Raum in Schillers Denken. Sie verdrängte jegliche Vernunft und degradierte Schiller zu einer zitternden, willenlosen Marionette.

»Meine Herren, ich darf doch sehr bitten!«, die Stimme von Prof. Consbruch übertönte die aufkommende Unruhe. »Von Hoven!« Er reagierte überhaupt nicht. »Hoven! Schreibe er endlich!« Erst jetzt nahm Hoven Stift und Papier, die ihm entglitten waren, wieder zur Hand. »Malerzögling Johann Christian Hiller, siebzehn Jahre, verstorben nach zweimonatiger teilweise fiebriger Erkrankung. Hat er das?« Die Stimme von Hofmedikus Reuß dröhnte jetzt im Raum. Die Unruhe ebbte zwar ab, war aber noch lange nicht einer konzentrierten Aufmerksamkeit gewichen. Zu groß blieb das Entsetzen. »Meine Herren, vor uns liegt ein lebloser Körper, dessen Seele nicht mehr in ihm wohnt. Nichts als ein lebloser Körper, zu keinen Empfindungen mehr fähig. Dies ist nicht mehr der Eleve Hiller, sondern nur noch seine dem Verfall preisgegebene sterbliche Hülle. Also beruhigen Sie sich endlich und konzentrieren Sie sich, damit wir die Todesursache feststellen können!« Diese Sätze schienen das Äußerste an Mitgefühl zu sein, zu dem Hofmedikus Reuß fähig war.

Schillers Blick konnte sich nicht von dem wachsbleichen Gesicht und den blutleeren Lippen des Eleven Hiller abwenden. Er versuchte, seine Augen fest zuzudrücken, hielt sich sogar die Hände vors Gesicht, aber alles, was er damit erreichte, war, dass er sich selbst statt Hiller dort auf dem Marmortisch liegen sah. Ein stechender Schmerz durchzuckte seine Brust, er schaute in sein Innerstes und hörte aus weiter Ferne Reuß ausrufen: *»Die Lunge ist faul und mit dem Herzbeutel verwachsen, die Niere …«*, Reuß hielt in Schillers Fantasie einen erbsengroßen schwarzen Stein in die Höhe, *»hat sich in ihrer Substanz aufgelöst. Meine Herren, wir wundern uns, dass dieser Mensch noch bis vor kurzem gelebt hat!«* Kalter Schweiß brach ihm aus, Schiller zitterte wie Espenlaub, riss die Hände vom Gesicht und sperrte die Augen weit auf, in der Hoffnung, die Realität möge gnädiger sein als seine Fantasie. Voller Panik flüsterte er Hoven zu: »Sie werden mich aufschneiden, Hoven. Ich werde zuvor am lebendigen Leib verfaulen; sie werden mich aufschneiden und nichts mehr finden, alles hat sich schon aufgelöst.« – »Schiller, das Skalpell!« Hofmedikus Reuß missbilligte jegliche Unaufmerksamkeit.

Professor Consbruch assistierte und überwachte die Handreichungen von Schiller. Zunächst horchte Reuß noch einmal den Brustkorb nach Herztönen ab, öffnete die Augenlider und warf einen Blick in die Pupillen, um sich erneut zu vergewissern, dass der Eleve wirklich tot war. Routiniert begann er, die Leiche zu reinigen und dann den Brustkorb zu öffnen. Es waren nur zwei Schnitte und schon hatte er den gesamten Bauchraum geöffnet. Es war seltsam, aber die Öffnung bewirkte, dass es Schiller eher gelang, sich dem toten Eleven als Objekt zu nähern. Hoven, der neben Schiller am nächsten zur Leiche stand, bat darum, das Gesicht von Hiller mit einem Tuch abdecken zu dürfen. Er erntete einen erneuten missbilligenden Blick von Reuß, aber Professor Consbruch griff tatsächlich nach einem schwarzen Tuch und breitete es über das Gesicht.

Professor Reuß dozierte: »Im gesamten Mittelalter wurden die Leichen von Adligen gekocht und entfleischt, um ihre schneeweißen Knochen in kostbare Gefäße zu lagern. Dennoch blieb es bis zum Ende des 15. Jahrhunderts verboten, tote Körper für medizinische Forschungszwecke zu sezieren. Dies geschah heimlich, indem Ärzte nachts frische Leichen auf den Friedhöfen ausscharrten oder sich vom städtischen Rat die Leichen der Hingerichteten erbaten …« Zu Hoven gewandt: »Der Tot des Eleven Hiller liegt zirka acht Stunden zurück, das Blut ist bereits größtenteils gestockt. Ich ziehe jetzt die Blutstränge, die allesamt intakt zu sein scheinen, in einem Stück heraus.«

Ein faulig süßlicher Geruch erfüllte den ganzen Raum. Professor Consbruch bediente eine Schleuse an der am Kopfende des Toten am nächsten liegenden Wand und Wasser strömte gurgelnd in zwei seitlich vom Marmortisch eingelassenen Rinnen entlang, um am Fußende auf den Boden zu platschen und hinter einem dort eingelassenen Gitter in der Kanalisation zu verschwinden. In diesem Wasser säuberte Professor Reuß die Instrumente und immer wieder auch seine Hände.

In Schillers Magen rumorte es. Er spürte in Wellen aufkommende Übelkeit. »Meine Herren Studiosi, sehen Sie selbst. Ist es nicht erstaunlich, wie wenig sich doch im Inneren eines Menschen befindet?« Das Skalpell deutete auf die Innereien. »Herz, Lunge, Nieren, Leber, Magen und Darm – nicht viel mehr. Das ist schon fast alles!« Professor Reuß sprach jetzt wegen des Wassergeräusches noch ein wenig lauter. »In Bologna, Italien, gab es im Spätmittelalter eine Schule der Rechtswissenschaft, in der man verkündete, Rechtsfragen bezüglich einer Todesursache seien am besten durch eine Öffnung der Leiche zu klären. Ein zäher Kampf, aber man erhielt den staatlichen Segen und nutzte dies sofort auch für die biologische Grundlagenforschung. Es entstanden in Bologna und Salerno weit über die Landesgrenzen hinaus berühmte medizinische und biologische Fakultäten, denen wir heute noch, meine Herren Studiosi, vieles verdanken. Der Italiener Mondino de Luzzi – 1275 bis 1326 – war einer der ersten Anatomen. Auch der berühmte Leonardo da Vinci – 1452 bis 1519 – sezierte Menschen und Tiere und trug sein Wissen über Knochen, Muskeln und Organe in die Kunst hinein, was nicht zuletzt geholfen hat, unser Wissen für die Lehrbücher anschaulich zu gestalten.«

Schiller musste sich übergeben. Ein lang gezogener Würge- und Klagelaut presste sich durch seine Kehle, er ging in die Knie und erbrach sich in die schmale Wasserrinne am Marmortisch. Hofmedikus Reuß schrie ihn an, er solle sich gefälligst zusammenreißen, fuhr aber sogleich mit den Verrichtungen am Leichnam des Eleven Hiller fort. Professor Consbruch lenkte einen stärkeren Wasserstrahl auf den Marmortisch, der jetzt auch die Hüfte des Toten benetzte. Dann füllte er Wasser in eine Tonschüssel, um diese Schiller ohne Vorwarnung über den Kopf zu schütten. Ein schmerzhafter Fußtritt war es aber schließlich, der den Eleven Schiller wieder auf die Beine und in die Gegenwart seiner Pflichten beförderte.

Professor Reuß konnte die Blutstränge in einem Stück herausziehen. Fast automatisch befasste sich der Hofmedikus mit jedem Organ, löste es aus dem Körperverbund und reichte es Professor Consbruch, der es auf ein eigens dafür bereitgestelltes Tablett legte. Der Stift flog nur so über Hovens Papier. Wasseransammlung und entzündliche Merkmale im Bereich der Lunge, ein zu kleines Herz, vor allem aber Vereiterungen im Bauchraum. Todesursache: ein geplatzter Blinddarm bei schlechtem gesundheitlichen Allgemeinzustand. Hiller war nicht an der fiebrigen Erkältungsepidemie gestorben. Professor Reuß sah von der Schädelöffnung ab und die Eleven waren ihm – wenngleich schweigend – zutiefst dankbar dafür.

Professor Consbruch befragte sodann die Eleven nach dem Sitz der Organe und legte diese in den Bauchraum zurück. Jetzt war es an Laierbach, mit zittrigen Händen eine ordentliche Wundnaht zu bewerkstelligen.

Im Flur vor dem Zugang zum Keller wurden die Eleven, die schwer gezeichnet dem Tageslicht zustrebten, von ihren Kameraden erwartet. Schiller ging auf die Kunstzöglinge Dannecker und Heidelhoff zu, nahm sie beiseite, deutete in den dunklen Kellergang und sagte nur: »Der Hiller ist tot …«

13

Nachts, wenn die Aufseher schliefen, schlich Schiller zu den großen Fenstern des Schlafsaales und schrieb im kalten Licht des Mondes an den »Räubern« und an Gedichten. Für die Nächte, in denen ihm auch der Mond mit Licht nicht aushalf, hielt er einen Kerzenstummel bereit, den er neben seinem Bett entzündete. Die Müdigkeit wurde sein täglicher Begleiter.

Hier in Stuttgart wurde es für die Freunde immer schwieriger, ihrem literarischen Zirkel zu frönen. Carl Eugen hatte das Wachpersonal verstärkt und die Aufseher mit zusätzlich ausgelobten Prämien für gemeldete Vergehen zu erhöhter Aufmerksamkeit und Härte angestachelt.

Vor einigen Tagen hatte sich Schiller mit seinen Freunden mit Erlaubnis von Korporal Schwäble bei einem Spaziergang im Bosperwald für eine Stunde absondern und aus seinem dramatischen Roman vortragen können. Es waren Szenen aus seinen »Räubern« gewesen, die er mit typischer gehetzter Schiller-Stimmlage und in seinem breiten schwäbischen Dialekt zu Gehör gebracht hatte. Worte, die ihm nachts aus der Feder geflossen waren, als er an Schubarts Schicksal dachte. Er kannte sie auswendig.

»Der Gefangene hatte das Licht vergessen; aber der Traum der Freiheit fuhr über ihn wie ein Blitz in der Nacht …«

Sie hatten das Räuberlied angestimmt und sich in Wildheit dabei fast gegenseitig überboten:

»Ein freies Leben führen wir,
ein Leben voller Wonne,
der Wald ist unser Nachtquartier,
der Mond ist unsere Sonne!«

Der Kunstschüler Heidelhoff hatte eine Skizze von diesem glücklichen Treffen angefertigt. Von der Freiheit, der großen Freiheit hatten sie einmal mehr schwadroniert und: »*Nieder mit den Tyrannen!*« ausgerufen. Groß und stark hatte die Literatur sie gemacht. Sie waren über sich hinausgewachsen, was Schiller Beweis genug war, wie viel Kraft in den Worten seiner Poesie stecken mochte. Es stimmte tatsächlich: Die Literatur war Freiheit! Vor allem in einer Zeit, in der die Werte des Lesens und der freien Äußerung von Meinungen so massiv in Frage gestellt wurden wie in der jetzigen. Sie alle blieben weggeschlossen von der Welt, und die Literatur konnte ihnen sagen, wie die Welt da draußen beschaffen war. Die Literatur schickte ihre Gedanken, ihre Fantasien über die engen Mauern des Schlosses, sie durchbrach den Takt der Trommeln beim Exerzieren und den Stumpfsinn des täglichen Einerleis. Doch wurde Schiller deshalb zum Helden, weil er sich ihr verschrieben hatte, seine Nächte mit ihr teilte, weil der Mond seine Sonne wurde? Wohl kaum. Immer häufiger dachte Schiller darüber nach, dass seine dichterische Fantasie eine feige Flucht vor der Realität war. Dort, wo ihm die Mauern der Akademie den Weg verstellten, floh er nach innen, in eine Welt, in der Aufseher und Despoten keine Macht über ihn hatten. Doch heldenhaft nahm sich diese Flucht nicht aus. Ein Dichter wie Schubart würde ihn auslachen. Von ihm hatte Schiller gehört, dass er in dem lichtlosen Verlies des Turms noch versucht hatte, Verse in die Wände einzuritzen. Schubarts Verse wurden so zu gelebtem Protest.

Zu was war er, Schiller, denn wirklich fähig? Untätig hatte er mitansehen müssen, wie sie den hochanständigen Korporal Schwäble kurz nach ihrem Ausflug in den Bosperwald auf den Hof führten. Man hatte ihm die Hände mit einer Kette zusammengeschmiedet, die auch um die Gelenke der vorwärts stolpernden Füße lief. Orden und Borten waren ihm von der Uniform gerissen worden, seine Uniform hing zerlumpt an seinem geschundenen Körper. Der Intendant hatte zu Trompetenstößen den Urteilsspruch verlesen: Kettenstrafe und Verbringung auf den Hohenasperg, bis der Herzog über seine Freilassung verfüge. Schwäble habe dem Eleven Schnepf – gegen ausdrücklichen Befehl des Herzogs – einen Besuch bei seiner Mutter ermöglicht und sich dabei erdreistet, trotz eindeutig belastender Aussagen des Eleven Kempf und weiterer Zeugen, darauf zu bestehen, von seiner Durchlaucht höchstpersönlich angehört zu werden. Doch erwartungsgemäß trat man die Gerechtigkeit mit Füßen und führte den kriegserprobten, unerschrockenen Schwäble als gebrochenen Mann ab. Jetzt hatte der Nies wieder die Stubenaufsicht übernommen und natürlich schwieg Schiller auch hierzu.

In dieser Nacht saß Schiller bei Kerzenschein frierend auf der Bettkante. Härter musste er werden, unerbittlicher dem Verlangen nach Gerechtigkeit nachgeben. Längst durfte es nicht mehr allein um die Tragik eines menschlichen Schicksals gehen. Sollte ihm ein Drama im Schubart'schen Sinne gelingen, müsste er den Machtmissbrauch, die Willkür hier und heute zur Sprache bringen. Seine Feder kleckste über das Papier, seine Schrift fahrig, fast unleserlich.

Karl Moor – der Räuber – fasste einen fürchterlichen Entschluss: Die Welt musste zugrunde gehen, jede Ordnung, auch die der Familie musste zerstört werden, um der Gerechtigkeit willen. Man bekam nie etwas Neues, ohne etwas Altes zu zerstören. Das Neue musste der Tod des Alten sein. Eine Aufgabe, zu viel für einen Menschen. Aber Moor würde nur Gauner, Verbrecher, galgenreife Spießgesellen finden, die bereit sein würden, mit ihm zu streiten. Er kann nichts dafür, liegt doch der Rest der Gesellschaft längst in den Ketten seiner Bürgerlichkeit oder hat es sich bequem mit dem Machtmissbrauch eingerichtet.

Draußen die Rufe der patrouillierenden Wachtposten. Die Glocke schlug bereits die erste Stunde des neuen Tages. Doch er schrieb weiter, formulierte Szenen neu. Noch einmal hielt Schiller inne. Ein seltsamer Gedanke überfiel ihn. Vielleicht würde er selbst zur Waffe greifen, radikal werden, wenn es diesen Karl Moor nicht gäbe. Vielleicht zeichnete er mit diesen starken Worten sogar seinen eigenen Weg, der vor ihm lag, wenn erst einmal das Drama zu Ende geschrieben worden wäre. Er schrieb weiter, wie ein Besessener, achtete kaum mehr auf seine Umwelt. Was war die Akademie, was bedeutete ihm Stuttgart?

»Was gafft ihr mich an? – Ist euer Mut schon verdampft?«

Plötzlich stand Nies neben seinem Bett und fuhr ihn wütend an: »He! Was treibt er da zur nächtlichen Stunde für Heimlichkeiten?« Reflexartig zuckten Schillers Hände mit den Manuskriptseiten unter die Bettdecke. »Was versteckt er da? Her damit! Sofort!« Schiller zögerte nicht, denn er musste vermeiden, dass Nies die Bettdecke zurückschlug, unter der er die Manuskriptseiten mit einer eigens dafür bereitgelegten medizinischen Abhandlung vertauschte. Nies entriss ihm die Seiten mit Triumph, nahm ihm Gänsekiel und Tinte weg und ordnete an, dass Schiller morgen ein Strafbillet im Knopfloch zu tragen habe.

Bleierne Müdigkeit kämpfte mit dem vor Aufregung und Empörung schlagenden Herz. Schiller fand in dieser Nacht noch lange keinen ruhigen Schlaf. Wie sollte er jetzt an neue Schreibutensilien kommen, um heimlich sein Drama zu Ende zu bringen?

Der Herzog nahm den Appell im Rangiersaal ab und riss Schiller den roten Zettel aus dem Knopfloch. »Er schreibt nachts? Das ist nicht in meinem Sinne! Sonst heißt es hinterher wieder, ich sei so ein Menschenschinder und würde den Eleven den Schlaf nicht gönnen. Die vorgegebene Ordnung hat schon einen Sinn und er, Schiller, hat sich danach zu richten!« Oberst Nies trat vor und reichte dem Herzog die konfiszierten Seiten. »Medizinisches. Wenigstens fleißig scheint er zu sein.« Der Herzog nickte Nies anerkennend zu. »Rechtfertige er sich, Schiller!«

»Halten zu Gnaden, Eure Hoheit! In der Ruhe der Nacht kann ich besser arbeiten. Ich will meine medizinischen Studien mit Erfolg abschließen und meide den Lärm der täglichen Freistunde. Vielleicht könnte ich mit einigen wenigen Eleven zur Arbeit in ein separates Zimmer …?« Schiller trat die Flucht nach vorn an.

»Nichts da! Was glaubt er denn, er bekäme eine Sonderregelung!«, schrie ihn der Herzog an. »Nutze er die Freistunde wie jeder andere Eleve auch! Nies, notiere er, der Eleve Schiller muss zwei Mal beim Essen zuschauen!«

»Sklavenplantage!«, zischte Schiller dem neben ihm stehenden Masson zu, sodass der Nies ihn noch hören konnte. Der Herzog war schon zur nächsten Abteilung geschritten, um huldvoll Ohrfeigen zu verteilen. Nies griff Schiller beim Revers und stellte ihn halblaut, aber eindringlich zur Rede: »Was erlaubt er sich!« – »Gestatten! ›Schöne Blamage‹, habe ich gesagt, mit dem Ausdruck der tiefsten Zerknirschung angesichts der verhängten Strafe …«, gab Schiller grinsend zur Antwort und Nies ließ von ihm ab, wohl wissend, dass er dem Wortwitz des Eleven nicht gewachsen war.

Zwei Tage später forderte der kleine, rundliche Professor Abel den Eleven Schiller zum Spaziergang auf. Mit Sorge hatte er bemerkt, wie Schiller von Tag zu Tag trübsinniger geworden war. Und auch jetzt schwieg der Eleve zunächst verstockt, während dem Professor, der Schillers uneingeschränktes Vertrauen genoss und dessen »Räuber«-Manuskript Korrektur las, sein Herz überquoll. Am Reithaus wurden gerade die Pferde beschlagen. Das Lärmen der Hämmer und die Rufe der Schmiede drangen zu ihnen herüber. Sie kamen am Jägerhaus vorbei, wo man angesichts des sonnigen Tages die Gästebetten zum Lüften aus den Fenstern hing.

Professor Abel warf Schiller vor, aus seinen Mitmenschen Puppen in seinem Drama zu machen. Und er zählte die Namen der Betroffenen und ihre Eigenschaften im Drama auf. »Werden Sie nicht zynisch, Schiller!«, rief er ihm zu. »Lassen Sie Ihren Mitmenschen noch die Würde und entfernen Sie sich Schritt um Schritt von der realen Vorlage. Zynismus ist die Waffe des Haltlosen, des Verlorenen. Schiller, das ist nicht Ihre Waffe, Sie sind zu jung, Sie stehen am Anfang Ihres Weges!« Der Weg führte die beiden in die Häuserzeile des Großen Grabens hinein. »Und erst Ihre Frauenfiguren, Schiller! Natürlich mangelt es Ihnen an Vorbildern hier in der Akademie, aber Sie sollten um Himmels willen der Mätresse des Herzogs, auch wenn sie noch so weiblich ist und sich neben dem Durchlauchtigsten äußerst apart ausnimmt, nicht ein tugendhaftes Denkmal setzen. Zum Teufel! Schließlich hat die Franziska bei der Einkerkerung Schubarts ruhig zugesehen, oben im Turm gestanden und sich an seinem Elend geweidet.« Schiller ging gesenkten Kopfes gut zwei Schritte hinter seinem Professor her. »Lassen Sie mich, Herr Professor, meinen Menschenhass heimlich betreiben«, antwortete Schiller wortkarg. »Heimlich ist gut, mein Lieber! Heimlich, dass ich nicht lache! Da geben Sie dem Moor doch Ihr eigenes Ebenbild. Das grenzt an Selbstzerstörung und hat mit Heimlichkeiten nichts zu tun. Da soll doch das Donnerwetter dreinschlagen, oder gehört der lange Gänsehals des Moor nicht Ihnen, sind es nicht Ihre überwachsenden, buschigen Augenbrauen, Ihre feurigen, rot geränderten Augen und Ihre Figur, groß und hager! Mein Gott, Schiller, Sie charakterisieren einen Verbrecher und malen Ihren eigenen Steckbrief! Bedenken Sie dies! Das würde ich niemals so unternehmen! Niemals, hören Sie?« Professor Abel zog Schiller jetzt in die einsameren Nebengassen, um das Gespräch ungestört fortsetzen zu können, denn auf den Hauptstraßen begegneten ihm zu viele Bekannte, deren Gruß er ständig erwidern musste.

Schiller holte auf, lief jetzt neben Abel. Er gab sich nachdenklich, lag ihm doch außerordentlich viel an dem sachverständigen Urteil seines Professors. »Wo alles verlogen ist, scheint die Wahrheit am verlogensten zu sein. Aber gut, Professor Abel, ich will es wohl bedenken.«

Im Bandgässle blieb Abel stehen und streckte sich, um Schiller versöhnlich seine Hand auf die Schulter zu legen. »Gut so. Das nächste Mal melden Sie sich krank, wenn Sie wieder an die Reihe kommen, in Ihrem Drama die hohen Herrschaften öffentlich zu lobpreisen, und versucht sind, sich selbst bloßzustellen. Und dann überdenken Sie Ihre Worte in der Krankenstube in aller Ruhe sorgfältig.« – »Als ob Sie selbst der Versuchung der Lobpreisung widerstehen könnten«, entgegnete Schiller trotzig. »In Ihren Auftragsreden gerät der Herzog zum Menschenfreund und großherzigen Vater und die Tugendhaftigkeit seiner Mätresse verkünden Sie von der Kanzel bei öffentlichem Anlass. Ungeachtet der despotischen Züge an ihnen, die sie in die Lage versetzen, ihre Macht zu missbrauchen und uns alle wie Hunde zu treten. Kanaillen allesamt in diesem höfischen Popanz!« – »Ja, ja, Sie haben ja Recht!« Abel schlug sich reumütig an die Brust. »Aber akzeptieren Sie dies: Ich schreibe kein Drama, sondern verdiene meinen Lebensunterhalt als Professor an dieser Akademie in vielfältigen Abhängigkeiten. Das macht die Sache nicht besser, ich weiß. Und schließlich haben Sie das Talent zu schreiben!« Und Schiller fuhr erregt fort: »Es gibt keinen Waffenstillstand mehr. Der Herzog und ich sind Todfeinde. Er mag seine bewaffnete Gewalt ausüben; ich ordne meine Truppen, die gegen ihn in die Schlacht ziehen werden, im Hirn. Ich werde ihn mit meinem Stückchen Weltwirklichkeit, meiner Gedankenfreiheit vernichtend schlagen. Das ist mein Menschenrecht. Ich werde ihn in Gedanken hundert Mal am Galgen sehen und das Malefizglöcklein wird mein Jahrhundert einläuten, wenn er erst in die Gruft fährt!«

»Schiller, schreien Sie nicht so. Wenn uns einer anzeigt!« Abels Stimme nahm einen flehentlichen Unterton an.

»Gehen Sie doch, wenn Sie Angst haben«, entgegnete Schiller kalt. »Behandeln Sie so einen Freund? Sorge ich mich nicht um Sie?«, antwortete Abel. Schiller schossen reumütig die Tränen in die Augen und er küsste dem Lehrer die Hand, die dieser ihm verlegen rasch entzog und trocknete.

Sie kamen jetzt am Herrenhaus vorbei, neben dem sich der Galgen und der Pranger befanden. Abel war unbehaglich zumute und er zog Schiller rasch weiter ins Bärengässle.

»Sie müssen raus aus der Akademie. Sie passen nicht zu dem Durchschnitt der Fürstendiener, die dort ausgebildet werden. Machen Sie Ihr Examen. Ich will meinen Teil dazu beitragen und für Sie im Kollegenkreis werben. Und wenn Sie Geld brauchen, sagen Sie es. Ich helfe Ihnen gern. Ich habe Ihnen bereits Federkiel, Tinte und Papier besorgt. Sie melden sich krank und kommen zur Ruhe, Schiller. Versprechen Sie es! Sonst könnte es sein, dass eine Unüberlegtheit Sie noch ins Verderben bringt. Ich wäre beruhigt, wenn Sie einschlagen und ich auch Ihren Freunden Hoven und Petersen, die sich schon um Sie sorgen, Bescheid geben dürfte.« Abel räusperte sich verlegen. Schillers Zorn flammte erneut für einen Moment auf, dachte er an seine Freunde, die hinter seinem Rücken mit Abel gesprochen hatten. Aber er besann sich eines Besseren und schlug in die dargebotene Hand ein.

»Nun, und bei dieser männlichen Rechte! schwör ich euch hier, treu und standhaft euer Hauptmann zu bleiben bis in den Tod! Den soll dieser Arm gleich zur Leiche machen, der jemals zagt oder zweifelt oder zurücktritt! Ein Gleiches widerfahre mir von jedem unter euch, wenn ich meinen Schwur verletze! Seid ihr's zufrieden?«

Schiller lief umher, las mit einer Stimme, die in tiefster Erregung immer wieder umschlug. Die Freunde hockten auf seinem Bett in der Krankenstation oder standen müßig an die Wand gelehnt und hörten zu. Sie hatten eine Viertelstunde für den Krankenbesuch.

Jetzt sprang Schiller mal hierhin, mal dorthin, um den Räuberhaufen darzustellen, und rief nochmals aus: »*Wir sind's zufrieden!*«

Dann gerade so, als lade er die Welt zum Horchen ein, mit verschwörerischer Geste: »*Nun dann, so lasst uns gehen! Fürchtet euch nicht vor Tod und Gefahr, denn über uns waltet ein unbeugsames Fatum! Jeden ereilet endlich sein Tag, es sei auf den weichen Kissen von Flaum, oder im rauen Gewühl des Gefechts …*«

Kapf sprang dazwischen und fuchtelte mit dem Arm einen Degen mimend wild in der Luft. Die Freunde lachten – ernteten aber nur Schillers wütende Blicke, dem es allzu ernst war mit seiner Dichtung und der für diese Kinderspielchen nicht viel übrig hatte. Lauter und entschiedener fuhr er fort: »… *oder auf offenem Galgen und Rad! Eins davon ist unser Schicksal!*«

Boigeol rief dazu: »Gift, mein lieber Schiller. Gift wäre auch noch eine Möglichkeit. Hat noch jemand Vorschläge?« Schiller warf das Manuskript auf das Bett, seine Wangen brannten vor Erregung. »Kann ich damit bestehen? Frei von der Leber. Wie sehe ich aus neben Schubart?« Kapf fuhr fort mit seinen kindischen Neckereien. Einige klatschten und grölten. Hoven mahnte, man solle nicht so einen Radau veranstalten, sonst würden sie sofort hinauskomplimentiert.

»Scharffenstein«, Schiller sprach seinen engsten Freund direkt an, »vergleich! Schubart und ich! Kann mein Drama bestehen? Kann ich mehr als sein Entwurf?«

Scharffenstein, hin und her gerissen zwischen dem ausgelassenen Treiben der Freunde und der übertriebenen Ernsthaftigkeit von Schiller, hockte wie gelähmt auf dem Bett und rang um Worte. Statt seiner antwortete Boigeol mit einem Zitat aus dem Werther: »*Was das für Menschen sind, deren ganze Seele auf Zeremoniell ruht, deren Dichten und Trachten jahrelang dahin geht, wie sie um einen Stuhl weiter hinauf bei Tische sich einschieben wollen. Die Toren, die nicht sehen, dass es eigentlich auf den Platz gar nicht ankommt, und dass der, der den ersten hat, so selten die erste Rolle spielt!*«

»Hört! Hört!«, rief Petersen. »Seit wann zitiert unser Boigeol den Goethe? Ich wusste gar nicht, dass er lesen kann.« – »Und wie ist es, spanne ich nicht die Kräfte und Leidenschaften der anderen in den Plan meines Dramas?«, fragte Schiller unbeirrt, aber sichtlich beleidigt weiter. »Ja, Schiller, sicher doch«, stieß Scharffenstein eher wortkarg hervor. »Lass es jetzt gut sein, bitte.« – »Du bist mein Freund, Scharffenstein. Bin ich ein Künstler? Wie war der Text?« Verloren warb Schiller um seinen Freund. »Vielleicht liegt es daran, dass wir hier nicht rauskommen und nicht die wirkliche Welt da draußen erfahren …«, versuchte Hoven eine vorsichtige Analyse.

Boigeol und Masson lachten. »Wohl wahr, Hoven, und du, Scharffenstein, könntest es auch zugeben. Das ist konstruiert, nicht gelebt, nicht durchlitten. Eine billige Kopie von Shakespeare und Goethe und an manchen Stellen noch nicht einmal Leisewitz.« – »Du kannst halt nicht alles, und was man nicht kann, sollte man vielleicht besser lassen«, setzte Masson noch eins drauf. »Jetzt ist es aber genug«, warf sich Petersen dazwischen, der bemerkte, wie blass Schiller geworden war.

»Das erinnert mich an eine Shakespeare'sche Szene, da, wo Hamlet zu dem Schauspieler sagt«, Kapf sprang zum Fenster, drehte sich großtuend den Freunden zu und deklamierte: »*Ich erinnere mich, dass jemand sagte, es sei kein Salz und Pfeffer in den Zeilen, um den Sinn zu würzen, und kein Sinn in dem Ausdruck, der an dem Verfasser Ziererei verraten könnte, sondern er nannte es schlichte Manier, so gesund als angenehm, und ungleich mehr schön als geschmückt.*«

»Das steht so im Hamlet?«, fragte Hoven ungläubig. Die anderen applaudierten und Kapf alberte ein wenig rum. »Scharffenstein, Hoven, sagt ihnen, dass dies wahre Empfindungen sind, Worte, die tragen, die die Spannung vorwärts treiben«, bat Schiller, worauf Hoven neben ihn trat und ihm besänftigend die Hand auf die Schulter legte. »Natürlich, mein Freund, keiner kann dir das Wasser reichen. Ich sehe die verzweifelte Entschlossenheit des Karl Moor gerade vor meinen Augen.«

»Boigeol, du solltest deinen Angriff auf den Text noch einmal überdenken«, sagte Scharffenstein mühsam mit einer Stimme, die Schiller fremd in den Ohren klang. »Es ist wahr, dass Schiller manchmal übertreibt, aber was er braucht, ist eine Kritik am Text und keine Verurteilung. Verteufel ihn nicht … er ist … begabt.« – »Begabt!«, äffte Boigeol ihn nach. »Begabt bin ich auch – hoch zu Ross. Fragt sich, was diese Art von Begabung wirklich wert ist. Und hat er uns nicht gerade diese Frage gestellt? Du solltest als wahrer Freund da schon aufrichtiger sein, Scharffenstein!«

»Ihr seid mir zu zänkisch heute. Ade!« Kapf machte eine wegwerfende Handbewegung und verließ mit Masson den Raum, ohne weiter auf die anderen zu achten.

Jetzt zitierte Schiller, der seine Freunde noch nicht aufgeben wollte, seinen Shakespeare:

»Bei meiner Schwachheit und Melancholie
(Da der Teufel schon mächtig ist bei solchen Geistern)
Täuscht er mich zum Verderben: ich will Grund,
Der sicherer ist. Das Schauspiel sei die Schlinge,
In die den König sein Gewissen bringe …«

»Das ist genialisch!«, riefen Hoven und Petersen begeistert aus. »Das ist aus Hamlet«, antwortete Schiller. »Ist mein Drama diese Schlinge? Scharffenstein, sprich!« – »Du ringst noch darum«, versuchte Scharffenstein auszuweichen. »Es gibt nur heiß oder kalt, mein Freund. Man erträgt Schläge. Aber keine Gleichgültigkeit!«, versetzte Schiller wütend. »Er ist halt nicht für Kritik empfänglich. Scharffenstein, du wirst es noch am eigenen Leib verspüren, wie sehr es ihm nur um sich und sein Drama bestellt ist«, ereiferte sich Boigeol. »Denk an den Elwert. In Ludwigsburg sein engster Freund und hier – einer unter vielen, dem er nur noch wenig Beachtung schenkt. Wenn er dich nicht mehr braucht, wird er auch deiner überdrüssig, Scharffenstein.« – »Boigeol«, entgegnete Scharffenstein, sprang vom Bett auf, um dem Eleven gegenüberzutreten und gleichzeitig Schillers Blick auszuweichen, »versuche uns nicht auseinander zu bringen. Zwischen Ludwigsburg und Stuttgart lag eine lange Zeit, die manches verändert hat.« – »Gestern beim Fechtunterricht warst du aufrichtiger, meintest sogar, das Schreiben sei kein richtiges Handwerk für einen Offizier Eurer Durchlaucht! Hast sogar zugegeben, dass Schiller dich wahrscheinlich nur deshalb schätzt, weil du gut zuzuhören verstehst und ihm eine Hilfe bist!«, giftete Boigeol. »Es reicht!«, rief Petersen und schob die beiden auseinander. »Wir sollten uns nicht selbst zerfleischen! Unsere Freundschaft muss uns heilig sein, wollen wir hier und andernorts bestehen.«

»Du hast mich verraten und beleidigt, Scharffenstein. Hinter meinem Rücken redest du verächtlich über mich.« Schiller ballte hilflos die Hände zu Fäusten.

»Ich will doch nur aufrichtig sein«, versuchte sich Scharffenstein zu verteidigen.

»Aufrichtig? Wie viele Wahrheiten hast du in deinem Lagerraum?« Schiller verpasste ihm eine Kopfnuss. »Eine für mich, eine für Boigeol, eine für den Herzog ... Wie viele, Scharffenstein?« – »Du musst auch mal Kritik vertragen können. Du darfst nicht überheblich werden! Dein Eigensinn schadet dir am meisten ...« – »Oho! Da kommt ja noch so manches zum Vorschein. Am Ende muss ich dir noch dankbar sein, Boigeol!«, schrie Schiller.

»Stimmt es nicht: Was haben wir schon wirklich erfahren und erlitten? Nähren wir uns nicht innerhalb der begrenzten hohen Mauern der Akademie auf Kosten des Herzogs? Da stammt doch viel zu viel aus Büchern, muss notgedrungen angelesen wirken. Du hast Begabung, Schiller, bist sogar entschlossen, mit dem Kopf durch die Wand zu rennen, den Herzog anzugreifen, und riskierst dabei vielleicht noch deinen langen Hals. Aber das allein kann dich nicht unfehlbar machen ...«, Scharffenstein kam ins Stocken, rang um die richtigen Worte, seine Gesten wirkten hilflos. Boigeol beobachtete belustigt, wie der Freund sich wand, um sich zu rechtfertigen, und war sich sicher, dass Schiller ihm das nicht verzeihen würde.

»Scharffenstein! Ich habe einen Freund verloren! Geh mir aus den Augen! Hau ab!«, schrie Schiller. »Schiller ...«, bat Scharffenstein noch einmal. »Du bist ein Verbrecher! Mich so zu verraten! Nicht länger sind wir Freunde!« Schiller schrie weiter, mochte sich auch noch nicht beruhigen, als Hoven und Petersen einschritten.

Schon schritt die Aufsicht über die Krankenstation ein und trieb die Eleven raus. Schiller wurde strikte Bettruhe verordnet, Besuche blieben bis auf Weiteres untersagt. »Das verzeiht er mir nie«, sagte Scharffenstein sichtlich mitgenommen zu Petersen. »In ein paar Wochen komme ich zum Regiment und wir sehen uns nicht mehr. Das hätte nicht passieren dürfen.« – »So wie ich ihn kenne, werdet ihr eines Tages euch wieder als Freunde zuprosten – und wer weiß, ob es ihm nicht sogar nützen wird«, antwortete Petersen und legte den Arm um Scharffensteins Schultern. Sie gingen mit gesenkten Köpfen.

Schiller verkroch sich in seine Krankenstube wie ein weidwundes Tier. Er war froh über die Einsamkeit und durchlebte einen Schmerz, wie er ihn bislang nur an dem Tag gespürt hatte, als er sein Zuhause verlassen und in die Akademie eintreten musste. Alles Glück nur Lug!

Kaum meinte man sich auf sicherem Boden, klaffte ein Riss mitten durch die Erde, der einen zu verschlingen drohte. Es musste weitergehen, irgendwie. Auch wenn er nicht bereit war, Scharffenstein und Boigeol zu verzeihen. Er musste einen Weg finden, den Schmerz erträglicher werden zu lassen. Noch in derselben Nacht saß er einsam am Fenster, schaute auf die Lichter und Sterne draußen und schrieb an beide. In dem langen Brief sprach er Scharffenstein von der Freundschaft, einer tiefen Liebe gleich, häufte Klage auf Klage über den Verlust derselben. Kaltsinnig wollte er werden, um solchen Schmerz nicht noch einmal ertragen zu müssen. Er bekannte aber auch seine Selbstverliebtheit, seinen Egoismus, seinen Stolz und warf dem Freund nur vor, sich über seine Laster vor anderen lustig gemacht und ihn damit bloßgestellt zu haben. Auch wenn er Scharffenstein verzieh, er wollte ihn nicht mehr zum Freund haben, hielt auch nichts auf die Menschen, die ihm allesamt bösen und kleinen Herzens erschienen.

Das Tragische bei all dem blieb jedoch, dass Schiller genau wusste, dass er auf die Freunde in dieser feindseligen Umgebung ebenso wenig verzichten konnte wie auf seine sieben Sinne. Doch nahm er sich vor, seine Stärke daran zu messen, wie viel Einsamkeit er ertragen könnte. Erst recht vollzog Schiller in dem Brief an Boigeol den Bruch mit endgültiger Konsequenz. Zu unterschiedlich war der schneidige Reiter, der lebenslustige und raufsüchtige Offiziersanwärter von dem hageren Dichter und Medizinstudenten, zu verschieden waren ihre Wesenszüge. Schiller mühte sich sehr, im Brief nicht zu eifern, nicht aufzurechnen, sondern kühl zu analysieren. Aber der Schmerz sprach dennoch aus jeder Zeile und nährte ungewollt Pathos und Selbstgerechtigkeit. Schiller las die Zeilen immer wieder, raufte sich die Haare, dass er sich nicht besser in den Griff bekam, und beschloss, den Brief schließlich doch in der Fassung Boigeol zukommen zu lassen. Er konnte nicht anders und wenigstens blieb er aufrichtig. Man würde sich künftig aus dem Weg gehen – der Kreis der Freunde schloss sich noch enger.

14

Langsam und ganz in sich gekehrt, düsteren Gedanken nachhängend, ging Schiller durch die Tore der Akademie, einen Passierschein für Besorgungen beim Apotheker Farber für die Krankenstation in Händen. Er achtete kaum auf den Offizier, der seine Papiere prüfte, interessierte sich nur wenig für die Menschen, die ihm im Dunkel des Dezemberabends entgegenkamen. Er ging ohne Handlaterne, überließ sich ganz der Dunkelheit, die seinen innersten Empfindungen entsprach. Es war bereits sehr still geworden, die letzten Spaziergänger verschwanden aus dem Straßenbild Stuttgarts und strebten ihren Häusern zu; die meisten Handwerker hatten ihr Werkzeug bereits zur Seite gelegt. Mit der Dunkelheit kam die Kälte. Sie kroch wie ein böses Tier unter die Kleider und zerrte mit eisigem Wind an den Gesichtszügen. Es könnte bald Schnee geben. Die blasse Mondsichel tauchte das kahle Geäst der Bäume und die Fassaden in eisblaues Frostlicht.

Dieser späte Herbst glich einem Ausnahmezustand für Schiller. Vor einer Woche hatte man ihn aus der Krankenstation entlassen, oder sollte man besser feststellen, dass Schiller seine Gesundheit selbst attestiert und seine Entlassung befördert hatte? Ganz gleich wie, aber ihn trieben jetzt die bevorstehenden Prüfungen und die Abschlussfeier um. Seine Arbeit über die »Philosophie der Physiologie« hatte er vorgelegt. Mit jeder Faser seines Lebens fühlte er sich entschlossen, die Akademie ein für alle Mal hinter sich zu lassen. Doch ein seltsames Wechselspiel hatte seine Gedanken erfasst und schob sie mal in die eine, dann wieder in die andere Richtung. Häufig bekamen Trauer und eine unerklärliche Furcht das erdrückende Übergewicht – der Verlust des engsten Freundes, der Verrat und die Ungewissheit über den Erfolg seiner Bestrebungen, sein Studium und sein Drama betreffend, quälten ihn. Er war sich seiner nicht sicher. Dann wieder überrannte ihn ein Hochgefühl, das seinen Worten und Gedanken Kraft und Flügel verlieh, gespeist von der festen Überzeugung, in zwei Wochen die Akademie verlassen zu können.

Schiller atmete tief durch und schritt jetzt entschlossener aus. Nicht miesepetrig und bedenkenschwer wollte er über die Schwelle der Apotheke treten, hatte Farber doch mit seiner schweren Gicht genug Schmerz und Sorgen zu tragen. Obwohl Schiller erst drei Mal den Weg gegangen war, schienen ihm auch in der Dunkelheit Richtung, Kreuzungen und die Silhouetten der Gebäude vertraut.

Was dann geschah, ging so schnell, so unerwartet, dass Schiller es später in Einzelheiten kaum wiederzugeben vermochte.

Plötzlich tauchte zu seiner Rechten ein Schatten auf wie aus dem Nichts. Etwas kam auf ihn zu mit einer unglaublich dämonischen Geschwindigkeit. Ein stahlharter Griff an der rechten Schulter schleuderte ihn zur Seite. Schiller setzte noch zu einem Ausfallschritt an, riss den linken Arm zum Schutz seines Gesichts nach vorn und versuchte, sich zu decken, aber eine Faust traf ihn noch mit voller Wucht oberhalb der Nasenwurzel an der Stirn. Er flog zur Seite ins schwarze Nichts der leeren Seitengasse, schlug mit der linken Körperhälfte hart gegen eine Häuserwand, rang nach Luft und sackte zusammen. Panik ergriff ihn. Sofort versuchte er, sich wieder hochzurappeln, zog die Beine an, tastete in fiebriger Eile an der Häuserwand, um einen Halt zu finden. Doch der schwarze Schatten rauschte bereits wieder heran, zielsicher, als sei es Tag für seine Augen. Schiller erkannte kaum etwas, spürte aber, wie eine Faust den Uniformstoff an seiner Brust raffte und ihn mit Gewalt auf die Beine zerrte. Er musste schreien! Aus Leibeskräften schreien. Sein Mund formte einen Laut, doch eher halbherzig atemlos stieß er ein einziges klägliches »Hilfe« hervor. Das also war er, der Held, der Rächer der Entehrten, wehrlos erneut mit dem Rücken gegen die Wand geschleudert. Doch dieses Mal ließ die Faust auf seiner Brust nicht los. Schiller nahm jetzt beide Hände zur Hilfe, stemmte sich gegen die Übermacht, drehte den Kopf panisch links und rechts zur Seite, weil er weitere Schläge erwartete. Doch stattdessen verirrte sich von irgendwoher ein schwacher Lichtstrahl in die Gasse und er blickte in das geschwärzte, grobschlächtige Gesicht eines Mannes. Dann das Aufblitzen eines Dolches, den der Fremde ihm jetzt an den Hals drückte.

»Kein Laut, du! Sonst kenne ich nichts …«, zischte ihm der Mann zu. Er wirkte sehr behänd, überhaupt nicht angestrengt, registrierte Schiller, der fieberhaft nach einer Möglichkeit der Gegenwehr suchte.

»Was …«, stammelte Schiller.

»Kein Laut! Verdammt noch mal!«, herrschte ihn der Mann an und Schiller gab auf, kapitulierte gegen die Übermacht. Ein Räuber, dachte er und musste sogar bitter auflachen wegen der Ironie, die in dieser Situation lag. Ein Räuber, und das ihm, der ein Drama über Räuber schrieb! Schiller schickte flehentliche Blicke die Gasse rauf und runter, aber keine Menschenseele war unterwegs, die ihm zur Hilfe hätte eilen können. Was jetzt folgte, war jedoch die zweite Überraschung – und diese wog vielleicht schwerer, als dies ein Raubüberfall vermocht hätte.

Der schwarze Mann sprach ihn mit vollem Namen an: »Johann Christoph Friedrich Schiller, wissen sollte er, dass seine Umtriebe nicht ungestraft bleiben. Er denkt wohl, er könne im Geheimen gegen seinen Landesfürsten und die gottgegebene Ordnung rebellieren. Man hat ein Auge auf ihn und ich bin gekommen, ihn ernstlich zu ermahnen!«

Schiller keuchte, spürte die kalte Klinge am Hals: »Was will er von mir?« So sehr Schiller sich auch bemühte, seine Blicke konnten weder die Finsternis noch die schwarze Maskerade seines Gegenübers durchdringen. Der Fremde lachte nur. »Auch ich stehe in württembergischen Diensten und sage ihm jetzt, er solle morgen seinen Blick auf den nicht allzu fernen Hohenasperg schicken und sich reiflich überlegen, ob er es dem Schubart gleich tun möchte. Eigentlich ist er es nicht wert, dass man mit ihm und seinen Räubern ein solches Aufhebens macht. Aber der Herzog hält wohl einiges seiner jugendlichen Unreife zugute. Stelle er sich auf die Folgen seiner Verfehlungen ein und bedenke er: Nichts bleibt unentdeckt, und er wird in den Dreck und Staub getreten, wenn er die göttliche Ordnung nicht anerkennt.«

So unerwartet, wie der Fremde aufgetaucht war, verschwand er auch wieder mit rauschendem schwarzen Umhang. Einen Augenblick noch zögerte Schiller, sah sich immer noch tot, mit durchschnittener Kehle im Dreck der Gasse liegen. Dann besann er sich und nahm mit schnellen Schritten die Verfolgung auf. Er wollte Gewissheit, mit wem er es zu tun hatte und warum der Fremde von seiner geheimen Arbeit an dem Drama und von dessen Inhalt wusste. Schiller war noch reichlich unsicher auf den Beinen, torkelte auf der unebenen, mit Löchern und Unrat übersäten Gasse, schlug sogar einmal der Länge nach hin, rappelte sich aber sogleich auf, um weiterzuhetzen. Bei allem schüttelte ihn die Angst, dass er erneut mit der Entschlossenheit des schwarzen Mannes Bekanntschaft machen und vielleicht nicht nur auf einen Spitzel, sondern sogar auf einen gedungenen Mörder stoßen könnte.

Er nahm den schwarzen Umhang des Mannes nur noch als vagen Schatten in der Ferne wahr und folgte mehr seinem Gefühl für die richtige Richtung. Der Weg des Fremden führte durch mehrere Gassen – er mied die Hauptstraßen und kannte sich offenbar bestens in der Stadt aus. Die Verfolgung dauerte eine gute Viertelstunde, bis Schiller ihn plötzlich gänzlich aus den Augen verloren hatte und ratlos mitten auf der Straße stand. Gern hätte er jetzt eine Handlaterne dabeigehabt, aber so stolperte er in der Finsternis auf den verschlungenen engen Gassen der Verfolgungsjagd zurück, ohne überzeugt zu sein, den richtigen Weg Richtung Hauptstraße eingeschlagen zu haben. Aus den Fenstern eines hinter einer Toreinfahrt liegenden Gebäudes drang Licht auf die Straße und Schiller beschloss anzuklopfen, um nach dem Weg zu fragen. Widerstreitende Gefühle peinigten ihn.

Schiller verließ die Gasse, die sich zwischen den engen Häuserzeilen in der Dunkelheit ins Endlose zu ziehen schien und wagte drei Schritte nach rechts in die Toreinfahrt. Er durchquerte schließlich einen gepflasterten Innenhof, hörte aus den Stallungen das Wiehern der Pferde. Aus dem Haus schlug ihm das Bellen eines größeren Hundes entgegen. Dann zögerte er noch einmal kurz und beschloss, bevor er den Türklopfer bediente, noch einmal einen Blick durch die erleuchteten Fenster in der unteren Etage zu riskieren. Warum er an der Hauswand entlangschlich und jetzt in das Innere der Räume spähte, wusste er nicht zu sagen. Vielleicht war es das Bellen des Hundes, vielleicht war es die Angst vor weiteren Überraschungen.

Doch was er jetzt entdeckte, ließ ihn vor Schreck ein weiteres Mal erstarren. Ganz in der Nähe des Fensters stand ein Mann in schwarzer Kleidung, gebeugt über einen auf einem Eisengestell stehenden Waschtrog. Der Mann wusch sich Ruß aus dem Gesicht! Seinen Umhang hatte er wohl achtlos über einen Stuhl geworfen. Weiter hinten standen zwei weitere, ebenfalls in Schwarz gekleidete Männer und redeten auf ihn ein. Schiller erkannte zudem einen Dolch, der dem Mann am Waschtrog in einem Lederschaft an der linken Seite hing. All dies nahm

Schiller in Sekundenbruchteilen wahr und duckte sich blitzartig weg in den schützenden Schatten der Häuserwand, als der Mann seinen vor Nässe tropfenden Kopf hob und nach einem Handtuch griff. Schiller schlich geduckt einige Meter weiter unter das nächste Fenster, um so noch einmal einen Blick von der Seite auf die Männer zu riskieren. Auch hoffte er, einige Gesprächsfetzen aufschnappen zu können. Jetzt hatte ihm der Fremde den Rücken zugekehrt, sodass Schiller nur die beiden anderen Männer im Raum von vorn mustern konnte. Er kannte sie nicht. Sie sprachen auch verhalten, sodass außer einzelnen Worten nichts zu ihm durch die geschlossenen Fenster nach außen drang. Er verstand »Mission« und »Umtriebe«, aber auch »Akademie« und »Prüfungen« und »wachsen«. Irgendetwas wolle man »zu verhindern wissen« …, aber die Einzelteile fügten sich für Schiller nicht zu einem sinnhaften Ganzen. Vergessen hatte er längst seine Absicht, nach dem Weg zu fragen. Stattdessen wurde er mutiger, kletterte auf einen kleinen Vorsprung am Sockel des Hauses und stand jetzt erhöht neben dem Fenster mit dem Rücken an die Hauswand gepresst und lauschte.

Drinnen schlug der Hund erneut an. Für einen Moment fürchtete Schiller, dass die Haustür aufgehen und der Hund ihn anfallen oder zumindest stellen könnte. Aber stattdessen öffnete sich die Tür und ein Mann, ebenfalls in strenger schwarzer Kleidung, trat in den Hof. Fast wäre er an Schiller vorbeigelaufen, doch dann wandte er sich überrascht dem jungen Akademisten zu. »Was …? Komm er da runter! Sofort!« Das anfängliche Erstaunen schlug sofort in Empörung und Aggressivität um. Schiller war entdeckt und davon überzeugt, dass ihm jetzt auch die Blicke der Männer, die er vergeblich belauscht hatte, von drinnen her folgten. Langsam kletterte er von dem Haussockel und ging auf den Mann zu. Schillers Erstaunen war jedoch nicht geringer als das des Mannes, denn er erkannte diesen!

»Dr. Elwert! Sie hier? Wissen Sie, ich bin überfallen worden und …«, brach es aus Schiller hervor, und während er noch mit einem ausgestreckten Arm auf das Haus deutete und zur Erklärung ansetzen wollte, sprang Dr. Elwert, der Vater seines Schulkameraden, auf ihn zu und zerrte ihn vorwärts in die schützende Dunkelheit der Gasse. »Um Himmels willen, Friedrich Schiller! Was treiben Sie denn hier? Ich hoffe für Sie, dass Sie jetzt niemand erkannt hat!«, donnerte Dr. Elwert los.

»Aber verstehen Sie doch ...« – »Kein Wort mehr!« Dr. Elwert stieß den Eleven in der Dunkelheit der stinkenden Gasse vor sich her. »Dort entlang, dann rechts und wieder links, dann von der großen Straße aus zur Akademie. Sofort und ohne Umwege! Verstanden!« Schiller spürte die Aufregung und war sich augenblicklich bewusst, dass er jetzt in einer echten Gefahr schwebte, zu der der Überfall im Vergleich nur ein harmloses Vorspiel gewesen war. Dr. Elwert ließ ihn stehen und eilte wieder zurück zu dem mysteriösen Haus. Schiller begann zu laufen, so gut es ging. Hinter sich hörte er noch die Stimmen von Männern. Als er sich nach einer Weile in Panik und Angst umdrehte, stellte er erleichtert fest, dass ihm niemand mehr folgte.

Schiller begab sich jetzt tatsächlich auf direktem Weg zurück zur Akademie. Ihm würde schon eine Begründung wegen der nicht besorgten Medikamente einfallen. Sollten sie notfalls morgen einen anderen schicken. Er stürmte in den Schlafsaal, alarmierte Hoven und Petersen. Zusammen stahlen sie sich unbemerkt davon und nahmen in atemloser Hast die Stufen zum Glockenturm der Akademie, wo sie ihre literarischen Schätze versteckt hielten. Sie lösten ein paar Bretter und lugten angstvoll in den dahinter liegenden Hohlraum.

Petersen, der als Erster seinen Kopf in den Hohlraum gesteckt hatte, leuchtete diesen jetzt mit einer Handlaterne aus. Sein Entsetzensschrei ging den anderen beiden durch Mark und Bein. Das Versteck war tatsächlich vollständig leer geräumt! Keine Literatur, keine Rauchwaren, kein Alkohol, und vor allem auch Schillers Manuskript war weg! Sie waren aufgeflogen! Von dem Schock gezeichnet, lehnte Petersen mit dem Rücken an der Holzverschalung des Turms und atmete schwer. Schiller wagte gar nicht hinzuschauen, seine düstere Vorahnung war zur schrecklichen Gewissheit geworden. Jetzt kniete sich Hoven vor den Verschlag. Als er wieder auftauchte, hielt er ein schwarzes Buch in Händen, hockte sich neben Petersen und begann zu blättern.

»Was ist das? Das gehört uns nicht!« Schiller versagte fast die Stimme vor Aufregung. Während Hoven noch blätterte, antwortete Petersen: »Eine Bibel. Das ist eine Bibel, Schiller. In lateinischer Sprache.« – »Könnt ihr euch vorstellen, dass uns der Seeger unsere Literatur konfisziert und uns ohne standrechtliche Bestrafung einfach eine Bibel ins Versteck legt?«, fragte Schiller. »Auch wenn unser Serenissimus manchmal noch so bigott ist, weder er noch der Intendant würden als Denkanstoß eine lateinische Bibel hinterlegen. Ich bin mir sicher, dass da etwas anderes dahinter steckt. Und wir sollten versuchen, es möglichst rasch rauszufinden.« – »Sicher, du hast Recht. Es wäre verdammt gut, wenn wir im Bilde wären, bevor uns irgendjemand öffentlich beschuldigt«, stimmte Hoven zu.

»Wo fangen wir an?«, fragte Petersen. »Wir kommen hier nicht raus und können nicht zu dem Haus in der Innenstadt, einmal ganz davon abgesehen, ob du es auf Anhieb auch wiederfinden würdest.«

»Setzen wir doch bei Elwert an. Sein Vater scheint in dieser Sache drinzustecken. Ein Geheimbund oder so etwas. Wäre doch ein Wunder, wenn sein Sohn so gänzlich ahnungslos wäre«, schlug Schiller mit finsterer Entschlossenheit vor. »Der Elwert hat sich wirklich verändert. Ist verschlossener geworden, verteidigt recht rasch die Herrschaft und ist immer nur auf sein Fortkommen bedacht. Aber er wird wohl kaum aus freien Stücken Familiengeheimnisse preisgeben.« Hoven trat nachdenklich an die Brüstung des Glockenturms und schaute hinunter. Die dunklen Schatten der Stuttgarter Häuser lagen zu seinen Füßen. »Vergiss nicht, Schiller, er ist unser bester Freund aus Kindheitstagen.« – »Man muss gerade bei besten Freunden vorsichtig und misstrauisch sein. Ich halte nicht viel auf die Menschheit«, antwortete Schiller knapp, griff nach der am Boden stehenden Handlaterne und ging voraus.

Unter einem Vorwand bat Schiller am nächsten Tag seinen Schulfreund aus einer Unterrichtsstunde bei Professor Consbruch und schlug mit ihm zunächst den Weg zum Büro des Intendanten ein. Im nächsten Flur stießen Petersen und Hoven dazu und packten zusammen den völlig überraschten Elwert und zerrten ihn in einen dunklen Kellerraum. Dort warfen sie ihn zu Boden. Schiller hockte auf seiner Brust, mit seinen Knien auf Elwerts Oberarmen. Petersen entzündete eine Handlaterne, und im schwachen Schein dieses Lichtes begann ein gnadenloses Verhör, zu dessen Beginn Elwert nur wimmernd von sich gab: »Schiller, Hoven, kennt ihr mich denn nicht mehr. Ich bin es, euer Freund.« – »Immanuel Gottlieb Elwert, wenn dir unsere Freundschaft noch etwas bedeutet, so rede endlich. Es ist uns ernst, es geht um alles!« Schiller hielt ihm das schwarze Buch vor die Nase.

»Eine Bibel. Was soll das?« Mühsam unterdrückte Elwert weitere Schmerzenslaute, denn Schiller setzte ihm ziemlich zu. »Pechschwarz und noch dazu in lateinischer Sprache – und das Ganze anstelle unserer Bücher im Versteck im Glockenturm!« Petersen wurde wütend angesichts der Verweigerungshaltung Elwerts.

»Elwert, auch mein Manuskript ist weg, und du kannst dir denken, was passiert, wenn es in falsche Hände gerät!«, rief Schiller aus. »Hatte ich dich nicht gewarnt, dass dein Treiben zu gefährlich sei?«, verteidigte sich Elwert. »Halt's Maul und rede endlich, was du weißt ...« Schiller hielt ihm die Verstrickung seines Vaters in finstere Machenschaften vor und berichtete von dem Überfall. Elwert wurde schreckensbleich und erst, nachdem die drei mehrfach geschworen hatten, mit niemandem darüber zu sprechen, vertraute er sich seinen Freunden an. Sein Vater sei ein Vertrauter des Jesuitenordens und wegen seiner Stellung bei Hofe als Leibmedikus für den Orden von besonderer Bedeutung. Er sei der weltliche Arm der Koadjutoren, die schon seit längerem bei Hofe ein und aus gingen. Ziel sei die Verteidigung und Verbreitung des wahren katholischen Glaubens und die Hinführung der Menschen zu einem christlichen Leben. Man versuche Einfluss auf die Akademie zu gewinnen und misstraue den Freigeistern, die der Herzog zum Teil für das Lehrpersonal verpflichte. Selbst Schubart sei des Herzogs Ruf gefolgt und jetzt habe man dem gottlosen Treiben dieses Menschen ein Ende bereiten und ihn einkerkern müssen. Der Schubart sei ein böser Eiferer wider den Glauben und die Jesuiten gewesen und man werde den in Württemberg gewonnenen Einfluss nutzen, um ihn auf dem Hohenasperg zu belassen.

Elwert redete sich in Rage. Entsetzt rückten die Freunde von ihm ab. Nie hätten sie es für möglich gehalten, dass einer der ihren sich ihnen gegenüber so hätte verstellen können. »Verfluchtes Katholikenpack!«, schimpfte Schiller. »Bekehrt die Menschen in den Kirchen, aber lasst ein Genie wie den Schubart in Frieden!«

»Pass auf, du! Auch du stehst unter dem Einfluss des Antichristen. Allein dein Umgang mit Professor Abel oder Professor Haug ... Du weißt gar nicht, auf was du dich da einlässt ... Das sind gebildete Menschen, diese Jesuiten, die mehr von der Welt wissen als all die Schmalspurprofessoren hier zusammen ...« Jetzt wollte auch Petersen dazwischenfahren, aber Schiller hob die Hand und gebot ihm zu schweigen, denn es ging ihm allein darum, mehr zu erfahren, viel mehr ... Und Elwert musste jetzt nicht mehr lang gebeten werden. Er redete, fühlte sich augenscheinlich befreit, sich seinen Freunden endlich anvertrauen, sie vielleicht sogar für die Glaubenssache gewinnen zu können. »Es ist doch nicht zum Besten bestellt in unserem Staat, ihr sagt es doch selbst. Die Jesuiten werden den Herzog in die richtige Richtung leiten und er wird sich leiten lassen, denn er ist ein schwacher Mensch ...« – »Wie meinst du das?«, fragte Schiller. »Er ist wankelmütig, ohne inneren Halt und Überzeugungen, sagt mein Vater. Ist sein Vater doch nur deshalb katholisch geworden, weil er im Angesicht des kaiserlichen Reiterregiments nicht mehr anders konnte. Dem Sohn fehlt es daher an rechten Überzeugungen. Und seine Mätresse, eine Protestantin, die auf den Thron hofft. Auf solch einem Grund kann kein Fürst Halt finden, kann kein Land gedeihen ...«, Elwerts Augen leuchteten im Halbdunkel, er schien wie ergriffen von Visionen.

»Und dein Vater und seine Jesuiten werden dies ändern?«

»Die Freifrau, das Fränzle, ist ganz besessen von dem Gedanken, eines Tages den Thron mit ihm teilen zu können. Ihre engsten Beraterinnen weisen ihr den Pfad zum katholischen Glauben. Und bei ihm ist nicht allein mein Vater als Leibmedikus ein enger Vertrauter im rechten Glauben. Es geht voran, glaubt mir! Auch in der Akademie wird noch Großes entstehen, wenn wir erst den Einfluss ausgedehnt haben.« – »Du sollst verdammt noch mal in die Hölle fahren, wenn du mir mein Manuskript nicht wieder beschaffst!«, schrie Schiller ihn an, und Petersen, aus Angst, dass man sie hören und entdecken könnte, ging dazwischen.

»Das geht nicht. Auch mein Vater hätte nicht die Macht. Vielleicht hat man es ja konfiszieren lassen, und sie werden dich nicht weiter belangen für deine gottlosen Zeilen ...« Schiller lachte verzweifelt auf: »Vielleicht. Ein schwacher Trost, fürwahr!«

Am Abend eilte Schiller zu Professor Abel, um ihm von den Geschehnissen zu berichten, vor allem aber auch voller Sorge, dass man dort ebenfalls die Abschriften des Dramas gefunden und gestohlen haben könnte. Abel beruhigte ihn und händigte ihm die dicht beschriebenen und durchkorrigierten Bögen aus. Sie beschlossen, sich um ein sicheres Versteck außerhalb der Akademie zu bemühen, und einigten sich auf die Apotheke von Farber. Sie schlugen die Manuskriptseiten in dickes braunes Papier ein und umwickelten den Stapel mit grober Schnur. Abel versicherte Schiller, dass er morgen zusammen mit Haug den Apotheker persönlich aufsuchen würde.

»Wussten Sie von dem Machtstreben der Jesuiten, Professor Abel?« – »Man spricht darüber, aber es gibt viele Orden, Zusammenschlüsse und Geheimbünde. Je aufgeklärter die Menschen werden, umso mehr scheinen sie auch anfällig zu sein für allerlei Okkultes und Geheimnisvolles. Wobei mir Orden wie die Jesuiten wegen ihres Strebens nach kalter intellektueller Überlegenheit schon suspekt sind. Ihrem Gedankengut fehlt das Herz, die Wärme. Sie kennen keine Schattierungen, nur hell und dunkel. Ich wusste nicht, dass sie hier in Württemberg so aktiv sind«, antwortete Professor Abel und blickte besorgt drein. Professor Abel ging zu seinem Bücherschrank und zog einen Folianten hervor, in dem er Abschriften von kirchengeschichtlichen Dokumenten aufbewahrte. »Hier, schauen Sie sich dies an: Vor sechs Jahren wurde der Orden der Jesuiten durch den Papst selbst formell aufgelöst. Dieser Entscheidung gingen Vorbehalte in Portugal, Frankreich und Spanien voraus. Nur in Preußen, wo sich der König zu Recht einiges auf die Religionsfreiheit einbildet, und in Russland hat man sich bislang nicht um das päpstliche Verbot gekümmert.«

»Da ist es doch mehr als befremdlich, dass sie sich hier so bei Hofe breit machen können«, wunderte sich Schiller. »Was wird jetzt? Ob sie dem Herzog das Manuskript zuspielen werden? Herr Professor, ich habe Angst, dass der Kerker, in dem ich hier stecke, noch enger wird. Wenn er mich nicht sogar als Kanonenfutter nach Amerika verschifft und ich meine Heimat nie wiedersehe …« Abel unterbrach ihn: »Hören Sie auf, Schiller! Sie haben doch keine Wahl. Hätten Sie eine Zeile nicht geschrieben? Sie sind berufen und tragen natürlich auch die Last und die Angst in Zeiten wie diesen. Versuchen Sie nicht mehr daran zu denken, da Sie den Lauf der Dinge im Moment nicht beeinflussen können. Machen Sie weiter wie bisher. Nur wenige Wochen noch, Schiller, dann ist Ihre Prüfung vorbei und Sie kommen hier raus.«

Doch Professor Abel machte sich große Sorgen um seinen Lieblingsschüler und blickte ihm noch lange nach, als er sich verabschiedet hatte.

15

Der 14. Dezember 1779, der Tag der Preisverleihungen, einer der großen Tage im tristen Lauf des Akademiejahres, in dem die Gründung mitgefeiert wurde, sollte Schillers letzter Tag als Eleve werden. Er war als Flügelmann ganz rechts außen in der ersten Reihe der Akademiezöglinge postiert. Die vier Gipslocken waren angelegt, der Zopf gesteckt, die spindeldürre, hochgeschossene Gestalt in Galamontur gezwängt. Die Halsbinde kratzte und er durfte nicht mehr hingreifen und die Montur zurechtrücken. Mit einem Seitenblick empfing er schon vorab einen wortlosen Tadel des gestrengen Oberaufsehers Nies, der jede Bewegung der Eleven bannte. Wie Schiller dieses Getue, diesen Aufzug hasste, mit dem sich Herzog und Höflinge jedes Jahr aufs Neue feiern ließen! Verbotenerweise wandte er den Kopf ein wenig nach links, suchte mit den Augen die Galerie im Großen Lorbeersaal ab. Er entdeckte seinen Vater, der auf Schillers vorsichtig angedeutetes Kopfnicken freundlich zurückgrüßte. Was mochte ihm dieser Tag bedeuten, ihm, der sich mühsam ohne Bildung in der Armee des Herzogs nach oben gedient hatte.

Sieben Jahre meines Lebens, dachte Schiller, sieben lange Jahre in dieser Sklavenplantage vergeudet, dem Vater zu Gefallen und dem Herzog zu Diensten! Morgen würde alles überstanden sein! Hoffentlich! Kein Jubel wollte in ihm entstehen, nur Bitterkeit und Angst davor, im letzten Moment wieder gefangen, verstrickt zu sein, zu versagen. Er versuchte, sich zu beruhigen. Was sollte jetzt noch geschehen? Hatte er nicht seine wissenschaftliche Abhandlung eingereicht? Lagen nicht die Wochen der mündlichen Prüfungen hinter ihm? Und hatte Abel nicht davon gesprochen, dass er Preise aus der Hand des Herzogs erhalten würde? Er musste sich beruhigen.

Der Große Lorbeersaal füllte sich und strahlte im Glanz von vielen hundert Kerzen. Zahllose Blumen, aus den Treibhäusern am frühen

Morgen herbeigeschafft, leuchteten wie im Frühling. Von den Galerien blickten die zum Fest geladenen Bürger und Eltern der Eleven neugierig in den Saal hinab. Unten auf den verschwenderisch eingelegten Mustern des Parketts bildeten sie den Hintergrund eines prächtigen Aufmarsches. Der Herzog war noch nicht anwesend und noch wagte es niemand, Platz zu nehmen. Nur die Eleven des Schulorchesters hockten auf ihren Holzstühlen und stimmten ihre Instrumente.

Noch einmal riskierte Schiller einen Blick nach oben zur Galerie. Was hätte er darum gegeben, wenn auch seine Mutter hätte hier sein können. Erneut traf ihn der gestrenge, aber wohlwollende Blick seines Vaters. Doch plötzlich vergaß Schiller all seine Vorsicht. Sein Kopf zuckte nach links und er glaubte am Ende der Galerie jenen schwarzen Mann zu erkennen, der ihm des Nachts in den Stuttgarter Straßen aufgelauert hatte. Schiller verlor seine Haltung und sofort trat Oberaufseher Nies an seine Seite und rief ihn zur Ordnung, zerrte nervös an der Uniform und drohte ihm Kellerhaft bei Wasser und Brot an, wenn er sich nicht zusammenreiße. »Setz dich selbst in den Keller!«, dachte Schiller. »Als wenn das mein Problem wäre!«

Kaum hatte Nies seinen Platz wieder eingenommen, riskierte Schiller einen weiteren vorsichtigen Blick zur Galerie – er musste sich einfach überzeugen. Tatsächlich handelte es sich um den schwarzen Mann. Der schaute unverdrossen von der Galerie mit verschlossenem Gesicht zu Schiller herab. Als er Schillers Reaktion bemerkte, zog er den Dolch unter seinem Vorhang hervor, um ihn seinem Nachbarn zur Linken zu zeigen und diesem etwas zu erläutern. In Wirklichkeit, das wurde Schiller sofort klar, wollte er mit dem Dolch Schillers letzte Zweifel beseitigen. Die Furcht wurde zur Gewissheit: Schiller durfte sich nicht länger in Sicherheit wiegen; diese Jesuiten würden versuchen, Einfluss zu nehmen auf ihn und seine literarische Arbeit.

Die Offiziere, der Adel und die Professoren strömten jetzt herein und strebten gemessenen Schrittes ihren Plätzen zu. Gala-Uniformen, kostbare Kleider, blitzende Diademe, Orden jeglicher Größe und Bedeutung, blasierte Gesichter. Das Orchester verstummte, die Eleven erstarrten zu leblosen Gestalten, die in Reih und Glied dastanden, von denen gleich nur jeweils ein oder zwei in ersterbender Dankbarkeit zu Leben erweckt würden und nach vorn treten dürften, um

Auszeichnungen entgegenzunehmen. Eine Parade der Zerschmetterung des Individuums. Kein feierliches Gefühl wollte in Schiller aufkommen. Er spürte nur Furcht vor dem, was ihm drohen konnte, und tiefe Verachtung für dieses Schauspiel, in dem aus Menschen mit Verstand und Gefühlen Marionetten zum Wohle höherer Mächte gemacht wurden. Der Intendant hob leicht die Hand und die Musiker erhoben sich von ihren Stühlen. Der Oberhofzeremonienmeister schritt feierlich in die Mitte der Türflucht, stieß mit dem hohen vergoldeten Stab auf das Parkett. »Ihre Durchlauchtigsten Hoheiten, die Herzöge von Sachsen-Weimar und Württemberg!«

Köpfe und Rücken neigten sich, der Kleiderstoff der Damen raschelte, als sie den Hofknicks machten. Carl Eugen von Württemberg und Karl August von Sachsen-Weimar schritten Seite an Seite durch den Saal, nur wenige Schritte hinter ihnen folgte den Herzögen ein junger Mann. Man vernahm leises Getuschel im Saal wegen dieses Überraschungsgastes.

Die Herzöge standen jetzt auf dem Podium. Carl Eugens Blick schweifte zufrieden durch den Saal. Der junge Mann verharrte noch auf dem Parkett, bis ihm mit einem Wink der herzoglichen Hand bedeutet wurde, ebenfalls auf dem Podium hinter den Herzögen Platz zu nehmen. Die Gesellschaft verharrte immer noch in gebeugter demütiger Pose, aus der sich nur mit äußerster Schwierigkeit die Geschehnisse verfolgen ließen. Jetzt strebte auch die Reichsgräfin von Hohenheim mit ihrem mit weißen Spitzen reichlich verzierten Kleid und mit langer Schleppe, im Gefolge ihrer beiden Hofdamen, ihrem Platz zu ebener Erde zu, der sich nur wenige Schritte vom Podium entfernt befand.

Wieder stieß der Stab des Oberhofzeremonienmeisters auf das Parkett und man nahm Platz. Nur die Bürger auf der Galerie und die Eleven blieben stehen, denn für sie gab es weder Stühle noch Bänke. Musik erklang und verzauberte die Gesichter der Gäste. Carl Eugen schien eifrig um Konversation mit dem jungen Herrn hinter ihm bemüht und floss nur so über vor Höflichkeiten. Der Gast amüsierte sich, wie es schien, jedoch mehr über die Situation hier im Festsaal als über die Bemerkungen des württembergischen Herzogs. Er lächelte verbindlich, schenkte sowohl der Mätresse des Herzogs als auch der angetretenen

Akademistenschar seine Aufmerksamkeit. Ein interessantes Gesicht hatte der Fremde, scharfkantig, geprägt von Selbstbeherrschung, dabei eine ungeahnte Kraft und Überlegenheit ausstrahlend.

In der Reihe hinter Schiller machte sich Petersen hüstelnd bemerkbar. Schiller hob ein wenig den Kopf und schon vernahm er ein geflüstertes: »Das ist Goethe. Das ist der Dichter des Götz!« Schiller wusste sofort, wer gemeint war. Mit einem Kopfnicken deutete er zur linken Galerie und zischte zurück: »Und der Schwarze dort oben ist der mit dem Dolch …« Petersen hauchte nur ein: »Oh Gott!«, was wohl, so dachte Schiller bitter, treffend zu den Jesuiten passte. Aber warum sich jetzt sorgen, wo ihr Idol vor ihnen auf dem Podium stand und sie selbst gleich, wenn sie aufgerufen würden, ihm unter die Augen treten dürften. Durch Goethes Anwesenheit allein geriet die Abschlussfeier für Schiller zu etwas Besonderem. Die Musik rauschte enthemmter, die Kerzen flackerten heller. Schiller schien die ganze Szenerie plötzlich wie gewandelt und er wandte keinen Blick mehr von dem Idol seiner Jugend. »Er soll gestern beim Herzog für Schubart vorgesprochen haben«, wusste Kapf zu berichten. »Vergeblich. Was sonst!«, zischte Schiller zurück. »Diese Schlangenbrut in gepuderter Selbstgefälligkeit!« Oberst Nies schickte flammende Blicke zu den Eleven, und auch in den Reihen der Professoren machte sich Unmut über die Unruhe und Taktlosigkeit der Eleven breit. Man verstummte wieder, aber wie bemächtigte sich die Aufregung aller widerstreitenden Gefühle Schillers. Würde Goethe ihn nur bemerken. Könnte er nur mit einem Blick seine Aufmerksamkeit bekommen!

Ein Trompetenstoß, ein Wink und Professor Abel trat vor, um in feuriger Beredsamkeit wie befohlen über die Tugend zu reden. Mit einem Lächeln im Gesicht schwang er die Tugendhaftigkeit auf edlen Flügeln zu den Göttergaben empor. Aus göttergleicher Höhe schaute sie von der Kuppel des Lorbeersaales auf den Baldachin des Podiums herab und wog das schandhafte Treiben derer, die statt eines Gewissens nur fürstliche Macht besaßen. Doch Carl Eugen lauschte mit selbstgefälliger Miene den wohlgesetzten Worten, applaudierte sogar dann und wann bei einer besonders gelungenen Formulierung, während die tugendhafte Mätresse, die unrechtmäßig den Platz seiner angetrauten

Frau bei Hofe einnahm, nur verschämt lächelnd die Augen niederschlug und brav wie ein Engel dasaß.

Goethe schien kaum hinzuhören, wirkte unbeeindruckt vom zeremoniellen Stumpfsinn seiner Umgebung. Er schaute gleichsam über die Versammelten hinweg, schien mit seinen Gedanken woanders zu sein. Ein großer Geist ist wahrhaft frei, dachte Schiller, fast ein wenig neidisch. Er ist frei, auch wenn er als Minister und Ratgeber im Dienst des Herzogs von Weimar steht.

Das Schulorchester brillierte mit einem Menuett und manch einer sah die Füße der Gäste im Takt wippen. Gern hätte Schiller, dessen Beine höllische Qualen wegen des stundenlangen Strammstehens litten, es ihnen gleich getan. Doch seinem Körper war Starrheit befohlen, nur seine Augen und seine Gedanken sprangen unruhig getrieben umher.

Der Arm des Intendanten schnellte in die Höhe und befehlsgemäß durchbrauste ein Jubelsturm den Saal. Der Herzog erhob sich, ging zum Pult und sprach von seiner Sorge um das Land, seiner väterlichen Verantwortung, der Erziehung zum Gehorsam und zur Pflicht, zum treuen Diener des Landes und an seinen lieben Söhnen …

Nicht sehen konnte der Serenissimus, wie Goethe soeben sein Gesicht leicht in die Richtung des Herzogs von Weimar drehte und wie sich beide freundschaftlich verschworen zublinzelten. Sie lächelten einander zu wie zwei verschworene Freunde.

Namen wurden gerufen. Es entstand Bewegung in den Reihen der Eleven. Der Herzog lobte, ermahnte und zeichnete seine Schulabgänger aus. Jetzt traten auch die Reichsgräfin von Hohenheim, der Herzog von Weimar und Goethe an den Tisch, auf dem die Urkunden und Medaillen lagen, die der Intendant von Seeger unter Nennung jedes Namens dem Herzog anreichte. Wer gerufen wurde, verließ die Front der Eleven, trat vor den Tisch, empfing die Gedenkmünze oder Auszeichnung, verbeugte sich in vorgeschriebener Dankbarkeit. Die Söhne des Adels küssten Carl Eugen die Hand, die Eleven aus dem bürgerlichen Stand den Rocksaum, und man entfernte sich rückwärts schreitend aus dem Glanz des hohen Vaters der Akademie.

»Hauptsache, Goethe übersieht mich nicht, wenn ich vor dem heiligen Nepomuk von Württemberg in Demut ersterben muss!«, dachte

Schiller. Der Name Johann Christoph Friedrich Schiller wurde gerufen. Doch Schiller, ganz seinen Gedanken und Träumen nachhängend, rührte sich nicht. Oberst Nies trat neben ihn und stieß ihn mit dem Ellenbogen in die Seite: »He, Kerl! Schläft er? Vorwärts!« Mit steifen Schritten, gesenktem Blick und klopfendem Herzen marschierte Schiller nach vorn. Er vergaß, die Schrittfolge abzuzählen, hielt zu früh, drehte sich vorschriftsmäßig zum Podium und stand verlegen vor Goethe. Einige Eleven kicherten. Carl Eugen bedachte ihn mit einem wütenden Blick. Für seinen tollpatschigen Eleven Langnase hatte er nur einen verächtlichen Gesichtsausdruck übrig. Schiller nickte nur kurz entschuldigend, korrigierte sich und machte eine tiefe Verbeugung, dieses Mal vor dem richtigen Herzog. Wie aus weiter Ferne hörte er die Stimme Carl Eugens, der über ihn hinweg ins Publikum sprach: »Der Eleve Schiller erhält den Preis für innere Medizin. Ein zweiter Preis wird ihm zugesprochen auf dem Gebiet der praktischen Medizin. Ein dritter Preis für seine philosophische Disputation.«

Schiller nahm die Medaillen aus der Hand des Herzogs entgegen. Kein Tadel, alles wurde gut! Noch einmal blickte er zu dem Idol seiner Jugend hinüber, doch Goethes Blick war auf die blinkenden Lichter des Kronleuchters gerichtet. Carl Eugen wandte sich dem Weimarer Herzog zu, deutete auf Schiller und erklärte: »Dies ist ein begabtes Subjektum meiner Akademie.« Doch der junge zweiundzwanzigjährige Herzog hatte derweil nur Augen für eine der jungen Comtessen auf dem Parkett. Franziska von Hohenheim hielt ihren Fächer vor den Mund, um ihr Lachen zu verbergen. Verlegen wandte sich Carl Eugen jetzt Goethe zu, dessen Blick vom Glitzern der Kronleuchter zurückgefunden hatte. Fast drohend wiederholte Carl Eugen: »Ein wahrhaft erleuchtetes Subjektum von mir. Er hat bereits Festgedichte und Reden zu verschiedenen Anlässen verfasst.« Goethe ließ verbindliches Interesse erkennen und schaute dem heftig errötenden Schiller ins Gesicht. Höflich wohlwollend nickte er ihm zu. »Ein dichtender Mediziner also …« – »In den Sätzen über die deutsche Sprache ist er seinem Jugendfreund, der gleichfalls Medizin studiert, dem Eleven Elwert, unterlegen, sodass es dieses Mal nicht für den Titel ›Chevalier des kleinen Grades‹ gereicht hat. Aber sein Herzog weiß sehr wohl, was in ihm steckt … Sei er auch weiterhin fleißig, Schiller, und zügele er seine Eigenheiten! Wir erlauben ihm jetzt, sich untertänigst zu bedanken.«

Schiller stieg auf die ersten beiden Stufen des Podiums, verneigte sich und führte seine Lippen an die kalte, golddurchwirkte Borte des Rockes. Den Blick zur Seite gerichtet, schaute er auf Goethes schlanke Hand. Die Hand, die den Götz geschrieben, den Werther in den Tod geschickt hatte! Er konnte seine Gedanken und Gefühle nicht mehr kontrollieren. Wie im Taumel tastete sich Schiller zurück und wusste kaum, wie er zu seinem Platz in den Reihen der Eleven gefunden hatte.

»Er hat dich angesehen, Schiller!«, flüsterte ihm Haug heiser vor Aufregung zu. »Steht er nicht dort wie der wahre Herrscher?«, fügte Petersen hinzu und erwartete keine Antwort. Es stimmte wirklich! Wer waren schon diese höfisch verzogenen Fürstensöhne, diese Pfauen, die ihr Rad schlugen, gegen eine solch gebildete und würdevolle Erscheinung! Von der Ferne hatte Goethe mit seinen Büchern und Worten ihnen in finsterer Drangsal beigestanden. Er war ihr Hoffnungslicht. Aber … »Er ist ein Mensch, gekleidet wie jeder andere, der Stuck und Zierrat dieser Veranstaltung. Schaut nur, die herzogliche Meute und die akademischen Wichtigtuer, die sich in den Dreck werfen sollten vor ihm, stehen daneben, sonnen sich und lachen ihm frech ins Gesicht. Ihr solltet seine lebendigen, seine wissenden Augen sehen! Seine Augen …«

Schillers Faust umklammerte noch immer die drei Medaillen. Erst jetzt kamen ihm die Worte des Herzogs erneut zu Bewusstsein. Er solle weiterhin ein fleißiger Schüler sein und sich zügeln … Was sollte diese Bemerkung? Morgen würde er frei sein. Er hatte bestanden, war ausgezeichnet worden. Was sollte noch geschehen. Er schaute erneut zu seinem Vater, der ihm glücklich zulächelte. Schiller schob alle Sorgen beiseite, es überlief ihn heiß vor Freude.

Kaspar Schiller erhielt beim Hinausgehen ein Billet zugesteckt. Er möge am Vormittag des nächsten Tages im Amtszimmer des Intendanten vorsprechen. Noch argwöhnte niemand etwas. Schiller meinte, es ginge um seine künftige Verwendung als Mediziner, und sah sich bereits Rezepte ausstellen. Ein Gefühl der Erleichterung, der Befreiung wollte sich jedoch seltsamerweise bei ihm nicht einstellen. Der große, kahle Schlafraum, der immer kalt und ein wenig feucht war, machte auf ihn heute einen doppelt trostlosen Eindruck. Sie banden sich die Gamaschen, lösten den Zopf. Der Festakt war vorüber. Sie alle spürten eine bleierne Müdigkeit. Selbst die Tagesereignisse vermochten es nicht mehr, ihre Reden zu beflügeln. Einige hatten bereits ihre Verwendung mitgeteilt bekommen. Scharffenstein rückte aus in ein Stuttgarter Regiment. Schiller hatte jedes Versöhnungsangebot abgelehnt. So würden sie ohne persönliche Worte auseinander gehen. Petersen bekam eine Stelle als Unterbibliothekar zugewiesen und meinte nur grimmig, dass er mit kläglichen zwanzig Gulden im Monat noch lange keine Freiheit vom Herzog erlangt habe und nur die Gefängniszelle wechsele. Schiller tröstete ihn: »Der muss erst geboren werden, der dir Tausendsassa wegen zwanzig Gulden im Monat Ketten anlegen will …«

Während Schiller am nächsten Morgen inmitten der Runde seiner Freunde auf dem Bett hockte und darauf wartete, gerufen zu werden, hörte sein Vater vom Intendanten von Seeger, dass Schillers Abhandlung über die »Philosophie der Physiologie« nicht zum Druck gegeben werde. Trotz offenbarter gründlicher Kenntnisse der Materie habe sich der Eleve doch zu abfällig über Autoritäten geäußert und meine wohl, mit dem Feuer seiner Jugend, sich über gesicherte Erkenntnisse hinwegsetzen zu können.

Kaspar Schiller fragte verunsichert: »Was bedeutet das? Er hat doch seine Prüfungen bestanden.« Intendant von Seeger erwiderte nur kühl, der Serenissimus habe auf Anraten bestimmter Kreise beschlossen und Befehl gegeben, den Eleven noch für ein weiteres Jahr in der Akademie zu belassen und ihm die Gelegenheit zu geben, sein Feuer in einer neuen Abhandlung zu dämpfen. Kaspar Schiller erschrak zwar, verlor aber nicht die Haltung. Er selbst hatte in herzoglichen Diensten auch schon machen Rückschlag und manche Ungerechtigkeit einstecken müssen. Außerdem würde sein Sohn auch nach der Entlassung im herzoglichen Dienst verbleiben. Es stimmte schon, zur demütigen Haltung taugte der Junge nicht und sein hitziges Temperament hatte ihm auch hier wieder Schwierigkeiten bereitet. Kaspar Schiller empfing den Auftrag, selbst seinen Sohn zu benachrichtigen. Man würde ihn ins nahe Besucherzimmer führen. Allein dieser Auftrag bereitete dem Vater Sorge, denn er fürchtete sehr, dass sein Sohn tief getroffen sein und an der Entscheidung, die er zweifellos nicht akzeptieren würde, ihm, seinem Vater, eine Mitschuld geben könnte.

Schiller traf seinen Vater im Besucherzimmer noch in Begleitung des Intendanten an. Auf dem Flur vor dem Zimmer waren ihm mehrere Väter mit sorgenvollen Gesichtern begegnet, die nervös ihre Hüte in den Händen drehten. Die Szenerie verhieß nichts Gutes. Mit den Worten: »Der Herr Vater hat dem Eleven Schiller eine Mitteilung zu machen« verabschiedete sich von Seeger.

»Ausgerechnet der vierte Preis in deutscher Sprache ist ihm versagt geblieben, wo er doch so auf die Poesie und Dichtung versessen ist. So ist er kein Chevalier geworden. Was mich so gefreut hätte …«

»Vater«, unterbrach ihn ungeduldig Schiller, »so rede doch endlich. Was soll er mir sagen? Es war eine Losentscheidung. Hoven und Elwert waren gleichauf mit mir. Elwert war nur der Glücklichere.« – »Vielleicht hat er sich nur nicht ziemlich verhalten. Hat seine Professoren verärgert, dass sie ihn zurechtstutzen wollten«, beharrte der Vater in einem Ton, der zwischen Strenge und Verlegenheit schwankte. »Nein, Vater, nichts habe ich getan, was nicht der Familie zur Ehre gereicht hätte. Nun rede er doch und spann er mich nicht länger auf die Folter!« – »Es bleibt dabei, man führt Klage über ihn.« – »Was soll es! Bleibt es doch gleich, wer noch verbesserungswürdiges Verhalten ausmacht, gehe ich doch als Medikus in die Praxis. Da hätte mir auch der Chevaliertitel außer der Ehre nichts mehr gebracht.« – »Er hat die Erwartungen des Herzogs nicht erfüllt«, entgegnete der alte Herr bärbeißig.

Schiller schaute seinem Vater erschrocken ins Gesicht. Er spürte den Boden unter seinen Füßen schwanken. »Warum ist man zu feige, es mir selbst zu sagen? Warum schickt man meinen Vater vor? Ich habe meine Prüfungen bestanden. Der Herzog hat mich gestern erst drei Mal ausgezeichnet …« Ihm versagte die Stimme. Vor seinem geistigen Auge erschien wieder das Bild des schwarzen Jesuiten auf der Galerie. Die Drohung wurde Realität. Wie weit würden sie gehen, um ihn zu einem gefügigen Untertanen zu machen? Das offene Tor der Akademie gleichsam vor Augen, tat sich jetzt ein Abgrund vor Schiller auf. Ein Abgrund, dem er nicht mehr entkommen konnte. »Natürlich hat er die Prüfungen bestanden, aber das allein reicht nicht. Seine Abhandlung wird nicht zum Druck gegeben. Er soll sich hochnäsig über Experten hinweggesetzt haben. Und er wird ganz sicher auch der Literatur gefrönt haben, statt wie ihm geheißen Medizin zu studieren.« Kaspar Schiller gab sich hart. Es war die einzige Art, die er als Offizier gelernt hatte. Das Leben war halt so, da machte es keinen Sinn, die Wahrheit in Seide und Watte zu verpacken. Das geziemte sich nicht für einfache Leute.

Schiller kannte seinen Vater und er wusste nur zu gut von dessen Härte, die keineswegs immer seinen Gefühlen und seinem Denken entsprach. Er erwartete nichts anderes von seinem Vater – auch wenn er sich Offenheit und Zuspruch wünschte, auch wenn diese Härte vielleicht teilweise ihre Berechtigung hatte. Und er spürte ganz genau, dass sich sein Vater scheute, ihm die ganze Wahrheit zu offenbaren. »Herr Vater, was wird mit mir? Die Abhandlung geht nicht zum Druck. Gut, damit kann ich leben. Wohin schickt der Herzog mich zur Bewährung?« Kaspar Schiller verschränkte die Hände auf dem Rücken und ging im Zimmer auf und ab. Schließlich blieb er ruckartig vor Schiller stehen. Entschlossen, es endlich hinter sich zu bringen, polterte er los: »Was mit ihm wird? Was wohl? Serenissimus hat den Befehl gegeben, dass er noch ein Jahr in der Akademie zu verbleiben und eine neue Abhandlung zu fertigen hat.«

Schiller wollte etwas hinausschreien, das alle Verzweiflung in sich trug. Kraftlos tastete er nach einem Stuhl. Ihn schwindelte. Der Raum um ihn wurde lichtlos. Erst nach einer Weile beruhigte er sich so weit, dass er flüsterte: »Ist es wirklich wahr, Vater?«

Kaspar Schiller, verlegen und tief besorgt, legte ihm die Hand auf den Kopf und bestätigte schweigend mit einer kleinen unbeholfenen Geste nochmals das Urteil des Herzogs. Da brach Schiller in Tränen aus. Eine solch heftige Reaktion hatte Kaspar Schiller nicht erwartet. Er versuchte jetzt zu trösten: »So schlimm wird es nicht sein, Fritz. Das Jahr geht doch auch vorüber.« Schiller spürte, dass er diesem Rückschlag nicht gewachsen war. All die langen Nächte, die Arbeit an seinem Drama, seinen Dichtungen, aber auch die Prüfungsvorbereitungen, die Abhandlung, das Exerzieren, der Unterricht, dieses gepresste, erduldete Gleichmaß im Tagesablauf, forderten ihren Tribut. Sein schmaler, ausgemergelter Körper wurde durchgeschüttelt. Hilflos stand Kaspar Schiller daneben und befand das Betragen seines Sohnes nicht eines Mannes für würdig.

»Freiheit ist der Wunschtraum eines Sklaven. Und ich bin ein solcher, Vater. Sieben lange Jahre in diesen Mauern. Zwanzig Jahre bin ich alt und habe noch keine Liebste gehabt, kein Mädchen geküsst. Und jetzt gehen sie erneut daran, mich zu demütigen, mir den letzten Stolz zu brechen, mir meinen Geist zu lähmen!«, schrie Schiller mit einer solchen Heftigkeit, dass der Dienst habende Leutnant hereinstürmte. Kaspar Schiller, sichtlich verlegen, ging raschen Schrittes auf den Offizier zu. Entschuldigend, fast devot, erklärte er: »Was soll man da machen? Ich selbst bin Offizier und hätte gern auf einer Akademie wie dieser studiert. Aber die Jugend ist schnell mit ihrer Unzufriedenheit. Ungeduld ist ihre Schwäche, wenn sich nicht sogleich alle Hoffnungen erfüllen. Sehen Sie es meinem Herrn Sohn nach. Er wird es noch lernen. Des bin ich gewiss.« Gequält lachte er auf. »Vielleicht haben Sie selbst Kinder, Herr Leutnant? Verstehen Sie, niemand will hier undankbar sein. Ich selbst bin Hauptmann und zum Intendanten aller Gartenanlagen der Solitude bestellt. Bitte behalten Sie den Vorfall für sich. Ich bitte Sie. Die Unbedachtheit des Sohnes soll doch nicht den Vater ums Brot bringen.« Ungerührt erwiderte der Leutnant nur: »Ich bitte, sich nun rasch zu verabschieden!« Seine Stiefel knallten auf dem Parkett, als er den Raum verließ. Schiller lachte nur verächtlich: »Die Mühe hätte sich Herr Vater sparen können. Jede Bespitzelung und Meldung wird fürstlich entlohnt. Warum sollte er sich das entgehen lassen? Der pfeift in den höchsten Tönen.« – »Ich hoffe doch nicht – er machte auf mich einen anständigen Eindruck.« Kaspar Schiller blieb sichtlich beunruhigt.

Schiller schüttelte den Kopf. Keinen Rückhalt würde er bei dem alten Mann finden, der nur Pflicht und Gehorsam kannte. Schiller erkundigte sich nach der Mutter und der neu geborenen Schwester Nanette. Dabei ließ er seinen Vater den Vorwurf spüren, dass er sich sorgte, dass diese letzte Schwangerschaft der kränkelnden Mutter zu viel gewesen sein könnte.

Kaspar Schiller verstand seinen aufsässigen Sohn nicht mehr. »Jeden Baum in des Herzogs Gärten habe ich gerade aufgezogen. Das sollte doch auch bei meinem Sohn gelingen, dass er der Familie und seiner Mutter zur Ehre gereicht. Ein wenig mehr Demut und Fleiß kann nicht schaden.« – »Ich werde weiterdichten, Vater. Jetzt erst recht! Ich werde mich nicht einschüchtern lasen. Ich unterwerfe mich nicht! Auch ein Sklave hat seinen Stolz!« Schillers Gesicht war kreidebleich. Er zitterte am ganzen Körper. Dennoch warf er mit letzter Kraft den Kopf in den Nacken, sprang auf und ließ seinen Vater stehen.

Zuerst entsagt man dem Unmöglichen, dann allem anderen, dachte Schiller bitter und hatte keinen Blick für den Leutnant und die Väter der anderen Eleven auf dem Flur.

16

Mit scharfer, fast schmerzender Helligkeit brachen sich die Sonnenstrahlen in dem großen Spiegel, der im Gang zum Besucherzimmer hing. Schiller kniff die Augen zusammen, wollte seinen Blick nicht abwenden von dem Menschen, der ihm dort im Spiegel entgegenblickte. Plötzlich trat ein Schatten dazwischen und das Abbild im Spiegel wurde wieder klarer. Seine müden Gesichtszüge, sein Körper, der noch hagerer geworden war, erschreckten Schiller. »Man wacht eines Tages auf und steckt in einem andern Körper. Wenn ich mich so sehe, bin ich mir fremd geworden. Wahrscheinlich mit jedem Jahr in dieser Anstalt mehr.« – »Lass es gut sein, Schiller«, versuchte Hoven seinen Freund zu beschwichtigen. Doch der wollte ihn nicht hören: »Nicht die Gestalt eines Monsters wäre vonnöten, nein, dieser Körper dort im Spiegel, der eines normalen fremden Menschen, wäre sonderbar genug. Geht es dir nicht auch so – manchmal jedenfalls –, man blickt in den Spiegel und erkennt sich nicht wieder? Bin ich noch ich, wenn sich mein Körper verwandelt hat? Wer bin ich, wenn mich Vertraute, Freunde nicht mehr kennen? Und womit habe ich diese roten Haare, dieses bleiche Gesicht ...«, er trat einen Schritt zurück, »... und diese Spinnenbeine verdient?« – »Hör auf zu grübeln. Kommst du mit? Dem August geht es schlecht. Er liegt schon seit drei Tagen auf der Krankenstation und sein Fieber steigt beständig. Ich mache mir große Sorgen.« Hoven ließ den Kopf hängen. Schiller wandte sich seinem Freund zu. »Du hast Recht. Selbstmitleid hilft nicht weiter. Ich will wenigstens versuchen, dir beizustehen.«

Die Tür des Besucherzimmers öffnete sich und Wolzogen trat auf den Flur, begleitete die Freunde. Da sein Vater gestorben war, hatte man seiner adligen Mutter an Vaters Stelle erlaubt, ihn zwei Mal im Monat zu besuchen. »Habt ihr schon gehört, der Elwert ist Hofmedikus zu Ludwigsburg geworden und Scharffenstein hat Petersen nach dir gefragt, Schiller. Er lässt Grüße ausrichten«, Wolzogen versorgte die Freunde mit Neuigkeiten von draußen. »Der Glückliche, er kommt von seiner schönen Mutter«, seufzte Hoven. »Man kann euch auch mit nichts aufheitern«, beschwerte sich Wolzogen lachend und rief dem Eleven, der ihnen über den Hof entgegeneilte, zu: »He, Plieninger, weiß er schon, ab morgen dürfen die ältesten Jahrgänge eine Stunde extra exerzieren!« – »Kein neuer Stoff, dafür aber Waden trimmen«, kommentierte Schiller die Neuigkeit. »Das ist die Vertiefung der wissenschaftlichen Ausbildung!« – »Der Herzog hat uns auf ein weiteres Jahr verpflichtet, weil er keine Stellen hat für uns«, sagte Hoven.

»Wie viele Medizinalräte gedenken im nächsten Jahr zu sterben?«, fragte Schiller bissig. Plieninger, stets bereit, den Herzog zu verteidigen, mischte sich ein: »Unsere wissenschaftliche Ausbildung genügt dem Herzog nicht.« – »Dass sie schlecht ist, will wohl niemand bestreiten, aber warum bekommt der Elwert eine Anstellung vor der Zeit, und eine gut dotierte dazu? Nimm mich als Beispiel: Drei Medaillen streich ich im Medizinischen ein und darf weiterhin die karge Anstaltskost genießen, und das, obwohl Serenissimus nichts außer Exerzieren mit uns anzufangen weiß! Ich mach mir da meinen eigenen Reim drauf.«

»Ihr seid mir zu finster drauf«, sagte Wolzogen und hielt die Tür zum Innenhof der Akademie weit auf. »Seht her, sieben Sonnen stehen am Himmel, ein Wetter, um Helden zu zeugen, und ihr bringt nur Gewitterwolken zustande.« – »Ich finde auch, wir sollten nicht jammern, wo uns doch als ältester Jahrgang einige Freiheiten zugestanden worden sind«, stimmte Plieninger zu.

»Lasst es mich mit Klopstock sagen, wenngleich diese Zeilen künstlerisch ohne Belang sein mögen, haben sie doch Bedeutung für uns:

›O Knechtschaft,
Donnerton im Ohre,
Nacht dem Verstand und Schneckengang im Denken,
Dem Herzen quälendes Gefühl …‹«

Schiller ließ die Freunde stehen und rief Hoven zu: »Komm endlich.«

Hoven eilte hinterher, zuckte mit den Schultern und meinte nur entschuldigend den Freunden gegenüber: »Dem August geht es schlecht. Fieber, und das bei dieser Hitze!«

Als sie eintraten, saß Hovens Mutter auf dem Bettrand und redete beruhigend auf August ein. Schiller und Hoven erstarrten vor Schreck. Man hatte sie also bereits gerufen … Leibmedikus Hopfgärtner und Professor Consbruch selbst hatten den Eltern berichtet und Bedauern über ihre Ratlosigkeit ausgedrückt. Man sprach von einer rätselhaften Krankheit. Schiller empörte sich. Das sollte die ganze Kunst der hohen Wissenschaft sein? Sollten sie wirklich über kein Mittel verfügen, um ein junges, hoffnungsvolles Leben zu retten?

Schiller fasste seinen Freund am Arm. »Der August muss es einfach schaffen. Er ist viel klüger, viel begabter als wir. Der Herzog wird nichts unversucht lassen …«

Doch die Situation sprach für sich. Man hatte den Kranken sich selbst überlassen und hoffte auf ein Wunder. Fiebertee und Chinarinde, Aderlass und Wadenwickel. Ein Plunder, diese Wissenschaft, wenn es darauf ankam! Bedrückt und still traten die Freunde an das Krankenlager. Hoven tastete nach dem rasenden Puls seines Bruders und sprach beruhigend auf ihn ein. August quälten Fieberfantasien. Er benutzte unverständliche Worte. Bleich, mit tränenüberströmtem Gesicht saß die Mutter daneben und wechselte wie geheißen die kalten Wadenwickel. Schiller strich August mit einer zärtlichen Geste über die Stirn. Für einen Moment schlug er die Augen auf und schien dankbar alle wahrzunehmen, dann versank er jedoch sofort wieder in Fieberfantasien. Schiller stand hilflos daneben und zweifelte zum wiederholten Mal am Wert seiner Ausbildung. Wie leer ihm zumute war.

Sie brachten den ganzen Nachmittag am Krankenlager zu, sprachen nur wenig, und während dieser Zeit schien sich August immer mehr von ihnen zu entfernen. Das Fieber sank zwar geringfügig, jedoch das Rasen des Pulses wurde schlimmer und das noch kindliche Gesicht lag blutentleert in den Kissen, vom Schatten des Todes gezeichnet. »Ich sehe ihn noch vor wenigen Tagen als Chevalier an der Tafel des

Herzogs sitzen«, sagte Schiller, doch jedes weitere Wort des Trostes versagte.

»Ohne ihn wäre ich nicht hier«, antwortete Hoven. »Es war klar, dass der Herzog auf seine Begabungen aufmerksam werden würde. Er war noch so klein, so hilflos, als mein Vater den Befehl erhielt, ihn auf der Solitude abzuliefern. August wollte nicht ohne mich gehen, hing an meinem Rockzipfel wie ein Ertrinkender am Holzbalken. Ich konnte ihn nicht allein lassen. Und ich gäbe etwas drum, wenn ich ihm jetzt auch beistehen könnte.« Die Mutter begann bitterlich zu weinen. Hoven schloss sie in seine Arme. »Wir sollten stark sein und es dem August nicht unnötig schwer machen.«

Schiller konnte das Elend nicht länger ertragen, und er war froh, als Leibmedikus Hopfgärtner seine Visitation zu spätabendlicher Stunde machte. Er nutzte die Gelegenheit, sich für eine Weile zu verabschieden. Schiller trat vor die Tür der Krankenstation und presste die Stirn gegen die von der Tageshitze noch warme Mauer. Ein lauer Sommerwind fuhr ihm durch die Haare, doch er fröstelte.

Über den weiten Innenhof kam im Halbdunkel eine weiße Gestalt schwankend auf ihn zu. Schiller richtete sich auf. Hatte er Halluzinationen? Handelte es sich um einen Geist, den Tod selbst? Schiller starrte der Gestalt entgegen. Es gab keine Geister, er, Schiller, lebte in einem aufgeklärten Jahrhundert! Langsam, sehr langsam, aber unaufhaltsam schwankte die Gestalt näher, immer näher auf ihn zu. Vielleicht bildete er sich das alles nur ein, war überreizt. Entschlossen ging Schiller der Gestalt entgegen, wollte endlich Gewissheit.

Nach wenigen Schritten schon erkannte er den Schulfreund Grammont, der in Unterwäsche, eine weiße Decke um die Schultern geschlagen, orientierungslos dahinwankte. Die Haare standen ihm aufgelöst und wirr um den Kopf, der Gesichtsausdruck schien völlig abwesend. Mit wenigen Schritten war Schiller an seiner Seite, umfasste seine Schultern, denn fast wäre Grammont kraftlos zu Boden gesunken. Schiller suchte den Blickkontakt, doch die Augen des Freundes sprangen wie wild umher, als suchten sich nach irgendeiner lauernden Bedrohung. Er schien irre vor Angst zu sein! Grammont erkannte Schiller schließlich, schien zu sich zu kommen. Er lehnte seinen Kopf an Schillers Schulter. »Hilf mir, Schiller! Du musst mir helfen! Du bist Mediziner.«

»Was ist los mit dir?« Schiller fragte vorsichtig, abwartend.

Dann gelang es Grammont unter unendlicher Anstrengung, Schiller geradewegs ins Gesicht zu schauen. Mit halboffenem Mund stand er vor dem Freund, Seiber lief ihm über die Lippen, aber er schien es nicht zu bemerken.

»Bist du krank? Hast du auch Fieber?« – »Ich falle, abgrundtief falle ich, Schiller. Jeden Tag tiefer, in ein Verlies, wo kein Sonnenstrahl mehr hineinfällt. Der August soll weiterleben. Ich gehe jetzt da hinein und werde für ihn sterben. Das ist besser so.« Grammont flüsterte die Worte fast, aber er schien fest davon überzeugt zu sein, was er sagte. »Grammont, alter Junge, bist du toll geworden?«, entsetzte Schiller sich. Grammont war jetzt wieder ganz bei sich. »Ich kann hier nicht mehr leben. Die kahlen Wände, die hohen Mauern, der Oberaufseher Nies mit seinem dicken Schädel und seinem Blick, der mich in meinen Träumen verfolgt. Überall starren mir Teufel entgegen, und es gibt hier keinen Platz, an dem ich mich verstecken könnte. Ich muss raus! Schiller, ich will sterben!« – »Lieber Grammont, du hast schlecht geträumt. Komm, lass dich zurück in den Schlafsaal bringen.« Schiller versuchte, den Freund mit leichtem Druck zu leiten, doch augenblicklich entzog sich dieser seinem Zugriff. »Nein! Ich gehe nicht mehr zurück. Es gibt kein Zurück!« Heftig schüttelte er den Kopf. Die weiße Decke fiel zu Boden, als er sich mit beiden Händen durch die wirren Haare fuhr. »Kein Zurück! Hörst du?«

»Ist ja gut«, versuchte Schiller zu beschwichtigen und sah ein, dass es keinen Sinn machte, seinem Freund den Kummer auszureden. Leise, fast weinend, bat Grammont: »Schiller, bitte, du hast doch Beziehungen …, deine Möglichkeiten … Gib mir ein Schlafmittel, dass ich nicht mehr aufwache.« – »Ist ja schon gut. Komm mit, ich bringe dich auf die Krankenstation. Dem August geht es schon besser und du selbst sollst dort unbehelligt und in Frieden schlafen.«

Der Krankenwärter schaute beiden verwundert nach, ließ Schiller aber gewähren, als er Grammont in einem separaten Zimmer ein Bett bezog und ihm ein leichtes Beruhigungsmittel aus Melisse, Baldrian und Johanniskraut verabreichte. Er sicherte ihm sogar zu, mehrfach in der Nacht nach Grammont zu schauen, auch wenn er noch nicht genau wusste, wie er an Nies und den Wachen vorbeikommen sollte, ohne eine Meldung über Grammonts Verbleib und dessen Zustand zu machen.

In dieser Nacht fand Schiller keinen Schlaf. Immer wieder schreckte er auf. Zwei Mal schlich er unbemerkt zur Krankenstation. Gegen Morgen sah Schiller im Halbdunkel des Schlafsaales ein weißes Gesicht an der Tür. Er wusste, dass dieses Gesicht einer bösen Fantasie entsprang, aber dennoch schien es ihm vertraut. Er sprang auf, fuhr in seine Kleider, achtete nicht auf den Verweis des Aufsehers und stürmte erneut zur Krankenstation. So sehr er sich auch dagegen wehrte, es wuchs in ihm die schreckliche Gewissheit, dass August von Hoven heute sterben würde.

Er fand seinen Freund Hoven mit Vater und Mutter am Bett des Kranken vor. Der Atem des Kranken war kaum noch wahrnehmbar. Sein Blick in weite Ferne gerichtet, mochte er wohl bereits Dinge sehen, die normalen Sterblichen verborgen blieben. Hätte Schiller in diesem Moment seinen Gefühlen nachgegeben, er wäre hinausgestürzt und gelaufen, gelaufen, bis er umgefallen wäre, auch wenn man ihn draußen wieder eingefangen und in Ketten gelegt hätte. Aber er stand nur wie gelähmt neben seinem Freund Hoven, legte seine Hand tröstend auf dessen Schulter, während dieser seinem Bruder mit einem nassen Tuch die Lippen befeuchtete.

Schiller war so traurig, so schwermütig, dass er an diesem Morgen Grammont verstand und auch bereit gewesen wäre, den Schlaftrunk mit ihm zu teilen. Natürlich, der Tod würde auch künftig zu seinem Beruf dazugehören, der Tod wie das Leben – und wie hatte er vom Tod, vom ruhmreichen Tod schwadroniert in seinem Drama, wie hatte er sich am Schrecken ergötzt, dem Hamlet, dem Werther nachgehangen! Jetzt, im Angesicht der Wirklichkeit, gab er nur noch ein Häufchen Elend ab und drohte, diesem Augenblick zwischen Leben und Tod, der sich hier vollzog, nicht standzuhalten. Nicht dieser Tod, nicht jetzt!

Flüsternd formten Augusts Lippen weiter unverständliche Laute. Dann aber laut vernehmlich zwei Worte: »Freiheit und Schwarzbrot!« Danach fiel der kranke Junge in eine tiefe Bewusstlosigkeit, aus der er nicht mehr erwachen sollte. Medikus Klein stellte in der folgenden

Nacht, am 13. Juni 1780, den Tod des neunzehnjährigen August von Hoven fest. Er starb in den Armen seiner Mutter, die er zehn bittere Jahre entbehren musste.

»So die Freiheit zu erlangen …«, dachte Schiller. Rasch ging er davon und ließ die Familie allein mit ihrer Trauer.

Er würde mit dem Intendanten reden müssen wegen des Besorgnis erregenden Zustandes von Grammont. Aber er würde nichts von dessen Selbstmordfantasien erwähnen. Schiller hoffte, wenigstens diesem Freund helfen zu können.

Im ersten Morgengrauen trugen sechs Eleven den Sarg mit August von Hovens Leichnam zum Friedhof. Ganz vorn schritt Oberst Nies, das schmucklose schwarze Kreuz an einer langen Stange vor sich her tragend. Ihm folgten langsam paradierend die Trommler des Herzogs. Der dumpfe Klang fuhr den Eleven in die Knochen. Inmitten der Abteilung der Eleven marschierte Friedrich Wilhelm von Hoven als einer von vielen. Alle fünf Schritte, zu beiden Seiten des Trauerzuges, schritten die Fackelträger. Schwarz behängte Pferde und Wagen, in denen der Intendant, die Eltern, die Professoren und einige Offiziere fuhren, gaben der Trauerfeier ein schauriges Pathos. Der heraufziehende Morgen war kühl und neblig. Schiller fror erbärmlich in seinem dünnen Sommer-Uniformstoff. Ihn packte der ganze Jammer seiner verlorenen Jugendjahre und für einen Moment wünschte er sich, man trüge ihn dort zu Grab. Man gewährte Friedrich Wilhelm von Hoven nach der Beerdigung noch die Gunst, sich in einem Gespräch im Besucherzimmer von seinen Eltern verabschieden zu dürfen, befahl Schiller und ihn aber sogleich danach zum Intendanten. Der Herzog ließ beide abstellen, sich um den Eleven Grammont zu kümmern.

So sehr Schiller darum gebeten hatte, Grammont nicht mehr unbeaufsichtigt zu lassen, so sehr hielt er die Anordnung, Hoven solle mit ihm zusammen den am Gemüt Erkrankten aufrichten, geradezu für zynisch. Wie sollte ein am Tod seines Bruders Verzweifelter einen Untröstlichen aufrichten? Aber offenbar ging man davon aus, dass Hoven zurzeit nicht fürs Exerzieren zu gebrauchen war – und wenigstens damit lagen Herzog und Intendant nicht völlig falsch.

Schiller versuchte, Grammonts Vertrauen zu gewinnen, und unterließ es instinktiv, ihm seine Verzweiflung auszureden. Man beließ Grammont separiert auf der Krankenstation und entzog ihn so dem Zugriff des Oberaufsehers Nies. Grammonts Geschichte war trostlos wie sein Zustand. Vor einigen Monaten war sein Vater verstorben und man hatte ihm weder gestattet, an dessen Krankenbett zu eilen, noch an seiner Beerdigung teilzunehmen. Der Tod des Vaters hatte den Eleven völlig mittellos gemacht und er fühlte fortan in besonderem Maß, dass er außerhalb der Akademie kein Zuhause mehr hatte. Ganz auf sich gestellt, war er in das Gefühl einer rettungslosen Einsamkeit versunken. Nies und die anderen Offiziere, die die Schwäche des Eleven spürten, verfolgten ihn mit Gehässigkeiten und Schikanen, denen er sich wehrlos ergab. Grammont lud alle Ungerechtigkeit der Welt auf sich, verlor sich in religiösen Grübeleien und Selbstanklagen. Schließlich mochte er sich nur noch sein gewaltsames Ende vorstellen.

Hoven und Schiller wirkten auf ihren Patienten beruhigend ein, verordneten ihm leichte Schlafmittel, sodass er auch am Tag einige Stunden schlief und seine Ruhe fand. Gegen Abend las ihm Schiller aus einer neuen Abschrift seines Dramas vor, die der Apotheker Stark hatte anfertigen und ihm über Professor Haug in die Akademie schmuggeln lassen. Während Hoven, selbst zu sehr von der Trauer gezeichnet, nicht viel mehr vermochte, als sich um das leibliche Wohl von Grammont zu kümmern, entwickelte Schiller eine Theorie. Er verbrachte Stunden im Gespräch mit dem Patienten und führte ein ausführliches Krankentagebuch.

Eines Abends begann Schiller aus dem letzten Akt seines Räuber-Dramas zu deklamieren. Er trug die Stelle vor, in der der Bediente Daniel aus Moors Schloss zu fliehen versucht und wo Franz Moor, von Gewissensbissen gequält, auf ihn stößt und meint, Verfolger seien hinter ihm her.

Daniel sagt: »Oh, Ihr seid ernstlich krank.«

Franz Moor: »Ja freilich, freilich. Das ist alles! Und Krankheit verstöret das Gehirn und brütet tolle und wunderliche Träume aus – Träume bedeuten nichts – nicht wahr, Daniel …?«

Schiller legte eine Kunstpause ein und beobachtete, wie Grammont über diese Sätze nachdachte.

Verschlimmert hatte sich die Krankheit offenbar durch die Verhältnisse und Einschränkungen in der Akademie, weshalb, so schrieb es Schiller in seinem Krankenbericht, der Patient ein großes Verlangen habe, außerhalb der Mauern der Anstalt in der Ruhe des Landlebens seinen Geist zu besänftigen und neue Kräfte zur Erforschung der Wahrheit zu erlangen. Schiller widmete sich mit einer solchen Hingabe seiner neuen Aufgabe, dass er – wie schon so oft – keinen Gedanken daran verschwendete, welche Wirkung sein Bericht auf die Ärzte, den Intendanten und den Herzog selbst haben mochte. Wenn er von einer Arbeit überzeugt war, hielt er sich nicht lange mit Bedenken auf.

Tatsächlich besserte sich Grammonts Befinden unter Schillers und Hovens Einfluss. Er zog wieder in den Schlafsaal ein und folgte sogar Schillers Rat, sich mit Fleiß und einer guten Abschlussarbeit den Weg in die Freiheit selbst zu bahnen. Grammont verfügte durchaus über viele Begabungen. Noch einmal teilte Schiller in seinem Krankenbericht mit, dass der Patient größere Fortschritte machen könnte, wenn man ihn vielleicht auch nur für eine begrenzte Zeit in eine andere Umgebung versetzen würde. Völlig unerwartet gab der Herzog nach und schickte Grammont allein für acht Tage in seine Schlossanlagen nach Hohenheim vor den Toren Stuttgarts. Doch die Besserung von Grammont blieb nach seiner Rückkehr nur von kurzer Dauer. Hilfe suchend klammerte sich der in tiefe Depressionen verfallende Eleve wieder an Schiller. Man brachte ihn erneut in die Krankenstation, wo bereits Plieninger und Unterfeldscher Mauchard auf die beiden warteten.

»Was wollt ihr hier?« Schiller mochte den katzbuckelnden Plieninger nicht, der auch keinen Sinn für Literatur und Geistiges überhaupt hatte. »Anordnung vom Herzog. Ich soll die Rapporte über den Kranken verfassen und alles von ihm fern halten, was schlechten Einfluss auf ihn hat.« Plieninger setzte ein triumphierendes Lächeln auf. »Man duldet dich noch, Schiller, mehr aber auch nicht. Du hast versagt. Vielleicht denkt man sogar, du seiest der schlechte Einfluss, der dem armen Grammont so zusetzt?« – »Ein Wort noch!« Schiller machte einen Schritt auf Plieninger zu, doch Mauchard sprang dazwischen. Grammont sprach überhaupt nichts mehr, saß nur stumm am Fenster, stützte seinen Kopf in beide Hände und aß nichts. Schiller gab ihm Brechweinstein, um die Magensäfte anzureizen. Doch Grammont wurde übel, er bekam Kopfschmerzen und begann, wirr zu klagen, bis er schließlich erschöpft einschlief. Natürlich notierte Plieninger diesen Misserfolg in seinem Rapport.

Als Grammont am späten Nachmittag die Augen wieder öffnete, schaute er nicht mehr in Schillers vertraute Gesichtszüge. Auch war es nicht mehr Plieninger, der da neben seinem Bett lauerte. Vielmehr stand der Herzog vor ihm, neben diesem der Hofmedikus Elwert und, ganz in die hinterste Ecke des Zimmers verbannt, wartete der verschüchtert dreinblickende Schiller. Grammont erschrak zutiefst und ihn befiel plötzlich die Vorstellung, inmitten eines Albtraums zu stecken. Mit beiden Armen versuchte er Hofmedikus und Herzog von seinem Bett wegzudrängen. Schließlich schlug er wild um sich und schrie aus Leibeskräften: »Schiller! Schiller, mein Freund, rette mich! Ich will nicht mehr ... Schick die weg! Ich kann nicht mehr ... Impossible!« Wie wahnsinnig warf er den Kopf hin und her.

»Beruhige er sich! Niemand will ihm etwa antun. Auch sein Herzog will nur sein Wohl. Hat man ihm das nicht gesagt?« Carl Eugen trat zwar einen Schritt zurück, ließ es aber in seiner Stimme nicht an Entschlossenheit und Empörung fehlen. Nachdem er nochmals sagte: »Er soll nicht jenen glauben, die ihn aufsässig machen gegen diese Hand, die täglich schützend über ihn gehalten wird. Niemand will in der Akademie etwas anderes als sein Wohl. Er sollte dies besser wissen«, drehte der Herzog den Kopf Schiller zu, um ihn vorwurfsvoll anzublicken.

Schiller verneigte sich tief, solange des Herzogs Gesicht ihm zugewandt war. Alles in ihm empörte sich. Man unterstellte ihm offenbar, er habe Grammont aufgewiegelt! Am Ende machte man ihn noch für Grammonts Krankheit verantwortlich! »Jeder will mein Bestes! Ja, ja ...«, hörte Schiller jetzt Grammont wimmern. »Alle haben es mir gesagt, nicht nur mein Herzog. Allein, ich kann es nicht mehr glauben. Allein ich kann in mein Innerstes sehen, und ich ertrage es nicht mehr länger! Gespenster fallen über mich her, noch während meine Augen offen stehen. Ich werde blind für die Sonne. Meine Trauer ist ein abgrundtiefes Loch!« – »Genese er bald. Er soll seine Ruhe hier finden. Ich habe Geduld mit ihm und sorge mich um sein Wohl«, erwiderte der Herzog mit gedämpfter Stimme. Tatsächlich schien sich Grammont langsam wieder zu beruhigen, sodass Hofmedikus Elwert nach dem Puls tastete und die Temperatur des Kranken maß. Anschließend traten der Herzog, Hofmedikus Elwert und Schiller auf den Flur der Krankenstation. Schiller wunderte sich über die Anwesenheit des Hofmedikus Elwert, der eigentlich in der Akademie selbst nicht behandelte, gab es doch hier genügend Professoren und Fachkräfte. Er dachte voller Sorge an dessen Rolle bei den Jesuiten und fürchtete, dass der Fall Grammont nun bald eine weitere ungute Wendung nehmen könnte.

Schon wurde der Vorwurf vom Hofmedikus Elwert offen ausgesprochen, er, Schiller, begünstige den Wunsch Grammonts, aus der Akademie herauszukommen, und verschlimmere damit sein Leiden. Ihm fehle Erfahrung und wahrscheinlich auch das christliche Verantwortungsbewusstsein, um mit einem solch tragischen Fall von Verwirrung fertig zu werden. »Wie mir zu Ohren gekommen ist«, setzte der Herzog nach, »liest er dem Kranken gar wieder seine literarischen Ergüsse vor. Mord und Totschlag dürften wohl kaum geeignete Werte sein, das Gemüt eines solch derangierten Patienten zu erreichen und zu beruhigen. Ich hatte ihn bereits gewarnt und befohlen, er solle seine literarischen Umtriebe unterlassen. Nutze er den Schatz der Sprache für sein medizinisches Handwerk, sonst sehe ich nicht, wie er am Ende sein Examen ablegt. Er hat mich verstanden?«

In den nächsten Tagen wurde Schillers Umgang mit dem Kranken immer weiter eingeschränkt. Weder er noch Hoven durften allein mit Grammont sprechen.

Grammont rebellierte und beklagte sich bitter, nur noch von Schergen des Herzogs umgeben zu sein. Als sein Verlangen nach Schiller und Hoven unüberhörbar und der Kranke zum Unruheherd für die gesamte Elevenschar wurde, schickte man ihn in Begleitung von Plieninger und Leisching nach Teinach zur Kur.

Schiller machte sich – das Schicksal des August von Hoven noch gegenwärtig – an eine neue Abschlussarbeit über Fieber, an der er den ganzen langen Sommer schrieb, die jedoch Mitte September von den Professoren Consbruch und Hofmedikus Reuß abgelehnt wurde. Schiller reagierte auf diesen erneuten Misserfolg zunächst verschreckt. Sie wollten ihn tatsächlich vernichten! Der Herzog hatte seine Schrift noch nicht einmal gelesen. Nachdem der erste Schrecken verflogen war, überwog die Wut. Er riss das Fenster im Schlafsaal auf und warf unter wildem Geschrei seine Bücher und Aufzeichnungen auf den Akademiehof. Oberst Nies bereitete es daraufhin eine große Freude, den Eleven für zwei Tage bei Wasser und Brot in den Karzer im Keller zur Vernunft zu bringen. Nach seiner Entlassung nahm Professor Abel seinen Schützling zur Seite, beruhigte ihn, den Aufbrausenden und Wütenden, der am liebsten immer noch alles zerschlagen hätte. Er machte ihm klar, dass er jenen Kräften, die ihm misstrauten und ihn von der Professorenschaft und Akademieleitung maßregeln ließen, entgegenarbeiten müsste. Schiller fügte sich widerwillig, hörte aber auf den Rat von Abel und setzte sich sogleich an eine neue Arbeit. Dieses Mal wollte er unbedingt zum Jahresende die Akademie verlassen.

Zuerst kamen nach einigen Wochen Plieninger und Leisching aus Teinach zurück. Sie gaben sich verschwiegen, als hätten sie ein Beichtgeheimnis zu hüten. Dann sah man zwei Wochen später Grammont in Begleitung eines schwarz gewandeten Mannes durch die Eingangstore des Stuttgarter Schlosses hereinmarschieren. Schiller und Hoven warfen sich viel sagende Blicke zu. Natürlich ahnten sie, unter welchen Einfluss man den Kranken gestellt hatte.

»Was meinst du, wie weit sie gegangen sind?«, fragte Schiller. »Sie wollten jedenfalls unbeobachtet bleiben. Warum sonst hätten sie Plieninger und Leisching zurückgeschickt«, antwortete Hoven. »Wenn sie es nicht sogar mit der Teufelsaustreibung versucht haben.« Schiller schauderte bei dem Gedanken, denn er hatte Grausiges darüber gelesen. Es sollten Menschen dabei völlig den Verstand verloren haben oder sogar verstorben sein. »Er lebt noch, und ich finde, er sieht nicht schlecht aus«, gab Hoven zu bedenken. Grammont galt tatsächlich als geheilt und der Herzog setzte eine zufriedene Miene auf, wann immer er ihm begegnete. Man gestattete ihm sogar wieder, allein mit Schiller herumzuwandern und lange Gespräche zu führen. Schiller nahm es auch als Zeichen, dass man ihn selbst für wandlungsfähig hielt, und er sah trotz aller Intrigen seinen Abschluss näher rücken.

Doch im Herbst, Grammont schien ernsthaft mit seiner Abschlussarbeit beschäftigt, zog er Schiller in ein leeres Klassenzimmer und flüsterte ihm listig zu: »Alle glauben mir, dass ich den Abschluss machen werde.« – »Aber natürlich machst du den«, antwortete Schiller, der glaubte, dass es nur darum ging, die aufkommenden Zweifel zu beseitigen und den Freund zu bestärken. »Ha! Ich bin schlau. Niemand hat es bemerkt. Alle glauben, ich könnte arbeiten. Wie ich sie alle täuschen kann! Selbst dich!«, entgegnete Grammont mit wildem Blick. Schiller war entsetzt. Grammont war krank wie vorher. »Grammont! Warum nur?« – »Manchmal ist es wirklich schwer zu verbergen. Aber ich will nicht mehr, dass die kommen und mich quälen. Ich höre meine Engel sprechen …« Schiller wusste genau, wen Grammont mit »die« meinte, aber er vermied es, weiter in seinen Freund zu dringen, um vielleicht mehr zu erfahren. »Manchmal sind es aber auch nur Schatten. Oft ist es in meinem Kopf. Die Stimmen sprechen zu mir, sie wispern mir zu wie die Blätter da draußen im Sommer auf einer Allee im Wind. Du hast es nicht gehört, sonst hättest du es längst bemerkt, dass ich nicht wirklich arbeiten kann …«

Schiller erschütterte diese Offenbarung von Grammont tief. Er wusste jedoch gleichzeitig, dass es in der Akademie keine Hoffnung auf Hilfe geben konnte. Daher meldete er die Entdeckung nicht weiter. Wolzogen wurde neben Hoven ins Vertrauen gezogen. Zusammen versuchten sie Grammont zu helfen, indem sie ihn nicht mehr allein ließen. Sie begannen sogar damit, für ihn an seiner Abschlussarbeit zu schreiben. Jedoch ohne größere Hoffnung, denn in dem Zustand, in den sich Grammont geflüchtet hatte, würde er kaum in der Lage sein, die mündliche Examination zu überstehen.

Noch bevor die Freunde eine Entscheidung über die richtige Vorgehensweise treffen konnten, kam es Ende November zu einer folgenschweren Krise. Die Tage waren zu mild gewesen für den nahenden Winter und ein Wetterumschwung brachte Sturm und peitschenden Regen. Tagelang heulte der Sturm über die Dächer der Akademie hinweg. Grammont horchte mit verschlossener Miene auf das Toben der Natur, sprach kein Wort mehr und ließ sich auch nicht bewegen, der Form halber am Unterricht teilzunehmen. Dies blieb weder dem Oberaufseher Nies noch in der Folge dem Intendanten von Seeger verborgen, der schließlich die erneute Verlegung auf die Krankenstation für den nächsten Tag verfügte. Noch in der Nacht, in einem unbemerkten Augenblick, schnitt sich Grammont die Haare ab und fügte sich dabei in aller Eile und in der Dunkelheit einige schlimme Verletzungen zu. Er warf die Haare in den im Schlafsaal stehenden Kanonenofen und imitierte das Heulen des Sturms, während er mit weit ausgebreiteten Armen im Saal umherlief. Ein furchtbarer Gestank ging von den verbrennenden Haaren aus und trieb die entsetzten Eleven in den Flur. Nies und einige wachhabende Offiziere eilten herbei. Auf ihre Vorhaltungen schrie Grammont nur wirr, er sei ein Sträfling und sehe jetzt auch wie einer aus. Der Sturm werde ihn holen. Man legte den Armen in Ketten, versorgte die Wunden und separierte ihn unter starken Schlafmitteln in einem Zimmer auf der Krankenstation. Schiller und seine Freunde mussten hilflos zuschauen. Selbst Plieninger stand das Entsetzen ins Gesicht geschrieben. Der Herzog schickte am nächsten Tag einen Eilboten zu Grammonts entfernten Verwandten nach Mömpelgard und forderte diese auf, den kranken Eleven zu sich zu nehmen. Seines Verbleibes in der Akademie sei nicht länger.

Einige Tage später, der erste Schnee fiel nach frostklarer Nacht, standen Schiller und Wolzogen hinter den Fenstern des Schlafsaales und beobachteten, wie Grammont durch die hohen eisernen Tore der Akademie geführt wurde. Er schien völlig apathisch, in sich gekehrt.

»Ein Arzt«, stand in der Vorrede Schillers vor der Abschlussarbeit zu lesen, *»dessen Horizont sich einzig um die Kenntnis der Maschine dreht, der die gröberen Räder des seelischen Uhrwerks nur terminologisch und örtlich weiß, kann vielleicht vor dem Krankenbett Wunder tun und vom Pöbel vergöttert werden – aber Eure Herzogliche Durchlaucht haben die hippokratische Kunst aus der engen Sphäre einer mechanischen Brotwissenschaft in den höheren Rang einer philosophischen Lehre erhoben …«*

Die Taktik verfehlte ihre Wirkung nicht. Schillers Schrift wurde zum Druck bestimmt und erschien bei Cotta. Am Tag der Mitteilung dieser Entscheidung traf Schiller überraschend auf den Hofmedikus Elwert, der ihm gratulierte und sich nach seinen Plänen für die Zeit nach der Entlassung erkundigte. Schiller bedankte sich ergeben für die Glückwünsche, wich der Frage aber aus und wies auf seine Hoffnung hin, als Landarzt eine Anstellung zu bekommen und praktizieren zu können. Der Hofmedikus wurde konkreter: »Und was ist mit seinen literarischen Neigungen? Seinem Aufbegehren gegen die göttliche Ordnung, gegen das Herrscherhaus?« – »Die Tage der Prüfung haben mich so in Anspruch genommen, dass ich daran noch nicht gedacht habe«, antwortete Schiller vieldeutig, verbeugte sich und ließ den Hofmedikus stehen. Dieses Mal würde der Herzog ihn entlassen und die Fesseln würden sich lockern. Warum sollte er sich vorzeitig wieder in eine neue Knechtschaft begeben? Schiller spürte, wie ihm der Vater seines ehemaligen Schulfreundes noch lange nachblickte. Aber er ging entschlossen davon, ohne sich noch einmal umzudrehen, bereit, die Konsequenzen zu tragen, wenn man ihn nur in die Freiheit entließ.

Am 15. Dezember 1780 öffneten sich für Schiller die hohen schmiedeeisernen Tore der Herzoglichen Militärakademie zu Stuttgart. In Begleitung seiner Freunde Hoven, Heidelhoff und Wolzogen betrat er, getragen von einem unglaublichen Gefühl der Erleichterung und Freude, die Große Straße. Sie warfen ihre Hüte in die Luft und schrien ihre Freude in die vorweihnachtliche Beschaulichkeit der württembergischen Residenzstadt. Dann fielen sie sich in die Arme. Mit Wehmut dachte Schiller daran, dass ihre Gemeinschaft jetzt zu zerfallen drohte. Einem jeden würde eine andere Aufgabe an einem anderen Ort zugeteilt werden. Keine der erlittenen Qualen, Enttäuschungen und Erniedrigungen würde Schiller vergessen, aber ebenso nicht den tragenden Wert der Freundschaft. Sie versprachen sich, auch weiterhin füreinander da zu sein.

Zweites Buch
Stuttgart im Jahr 1780

Ich soll meinen Leib pressen in eine Schnürbrust
und meinen Willen schnüren im Gesetze?
Das Gesetz hat zum Schneckengang verdorben,
was Adlerflug geworden wäre. Das Gesetz hat noch
keinen großen Mann gebildet, aber die Freiheit brütet
Kolosse und Extremitäten aus. Ah! Dass der Geist
Hermanns noch in der Asche glimmte!
Stelle mich vor ein Heer Kerle wie ich, und aus
Deutschland soll eine Republik werden, gegen die
Rom und Sparta Nonnenklöster sein sollen.

(Schiller: Die Räuber I, 2)

Meine Laura! Nenne mir den Wirbel,
Der an Körper Körper mächtig reißt,
Nenne, meine Laura, mir den Zauber,
Der zum Geist monarchisch zwingt den Geist. (...)

Eine schönere Aurora rötet,
Laura, dann auch unsere Liebe sich,
Die so lang als jener Brautnacht dauert,
Laura! Laura! Freue dich!

(Schiller: Phantasie an Laura)

17

Kaspar Schiller holte seinen Sohn in einer alten Kutsche von der Solitude ab. Das kleine Bündel mit den wenigen Kleidungsstücken und Büchern war schnell verstaut. Schiller hockte neben seinem Vater auf dem Kutschbock und bestaunte die neue Welt seiner wiedergewonnenen Freiheit. Nicht mehr geduckt, mit einem Passierschein für Stunden ausgestattet, sondern wie jedermann würde er sich künftig auf den Straßen unter all diesen Menschen bewegen. Sie fuhren unter den Bäumen der Alleen hindurch und bogen in den Großen Graben ein, an dessen Ende sich im Alten Graben der lang gestreckte Bau der Legionskaserne befand. Kaspar Schiller zog kurz an den Zügeln und stoppte die klapprige Kutsche.

»Nach des Herzogs Beschluss wird er hier seine Arbeit finden.«

Schiller hörte kaum hin, bemerkte aber die üble Laune seines Vaters und nahm kurz das einstöckige Gebäude mit den im Erdgeschoss vergitterten Fenstern und dem hohen französischen Dach in Augenschein. Er sollte also in Stuttgart bleiben. Es war ihm gleich, denn er würde schon sein Auskommen finden, und irgendwo musste er beginnen, um später in die Welt hinausgehen zu können. Rechts neben dem Gebäude stand ein kleiner Obelisk, umrahmt von einem Brunnen, der zum Wasserschöpfen genutzt wurde. Eine junge Frau, eingehüllt in ein dickes wollenes Oberteil mit darüber festgebundener weißer Schürze eilte zum Brunnen, schöpfte Wasser in einen Topf und schritt rasch wieder davon. Schiller blickte dem schwingenden Rock und den sich darunter abzeichnenden runden Hüften hinterher.

»Was hat er? Hört er mir überhaupt zu?«, fuhr ihn Kaspar Schiller an, der seinem Blick gefolgt war. Augenblicklich zerbrach der Zauber der Fantasie, Schiller errötete vor Verlegenheit. »Er wird hier bei General Augé Regimentswundarzt bei einem monatlichen Salär von achtzehn Gulden. Das Recht, den Knauf seines Degens mit einer silbernen Quaste zu schmücken, wird ihm nicht gewährt. Das ist bitter, mein Sohn. Habe ich nicht das Geld, ihn in Tübingen ein weiteres medizinisches Examen ablegen zu lassen, um ihn zu einem ordentlichen Doktor zu machen.« Der Vater seufzte. Es war ein nebliger Dezembermorgen, traurig und kalt.

»Achtzehn Gulden! Der Medikus mag zusehen, wie er damit auskommt, hat mir der Intendant zugerufen. Wer weiß, was er sich dabei gedacht hat!«, knurrte Kaspar Schiller.

Sein Sohn sah indes im Eingang des zweistöckigen Torgebäudes der Legionskaserne einen Doppelposten wachen, der sich nur halbwegs gerade hielt und sich, vor der Kälte schützend, tief ins Schilderhaus verkroch. Seine Montur war abgetragen und zerfranst. Die Muskete lässig bei Fuß aufgestellt, grinste er frech und stoppelbärtig zum Wagen herüber. Erst jetzt fielen Schiller jene herumlungernden Soldaten auf, die untätig in den Ecken der Legionskaserne hockten, billige Tonpfeifen schmauchten und vorübereilende Passanten anbettelten. Schiller sprang vom Wagen und stakste geradewegs auf eine Dreiergruppe zu. Sofort bettelte ihn einer der Grenadiere um etwas Geld für Tabak an. Schiller drückte ihm seine letzten vier Kreuzer in die ausgestreckte, von Schmutz befleckte Hand. Der Hustenanfall seines Kameraden endete in einem rasselnden, schnarrenden Atemgeräusch, das Schiller mit einer ernsthaften Erkrankung der Lunge in Verbindung brachte.

»Ich denke, Medizin und eine warme Stube wären angebrachter als Tabak, Kameraden«, sagte Schiller. »Sorgt der Herzog nicht für euch?« – »Ein Medikus rückt erst in ein paar Tagen ein. So wurde uns gesagt.« Der andere machte eine wegwerfende Handbewegung: »Wir zählen doch nicht mehr. Krieg führt er nicht, verkaufen kann er uns nicht mehr – da züchtet er lieber Eleven auf seiner piekfeinen Akademie …« – »Komm er endlich!«, rief Kaspar Schiller über die Straße. »Seine Mutter wartet.« Langsam rollte die Kutsche wieder an und Schiller beeilte sich aufzuspringen. »Hier wird er als Wundarzt im Rang eines Unterleutnants eine Menge zu tun bekommen. Er braucht noch eine«, Kaspar Schiller hielt inne und verzog die Mundwinkel, »… eine Uniform. Ich habe für morgen den Schneider bestellt.« – »Ich werde versuchen, mit einer Privatpraxis mein Salär aufzubessern«, antwortete Schiller grübelnd. »Auch das hat sein Vater bereits bedacht und ihm zugleich Tuch für eine Zivilmontur besorgt. Wäre ein Aufwand, diese zusammen mit der Uniform zu schneidern, und billiger.«

Kaum kam der Wagen in Sichtweite des Hauses, flog die Haustür auf und Christophine stürmte ihm entgegen. Er sprang vom Kutschbock und fast im gleichen Moment flog sie ihm um den Hals und drückte ihn an sich. Schiller freute sich sehr, fühlte sich aber zugleich befangen, denn gut zwei Jahre hatte er seine Schwester nicht mehr gesehen. Sie war inzwischen vierundzwanzig Jahre alt und sehr weiblich geworden. Dabei entsprach sie keineswegs mehr dem Idealbild seiner Erinnerungen. Groß und drall stand sie vor ihm, das Gesicht etwas zu voll, von einem wilden Wust aus Haaren umrahmt. Breite Hüften und eine üppige Brust, die auch die weiten Gewänder und die Schürze nicht verbergen konnten, machten ihn verlegen. Nein, das war nicht mehr die knochige Spielkameradin aus Kindertagen, die Figuren aus Papier für das Theaterspiel ausschnitt. Verwirrt und ein wenig enttäuscht duldete Schiller die Umarmung und die Küsse auf die Wange.

Die Mutter wartete im Hausflur, an der Hand die dreijährige Nanette, die Schiller noch nie gesehen hatte. Die Kleine fürchtete sich vor dem rothaarigen, langen Staks von Bruder und verkroch sich hinter Mutters Rockzipfel. Die Mutter weinte vor Freude und umarmte ihren Sohn herzlich. Die gute Stube war überheizt. Luise, inzwischen vierzehn Jahre alt, trug Suppe und Braten auf. Gerührt von so viel mütterlicher Fürsorglichkeit stand Schiller einen Moment lang stumm vor dem überladenen Mittagstisch. Erst dann fasste er sich, ging auf die dritte Schwester zu, die inzwischen zu einem hübschen Mädchen herangewachsen war, und küsste sie auf den Mund. Beide lachten sie sich an. Alle Unsicherheit verflog und Fragen prasselten auf ihn ein. Fragen, die jedoch das letzte bisschen Entfremdung der letzten acht Jahre nicht zu beseitigen vermochten. Schiller war Familienmitglied und Gast zugleich, und das würde sich auch nicht mehr ändern. Nach dem Essen schickte man die beiden Kleinen hinaus. Nanette weinte jetzt, da sie von den spitzen Knien ihres Bruders wegmusste, der gerade Abzählreime und Fingerspiele vortrug. Christophine durfte bleiben, saß zu Schillers Linken und schmachtete ihn an. Er war ihr heimlicher

Held. Er würde vollbringen, was ihr als Frau verwehrt sein würde. Er besaß die Gaben, ein Großer zu werden, ein wirklich Großer!

Schiller schaute verstohlen zum Fenster, während die Mutter den Tisch abdeckte und beklagte, wie schmal ihr Fritz doch geworden sei. Der Vater erzählte von den Pflanzungen im Schlosspark. Auch er setzte seine Hoffnungen in ihn. Hatte sich Kaspar Schiller nicht selbst als Waisenkind von einem ungebildeten Soldaten zum Feldscher hochgedient? Ein Amt, in das sein Sohn jetzt ohne Umwege einsteigen würde – wenngleich der Herzog seine Zusagen damit nur zum geringsten Teil erfüllt hatte, was angesichts der langen Jahre der Ausbildung und der vielen Prüfungen beklagenswert genug erschien. Sein Sohn jedenfalls könnte es in herzoglichen Diensten weiter bringen als er, davon blieb Kaspar Schiller überzeugt.

Die Mutter sprach es direkter aus: »Wenig gehalten hat der Herzog von seinen Versprechungen …« – »Das ist wohl wahr. Die Zeiten sind nicht so und die Herren bleiben immer wetterwendisch. Aber Ämter wollen auch verdient sein!«, erwiderte der Vater und blickte ernst in Schillers Richtung. »Wie soll er denn nur schreiben, in eine Uniform gezwängt und in Dienstpflicht bei einem solch maroden Haufen?«, ließ Christophine vernehmen. »Fürs Dichten wird er nicht bezahlt. Dafür sind keine Ämter zu haben«, wies Kaspar Schiller seine Tochter zurecht.

Schiller fühlte sich immer unbehaglicher, gefangen in ihren Blicken und ihren Worten, eng umschlungen von den Erwartungen seiner Familie.

»Einen wahrhaft freien Menschen vermag die Literatur auszubilden«, antwortete Schiller schließlich. »Ich habe nicht jahrelang heimlich geschrieben, um es mir endlich in Freiheit abzugewöhnen.« – »Die Wirklichkeit wird ihn lehren! Das Regiment von General Augé«, entgegnete Kaspar Schiller in einem Ton, der verriet, dass er seinem Sohn die mangelnde Lebenserfahrung noch verzieh, »ist ein stolzes Regiment, mit zweihundertundvierzig Grenadieren und vierhundertundzwanzig Beinen, summa summarum. Dies ist die Wirklichkeit, mein Sohn, kein Rechenfehler. Die Krüppel werden seiner ganzen Geschicklichkeit bedürfen, sei er versichert. Und jene, die noch grade stehen, bringen Defekte aus Kriegen und hartem Dienst mit.«

Um zehn in der Frühe ließ sich Schiller bei General Augé melden. Ganz im Gegensatz zu seiner Truppe trug der General eine prächtig herausgeputzte Uniform mit zahlreichen Orden, die ihn als Liebling des Herzogs und Kriegsheld vergangener Tage auswiesen. Mit kerzengrader Haltung begrüßte der Achtzigjährige den jungen Regimentsarzt. Mit sich selbst und seiner neuen Berufung hadernd, empfand der wortgewaltige Schiller die Szenerie geradezu grotesk und demütigend. Der Alte, taub und von Altersstarrsinn gezeichnet, wusste nichts als von Tapferkeit, Pflicht und Fortune zu sprechen. Schiller war sich sicher, dass Angé sich, kaum dass er das Zimmer verlassen würde, nicht mehr an ihn erinnern könnte. Das Geld, was er hier verdienen würde, könnte kaum reichen, um ein eigenes Zimmer zu bezahlen, und, wie man ihm heute schon zur Begrüßung eröffnet hatte, sein Gesuch um eine Privatpraxis wurde ihm vom Herzog verwehrt. Er habe als Regimentsmedikus mehr als genug zu tun!

Der General griff zum Monokel, klopfte dem stramm dastehenden Regimentsmedikus aufmunternd auf die Schulter. »Exzellenz«, gab daraufhin Schiller zum Besten, »dürfen versichert sein, dass meine Knochen hier nicht vermodern werden. Ein Zwicken vertraut mir bereits jetzt untertänigst an, dass meines Bleibens in Stuttgart nicht von Dauer sein kann unter solchen Umständen.« – »Recht so!«, rief General Augé aus, der natürlich nur sinnlose Bruchstücke der Erwiderung verstanden hatte, aber die Haltung des seltsam aussehenden jungen Regimentsmedikus ganz passabel fand, »Courage ist alles! Er ist mir ein rechter Kerl!« Der Antrittsbesuch war beendet.

Oberst von Rau, der eigentliche Kommandeur des Regiments, führte Schiller schließlich in seine Stellung als Militärwundarzt ein. Er zeigte ihm die Lazaretträume und das Behandlungszimmer, wies ihm anschließend eine winzige Stube in der Kaserne zu, in der er vorübergehend unterkommen konnte. An diesem Tag fand eine Parade statt und Oberst von Rau meinte nur knapp, dass er wohl mehr versehrte als waffentaugliche Soldaten vorfinden werde.

»Ich denke, mein Herr Oberst hat für diese Invaliden das Herz am rechten Fleck und wird mir meine Aufgabe damit hier leicht werden lassen«, antwortete Schiller, der vom ersten Moment an Vertrauen zu diesem Offizier, der ganz ohne Allüren daherkam, gefasst hatte.

»Wir werden gut miteinander auskommen«, lächelte Oberst von Rau wohlwollend. Und auf Schillers erstaunten Blick hin fügte er noch hinzu: »Mein Freund Hauptmann von Hoven hat mir über ihn berichtet. Er soll zum Tod von dessen Sohn August einen sehr ergreifenden Brief an den Vater gerichtet haben ... Und jetzt zur Pflicht!«

Die Soldaten traten zur Parade auf dem Großen Graben an. Oberst von Rau nahm Schiller an seine Seite und geleitete ihn an der ganzen Front der sich formierenden Grenadiere zu dem Platz, den er nach seinem Rang einzunehmen hatte. Bis auf einige Offiziere erblickte Schiller fast ausschließlich zerlumpte und bemitleidenswerte Gestalten, die genauso gut einem Siechenhaus hätten entsprungen sein können. Gleichzeitig bemerkte er, wie ihn zahlreiche Grenadiere frech angrinsten und ihre Zahnlücken preisgaben. Wohl wissend, dass er als langer Stecken noch nie eine ansehnliche Figur in Uniform gemacht hatte, reimte sich Schiller seine eigene Erklärung darauf.

Tatsächlich sahen die alten Haudegen vom Regiment Augé ein menschliches Gestell von Besorgnis erregender Länge an der Seite ihres Oberst dahinwanken, das eher den Eindruck einer in Uniformkleider gezwängten Mumie erweckte, die, gerade wiedererweckt, angetreten sei, den aufrechten Gang zu erlernen. Die Gamaschen, mit Filz unterlegt, bauschten den Umfang der Schiller'schen Waden unverhältnismäßig auf und bildeten zu den in weißes Tuch eingepressten mageren Schenkeln einen solch krassen Gegensatz, dass es schien, als ob der neue Regimentsmedikus Röhren an den Beinen mit sich herumschleppen müsste. Zudem konnte die Binde aus Rosshaar nur einen geringen Teil des überlangen Halses bedecken, der wie ein Hahnenhals über der stahlblauen Uniformjacke thronte. Zur Krönung dieser Erscheinung steckte auf dem wüsten roten Haarbusch der wie zum Scherz aufgesteckte viel zu kleine, aus Metall gestanzte Soldatenhut. Der schiefe Zopf und die verirrten Gipslocken auf jeder Seite des Kopfes rundeten das Bild zur Lächerlichkeit ab.

Schiller reihte sich ein. Sein Blick schweifte über die Reihen der anderen Regimenter, die zu beiden Seiten der Straße angetreten waren. Diese Soldaten erschienen ihm durchweg jünger und besser ausgerüstet. Irgendwo unter ihnen müsste auch der ebenfalls heute neu eingetretene Leutnant Kapf zu finden sein.

Plötzlich erscholl von links aus den Reihen des Infanterieregiments Stain ein unbeherrschter Ausruf. Neugierig spähte Schiller herüber, und hätte er etwas erwidern müssen, er hätte nur stottern können vor Aufregung. Er erkannte Scharffenstein, der die Akademie fast zwei Jahre vor ihm verlassen hatte. Das Reglement machte es Schiller unmöglich zu antworten oder sich mit einer Geste erkenntlich zu zeigen. Wie auf heißen Kohlen stand er da festgeschmiedet in den Reihen des Regiments Augé und wäre doch am liebsten sofort hinübergerannt. Der Streit, der sie getrennt hatte, war beim ersten Anblick vergessen und unbedeutend geworden.

Der Herzog ritt auf einem weißen Lipizzaner auf den Paradeplatz. Trommeln, Fanfarenstoß – wie ein Abbild seines Gipsdenkmals im Vorhof der Akademie saß Carl Eugen unbeweglich, in majestätischer Haltung verharrend auf dem Pferd. Die Generäle traten hervor und gaben Meldung, die er gnädig entgegennahm. »Nichts hat sich für mich geändert«, dachte Schiller. »Wieder stehe ich reglos in Reih und Glied, mache mich in schlecht sitzender Uniform zum Affen und liege in den Ketten eines unliebsamen Broterwerbs. Vielleicht wird es in der von mir so lang ersehnten Freiheit jenseits der Akademiemauern sogar noch schlimmer, die soziale Not ertragen zu müssen, die Soldaten sogar zum Betteln auf die Straßen treibt.« Sofort nach dem Ende der Parade, Sekunden nach dem erlösenden »Rührt euch! Weggetreten!«, flogen die Freunde aufeinander zu und fielen sich in die Arme. Kaum, dass sie ihre Gefühle bezähmt hatten, fanden sie den grinsenden Kapf daneben stehend, der mahnend den Zeigefinger hob und nur meinte, sie sollten sich noch ein paar Zärtlichkeiten für die Stuttgarter Damenwelt aufsparen.

Gemeinsam zogen sie los, ausgelassen, mit frechen Liedern auf den Lippen schon bevor sie etwas getrunken hatten. Die drei schafften herbei, was von den alten Freunden in der Stadt aufzutreiben war. Ihre Ausgelassenheit steckte an. Petersen, inzwischen Hilfsbibliothekar, und sein Kollege Reichenbach, Hoven, der nach Stuttgart gekommen war, um vor dem Collegium archiatrale das praktische Examen für seine Zulassung als Landarzt in Ludwigsburg abzulegen, und auch Dannecker stießen hinzu. Scharffenstein, schon ganz das soldatische Raubein und mit den Lastern der Stadt bestens vertraut, stiefelte mit Kapf vorweg.

So fiel die Gruppe in den »Ochsen« auf der Hauptstätterstraße ein, um mit dem Wein des Wirtes Brodhag, der ihnen als Schmuggelgut schon an einigen Tagen in der Akademie zu Kopf gestiegen war, zu feiern, was das Zeug hergab. Selbst Professor Abel wurde schließlich noch hinter seinen Büchern hervorgezerrt und in die Wirtsstube geschafft. Sein kahles Haupt leuchtete im schwachen Öllicht durch die verrauchte Luft und den Weindunst Schiller in die Augen. Trotz aller Ausgelassenheit und Trunkenheit ging von ihm etwas Erhabenes aus und seine Sätze atmeten den Wind der Freiheit, der durch die Welt wehte und nur in den engen Stuttgarter Gassen noch nicht zu spüren war.

Mehrere Maß Wein, Brot und Schinken wurden serviert und verschlungen. Auch wenn Kapf und Scharffenstein großsprecherisch behaupteten, sie bekämen Kredit beim Wirt Brodhag, der alten Zeiten wegen, orderten sie in der zweiten Lage Bouteillen mit billigerem kratzenden Wein, der unausgegoren im Magen rumorte und kräftigen Schwindel verursachte. Ihr Gesang war längst zum Grölen geworden, als sich Abel davonschlich.

Mit flackernden Augen gab Schiller, wankend auf einem Stuhl stehend, Szenen aus den »Räubern« zum Besten, die Hoven und Petersen mit Zitaten aus ihrem Lieblingsdrama, dem »Götz« konterten. Längst saßen sie nicht mehr allein am Tisch. Zahlreiche Gäste scharten sich um sie, applaudierten und schrien zeitweise wild durcheinander. Sie führten zusammen ein solches Spektakel auf, dass der Wirt schon die Gendarmerie fürchtete. Inmitten des Trubels hatte sich Scharffenstein eines der beiden Schankmädchen auf den Schoß gezogen und küsste ihren Nacken, während Kapf mit hochrotem Kopf an den Brustbändern der drallen Schönheit nestelte. Längst hörte niemand mehr Schiller zu, der wie benommen vom Stuhl stieg und im Weindunst, der sein Hirn vernebelte, kaum richtig wahrnahm, was wirklich geschah. Eine nie gekannte Erregung griff von ihm Besitz. Gleichzeitig spürte er mit rasendem Herzschlag, dass seine Freunde zu weit gingen. »Kapf! Scharffenstein! Lasst sie doch in Ruhe!«, rief er plötzlich, immer noch unentschlossen daneben stehend. »So etwas Schönes hat unser Herr Medikus noch nicht untersuchen dürfen«, lachte ihm Kapf frech entgegen, bekam einen Tritt und taumelte schwer gegen die rückwärtige Wand, ohne jedoch aufzugeben. Petersen schubste ihn wieder vorwärts hinein ins Geschehen. »Scharffenstein, lass du doch endlich ab!«, rief Schiller erneut. Gerade in dem Moment, in dem Kapf die leuchtend weißen Brüste freilegte, das junge Schankmädchen vor Scham und Entsetzen aufschrie, konnte Scharffenstein noch einem Hieb des anderen Mädchens ausweichen, verlor jedoch das Gleichgewicht und ging mit der drallen Schönen auf seinen Knien zu Boden. Diese sprang geistesgegenwärtig auf die Beine und flüchtete kreischend in ein Hinterzimmer. Kapf und Scharffenstein bogen sich vor Lachen. Jetzt trat der Wirt Brodhag hinzu, der Wein aus dem Keller geholt hatte, verwies die gaffenden Männer wieder an ihre Tische und forderte von den jungen Kerls: »Schleicht euch, damit ihr einen kühlen Kopf bekommt! Hinaus, aber schnell, bevor ich mir es anders überlege. Der Herr Herzog hat schon gezahlt!« Das ließ sich die verwundert dreinschauende Bande nicht zwei Mal sagen. Erst draußen auf der Hauptstätterstraße fiel ihnen ein, dass Abel wohl mit seinem Geld, das er ja direkt vom Herzog bekam, die Rechnung beglichen haben könnte, und es herrschte erneut wieder Ausgelassenheit und Übermut. Längst war tiefste Nacht auf der Straße und dann und wann riss ein braver Bürger das Fenster auf, um Ruhe einzufordern.

Kapf, noch sichtlich erregt, rief aus: »Ich kenne da ein Frauenzimmer! Marsch! Auf!« – »Hat die auch eine Schwester?«, wollten Scharffenstein und Petersen lachend wissen. Schiller erschrak. Die Sache mit dem Schankmädchen hatte ihn abgestoßen, aber auch zugleich erregt. »Na, was seid ihr denn für Helden? Die Nacht ist jung. Wer will denn da allein in seine Kiste kriechen?« Kapf schien nicht zu bremsen. »Ich für meinen Teil vertrag noch einen Wein. Und gegen ein Abenteuer wäre auch nichts einzuwenden!«, entschied Reichenbach. »Nicht wirklich, oder?« Scharffenstein kniff ihm ein Auge.

Schiller zögerte noch. Hatte er sich nicht verzehrt nach der Möglichkeit der Nähe eines weiblichen Wesens? Würde er diese Nacht seine Fantasie noch zügeln können, die über die Jahre der Entbehrung mit den unerschrockensten Schwelgereien dämonenhafte Auswüchse angenommen hatte? Hier war sie jetzt, die Möglichkeit, das große Geheimnis der Geschlechter zu ergründen, vielleicht sogar eine Frau berühren zu dürfen, an ihren geheimsten, verborgensten Stellen. Zu erfahren, was Lust wirklich bedeuten konnte. Doch lauerte in dem Verbotenen nicht das Böse, das sie alle ins Verderben riss? »Und unser Räuberhauptmann? Hat die Zeche für den Wirt gespart und läuft jetzt reumütig nach Hause«, spottete Kapf, woraufhin Schiller versuchte, Kapf zu packen, aber trunken, wie er war, einige Schritte ins Leere torkelte.

Irgendjemand leerte, vor Wut über den Lärm, aus dem ersten Stock einen Nachttopf, dessen Inhalt Schiller nur knapp verfehlte.

»Na, siehst du, heute ist dein Glückstag, Schiller! Auf zum Kleinen Graben!« Die Gruppe folgte Scharffensteins Schlachtruf. Nur Hoven zupfte Schiller am Ärmel und verabschiedete sich wortlos und heimlich. Sie torkelten die Hauptstraße hinab und bogen in den Kleinen Graben, der keine zweihundert Schritt entfernt lag und nicht gerade die beste Adresse für Hausbesuche der seriösen Art war. »Ist sie auch hübsch?«, begehrte Reichenbach zu wissen und malte mit beiden Händen einen enormen weiblichen Hüftschwung. »Langes Haar und alle Zähne«, versprach Kapf vieldeutig. »Sie weiß dich zu packen, dass dir Hören und Sehen vergeht«, versicherte Scharffenstein dümmlich grinsend.

Noch immer brauste der billige Landwein in seinen Adern, ließ ihn nach Atem und Fassung ringen. Schiller zog mit klappernden Zähnen den Mantel enger um seinen ausgemergelten Körper, schlang den Kragen fest um den Hals. Nicht die beißende Kälte dieser Nacht setzte ihm zu. Vielmehr war ihm, als sei er am Ertrinken. Die Furcht stieg in ihm hoch, nie mehr widerstehen zu können und sich im Laster zu verlieren. Auch schämte er sich, derart in Raserei geraten zu sein. Daran änderte nur wenig, dass ihn die Freunde jetzt in die Mitte nahmen und ihrem Räuberhauptmann lautstark gratulierten!

Wie weich war ihm ihre weiße Haut erschienen, als die üppige Dunkelhaarige die Röcke gelüftet hatte. Wie hieß sie noch? Katharina, Lena, Maria? Hatte er ihren Namen überhaupt verstanden? Längst waren ihm alle Dämme der Zurückhaltung gebrochen, da Kapf schon ein mageres Soldatenweib entblößt hatte. Sie kreischte und stöhnte abwechselnd, und Kapf schien seine Umgebung längst nicht mehr wahrzunehmen.

Jetzt standen sie um Schiller herum, Scharffenstein, Dannecker, Petersen und Reichenbach, und stachelten ihn an, als sich das Weib an seiner Hose zu schaffen machte. Sie barg seinen Kopf zwischen ihren großen Brüsten und zerrte an seinem Hosenbund, bis die Hose zu Boden fiel. Er drängte sich an sie, suchte ihre Weichheit, ihre Zärtlichkeiten, wollte aber auch seine Erregung vor den feixenden Freunden verbergen. Ihre Hand führte und erregte ihn zugleich, trieb ihn zur Ekstase, vom rhythmischen Klatschen und Anfeuerungsrufen der Freunde begleitet. Es nahm kein Ende. Längst wollte das Weib fliehen, doch er schnupfte noch an die fünfundzwanzig Mal und klammerte sich an sie, keuchend und schreiend, eine kleine Ewigkeit lang, bis ihm Lunge, Herz und Beine zu versagen schienen und er dem Ende nah, schweißnass und keuchend auf ihren Körper fiel. Nachdem die Aufregung abebbte, setzten ihn seine Freunde auf einen Stuhl und willig ließ sich Schiller Wasser und Wein zuführen. Er wäre zu keiner Gegenwehr mehr fähig gewesen.

Jetzt auf der Straße draußen machten sie ihrer Bewunderung lautstark Luft. »Wer weiß, was er sich für ein Stärkungskraut in den Schnupftabak gemischt hat«, mutmaßte Reichenbach und schon begannen sie, sich um seine Tabaksdose zu balgen. Schiller ließ alles geschehen, die Erregung und der Übermut wichen einem Gefühl der Scham, das ihn stumm und betroffen machte. Für diese Nacht war er zum Helden der Gruppe, zum titanenhaften Wüstling emporgestiegen! Scharffenstein umfasste seine Schultern und drückte ihn freundschaftlich an sich: »Na, wie gefällt dir das Leben in Freiheit? Ganz schön wild, was?« – »Wenn wir schon nicht anständig bezahlt werden, wollen wir es wenigstens genießen …«, lallte Petersen, der gut abgefüllt schien. »… und unsere versäumte Jugend nachholen«, ergänzte Kapf und vollführte Luftsprünge. Die Gruppe geleitete Schiller noch zur Kaserne und die Worte vom freien Leben formten sich zu einem Räuberlied, das dem Drama beigegeben werden sollte. In Corpore sangen die Freunde, dass die Scheiben zitterten:

»Ein freies Leben führen wir,
ein Leben voller Wonne.
Der Wald ist unser Nachtquartier,
bei Sturm und Wind hantieren wir,
der Mond ist unsere Sonne …«

Schon sprangen die Nachtwachen der Kasernen auf die Straße und die Freunde, die diese Nacht kaum noch Schlaf finden würden, flüchteten seitwärts in die Gassen.

Natürlich war das nächtliche Lärmen und Treiben der ehemaligen Eleven am nächsten Morgen das Stadtgeschwätz von Stuttgart. Aber wer hatte auch nur eine Ahnung davon, wie viel Unfreiheit und Verzweiflung sich in dieser Nacht Bahn gebrochen hatten?

18

Die nächsten Tage bescherten Schiller nicht nur regelmäßig einen dicken Kopf vom Trinken, sondern ebenfalls ein übervolles Krankenrevier. Bereits am ersten Morgen fand er die zerlumpten Soldaten zu Dutzenden auf Bänken, Fensterbänken und auch auf dem Fußboden sitzend vor. Der Anblick der grauhaarigen Kerle, die einen Ärmel in der Tasche trugen oder statt eines zweiten Beines eine schlecht gefertigte Krücke aus rauem Holz mit sich führten, erschreckte ihn zutiefst. Seine Unsicherheit verbergend, grüßte er schneidig und stürmte ins Behandlungszimmer, warf, noch bevor irgendjemand das Wort an ihn hätte richten können, die Tür hinter sich zu und lehnte schwer atmend gegen den Türrahmen.

Schöne Worte, philosophische Ausführungen zur Medizin, Grundlagen in Pflanzenkunde – reichte das aus, um hier zu behandeln? Ihn befielen große Zweifel, fehlte ihm doch jegliche Praxis. Und was, wenn er sich irrte, falsche Maßnahmen ergriff, Notwendiges unterließ? Was, wenn ihm seine ersten Patienten sogar verstarben? Was wusste er schon von Wundversorgung, von eiternden Amputationsnarben? Willkommen in der Wirklichkeit! Schiller dachte an die Worte seines Vaters. Nein, dies hier war wahrlich keine Umgebung, in der man Oden an die Götter zu dichten pflegte!

Es klopfte an die Tür. Seine Patienten wurden unruhig. Er hörte sie lachen und derbe Scherze treiben. Schiller öffnete die Tür einen Spalt und bat sich eine kurze Weile aus, er müsse die Instrumente und Medikamente noch ordnen. Dann trat er ans Fenster und schaute verzweifelt runter auf die Straße. Vorn, ganz in der Nähe des Torgebäudes lungerte ein kurioser Kerl herum. Klein, rundlich, gut genährt, mit ausgeprägter Glatze stand er da und schnitt Grimassen, wohl zum Amüsement der Torwachen, mit denen er bestens vertraut schien. Dieser dickliche Soldat mit Mondgesicht erschien Schiller wie ein Gegenpart zu seiner Existenz. Trotz seiner Sorgen musste Schiller unwillkürlich lächeln. Spontan fasste er einen Entschluss, riss das Fenster auf und befahl den Witzbold nach oben.

Die ersten Grenadiere standen bereits ungeduldig geworden vor der Tür, als Schiller erneut das Krankenrevier betrat. »Einen Moment noch, meine Herren. Mein Gehilfe kommt gleich«, bat Schiller sie zu warten und deutete zur Tür. Erwartungsvoll und verständnislos folgten die Blicke der Soldaten seinem Fingerzeig und schon trat der dickliche Scherzbold herein, fand sich von zahlreichen Augenpaaren fixiert, spitzte verlegen den Mund zum Pfeifen, um ihn sogleich wieder zu einem breiten Grinsen zu verziehen. Dann ging er mit großen, rollenden Augen schnurstracks auf Schiller zu, machte eine Verbeugung, die einem Herzog zugestanden hätte, und lispelte beflissen: »Stets zu Diensten, mein Herr.«

Für einen Augenblick herrschte ungläubige Stille, dann brach jedoch ein Gelächter von der Güte los, das ansonsten eher in einer billigen Weinschänke zu hören gewesen wäre. Man deutete abwechselnd auf den Staks von einem Regimentsmedikus und auf den kleinen dicken Gehilfen und wischte sich schließlich vor Lachen die Tränen aus den Augenwinkeln. Das Lachen befreite auch Schiller wenigstens teilweise von seinen Sorgen und seiner Befangenheit. Ein Anfang war gemacht. Solange die Leute über ihn und seinen Gehilfen lachten, vergaßen sie ihre Leiden und starben ihm nicht weg. Schiller zog den Dicken ins Behandlungszimmer und eröffnete ihm unverblümt und unmilitärisch: »Er wird mein Bursche im Krankenrevier! Hat er Lust?« Kaum hätte er etwas Besseres mit seiner Zeit anzufangen gewusst. Da er zudem nicht besonders redebegabt schien, nickte er heftig, dass seine dicken Backen, die neben der roten Knollennase hingen, schwabbelten und stammelte seinen Namen: »Kronenbitter, mit Verlaub, mein Name …«

»Hol er mir den ersten Patienten herein«, befahl Schiller und schaute dem zu schwer gewordenen Enterich in württembergischer Regimentsuniform lachend hinterher. Den würde er seinen Freunden vorführen!

Der erste Grenadier, ein langer Kerl mit dunklen Augenschatten und einer leichenblassen Gesichtsfarbe, trat gebückt auf Schiller zu, machte ein gequältes Gesicht und behauptete, er habe furchtbare Gliederschmerzen. Der alte Regimentsmedikus habe – hier stockte der Sprachfluss und das Wort kam nur in Bruchstücken über seine Lippen – jedenfalls habe er ihn gründlichst untersucht und Podagra festgestellt. Branntwein zum Einreiben habe ihm stets gute Dienste geleistet. Schiller zog die Stirn in Falten, tastete nach dem unauffälligen Puls, nahm Knochen und Gelenke kurz in Augenschein, erwog eine Kräutermischung zur Linderung der Beschwerden, die jedoch der Grenadier vehement als viel zu aufwändig ablehnte und dabei den Regimentsmedikus so treuherzig anschaute, dass dieser Franzbranntwein auf das Rezept kritzelte und den Geplagten entließ. Hauptsache, dem Mann war geholfen. Ein guter Auftakt.

Der Zufall wollte es, dass auch der nächste unterernährte Grenadier an Podagra litt und seine Geschichte von eisigen Feldlagern im preußisch-österreichischen Krieg zum Besten gab, wo er sich seine Gesundheit und überhaupt sein Leben ruiniert hätte. Schiller dachte an das volle Wartezimmer, kürzte den umständlichen, tränenrührenden Vortrag ab und verordnete, auch wenn er wenig Neigung besaß, sich seine Rezepturen vorschreiben zu lassen, ein Viertelchen Alkohol zum Einreiben. Als dieser Grenadier zufrieden pfeifend das Behandlungszimmer verließ, bedachte ihn Kronenbitter mit einem seltsam schrägen Blick, der in Schiller gewisse Zweifel an seiner Vorgehensweise aufkommen ließ.

Aber schon watschelte der dickliche Gehilfe wieder ins Wartezimmer und brachte einen vierschrötigen, energischen Kerl mit dichtem weißen Haar herein. Dieser nahm in seiner zerlumpten Uniform Stellung ein und meldete in kurzen, knappen Worten sein Gebrechen. Ein Steckschuss während der Schlacht bei Leuthen. Preußische Kugel im Schulterblatt. Seitdem Schmerzen im Arm und in den Füßen Podagra. Branntwein zum Einreiben wäre gut zur Linderung. Ein kleines Viertel, bescheiden fürs Erste, ausreichend. Bei Schiller, obwohl er verkatert und verschüchtert zum Dienst angetreten war, brannten doch jetzt endlich alle Kronleuchter der Erkenntnis. Diese grauen Füchse wollten ihn übertölpeln und sich auf billige Art Schnaps besorgen! Schiller ließ sich nichts anmerken. Dieses Mal untersuchte er gründlicher, murmelte mit bedrohlichem Unterton unverständliche lateinische Laute, um schließlich bei diesem ernst zu nehmenden und tieftraurigen Fall, wo nur noch wenig auszurichten sei, Schlammpackungen mit Moorerde und fleischlose Kost zu verordnen. Wie geprügelt schlich der Grenadier von dannen und Schiller fand im seltsam verdrehten Mienenspiel seines Gehilfen Kronenbitter so etwas wie Schadenfreude und Anerkennung.

Mit gebieterischer Handbewegung befahl er Kronenbitter zu warten, schritt entschlossen selbst zur Tür, um dem Volk da draußen zu verkünden, heute würde kein Branntwein mehr verordnet werden. Doch hinter der Tür fand er das Wartezimmer so leer, als habe man die Stube mitsamt den Krüppeln leer gefegt. Schiller lachte vergnügt über den gelungenen Streich und seine eigene Unerfahrenheit.

Am Nachmittag absolvierte Schiller seine ersten Krankenbesuche in der Kaserne. Kronenbitter schleppte den Arztkoffer und lief stets zwei Schritte hinter ihm her. Fieber und Mandelentzündung, aber auch eine eitrige Wunde an einem Beinstumpf waren zu behandeln. Schiller sorgte selbst mit kalten Umschlägen für den Fieberkranken, wechselte den Verband des Amputierten und geizte nicht mit Rezepturen für Tränke, die – aus lauter Sorge, die Medizin könne nicht rasch genug Wirkung entfalten – wahren Torturen für Gaumen und Körper zugleich glichen. Schon nach seinen ersten Wochen eilte dem jungen Regimentsmedikus der Ruf voraus, dass derjenige, der seine Tränke überlebe, sich sein Lebtag vor keiner Krankheit mehr zu fürchten bräuchte. Schiller kümmerte es nicht, denn er wollte nur das Beste für die ihm Anvertrauten, er wusste zudem um seine Unerfahrenheit, die ihm eine feinere Dosierung unmöglich machte, und ein wenig Respekt – auch wenn er aus der Angst gespeist wurde – konnte nie schaden.

Als er nach dem langen Arbeitstag wieder zurück ins Behandlungszimmer kam, wartete dort bereits General Augé auf ihn. »Habe gehört, er soll tüchtig sein. Wollte ihn auch einmal konsultieren«, donnerte ihm der schwerhörige General entgegen. Schiller wunderte sich nicht wenig über diese Ehre, die ihm zuteil wurde, konnte sich doch der General sicher auch an die Ärzte bei Hof wenden. Etwas eingeschüchtert fragte er deshalb: »Welche Beschwerden haben Exzellenz?« Die Antwort ließ nicht lang auf sich warten. General Augé fasste sich mit schmerzverzerrtem Gesichtsausdruck ans Knie und rief aus: »Podagra!« Schiller wandte sich rasch dem Fenster zu, um sein Lachen zu verbergen. Kronenbitter musterte ihn verstohlen von der Seite. Natürlich machte Schiller verschiedene Behandlungsvorschläge, die von Umschlägen über eine Umstellung des Speiseplans bis hin zu Einreibungen und Tees reichten. Und natürlich vergaß er nicht den Branntwein als Therapie zu erwähnen, der ebenso unweigerlich den Vorzug des Generals genoss.

Fortan war Schiller bewusst, dass sich sein Dienst in der Einförmigkeit der Behandlung kleiner Zipperlein und der üblichen Alterskrankheiten erschöpfen würde, die doch nur in Alkohol ertränkt werden sollten. Er würde viel Geduld brauchen, um mit der Nutzlosigkeit seines Tuns fertig zu werden, denn die wirklich ernsthaften Fälle würden angesichts der Möglichkeiten, die ihm zur Verfügung standen, und angesichts seines eigenen mangelnden Fachwissens ohnehin sich selbst überlassen bleiben und im Ernstfall versterben. Um diese Erkenntnis reicher geworden, schloss er seine Sprechstunde, brachte die verhasste Uniform in Ordnung und stakste voraus in die Stadt. Draußen traf er auf Petersen und Dannecker.

»Franz Joseph Ernestus Antonius Emerentius Maria ist schon auf und davon zum Kleinen Graben!«, rief Petersen aus und natürlich wusste jeder, dass Kapf damit gemeint war, den sie nicht selten mit seinen zahllosen und ungewöhnlichen Vornamen ärgerten. »Juckt es ihn mal wieder«, stellte Dannecker trocken fest. »Wollen wir nicht hinterher?«, fragte Petersen, und Schiller sah es ihm an der Nasenspitze an, dass er es gern dem draufgängerischen Kapf gleichgetan hätte. Schiller wollte nicht. Er hatte ohnehin kein Geld mehr für solche Vergnügungen und schon Kredit beim Ochsenwirt Brodhag auf den Sold des nächsten Monats bekommen.

Doch wie unter Hypnose folgte er den beiden Freunden die Hauptstätterstraße entlang zum Kleinen Graben. Mit jedem Schritt wurde er verzagter. Er fürchtete sich davor, dem Gang zur Frau nicht widerstehen zu können. Schon waren sie inmitten des bunten Treibens, dort, wo die Küchenmädchen mit Handwerksburschen flanierten, wo sich Pärchen in dunkle Ecken drückten, die jungen Leute ausgelassen derbe Scherze trieben und auch leichte Mädchen und Soldatenweiber billig zu haben waren. Schiller blickte unerwartet in ein grell geschminktes Frauengesicht, das ihn an einem Fenster im ersten Stock auf der gegenüberliegenden Seite überraschte. Sie lächelte der Gruppe von jungen Männern zu und kniff ausgerechnet ihm ein Auge. Da machte Schiller plötzlich kehrt und begann, die Hauptstätterstraße zurückzulaufen. Erst langsam, dann immer schneller – jedenfalls so schnell, wie dies die eng sitzenden Röhrengamaschen und Stiefel zuließen. Er hielt erst an, als er völlig außer Atem geriet.

Dann streifte er ziellos durch die Gassen, ohne recht zu wissen, wohin er sich wenden sollte. Es war ein düsterer Winterabend ohne den Reiz des Schnees, neblig und feucht. Die Gassen der Altstadt wurden immer enger und verwinkelter. Hier im gotischen Stuttgart schien das Mittelalter noch lebendig. Schiller ging unsicher, hätte jetzt gern schon wegen der ungepflasterten, unebenen Wege eine Handlaterne bei sich gehabt. Er fühlte sich erschöpft, wie von einer langen Krankheit genesen und ging hölzern steif, eben wie ein Eleve, der nicht anders gelernt hatte als im Taktschritt zu gehen, zu laufen, zu denken, gleich einem dressierten Pferd. Doch das Leben hier in Stuttgarts Gassen ging seinen eigenen Weg und interessierte sich nicht für einen entlassenen Eleven des Herzogs, der sich für einen Dichter hielt und ein wenig Regimentsmedikus spielte. Markthändler mit leeren Kiepen auf dem Weg nach Hause begegneten ihm, derbe Zugehfrauen, Mägde, Kaufmannsgehilfen. Schiller grüßte die Menschen im Vorübergehen und erntete verwunderte und misstrauische Blicke. Er fühlte sich unbehaust und ausgestoßen. Nicht dazugehörig, hier nicht wie dort nicht in der Akademie. Als Erster grüßte ihn ein Schuhmacher zurück, der mit der Lederschürze vor die Tür seines Fachwerkhauses getreten war, um die Sterne zu betrachten. Ein Sterngucker wie ich, wahrscheinlich ein Träumer in dieser eitlen Welt, dachte Schiller.

Sein Weg führte ihn zur Stiftskirche. Der Platz davor war hell erleuchtet mit Fackeln und Laternen und es herrschte ein lautes, fröhliches Treiben. Vor einem Stand mit Lebkuchen, Christwecken und allerlei Backwaren standen zwei Mädchen, die Schiller vor allem wegen ihrer besonders bunten Schultertücher und Haarschleifen auffielen. Die blonde und hübschere von den beiden stemmte ihre Hände in die Hüften und drehte sich ein wenig, dass ihr Rock schwang: »Schau her, Christel, da kommt ein Kavalier, der mir ein Lebkuchenherz verehren will.« Schiller errötete, fasste sich aber sogleich und erwiderte: »Verehren, schönes Fräulein, will ich weder den Lebkuchen noch die Wecken. Dies würde sich wegen der Nähe zur Kirche und dem ersten Gebot wohl kaum geziemen. Wohl aber gefallt ihr mir, dass ich euch gern meinen Arm zum Geleit anbieten würde und den zweiten sogar für die liebreizende Freundin.« – »Hörst du, Sarah, ein solch schmächtiger Grenadier will es sogleich mit zweien von uns aufnehmen. Ich will nicht schuld sein an seinem frühen Ende!«, lachte die Zweite und schob ihre Freundin vor. »Ich finde eher, er spricht ein wenig geschwollen. Vielleicht kommt er aus einem fernen Land und ist unserer Sprache noch nicht ganz mächtig …«

Da erblickte Schiller den Petersen, der lachend die Szenerie von einem Stand aus beobachtet hatte. »Du hier? Bist du mir gefolgt?«, brummte ihn Schiller an. »Na, da haben die Schönen aber einen Dummen gefunden. Wie konnten sie nur Gulden bei dir vermuten – bei deiner Aufmachung!«, grinste ihn der Freund an. »Dich werden sie wohl auch nicht wegen Reichtums aus dem Kleinen Graben vertrieben haben«, konterte Schiller.

Bis zur Hauptstätterstraße sprach keiner von beiden ein weiteres Wort. Im »Ochsen« trafen sie auf den großen Rest der Räuberbande und ersäuften auf Kredit ihre Selbstzweifel.

19

Noch bevor der Morgen graute, hatte sich Petersen das Einverständnis der Torwachen erschlichen, stand jetzt neben Schillers Bett und rüttelte seinen vom Wein berauschten und inbrünstig schnarchenden Freund unsanft wach. Schließlich griff er sogar zu dem Wasserkrug, den Schiller für seine Morgentoilette bereitgestellt hatte, und schüttete ihm einen Schwall eiskalten Wassers ins Gesicht. Prustend und spuckend, wütend wie ein tasmanischer Teufel in Höchstform, fuhr Schiller auf, packte den Hilfsbibliothekar heftig und schleuderte ihn mit einer Wucht, die dieser dem schmächtigen Dichterlein wahrlich nicht zugetraut hatte, gegen die anderthalb Meter entfernte Wand, wo Petersen zunächst in sich zusammensackte. Der Krug ging dabei zu Bruch und das Wasser stand in eisigen Pfützen um Schillers nackte Füße.

Schiller klapperte mit den Zähnen. Die Januarkälte krallte sich mit feuchten Klauen im Gemäuer der Kaserne fest. Dies hier waren besonders im Winter schwarze, feuchte Löcher, die allenfalls gegen die Unbill des Wetters draußen zu schützen vermochten, die aber ansonsten nur völlig heruntergekommene Subjekte als Heimstatt bezeichnen würden. Natürlich erwiesen sich die Zustände in den Schlafsälen der einfachen Grenadiere noch um ein Vielfaches schlimmer. Aber Schiller erschien sein Loch hier elend genug, sodass er es nur dann zum Schlafen aufsuchte, wenn ihn die Müdigkeit fest im Griff hatte.

»Petersen!«, Schiller war wirklich überrascht, seinen Freund zu nachtschlafender Zeit in seinem Zimmer anzutreffen. »Was zum Teufel machst du hier? Wer hat dich überhaupt reingelassen?« Er schüttelte sich wie eine nasse Katze und griff zu einem auf dem Stuhl liegenden Handtuch. »Ich hoffe für dich, du hast eine verdammt ausgezeichnete Erklärung, sonst breche ich dir sämtliche Knochen!« Petersen kam langsam wieder auf die Füße. »Du erinnerst dich an Weckherlin?« – »Der schmächtige, gut aussehende Blondschopf, über den wir heimlich Verse in die Akademie schmuggeln?«, fragte Schiller. »Einer der begabtesten Mediziner seines Jahrgangs. Beschlagen in Pflanzenkunde – sein Vater soll ein ausgezeichneter Apotheker sein.« – »Genau der. Er ist tot …«

Für einen schrecklichen Moment herrschte Schweigen. Die Stille in der Kaserne, die immerhin einige hundert Männer beherbergte, mochte der in einer Gruft gleichen. Schiller riss sich das nasse Hemd vom Leib, schlotterte immer noch vor Kälte, begann sich kräftig abzureiben und griff nach frischen Sachen, die er in einer kleinen Truhe am Fußende seines Bettes aufbewahrte.

Schließlich antwortete er nur: »Ich habe Weckherlin sehr gemocht. Ein aufrichtiger, bescheidener Freund. Der hätte seinen Weg gemacht – trotz der miserablen Medizinerausbildung in der Akademie. Ist er heute Nacht …?« Petersen nickte, rückte sich den einzigen Stuhl im

Raum zurecht und setzte sich rittlings darauf. »Sie haben ihn gestern auf einer Bahre nach Hause gebracht. So konnte er sich wenigstens noch von seiner Familie verabschieden. Er soll noch bei klarem Verstand gewesen sein.« – »Fieber. Eine rätselhafte Krankheit, nehme ich an …«, Schiller sprach mehr zu sich selbst und schüttelte wütend den Kopf. »Hört das denn nie auf, Petersen? Das Sterben, dieser Verschleiß von Menschen und Begabungen, als wenn es sich um Wagenräder und nicht um lebendige Wesen handeln würde!« – »Schiller! Hör auf – du beschmutzt dein eigenes Nest!«, mahnte Petersen, da Schillers schrille Stimme sicherlich auch gut in den Nachbarräumen zu vernehmen war. »Das ist ja das Schlimme, dass man mittendrin steckt und es schon gar nicht mehr wahrnimmt. Versumpft und verdreckt vor lauter Verlogenheit und Toleranzigkeit. Aufbrausen will ich, Petersen! Dazwischenfahren! Wachrütteln!« Schillers Ausrufe wurden jetzt aus den angrenzenden Zimmern von wütenden Protesten der Schlaf suchenden Grenadiere begleitet. »Hörst du, Petersen, das Ländle erwacht!«, grinste Schiller frech. »Die ziehen dir das Fell über beide Ohren, wenn du so weitermachst«, gab Petersen zurück. »Wir sind kein Herdenvieh. Wir haben einen Schädel zum Denken, ein Herz zum Fühlen. Wir sind Lessings Verstand und Goethes Herz, Götz sei Dank! Ich werde diesem trägen Bürgerspack den Spiegel vorhalten, und sollten sie mich hassen, so wird mir ihr Hass wertvoller sein als die lorbeerbekränzte Liebe jener, die zu Füßen unseres Herzogs liegen und sich lustvoll im eigenen Kot wälzen.« Schillers Feuer loderte hell auf und kannte keine Grenzen. »Und ich dachte schon, du wärest nicht wach zu kriegen. Solch flammende Rede hat man von dir schon lange nicht mehr gehört«, staunte Petersen. »Du solltest mal den Lenz lesen, dessen ›Hofmeister‹ keinen geringen Effekt gemacht hat und der jetzt mit den ›Soldaten‹ ein Bruder von deinen Räubern sein könnte. Mir ist erst kürzlich ein Exemplar zur Verwahrung in den Giftschrank gegeben worden. Du weißt schon, jene Abteilung, die nicht für die Allgemeinheit bestimmt ist. Ein Kerl mit Kerlsallüren, ganz nach deinem Geschmack! Er spricht dem darbenden Volk nur so aus der Seele und entzündet Fackeln, wo die Not in tiefster nachtschwarzer Verzweiflung kauert.« Petersen schien von Schillers leidenschaftlichen Ausbrüchen zunehmend mitgerissen zu werden.

Schillers Blick richtete sich erneut auf jene unsichtbare weite Ferne, die die Mauern der Kasernen aller Welt weit hinter sich ließ. Bedrohlich zischend presste er die Laute durch die Zähne: »Da verschachern sie ihre Söhne, damit sie oben gut angeschrieben sind, und zünden ein Kerzlein an in jeder Kirche, damit es ihnen auch gut ergehen möge. Überlassen ihr eigenes Fleisch und Blut der Knute der Folterknechte und tun gar recht vernünftig und erhaben. Oft sind es die Besten, wie wir nur allzu gut wissen, die den Hunger und die Verzweiflung nicht überleben.« Jetzt donnerte Schiller mit der Faust auf einen kleinen, roh gezimmerten Tisch, den er sich in den Raum hatte schaffen lassen, um zu schreiben. »Hiller, der August, jetzt Weckherlin und wie mag es dem armen Grammont wohl ergehen! Petersen, nimmt das gar kein Ende mit dieser verfluchten Blutsaugerei!« – »Du hast verdammt Recht. Man muss ihnen die Ungerechtigkeit vor die Füße kübeln! Man sollte die Ordnung auf den Kopf stellen, anstatt zu jammern und ein großes Begräbnis zu veranstalten«, stimmte Petersen zu. »Besorg mir sofort Papier und Tinte. Ich will schreiben. Die Verlogenheit macht mich rebellisch!« Schiller griff seinen Freund bei den Schultern und drängte ihn weg vom Stuhl hin zur Tür. Doch der grinste nur frech und zog Papier und Tintenfass aus dem Mantel: »Hier, die Munition für deine Waffen.« – »Du kennst mich zu gut. Ich sollte besser Acht geben, sonst gehe ich dir noch mal auf den Leim, alter Freund. Her damit!«

Schiller entzündete noch zwei Kerzen, setzte sich an den Tisch und begann mit Feuereifer zu schreiben, durchzustreichen, zu schreiben und laut zu deklamieren.

»Du wirst für uns streiten wie kein Zweiter«, verabschiedete sich Petersen. »Das Ding muss öffentlich werden – ich habe keinen Kreuzer für den Druck. Sei so gut, rede mit den anderen oder frage Professor Haug oder Abel in meinem Namen.«

Beklatschen sollte man Weckherlins Ende als den Gipfel der Verlogenheit und enden müssten die Verse beim Tod, dem größten Gleichmacher, der die Könige der nackten fauligen Erde überantwortet. Könige ist gut, dachte Schiller, wenn ich Könige verfaulen lasse, gilt das für die Herzöge erst recht. Seine Feder hieb er ein um das andere Mal ins Tintenfass. Er schrieb wie im Rausch.

Am Morgen, die Kaserne war längst schon wieder zum Leben erwacht und es wurde im Innenhof gefochten, fand ihn Oberst von Rau bei den runtergebrannten Kerzen mit wirren Haaren schlafend, den Kopf auf dem Tisch abgelegt. Um ihn herum lagen Papiere zerknüllt und zerfetzt. Von Rau zog unter dem ausgestreckten Arm des Schlafenden wohl die Endfassung eines Gedichtes hervor, an der Schiller die ganze Nacht gearbeitet haben musste. Er hielt das Blatt gegen das Licht und las mit Stirnrunzeln:

»O so klatschet! klatscht doch in die Hände,
Rufet doch ein frohes Plaudite! –
Sterben ist der langen Narrheit Ende,
In dem Grab verscharrt man manches Weh:
Was sind die Bürger unterm Monde?
Gaukler, theatralisch ausstaffiert
Mit dem Tod in ungewissem Bunde,
Bis der Falsche sie vom Schauplatz führt:
Wohl dem, der nach kurzgespielter Rolle
Seine Larve tauschet mit Natur,
Und der Sprung vom König bis zur Erdenscholle
Ist ein leichter Kleiderwechsel nur.«

Was sollte das? Der Oberst verstand nicht viel von Poesie, wohl aber einiges von diesen draufgängerischen und verwegenen Feuerköpfen. Solange sie sich ihr Feuer im nächtlichen Verseschmieden abkühlten, sollte es ihm recht sein. Er überflog die Zeilen ein zweites Mal, blieb an dem Satz hängen: »Sterben ist der langen Narrheit Ende …« Da steckte schon ein gutes Stück Wahrheit drin! Gefangen in einer langen Narrheit kam er selbst sich nicht selten vor. Ein Kopf, dieser Schiller!

Draußen im Flur fiel etwas polternd zu Boden. Wahrscheinlich die Holzkrücken von irgendeinem Alten, dachte von Rau. Schiller schreckte hoch, sah seinen Oberst vor sich, sprang auf die Beine und salutierte schwankend. Von Rau lachte herzhaft: »Mach er halblang. Habe mir Sorgen gemacht und wollte mal sehen, wo er heute früh bleibt.« – »Bitte um Vergebung. Habe verschlafen, Herr Oberst. Soll nicht wieder vorkommen.« Schillers Bewegungen konnten sich nicht recht zwischen strammer Haltung und dem Ordnen von Haaren und Kleidung entscheiden. »Er dichtet wieder. Nichts Aufrührerisches, will ich meinen. Erwarte ihn gleich im Hof zu den Fechtübungen. Bewegung kann auch dem Poetenkopf nicht schaden. Schafft frische Luft für fröhliche Gedanken, will ich meinen.« Oberst von Rau reichte ihm das Papier, das Schiller sogleich an sich riss und hinter sich auf dem Schreibtisch verbarg.

Kaum war Oberst von Rau gegangen, überflog Schiller erneut die Zeilen, stieß mit rasender Ungeduld seine Feder wieder ins Tintenfass und setzte eine Überschrift über die Verse: *»Elegie auf den frühzeitigen Tod Johann Christian Weckherlins«*. Ja, er fühlte sich bereit, gegen Gott und die Welt aufzubegehren, und die Krüppel sollten gleich im Hof seine Klinge kennen lernen. Er sprühte vor Tatendurst, stürmte aus der Kammer und rief nach Kronenbitter. Höchstpersönlich solle er den Brief mit dem Gedicht Petersen abliefern und niemandem sonst. Ob er den Weg fände und seinen Freund auch erkennen würde. Tausend Schwüre ließ er sich geben. Dann leerte er einen Krug Wasser und marschierte, derangiert wie er war, auf den Exerzierplatz im Hof.

Tatsächlich trieben Schillers Freunde das Geld für den Druck des Gedichtes auf. Es wurde auf einen besonderen Foliobogen gedruckt, mit der Widmung darüber

Elegie
auf den frühen Tod
Johann Christian Weckherlins
von seinen Freunden.

Als Delegation mit schwarzer Armbinde überreichten sie eine stattliche Anzahl der Bogen im Trauerhaus. Von dort wurde das Gedicht an einen weiten Kreis von Verwandten, Freunden und Kollegen verteilt. Ehemalige Eleven, Professoren, Honoratioren und Bekannte erhielten weitere Exemplare des Gedichtdrucks. Ein Hoch auf die Druckerkunst!

Die frechen Zeilen, alles andere als ein Trauergedicht, machten Schiller berühmt-berüchtigt in Stuttgart. Hinter seinem Rücken wurde getuschelt. Neuerdings zeigte man bereits mit ausgestrecktem Finger auf ihn. Und ganz ehrlich, Schiller genoss sein Bubenstück und fand es nur erstaunlich, dass man im Trauerhaus geruht hatte, das Gedicht so breit zu verteilen, und ihn am Ende sogar noch zu einem Trauerbesuch nach der Bestattung einlud.

Oberst von Rau wurde etwas von Majestätsbeleidigung zugetragen und dass es sich nicht gezieme, angesichts des Todes rebellische Verse zu schmieden. Er sah sich schließlich sogar zum Handeln gezwungen, als auch die Geistlichkeit ihn bedrängte, den Dichter in seinem Regiment zur Räson zu bringen. Er musste rasch handeln, bevor General Augé oder gar der Herzog selbst sich einschalten würden. Noch immer nahm er die Angelegenheit nicht besonders ernst. Als Schiller dann vor seinem Schreibtisch stand, forderte er ihn auf zu erklären, was er sich bei den Versen gedacht habe. Schiller verwies nur knapp darauf, dass es einem Dichter nicht zukomme, über seine eigenen Zeilen zu urteilen, und dass die Verse durchaus im Sinn des verstorbenen Weckherlin stünden. »Das mag sein«, räumte der Schiller durchaus wohlgesonnene Oberst ein, »jedoch sieht man in dem Ton, den er anzuschlagen pflegt, durchaus so etwas wie Rebellion. Ich denke, dass der Tod eines Freundes nicht der angemessene Anlass dafür ist. Diese Stadt ist sehr empfindsam in ihren Sitten, wenn er versteht, was ich meine. Und ich wünsche kein Aufsehen um seine Person in meinem Regiment.« Ganz gegen das Protokoll lachte Schiller laut auf: »Empfindsam, mein Oberst, Stuttgart, das ist gut! Mit Verlaub: Diese Stadt bringt Böses hervor, Kinder, die schon als Siebenjährige beichten müssen, Eleven, die man zu Tode prügelt und hungert, Verblödete, religiös Irrsinnige, vom Ehrgeiz zerfressene Hofschranzen, bucklig Geborene, heimliche Mörder … und, mein Herr Oberst, … – auch Künstler.« – »Schiller!«, schrie ihn Oberst von Rau an. »Mäßige er sich! Er geht jetzt sofort auf seine Stube, die er bis morgen früh nicht verlässt. Er schläft sich aus, überdenkt den Unsinn, den er da gerade geredet hat. Meinetwegen schreibe er auch ein Liebesgedicht. Aber keine Scherereien mehr, verstanden? Wegtreten!« Heftig schlug der Oberst die Tür hinter dem Regimentsmedikus zu und Schiller befolgte den Befehl, denn er wusste seinen Oberst und dessen menschenfreundliche Art wohl zu schätzen.

Auf seiner Stube wartete Scharffenstein und hatte es sich bei einer mitgebrachten Bouteille Rotwein gemütlich gemacht. »Man spricht überall von dem Gedicht. Ein Geniestreich, Schiller! Und dein Kopf ist auch noch dran!« Schiller erwiderte reserviert: »Du weißt doch, meine Literatur ist meine einzige Waffe und ich liebe die Jagdsaison. Manchmal erlegt ein Jäger einen anderen …« Sprachs, nahm einen kräftigen Schluck von dem Rotwein, entledigte sich ohne große weitere Worte der Stiefel, Gamaschen, der Gipslocken und des Kunstzopfes und warf sich in voller Montur auf das Bett, um zu schlafen. »Muss morgen bei Weckherlins erscheinen. Vornehme Kreise und so. Sollte ausgeschlafen sein.« Scharffenstein schlich sich, obwohl er gern etwas mehr gehört und auch noch gern in Gesellschaft gezecht hätte.

Frau Weckherlin, frühzeitig ergraut, aber von vornehmer, kerzengrader Erscheinung, hatte die Frau ihres verstorbenen Bruders, eines Arztes, mit ihren beiden Töchtern für eine Weile bei sich aufgenommen. Und diese beiden weiblichen Wesen waren es, die Schiller im Trauerhaus sofort ins Auge stachen. Nachdem die ersten Höflichkeiten ausgetauscht waren, interessierte sich die Gesellschaft nicht mehr für den jungen Dichter, der in Regimentsuniform nicht standesgemäß und irgendwie deplatziert aussah. Schiller suchte die Nähe zu den beiden Schwestern. Die zwanzigjährige, ernste Luise machte keinen Hehl daraus, dass ihr die Elegie missfiel. Sie sprach stattdessen viel über die Trauer und das Glück, einer Familie anzugehören, die füreinander einstand. Sie befragte Schiller nach seinen Eltern und Geschwistern und Schiller erzählte von den Pflanzungen auf der Solitude, von seiner Mutter, vor allem aber von Christophine. Es wurde Tee und Gebäck gereicht und die Unterhaltung floss in angenehmen Bahnen. Schiller versuchte immer wieder, Bemerkungen direkt an Minna zu richten, um sie in die Unterhaltung einzubeziehen, doch diese flatterte immer wieder wie ein Schmetterling im Raum umher. Schillers Blicke folgten mit wachsender Unruhe dem körperbetonten schwarzen Trauergewand, das um Minnas Taille eng und glatt gearbeitet war und sich an den Hüften zu Rüschen bauschte. Das Schwarz kontrastierte stark mit der Lebendigkeit ihres Gesichtsausdrucks. Luise, ganz geübt, die erfahrene Gastgeberin zu mimen, brachte die Sprache auf die Akademie und die Jahre, die Schiller dort zusammen mit Weckherlin verbracht habe.

»Das Ergebnis, gnädiges Fräulein, sehen Sie in meinem Gedicht und der heutigen Bestattung. Mehr ist darüber nicht zu sagen«, entgegnete Schiller schroff, stand auf und entzog sich jedem weiteren Wortbeitrag.

Er folgte seinem Schmetterling durch das Haus und fand das flatterhafte Wesen im Flur mit einem stürmischen Wangenkuss einen offenbar geschätzten Onkel verabschiedend. Kaum dass diese Gäste gegangen waren, suchte Schiller wieder Minnas Nähe, die sich jetzt sogar in einem Wintergarten einen zierlichen weiß gestrichenen Stuhl zurechtrückte, um den jungen Mann in Uniform ernsthaft in Augenschein zu nehmen. Schiller suchte den Blickkontakt. Ihm versiegten die Worte. Wilhelmine Andrae schien ihm makellos, anbetungswürdig. Ebenmäßige, sanfte Züge, eine Haut wie Milch und Honig, kleine, aber volle Lippen, das tiefe Braun ihrer Augen, das an südländische Glut erinnerte, all das kam Schillers Vorstellung von der Vollendung nahe, die man nur in wenigen Büchern oder Versen oder auf ausgesuchten Gemälden antreffen mochte. In Wirklichkeit war ihm so ein Mädchen noch nie begegnet.

Minna warf sich nicht in Posen, das hatte sie nicht nötig. Ihr aufmerksamer Blick und ein bescheidenes Lächeln genügten als Täuschung, um ihre Bewunderer und Möchtegern-Liebhaber zu Narren zu machen. Sie beherrschte diese Kunst mit einer solchen Ungezwungenheit, dass sie ihr zur unbewussten Gewohnheit wurde, und überreagierte einer der jungen Männer, weil er aus ihren Reaktionen mehr herausgedeutet hatte, so reagierte sie nur mit ehrlicher Überraschung und bezauberndem Lächeln. Das Gefühl, das Schiller jetzt quälte, war wie ein Blitzschlag über ihn gekommen, der sich stets die höchste Spitze sucht; gerade in diesem Moment überragte sein Sinn für das Schöne jeden anderen Gipfel seiner Seelenlandschaft. Schillers Mund quoll schließlich über und er lief Gefahr, einen kompletten Idioten aus sich zu machen. Das Einzige, was ihn bislang als etwas Besonderes in diesem ehrenwerten Kreis auszeichnete, waren seine Gedichtveröffentlichungen, also begann er von ihnen zu sprechen. Töne und Bilder bewegten die Herzen der Menschen. Das Leben, sein Leben sei nur wertvoll, wenn es dem Ruhm geopfert werde, wenn er es zur wahren Meisterschaft in einer der beiden Künste bringe. Nicht der Reichtum, sondern der aufopferungsvolle Verzicht mache es lebenswert. Wer anders leben würde, dem bliebe die Welt verschlossen, der würde unbeachtet verschwinden, bedeutungslos enden. Schillers überlange Arme pendelten unbeholfen zur gewohnt feurigen Rede. Sie standen in seltsamem Kontrast zum steifen, im engen blauen Soldatenrock eingeschnürten Oberkörper.

Wie von fern hörte Minna seine Worte, denn das Missverhältnis zwischen Seele und Körper, Geist und Bewegung schien ihr zu auffällig, teilweise sogar komisch, da Schiller es offenbar an sich selbst überhaupt nicht wahrnahm. Er schien ihr wie ein ausgehungertes Skelett, das, an einen Felsen geschmiedet, von Reisen und Abenteuern zu berichten weiß, die es selbst nie erleben wird. Noch rechtzeitig versteckte sie ihr Lachen angesichts der pathetischen Töne, die der junge Mann anschlug. Ihr Lächeln wiederum nahm Schiller zur weiteren Ermutigung.

»Zwei Dinge gibt es auf der Welt, die länger im Gedächtnis haften als alles andere, Mademoiselle«, ereiferte sich Schiller und schaute ihr lange in die Augen. »Das eine ist unvermeidlich, das andere ist unwahrscheinlich, ein Wunder: der Schmerz und die Liebe.«

Bei aller Lächerlichkeit, dieser verhinderte Poet hatte etwas Feuriges und Wahrhaftiges, das ihn schon fast wieder interessant machte. Minna zwang sich, genauer hinzuhören. »Der Schmerz und die Liebe.« Sie lächelte. »In jedem Fall würde ich der Liebe den Vorzug geben, denn ich denke, dass sie für die Farben in der Welt zuständig ist.« Plötzlich sprang Schiller auf, griff nach ihrer rechten Hand und drückte einen Kuss darauf. »Lassen Sie mich ein Gedicht auf Ihren Mund und Ihre wunderschönen Augen machen!« Was glaubte dieser Mensch, wer er war! Minna schaute sich verunsichert um, aber niemand in der Gesellschaft, außer vielleicht ihre Schwester Luise, hatte den Gefühlsausbruch beobachtet. Rasch entzog sie ihm die Hand. Ein Habenichts, der ein zweifelhaftes Gedicht auf ihren Vetter geschrieben hatte. Zudem ein Medikus ohne Offiziersrang und ohne Quasten am Degen, der im Trauerhaus die Contenance verlor und mit ihr anzubandeln versuchte. Dann seine roten Haare, die spitze Nase und sein überlanger Körper, der ihm nicht zu gehorchen schien. Sie hätte sich geschämt, wenn man sie zusammen auf der Straße gesehen hätte. »Bitte setzen Sie sich, Monsieur Schiller!«, entgegnete sie scharf, fügte aber sogleich in versöhnlicherem Ton hinzu: »Natürlich fühle ich mich geschmeichelt. Ein Gedicht auf meinen Mund? Da wäre ich schon gespannt.« – »Ich will es wagen – auch wenn es Ihrer Schönheit nie gerecht werden kann.« Schiller nahm wieder Platz, senkte den Blick beschämt zu Boden und schwieg für einen Moment.

Diese Reaktion rührte Minna zugleich wieder und sie richtete erneut das Wort an ihn. Ihre Worte fanden in Schiller jedoch kaum Gehör, seine Beine schienen wie gefesselt, sein Rücken schmerzte, und das Herzklopfen schien seine Brust zu sprengen. Längst hatte sein Herz über alle Vernunft gesiegt, und wie aus seinem Unterbewusstsein stiegen die Worte einer tonlosen Klage gleich empor. »Da bin ich erwachsen geworden hinter den hohen Mauern des Schlosses und habe noch nie eines Mädchens Mund geküsst.« Minna schwieg, betroffen über das unerwartete und ehrliche Geständnis. Jetzt hockte er ihr tieftraurig gegenüber, offenbar in vollem Bewusstsein der Unmöglichkeit dieser Situation, von Scham gezeichnet. Minna schaute prüfend zur Gesellschaft in den angrenzenden Raum hinüber. Plötzlich fühlte Schiller ihre beiden Hände an seinem Kopf, wie sie ihn sanft emporhoben, und hastig, sodass ungeschickt die Zähne zusammenstießen, berührten ihre Lippen, flüchtig wie das Schlagen der Schmetterlingsflügel auf einer Blüte, die seinen. Noch bevor er reagieren konnte, floh Minna aus dem Wintergarten in den schützenden Trubel der Gesellschaft.

Unentschlossen hockte Schiller auf dem Stuhl im Wintergarten. Vielleicht hoffte er, dass Minna zurückkommen würde. Vielleicht spürte er auch nur dem Zauber dieses ersten Kusses nach. Nie hätte er etwas Ähnliches zu hoffen gewagt. Das Glück dieses Moments durchströmte ihn warm. Doch Minna kam nicht wieder. Als er schließlich Luise erblickte, die Anstalten machte, sich wieder in ihrer Rolle als Gastgeberin zu üben, entschloss sich Schiller zu gehen, um allein zu sein mit diesem Erlebnis und seinen Gefühlen. Schiller schloss sich der Reihe von Gästen an, die sich jetzt von der sehr gefassten Frau Weckherlin verabschiedeten. Als die Reihe an ihn kam, hörte er gedankenverloren, wie Frau Weckherlin zu seinem Vorgänger sagte: »Ich finde es sehr nett von Ihnen, dass Sie meine Schwester, die verwitwete Frau Majorin Vischer, nach Hause begleiten. Ich darf Sie meiner Dankbarkeit versichern und würde mich freuen, Sie nach der Trauerzeit bald wieder begrüßen zu dürfen.« Frau Weckherlin umarmte ihre Schwester und Schiller schaute dieser Szenerie kurz zu. Und während sich ihre Blicke kreuzten, meinte er für einen Moment in Minnas braune Augen zu schauen. Er fuhr sich mit der Hand verwundert über das Gesicht. Es waren doch nicht Minnas Augen. Sie gehörten zu einer Frau mittleren Alters mit hochgetürmter Frisur, einem vom Leben gezeichneten Gesicht und einer fülligen Figur. Schiller machte eine steife Verbeugung, zuerst in Richtung der Frau Majorin Vischer und dann in Richtung der Mutter seines verstorbenen Schulfreundes. Ungeschickt schlug er die Füße zusammen, aber die Rollengamaschen verhinderten das Knallen der Absätze.

Verlegen, verwirrt und mit aufbrausenden Gefühlen stürmte Schiller Richtung Kaserne.

In den nächsten Tagen blieb Schiller für seine Freunde so gut wie unauffindbar. Jede freie Minute harrte er vor dem Haus der Weckherlins aus, alle Medikamente für die Kaserne wurden von ihm selbst in der Apotheke des Herrn Weckherlin besorgt. Sorgsam legte er sich Gesprächsstoff zurecht, um den Aufenthalt in der Apotheke hinauszuzögern. Tatsächlich gelang es ihm, hin und wieder mit Minna zusammenzutreffen. Und wenn er auch keine großen Beziehungsfortschritte feststellen konnte, reichte ihm zunächst ihre Gegenwart, ihr geheimnisvoll gewinnendes Lächeln.

Die Nächte verbrachte Schiller wie im Fieber. Er schrieb bis tief in die Nacht hinein, was auch Oberst von Rau nicht verborgen blieb, der heimlich zu den Dienstzeiten in Schillers Stube schlich und erleichtert feststellen konnte, dass sein Regimentsmedikus seine Anordnungen befolgte und Liebesgedichte verfasste.

Doch bei allen fand Schiller solch unkritischen Zuspruch nicht. Scharffenstein und Kapf, die Schillers Verhalten zunächst fehldeuteten und befürchteten, es wäre aus irgendeinem Grund zu einer Missstimmung gekommen, lauerten ihm abends auf und begleiteten ihn auf seine Stube. Schiller jammerte, Tinte und Papier seien ihm ausgegangen und er habe angesichts der Schulden bei Brodhag keinen Kreuzer mehr, in diesem Monat Nachschub zu kaufen. Sogar seinen Rezeptblock habe er bereits mit einem Kohlestift traktiert.

Scharffenstein stöberte in den neu verfassten Gedichten, während Schiller und Kapf auf dem Bett saßen und über die Liebe, Kapfs Lieblingsthema, schwadronierten.

»Dann flieh ich, zitternd flieh ich
Zur kleinen Liebewarmen,
Ach Minna, Minna, höre mich!
Ich sterb' in deinen Armen …«

Scharffenstein las und schüttelte missbilligend den Kopf. »So, Minna heißt sie, die dir den Verstand raubt.« – »Sie ist unvergleichlich! Ich werde ihren Mund bedichten …« – »Ich denke, mein Freund, es ist gar nicht so übel, dass dir für eine Weile Papier und Tinte ausgegangen sind. Ein solch schwärmerischer Schmus vermag vielleicht das Herz von einem sehr blonden Geschöpf erwärmen, sollte aber nicht unter deinem Namen die Öffentlichkeit erblicken.« Schiller schmollte, antwortete zunächst aber nichts. »Bedenke, Schiller, du hast einen Ruf zu verlieren – als Dichter der Elegie«, fügte Kapf mit dem gebotenen Pathos hinzu und flocht mit den Händen einen imaginären Lorbeerkranz. Nach einer Weile sagte Schiller nur schlicht: »Scharffenstein, alter Freund, lass es gut sein. Du weißt nicht, was Liebe ist.« – »Vielleicht weiß ich noch nicht einmal, was ein gutes Gedicht ist. Verzeih mir, Schiller.« Scharffenstein erschrak vor der gedämpften Reaktion des Freundes. Er wollte aufrichtig sein, aber nicht schon wieder die Freundschaft gefährden. Doch Schiller war zwar immer noch ein empfindsames Pflänzchen, wenn es um seine Dichtung ging, aber auch reifer geworden. »Du hast schon Recht, Scharffenstein. Minnegesang der meinen Art ist nicht notwendigerweise hohe Dichtkunst. Vielleicht bin ich da im Umgang mit den Versen genauso unbeholfen wie im wahren Leben bei dem Umgang mit dem geliebten Mädchen.« – »Das ist auch schwer«, bekannte überraschenderweise Kapf, der sich ansonsten bei diesem Thema eher als Aufschneider hervortat. »Jetzt, da uns nicht mehr die hohen Mauern der Akademie umschließen, fühle ich mich wie getrieben, keine Gelegenheit ungenutzt verstreichen zu lassen. Die Liebe ist jedoch ein anderes Ding – darauf hat man uns nicht vorbereitet.«

»Mein Lebenshunger ist ein Allesfresser«, griff Schiller diesen Gedanken auf, »was das Leben eher verzeiht als die Literatur. Für die Zeilen, die du kritisierst, Scharffenstein, hat sie mich angelächelt.« – »Tatsächlich ein Himmelslohn!«, scherzte Scharffenstein und legte die Blätter zurück auf den Schreibtisch.

Schon torkelte Petersen zur Tür herein, der sich bereits anderswo einen gehörigen Rausch angesoffen hatte. »Ist die Hütte noch so voll, treiben es die Freunde toll! Oder so …« – »Was ist denn mit dir los? Mach mir keine Schweinerei hier – ich muss hier schlafen!«, ermahnte ihn Schiller. »Nichts Gescheites bringt er mehr zustande, seit ihm dieses Frauenzimmer den Kopf verdreht hat«, lallte Petersen und schlug Schiller immerfort auf die Schulter. »Unser zahnloser Räuberhauptmann …« – »Es ist schon eine Plage mit dem Weibervolk! Nicht ohne sie wollen wir leben, aber wissen auch nicht, wie mit ihnen zu leben«, philosophierte Scharffenstein und erntete einen glasigen Blick von Petersen, der über den tieferen Gehalt dieser Sätze nachgrübelte. »Nun ja. So ist es wohl«, setzte er erneut an. »Ich jedenfalls will es besser machen und habe mich entschlossen, ein Buch über die Vorzüge der alkoholischen Gärung und ihre Wirkung auf den Geist zu schreiben.« Ein sehr langer Satz für seinen Zustand – die Grenze von Petersens Konzentrationsfähigkeit schien erreicht. »Ein teutonisches Thema!«, rief Kapf aus. »Tatsächlich, mein teurer Freund! Eine hohe Herausforderung, die den ganzen Mann erfordert! Daher keine Weiber mehr, sondern mutig den Eigenversuch gewagt. Und«, jetzt deutete er mit ausgestrecktem Arm auf jeden einzelnen der Freunde, »ich zähle auf euch, einen jeden, dass ihr mithaltet und aufrichtig und gewissenhaft berichtet. Die Arbeit soll die Grundfeste der deutschen Wissenschaft erschüttern. Vielleicht erkennt man dem Schiller für die Mitarbeit sogar den Doktor ehrenhalber zu.« Petersen, ganz im Element, geriet ins Straucheln und fiel der Länge nach ebenfalls auf das Bett. Schiller und Kapf halfen ihm auf die Beine. Sogleich versuchte er, die Freunde mitzuzerren. »Auf zum Ochsen! Keine Ausflüchte und Umwege! Im Dienst der Wissenschaft!«

»Freunde, das geht nicht. Ich habe ohnehin schon meinen Kredit überzogen«, gab Schiller zu bedenken. »Da jammert er wieder, unser Dichterlein. Dabei hat er sogar allen Anlass, uns auszuhalten!«, sprudelte es aus Petersen. »Wie das?«, staunte Schiller ungläubig. »Haben sich die achtzehn Gulden Schulden inzwischen in ein Guthaben gekehrt?« – »Was sind schon achtzehn Gulden, Schiller! Ein großer Geist sollte sich nicht mit so Widrigkeiten aufhalten! Deine Kleckserei hat offenbar das Wohlgefallen des Zeitungsdruckers Mäntler gefunden. Er kommt nachher zu uns an den Tisch, um dir die Redaktion seines Wurstblattes anzutragen. Für Korrektur und Redigieren winkt dir Bares.« – »Es klingt bereits in meinen Ohren. Es scheint der helle Ton von Münzen zu sein!«, jubelte Schiller, der sich bereits ernsthafte Sorgen gemacht hatte, da der Lohn für den nächsten Monat bereits fast vollständig verbraten worden war. »Seine Gnade dürfte nicht weniger ausbeuterisch ausfallen wie die des Herzogs. Aber du wirst fürs Wort bezahlt und nicht für deine abenteuerlichen Mixturen.« Die Freunde folgten Petersen auf dem Weg nach draußen.

»Ein Angebot! Geld verdienen!«, jubelte Schiller und beschloss, auf alle Fälle nüchtern zu bleiben, bis der Vertrag mit dem Verleger Mäntler gezeichnet war.

20

Anfang Februar grassierten die Ruhr und ein höllisches Fieber in Stuttgart. Als Schiller nach einem seiner nächtlichen Ausflüge vom Ochsen Richtung Kaserne strebte, wartete schon Kronenbitter auf ihn vor dem Tor.

»Oho, schau er, Schiller, sein kleiner Mops steht schwanzwedelnd bereits in der Tür. Hast du denn auch ein Leckerli dabei? Hättest dem Treuen wenigstens einen Schluck vom guten Roten übrig lassen sollen …« Solche und ähnliche lästerliche Redensarten begleiteten ihn die letzten Meter des Heimweges, doch Schiller ahnte bereits, dass etwas Besonderes vorgefallen sein musste. Er lief voraus und fand Kronenbitter zitternd und stammelnd vor Not. Nur mit Mühe bekam er den ganzen Sachverhalt aus seinem Gehilfen. Die Epidemie hatte offenbar auch beim Regiment Augé Einzug gehalten. Zwei Grenadiere hatten bereits seit einem halben Tag nichts mehr bei sich behalten und ein halbes Dutzend andere klagte über Übelkeit und Kopfschmerz.

Am Schlimmsten stand es wohl um einen alten einbeinigen Soldaten, dessen Erkrankung mit Fieberschüben und Schüttelfrost begonnen hatte. Kronenbitter hatte eigenmächtig diesen Erkrankten in ein gesondertes kleines Zimmer bringen lassen und Schiller lobte ihn für seine Weitsicht.

Als Schiller an das Bett des Alten trat, lag er, der Bewusstlosigkeit nah, mit glühenden Wangen vor ihm und fantasierte. Für einen schrecklichen Moment stand das Bild vom sterbenden August von Hoven wieder vor Schillers Augen, und er hätte jetzt etwas darum gegeben, sich mit seinem Freund Hoven beraten zu können, der inzwischen Gelegenheit bekommen hatte, seine Kenntnisse zu vertiefen, weitere Prüfungen abzulegen und als ordentlich promovierter Landarzt in Ludwigsburg zu wirken. Aber Schiller war allein mit seiner Verantwortung, musste mit sich selbst zu Rate gehen. Er riss sich zusammen, befahl Kronenbitter, essigsaure kalte Umschläge vorzubereiten, und fühlte den rasenden Puls. An eine Befragung des Patienten war nicht mehr zu denken, dennoch tastete Schiller den Unterleib ab, denn von dort kamen seiner Ansicht nach die meisten Erkrankungen. Schlechte Säfte, die dort produziert wurden, konnten den ganzen Körper vergiften.

Die Wirkung des Weins war längst verflogen. Nüchtern, mit übergroßer Klarheit erkannte Schiller, dass hier jede Minute zählte, um das Leben des Grenadiers zu retten. Er machte sich Vorwürfe, in dieser Zeit durch zu lange Abwesenheit seinen Pflichten eher schlecht als recht nachgekommen zu sein. Er stürmte zum Behandlungszimmer, um dort mit Übereifer eine wirkungsvolle Medizin zu mischen. Sie musste stark sein, sofort wirken – das würde nicht ohne Gefährdung des Kranken möglich sein. Schweiß trat ihm auf die Stirn. Auch bei den anderen musste er noch vorbeischauen. Er riss Bücher aus den Regalen, kritzelte Rezepturen auf einen Zettel, handhabte Mörser und Retorten. Er zerstampfte Kräuter, mischte Pulver und Essenzen, verdünnte … und stand dabei eher neben sich, geriet in einen rauschhaften Zustand wie beim Abfassen eines Gedichtes … natürlich, er suchte nach dem Reim der Grundelemente, der die Harmonie der Natur wieder herstellte … Arnikaessenz gegen die entzündlichen Vorgänge im Magen und Darm, Kamille zur Dämpfung des Brechreizes, Minze, um den Magen zu erwärmen, den Körper jedoch zu kühlen und Krämpfe zu lösen, Blutwurz gegen die Ruhr und kräftig Pimpernell, ein bewährtes Mittel auch gegen die Cholera. Zwiebel, um den Abgang aus Blase und Darm zu erleichtern. Schiller stampfte mit einem Mörser alles zusammen, griff wie im Rausch in weitere Töpfe, füllte um und stampfte und rührte erneut. Als er den Trank schließlich abfüllte, sah er, dass das Gefäß fast voll war. Viel zu viel für einen Patienten, stellte Schiller fest – aber ganz sicher würde der Trank auch den anderen Erkrankten helfen.

Eine gute Stunde war inzwischen wieder verstrichen und Kronenbitter rief ihn aufgeregt an das Bett des alten Grenadiers zurück. Schiller folgte ihm mit offen stehendem wehenden Uniformrock. Das Fieber war zwar gesunken, doch der Patient zeigte starke Anzeichen von kaltem Schweiß und hatte sich eingenässt. Mit Kronenbitters Hilfe richtete Schiller den Oberkörper auf und flößte dem alten Grenadier löffelweise in größeren Abständen von der Medizin ein. Vergeblich versuchte der Arme sich gegen diese Scheußlichkeiten zur Wehr zu setzen, sein schwacher Widerstand erlahmte jedoch nach wenigen zaghaften Ansätzen. Nicht, dass Schiller jetzt keine Zweifel befallen hätten, denn er fühlte sich ahnungs- und hilflos angesichts der Heftigkeit und Widersprüchlichkeit der festgestellten Symptome. Aber er verfügte über keine besseren Mittel als diese Rosskur.

Sofort eilte Schiller mit dem Trank zu den übrigen Erkrankten und trug Kronenbitter auf, mit den Wickeln und kalten Essigumschlägen fortzufahren und ihn zu holen, sobald sich der Zustand verschlimmere. Angst und übermäßiger Eifer rissen ihn mit sich. Er plagte sich die ganze Nacht. Als er in der Früh erneut an das Bett des alten Grenadiers trat, hatte dieser zwar den Trank bei sich behalten, dennoch aber bei erneut einsetzendem hohen Fieber das Bewusstsein verloren. Schiller ließ ihn zur Ader und der Puls schien sich seltsamerweise nach einer Weile zu beruhigen. Erschöpft suchte Schiller daraufhin seine Stube auf, um ein paar Stunden zu schlafen. Wer wusste, was die nächsten Tage bringen würden. Kaum war er eingeschlafen, weckte ihn der ebenfalls übernächtigte Kronenbitter schon wieder.

»Was ist?«, rief Schiller ängstlich. »Ist er gestorben?« Kronenbitter schüttelte nur den Kopf und antwortete: »Er ist nicht mehr alleine und es ist besser, wenn der Herr Doktor mitkommt.« – »Ich bin kein Doktor. Kronenbitter, so rede er endlich, was das Ganze soll! Wieso ist er nicht mehr alleine?« Doch Kronenbitter watschelte voran ohne ein weiteres Wort.

Die Tür stand offen und schon vom Flur her sah Schiller den schwarzen Anzug des Mannes, der jetzt am Bett seines Patienten saß. Eine düstere Vorahnung stieg in ihm auf.

Hofmedikus Elwert schaute Schiller nicht an, hatte seine Schritte aber wohl gehört und begrüßte ihn knapp: »Na, Herr Kollege, ein Schläfchen gehalten?« Er spielte damit auf eine Stelle in Schillers erster Abschlussarbeit in der Akademie an, in der er den medizinischen Experten vorgehalten hatte, einem Schläfchen verfallen zu sein und die neuesten Entwicklungen nicht mitbekommen zu haben. »Mit Verlaub, Herr Hofmedikus, ich war die ganze Nacht auf den Beinen und sorge mich noch immer um meine Patienten«, verteidigte sich Schiller. »Über seine nächtlichen Aktivitäten hört man so manches«, gab Dr. Elwert zurück. »Sage er mir lieber, was er herausgefunden und veranlasst hat.« – »Herr Leibmedikus ergebenst zu melden, Fieber, dessen Ursache sich im Unterleib befindet. Könnte auf die Epidemie zurückzuführen sein«, antwortete Schiller. »Gut!«, meinte Dr. Elwert. »Fieber hat er zweifelsohne. Aber die Sache mit dem Unterleib sollte er noch mal überdenken. Ich sehe den Sitz der Krankheit eher im Brustkorb und keinen Zusammenhang mit der Ruhrepidemie.« – »Vielleicht liegen aber auch Ausbruchsherd und Ursachenzentrum nur auseinander«, mutmaßte Schiller, der behutsam seine Verteidigungslinie aufbaute. »Höre er, Schiller, er spielt hier mit dem Leben eines Menschen, dem meine besondere Fürsorge gilt, da verbiete ich mir Mutmaßungen! Trete er näher!« Dr. Elwerts Stimme hatte an Schärfe gewonnen, und Schiller befolgte den Befehl ohne weiteres Widerwort.

Dr. Elwert entblößte den Oberkörper des Kranken, dessen gesamte Gestalt vom Fieber nur so durchgeschüttelt wurde, und zeigte Schiller, wie er mit den Fingerspitzen an einer bestimmten Stelle des Rückens der Ursache der Erkrankung auf die Spur kommen konnte. Dann schloss er sachlich: »Es ist eine Pleuritis. Behandeln wir Lunge und Rippenfell.« Er deckte den alten Grenadier wieder zu. Auf die weitere Nachfrage nach der verabreichten Medizin wurde Schiller schamrot und stammelte einige Kräuter und Essenzen in vollem Bewusstsein, dass sich die meisten bei einer Pleuritis wirkungslos erweisen würden. Was aber noch schlimmer wog, nie im Leben hätte er die gesamte Mischung seines Trankes beschreiben und dessen beabsichtigte Wirkung vollends abschätzen können.

Hofmedikus Dr. Elwert sprang plötzlich auf, fegte mit einer Handbewegung den Gehilfen Kronenbitter aus dem Raum, griff Schiller am Kragen und drückte ihn rückwärts mit einer Kraft, die ihm Schiller nicht zugetraut hatte, schließlich an die Wand neben der Tür. »Dieser Mann ist Jesuit. Hat er das gewusst?« – »Nein! Woher? Er trägt eine Uniform wie jeder andere. Spielt das eine Rolle?« Schiller geriet außer Fassung. »Wenn ihn das Unvermögen eines Pfuschers wie er einer ist das Leben kosten sollte, wird er sich auf der Straße wiederfinden – und, das darf ich ihm mit aller Deutlichkeit prophezeien, er wird seines Lebens weder froh noch sicher sein.« Nicht ein Mal hob Dr. Elwert seine Stimme, dunkel wie ein düsteres Orakel hallten die Worte in Schillers Kopf nach. »Nach bestem Wissen …«, stammelte Schiller. »Er möge sich den anderen Erkrankten widmen, sie mit seinen Tränken vergiften, und erlaube mir, so lange hier die Behandlung fortzusetzen. Ich verbiete ihm, das Zimmer nochmals zu betreten oder irgendwie Hand an den Patienten zu legen. Hat er mich verstanden?« Dr. Elwerts Augen blitzten wie das Stilett des nächtlichen Angreifers von einst in Stuttgarts nächtlichen Straßen. Dann ließ er Schiller abrupt los und ging gemessenen Schrittes zurück zum Bett des Kranken.

Schiller machte eine fahrige Verneigung und bat, sich verabschieden zu dürfen. »Bete er, dass der Patient überlebt!«, waren die letzten Worte, die Dr. Elwert an ihn richtete.

Auf dem Gang brach er zusammen, Lebensangst und Müdigkeit hatten ihm jede Kraft genommen. Kronenbitter sprang ihm zur Seite, stützte ihn, schleifte ihn zu Bett und deckte ihn fürsorglich zu. Er steckte frische Kerzen in die Leuchter und entzündete diese, in der Hoffnung, dass Schiller sich beruhigen möge, wenn er aus Angstträumen erwachen würde. Er fühlte mit diesem Regimentsmedikus, wie er schon lange mit keinem Menschen und Vorgesetzten mehr gefühlt hatte.

In der Nacht erwachte Schiller das erste Mal. Die Kerzen waren heruntergebrannt. Von draußen schimmerte der schwache Schein der Straßenlaterne in seine Stube. Im Dunkel sah er Schatten, die sich auf ihn zubewegten. Er schrie, sprang auf, griff nach allem, was auf dem Tisch lag, und schleuderte es dem Schatten entgegen. Doch es handelte sich nur um eine Sinnestäuschung. Er war allein mit sich und seinen Ängsten. Ohne Uniformjacke, ohne Stiefel und Gamaschen, nur im Hemd und weißer Hose, mit ein paar einfachen Schnallenschuhen an den Füßen strich Schiller, schlaflos geworden, durch die dunklen Gänge der Kaserne. Er musste sich vergewissern, ob der alte einbeinige Grenadier noch lebte.

Die Tür zum Zimmer am Ende des Ganges war geschlossen. Vorsichtig schlich Schiller näher, bemüht, kein Geräusch auf den Holzdielen zu verursachen. Er legte sein Ohr an die schwere Holztür, lauschte angestrengt, vernahm aber nicht das leiseste Geräusch. War jetzt alles aus? Hielt man nur noch Totenwache? Der Boden unter seinen Füßen schien zu schwanken. »Was macht er? Schlafwandelt er?« Die Stimme des Obersten holte ihn zurück in die Wirklichkeit. Schiller, in weißem Unterzeug mit Schnallenschuhen, salutierte und amüsierte damit seinen Vorgesetzten prächtig. »Er sollte unbedingt mit dem Trinken Acht geben. Das kann noch böse enden …«

Oberst von Rau deutete auf das gesamte Erscheinungsbild seines Regimentswundarztes und fügte trocken hinzu: »… wie man sieht.« – »Herr Oberst von Rau, gestatten. Es ist nicht so, wie er vielleicht denkt …«

Schiller brach jäh den Erklärungsversuch ab, besann sich eines Besseren und fragte: »In diesem Zimmer habe ich gestern einen alten einbeinigen Grenadier behandelt, der sehr schwer erkrankt war. Hofmedikus Dr. Elwert wollte die Behandlung selbst fortsetzen. Dürfte ich wissen …«, jetzt versagte ihm doch die Stimme angesichts der drohenden grausamen Wirklichkeit. »Sie meinen unseren Karl Reuss«, erwiderte der Oberst spontan, »habe schon gehört, dass Sie eine unruhige Nacht hatten und uns wohl noch einige Aufregungen ins Haus stehen. Hoffe, wir sind genügend mit Medizin eingedeckt.« – »Bitte, Herr Oberst, dürfte ich wissen, was mit Karl Reuss geschehen ist? Lebt er noch?« Schillers ohnehin blasses Gesicht wurde noch weißer. »Was hat er denn? Rege er sich doch nicht so auf. Er darf sich nicht jedes Schicksal so zu Herzen nehmen in seinem Beruf«, antwortete von Rau.

»In der Tat, ich habe mich auch gewundert, dass der Hofmedikus unter der Hand beim General persönlich eine Weisung erwirkt hat, dass er mit hinzugezogen werden solle, wenn ernsthafte Krankheitsfälle vorkämen – und diesen Fall hat er sich sogar sofort, ohne den Kranken zu untersuchen, ausbedungen. In der Tat seltsam. Aber das sollte doch einen Regimentsmedikus eher beruhigen, solch kompetenten Beistand zu bekommen.« – »Er ist tot?«, fragte Schiller mit stockendem Atem. »Wer? Ach, der Reuss. Nein. Dr. Elwert hat heute Nachmittag eine Kutsche geordert und ihn auf einer Trage fortgeschafft. Seltsam. Aber mir ist es recht. Eine Sorge weniger.« Oberst von Rau winkte Schiller freundlich zu, ihm zu folgen. »Komme er, Schiller, ziehe er sich jetzt erst einmal ordentlich an. Ich wünsche es nicht, dass mein Regimentsmedikus in einem solch desolaten Zustand daherkommt. Da kann kein Kranker gesunden.«

Der alte Grenadier lebte noch. Dr. Elwert hatte ihn fortgeschafft. Wohin? Zu welchem Zweck? Schiller versuchte, seine wirren, von der Angst gepeitschten Gedanken einzufangen und zu ordnen.

Zu allem Überfluss starben am Vormittag zwei jüngere Grenadiere, die an der Ruhr erkrankt waren. Schiller stand daneben und begann in seiner Hilflosigkeit einen recht einseitigen Dialog mit Kronenbitter, den er inzwischen für seinen Namen schon hasste. Bitter stieß ihm sein Dienst tatsächlich auf! Ob es wohl wirklich die Ruhr gewesen sei. Ob es nicht an der von ihm verabreichten Medizin gelegen habe. Und wenn es der Trank gewesen wäre, der das Lebenslicht ausgepustet hätte, dann wäre wahrscheinlich auch der alte Grenadier schon gestorben, dem es ja viel schlechter ergangen war. Schiller befand sich hart an der Grenze, der Hysterie zu verfallen. Er sah im Geist schon wieder Dr. Elwert auftauchen und ihn für weitere Fehlbehandlungen zur Rechenschaft ziehen. Wahrscheinlich würde ihn dann sogar der Vollstrecker des Ordens begleiten, um seiner Pfuscherei und elenden Existenz ein Ende zu bereiten. Was war sein Leben schon wert? Als Schriftsteller ein kleiner Skandal – zu mehr hatte er es nicht wirklich gebracht. Als Mediziner ein Versager. Als Mensch verzichtbar. Außer Christophine würde keine Frau um ihn weinen.

Doch Schiller gab nicht auf. Er spürte, dass Oberst von Rau sich um ihn sorgte, seine Hoffnung in ihn setzte. Essen wurde ihm ins Behandlungszimmer gebracht, Botengänge zu den Apotheken organisiert. Dieses Mal untersuchte Schiller gründlicher. Die übrigen Kranken wiesen keine Anzeichen von Pleuritis auf, und nach weiteren zwölf Stunden und zahlreichen weiteren Trankmixturen befanden sich zwei Patienten auf einem Weg der deutlichen Besserung.

Am nächsten Tag fiel die wöchentliche Parade auf dem Großen Graben wegen der großen Anzahl der Erkrankungen und des garstigen Winterwetters aus. Schiller machte sich mit Oberst von Rau auf den Weg, um General Augé den Tod der zwei Grenadiere zu melden. Mit gemischten Gefühlen trat Schiller vor, brüllte die Namen der beiden Toten und die vermutete Todesursache und erntete nur ein: »Danke, danke, ausgezeichnet!« vom schwerhörigen Augé. Der Adjutant notierte den Sachverhalt. Erledigt! Er, Schiller, nahm hier nur eine Alibifunktion wahr. Er war die Salbe auf der offenen Wunde, die unweigerlich zur Amputation ganzer Gliedmaßen führen musste. Ob er da war oder nicht, spielte keine wirklich große Rolle. Jedenfalls nicht für den Herzog und seine Generalität. Mühen musste er sich um der Menschlichkeit willen.

Ihre Degen hatten sie in der Kaserne gelassen, da diese bei ihrem heimlichen Unternehmen eher hinderlich gewesen wären. Kapf hatte ihnen gedrechselte Holzknüppel besorgt, die im Hosengurt steckten. Auch an ein Messer und ein kleines Stemmeisen hatten sie gedacht. Auf die Uniform und ihre weißen Hosen durften sie nicht verzichten, da sie ansonsten beim Verlassen der Kaserne Gefahr gelaufen wäre, wegen der Verletzung der Dienstvorschriften aufgehalten worden zu sein. Jedoch tauschten sie Stiefel und Gamaschen gegen Schnallenschuhe, um schneller laufen und besser klettern zu können.

Für die einen war das Unternehmen ein Abenteuer. Schiller jedoch wollte nur Klarheit. Er verspürte nicht die geringste Lust, ohne Vorwarnung hingemeuchelt oder angeklagt zu werden. Er hatte sich seinen Freunden gegenüber offenbart, und gemeinsam hatten sie beschlossen, der Sache auf den Grund zu gehen. Sie wollten etwas über den Verbleib und das Befinden des alten Grenadiers in Erfahrung bringen und ganz nebenbei mehr über den Orden und die geheimnisvollen Jesuiten erfahren. Ihnen war sofort klar, dass sie hier nur in kleinster Einheit operieren konnten, und Schiller hatte sich für Scharffenstein als seinen Begleiter entschieden. Sie wollten zunächst dem Schiller bekannten Ordenshaus in der Altstadt einen Besuch abstatten und die Möglichkeiten ausloten, dort unbemerkt einzudringen. Reichenbach, Petersen, Dannecker und Kapf würden in der dunklen Seitenstraße warten, um notfalls die Flucht zu sichern und Verfolgern entgegenzutreten. Es war jedem klar, dass sie es mit einer mächtigen Organisation aufnahmen, deren Einfluss und Macht bis in die höchsten Ämter reichte. Sie gingen auch von der Vorstellung aus, dass diese schwarzen Männer selbst vor Mord nicht zurückschreckten und, wie die Dinge in diesem Staat bestellt waren, dafür wahrscheinlich noch nicht einmal zur Rechenschaft gezogen werden würden. Bedrückt schwiegen sie, als sie des Nachts, die dunklen Häuserschatten ausnützend, über den Großen Graben, die Hauptstätterstraße eilten und sich vorsichtig in die finsteren Seitengassen der Altstadt vortasteten. Schiller war seit jener Nacht als Eleve nicht mehr dort gewesen, aber er fand sich inzwischen in Stuttgart gut zurecht. Schweigend umarmten die Freunde schließlich Schiller und Scharffenstein, als sie in die Nähe ihres Zieles gelangt waren. Beide huschten geduckt im Schutz der Dunkelheit vorwärts, während sich der Rest der Truppe zu beiden Seiten der Gasse in den Schatten der dunklen Häuserecken versteckte.

Der Hofraum lag verlassen im Halbdunkel vor ihnen, während das dahinter liegende Ordenshaus hell erleuchtet war. Schiller und Scharffenstein verharrten zunächst Seite an Seite im Schatten der Toreinfahrt, lauschten und spähten angestrengt nach vorn. Schiller schlug vor, wie das letzte Mal bis an das Haus heranzuschleichen, um sich auf den erhöhten Haussockel zu stellen und die untere Etage vorsichtig auszuspionieren. Schrittgeräusche auf dem Pflaster des Innenhofs – und der Hund im Inneren des Hauses schlug an. Hastig liefen sie bis an das Haus heran und duckten sich vor dem Sockel.

»Jedenfalls wissen wir jetzt, dass der Köter hinter der Eingangstür hockt und gute Ohren hat«, grinste Scharffenstein, dem das Abenteuer noch sichtlich Spaß bereitete. »Wenn wir ihn füttern könnten. Ich hätte da etwas für ihn.« Schiller zog einen Knochen mit ein wenig Fleisch dran aus der Uniformjacke. »Baldrian, Mohn und das in reichlich Bier getränkte Fleischstück beruhigen ihn vielleicht.« – »Wir können ja klingeln und es ausprobieren«, lautete Scharffensteins scherzhafter Kommentar.

Der Hund beruhigte sich wieder und sie setzten ihre Erkundungen fort. Von zwei Seiten spähten sie, auf dem Haussockel kauernd, ins Innere des Hauses. Drei Männer bewegten sich in den unteren Räumen. Sie waren offensichtlich damit beschäftigt, eine Tafel einzudecken. Hinweise für die Anwesenheit des kranken Grenadiers gab es nicht. Wenn überhaupt, mussten sich die Schlafzimmer im oberen Stockwerk befinden.

»Die erwarten eine Gesellschaft«, flüsterte Scharffenstein. »Oder sie haben eine Zusammenkunft. Wäre schon spannend zu sehen, wer alles dazugehört. Aber ich will zuerst wissen, was mit dem Alten ist«, erwiderte Schiller ebenso leise. »Entweder wir versuchen jetzt sofort zu handeln oder wir sollten uns zurückziehen, denn wenn hier Gäste oder Ordensmitglieder kommen, haben wir kaum eine Chance, irgendwo im Innenhof eine Deckung zu finden«, gab Scharffenstein zu bedenken. Schillers Augen suchten angestrengt die obere Etage nach einer Einstiegsmöglichkeit ab. Er deutete schließlich auf ein Fenster rechts oben, das angelehnt war. »Wenn wir dort hinauf könnten, ließe sich das Fensterschloss bestimmt auch von außen öffnen.« – »Wenn wir rauf, wenn wir von außen an das Schloss können und wenn uns dabei niemand überrascht. Zu viele Wenns, meinst du nicht auch? Abgesehen davon, dass wir nicht wissen, wer uns oben erwarten könnte«, entgegnete Scharffenstein. »Klingt nicht nach dem Mut eines schneidigen Offiziers«, grollte Schiller. »Still! Komm, wir ziehen uns zurück.«

Da hörte auch Schiller Stimmen von Männern, die offenbar die Gasse herunterkamen. Gefolgt vom wieder einsetzenden Gebell des Hundes, liefen sie geduckt über den Innenhof und kletterten jetzt an einem Tor, das zu den Pferdestallungen gehörte, nach oben auf das Dach der Stallungen und weiter auf eine Mauer, die seitlich das Grundstück von den Nachbarhäusern abgrenzte und bis auf wenige Meter an das Ordenshaus heranreichte. Bäuchlings krochen Schiller und Scharffenstein hintereinander auf diese Mauer und versuchten, das obere Stockwerk des Hauses auszukundschaften.

Unten betraten drei schwarz gekleidete Männer den Innenhof. Die Haustür wurde geöffnet und der Hund, ein ziemliches Ungeheuer, sprang den Neuankömmlingen freudig bellend entgegen. Offenbar handelte es sich um Männer, die zum Orden gehörten und regelmäßig hier ein und aus gingen. Ein weiterer Mann trat aus dem Haus, um die Neuankömmlinge willkommen zu heißen. Wie zufällig strich sein Blick zu den Stallungen herüber. Scharffenstein und Schiller pressten Körper und Köpfe flach auf den kalt gefrorenen Stein. Als sie vorsichtig wieder aufblickten, waren Männer und Hund im Haus verschwunden.

Nach einer Weile froren sie gotterbärmlich dort auf der eisigen Mauer, auf der sie bis auf wenige Meter an das Ordenshaus herangekrochen waren. Soweit sie die Räume im ersten Stock auskundschaften konnten, waren diese zwar beleuchtet, aber verlassen. Sie entdeckten einen Schreibtisch vor einem Fenster, ein Bücherregal und ein Bett in einem anderen Raum. Nichts Auffälliges. Aber sie konnten immer noch nicht die Räume in ihrer gesamten Tiefe einsehen.

»Keine Spur von dem alten Reuss«, brummte Schiller enttäuscht.

»Wir müssen da rein, aber wie sollen wir die Entfernung zum Eckfenster überwinden, ohne uns den Hals zu brechen?«, fragte Scharffenstein.

Es kamen weitere Gäste in Schwarz. Auch wenn das Risiko, entdeckt zu werden, durch die Vielzahl der hier versammelten Augenpaare vielleicht stieg, hatten sie doch auch Glück, denn ihr Vorhaben, sich mit ihren Gegnern und deren Ansichten vertraut zu machen, hätte an keinem besser gewählten Tag verwirklicht werden können.

Als sie schon glaubten, die Versammlung sei jetzt komplett, und als sie begannen, sich aufzurichten, um eine sitzende und bequemere Position auf der Mauer einzunehmen, fuhr eine unscheinbare geschlossene Kutsche, gezogen von zwei Pferden, in den Innenhof. Die Männergesellschaft strömte plötzlich geschlossen aus dem Haus, um zu einem Spalier anzutreten, und zwei Männer öffneten den Kutschenverschlag und klappten die Stufen für den Ausstieg herunter. Der Kutsche entstiegen nacheinander zwei vornehm gekleidete Herren mit großen Hüten. Die Gesellschaft der Männer sprach feierlich im Chor eine Begrüßungsformel, verneigte sich tief wie vor einem Fürsten und folgte den beiden würdevoll voranschreitenden Männern in gemessenem Abstand in das Haus. Die Haustür fiel ins Schloss und Scharffenstein deutete auf den riesenhaften Hund, den sie offenbar an einer langen Leine im Innenhof zurückgelassen hatten.

»Wenn wir wieder da runter wollen, gehst du vor – du hast mehr Knochen«, flüsterte Scharffenstein. Doch Schiller interessierte sich bereits mehr für das Kutschendach und die erste Etage. Der Kutscher spannte unten die Pferde aus und führte diese in die Stallungen. Nachdem er die Tiere versorgt hatte, verließ er den Innenhof Richtung Straße. »Der geht einen heben, der Glückliche«, meinte Scharffenstein grinsend. »Meinst du, das Kutschendach trägt?« – »Wir versuchen es einzeln«, flüsterte Schiller zur Antwort, kletterte auf die Füße und balancierte vorwärts, was die Aufmerksamkeit des Hundes erweckte, der jetzt laut zu bellen begann. Schiller hockte sich hin, warf der Bestie das präparierte Fleisch und den Knochen zu und wartete. Tatsächlich verfehlte die Gabe ihre Wirkung nicht. Immer noch knurrend zog sich das Tier zurück, um schließlich vor der Haustür seinen Platz zu suchen und einzuschlafen. Mutig sprang Schiller auf das Kutschendach. Die Federung des Wagens gab nach und das Gefährt begann bedenklich zu schwanken. Für einen Moment verlor Schiller die Balance, dann ließ er sich jedoch flach auf das Dach fallen, um nicht in den Innenhof zu stürzen. Mit Hilfe des kleinen Stemmeisens bewegte er den Hebel des angelehnten Fensters und kroch vorsichtig ins Innere des Raumes. Scharffenstein folgte ebenso sicher wenige Momente später.

Sie standen in einem Schlafzimmer, in dem zwei einfache Betten links und rechts an die Wände gerückt waren. Ein schmaler Schrank aus hellem Weichholz befand sich neben der Tür und ein kleiner Tisch vor dem Fenster, über den sie beim Einstieg geklettert waren. Dabei waren einige der darauf abgelegten Bücher zu Boden gefallen. Schiller hob diese auf und versuchte, die ursprüngliche Ordnung wieder herzustellen. Scharffenstein schlich zur Tür und lauschte. Unten im Haus wurde gesungen. Schiller trat neben seinen Freund: »Was ist das?« – »Ich glaube, es singen einige von ihnen den vierundneunzigsten Psalm, Venite exultemus«, antwortete Scharffenstein und Schiller zeigte sich überrascht von den Kenntnissen seines Freundes.

Sie nahmen die Kerze aus dem Zimmer mit und betraten den Flur. Andächtig lauschten sie noch dem Wohlklang der Männerstimmen, diesem Vorhof der Freuden des Paradieses. Ein Ort wie dieser, ein Gehege der Weisheit, ein Turm der Gelehrsamkeit, wie konnte ein solcher Ort sich zu einer machtlüsternen Bedrohung auswachsen? Schiller begann, die lateinischen Sätze für sich zu übersetzen: »Herr, du Gott der Vergeltung, du Gott der Vergeltung, erscheine! Erhebe dich, du Richter der Welt; vergilt den Hoffärtigen, was sie verdienen! Herr, wie lange sollen die Gottlosen, wie lange sollen die Gottlosen prahlen ... Und er wird ihnen ihr Unrecht vergelten und sie um ihrer Bosheit willen vertilgen, der Herr, unser Gott, wird sie vertilgen.« Flüsternd sprach Schiller die Übersetzung vor sich hin. »Bei allem Wohlklang, lieber Freund, ich denke, die meinen, was sie singen«, erwiderte Scharffenstein und zog den Freund weiter den Flur entlang. Nachdem die Psalmen verklungen waren, begann eine Lesung aus der Heiligen Schrift.

»Welche der Türen zuerst?«, fragte Scharffenstein, der unruhig wurde und offenbar daran dachte, dass sie irgendwann auch wieder verschwinden mussten. »Ich weiß nicht«, antwortete Schiller mit belegter Stimme. »Was ist, wenn wir auf jemanden treffen?« Es blieb die Furcht, die Ungewissheit, in Ereignisse verstrickt zu werden, deren Ausmaße sie bislang nicht einmal erahnen mochten.

Weitere Sekunden verstrichen, dann zuckte Scharffenstein gleichgültig mit den Schultern, machte einen Schritt auf die nächstgelegene Tür zu, legte die Hand auf die Klinke. Noch einmal blickte er sich zu Schiller um: »Nun komm schon.«

Die Klinke quietschte leise, als er sie nach unten drückte. Wie Schatten huschten beide durch den Spalt der halb geöffneten Tür. Unmittelbar danach beherrschte Panik ihr gesamtes Denken! Sie waren entdeckt!

Wie zu Salzsäulen erstarrt pressten sie ihre Rücken an die Wand. Sie starrten auf den Lauf einer Pistole, die vom Bett aus auf sie gerichtet wurde. Sie hätten einen Fluchtversuch unternehmen können, aber dann hätte der unweigerlich folgende Schuss einen von ihnen treffen und die Männergesellschaft unten aufschrecken können.

»Ach, Ihr seid es, der Regimentsmedikus!«, kam es vom Bett her und sogleich die Drohung: »Keine unüberlegte Bewegung bitte! Die Pistole ist geladen und ich verfehle mein Ziel nur selten.« – »Karl Reuss! Sie leben! Gott sei dank!«, entfuhr es Schiller. »Wenn Sie bitte so freundlich sein würden, die Tür zu schließen«, sprach der Alte Scharffenstein an. »Ich lebe, in der Tat. Und mir scheint, dass es dieses Mal an ein kleines Wunder grenzt, dass ich vielleicht sogar Ihrem scheußlichen Trank zu verdanken habe, Sie Grünschnabel. Treten Sie doch näher!«

Reuss legte die Waffe auf dem Nachttisch neben seinem Bett ab, und die Freunde atmeten erleichtert auf.

Schiller trat jetzt ans Bett und berichtete von Dr. Elwerts ausgesprochener Drohung, die ihn in aller Heimlichkeit hierher getrieben habe. Jetzt, da er Gewissheit bekommen habe, sei er doch sehr erleichtert. »Eine Erleichterung, lieber Regimentsmedikus, die ich nicht ganz teilen kann. Denn wenn man ihn und seinen Freund hier entdeckt, dürften die Folgen an einem Tag wie diesem nicht weniger schlimm ausfallen.« Der alte Reuss richtete sich im Bett auf und spie verächtlich in einen neben dem Bett stehenden Spucknapf. »Vielleicht hätte er der Ungewissheit den Vorzug geben sollen ...« Auf Nachfragen versicherte er, dass es ihm inzwischen wieder gut gehe, er auch bereits wieder Appetit habe, jedoch noch völlig entkräftet sei. Auch wenn es eigentlich jetzt seine Verpflichtung sei, das unerlaubte Eindringen der beiden Jünglinge zu melden, wolle er doch nicht für ihr unrühmliches Ende verantwortlich werden. Vielmehr weise er darauf hin, dass Hofmedikus Dr. Elwert zu dieser Stunde nach ihm schauen komme und sie sich nach einem Versteck umschauen sollten.

Minuten später quetschte sich Schiller in den mit Mottenkugeln verseuchten Kleiderschrank und kämpfte mit Erstickungsanfällen, während Scharffenstein unter dem Bett neben dem gut gefüllten Nachttopf lag und sich mühte, gegen die aufkommende Übelkeit zu obsiegen. Schiller hatte zuvor gerade noch in Erfahrung bringen können, dass Reuss, der für einen einfachen Grenadier äußerst verständig, ja geradezu gewählt sprach, nicht mehr ins Regiment zurückkehren bräuchte, sondern fortgebildet werde zum Hofbeamten und auch im Orden aufsteige. Durch einen Spalt im Türschrank beobachtete Schiller den Hofmedikus Dr. Elwert, wie dieser Bauch und Brustraum des Patienten abtastete und sich mit Fragen zur Verdauung, zum Schlaf und zur Temperatur ein Bild vom Gesundheitszustand machte. In Schiller schwang so etwas wie Schadenfreude mit. Sein Trank war es gewesen, der dem alten Grenadier das Leben gerettet hatte, und nicht der aufgeblasene Wichtigtuer von einem jesuitischen Hofmedikus. Und wenn er drei

Mal recht behalten hätte mit seiner Diagnose – Schillers Behandlung kam von Herzen, wie seine Worte, und sie heilten, wo Not war! Sie belauschten die Unterhaltung von Arzt und Patient und Schiller erfuhr, dass Reuss künftig zum Wohl der herzoglichen und der jesuitischen Kassen Schulden eintreiben werde. Man werde ihn nach Hohenheim und Ludwigsburg schicken zur weiteren Genesung und Ausbildung.

Als Elwerts Schritte im Treppenhaus verklungen waren, krochen Schiller und Scharffenstein aus ihren Verstecken. Reuss drängte jetzt die beiden zu gehen, nicht zuletzt auch, weil er selbst nicht in die Sache hineingezogen werden wollte. Sie entzündeten ihre Kerze und schlichen wieder auf den Flur. Scharffenstein tendierte nach rechts, um wieder aus dem Einstiegsfenster nach draußen zu klettern. Doch dieses Mal war es Schiller, der ihn am Arm fasste und nach links Richtung Treppenhaus zog.

»Bist du verrückt geworden!«, zischte ihn Scharffenstein an. »Du hast deinen Grenadier gefunden. Wir sollten das Glück nicht weiter herausfordern!« Er schwor sich, in dieser Nacht keinen Fuß auf die Treppe nach unten zu setzen. »Das Glück ist auf unserer Seite. Ich will wissen, was hier vorgeht und wer dazugehört. Wann sonst bietet sich uns eine solche Gelegenheit?«, antwortete Schiller. Scharffenstein wusste, dass Schiller Recht hatte und dass sie beide keine Ruhe finden würden, unternähmen sie nicht zumindest den Versuch, einen Teil des Geheimnisses des Ordens zu ergründen. Doch gleichzeitig umschloss die Furcht ihn wie ein Eisblock. Noch zögerte Scharffenstein. Doch Schiller war es offensichtlich leid, weiter auf seinen Freund einzuwirken. Er schlich den Flur entlang zum Treppenhaus, blieb auf der zweiten Stufe noch einmal stehen und blickte sich zu Scharffenstein um: »Nun komm schon.«

Das Treppenhaus und der Raum zwischen Haus- und Wohnungstür waren menschenleer. Keine Wachen. Die Jesuiten fühlten sich absolut sicher. Unten drang ein schwacher Lichtschein von der Laterne vor der Haustür durch das Fenster in den Vorraum. Schiller blies die mitgebrachte Kerze aus. Rasch gewöhnten sich seine Augen an die Dunkelheit. Scharffenstein folgte ihm zur Tür. Gedämpft hörten sie Männerstimmen, die nach einem gebetsmühlenartigen Ritual debattierten. Schiller spähte durch das Schlüsselloch. Der erste Raum hinter der Tür lag verlassen, aber hell erleuchtet vor ihm. Auf dem Tisch stapelten sich die schwarzen Hüte der versammelten Ordensmitglieder. Schiller erinnerte sich, dass die Zimmer in der unteren Etage in einer Flucht hintereinander lagen und dass sich der Versammlungsraum in der Mitte des Hauses befand. Er deutete mit einer Kopfbewegung auf die Tür und den dahinter liegenden Raum. Scharffenstein hielt das für Wahnsinn, wagte aber aus Angst vor Entdeckung nicht zu protestieren. Die Klinke quietschte leise, als Schiller sie nach unten drückte, die Tür schwang jedoch lautlos nach innen. Scharffenstein folgte seinem Freund auf dem Fuß, ließ die Tür offen stehen, um sich den Fluchtweg nicht unnötig zu verbauen. Zitternd bezogen die beiden rechts und links neben der Tür Stellung, legten ein Ohr an die massive Holzfüllung der Türspiegel und lauschten dem Geschehen im Innern des Versammlungsraumes.

Aus einem beifälligen Gemurmel, das wohl einer Rede folgte, schälte sich eine hohe, herrische Stimmlage heraus, der die Jesuiten bald schweigend ihre volle Aufmerksamkeit schenkten. Zunächst presste die Stimme einige lateinische Formeln hervor, und erst nachdem sich der Redner der uneingeschränkten Aufmerksamkeit aller versichert hatte, wurde er deutlicher und in der Sprache des Deutschen konkreter. »Der Antichrist ist unter uns, meine Brüder. Und wir werden Schwert und Peitsche schwingen, um unserer gerechten Sache den Weg zu bahnen. Gott ist mit uns – das weiß auch der Heilige Vater! Er wird das Verbot, das uns heute noch schwer belastet, wieder aufheben und unseren Orden erhöhen.« – »Gott ist mit uns«, erscholl es mehrfach aus den Reihen der Versammelten. »Der Mann, den ich schon zu Ludwigsburg vor vielen Jahren bekämpfen durfte, ist in Sachen des Glaubens vollends zum Spötter und Verräter geworden, der nicht anders kann, als ein gottloses und unmäßiges Leben in Trunksucht und Hurerei zu führen! Ihr habt unseren Bruder Fra Michele gehört, wie man versucht hat, diesem elenden Schubart zu Ellwangen die Schönheit und Pracht unseres Glaubens zu zeigen. Zerrissen und zerlumpt wie er war, der Schuft, suchte er unsere Geborgenheit, um unsere Fürsorge schließlich in den Dreck zu treten, unsere Angebote hochmütig auszuschlagen und von Augsburg und Ulm aus uns böswillig mit üblen Spottreden zu verunglimpfen.«

»Das ist ganz sicher einer der Professen. Seine Stimme kommt mir seltsam vertraut vor, aber es ist nicht Dr. Elwert. Ich kenne diesen Mann, da bin ich mir sicher«, flüsterte Schiller. Scharffenstein, der mehr mit seiner Angst entdeckt zu werden zu kämpfen hatte, legte nur den Zeigefinger auf den Mund, um seinen Freund zum Schweigen zu bewegen. Plötzlich meldete sich eine zweite Stimme zu Wort und begann mit einer Lesung: »Aus der Deutschen Chronik. Der Prediger F., der sich als Kreuzvöglein immer in den Wunden des Heilands wälzt, brachte neulich seine Mündel, fünf unerzogene Waisen, durch ein unterschobenes falsches Testament um ihr ganzes Vermögen. Fluch dem tückischen Teufel! Liebe Brüder im Glauben, Fluch vielmehr dem Satan, der solche Lügen in die Welt setzt und unseren Zinssendorfer Bruder in den Tod trieb. Auf den Scheiterhaufen mit dem Gottlosen, dem Satan, dass seine Ruchlosigkeit zum Himmel stinkt!« Unruhe, zustimmende Rufe, Stühlerücken. Entsetzt wichen Schiller und Scharffenstein von der Tür zurück. War die Gesellschaft im Aufbruch begriffen? Jeden Moment würde man sie entdecken! Scharffenstein sprang fluchtbereit Richtung Flur und Treppenhaus. Schiller zwang sich, im ersten Raum auszuharren. Die Geräusche im Versammlungsraum wurden lauter. Das Blut kochte in Schillers Adern, ihm schien, als stehe jedes einzelne seiner Nackenhaare aufrecht. Aber er hielt aus, bereit, notfalls sich zu stellen und zu kämpfen.

Drinnen begann die ihm vertraute hohe Männerstimme überlaut mit den Worten: »In nomine Domini amen. Hec est quedam condemnatis corporalis et sententia condemnationis corporalis lata, data et in hiis scriptis sententialiter pro numptiata et promulgata ...« In der Sprache ihres Gottes folgte die Beschreibung der Sünden und Verfehlungen des Christian Friedrich Daniel Schubart, die in einem dreifachen Todesurteil endete und mit lauten »Amen«-Rufen begleitet wurde.

Schiller bezog wieder rechts neben der Tür seinen Lauschposten und sein Mut sollte belohnt werden. Gerade in dem Moment, in dem das Todesurteil gegen Schubart verkündet wurde, spähte Schiller durch das Schlüsselloch und sein Blick fiel auf den Professen, der am Kopfende der langen Tafel stand und redete – es war Dekan Zilling aus Ludwigsburg! Vor Schreck taumelte Schiller rückwärts.

Da hörte er drinnen auch seinen Namen. Die Saat des Antichristen trage Früchte. Er, Zilling, habe hier das Manuskript des Schiller – ein harmlos anmutendes Räuberstück, in dem jedoch zur Rebellion gegen die bestehende Ordnung aufgerufen und Mord und Totschlag verherrlicht würden. Man werde diesen Schiller, der neuerdings sogar Spottgedichte auf den Tod verfasse, zu beschäftigen wissen. Es sei Sorge getragen, dass er Stuttgart nicht mehr verlassen dürfe. Auf keinen Fall dürfe dieser junge irregeleitete Mensch noch einmal Schubarts Einfluss ausgesetzt werden. Man wolle Schubart unter Billigung des Herzogs und unter Einbeziehung von Oberst Rieger – sollte er nicht binnen Jahresfrist sterben – zur Flucht verhelfen, um ihn zu töten.

Eine weitere Stimme murmelte etwas. Sie klang heiser, so als sei die Kehle trocken vor Aufregung. Ja, man habe Zutritt zur Kaserne und durchsuche die Stube und das Behandlungszimmer des Schiller. Es werde sich etwas finden, ihm den Prozess zu machen. Der Bote komme jeden Moment mit dem Ergebnis.

Schiller spürte, wie seine Neugier in Panik ertrank. Schnellstens musste er hier raus, bevor der Bote kam. Am besten, er käme unerkannt den Gehilfen dieser Jesuiten zuvor und könnte sie beim Treiben in der Kaserne stellen! Rasch müsste er handeln! Und Schubart? Es musste einen Weg dorthin geben. Er müsste ihn warnen! Schiller eilte zu Scharffenstein, der im Treppenhaus auf ihn wartete, und informierte ihn in aller Hast über das, was er belauscht hatte. Sie ließen die Tür zum ersten Raum offen stehen, liefen die Treppe hinauf und wurden gerade in diesem Moment von dem schwarzen Boten überrascht, der die Haustür öffnete und ihnen nachrief. Es war der schwarze Mann, der Schiller damals mit dem Stilett bedroht hatte.

Schiller und Scharffenstein hetzten im Dunkel des Flurs zum letzten Zimmer auf der rechten Seite des Hauses. Unten schlug man Alarm und zahlreiche Stiefel knallten auf dem Holz der Treppe hinter ihnen. Sie hörten auch, dass die Haustür zum Innenhof aufgerissen wurde und eine andere Gruppe Befehle schreiend in den Hof lief. Es blieb keine Zeit für langatmige Fluchtpläne, sie konnten nur noch nach jedem Strohhalm greifen, der sich ihnen bot. Scharffenstein stieg als Erster auf das Fenstersims, holte noch einmal tief Luft, machte einen Satz auf das Dach der Kutsche, landete auf dem Bauch, berappelte sich wieder, sprang auf die Mauer neben dem Haus. Schiller tat es ihm gleich. Vom Innenhof her drangen die Rufe der Ordensbrüder zu ihnen herauf. Sie waren entdeckt! Sie mussten sehen, dass sie möglichst rasch von der Mauer, auf der sie für jedermann gut sichtbar waren, wieder herunter kamen. Aber wohin? Der Weg über das Dach der Stallungen in den Innenhof war ihnen versperrt und hinter ihnen tauchten die ersten schwarzen Männer auf dem Fenstersims auf! Sie steckten in der Falle!

»Wir müssen hier runter! Sofort!«, keuchte Schiller atemlos. Scharffenstein nickte nur, Panik lag in seinem Blick. Sie balancierten so rasch sie konnten zum Ende der Mauer Richtung Stallungen. Nur weg von ihren Verfolgern! Abstand halten und verzweifelt nach einer Fluchtmöglichkeit suchen!

Für einen Moment schien das Glück wieder auf ihrer Seite. Zwei schwarze Männer sprangen vom Fenstersims gleichzeitig auf das Kutschendach, das jedoch unter der ungewohnten Doppelbelastung krachend nachgab und die Verfolger mit einem Aufschrei des Entsetzens nach innen zwischen die Polster der Kutsche beförderte. Das so beschädigte Gefährt kam als Brücke zur Mauer jetzt nicht mehr in Frage.

In dem entstehenden Durcheinander, das vielleicht nur wenige Augenblicke andauerte, den Freunden jedoch wie eine Ewigkeit vorkam, erkannte Schiller den Grenadier Karl Reuss am mittleren Fenster des ersten Stockwerks und schaute voller Entsetzen auf den Lauf einer Pistole, die dieser auf Scharffenstein gerichtet hielt. Seinem verzweifelten Warnruf: »Die schießen!« folgte tatsächlich der Knall eines Schusses, der jedoch aus dem Innenhof kam, und Schiller spürte, dass ihn die Kugel nur knapp verfehlt hatte. Vor Schreck verlor Scharffenstein den Halt, fiel der Länge nach hin und rutschte langsam seitlich Richtung Nachbargrundstück an der Mauer herab. Wie durch ein Wunder fand sein rechter Fuß Halt in einem Rosengitter. Die Dornen hinterließen Spuren an seiner Uniform und zerkratzten seine Haut. Fluchend suchte er panikartig den Weg in die Tiefe. Schiller folgte ihm hastig. Einem Instinkt folgend, zerrte Scharffenstein seinen Freund in den Eingang des rückwärtigen Hauses, der offen stand, weil einige Bewohner vom Lärm aufgeschreckt mit Handlaternen nach draußen geeilt waren. Die Freunde rasten durch den Flur, stießen auf der Rückseite des Hauses ein Fenster auf und sprangen dort in eine dunkle Gasse. Sie liefen, so schnell sie konnten. Der Weg zu den wartenden Freunden, die sich sicherlich wegen des Aufruhrs große Sorgen machten, war versperrt. Daher spielte die Richtung ihrer Flucht zunächst keine große Rolle. Es ging ihnen ausschließlich darum, einen möglichst großen Abstand zwischen sich und ihren Verfolgern zu gewinnen.

Heftiges Seitenstechen und Lungenschmerzen beendeten diese rasende Flucht. Keuchend und spuckend hockten sie in einer dunklen Häuserecke und achteten so gut es ging auf jedes Geräusch. Sie hatten es geschafft und waren ihren Verfolgern entwischt! Während Scharffenstein vor Erleichterung bereits wieder ein Lächeln gelang, zitterte Schiller noch wie Espenlaub. Sie verfolgten ihn, durchsuchten bereits seine Stube und würden ihm wahrscheinlich schon auflauern. Ob sie ihn erkannt hatten, wusste er nicht zu sagen.

»Ob der alte Reuss unsere Namen preisgeben wird?«, fragte er ängstlich. »Weiß nicht. Ich denke aber, wir sind nicht wichtig genug, dass sie uns umbringen werden«, antwortete Scharffenstein, aber in seiner Stimme lag keine Überzeugungskraft.

21

Pünktlich zum Morgenappell standen Schiller und Scharffenstein in den Reihen ihrer Regimenter. Die Wunden waren versorgt, die Uniformen gerichtet und das nächtliche Abenteuer halbwegs verarbeitet. Das Tageslicht gab ihnen die nötige Selbstsicherheit, sich nichts anmerken zu lassen. Nach dem Appell wurde Schiller zu Oberst von Rau bestellt, der ihn, ohne sich näher zu erklären, befragte, wo er denn die Nacht verbracht habe. Schiller gab sich verstockt, beantwortete auch die weiteren Fragen ausweichend. Der Oberst fragte nach Feinden oder Raufhändel in der Stadt. Schiller verneinte schneidig. Der Oberst setzte ein bedenkliches Gesicht auf und ließ Schiller, der nichts Gutes ahnte, von zwei Unteroffizieren zu seiner Stube geleiten.

Schiller starrte fassungslos durch die offene Tür in den verwüsteten Raum, der einmal sein Zimmer gewesen war. Die Truhe lag umgestoßen auf der Seite, seine Kleidungsstücke bedeckten den Boden, obendrauf das Stroh seiner zerschnittenen Matratze und dazwischen die Reste des zerschlagenen Mobiliars. Schiller wühlte sofort in dem Durcheinander, aber er fand keinen Schnipsel Papier mehr. Seine Manuskripte, seine Gedichte gestohlen! Erst jetzt fiel sein Blick auf die Wände. Mit weißer Farbe hatte man dort eine übergroße Teufelsfratze aufgemalt und »Antichrist« darunter geschmiert. Die zerschlagenen Reste der Tischplatte lehnten an der Wand unterhalb des Fensters mit dem Spruch »Brennen sollst du!«. Schiller fröstelte. Wütend fuhr er die Grenadiere an, die neugierig ihre Köpfe zur Tür hereinsteckten: »Nichts gehört habt ihr und nichts gesehen! Wie? Schleicht euch und lasst mich in Ruhe!« Die beiden Unteroffiziere drängten die Gaffer hinaus.

Traurig, wenngleich nicht ebenso schrecklich war das Ergebnis der zu besichtigenden Verwüstungen im Behandlungszimmer. Dort gab es keine zerschlagenen Möbel und keine Schmierereien, aber alle Arzneien und Essenzen, alle Papiere und Instrumente bedeckten den Boden und waren in Mitleidenschaft gezogen. Als Schiller den Raum betrat, begrüßte ihn Kronenbitter, der auf dem Boden kauerte, um noch etwas Brauchbares unter den dort in wildem Durcheinander befindlichen Resten zu finden. Schiller ordnete an, er möge zuerst die Instrumente sichern und auf ihre Brauchbarkeit hin untersuchen. Die Medizin, die Kräuter und Essenzen seien verloren und sollten weggeworfen werden. Auch hier wollte niemand etwas von den nächtlichen Eindringlingen gehört haben.

Auf dem Weg zurück zu Oberst von Rau bemerkte Schiller, wie ihn die schrägen und seltsamen Blicke seiner Regimentskameraden verfolgten. Er war sich sicher, dass zumindest einige von ihnen mehr auszusagen gehabt hätten, aber sie schwiegen.

»Nun, was sagt er zur neuen Ordnung in seinen Räumlichkeiten?«, begrüßte ihn ein finster dreinblickender von Rau. »So etwas hat es in dieser Kaserne noch nie gegeben. Und – Schiller, das solle er sich gut merken – so etwas wird hier auch nicht mehr vorkommen!«

Schiller schwieg sich aus über sein nächtliches Abenteuer. Er wusste nicht mehr zu unterscheiden zwischen Freund und Feind. Der Vorfall war ihm Beweis genug, dass die Ordensbrüder über ausgezeichnete Beziehungen auch im Regiment verfügten und dass sie im Übrigen auch unter den alten und erfahrenen Kämpfern Angst und Schrecken verbreiteten. Oberst von Rau reagierte verärgert. Schiller hatte sich künftig beim Verlassen des Gebäudes unter Angabe des Ziels beim wachhabenden Offizier abzumelden und durfte die Stadt erst einmal nicht mehr verlassen. Auch die Besuche seiner Familie wurden ihm bis auf Weiteres untersagt. Das Schlimmste für Schiller war jedoch seine Angst, hier in der Kaserne nicht mehr sicher sein zu können. Doch wohin sollte er sich wenden ohne Geld? Die ersten Einnahmen aus der neu aufgenommenen Zeitungsarbeit hatte Schiller zu Brodhag geschleppt, um seine Schulden zu tilgen und neuen Kredit zu bekommen. Seine Lage schien, wenn nicht aussichtslos, so doch sehr bedrohlich. Gar nicht zu denken war daran, sein Anliegen, Schubart zu warnen, in die Tat umzusetzen. Wie angekündigt, hatte man ihn in der Stadt festgesetzt.

Um Schadensbegrenzung bemüht, machte er sich zusammen mit seinem Gehilfen Kronenbitter auf den Weg zum Apotheker Farber. Er war überzeugt davon, dass ihm dieser einen guten Preis für die Medizin machen und vielleicht sogar seinen Gehilfen mitschicken würde, um die Bevorratung im Behandlungszimmer wieder auf einen brauchbaren Stand zu bringen. Außerdem vertraute Schiller dem Apotheker und hoffte, mit ihm ein offenes Wort über seine Nöte sprechen zu können. Bedrückt hing jeder von ihnen seinen Gedanken nach. Sie sprachen kaum auf ihrem Weg zur Apotheke. Schiller starrte gedankenverloren und stumpf vor sich hin, und Kronenbitter ahnte, dass seinen Vorgesetzten weit mehr Dinge bewegten als die verwüsteten Räume.

Apotheker Farber leistete die erbetene Hilfestellung und zeigte sich gleichsam besorgt über die Entwicklung in Stuttgart. Spontan bot er Schiller an, bis auf Weiteres zu ihm zu ziehen und auf der Chaiselongue in der guten Stube zu nächtigen. Schiller, zunächst dankbar für dieses Angebot, befielen schließlich Zweifel, ob er die Gutmütigkeit und Hilfsbereitschaft dieses aufrechten Menschen derart in Anspruch nehmen dürfte. Denkbar schien es ihm, dass dann sogar der Apotheker in die Sache mit den Jesuiten reingezogen werden könnte.

Kronenbitter und er machten sich wieder auf den Weg zur Kaserne, jeweils zwei Umhängetaschen voller Kräuter und Medikamente und die Zusage im Gepäck, dass der Gehilfe des Apothekers morgen mit weiteren Essenzen vorbeischauen und Hilfestellung geben würde.

Einer spontanen Eingebung folgend, beschloss Schiller, sich auf die Suche nach einer eigenen Bude zu machen. Nicht, dass er eine Vorstellung davon besaß, wie er eine solche finanzieren könnte, aber das feuchte Loch in der Kaserne und ein Leben unter diesen Invaliden konnten keine Lösung für die Dauer sein. Ganz Mann der Tat, nutzte er den Freigang zu seinen eigenen Zwecken. Wer wusste schon, ob man ihm die Zimmersuche noch gestatten würde, fragte er erst einmal offiziell nach. Kronenbitter machte keine Probleme und mit dem Versprechen auf ein Freibier watschelte er sogar frohgemut hinter Schiller her. Schiller überlegte, in den gradlinigen breiten Straßen der neuen Stadt würde sich das Wohnen für ihn als zu teuer erweisen. Außerdem dürften die Bürger dort vielleicht nicht so ganz aufgeschlossen auf seine Person reagieren, hatte er sich als Dichter und Heißsporn bereits einen zweifelhaften Namen gemacht. Die Stuttgarter aus dieser Gegend nannten ihn inzwischen sogar den »berüchtigten Schiller«, und es nutzte seinem Ruf wenig, dass er inzwischen doch schon eine Reihe Gedichte in angesehenen Literaturblättern und Festgedichte zu Ehren der Reichsgräfin von Hohenheim veröffentlicht hatte. Das galt den braven Kaufleuten und Ofenhockern als brotlose Kunst. Dieses hundsföttische kleine Ding von einer Elegie auf Weckherlin hatte ihn in diesen Kreisen berüchtigter gemacht als tausend Saufgelage!

Also schlug Schiller den Weg in die alten, engen Gassen der Eßlinger Vorstadt ein. Wenn es billige Buden gab, bei denen man auch im hellsten Sonnenschein noch gern auf das Licht einer Kerze zurückgriff, dann hier. Seine Nachfragen bei zwei, drei Häusern verliefen jedoch zunächst wenig Erfolg versprechend. Dennoch spürte er sofort, dass ihn hier niemand mit Misstrauen musterte. In dieser Gegend beschäftigten sich die meisten Menschen nicht mit Literatur, da sie in der Regel weder die Bildung noch die Muße dazu besaßen. Sie sahen in ihm nur einen jungen Rotschopf in schlecht sitzender Regimentsuniform, der nicht den Eindruck machte, mit Reichtümern gesegnet zu sein. Ein Hungerhaken eben, keine solide Basis für ein gutes schwäbisches Geschäft. Aber Schiller war überzeugt, wenn er seine ganzen Manieren und seine Anstellung als Regimentswundarzt in die Waagschale werfen würde, könnte ihm auf Dauer der Erfolg nicht versagt bleiben.

Als er von der Eßlinger Straße her auf die Leonhardskirche zuging, entdeckte er Minna und ihre Schwester Luise. Sie gingen auf das Seeltor und den Langen Graben zu. Minna trug einen langen Mantel aus teurem dunkelroten Tuch und hatte ihr buntes Schultertuch lose um den Kopf geschlungen, um sich vor der Februarkälte zu schützen. Ihm schien es, als würde sie inmitten der Menschen schweben, so graziös war ihr Gang. Vergessen schienen Schiller alle Bedrängnisse der letzten Tage, unwichtig seine Zimmersuche, die verlorenen Gedichte und die Bedrohung. Sein Herz schlug schneller, sein Gesicht rötete sich vor Aufregung. Hastig kramte er einige Kreuzer aus seiner Tasche, steckte diese dem verdutzten Kronenbitter für das versprochene Bier zu, hängte ihm auch seine beiden Taschen noch über die Schultern und schickte ihn ohne weiteren Kommentar zur Kaserne. Einer Tonne gleich, etwas beleidigt vor sich hin brummelnd, machte sich sein Gehilfe artig auf den Weg. Schiller beeilte sich, den beiden Frauen zu folgen. Dieses zufällige Zusammentreffen schien ihm wie ein Zeichen, ein Zauber, sogar in seinem ansonsten so tristen Dasein.

Für einen Moment verlor er die Frauen aus dem Blick und lief, aufgeregt einige Passanten anrempelnd, auf der schlecht gepflasterten Straße hin und her. Dann entdeckte er sie, wie sie auf dem Langen Graben rechts in eine Gasse einbogen. Sie durchschritten nicht, wie er zunächst erwartet hatte, das Seeltor, von wo aus die Straße in die innere Stadt und in die Richtung der Apotheke des Onkels führte, sondern gingen auf die Reihe der Häuser zu, die dort an die Mauer angebaut waren und rückseitig im Alten Graben ihre Gärten hatten. Schiller hielt ein wenig Abstand und beobachtete sie. Das Haus, das sie schließlich betraten, kannte er. Zwei Stockwerke mit ausgebauten Gauben im Dach und einem kleinen Stall im Erdgeschoss. Die Haustür, zwei hohe schwere Holztüren mit Sprossenfenstern im oberen Drittel. Das Gebäude tief genug für drei Fenster auf der Breitseite. Ein Stadthaus, keine Villa und kein Anwesen, aber geräumig genug für zwei oder drei Familien. Es war das Haus des Professor Balthasar Haug, des Vaters des Eleven-Freundes Friedrich, der noch in der Akademie lebte. Professor Haug, der Herausgeber des Schwäbischen Magazins, hatte seine ersten Gedichte gedruckt und war neben Professor Abel stets sein Gönner und Förderer gewesen. In diesem Haus sah er die beiden jungen Frauen verschwinden.

Schiller überdachte kurz diesen Umstand und seine Lage. Unter dem Vorwand der Zimmersuche könnte er ihnen folgen und in vielleicht unverfänglicher Gesellschaft wieder mit seiner Minna zusammentreffen. Auch würde er hier bei Professor Haug eine gute und vor allem sichere Adresse bekommen, sollte sich erweisen, dass tatsächlich ein Zimmer frei wäre. Seine Beziehungen zum Professor wären vor allem aber geeignet, dem Fräulein aus besserem Hause einen vorteilhaften Eindruck zu vermitteln. Er wollte sie gewinnen, um jeden Preis! Für einen Moment schloss er die Augen und spürte in seiner Fantasie erneut ihre Lippen auf den seinigen.

Als er die Augen wieder öffnete, sah er Luise in ihrem weiten schwarzen Kapuzenmantel auf ihn zukommen. Frech lachte sie ihm ins Gesicht, als sie ihm den Tagesgruß entbot. Sie hatte eine Botschaft und schien sich ihrer Wirkung sicher. Rasch steckte sie ihm ein kleines Billet zu, mit der Aufforderung, ihre Schwester nicht länger in Verlegenheit zu bringen. Verwirrt schaute ihr Schiller nach. Mit zittrigen Händen öffnete er das Billet. Die Nachricht, knapp, lieblos, niederschmetternd … »Ich bin verlobt. Bitte bedrängen Sie mich nicht länger. Ich wünsche Ihnen alles Gute! Minna Andrae.«

Das konnte nicht sein! Er würde, er musste sie zur Rede stellen! Er hatte es doch gespürt, dass auch von ihrer Seite mehr da war als Gleichgültigkeit. Das Feuer erwachte in Schiller. Er riss die schwere Haustür auf, stürmte in das Halbdunkel des Flures und stieß mit jemandem zusammen. »Minna! Sei nicht herzlos!«, flüsterte er, fast tonlos vor Aufregung.

Aber eine ihm fremde Stimme antwortete: »Ich bin die Vischerin. Ich wohne mit meinen Kindern im ersten Stock. Monsieur Schiller, wenn ich mich nicht täusche. Wir haben uns bei meiner Schwester auf der Trauerfeier kennen gelernt.«

Schiller stammelte eine Begrüßung. Sie bat ihn die Stufen zur Wohnung herauf und Schiller folgte ihr in der Hoffnung, dort seine Minna anzutreffen. »Wie schön, dass Sie mich besuchen.« Und schon plapperte die Vischerin drauflos, während Schiller etwas linkisch und verloren in der hellen, behaglich geheizten Stube stand. Gern hätte sie sich damals schon mit ihm unterhalten über sein großartiges Gedicht. Ihr Mann, der Major, sei vor zwei Jahren verstorben und sie habe in ihrer

Einsamkeit nur wenig Gelegenheit, geistvolle Gespräche zu führen. Da seien die Kinder, zwei Knaben – sie rief sie herbei, um den Gast artig zu begrüßen – und eine zweijährige Tochter, die nebenan in ihrer Kammer schlafen würde. Sie bot heißen Punsch und Kuchen an.

Verlegen nahm Schiller Platz im bequemsten Sessel, wusste nicht recht zu antworten, was die Vischerin jedoch nicht im Geringsten zu stören schien. Ein ganz anderer Anlass hatte ihn hierher geführt und dennoch schien ihm dies alles sehr vertraut, beruhigte ihn, da es ihn an zu Haus erinnerte. Dann führte sie die beiden Jungen hinaus, die inzwischen keck geworden waren und begannen, mit dem schweigsamen, seltsam ausschauenden Gast ihre Scherze zu treiben. Schiller kramte seine Schnupftabaksdose hervor, ließ einen Finger daran schnellen, um darin den Tabak zu Krümeln zu lockern, und hob mit dem Daumen den Deckel hoch. Die erste Prise bereits zwischen Daumen und Zeigefinger, befielen ihn jedoch Bedenken, ob es schicklich sei, jetzt und hier zu schnupfen und zu niesen. Hastig schloss er die Dose wieder und verstaute sie in seiner Uniform. Unsicher schaute er sich um. Hatte sich Minna hier irgendwo versteckt und beobachtete, trieb vielleicht ihre Scherze mit ihm? Er stand auf, ging umher, konnte aber weder ein Versteck noch eine Spur ihrer Anwesenheit entdecken. Wahrscheinlich war sie durch die Hintertür über den Garten in den Alten Graben entwischt.

Schiller beschloss, seiner Gastgeberin, die ihn so warmherzig empfangen hatte, die Wahrheit zu sagen, was ihn tatsächlich in dieses Haus geführt hatte.

Die Vischerin kam mit einer dampfenden Terrine voller Punsch. Es duftete gastlich nach heißen, süßen Gewürzen und Wein. »Genau das Richtige bei einer solchen Eiseskälte draußen.« Sie stand lächelnd neben dem Tisch und schenkte Schiller ein, der verlegen und befangen zu ihr aufschaute. Eine stattliche Frau, nach drei Kindern immer noch zierlich, gut gekleidet in ein schönes graues Tuch, mit einer bestickten durchsichtigen Busenkrause, einer hochgetürmten Frisur, in der zwei kleine bunte Seidentücher steckten. Ihr Blick einladend. Wieder verwirrten ihn Minnas Augen in diesem ansonsten fraulichen Gesicht mit einer spitzen, großen Nase, das nichts mit dem seiner Geliebten gemein hatte.

Noch bevor er etwas sagen konnte, spürte er, dass die Witwe Vischer längst wusste, weshalb er gekommen war. Offenbar versuchte sie mit ihrer Herzlichkeit und Güte, die Peinlichkeit der Situation zu überspielen.

Noch bevor er den Punsch kostete, sprang Schiller auf, trat auf sie zu, nahm ihre beiden Hände und dankte ihr gerührt für ihre Anteilnahme. Er gab ihr sogar das Billet zu lesen und stand den Tränen nahe daneben. Leise, kaum hörbar, aber voller Verzweiflung flüsterte er: »Sie hat mich geküsst. Sie war das erste Mädchen, das mich geküsst hat …« Seine Stimme versagte ihm.

Bewegt wandte sich die Vischerin ab, trat ans Fenster und antwortete: »Minnas Schönheit erntet einen Reichtum an Gefühlen, von denen sie nichts wissen will. Gern möchte ich Ihre empfindsame Seele trösten, Monsieur Schiller.« Und leise, dass Schiller sie nicht mehr verstand, fügte sie hinzu: »Ich beneide sie …«

Zu seiner eigenen Verwunderung winkte ihn der wachhabende Offizier am Abend durch und so zog Schiller mit seinen Freunden, die bereits ungeduldig vor dem Kasernentor gewartet hatten, zum Goldenen Ochsen in die Hauptstätterstraße, um sich dort bei Speise und reichlich Wein über die Geschehnisse der letzten Nacht auszutauschen. Großsprecherisch und lärmend gaben sich die Freunde, während Scharffenstein und Schiller, vorsichtig um sich blickend, zur Zurückhaltung und Verschwiegenheit mahnten. Als Schiller schließlich mit dem Bericht über die Verwüstungen und Schmierereien in der Kaserne begann, verstummte auch der tolldreiste Petersen, und sie steckten tuschelnd mit besorgten Gesichtern die Köpfe zusammen. Noch mitten in der Berichterstattung platzte Kapf verspätet als Letzter herein und musste sich einige Fragen gefallen lassen, da er sich in der Nacht bereits vorzeitig von den Freunden mit der Erklärung verabschiedet hatte, ihm sei nicht gut. Außer beim Morgenappell in der Kaserne hatte ihn niemand mehr zu Gesicht bekommen. Jetzt stand er vor ihnen, als sei nichts geschehen. Dabei ging er doch ansonsten keinem Abenteuer aus dem Weg.

Anstelle einer Antwort fasste er Schiller an der Schulter, grinste verlegen, zog ein Bündel arg zerknitterter und teilweise eingerissener Blätter unter seinem Wams hervor und breitete diese vor seinem Freund auf dem Tisch aus. Fassungslos durchwühlte Schiller die Blätter. Es waren seine Gedichte und Texte, die er schon verloren geglaubt hatte! Er sprang auf, umarmte den Freund stürmisch: »Mensch, Kapf! Wie hast du das nur angestellt!« Seine Begeisterung steigerte sich derart, dass er zum Gaudi der anderen mit Kapf einen Freudentanz aufführte. Währenddessen machten die Gedichte am Tisch die Runde. »Das werde ich dir nie vergessen!« Schiller geriet völlig außer sich. Er zerrte Kapf auf die Bank neben sich und bestellte ihm reichlich vom Roten und den Schinkenbroten.

Kapf wurde gefeiert, man ließ ihn immer wieder hochleben. Er selbst erklärte nur, er sei einer Eingebung gefolgt, weil er befürchtet habe, man werde Schillers Texte wie zuvor sein Räuber-Drama in der Akademie zu stehlen versuchen. Als er gegen Mitternacht in die Stube eingedrungen sei, habe er nichts Verdächtiges bemerkt und alles sei in schönster Ordnung gewesen. Er freue sich, Schlimmeres verhindert zu haben, aber eine Heldentat sei dies beileibe nicht. Schiller wehrte ab, wer solche Freunde hätte, bräuchte seine Feinde nicht länger zu fürchten. Die Gruppe stimmte übermütig ihr Räuberlied an. Einer plötzlichen Eingebung folgend, nahm Schiller den Kapf beiseite, berichtete ihm, dass er in der Wohnung der Majorswitwe Vischer eine Bude beziehen werde. Er vergaß auch nicht ihre Gastlichkeit und musikalischen Fähigkeiten zu rühmen, denn sie hatte ihm am Nachmittag noch Scarlatti auf dem Spinett zum Besten gegeben. Ob er, Kapf, denn nicht mit ihm Bude und Mietzins teilen wolle. Hocherfreut schlug der Freund ein und das fehlende Kapital war fortan schon zur Hälfte beschafft.

Bereits am nächsten Tag zogen sie bei der Majorswitwe Vischer ein. Die Kammer, gleich links vom Eingang, erwies sich als geräumig, hell und behaglich. Nicht zu vergleichen mit dem feuchten Loch in der Kaserne. Schillers Begeisterung kannte keine Grenzen. Zum ersten Mal im Leben einen Raum nur für sich! Kapf nahm er in Kauf. Dessen Leichtlebigkeit, dessen lose Reden, sein Draufgängertum bildeten ein gesundes Gegengewicht zu seiner eigenen grüblerischen Ader. Außerdem war Kapf noch nie ein Stubenhocker gewesen, immer unterwegs, regelmäßig auf Freiers Füßen, da würde er die meiste Zeit die eigenen vier Wände allein genießen dürfen.

22

Es könnte genug sein mit der grimmigen Kälte. Ein paar wärmende Sonnenstrahlen für das Gemüt und gegen die kalten Finger und Füße beim Schreiben. Am Morgen blickte Schiller nach draußen auf den Langen Graben, Richtung Leonhardskirche und hörte die sonntäglichen Kirchenglocken zum Gottesdienst rufen. Eine feine Schneeschicht war gefallen. Auf der Straße aber schimmerte das Schwarz des Pflasters dort schon wieder durch, wo sich die braven Bürger bereits auf den Weg zum Kirchgang begeben hatten. Schiller sah unten die Vischerin mit ihren Kindern das Haus verlassen und hörte, wie sie dem Ältesten, der versuchte, den Schnee zusammenzukratzen, um die Gunst der Stunde für ein paar Schneebälle zu nutzen, einige Ermahnungen zurief. Wenig später verließ auch Professor Haug das Haus, öffnete noch einmal kurz seinen Mantel, um aus der Westentasche seine Uhr hervorzuholen und die Zeit zu kontrollieren, und schritt davon.

Drinnen stand noch Rauch im Zimmer, die Karten lagen noch ausgebreitet auf dem Tisch, Weinkrug und Tonbecher in schmutzigster Eintracht, während Kapf unverdrossen weiterschnarchte. Die stummen Zeugnisse der letzten Nacht. Schiller fror. Seine Zähne klapperten. Er schlich sich zur Küche der Vischerin und kochte sich einen Haferbrei. Dazu wärmte er einen kümmerlichen Rest vom gestrigen Punsch. Der heiße Brei in seinem Magen, der Wein wohlig in seinem Kopf. Er genoss die Stille im Haus und die sich ausbreitende Behaglichkeit.

Schiller beschloss, einen Spaziergang zu machen, griff sich seine Uniform, ordnete sich im Flur vor einem Spiegel die stürmischen Haare, legte den Degen an und überließ Kapf allein seinen sanften Träumen. Fast schon aus Gewohnheit führte ihn sein Weg über den Altstädter Markt, wo Minna Andrae zu Hause war. Unschlüssig, wohin weiter, ging er auf der Straße auf und ab und studierte die Namensschilder der hier ansässigen Handwerker. Die Auslagen des Bäckers waren leer, der Amboss des Hufschmieds verstummt und hinter schmutzigen kleinen Butzenglasfenstern entdeckte er eine ärmliche

Akzidenzdruckerei. Er dachte darüber nach, wie schön es wäre, seine »Räuber« gedruckt zu sehen, und schmiedete Pläne, die großen Verleger Deutschlands für sein Vorhaben zu gewinnen.

Schnee wirbelte vom Himmel, legte sich jetzt auch in einer feinen Schicht auf das kahle Geäst der Bäume und sorgte an diesem ansonsten so grauen Tag für eine ungewöhnliche Helligkeit. Ganz dem Müßiggang und seinen Gedankenträumen hingegeben, stapften seine klobigen Schuhe große Löcher in diese dünne weiße Pracht auf der Straße.

Da entdeckte er Minna, wie sie den Marktplatz überquerte. Mit zwei, drei raschen Schritten eilte er in ihre Richtung und rief ihr: »Guten Tag, Minna Andrae« zu. Ihm fiel nichts Gewitzteres ein, mit dem er ihre Aufmerksamkeit hätte gewinnen können. Das Blut rauschte ihm in den Ohren und zwischen diesen drohte eine lähmende Leere. Minna blickte zu ihm herüber. Ein verlegenes Lächeln für wenige Sekunden. Mit einem etwas spitzen Ton erwiderte sie seinen Gruß, wandte sich ab und eilte, ihren Schritt beschleunigend, weiter.

Ich muss ihr nachlaufen, jagten seine Gedanken ihr bereits nach, muss ihr zeigen, dass ich ein ganzer Kerl bin. Ich werde ihr einfach den Arm um ihre Taille legen und ihr lächelnd sagen: »Erschrecken Sie nicht, ich bin es nur, Ihr Schiller, der gekommen ist, sich für den Kuss zu bedanken.« In seiner Fantasie gab es keine Schwierigkeiten, dort sah er sie bereits erröten und seinem Charme erliegen. Doch wusste er zugleich, dass er kaum den Mut und die Geistesgegenwart aufbringen würde. Dennoch eilte er hinter ihr her. Zum Äußersten entschlossen.

Mehrfach glitt er aus, strauchelte und rutschte. Das steife Schuhwerk und die fest geschnürten Gamaschen zwangen ihn zu verkürzten Schrittlängen, während sie leichtfüßig und anmutig vorauseilte. Er holte auf, hätte sie schon fast eingeholt, als sie in die Planie einbog, eine jener Straßen, wo die jungen Leute sich nach alter Tradition trafen, um schwatzend und neckend zu promenieren und zueinander zu finden.

Ein gut gewählter Ort für ein Wiedersehen und eine Aussprache, dachte Schiller noch, folgte ihr mit stürmischen Schritten nach und prallte beinahe gegen Reichenbach, einen der Eleven aus der Akademie.

»Sie ist, scheint es mir, mit Stäudlin zusammen, der ihr schon eine geraume Zeit den Hof macht. Ich denke, du solltest dir das hübsche Frauchen besser aus dem Kopf schlagen«, sagte Reichenbach und deutete viel sagend in die Richtung, in der sie verschwunden war. »Wer behauptet denn, dass ich sie wirklich will. Oder meinst du, ich gäbe eine gute Staffage ab auf diesen steifen Hofgesellschaften oder sehne mich danach, mit abgespreiztem Finger die Teetasse haltend zu ihren Füßen zu liegen. Eine Frau, die zu mir passt, muss aus anderem Pulver beschaffen sein. Merke dir, Reichenbach, es lohnt nicht, sich für ein Weibsbild zu verbiegen, denn der Wind ist launisch und mancher Ast bricht im Sturm schon vor der Zeit.« So sehr Schiller sich auch ins Zeug legte, er erntete doch nur zweifelnde Blicke seines Freundes. »Ein Weib aus Schwarzpulver würde dich bei deinem feurigen Temperament wohl eher mit einer Explosion bis zum Hohenasperg fliegen lassen. Wenn du so weitermachst, könnte es sein, Schiller, dass man nicht nur deine Verse in Ketten legt«, gab Reichenbach zu bedenken.

»Packen wir nur herzlich das Leben an allen vier Zipfeln und überlassen das Stolzieren den Söhnen von Hofschranzen und Regierungsräten!«, rief Schiller selbstbewusst aus und machte sich zusammen mit Reichenbach zurück auf den Weg zu seiner Stube.

Im halbdunklen Flur des Haug'schen Hauses am Langen Graben stieg den Freunden nicht nur der Geruch des Sonntagsbratens der Vischerin in die Nase, es erwartete sie auch ein berittener Bote aus der Kaserne. Schiller, obwohl als Regimentswundarzt noch nicht zu den Offizieren gehörend, wurde auf Befehl des Generals Augé zu einem Bankett in einen Seitenflügel des Neuen Schlosses geladen. Salutierend überreichte der Unteroffizier Fricke die Einladung mit herzoglichem Wappen und dem Siegel des Regiments.

Schiller, überrascht und beeindruckt, eilte die Stufen hinauf, um das Papier dem noch schlaftrunkenen Kapf unter die Nase zu halten.

»Eine Lizenz zum Fressen und Saufen. Du bist zu beneiden!«, stöhnte dieser und hielt sich den Kopf, der ihm verkatert zu schaffen machte. »Vielleicht kannst du ein neues Kapitel in Petersens Saufbuch schreiben«, schlug Reichenbach vor. »Die alkoholischen Studien«, verbesserte Schiller. »Ich denke eher, im Schloss wird es etwas steif zugehen. Ich weiß auch nicht, was ich davon halten soll, gehöre ich doch meinem Rang nach nicht zu den Portepeeträgern.« – »Vielleicht hält man dich auf diese Art nur vom Dienst fern, um Schlimmeres zu verhüten«, schlug Kapf als Erklärung vor und bekam dafür von Schiller einen Ellbogen zu spüren.

Widerstrebend und ohne Vorfreude ging Schiller am Abend zu dieser Veranstaltung, wo jeder anwesende Offizier quasi sein Vorgesetzter war. Vor lauter Salutieren und Haltung bewahren bekam er bald Kreuzschmerzen und sehnte sich danach, dass man endlich Platz nahm. Ihm wurde ein Stuhl am unteren Ende der Tafel zugewiesen, und es begannen die Trinksprüche auf die Reichsgräfin zu Hohenheim, deren Geburtstag man zu feiern gedachte. Oberst von Rau trug ein Gedicht über ihre Schönheit und Tugendhaftigkeit vor, das Schiller selbst als Eleve zu einem gleichen Anlass verfasst hatte. Als von Rau schließlich auf Schiller das Glas erhob und seinem dichtenden Regimentsmedikus zuprostete, brüllte General Augé anerkennend etwas von Courage, Fortune und einer gewonnenen Bataille – wenn auch nur mit Worten. Schiller, für den sich zunächst kaum jemand interessiert zu haben schien, wurde jetzt auch vom oberen Teil der Tafel einige Aufmerksamkeit zuteil. Es gab sogar einige, die von dem Wolzogen'schen Trauergedicht gehört hatten. Die jüngeren Offiziere, die in ihm keine Konkurrenz sahen, tranken ihm freundlich zu und übten den Schulterschluss mit dem in diesem Kreis noch unerfahrenen Kollegen.

Schiller beobachtete mit Befremden das steife Zeremoniell, das jetzt beim Essen ablief. Die Portionen, insbesondere das Fleisch, wurden nach Rangordnung der Größe nach zugeteilt und es wurde auch nicht überall an der Tafel der gleiche Wein eingeschenkt. General Augé und Oberst von Rau tranken alten, trockenen Niersteiner aus alten Römern. Die Hauptleute ihren guten Pfälzer aus Gläsern und der Kreis der jungen Offiziere um Schiller berauschte sich an einem etwas kratzenden, unausgegorenen Landwein aus Zinnbechern, der direkt aus einem Fass gezapft wurde. Doch einen besseren Wein hätte sich Schiller im Ochsen auch nicht leisten können. Warum also verdrießlich dreinschauen? Schiller langte zu und fühlte sich nach diesem Auftakt zunehmend heiterer und wohler. Die jungen Offiziere in seiner Umgebung sprachen jetzt sogar vom Theater – aber ihr Sujet waren weniger die Inhalte der Stücke als vielmehr die Aktricen und ihre körperlichen Vorzüge. Das Gespräch gleitete mit zunehmendem Weingenuss immer mehr in die Richtung des ewig lockenden Weiblichen ab und landete schließlich bei der Primaballerina der Stuttgarter Oper und ihrem gewagten Spagat. Schiller, der sich längst an die Derbheiten in Soldatenkreisen gewöhnt hatte, hielt kräftig mit und garnierte die Anzüglichkeiten mit eigenen Schilderungen von den herzoglichen Lustbarkeiten im Ludwigsburger Schlosspark, die er heimlich als kleiner Junge ausgespäht hatte. Dies wiederum missfiel General Augé, der hier als Gast im Schloss seinen obersten Landesherrn nur ins rechte Licht gesetzt zu sehen wünschte. Er befahl Gesang, und schon stimmten die Ersten ein wüstes Reiterlied an. Der General selbst lief bei dem anzüglichen Text des folgenden »Halt die Kanne feste«, jede Lautstärke und Tonart missachtend, zu absoluter Höchstform auf und erntete stürmischen Beifall und Anfeuerungsrufe.

Plötzlich wurden von Bedienten die Flügeltüren zum Saal aufgerissen und der Zeremonienmeister stand im Raum, stampfte mit dem vergoldeten Stab auf und kündigte den Herzog an. Der Gesang erstarb, alles sprang von den Stühlen auf und erstarrte in soldatisch strammer Haltung. Es wurde totenstill. Der Herzog schritt majestätisch in den Saal. Alle starrten ihn an. Er trug einen scharlachroten, knielangen, mit kostbarem Hermelin gefütterten Mantel lose um die Schultern, Schuhe mit goldenen Spangen, und er schien seine Wirkung sichtlich zu genießen. So prachtvoll ausstaffiert hatte auch Schiller seinen Herzog noch nie gesehen.

»Der Kaiser hat die Akademie in den Rang einer Universität erhoben. Er ist in feierlicher Stimmung, weil er jetzt Doktores machen kann«, flüsterte der Offizier zu Schillers rechter Seite.

Von General Augé angefeuert, rissen die Offiziere ihre Degen aus der Scheide und riefen aus Leibeskräften ein dreifaches: »Vivat!« und »Hoch!« auf den Herzog. Dann verneigte man sich tief, als der Herzog zum Kopf der Tafel schritt, um dem General und Oberst von Rau die Hand zu reichen. Alter Aufschneider!, dachte Schiller. Kommt eigens aus dem Krönungssaal, um seinen Offizieren das neue Kaisergewand vorzuführen, weil er dieses Prachtstück nicht auf der Straße und nicht hoch zu Ross bei der Wachparade tragen kann. Durchschaut, du eitler Narziss!

Nachdem er die Reihe seiner Offiziere abgeschritten und einige mit Namen angesprochen hatte, blieb er vor dem nach wie vor gebückt verharrenden Schiller stehen. Die eintretende Stille zerrte sehr an den Nerven. Was will er wieder von mir?, dachte Schiller und fühlte sich sofort in seine Akademiezeit zurückversetzt.

»Schiller, unser dichtender Wundarzt. Weiß er auch, welch kostbares Gut unsere Sprache ist und dass Worte sorgsam gewählt gehören? Auch wenn ich durchaus seine Begabung sehe und zuweilen schätze, suhlt er mir doch zu häufig mit den Worten wie eine Wildsau im Dreck.« Sein gekünsteltes Lachen, das vereinzelt aus den Reihen der Offiziere nachgeahmt wurde. Schiller schwitzte und fror gleichzeitig. Er kannte diese Spielchen – ein Witz, eine Belanglosigkeit zu Anfang und gleich würde Serenissimus zum Todesstoß ansetzen. Unvermittelt und mit der Schärfe eines Donnerwetters in der Stimme fuhr ihn Carl Eugen an: »Meine Ratgeber haben mir das Bubenstück eines Totengedichtes auf Weckherlin und sein Räuber-Drama zugespielt. Sie sind der Ansicht, er sei ein subversives Element und wolle mich kränken.« Der Herzog machte eine bedeutungsschwangere Pause und man hätte eine Stecknadel fallen hören können. Die Worte verfehlten ihre Wirkung nicht. Schiller schwieg. Eine unbedachte, vorschnelle Verteidigung wäre vom Herzog gnadenlos als Schuldeingeständnis ausgeschlachtet worden.

»Der Herrscher eines Landes hat wichtigere Aufgaben, als schlecht gesetzte Verse und blutrünstige Räuberdramen zu lesen. Aber da er Besseres gelernt hat auf meiner Akademie und er stets meine väterliche Fürsorge genießen durfte, will ich ihm nicht verhehlen, dass ich enttäuscht bin, wie er seine Gaben und sein Leben verschwendet. Er sollte die Geduld und die großherzige Nachsicht des Herzogs nicht überstrapazieren.« Schiller parierte: »Die Räuber, Eure Durchlaucht, ein unfertiges Jugendstück mit mancherlei Schwächen und aus gutem Grund tief verwahrt in meinen Schubladen. Ich schäme mich fast, dass man Serenissimus damit belästigt hat.« – »Ein ansehnlicher Stapel Papier – er scheint über zu viel Zeit und Mittel zu verfügen, um sich solchem Unsinn hingeben zu können.«

»Darf ich Eure Gnaden untertänigst mein Gedicht vortragen, das ich als Redakteur von Mäntlers Wochenschrift ›Nachrichten zum Nutzen und Vergnügen‹ aus Anlass der Rückkehr Ihrer Hoheit aus Schwerin verfasst habe?« Schiller vertiefte seine Verbeugung nochmals, nahm dann aber Haltung an und sprach mit lauter, fester Stimme zu der Runde der versammelten Offiziere, obwohl ihm das Blut vor Aufregung in den Schläfen pochte.

»Der Fürst ist da! Lass rundheraus erschallen,
Des frohen Jubels lauten Silberton!
Komm, Württemberg, mit deinen Bürger allen
Laut dankend vor des Wiedergebers Thron …«

Oberst von Rau, der angstvoll der Auseinandersetzung zwischen seinem Regimentsmedikus und dem Herzog gefolgt war und insgeheim befürchtete, dass sich eine Missstimmung des Herzogs auch auf ihn auswirken könnte, stimmte ein spontanes »Hoch!« an, in das alle Offiziere erleichtert einstimmten und anschließend applaudierten. Der Herzog erschien sichtlich verblüfft. Dann sagte er lauernd, indem er mit der rechten Hand schwelgerisch über den hermelinbesetzten Saum des Mantels strich: »Es erfreut den Lehrer in seinem Herzog, dass nicht alle Bemühungen, etwas Rechtes aus ihm zu machen, vergebens waren. Die Arbeit, ordentlich gemacht, wird ihm etwas eingebracht haben – und doch, warum die ›*Ketten und Republiken*‹ in den letzten Versen? Mag er es auch noch so kunstvoll wenden, ihm steht die Herausforderung auf der Stirn geschrieben, wie meine Ratgeber nicht zu Unrecht behaupten.«

Schiller schluckte. Hatte der Herzog nicht selbst zugegeben, dass er die »Räuber« nicht gelesen hatte? Kühn antwortete er: »Mit meinen bescheidenen Worten geht es mir stets um das Wohl der Menschen dieses Landes. Und da weiß ich mich untertänigst mit meinem Fürst und Herrscher einig. Vielleicht mag die Einschätzung meiner Person auch an einem vorschnellen Urteil der Ratgeber liegen.«

Der Herzog stutzte erneut, erinnerte sich an den Wortwitz und die Schlagfertigkeit, die Schiller schon als Eleve unter Beweis gestellt hatte. Er konnte schlecht in dieser Runde an dem jungen Mann ein Exempel statuieren, wo dieser gerade auswendig Lobeshymnen auf ihn deklamiert hatte. Boshaft lächelnd entgegnete Carl Eugen: »Ich gebe nichts auf Einflüsterungen und kann mir durchaus ein eigenes Urteil bilden.« Schiller freute sich still über den Punktsieg, denn jeder im Saal wusste, dass die Wirklichkeit eine andere war. Und selbst des Herzogs Spione fürchteten die Bespitzelung ihrer eigenen Person. Ein schönes Beispiel lieferte Carl Eugen gleich selbst, indem er Schiller vorhielt, ihm sei zu Ohren gekommen, eine Runde junger ehemaliger Eleven treibe es gar bunt im »Ochsen«, mache Schulden und belästige Jungfrauen. »Er soll seinen Herzog in trunkener Stimmung lauthals einen Sklavenhalter geschimpft und gerufen haben, dessen Geistesblitze verpufften wie feucht gewordenes Schwarzpulver!« Niemand wagte, etwas zu sagen – das Entsetzen war schier greifbar.

»Verteidige er sich gefälligst!«, schrie ihn der Herzog an. Doch Schiller wusste nur zu gut, dass jede Verteidigung einem Schuldeingeständnis gleich kam. Er blickte herausfordernd und unerlaubterweise auf, trug eine entschlossene, kampfbereite Miene zur Schau. Dennoch, die Luft wurde ihm knapp, in seinem Gesicht zuckte es. Der Herzog, der sehr wohl einzuschätzen verstand, aus welch' hartem Holz sein ehemaliger Eleve gemacht war, versuchte es wieder auf die väterliche Art: »Sei er nicht so starrköpfig. Sein Fürst sorgt sich väterlich um sein Wohlergehen. Ihm fehlt noch ein gutes Stück Lebenserfahrung, die ihm ganz sicher hier von seinen Vorgesetzten zuteil werden wird.« Oberst von Rau fühlte sich angesprochen und salutierte. »Ich will ihm helfen, seinen guten literarischen Geschmack zu entwickeln. Er legt mir seine poetischen Werke vor Drucklegung einmal vor und ich will ihn mit Wohlwollen begleiten.«

Schiller kniff die Augen zu Schlitzen zusammen, suchte ein weiteres Mal den verbotenen Blickkontakt und sagte nur: »Nein.« Kein Wort mehr und kein Wort weniger. Mit aller Mühe hielt er seine furchtlose Maskerade aufrecht. Ein weiteres Mal verblüffte diese unerwartete Reaktion den Herzog derart, dass ihm für einen Moment die Worte fehlten. »Was erlaubt er sich!«, regte sich der Herzog auf und rang um Fassung. Schiller senkte zwar den Blick, gab jedoch nicht nach. Natürlich ging es Carl Eugen nicht um den guten literarischen Geschmack! Der Herzog wollte die Zensur, er wollte alles ihm Unliebsame aus der Welt streichen. Schiller sollte sich, wie es einem Untertanen in Uniform zukam, in gewohnter und geregelter Weise unterordnen. Vielleicht überschätzte Schiller sich selbst und seine Möglichkeiten, aber er war kein Eleve mehr! Was nützte ihm das Stückchen gewonnene Freiheit, wenn er nicht hin und wieder Gebrauch davon machte und vor allem, wenn er es nicht verteidigte!

Der Herzog sprach väterlich auf Schiller ein: »Er wird noch einsehen, dass ich nur das Beste für ihn will und ebensolches von ihm fordere. Ich unterbreite ihm einen wohlgemeinten Vorschlag. Wie er weiß, ist die Akademie erhöht worden. Es wäre mir eine Freude, ihn zum Doktor und anschließend zum vollwertigen Regimentsmedikus machen zu können. Da hätte er doch eine Zukunft und einen anständigen Broterwerb. Gehe er also in den nächsten Tagen zu seinem alten Professor Consbruch und bespreche er das Thema seiner Doktorarbeit, die er dann im Laufe des Sommers ausarbeitet.«

… Und das Kritisieren und Dichten unterlässt er währenddessen, ergänzte Schiller in Gedanken. Ein verlockendes Angebot, tatsächlich! Er brauchte ein anständiges Einkommen, ein Fortkommen und eine Sicherheit. War das der Preis, den er als Untertan zu zahlen hatte? Fast wäre er geneigt gewesen, sich durch den liebenswerten Tonfall dieser purpurnen Schlange übertölpeln zu lassen, wenn nicht der Herzog im Befehlston hinzugesetzt hätte: »Oberst von Rau, er meldet mir Vollzug, wenn sein Wundarzt mit der Doktorarbeit angefangen hat!«

Der Herzog nickte seinem General freundlich zu und ging mit raschen Schritten. Sein scharlachroter Mantel bauschte sich imposant wie eine rote Wolke.

General Augé rief mit Leibeskräften: »Unser allergnädigster Herrscher und Gebieter, dessen Befehle wir in Treue ergeben entgegennehmen …« – »Vivat, vivat, floreat!«, antwortete der Chor der Offiziere und mit einem Geräusch knallten die Hacken der Stiefel zusammen.

In der Tür drehte sich der Herzog noch einmal lächelnd um, winkte huldigend und genoss die Lobpreisungen. Für einen Moment erstarrte er ganz in Hoheit und Pose, großartig, wie einem Ölgemälde in der Ahnengalerie entsprungen.

Als die Flügeltüren schon längst wieder geschlossen waren, ließ General Augé den Herzog wegen seines Auftrittes immer noch hochleben. Schiller stürzte den billigen Rotwein nur so hinunter, um sich zu beruhigen und um seinen Zorn zu ertränken. Sein Gegenüber fragte ihn, ob er es nicht zu weit getrieben hätte mit seinen Antworten. Schiller erhob seinen Zinnbecher, prostete diesem zu und meinte nur: »*Warum bin ich hierher gekommen? Dass mir es erginge wie dem Gefangenen, den der klirrende Eisenring aus Träumen der Freiheit aufschreckt – nein, ich gehe in mein Elend zurück! – der Gefangene hatte das Licht vergessen, aber der Traum der Freiheit fuhr über ihn wie ein Blitz in der Nacht, der sie finsterer zurücklässt …«* Verständnislos starrten ihn die Kameraden an. Nein, das war kein Geschwätz über die prallen Brüste der Aktrice oder das Hinterteil der Ballerina! »Der Serenissimus hätte meine Räuber lesen sollen, und wir hätten uns das lästige Plaudern in gemütlicher Runde erspart …«, setzte Schiller trocken hinzu.

»Plaudern, das ist gut!«

»Fortune und Courage!«, schallte es vom Kopf der Tafel, wo Augé ein neues Trinklied anstimmte.

Der Weinschenk kam kaum nach, so hastig stürzte Schiller den Roten die Kehle hinunter. Ihn schwindelte. Ja, so leicht, so schwindelnd mussten die Höhen der Freiheit sein! Major Schreiber füllte ihm seinen Becher nach und schüttete, von den anderen unbemerkt, ein Pulver hinein. »Das ist ein wahrer Freund, der in dieser Not mich mit edlem Getränk versorgt! Komme er, Schreiber, stoße er mit mir an. Tod und Teufel, auf ewige Freundschaft!« – »In einem Zug!«, kommandierte Schreiber und warf sein leeres Glas über die Schulter, das an dem hinter ihm befindlichen Kamin zerschellte. Schillers Zinnbecher rollte auf den Boden. Selbst im Sitzen fanden die Füße keinen Halt mehr. »Schafft ihn raus und gebt ihm nichts mehr zu trinken!«, befahl von Rau, der sich jedoch über den Zustand des hitzigen Feuerkopfes köstlich amüsierte.

Major Schreiber und Zilling nahmen sich sofort seiner an, hakten ihn bei sich unter und schleppten ihn mit sich, Richtung Friedhof. Willig, kaum mehr fähig zu gehen, ließ Schiller sie gewähren, torkelte unsicher in ihrer Mitte, während seine Füße immer wieder den Halt verloren, worüber er sich köstlich amüsierte.

Ihr Weg führte an mannshohen Rhododendronbüschen entlang. Feuchter Nebel umwaberte sie kalt. Windgeräusche wie das Klagen verlorener Seelen. Sie bogen auf einen schmalen Seitenweg hinter der Kapelle, bis sie auf einen frischen Grabhügel stießen, auf dem ein einsames Holzkreuz stand. Im Schein der Laterne leuchtete der Name »Weckherlin« auf. Sie stießen den fast bewusstlosen Schiller auf den

Grabhügel. Major Schreiber und Zilling beugten sich über ihn. »Was hat er ihm alles verabreicht? Der ist ja völlig hinüber!«, warf Zilling dem Major vor. »Das Pulver ist schwer zu dosieren bei den Unmengen von Alkohol«, verteidigte sich Major Schreiber.

Zilling kniete neben Schiller, schlug ihm mehrfach heftig ins Gesicht. Dann entnahm er seiner Rocktasche ein Riechfläschchen und hielt es Schiller unter die Nase. Hustend und spuckend rang Schiller nach Atem.

»Die Kreislauftropfen!«, befahl Zilling ungeduldig. Schreiber reichte sie ihm und öffnete Schiller durch festen Druck auf die Kinnlade seinen Mund. Zilling träufelte einige Tropfen in den Rachen und schlug Schiller erneut ins Gesicht. »Schon als Schüler war er unerträgliches Mittelmaß und hat nur Scherereien verursacht ...«

Schiller griff plötzlich mit beiden Händen nach seinem schmerzenden Gesicht und schrie auf. Schreiber löschte das Licht der Handlaterne und Zilling nahm ein Pendel und hielt es Schiller vor die Augen, während Schreiber ihn fest auf den Grabhügel drückte und die Hände festhielt.

Immer wieder drifteten die Gedanken ab, aber in den wenigen klaren Momenten fühlte er sich hilflos und ausgeliefert wie nie. Keine Ahnung hatte er, wo er sich befand und wer ihn da traktierte. Seine Augen folgten dem Pendel wie unter Zwang. Die Stimme des Mannes, den er nur als schwarzen Schatten über sich ausmachte, ängstigte ihn. Für einen Moment tauchte der Mond wieder hinter den Wolken auf und im schwachen Licht schaute Schiller in die Gesichtszüge von Zilling. Schiller stöhnte auf. Sein Bewusstsein folgte der monotonen Stimme des Professen. Und während er von irren Angstträumen geplagt wurde, antwortete sein Mund auf die Fragen des Jesuiten und offenbarte alles, was er wusste und ausspioniert hatte. Sie brauchten nicht lange, um alles herauszubekommen. Zilling erhob sich, griff nach der Handlaterne, ging zurück zum Weg.

»Er könnte erfrieren, wenn wir ihn hier lassen«, gab Major Schreiber zu bedenken.

Zilling zuckte nur mit den Schultern: »Er sollte nicht so viel trinken. Ich denke, er liegt da gut. Vielleicht wird Weckherlin ihn in seine kalten Arme schließen und sich auf seine Art für die scheußlichen Verse bedanken. So komme er schon!«

Der Schein der Handlaterne huschte wie ein Zwielicht über die Büsche und Grabsteine, gelegentlich riss er das graue, moosbewachsene Gesicht einer Steingestalt aus der Schwärze der Nacht.

23

Es klopfte, nein, es hämmerte aufgeregt in einem wilden Stakkato an der schweren eichenen Doppeltür des Haug'schen Hauses. Der Morgen hatte noch nicht gegraut und die Bewohner lagen in festem Schlaf. Erschreckt fuhren sie hoch in ihren Betten. Männerstimmen draußen. Aufgeregt. Fordernd. Die Kinder begannen angstvoll zu greinen. Kapf und die Vischerin trafen als Erste im Flur zusammen. Auf ihre Bitte hin trat er, ganz Mann und Offizier, vor und öffnete die Haustür. Zuerst stand er verblüfft dem ihm bekannten einbeinigen Karl Reuss gegenüber.

»Mach er Platz!« Mit einer energischen Handbewegung drängte dieser Kapf in den dunklen Flur zurück. »Licht, Mensch, mache er Licht!«

Hier erwies sich die Vischerin als geistesgegenwärtig.

Dann hinkte Reuss zurück und gemeinsam schleifte er mit einem anderen Mann, jetzt auch noch assistiert von Kapf, den leblosen Körper Schillers über die Hausschwelle.

»Altes Haus, musst du dich immer so besaufen!«, lachte Kapf laut und schlug seinen Freund auf den Rücken, der jedoch nur seltsam röchelte. »In einem solchen Zustand habe ich ihn noch nie gesehen!« Kapf war erschüttert und äußerst besorgt.

Die Männer schleiften Schiller die Stufen hinauf in das Zimmer, das er mit Kapf teilte, und legten ihn auf seinem Bett ab. Kapf nahm Reuss zur Seite und sie tuschelten. Die Vischerin bat den anderen Mann, der sich als Andreas Streicher vorstellte, Schiller von seinen schmutzigen Kleidern zu befreien. Sie lief in die Küche, um heißes Wasser aufzusetzen, und schaffte aus ihrem Schlafzimmer zusätzliche Decken herbei. Schillers ganzer Körper bebte.

»Aufrichten! So stützen Sie ihn doch! Er erstickt uns noch!«, rief die Vischerin den Männern zu und Kapf sprang beherzt zur Hilfe hinzu und wickelte ihn in Decken. Reuss meinte, man solle einen Arzt herbeiholen, denn er befürchte, dass es nicht allein der Alkohol sei, an dem Schiller leiden würde. Man habe ihn halb erfroren draußen auf dem Friedhof gefunden. »Nicht den Elwert!«, entfuhr es Kapf. »Nein, natürlich nicht Dr. Elwert«, pflichtete ihm Reuss bei und die Umstehenden wunderten sich über dieses Einverständnis, da sie nichts von den näheren Umständen und der Bedrohung wussten. Reuss verabschiedete sich jetzt rasch und meinte nur, man solle dem Herrn Schiller, wenn er wieder bei Bewusstsein sei, Grüße von ihm ausrichten. Dies wäre allerdings das letzte Mal gewesen, dass er ihm aus der Bedrängnis helfen werde. Er solle besser selbst auf sich Acht geben. Kapf geleitete den alten Grenadier zur Haustür. Andreas Streicher, der andere Mann, der Schiller gebracht hatte, machte nach wie vor einen sehr besorgten Eindruck und wollte seinen Schützling noch nicht allein lassen. Er assistierte der Vischerin, die Kapf schließlich um Rat und Hilfe zum Apotheker Farber schickte.

Farber verabreichte schwarzen Tee mit einigen Kräuterzusätzen und Salzen, träufelte Flüssigkeit von einer hochverdünnten Fingerhutsubstanz auf die Zunge, um Herz und Kreislauf zu stabilisieren. Aber allein die Anwesenheit Farbers, seine besänftigende Stimme, führte schon zu einer sichtlichen Beruhigung Schillers, sodass sich gegen Morgen auch Andreas Streicher unter Hinterlegung seiner Karte verabschiedete. Farber hockte vor dem Tisch und blätterte in Schillers Arbeiten. Seine Hände zitterten stark und Kapf, der ihn beobachtete, sah, wie sehr ihm die Gicht wieder zusetzte. Er verständigte sich kurz mit der Vischerin und drängte dann den Apotheker zum Aufbruch. Kapf, wortkarg und kleinlaut wie nur selten, begleitete ihn nach Hause und überließ Schiller ganz der Pflege und Fürsorge ihrer Vermieterin.

Schillers Zustand stabilisierte sich stündlich. Körperlich schien er gegen Morgen das Schlimmste überstanden zu haben, aber ihn plagten Angstträume. Immer wieder schreckte er schweißgebadet und schreiend auf. Die Vischerin brachte ihre Kinder zu einer Freundin, um Schiller, den sie wegen seiner zurückhaltenden und höflichen Art mehr als Kapf mochte, nicht mehr aus den Augen zu lassen.

Gegen Nachmittag hatte Schiller vollends sein Bewusstsein wieder erlangt. Er fand sich nackt und elend in Decken gewickelt. An die Geschehnisse der letzten Nacht erinnerte er sich nur noch bruchstückhaft.

Mit Schaudern hörte er von seiner Rettung auf dem Friedhof. Auch die Grüße und Mahnungen des alten Reuss wurden ihm ausgerichtet und die Karte des ihm völlig unbekannten Andreas Streicher übergeben. Dennoch, er bekam die Einzelheiten des Erzählten und seine Erinnerungen im Bewusstsein nicht passend zusammengeführt. Alles stand bruchstückhaft nebeneinander, verwirrte und ängstigte ihn umso mehr. Wieder überfiel seinen Körper ein Frösteln und Zittern, worauf die Vischerin ihm erneut heißen Tee mit Kräutern einflößte, vom Klatsch und Tratsch sprach, ihm vorschlug, sich zu entspannen und ein wenig zu schlafen, und in ihre Stube hinüberging, um ein wenig auf dem Klavier zu spielen, dessen zarte, leicht gewebte Töne zu Schiller durch die offenen Türen hinüberwehten. Tatsächlich beruhigte Schiller sich und schlief für einige Stunden ein.

Am Abend ließ die Vischerin von Kapf einen großen Holzzuber in das Zimmer schaffen, heizte den schlecht ziehenden Kamin kräftig an und bereitete in der Küche heißes Wasser. Schiller beobachtete schweigend diese Vorbereitungen, gerade so, als ob sie nichts mit ihm zu tun hätten. Er wollte nur in Ruhe gelassen werden und jede Minute, in der er nur er selbst sein durfte, wie ein Geschenk nehmen. Doch immer wieder riss ihn die Vischerin, die jetzt zwischen Küche und Zimmer hin und her eilte, aus seinen trüben Gedanken und plauderte von den Kindern, vom Wetter und kleinen Skandälchen bei Hofe. Kaum hörte Schiller hin, genoss das Gefühl, wieder Herr über seinen Körper zu sein, zu spüren, wie die Kräfte zurückkehrten.

Das blonde Haar der Vischerin fiel in langen Wellen über die Schultern hinab. Eine Strähne klebte verschwitzt auf der Stirn und gab ihrem ansonsten so groben Gesichtsprofil einen geradezu mädchenhaften Ausdruck. Sonst trug sie die Haare doch aufgesteckt. Aber wie? Schiller versuchte, sich zu erinnern. Er suchte ihren Blick und sah dabei in Minnas Glutaugen. Die Vischerin lächelte ihm freundlich zu. Als Frau hatte Schiller sie bislang nicht beachtet und das schien ihm selbstverständlich und geradezu geboten. Sie war seine Vermieterin, hatte durchaus eine Reputation in der Stadt, drei Kinder und zählte schließlich sechs oder vielleicht auch acht Jahre mehr als er. Wie unter einem Zwang beobachtete er sie bei ihrer Arbeit. Sie war eine glückliche Mutter, eine einfache Frau, die sich und ihre Familie gegen alles von außen Andrängende abschirmte. Ihre Gestalt mittelgroß und wohl proportioniert, wies zu einer hageren Schmalhüftigkeit eine hochgestellte üppige Brust auf, die ihre Weiblichkeit auf das Vorteilhafteste unterstrich. Sie wusste durchaus, auch im Kreis der jungen Männer ihre weiblichen Reize einzusetzen, und wirkte damit unter anderem auf das leicht entzündliche Temperament Kapfs immer aufs Neue. Doch bislang hatte sie außer einem spöttischen oder anzüglichen Lächeln diesem Teil ihres Wesens nie nachgegeben und sah sich mit einigen kleinen unverfänglichen Liebenswürdigkeiten stets in der Lage, ohne Schroffheit die gestörte körperliche Distanz und das Gleichgewicht in der Kommunikation wieder herzustellen.

Kapf hantierte im Zimmer und schaffte Ordnung. Schiller spürte, dass es ihn nach draußen drängte. Wahrscheinlich wartete irgendwo schon wieder ein Liebchen, das er für ein Liebesabenteuer auserkoren hatte. Ganz sicher machte er sich mit dem sicheren Instinkt des Jägers Sorgen, dass der günstigste Moment ungenutzt verstreichen oder jemand anderes in seinem Revier wildern könnte.

Die Vischerin beugte sich zu Schiller herunter, fühlte seine Stirn. Schiller betrachtete die vollen Rundungen ihrer Brüste. »Fieber haben Sie jetzt nicht mehr, Monsieur Schiller. Es scheint nichts gegen ein Bad zu sprechen, damit Sie wieder einen wohlriechenden Menschen aus sich machen.« Sie hielt den Blick tugendhaft gesenkt, verweilte aber einen Augenblick länger als nötig in der über ihn gebeugten Haltung und ihren Mund umspielte ein gar nicht so unschuldiges Lächeln, das ihm die Röte ins Gesicht trieb und ihm zeigte, dass sie über mancherlei Erfahrungen mit dem männlichen Geschlecht verfügte. Schiller spürte, wie er anschwoll, und nestelte verlegen an den Decken, die seinen Körper wärmten. Hoffentlich erwartete sie jetzt nicht auch noch, dass er vor ihr nackt in den Zuber steigen sollte! Hilfe suchend schaute er zu Kapf hinüber, der jedoch irgendwie beschäftigt schien und nichts wahrnahm.

»Mir scheint, die Lebensgeister sind wieder erwacht. Ein warmes Bad verschafft Ihnen sicherlich die nötige Entspannung.« Die Vischerin kniff ihm ein Auge und warf anzügliche Blicke auf die Wölbung unter der Decke. Sprachs und verschwand Richtung gute Stube, schloss sorgsam die Tür, nicht jedoch ohne Kapf zu bitten, sich um den kranken Freund helfend zu kümmern.

Das Wasser von angenehmer Wärme versöhnte ihn mit der Gegenwart. Eine ganze Weile ruhte er, den Kopf auf den Rand des Zubers gelegt, seine Gedanken ziellos. Körper und Geist schienen schließlich schwerelos im Wasser zu treiben. Kapf wendete die Strohmatratze, holte von der Vischerin ein frisches Tuch und Schiller lag kurze Zeit später, wieder in warme Decken gewickelt, mit äußerster Behaglichkeit in seinem Bett. Apotheker Farber und dessen Gehilfe Schanz statteten ihm einen Besuch ab und während Farber Schillers Füße mit einer belebenden Ölessenz einrieb, verabschiedete sich Kapf eilig. Er hatte genug vom Krankendienst und gedachte, die Nacht außer Haus zu verbringen.

Die Vischerin holte ihre beiden Jungen und steckte sie in den Zuber. Die planschten und quietschten, dass Schiller seine Freude hatte und gänzlich abgelenkt wurde.

Doch in der Nacht überfielen ihn wieder die Angstträume. Schreiend und schweißnass erwachte er, versuchte mit zittrigen Händen eine Kerze zu entzünden, was jedoch misslang. Im Raum war es pechschwarz, von draußen fiel kaum Licht herein. Er tastete mit seinen Augen die nähere Umgebung ab. Sein Bett stand in der hinteren Ecke des Raumes, ganz in der Nähe des Kamins, in dem ein Feuer nur noch schwach glimmte. Er drehte sich zur Tür. Da packte ihn das Entsetzen, denn er konnte eine Person ausmachen, die durch die angelehnte Tür schlüpfte und wartend im dunklen Türrahmen stehen blieb. Ängstlich wagte Schiller es nicht mehr, sich zu bewegen, und hielt geradezu den Atem an. Die Gestalt bewegte sich auf ihn zu. Er vernahm einen kleinen Seufzer, der eindeutig von einer Frau herrührte. Und jetzt erkannte er die Vischerin. Schiller lächelte erleichtert. Keine Bedrohung.

Wie weggeblasen schienen Angstträume und Schrecken. Sie sprach zu ihm in einem sanften Tonfall mit halblauter Stimme und wollte ihn beruhigen. Er hörte nicht auf die Bedeutung ihrer Worte, sondern lauschte ihrer Stimme, wie ein Kind dem Wiegenlied der Mutter lauscht. Auf Zehenspitzen näherte sie sich dem Bett und strich ihm mit einer Hand über die Haare. Sie knöpfte ihr Nachthemd auf und zog es über den Kopf. Dann setzte sie sich auf die Bettkante, schlug die Decken zurück und entblößte seine Nacktheit. Ihre weiße Haut schien selbst im Dunkel des Raumes zu leuchten und Schiller konnte sich kaum bezähmen, nach ihren vollen Brüsten zu greifen. War sie schamlos und gefährlich? Er wusste nicht warum, aber ihm fiel ein, dass der Mietzins fällig war und er kein Geld hatte. Schiller konnte seine Gedanken nicht ordnen. Sie streichelte ihn rücksichtsvoll und zart. Gern hätte er jetzt ihre Augen gesehen und an Minna gedacht. Er versuchte sich aufzurichten, sie zu küssen, doch sie drückte ihn zurück ins Bett.

»Du bist ja ganz heiß und nass geschwitzt. Wie geht es dir?« Dabei intensivierte sie ihre Zärtlichkeiten. »Auch ich fühle mich einsam und ängstige mich manchmal. Komm, lass dich trösten.«

Seine unerfahrenen Finger strichen sanft, zuerst schüchtern, über ihren Körper. Kaum noch konnte er sich zurückhalten. Er tastete nach ihrer Brust, fühlte ihre harten Brustwarzen in seinen Handflächen. Sie bewegte sich vorsichtig und langsam, fuhr mit den Fingern durch seine Haare, streichelte ihm unablässig über Hals und Brust. Sie war eine erfahrene Liebhaberin und verstand es, sein Drängen immer wieder hinauszuzögern. »Dich könnte ich lieben!«, stöhnte Schiller auf, als sie beide matt nebeneinander lagen. Die Vischerin lachte nur leise, küsste ihn sanft auf die Wange und schlang die Decken über ihre nackten Körper. Als sie eine Stunde später aufstand und in der Dunkelheit nach ihrem Nachthemd suchte, sagte sie bestimmt: »Damit er es weiß, mein lieber Friedrich, niemand erfährt etwas und keine Vertrautheiten nehme er sich heraus. Es bleibt offiziell beim Sie und ich erlasse ihm auch den Mietzins nicht. Ich habe Kinder und bin zu alt für ihn.«

»Und wenn ich dich begehre?«, fragte Schiller.

»Wann er mich begehren darf, entscheide allein ich! Und wenn er mir eine Szene macht oder mich bloßstellt, hat er sich eine neue Bleibe zu suchen.« Sie stand in der Tür, lachte, fuhr sich mit ihrer linken Hand verträumt durch ihr offenes schulterlanges Haar. »Und damit ich es nicht vergesse, mein Don Juan, der Mietzins ist in einer Woche fällig!« – »Ich bin kein Er, das verbiete ich mir!«, wollte Schiller ihr noch zurufen, aber da war sie schon zur Tür hinaus.

Auch am nächsten Tag meldete sich Schiller noch nicht zum Dienst in der Kaserne zurück. Als Kapf atemlos am frühen Morgen in das Zimmer stürmte, um sich vor dem Dienst ein frisches Hemd zu holen, fand er Schiller in Hosen und Unterhemd am Tisch sitzend und dichtend. Aus der Stube hörte er die spielenden Kinder und das Klavierspiel der Vischerin. Verwirrt stand er mitten im Raum. Hier herrschte am frühen Morgen eine seltsame Stimmung. Etwas hatte sich verändert, er begriff nur nicht was. Es war nicht mehr die übliche hausfrauliche Geschäftigkeit, die das Haus durchwehte, sondern der Geist der Poesie. Kapf sprach seinen Freund an, doch der lächelte ihm nur entrückt zu, begrüßte ihn mit einem freudigen Kopfnicken und schrieb weiter. Kapf schaute ihm über die Schulter und las:

»Meine Laura! Nenne mir den Wirbel,
Der am Körper mächtig reißt …
Eine schönere Aurora rötet,
Laura, dann auch unsere Liebe sich,
Die so lang als Jener Brautnacht dauert –
Laura! Laura! freue dich!«

Ganz ergriffen stand Schiller jetzt auf und las das ganze Gedicht in mühsam unterdrückten Schreien. »Was ist los mit dir? Erst gestern noch lagst du mehr tot als lebendig in der Kiste und dichtest heute heiße Liebesschwüre?«, argwöhnte Kapf, dem die Lyrik ansonsten wenig sagte. »Melde mich heute noch einmal krank«, bat Schiller. »Mir ist heute nicht zum Doktor spielen.« – »Sorg lieber für den Mietzins«, schlug Kapf vor, »ich denke, das wird der Vischerin besser gefallen als deine lyrischen Ergüsse.« – »Du bist ein Holzkopf und lass die Vischerin aus dem Spiel!«, schimpfte Schiller.

Da stand sie unerwartet in der Tür. Einen winzigen Moment kreuzte sich Schillers Blick mit dem ihren und Schiller legte verlegen die Blätter zurück auf den Tisch. Kapf, der dies alles beobachtete, sagte: »Ach, so ist das also!«, griff nach seinem Hemd und wollte sich auf den Weg machen. »Da will ich nicht länger stören.« Schiller hielt ihn auf: »Behalt deine schmutzige Fantasie für dich.« Kapf lachte nur: »Empfehle mich deiner Laura, alter Freund.«

»Wie wäre es mit dem Mietzins, meine Herren? Ich gedenke nicht, Sie durchzufüttern.« Die Majorswitwe hatte sich wieder im Griff und warf beiden ärgerliche Blicke zu. »Nächste Woche, gute Frau Majorin«, versprach Kapf und warf seinen ganzen Charme dabei in die Waagschale. »Kapf!«, rief Schiller seinem Freund noch im Treppenhaus hinterher. »Wenn du mein Freund bist, will ich keine anzüglichen Bemerkungen und Indiskretionen von dir hören!« Kapf lachte erneut: »Versprochen, du Schwerenöter. Übrigens, anregend, dein Gedicht!«

Am späten Nachmittag kam Mäntler und brachte Schiller zehn Gulden für sein Herzog-Gedicht und die Redaktionsarbeit. »Zehn Gulden!«, sagte Mäntler selbstzufrieden und legte die Münzen mit Nachdruck auf die auf dem Tisch liegenden Laura Gedichte. »Zehn Gulden sind zehn Gulden, ha no!«

Schiller blickte ihn fragend an und rätselte, ob die heimatliche Redewendung seine Freizügigkeit, eine Anerkennung oder eine Aufforderung, sich mit weniger zufrieden zu geben, bedeuten sollte. Mäntler schien jedoch mit dem Absatz seiner »Nachrichten zum Nutzen und Vergnügen« höchst zufrieden, denn es gelte ihm, wie er lautstark verkündete, einige Maß auf diese wunderbare Ode an den Herzog »zu verhafte«. Man habe sich anerkennend geäußert. Draußen sei ein frühlingshafter Wind zu spüren, die Herren Offiziere und Bibliothekare seien bereits verständigt und er lade ein zum Kegeln. Eine körperliche Ertüchtigung nach all dieser Schreibtischhockerei, die einem jungen Menschen doch eher abträglich sei.

Schon hakte er Schiller bei sich unter und zog ihn mit sich. Eigentlich hatte dieser zu Haus und bei der Vischerin bleiben wollen. Er hatte auf einen Abend verliebt tändelnden Einvernehmens gehofft. Aber mit keinem Zeichen hatte sie ihm Anlass zur Hoffnung gegeben, dass ihre Liebesbeziehung eine Fortsetzung erfahren könnte, und die Aussicht auf eine gut gelaunte Gesellschaft mit Wein und Freibier schien ihm verlockend genug, um die Geselligkeit seinem verwirrten Gefühlsleben vorzuziehen. Auf der Straße langte er nach seiner Schnupftabaksdose, fand diese aber leer. Voller Übermut bückte er sich, füllte Staub in dieselbe und nahm sogleich eine Prise, um seine Schleimhäute zu reizen. Er nieste wie ein schnaubender Stier und Mäntler hatte seine Freude an dem verschrobenen Dichterlein.

In Brodhags Keller warf man Kegel und bekam einen großen Topf Punsch kredenzt. Die Freunde ließen Mäntler hochleben, bis dieser aus Verlegenheit eine Gasse nach der anderen warf und sich zu einer zweiten Runde genötigt sah. Doch Petersen bestellte Bier und schrie, der Punsch schmecke schal, als habe Brodhag ihn mit Ochsenblut gestreckt. »Da lob ich mir den Punsch unserer Laura!«, gröhlte Kapf selbstvergessen. »Wieso Laura?«, fragte Scharffenstein. »Ich denke, eure Wirtin heißt Luise – und seid ihr schon per Du?« – »Erzählt doch mehr von zu Haus …«, grinsten Petersen und Reichenbach und schlugen sich vor Schadenfreude auf die Schenkel, als sie Schiller und Kapf verlegen erröten sahen.

»Sie heißt Luise, meine Herren«, antwortete Kapf mit fester Stimme, »und unser Schiller heißt auch nicht Don Juan oder Casanova!« Und mitten in das unausweichliche Gegröle brüllte er: »Und ihr Punsch ist absolute Klasse!«

Schiller blieb verlegen und schweigsam. Weshalb saß er inmitten der Meute in der qualmigen Kellerstube des »Ochsen«, wo er doch von der Trinkerei ohnehin für einige Zeit genug hatte? Hörte andere reden und prahlen und war nicht bei der Sache? Erwartete er etwas anderes? Was wollte er eigentlich? Er ärgerte sich jetzt, dass er dem allzu billigen und durchsichtigen Drängen Mäntlers so widerstandslos gefolgt war, ohne noch wenigstens bei der Vischerin vorbeizuschauen. Unruhig wurde er, wenn er an sie dachte, sehnte sich nach ihrer Nähe, mochte nicht länger hier sein.

Heimlich schlich er sich davon, nahm zwei Stufen auf einmal, lief am verwunderten Brodhag vorbei und stürzte ins Freie. Er schöpfte tief Atem, war sich plötzlich sicher, was er wollte, durchlief die Quergasse zum Langen Graben, hastete zum Haug'schen Haus, stand mit klopfendem Herzen und wirren Gefühlen vor der schweren eichenen Doppeltür, schloss auf und lehnte für einen Moment außer Atem an der kalten Wand im dunklen Flur. Ohne etwas zu erkennen, hörte er jemanden die Treppenstufen herunterkommen. Ein warmer Lufthauch erreichte ihn. Schiller tastete sich vorwärts in der Dunkelheit. Auf dem Holzgeländer der Treppe traf seine Hand auf die ihre. Zwei Arme schlangen sich um seinen Hals. Sie küsste ihn leidenschaftlich und zog ihn in sein gut vorgeheiztes Zimmer. Zusammen sanken sie auf das Bett. Er gab sich ihr mit einer Leidenschaft hin, die ihr den Atem raubte, und ließ sie während der ganzen Zeit nicht los, was gleichzeitig auch als Entschuldigung für sein Fernbleiben gelten sollte.

Zu dieser Zeit vermisste man Schiller im »Ochsen« und Kapf meinte nur leichthin: »Er schreibt wieder Liebesgedichte. Aber von solchem Feuer, dass sich Stäudlin die Finger daran verbrennen wird, wenn er sie im Almanach zu lesen bekommen wird.« Es wurde entschieden, Schiller möge nächsten Abend die Gedichte vortragen, denn Liebesfeuer könnten sie alle gebrauchen. Laura hin, Vischerin her, es sei gut, dass er nicht mehr kuhäugig glotzen und schlechte Reime schinden würde. Laura hin, Luise her, aber die Vischerin, meinte Scharffenstein nur bedenklich, sei doch zu alt für Schiller, eine Mumie gar, ein soldatisches Muttertier und gar nicht mal besonders anschaulich. Kapf riet ihm in aller Freundschaft, das Thema lieber nicht mehr anzuschneiden.

Am Morgen fand sich Schiller allein in seiner Kammer wieder. Er sah auf dem Tisch eine neue Kerze, das Schreibzeug gereinigt, das Tintenfass gefüllt, eine neue geschnittene Feder und ein Bündel weißes Papier lagen daneben in der Mitte des Tisches. Er war gerührt über die Aufmerksamkeiten. Sofort setzte er sich an den Tisch und schrieb aus einer Laune heraus *»Die seligen Augenblicke – von Laura«*. Wie ein Rauschen aus tiefen Quellen entsprangen Bilder und Verse. Schiller fühlte sich liebestrunken, verzaubert von der Güte und weiblichen Zuwendung. Die Gedanken an eine Zukunft dieser Beziehung verdrängte er, lebte ganz in dem Glück des Augenblicks, denn zu lange hatte er die Wärme der menschlichen Liebe und ein Zuhause entbehrt. Sein Herz, so weich wie eine Wolke, wollte er ihr in Versen zu Füßen legen und eigentlich war es mehr Leidenschaft und Dankbarkeit als Liebe, was ihn umtrieb – aber diesen Unterschied hätte er ihr nie eingestanden, um sie nicht zu verletzen.

»Ach, vielleicht verpasste tausend Monde,
Laura, die Elysiumssekunde,
All begraben in dem schmalen Raum,
Weggewirbelt von der Todeswonne,
Landen wir an einer andern Sonne,
Laura! und es war ein Traum.«

Er stand auf, lief im Zimmer umher, sprach die Verse aus dem Gedächtnis wie früher in der Akademie, als er heimlich schreiben musste.

Mit schlenkernden und wild rudernden Armen dirigierte er seine Verse, dann schrieb er sie noch einmal ab, alle neun Strophen des Gedichtes, steckte sie in einen Briefumschlag, schlich sich in den Flur und schob sie ihr heimlich unter ihre Wohnungstür.

»Es sind die glühendsten Liebesbriefe, die ich in deutscher Sprache kenne, und sie sublimieren das Körperliche geradezu bis zu einer übersinnlichen Magie. Wie glücklich müssten sie eine Laura aus Fleisch und Blut machen! Aber könnte eine wirkliche Person überhaupt den Anforderungen eines solchen Idealbildes gerecht werden?« Abel übertrieb nicht und meinte es ehrlich. Schiller jedoch errötete, fühlte sich erkannt und wandte sich verlegen ab. Professor Abel, ganz ein Mann des Geistes, dem eine solche Leidenschaft noch nie widerfahren war und der sich eine solche Frau in Wirklichkeit nicht vorstellen konnte, bemerkte so gut wie nichts von den Gefühlen seines ehemaligen Schülers und fügte hinzu: »Sagen Sie, Schiller, was macht eigentlich Ihr dramatisches Talent? Wie ich hörte, hat man versucht, Sie wegen Ihres Räuber-Dramas jetzt doch noch beim Herzog anzuschwärzen. Sie sollten Ihre Bemühungen nicht aufgeben. Das wäre zu schade. Es steckt so viel Aufwühlendes und Aufrichtiges darin, dass mich ein Schauer überläuft, wenn ich an so manche Ihrer Szenen denke.«

»Meine Schwester Chrisophine und ich haben den Text zwar noch einmal abgeschrieben, aber ich hatte so viele Schwierigkeiten ... Ich habe die ›Räuber‹ in letzter Zeit vergessen«, antwortete Schiller scheu. Vielleicht hatte Abel Recht und hier lag die einzige Möglichkeit, sich aus den engen württembergischen Verhältnissen und seiner ungeliebten medizinisch-militärischen Laufbahn zu befreien. Doch gleichzeitig ängstigte Schiller der Gedanke an die möglichen Konsequenzen weiterer Konfrontationen.

24

Tabakwolken und Stimmengewirr wogten Farber entgegen, als er seine gute Stube hinter der Apotheke betrat. Der Qualm stand inzwischen wie eine feste Nebelwand im Raum, denn dem Grund der Aufregung entsprechend, geruhten die jungen Herren zu paffen und des

Apothekers Bestände zu dezimieren. Alle saßen sie debattierend brav auf den Stühlen und dem Sofa, nur einer – Friedrich Schiller – stelzte aufgeregt mit schwingenden Armen hin und her.

»Wo bleibt der Petersen?« – »Sie werden ihn hoffentlich nicht abgefangen haben …« – »Eher macht er sich am weichen Busen einer Dorfschönheit einen schönen Tag und verschwendet keinen Gedanken an uns.«

»Hört auf! Auf Petersen ist Verlass. Als Bibliothekar versteht er was vom Druck und Einband. Wenn es einer schafft, dann er!« Schiller ergriff Partei für seinen Freund, obgleich er sich dessen Ausbleiben auch nicht erklären konnte.

»Mir wäre ohnehin wohler, er wäre erst gar nicht gefahren, um einen Drucker zu suchen. Wir hätten die Drohungen und nicht zuletzt die Übergriffe gegen Schiller ernster nehmen sollen«, stöhnte Apotheker Farber und ließ sich müde in seinen Lieblingssessel fallen. Auch Schiller machte sich Sorgen. Die Postkutsche aus Mannheim sollte um vier Uhr am Alten Schloss eintreffen. Von dort bräuchte der Freund noch eine Viertelstunde. Inzwischen war es sechs und es dunkelte bereits. Scharffenstein war schon zur Haltestelle gelaufen, aber weder von Petersen noch von der Postkutsche war irgendetwas zu sehen gewesen.

»Mensch, Schiller! Hör endlich auf, im Kreis zu rennen. Du machst uns noch alle verrückt!«, rief Scharffenstein. »Das ist kein gutes Zeichen, dass Petersen noch nicht da ist«, begann der Apotheker von neuem. »Es ist doch gleichgültig, ob er in Mannheim oder anderswo einen Drucker findet, das ändert nichts an unserer Meinung. Schiller, besinne dich! Dein Drama ist hochexplosives Pulver und du hältst mit deinem Wunsch, es der Menschheit zu schenken, bereits die Lunte in der Hand!«, gab Kapf zu bedenken. »Wer hat etwas von schenken gesagt? Wenn der ein oder andere Gulden dabei abfiele, ich könnte ihn wohl gebrauchen«, antwortete Schiller. »Schiller, bedenke, wenn rauskommt, dass du deine Räuber veröffentlicht hast, wird der Herzog das Buch wirklich lesen. Keine Bleibe wirst du mehr finden! Schiller! Denk an deine Zukunft!«, begütigend redete Farber auf Schiller ein und erntete in der Runde Beifall. »Es sind oftmals die schönsten Blumen, die am Höllenfeuer sprießen!«, rief Schiller verärgert. »Ihr schlottert ja alle vor Angst! Ist das der Geist, der uns in der Sklavenplantage so fest und erfolgreich zusammengeschmiedet hat? Bedenke, Hoven, Schwarzbrot und Freiheit! Die letzten Worte deines armen Bruders …« Hoven senkte betroffen den Blick: »Und wenn du tausend Mal Recht behieltest, sorge ich mich dennoch um dich. Drum beleidige nicht meine Freunde.« Schiller hockte sich vor den Freund aus Kindertagen, fasste ihn am Nacken und drückte ihn fest an sich. Um nichts auf der Welt wollte er ihre Freundschaft gefährden. Sie blieb die stärkste Kraftquelle über all die schweren Jahre.

Da meldete sich aus der Fensternische eine zarte Stimme zu Wort. Er saß dort als Neuer in der Runde, vom Tabakqualm gut verborgen, am weitesten von Schiller entfernt. »Wir bewundern ihn doch alle für seine Wortgewalt, wie er furchtlos dem Herzog Paroli bietet, mit welchem Freimut er im blauen Grenadierrock seine Ansichten verteidigt und dass ihm trotz aller Einschüchterungsversuche die Kriecherei fremd ist. Sind wir tatsächlich berufen, diesen Unbeugsamen in unserer Mitte zum Schweigen zu verdammen? Seinen Rücken zu krümmen, dort, wo es die Mächtigen bislang nicht vermocht haben? Oder sollten wir nicht diejenigen sein, die ihm ebenso unerschrocken auf seinem Weg zur Seite stehen?« Protestrufe wurden laut. Noch einmal erhob Andreas Streicher seine zarte Stimme: »Ich bin neu hier, ich weiß. Aber ich stelle nur ein paar Fragen, an deren ehrlicher Beantwortung uns allen gelegen sein sollte!« – »Künstler unter sich!«, höhnte Hoven, der durchaus auch ein wenig eifersüchtig auf Schillers neuen Freund reagierte. »Das kommt dabei raus, wenn eine zarte Künstlerseele das hohe Lied der Freiheit geigt! Die Krüppel, die unser Schiller im Regiment behandelt, die Geschundenen, die halbblind sich aus den Kerkern tasten, das ist die Realität!« – »Soll er doch eine Freiheitshymne komponieren! Das ist allemal ungefährlicher, als ein Stück wie die ›Räuber‹ unters Volk zu bringen!«, rief Kapf aus und fuhr mit dem Daumen durch die Blätter des Originalmanuskripts, das der Apotheker zur Sichtbarmachung des Streitgegenstandes auf den Tisch gelegt hatte. »Lasst meinen Freund Streicher in Frieden. Hoven! Kapf! Ich will nicht, dass ihr ihn kränkt«, ergriff jetzt Schiller Partei.

Da stürmte Petersen herein. Seine Kutsche war hinter Leonberg liegen geblieben, und er musste den ganzen Weg zu Fuß hierher eilen. Schiller sprang auf und umarmte ihn: »Freund! Schön, dass du da bist.

Wir haben uns schon Sorgen gemacht. Was bringst du für Neuigkeiten?« Scharffenstein bot dem Erschöpften seinen Platz an und Petersen warf sich auf das Sofa. Sein Reiseumhang landete auf dem Fußboden.

»Jämmerliches, feiges Gesindel!«, rief Petersen aus. »Nicht einer traut sich, dein Stück zu drucken. Weder hier in Württemberg noch zu Mannheim.« Schiller stand wie versteinert und starrte seinen Freund ungläubig an. »Das gibt es doch nicht! Aber lesen können sie doch noch, oder?« – »Oh ja, gelesen haben die meisten in dem Drama. Dann die Frage nach dem Dichter. Auf meine Erklärungen, dass wir es anonym drucken wollen, zogen sie sich allesamt darauf zurück, das Drama sei zu gewagt und sie wollten sich weder ihr Geschäft verderben noch sich mit ihrer Herrschaft anlegen. Denn auch außerhalb von Württemberg und Schwaben verstünden die Herrschaften keinen Spaß, wenn man kritisiere. Selbst in Speyer und Darmstadt habe ich bei Druckern vergeblich angeklopft.« Petersen klang bedrückt und wagte nicht, Schiller ins Gesicht zu schauen. Es folgte eine beklemmende Stille. »Recht haben sie. Für das Geschäft ist es nie gut, bei der Herrschaft aufzufallen. Da spielt es keine Rolle, ob man in Stuttgart, Mannheim, Trier oder Speyer lebt«, Hoven nickte Petersen zu.

Doch Schiller sprang auf: »Freunde, es gilt! Mein Drama wird gedruckt! Jetzt erst recht!« Erschrocken horchten die Freunde auf Schillers schrille Stimmlage. Der Ton gellte ins Ohr. Ein bedingungsloses Entweder-oder! »Wie soll das gehen?«, fragte Kapf ungläubig. »Ich zahle den Druck selbst! Suche mir einen verschwiegenen Drucker«, antwortete Schiller selbstbewusst. »Deine Finanzen sind nicht dazu angetan, solch hochfliegenden Plänen nachzuhängen.« Kapf schüttelte den Kopf. »Und bedenke, gerade eben bist du einem Anschlag entkommen. Dass du der Autor bist, lässt sich wahrscheinlich nie ganz geheim halten. Außerdem ist dein Stück ohnehin schon in gewissen Kreisen bekannt. Du solltest dein Leben nicht so leichtfertig aufs Spiel setzen.« – »Kein Wort von Kriecherei und Furcht mehr!« Schiller fuhr seinen Zimmergenossen wütend an. »Genug schwadroniert! Wenn Menschen wie wir es nicht wagen, ist das Leid von solch Aufrechten wie Schubart völlig umsonst. Es gilt! Entweder mit mir oder gegen mich. Ich habe nicht für die Schublade geschrieben!«

Noch immer zögerten die Freunde. Da ging Andreas Streicher auf Schiller zu und reichte ihm entschlossen die Hand: »Deine Entscheidung steht, mein Freund! Jetzt ist es unsere Aufgabe, dich nicht im Stich zu lassen. Das Geld wird sich schon irgendwie auftreiben lassen.« Schiller strahlte Streicher dankbar an. Die anderen verfolgten diese Szene mit widerstreitenden Gefühlen.

»Hier geht es weder um einen Weiberrock noch um ein Spiel! Was dich, was uns erwarten könnte, ist bitterer Ernst. Verfolgung und Tod, da hören die Kinderspiele auf!« Kapf blieb hart und erntete dafür vereinzelt Beifall. »Können wir überhaupt den Gefahren ausweichen, solange noch Leben in uns ist und wir aufbegehren?« Streichers zarte Stimme bekam einen entschlossenen, fast scharfen Unterton.

»Wie meint er das?«, fragte Apotheker Farber. »Wie ich es sage. Auch unter uns könnte die Gefahr lauern. Dafür müsste Schiller noch nicht einmal sein Drama veröffentlichen ...« Die Freunde wurden hellhörig. Einige standen auf und kamen auf Streicher zu. »Überlege dir gut, was du jetzt sagst, aber erkläre dich!«, drohte Scharffenstein mit aller Deutlichkeit. »In dieser Runde steht jeder für jeden ein.« – »Nicht das Gegenteil will ich behaupten. Ich müsste euch ansonsten auch den Beweis schuldig bleiben. Dabei sollten wir uns nicht in Sicherheit wiegen. Habt ihr nicht selbst von dem jungen Elwert erzählt, Schillers Freund aus Kindertagen? Und was ist mit dir, Kapf, der du sogar mit Schiller das Zimmer teilst?« Streicher schien entschlossen, reinen Tisch zu machen. »Ich bin ein aufrechter Freund Schillers! Wer das Gegenteil behauptet, sollte meine Klinge zu spüren bekommen.« Kapf griff Streicher beim Kragen. »Erst so kurze Zeit in unserem Kreis und schon sät er Misstrauen! Streicher, wenn er nicht Schillers Gunst besäße, fände er sich jetzt auf der Straße wieder!«, rief Petersen erbost aus.

»Lasst ihn reden!«, befahl Schiller.

»Schiller, ich kenne deinen Freund schon länger. Franz Joseph Ernestus Antonius Emerentius Maria Kapf ist, bevor er zu euch in Ludwigsburg stieß, in Bayern bei den Jesuiten gewesen. Und wer deren Schulen kennt, mag sich ausmalen, welche Ideen in die Kindsköpfe gepflanzt worden sind. Offensichtlich hat er euch allen dies aus gutem Grund verschwiegen. Schiller, ich bin überzeugt, er ist dein Freund. Aber was ich damit sagen will: Gefährlich ist es überall – selbst im engsten Bekanntenkreis ...« Streicher wandte sich ab und zog sich zurück in die Fensternische. Es brach ein Sturm der Entrüstung los, und nur weil sich Schiller und Farber schützend vor Andreas Streicher stellten, verhüteten sie Schlimmeres. Mit aller Schärfe und Deutlichkeit forderte Schiller von Kapf jetzt eine Erklärung, und der gab den Umstand ohne Umschweife zu, entschuldigte sich wortreich für sein bisheriges Schweigen, das er dem Orden habe geloben müssen, und versicherte mehrfach, dass er nie im Leben seinen Freunden auf irgendeine Weise Schaden zufügen würde. So laut und überhitzt es zuvor zugegangen war, so betroffen und entsetzt schwiegen die Freunde jetzt. Das hatte niemand für möglich gehalten!

»Mein Freund, warum nur?« Schiller rang verzweifelt um Fassung. »Dies ist klar, dass wir so jetzt nicht mehr Zimmer – und, was schwerer wiegt, Vertrauen teilen können.«

Kapf nickte nur. »Ich werde mich werben lassen. Der Herzog verkauft Soldaten nach Holland für die afrikanischen Kolonien. Ein Offizier bekommt ein ordentliches Handgeld. Einen Teil davon möchte ich dir für den Druck geben, mein Freund. Das ist meine letzte Bitte, schlage sie nicht aus – um unserer langjährigen ehrlichen Freundschaft willen, bitte.« Grußlos verließ Kapf die Apotheke und ging allein hinaus in die Stadt. Keiner sagte ein Wort. Niemand lief ihm nach oder versuchte, ihn zurückzuhalten.

»Wir versuchen es bei Metzler, der ist stets knapp bei Kasse und auf Geld aus. Außerdem klein genug, um nicht mit dem Herzog und bedeutenden Personen in der Stadt in Beziehungen zu stehen«, schlug Reichenbach vor.

»Auf die Titelseite setzen wir andere Druckorte. Frankfurt und Leipzig zum Beispiel. Sollen sie doch dort Drucker und Dichter suchen!«, ergänzte Petersen. Feurig rief Schiller aus: »Auf dem Titelblatt muss ›in tyrannos‹ stehen! Schlotterbeck und Dannecker gravieren mir als Titelkupfer einen zornigen Löwen, der aufspringt und drohend seine Pranke erhebt.« – »Schiller! Schiller! Das ist zu viel gewagt!«, warnte Dannecker. »Du stellst dich auf eine Stufe mit Ulrich von Hutten, der seinen württembergischen Herzog bekämpft hat. Und dessen Ende dürfte dir wohl bekannt sein!«, pflichtete Reichenbach der Warnung bei. »Es bleibt dabei. Feuer frei! Wir wagen es!« Schiller war jetzt ganz in seinem Element. »Mensch, Schiller! Was für ein Kerl du bist!«, rief Streicher begeistert aus.

»Und die ersten Exemplare schicke ich an die bedeutendsten Verleger und größten Köpfe Deutschlands. Es muss sich einer finden lassen, dessen Pulver noch nicht nass geworden ist und der sich für die Freiheit und wahre Dichtung entflammen lässt!«, spann Schiller den Faden weiter. »Emilia Galotti! Wisst ihr noch? Lessing müsste das Stück in die Finger bekommen. Doch wir haben seine Adresse nicht«, begeisterte sich Petersen über die Idee. »Wir schicken es nach Berlin zu seinem Verleger Nicolai mit der Bitte um Weiterleitung. Und nach Mannheim zum Verleger Schwan. Freunde! Große Zeiten brechen an!«

»Auf ein Wort«, bevor die Freunde auseinander gingen, nahm Hoven seinen Schiller zur Seite, »ich habe Neuigkeiten, die dich interessieren werden. Denn ich bin keineswegs nur wegen deiner Verrücktheit, das Drama wirklich drucken zu lassen, nach Stuttgart gekommen.« Sie sonderten sich ab, gingen Richtung Langer Graben und steckten verschwörerisch wie einst in Kindertagen die Köpfe zusammen. »Lass hören, ich bin gespannt.«

»Ich habe den gefangenen Schubart gesehen«, antwortete Hoven. »Gütiger Himmel! Du warst auf dem Hohenasperg? Schubart lebt! Ich muss ihn auch sehen – ich muss ihn warnen, ihm Mut machen! Wann bist du ihm begegnet? Wie ist es dazu gekommen?« Tief ergriffen packte Schiller Hoven bei den Schultern und überschüttete ihn mit Fragen. »Erzähle!« – »Vor einer Woche war es.« Hoven schaute sich um, ob ihnen jemand gefolgt war. »Mir wäre es lieber, wir würden uns hier nicht auf offener Straße darüber unterhalten.«

Schiller zog den Freund mit in die Kaserne, hatte er ohnehin an diesem Abend noch Krankenbesuche zu erledigen. Dann saßen sie nebeneinander im Behandlungszimmer. Schiller hatte Kronenbitter im Wartezimmer postiert und gebeten, peinlichst darauf zu achten, dass Hoven und er nicht gestört würden. Aufmerksam musterte der ordentliche Landarzt und Doktor Hoven Gerätschaften und Arzneien seines Kollegen Schiller. Dieser winkte bescheiden ab, als er den Blick des Freundes bemerkte: »Sicherlich nicht zu vergleichen mit deinen Gerätschaften und Einrichtungen. Nicht nur mein Salär ist schmal, auch meine Möglichkeiten sind sehr beschränkt. In Wirklichkeit interessiert sich niemand für unser Regiment.«

Hoven nickte verständnisvoll und begann mit seinem Bericht. Das Dorf Asperg gehörte auch zu seinem Bezirk, den er als Landarzt betreue. Vor etwas mehr als einer Woche hatte er dort Krankenbesuche zu erledigen. Lungenentzündung und einen Knochenbruch. Es war spät geworden. Wetter und die hereinbrechende Dunkelheit machten eine Rückfahrt nach Ludwigsburg nicht ratsam. Deshalb war er in dem einzigen äußerst einfachen Gasthof am Ort abgestiegen. »Als ich mit dem Wirt ins Gespräch kam, fiel auch der Name Schubart. Es sei ja der berühmteste Gefangene und neuerdings gäbe es sogar Besuchstage, über die der despotische General Rieger, ein bigotter Pietist, ziemlich willkürlich verfüge. Zwar dürften Familie und Freunde ihn, den armen geschundenen Poeten, noch immer nicht besuchen, aber an bestimmten Tagen würde der General seinen berühmten Gefangenen wie einen Tanzbären dem geladenen Publikum vorführen. Er ließe ihn dann Klavier spielen oder ausgesuchte Gedichte vortragen und der General gäbe sich geistreich. Du kannst dir vorstellen, was in mir vorging, als ich erfuhr, dass ausgerechnet am nächsten Abend eine solche Vorführung angesetzt war.« – »Du hast dich in die Festung gewagt?« Schiller erschrak bei dem Gedanken. »Ich habe gleich am nächsten Morgen einen Boten zum General Rieger geschickt und ihm in einem Billet ein wenig Honig ums Maul geschmiert. Es erwies sich einfacher als geglaubt. Schon wenige Stunden später hielt ich eine Einladung in aller Form in Händen. Der Wirt hatte Recht gehabt, dass ich als gebildeter Mann ohne Schwierigkeiten eingelassen werden würde.« – »Du hast ihn gesehen?«

Hoven nickte betrübt. »Ja, er trug Ausschnitte aus Klopstocks ›Messias‹ vor. Seine brüchige Stimme mit einem leisen Hauch von Pathos, müde Gesten, die flackernden, halb geschlossenen Augen. Dieser einst so kräftige Mann stand dort auf einer kleinen improvisierten Bühne, gebeugt, wachsbleich im Gesicht, halb in Tränen, und war in seinem tapferen Bemühen immer noch jenen Dumpfbacken in den Stuhlreihen um Längen überlegen. Es war nicht mehr der Schubart, wie wir ihn aus Ludwigsburg kennen. Allmächtiger Gott! Ich hätte laut aufschreien können, ihn so elend zu sehen!« – »Konntest du ihn sprechen?« Schillers atemlose Frage. »Nein. Nach der Vorstellung ließ sich

Rieger, ganz eine aufgeblasene Fratze, feiern. Man führte Schubart von der Bühne und der General in vollem Ordinat nahm den Applaus entgegen. Angewidert bin ich davongelaufen, um nicht mehr dem Rieger die Hand reichen zu müssen.«

Die Freunde beschlossen, Wege zu finden, um Schubart in seinem Gefängnis besuchen zu können. Sobald sich eine Gelegenheit ergeben würde, wollte Schiller unter einem Vorwand in aller Heimlichkeit dieses Vorhaben angehen.

Da blickte ihm Hoven fest in die Augen: »Du vertraust dem Andreas Streicher?« Schiller nahm seinen Freund spontan in den Arm und antwortete mit großem Ernst: »Ganz so, wie ich dir vertraue, mein Freund Hoven.« – »Und was wird mit Kapf? Wenn er seinen Entschluss umsetzt und nach Afrika geht, werden wir ihn kaum wiedersehen …« – »Es zerreißt mir das Herz, den Freund zu verlieren, und ich mache mir große Sorgen um ihn«, antwortete Schiller, »aber er steckt wohl tiefer in der Sache, als er uns – und vielleicht auch sich selbst – eingesteht.« – »Erinnerst du dich, wie er deine Gedichte gerettet hat und sie dir am nächsten Abend in den ›Ochsen‹ brachte?«, fragte Hoven. »Er hat von dem Vorhaben der Jesuiten gewusst. Aber er wollte mich augenscheinlich auch schützen. Dennoch kann ich ihm nicht helfen. Er hätte sich eher offenbaren müssen«, meinte Schiller. »Was für ihn wahrscheinlich sehr gefährlich hätte werden können. Vielleicht ist er nicht der Draufgänger, den er uns immer vorgespielt hat.« Schiller spürte, dass auch Hoven den Freund aus Akademietagen nur ungern ziehen ließ.

Als Schiller in der Nacht in sein Zimmer im Haug'schen Haus zurückkam, war Kapf bereits ausgezogen. Alles, was Schiller noch vorfand, war ein schriftlicher Gruß mit einer Entschuldigung auf dem Tisch. Schiller schloss sich ein und mochte auch der Vischerin keine Erklärungen abgeben.

25

Tatsächlich ließ sich genügend Geld und Kredit für »Die Räuber« auftreiben. An die zweihundert Gulden steuerten allein Professor Abel, der Apotheker Farber und die Majorswitwe Vischer bei. Für einen Kredit von einhundertfünfzig Gulden übernahm die Frau des Unteroffiziers Fricke, Schillers Liebschaft vom Kleinen Graben, in aller Heimlichkeit eine Bürgschaft und auch die Freunde brachten eine bescheidene Summe zusammen. Hinter verriegelten Türen druckte Metzler, ein wahrer Habenichts unter den Stuttgarter Druckern, achthundert Exemplare und ließ die fertigen Stücke täglich nach Abschluss der Bindearbeiten eiligst aus dem Haus schaffen. Das Geld nahm er gern, aber mochte der junge Dichter die Herrschaften auch noch so vergnüglich und unsanft am Bart zupfen, mit der Geschichte selbst wollte er nichts zu schaffen haben.

Inzwischen stapelten sich in Schillers Zimmer die Bücher. Jetzt standen die Freunde vor einem weiteren Problem, das sie nicht bedacht hatten. Die Bücher mussten vertrieben werden. Petersen und Reichenbach wurden erneut auf die Reise geschickt, aber mehr als wenige Dutzend Exemplare setzten sie in Buchhandlungen nicht ab. Das Ergebnis war fast so trostlos wie seinerzeit die Suche nach den Druckereien. Einige Exemplare vertrieben die Freunde durch Mundpropaganda. Doch dabei mussten sie in Stuttgart alle Vorsicht walten lassen. Wenige sprachen Schiller direkt an. Nur mit Mühe kratzte Schiller aus den Verkaufserlösen und Einkünften die erste Rate für den Kredit zusammen. Die Schulden drückten ihn schwer und der Bücherberg im Zimmer wuchs in diesen Tagen beständig weiter. Und dennoch: Literaturinteressierte Menschen steckten in Stuttgart die Köpfe zusammen. Irgendeiner zog ein Büchlein mit Lederrücken aus der Tasche, man schaute sich ängstlich um, ob man auch wirklich unbeobachtet sei, und begann zu tuscheln. Hinter wohl verschlossenen Türen lasen andere heimlich und leidenschaftlich aufgewühlt, was da ein Freidenker aufzuschreiben gewagt hatte. Das war weit mehr, als man von Lessing oder auch Goethe gewohnt war! Hier schlug jemand beherzt mit einem Flammenschwert nach Ungerechtigkeiten, stellte ein Unbekannter die bürgerlichen Verhältnisse auf den Kopf und benannte und strafte die Herrscherwillkür. Auch wenn das Drama anonym erschienen war, fiel in vielen Stuttgarter Kreisen der Name Schillers. Wem sonst sollte man ein solches Husarenstück zutrauen?

Obwohl Monate später erst wenige hundert Exemplare verkauft worden waren und Schiller sehr unter der kaufmännischen Erfolglosigkeit seines Unternehmens litt, hatte er dennoch Abertausende von

Menschen in Unruhe versetzt. Die Wirkung seiner Zeilen war riesig, mochte auch der Dichter in seinem ungastlicher werdenden Zimmer davon noch nichts spüren.

Einige Eleven schmuggelten Bücher in die herzogliche Akademie ein. Diese gefährliche Konterbande wurde heimlich von Hand zu Hand, von Versteck zu Versteck gereicht. Das Räuberlied gehörte längst zum Repertoire jeder heimlichen Zusammenkunft, und wie einst Schiller und seine Freunde den »Götz« auswendig zitierten und Shakespeare im Herzen trugen, so flüsterten die Eleven jetzt Schillers Sätze und ihre Herzen rissen die despotischen Mauern vor ihren Augen nieder. In Lehrbüchern der Akademie befanden sich plötzlich Sätze wie: »Fluch der Sklaverei!« – »Lieber Schwarzbrot und Freiheit als Kuchen und Gefangenschaft!« – »In tyrannos!« Der Intendant überging die Vorkommnisse so gut er konnte. Eines Morgens stellte man sogar fest, dass der Eleve Kemp mit Hilfe zusammengeknoteter Bettlaken über die Mauer geklettert und verschwunden war. An der Mauer klebte ein Zettel: »Dank den ›Räubern‹, deren Lektüre ich meinem herzoglichen Vater anempfehle, damit er auch etwas lernen möge, was für uns alle von Nutzen wäre! Ich will lieber in einem Backofen braten, als mit speichelleckerischen Alltagseseln droben zu Tische sitzen!« Tatsächlich war Kemp einer der klügsten Köpfe unter den angehenden Juristen gewesen, der als Chevalier am herzoglichen Tisch speisen durfte. Ein schwerer Verlust! Doch es gab keine Verfolgungsjagd. Der Zettel wurde verbrannt, und der Herzog tat, als habe es den Eleven Kemp nie gegeben.

Auch im kurpfälzischen Mannheim redete man über Schillers Erstling. Der angesehene Buchhändler Schwan, dem Schiller sein Drama mit der bescheidenen Anfrage, ob dieser bereit sei, es zu vertreiben, geschickt hatte, suchte den Intendanten des Theaters, den Reichsfreiherrn von Dahlberg auf, um diesem daraus vorzulesen und ihm eine Aufführung zu empfehlen. Man kam überein, dass bei allen Mängeln, die man dem jugendlichen Eifer zuschrieb, Goethe vielleicht einen würdigen Nachfolger in diesem Dichter finden könnte. Dahlberg borgte sich das Buch von Schwan, um noch einmal in Ruhe prüfen und diskutieren zu können, ob und unter welchen Bedingungen man dieses gewagte Stück, das große Wirkung verspreche, aufführen könne.

»Sie sind begeistert und wollen Bedingungen stellen?«, wunderte sich Schwan. »Ich bin kurpfälzischer Hofbeamter«, Dahlberg antwortet fast unbeteiligt kühl, »mein Theater ist eine fürstliche Bühne. Da werde ich mir gut überlegen, unter welchen Bedingungen und mit welchen Worten von meinen Schauspielern die Revolution geprobt wird.« – »Aber Sie sind doch begeistert, Exzellenz«, beharrte Schwan. »Sicher. Ich will sehen, dass dieses Stück seine Uraufführung auf meiner Bühne erlebt. Es schreitet voran in eine neue Zeit und könnte Geschichte schreiben. Aber kein Wort davon, lieber Schwan, zum Dichter oder irgendeinem anderen sonst. Die Eitelkeit kitzelt die Schriftsteller zu rasch und die bekommen noch Lust, blanke Taler einzufordern.«

Rot vor Aufregung und völlig außer Atem stürzte Kronenbitter in das Behandlungszimmer. »Der Nikolaus wartet auf Sie. Die Frau Vischerin schickt mich, der Herr Medikus möge sich beeilen!«, japste er.

»Wer? Am helllichten Tag sich zu besaufen! Mensch, Kronenbitter! Ich habe zu tun!« Schiller war gerade dabei, einen Verband zu wechseln. Beleidigt drehte er ab und watschelte Richtung Wartezimmer. Da dämmerte es Schiller, er empfahl sich eilig seinem Patienten. »Mensch, Kronenbitter, du meinst den Verleger Nicolai aus Berlin. Den Verleger Lessings!« – »Nicolai oder Nikolaus – wo ist der Unterschied!«, klagte Kronenbitter, der sich ungerecht behandelt fühlte. Noch im Laufen schnallte Schiller den Degen an und stülpte sich seinen kleinen Hut auf. Vor dem Haug'schen Haus stand tatsächlich ein kleiner Reisewagen mit Gepäck. Auf der Bank vor dem Haus saß ein großer, weißhaariger Mann und ließ sich die Mittagssonne ins Gesicht scheinen. Als er die herannahenden Schritte vernahm, öffnete er träge blinzelnd ein Auge und fragte: »Herr Schiller?«

»Ich bin untröstlich, Herr Nicolai, dass Sie die weite Reise gemacht haben und auf mich warten mussten. Friedrich Schiller, Ihnen zu Diensten! Es ist mir eine große Ehre!« – »Mir mangelt es an nichts! Ihre Wirtin hat mich aufs Beste versorgt«, er hielt ein Glas in die Höhe. »Und die Zeit ist mir bei diesem schönen Wetter an diesem lauschigen Plätzchen wie im Flug vergangen.«

Schiller bat den Verleger ins Haus und trat, da er in der Eile den Schlüssel zu seinem Zimmer vergessen hatte, zur Verwunderung von

Nicolai einfach die Tür mit einem Fußtritt auf. Wenn Nicolai einen wilden Räuberhauptmann anzutreffen gedacht hatte, so wurden wenigstens seine Erwartungen beim Anblick des Zimmers erfüllt, das vollends einer Räuberhöhle glich. Ein wenig verlegen und unentschlossen blieb er im Flur stehen, und es entstand eine unangenehme Pause, ehe er sich überwand und das Zimmer betrat. Ihm stockte im verräucherten Quartier, in das seit Wochen keine Frischluft mehr gedrungen war, förmlich der Atem. Der Tisch, ein lädierter Stuhl und eine Bank davor waren mit Büchern, Gläsern und Abfall übersät. Hilfe suchend und sprachlos blickte sich Nicolai um. Am Haken neben dem Türpfosten hingen weiß gekreidete Militärhosen. In der Mitte des Zimmers lagen ein Haufen Kartoffeln, Schalen und Abfall in einvernehmlicher Nachbarschaft auf dem Boden. Neben dem Bett mit schmutzigem Laken befand sich ein riesiger Stapel mit Büchern. Nicolai nahm eins zur Hand. Es waren »Die Räuber«, das Drama des jungen Dichters, jenes Werk, das ihn hierher geführt hatte.

Schiller räumte unterdessen die Bank frei und bat seinem Gast einen Platz an. Nicolai hielt das Buch in die Höhe. »Ich gestehe, Herr Schiller, Sie haben mich beeindruckt. Erfolg wünsche ich Ihnen von ganzem Herzen, eine gute Arbeit«, erneut warf der Verleger einen Blick auf den riesigen Bücherstapel neben dem Bett »wenngleich, so scheint es mir, man hier in Stuttgart den Aufrührer von dem Dichter noch nicht angemessen geschieden hat. Was ich persönlich sehr bedauere.« Schiller lächelte verlegen, langte automatisch nach seiner Tabakspfeife, musste jedoch feststellen, dass er keinen Tabak mehr in der Dose hatte, und legte das gute Stück wieder zurück auf den Tisch.

»Ich bin auch gekommen, um Ihnen Ihren Brief zurückzubringen«, erklärte Nicolai und reichte Schiller den mit einem Buch verschnürten Brief, den Schiller an Lessing adressiert hatte. »Hat Lessing ihn bekommen und gelesen? Was sagt er dazu? Sie glauben nicht, Herr Nicolai, wie viel mir an seinem Urteil liegt!«, rief Schiller aus. Nicolai senkte den Blick. »Gotthold Ephraim Lessing ist tot. Schon im Februar ist er gestorben.« Schiller erschrak heftig. »Lessing tot? Hier erfährt man so wenig! … Wie gern hätte ich ihn kennen gelernt, mit ihm gearbeitet … Aber er war doch gar nicht so alt?« – »Er ist im Elend gestorben, Herr Schiller.« Jetzt berichtete Nicolai von dem bitteren Ende des Dichterlebens, das so reich an Kämpfen und auch gleichzeitig so armselig gewesen war. Er erzählte davon, wie viele von Lessings Plänen gescheitert, die Verkäufe der Bücher hinter den Erwartungen zurückgeblieben waren. Sein Stolz, sein unbedingter Wille, unabhängig zu bleiben, hätten ihm sein Los noch schwerer gemacht. Auch das Leben habe ihm übel mitgespielt. Seine geliebte Frau sei bereits nach einem Jahr gestorben und auch den Tod des einzigen Kindes habe er miterleben müssen. Er habe viel riskiert mit seinen Schriften. Verleumdungen, Neid und Verbote seien die Folge gewesen. Freunde seien ihm nur wenige verblieben in den hoffnungslosen letzten Lebensjahren. Nicolai schloss die kurze Schilderung und blickte Schiller mit großem Ernst an und meinte dann: »Ein Dichter hat kein einfaches Leben hierzulande. Herr Schiller, nehmen Sie dieses Schicksal als eine Warnung.« Schiller, blass geworden, lächelte nicht mehr.

Ein Fuhrmann polterte die Stiegen herauf und fragte nach einem gewissen Herrn Schiller, der ihm auf die Straße folgen solle. Dort fanden sie in einer Schubkarre mehrere große Ballen zusammengeschnürter Bücher. Gemeinsam trugen sie diese in Schillers Zimmer, wo sich der beträchtliche Bücherstapel weiter erhöhte. In stiller Verzweifelung blickte Schiller auf die weitere Lieferung, von der er nicht wusste, wie er sie bezahlen sollte. Natürlich hatte er keinen Kreuzer für das Handgeld, das dem Fuhrmann zustand. Dieser blieb nach getaner Arbeit in der Tür stehen, drehte seine Kappe in den Händen. »Wenn Herr Schiller zufrieden wäre?« – »Ich danke ihm! Und richte er dem Meister Metzler schöne Grüße aus«, erwiderte Schiller, dem diese Szene vor seinem berühmten Gast peinlich war. »Ich warte halt auf meine Bezahlung!«, gab der Fuhrmann ärgerlich zurück. »Wie? Was? Der Drucker hat ihm das Geld noch nicht gegeben? Ich habe es ihm doch vorgestreckt. Jetzt kommt er mir sehr ungelegen, habe ich meine Börse doch im Regiment gelassen. Morgen könnte ich ihm wohl das Nötige zuwenden.«

Der Fuhrmann wurde ärgerlich: »Er sollte nicht denken, dass er, nur weil er Bücher schreibt und Kranke kuriert, mich einfachen Menschen für dumm verkaufen kann. Morgen ist er vielleicht über alle Berge – draußen steht eine gepackte Reisekutsche. Ich will mein Geld – sofort!«

Jetzt ging Herr Nicolai dazwischen, zückte seine Börse: »Sie erlauben, Herr Schiller.« Dafür nahm er gleich sechs Exemplare der »Räuber« mit. Sechs weniger, dachte Schiller und betrachtete den Haufen von Hunderten, die nicht nur im Zimmer lagen, sondern auch auf seiner Seele lasteten.

Nicolai berichtete von seinen Reiseplänen. Er sei auf dem Weg nach München und Wien, und wenn es sich ergäbe, würde er auch nach Italien und Frankreich fahren. Er wolle sich Zeit nehmen und auch dem Zufall sein Recht lassen. Das lebhafte Gespräch war geprägt von offener Herzlichkeit. Diesen Mann umweht der Hauch einer Weltstadt, bemerkte Schiller und dachte schmerzlich an die Enge seiner Stuttgarter Verhältnisse, an seine Schulden und an so vieles mehr, das ihn davon abhielt, die Welt zu erobern und wirklich frei im Denken und Fühlen zu sein.

Freundlich drückte ihm der Verleger zum Abschied die Hand. »Ich bin Ihnen wirklich zugetan, Herr Schiller. Wenn ich Ihnen vielleicht einmal nützlich sein kann, lassen Sie es mich wissen. Viel Glück und Erfolg wünsche ich Ihnen. Sie werden Ihren Weg machen. Haben Sie Mut.« Schöne Worte, dachte Schiller, ob sie wohl trügen, wenn er sie einmal einfordern müsste? Die Reisekutsche rollte auf dem Langen Graben davon.

Der Verleger Nicolai blieb nicht der einzige berühmte Gast, der anreiste, um Schiller in seiner Räuberhöhle aufzusuchen. Franz Leuchsenring, der größte Belesprit der Epoche, gab sich die Ehre, den Räuberhauptmann in seinem schwäbischen Winkel aufzusuchen. Auch wenn er dank seiner untadeligen, fast weißen Kleidung Abstand davon nahm, den in Schillers armseliger Behausung angebotenen Platz tatsächlich anzunehmen, und Schiller stattdessen in einem »anständigen Gasthof« einlud, man verstand sich.

Briefe erreichten Schiller, Grüße von Menschen, denen er noch nie zuvor begegnet war, und an einem wunderschönen Sommerabend neben einem anonymen Drohbrief, den er sofort dem Herdfeuer in der Küche der Vischerin überantwortete, auch der lang ersehnte Brief vom Hofbuchhändler Schwan, der ihm mitteilte, dass der Reichsfreiherr von Dahlberg erwäge, die »Räuber« am berühmten Mannheimer Nationaltheater aufzuführen. Er schrieb von einer großen Ehre und einem Wagnis für alle Teile, für das Schiller noch einiges zu unternehmen habe. Aber er schrieb auch voller Begeisterung von dem Drama und von seiner freien kraftvollen Sprache.

Was Schwan meinte, als er Schiller empfahl, sich weiter für die Aufführung zu engagieren, erfuhr dieser einige Tage später. Ein Bote aus Mannheim überbrachte ein langes Schreiben von Dahlberg und ein Buchexemplar der »Räuber« mit einer Vielzahl handschriftlicher Anmerkungen und Anweisungen. Der Intendant des Mannheimer Theaters empfahl umfangreiche Streichungen, Umarbeitungen und vor allem forderte er aus politischen Gründen, das ganze Stück aus der Gegenwart in die Ferne, unverbindliche Vergangenheit Kaiser Maximilians zurückzuverlegen.

Schiller fluchte: »Diese Aufführung ist ein Danaergeschenk! Er will aus meinem Stück ein Wildschwein mit Dressursattel machen!« Er verkündete Streicher und Petersen kurzum, unter diesen Bedingungen verzichte er lieber auf die Aufführung. Auch wenn die Freunde ihm die Chancen auf das Schönste ausmalten, Schiller schrieb Verse und pflegte seine Kranken.

Als Oberst von Rau ihn schließlich mahnte, sich endlich des Themas einer Doktorarbeit zu widmen, wie ihm der Herzog befohlen habe, spielte Schiller tatsächlich mit dem Gedanken, die Schriftstellerei aufzugeben und sich ganz der Medizin zu verschreiben. Für die Anerkennung, die er von bedeutenden Besuchern erfuhr, konnte er weder seine Schulden zahlen noch in bescheidensten Verhältnissen leben.

Schiller saß vor dem Haus auf der Bank, die blaue Regimentsjacke völlig unmilitärisch zu einem Klumpen verunstaltet neben sich geworfen. Nach den langen nassen Monaten dieses Sommers, in denen das Korn schon an den Stängeln zu faulen begann, war eine grelle leidenschaftliche Periode angebrochen. Die heißen Tage, solange sie glühten, lähmten die Menschen und loderten gleichzeitig über sie hinweg wie Buschbrände. Ihnen folgten schlaflose schwüle Mondnächte, zu kurz für die raschen fiebrigen Träume, die mit Bildern überfüllt dem nächsten Gluttag entgegenjagten. Schiller, im Hemd, die nackten Arme auf die Oberschenkel gestützt, las halb unmutig mit geröteten Augen Korrektur für die »Nachrichten zum Nutzen und Vergnügen«. Er brauchte Metzlers Geld, auch wenn er diese Arbeiten hasste! Schiller griff in einen neben ihm stehenden Wassereimer, holte ein nasses Tuch hervor, wrang es aus, legte es kühlend auf die Stirn und die schmerzenden Augen. Das entspannte und erfrischte für einen Augenblick.

Er dachte an Kapf, der wieder in der Kaserne wohnte und ihm in letzter Zeit aus dem Weg ging. Kapf war befördert worden, hatte Scharffenstein berichtet. Als Offizier bei der Kavallerie machte er bestimmt eine gute Figur, und der Herzog würde bei den Holländern einen guten Preis für ihn erzielen. Schiller hasste Verrat, hatte genug von den Bespitzelungen und Bedrohungen, aber er hasste es noch mehr, einen guten Freund zu verlieren.

Vielleicht, wenn er wieder wirklich schlafen könnte, acht Stunden entspannt schlafen, so würde er sich erholen, seine Gedanken ordnen können, so würden die Augen nicht mehr schmerzen und sich geduldig auf die Arbeit richten, das Herz würde ruhiger und die Zukunft klarer vor ihm liegen. Was ließ ihn noch zögern, eine bürgerliche Existenz anzustreben? War es das fiebrige Rasen, das mit der Hitze einherging? Oder diese Empfindung, wie die Lebenstage im Rausch verflogen und nur weniges sich im Bewusstseinsnetz kostbar verfing, um bei Bedarf aus dem lichtlosen Dunkel der Erinnerung an das strahlende Sonnenlicht des Bewusstseins gehoben zu werden? Waren es die paar Gulden, die Dahlberg ihm nicht bot, waren die läppischen Umarbeitungen es wirklich wert, alles aufzugeben, für was er bislang gekämpft hatte? Vielleicht würden seine entzündeten Augen in ein paar Jahren erblinden oder das Feuer in seinem Herzen völlig erlöschen. Dann würde er gewiss den verpassten Gelegenheiten nachtrauern.

Schiller nahm das Manuskript wieder auf, ärgerte sich über die Schwachheiten, mit denen sich Stuttgarts Bürger beglücken ließen, und dachte grollend an den Stapel der »Räuber«-Bücher, die oben im Zimmer als Staubfänger dienten. Was hatte Nicolai über Lessing erzählt? Dieses Schicksal als Warnung nehmen? Oder als Herausforderung! Dann müsste er für den Rest seines Lebens der Behaglichkeit abschwören und in Flammen stehen. In Flammen für die glühendsten Gedanken, für die schlecht bezahlte Arbeit Tag und Nacht, den Ruhm einstreichen und die Sicherheit der Heimat opfern. Doch zu welchem Zweck sollte sein Leben sonst hinbluten? Ganz sicher nicht zu dem Zweck, sich als Soldat des Herzogs zu irgendeinem Befehl auf irgendeinem Schlachtfeld hinmetzeln zu lassen!

Da weckte ihn die Stimme der Vischerin, die in aufforderte, hinter das Haus in den Garten zu kommen, dort sei es doch wesentlich kühler. Schiller sprang auf, durchquerte mit langen Schritten den dunklen Flur und ging zur hinteren Tür hinaus. Es war still im Garten, nur die Bienen summten leise. Sonnenblumen wiegten ihre schweren Köpfe zu einem leichten Wind und leuchteten besonders gelb vor der alten Lehmmauer. Schiller warf sich in den hölzernen Lehnstuhl unter dem Apfelbaum, streckte die Beine von sich, verschränkte die Hände im Nacken und blickte auf das satte Grün der Blätter und die ersten kleinen Früchte. Er starrte vor sich hin, ohne etwas zu sehen. Mechanisch langte er nach seiner Tabaksdose und begann zu schnupfen und zu niesen.

Die Vischerin betrat den Garten und balancierte mit kühlem Saft. »Wie habe ich ihn gebeten, sich diese grässliche Schnupferei abzugewöhnen.« Ihr folgte eine stattliche, gut aussehende Frau, die Schiller bereits aus seiner Akademiezeit kannte. Schiller erhob sich, begrüßte die Damen aufs Höflichste und bot dem Gast, Henriette von Wolzogen, den bequemen hölzernen Sessel an. Er selbst setzte sich zur Vischerin auf die aus einem Baumstamm geschnittene Bank und bedankte sich für die Erfrischung und die Abwechslung. »Stellen Sie sich vor, liebe Freundin, da will doch der Reichsfreiherr von Dahlberg Schillers Stück in Mannheim auf der Großen Bühne spielen und dieser junge Mensch hier überlegt, ob er nicht lieber Soldat bleiben will«, begann die Majorswitwe Vischer das Gespräch.

Schiller wusste nur zu gut, was hier gespielt werden sollte. »Was macht der Wilhelm? Ist er doch noch auf der Akademie? Bitte richten Sie ihm Grüße aus. Ich schätze ihn sehr und würde mich freuen, ihn alsbald auch in unseren Stuttgarter Kreisen einführen zu können.« Frau von Wolzogen lächelte Schiller freundlich an. Schiller gefiel diese vornehme und gebildete Frau. »Man sagt, es gingen zurzeit geradezu Berühmtheiten bei Ihnen ein und aus, Herr Schiller. Ihre Arbeiten haben doch bereits eine große Wirkung erzielt.« In Frau von Wolzogens Stimme schwang sogar etwas von Ehrfurcht. »Sprechen Sie nur von meinem Ruhm und schon werde ich eitel und aufmerksam«, sagte Schiller und kniff ihr verschmitzt ein Auge. »Die Damen wissen schon meine Schwächen auszunutzen und sind wahrscheinlich mit einem festen Vorsatz hier in den Garten gekommen.«

Die Vischerin ging jedoch auf diese Anspielung nicht weiter ein: »Alle reden bereits über die ›Räuber‹, da kann er sie tausend Mal unter einem Pseudonym veröffentlichen. Es gehört schon fast zum guten Ton, eine Meinung hierüber zu haben.« – »Auch an der Akademie hat das Buch bereits für Aufsehen gesorgt. Wilhelm hat sie kürzlich gelesen und mir gegeben. Ich gestehe Ihnen, Herr Schiller, ich bin eine glühende Verehrerin!« Frau von Wolzogen schien tatsächlich begeistert. »Zu welcher Schandtat wollen mich die Damen überreden? Nun, frei heraus!«, forderte Schiller sie belustigt auf und ging auf die Schmeicheleien nicht weiter ein. »Schreiben Sie das Drama um, wie es Herr von Dahlberg wünscht, und fahren Sie mit uns zweien zur Aufführung nach Mannheim«, bat ihn die Vischerin und ließ ihre dunklen Augen funkeln.

Das war es also. Sie wollte sich mit ihm in der Öffentlichkeit zeigen, den Ruhm des Räuberdichters genießen, vielleicht gar vom Reichsfreiherrn Heribert von Dahlberg empfangen werden, um im Kreise ihrer Freundinnen damit zu reüssieren. Schiller lachte. Das hatte sie sich fein ausgedacht. »Aber, meine Damen. Der Herzog will die Zensur, er hasst meine Art von Literatur und ich fürchte, er hat Recht damit. Ich darf die Stadt kaum verlassen und schon gar nicht ins Ausland, ins Pfälzische fahren. Das Stück und meine Reise, die mir Spitzel und Zuträger rasch als Flucht auslegen würden, könnten mein Schicksal besiegeln.« Schiller sprach mit großem Ernst. »Warten wir ab, bis der Herzog auf Reisen außer Landes ist. Dann können auch Sie es wagen«, schlug Frau von Wolzogen vor und Schiller dachte, die Vischerin sollte sich nicht so gut aussehende Freundinnen einladen. »Frau von Wolzogen, denken Sie an Ihre drei Söhne auf der Akademie. Allein der Wilhelm mit seinen Begabungen für den diplomatischen Dienst. Ich möchte diese Karriere nicht vorzeitig enden sehen«, mahnte Schiller. »Lassen Sie das meine Sorge sein, mein lieber Schiller. Fassen Sie Mut, schreiben Sie und reisen Sie mit uns – ich wüsste da einen Weg, Ihnen bei Oberst von Rau Urlaub zu verschaffen.« Sie lachte ihn vergnügt an. »Da haben Sie es, Schiller, die Welt liegt Ihnen zu Füßen. Ach, liebe Freundin, wie aufregend dies allein werden könnte!« Die Vischerin klatschte vergnügt mit den Händen.

Noch nichts ist entschieden, dachte Schiller, sagte aber nichts mehr, was die Begeisterung, insbesondere der Vischerin, dämpfen konnte.

Schiller betrachtete Frau von Wolzogen aufmerksamer, bemerkte um ihren Mund einen Zug stiller Traurigkeit, den Rand von Puder und Salbe an den streng zurückgekämmten Haaren, ihre fast brauenlosen Augen, die dem vom Leben gezeichneten Gesicht, das früher sicher einmal makellos gewesen war, einen strengen Ausdruck gaben, der ansonsten zu ihrem Gemüt nicht zu passen schien. Der frühe Tod ihres Mannes, vier Söhne und eine Tochter, denen sie eine standesgemäße Erziehung geben musste, die Verwaltung des Erbes, da mochte manches sein, was auf den zarten Schultern dieser Frau lastete.

Sie erwiderte seinen Blick, nickte ihm im stillen Einverständnis zu und sagte mit großer Festigkeit: »Wenn ich Ihnen irgendwann einmal helfen kann …« Sie ließ den Satz unvollendet. Schiller, wie aus tiefen Gedanken aufgewacht, erhob sich, bedankte sich bei den Damen für die Gesellschaft und versprach, nichts leichtfertig zu verwerfen. Der Zuspruch habe ihm gut getan und werde ganz sicher seine Wirkung auf ihn nicht verfehlen.

Der Musikus Andreas Streicher fiel vom sommerlichen Nachmittagshimmel. Plötzlich stand er am Gartentor und meinte strahlend, gute Stunden glänzten vom Himmel dieser Tage, gute Winde würden zarte Töne weben und er sei gekommen, den jungen Dichterfürsten aus der weiblichen Umzingelung zu befreien. Auf die Proteste der Frauen hin versicherte er feierlich, nicht dem Trunke zu verfallen und allein den schönen Künsten an einem solch göttlichen Tag dienen zu wollen. Gemeinsam zogen die Freunde los.

Sie liefen den Rest des Nachmittags umher, kamen zu den Feldern vor der Stadt, entblößten ihre Oberkörper, legten sich in die Sonne, tranken Wasser, vertieft in Gespräche und Schweigen, und mieden die Menschen. Gegen Abend führte Streicher den Freund in den Bosperwald. Schiller erzählte, wie er sich mit seinen Freunden aus der Akademie davongestohlen hatte, um hier aus seinem Drama zu lesen. Wie sie, vom Feuer der Handlungen ergriffen, einzelne Szenen nachgespielt hätten. Er besitze noch eine Zeichnung des Treffens, die Heidelhoff angefertigt habe, er müsse sie ihm unbedingt einmal zeigen. Wie lange war das her? Ein Jahr, Jahrzehnte?

Streicher begrüßte zwei Männer, die das geschnittene Holz eines gefällten Baumstammes begutachteten. Er bat Schiller, mit der Hand die durch den Schnitt offen gelegte Maserung des Holzes nachzuspüren. Dann stellte er Schiller einem der Männer vor. Es war ein Instrumentenbauer. Verträumt klopfte Streicher auf das Holz, als würde er auf Klaviertasten spielen. »Na, Musikus?«, fragte der Meister verschmitzt. »Sind Sie zufrieden mit dem Instrument?« Streicher nickte nur und schlug dem Mann freundschaftlich auf die Schulter.

In Streichers Bude stand ein winziges Pianoforte in der Mitte des Zimmers, das dort zuvor noch nicht gestanden hatte. Streicher bot seinem Freund Schwarzbrot, Wurst und Wein an, zog sich den Schemel an das Klavier und spielte mit geschlossenen Augen die Tonleiter. Er spielte mit solch einer Hingabe, dass es genauso gut eine Symphonie hätte gewesen sein können. Dies fand Schiller schon reichlich kurios und rückte ein wenig ungeduldig auf seinem Stuhl herum.

»Ein angenehmer Klang, findest du nicht?«, fragte Streicher schließlich und erklärte, dass das Pianoforte aus der Werkstatt des Meisters stammen würde, den sie eben im Bosperwald getroffen hätten. »Du hast es gekauft?«, fragte Schiller erstaunt. Streicher lächelte beschämt. Kreuzer um Kreuzer hatte er als Ertrag vom Unterricht, vom Stundengeben und von Botengängen zurückgelegt, um sich seinen Traum zu erfüllen. Er rückte noch einmal seinen Stuhl zurecht und begann zu spielen. Perlende Läufe zuerst, alles zart gewebt, filigrane Töne, dann betonende dunkle Anschläge, aus denen eine Melodie emporstieg. Schiller war verzaubert. Nie würde er angemessen beschreiben können, was er da hörte. Mit einem perlenden Lauf beendete Streicher das Spiel.

»Das Präludium aus Bachs ›Wohltemperiertem Klavier‹«, erklärte er.

»Bach?«, fragte Schiller. Die Kraft, der Zauber der Musik blieben noch präsent. Das war große Kunst. Streicher spielte selbstvergessen weiter, mit einer Kunstfertigkeit, die bei weitem das übertraf, was Schiller vor Jahren bei Schubart gehört hatte. Bachs Musik, unsagbar schön, verströmte sich in heiterer unendlicher Lieblichkeit. »Das ist Bach? So beschwingend, so lieblich?«, wunderte sich Schiller, der eher die kühle Perfektion eines altes Meisters erwartet hatte.

Schließlich schloss der Freund den Klavierdeckel, ging auf Schiller zu und presste ihm die Hand. »Das ist große Kunst, mein Freund. In dieser Musik ist alles Weh und alle Lust der Welt. Bach hat es gewagt und schafft uns einen winzigen Blick auf die Ewigkeit. Ach, lass, ich weiß, dass ich pathetisch bin. Ich möchte gern bei seinem Sohn Philipp Emanuel in Hamburg in die Lehre gehen.« – »Brich dir mal keine Verzierungen ab«, spottete Schiller und goss seinem Freund den Becher voll Wein. »Ich weiß, was du mir sagen willst. Aber was sind meine vierundzwanzig Buchstaben gegen Bachs Musik?«

In Schillers Stube lag ein Brief von Schwan auf dem Tisch, der ihm zusagte, die überarbeitete Fassung des Dramas zu verlegen. Auch Dahlberg richtete Grüße aus und hoffte, ihn als Theaterdichter auf der Mannheimer Bühne zu etablieren. Die Schauspieler Iffland und Boeck sowie der Schauspieldichter Dr. Heinrich von Gemmingen, dessen Stück »Der deutsche Hausvater« Schiller in Stuttgart gesehen hatte, machten in einem weiteren Brief Vorschläge zur Straffung der Dialoge und zur Begrenzung der Anzahl der Bühnenbilder. Schiller begann mit Feuereifer, »die Wildsau zu satteln«, schob die den Überarbeitungen widerstreitenden Gefühle beiseite, ignorierte die Eigenmächtigkeiten des Intendanten und seiner Schauspieler und tat alles, um seinen Traum auf die Bühne zu bringen. Zusammen mit Petersen schmiedete er Pläne, wie er heimlich Stuttgart verlassen und nach Mannheim gehen könnte, um dem Ereignis beizuwohnen.

26

Der Geburtstag der Reichsgräfin Franziska von Hohenheim endete mit einem prächtigen Feuerwerk, das die Handwerker und Kaufleute in Stuttgart mit den Worten bestaunten: »Wer hätte gedacht, dass unser sauer verdientes Geld einmal so farbenprächtig in die Luft gejagt würde!« Die Reichsgräfin wollte jetzt offiziell zum katholischen Glauben konvertieren und heiraten. Zu diesem Zweck beschenkte sie großzügig hundert von der Kirche ausgewählte Arme, die jedoch keineswegs aus den elendsten Vierteln stammten und, frisch gewaschen und ordentlich gekleidet, den Ablauf des Festes nicht verdarben. Man hatte eine Tafel enthüllt, die diesen Akt öffentlicher Fürsorge und Großherzigkeit pries. So bereitete man der künftigen Herzogin den Weg. Auf dem Fest, so wurde Schiller berichtet, habe Dekan Zilling neben dem

Herzog gestanden und eine Vielzahl schwarz gekleideter Herren habe unter den Ehrengästen Einlass ins Schloss gefunden.

Oberst von Rau, der von der bevorstehenden Aufführung des Theaterstücks in Mannheim durch Frau von Wolzogen erfahren hatte, ließ Schiller am frühen Morgen zu sich kommen, um ihm mitzuteilen, dass er wegen der Feierlichkeiten zu beschäftigt sei, um sich um seinen Regimentsmedikus zu kümmern, der sich bei dieser kalten Witterung in der zugigen Kaserne schwer verkühlen und sich zwei Tage krankmelden werde. Und, so fügte er, als sich Schiller bedankte und schon entfernen wollte, hinzu, falls jemand behaupten solle, er habe den Geist des Regimentsmedikus in Mannheim gesehen, so wisse er von nichts und vertraue darauf, dass er eventuelle Konsequenzen selbst zu tragen wüsste. Aber er sei wohl findig genug, sich allein und heimlich zu kurieren.

Schiller zog sich die Decke bis zur bleichen Nasenspitze, verließ das Bett nicht mehr und ließ durch Kronenbitter Medizin beim Apotheker Farber holen. Der gute Kronenbitter hatte an diesem Tag noch manche Botengänge auszuführen und sorgte dafür, dass selbst der im Obergeschoss wohnende Professor Haug von der schweren Erkältung Schillers erfuhr. Die Vischerin hielt die Wohnungstür wohl verschlossen, damit ihre Kinder von der Krankheit verschont blieben, und ließ sich auch selbst nicht blicken. Christophine war eine der wenigen Personen, die Schiller noch einweihte. Sie holte den dunkelgrauen Anzug, den Schillers Vater in der Hoffnung, sein Sohn dürfe auch privat als Arzt praktizieren, zusammen mit der Uniform hatte schneidern lassen. Mit größtem schauspielerischen Talent trug sie ihre Besorgnis zur Schau, gab sich äußerst beschäftigt und suchte schließlich Frau Vischer auf, um ihr mitzuteilen, dass es ihrer Mutter lieb wäre, sich – wenn irgend möglich – selbst um ihren Sohn zu kümmern. Sie habe sich bereits um eine Kutsche bemüht und eine Reiseerlaubnis bei Oberst von Rau erwirkt. So könne ihr Bruder am besten gesund gepflegt werden. Mit dieser Maßnahme stellte Schiller sicher, dass sich später niemand über seine Abwesenheit wundern würde.

Noch in der Nacht vom 12. auf den 13. Januar verließ Schiller – zum Schein gestützt auf seine Schwester Christophine – in bürgerlicher Kleidung das Haug'sche Haus durch den Hinterausgang und nahm die Gartenpforte zum Alten Graben. Dort erwarteten ihn bereits Petersen,

Streicher und der Apotheker Farber. Eilig wanderten sie auf das Stadttor zu. Die Wache verspürte bei dem kalten Wind nur wenig Lust, die Nase unnötig lang aus der geschützten Stube zu stecken. Farber begann ein Gespräch mit dem Posten, der ihm gut bekannt war, stellte Streicher vor und wies lachend auf die bereits vorauseilenden Schiller und Petersen: »Diese jungen Leute, immer in Hetze! Schaut euch nur das an, Herr Korporal. Unsereins kann seine alten Knochen sortieren wie er mag, da kommt er nicht mehr mit! Da rennt er hin, mein Gehilfe mit seinem Freund und treibt sich die Kälte aus den Beinen.«

Schiller und Petersen schritten so rasch sie konnten der Postkutsche voraus zur nächsten Station außerhalb Stuttgarts. Sie froren erbärmlich, als sie schließlich vor der Station standen und warteten. Die zottigen Kaltblüter schnauften und dampften, als die Kutsche näher kam. Unauffällig traten Schiller und Petersen zu den zwei Reisenden aus Ludwigsburg, die hier ebenfalls warteten. Sie reichten dem Kutscher das Reisegeld und man rückte, Platz schaffend, auf den unbequemen Holzbänken der Kutsche zusammen. Die kalten Nebel lichteten sich, die Sonne streckte ihre Fühler aus und es versprach ein klarer Wintertag zu werden. In der Ferne tauchte der Asperg mit der Festung auf. Schiller und Petersen warfen sich viel sagende Blicke zu. Sie dachten an den dort in seiner kalten Zelle hockenden Schubart und natürlich dachten sie auch für einen Moment daran, dass ihr Unternehmen scheitern und sie vom Herzog zur Rechenschaft gezogen werden könnten.

Erst bei der Rast in Maulbronn konnten sie ihre Ängste wieder verdrängen und sie verspeisten die Brotzeit, die ihnen Christophine gemacht und noch vor dem Stadttor zugesteckt hatte. Alles verlief nach Plan. Sie benötigten ihre zurechtgelegten Geschichten bei der Grenzkontrolle nicht und Schiller meinte bald übermütig, er fühle sich wie am Tag, als er die Militärakademie verlassen habe. Petersen nickte bestätigend. »Man atmet freier in der Fremde. Warts nur ab, das wird ein kreuzfideler Tag!« Gemeinsam begrüßten sie den blau-weißen kurpfälzischen Grenzpfahl. Die nächste Ortschaft, die sie passierten, war Bretten. Und die Menschen hier sahen nicht viel anders aus als zu Haus auf dem Land. Die Postkutsche leerte sich und man machte es sich bequemer. Der letzte Mitreisende, ein Kaufmann, der Tuchwaren vertrieb und wenig Sinn für das Poetische zu haben schien, stieg in

Schwetzingen aus. Der Kutscher erschien am Verschlag und meinte, eine Pause könne nicht schaden, man sei schon so gut wie vor den Toren Mannheims. Da die Vorstellung erst für sechs Uhr angesetzt war und man jetzt zur Mittagszeit Hunger und Durst verspürte, willigten die Freunde gerne ein. Petersen kannte sich bereits bestens aus und Schiller mochte sich des Eindrucks nicht erwehren, dass er bei der Suche nach einem Drucker und Verleger auf seinen Reisen zwar wenig Erfolg, dafür aber bei den pfälzischen Wirtsstuben und Mädchen reüssiert habe.

»He, hallo!«, donnerte Petersen gut gelaunt in die Wirtsstube hinein, und schon ertönte eine junge Mädchenstimme fröhlich: »Der lustige Herr Petersen ist wieder da!« Das Mädchen, braunlockig, siebzehnjährig wohl, kam im kurzen Rock und wohl ausgefüllten Mieder lachend aus dem Nachbarraum und kredenzte ohne weitere Umschweife eine Bouteille guten »Markgräfler«. Etwas verwundert blickte sie auf Schillers zerzauste rote Mähne und dessen blasses Gesicht. »Ist der Herr etwa krank?« – »Liebeskrank vielleicht, beim Anblick einer solchen Schönheit«, entgegnete Schiller schlagfertig, lud das Mädchen ein und begann zu schwatzen, von der Reise, vom Wetter, von dem lustigen bunten Kopftuch, das sie trüge, und ob sie vergeben sei. Ob es denn in Stuttgart keine hübschen Mädchen gebe, dass sich die jungen Herren bis nach Schwetzingen bemühen müssten, wollte das Mädchen wissen. »Außer dem meiner Schwester findet man kein so frisches Gesicht im Württembergischen«, lachte Schiller. Das Mädchen schaute verunsichert von einem zum anderen. Stuttgart sei doch eine große Stadt und die Mädchen dort viel eher der Mode zugetan und schick. »Ach, was man sich hier auf dem Lande so alles erzählt«, entgegnete Schiller. »Die hübschen Mädchen laufen doch allesamt über die Grenze ins Pfälzische, um sich vor dem Herzog in Sicherheit zu bringen«, erzählte Petersen mit großem Ernst, »und die übrig gebliebenen bräuchten sich wahrlich vor keinem männlichen Wesen zu fürchten ...« – »... oder sie sind vom ältesten Adel«, wusste Schiller zu ergänzen.

»Ach, ihr verkohlt mich doch!«, lachte das Mädchen und kokettierte mit beiden Freunden.

Eine weitere Bouteille des goldenen Pfälzer Weins entflammte das

Herz aufs Heftigste, sodass er die Schöne drückte und küsste und nicht mehr von ihr lassen mochte. Petersen erkannte seinen Schiller kaum wieder und rückte ein wenig ab.

Das Mädchen ordnete ihre dicken braunen Haare, schob sie unter das bunte Kopftuch und meinte schließlich, es seien schon einige Herrschaften von weit her hier durchgekommen, ob denn die beiden hier auch auf dem Weg zu den »Räubern« seien? Da sprang Schiller aufgeregt in die Höhe. Woher sie denn vom dem Theaterstück wisse? Sie ging zur Theke und reichte Schiller ein Doppelblatt mit der Bemerkung: »Das hängt überall aus. Das Stück heißt wirklich ›Die Räuber‹, ob du es glaubst oder nicht.«

»Petersen!«, jauchzte Schiller »Schau her!«, und schreiend las er seinen eigenen Ankündigungstext: »*Das Gemälde einer verirrten großen Seele. Zügelloses Feuer und schlechte Kameradschaft verdarben sein Herz – rissen ihn von Laster zu Laster –, bis er zuletzt an der Spitze einer Mordbrennerbande stand, Gräuel auf Gräuel häufte, von Abgrund zu Abgrund stürzte, in alle Tiefen der Verzweiflung.*«

»Was hat er?«, fragte erschrocken das Mädchen. »Er ist der Räuberhauptmann höchstselbst«, antwortete Petersen mit großer Geste und studierte die gedruckte Ankündigung. Schiller begann das Räuberlied nach Zumsteegs Melodie zu singen und fasste das Mädchen und drehte ein paar übermütige Runden in der Wirtsstube. Plötzlich sprang Petersen auf und fuhr dazwischen. Schiller wehrte ab, sang weiter und rief ihm barsch zu: »Such dir ein eigenes Mädchen, wenn du tanzen willst. Dieses hier ist vergeben!« – »Komm, Schiller, lass die Schwachheiten und lies lieber, was hier steht!« Petersens Stimme klang derartig besorgt, dass Schillers Weinlaune verflog.

Er las: »*Wegen der Länge des Stücks wird präzise 5 Uhr angefangen.*« Dann warf er den Zettel auf den Tisch. »Das kann nicht sein! Petersen, wie spät ist es?« Aufgeregt lief er raus, erwischte den Kutscher, der auf die Kirchturmuhr wies. Es war inzwischen fast drei Uhr und bis Mannheim hatten sie noch an die zehn Meilen zurückzulegen! Schon stürmte Schiller wieder in die Schankstube: »Los! Petersen, komm schon! Wir verpassen das Stück!« Fast weinte er. Zusammen mit dem Kutscher verfrachteten sie Petersen, der zügig den Rest der Bouteille geleert hatte, in die Kutsche. Schiller steckte dem Kutscher einen Extragulden zu und feuerte ihn durch das offene Fenster ununterbrochen an, schneller zu fahren.

Um Viertel vor fünf fuhr die Kutsche mit den schweißnassen Pferden durch das Schwetzinger Tor ins kurpfälzische Mannheim. Zwei Torwachen forderten die Papiere der Reisenden. Der Grenadier reichte Petersen seinen Pass sofort zurück. In den anderen Pass, der Schiller als Regimentsarzt im württembergischen Dienst auswies, vertieften sich beide und warfen einen misstrauischen Blick auf den jungen Mann im grauen Zivil, der sichtlich nervös auf der Holzbank zappelte und jetzt sogar, ungeduldig geworden, auf die Straße sprang.

»Ist er etwa dieser Schiller?«, fragte der Grenadier in breitem gemächlichem Pfälzisch und reichte die Papiere zurück. »Genau deshalb pressiert's mir so!«, rief Schiller, sprang in den Verschlag und die Kutsche preschte wieder vorwärts, am Schloss vorbei und dem Turm der Jesuskirche. Endlich, Punkt fünf Uhr rief der Kutscher: »Wir sind da!« Und hielt unmittelbar vor dem Mannheimer Nationaltheater. Schiller und Petersen griffen sich ihre wenigen mitgeführten Habseligkeiten und liefen mit großen Schritten auf das neue Theatergebäude mit beeindruckender Größe zu. Doch Schillers Schritt wurde zögerlicher, unsicherer, als er die große Menschenmenge erblickte, die noch immer in die Eingänge drängte und darauf hoffte, Karten zu bekommen. Petersen eilte voran und sie zwängten sich durch die murrenden Menschen. Zweifel befielen Schiller. Würde er sich heute kleinmütig und geschlagen davonschleichen? Es gab kein Zurück mehr. Hier schauten Hunderte, ja, Tausende auf ihn und sein Werk. Ihn schwindelte. Petersen rief einen Bediensteten des Theaters heran. »Gehe er zu seiner Exzellenz, dem Herrn Freiherr von Dahlberg, und sage ihm, der Autor des heutigen Stücks sei da!«

Doch da trat ein kleiner rundlicher Herr von fünfzig Jahren auf sie zu, umarmte Schiller spontan und freute sich: »Endlich! Friedrich Schiller! Schön, dass Sie da sind! Ich bin der Buchhändler und Verleger Schwan. Kommen Sie! Verpassen Sie nicht den Anfang! Es ist für alles gesorgt!« Schwan zog Schiller mit sich und Petersen folgte.

Schiller deutete auf die Menschenmenge: »Ist die Vorstellung denn ausverkauft?« – »Schon seit Mittag«, war die prompte Antwort. »Es gibt nicht genug Plätze. Die Leute sind von Speyer, von Heidelberg, aus Mainz, Stuttgart und aus Frankfurt gekommen, um das berühmt-berüchtigte Stück zu sehen. Das ist einmalig! Solch ein Andrang, solch eine Spannung vor einer Premiere hat es noch nie gegeben!«

»Wie zu einer öffentlichen Hinrichtung ...« Schiller schluckte und flüchtete sich in Galgenhumor.

»Später, meine Herren! Alles Weitere später!« Schwan führte die Freunde durch einen separaten Eingang in die dunkle Parterreloge, die ganz in der Nähe der Bühne lag. Zunächst hielt sich Schiller wie ein verschrecktes Kind im Dunkeln des hinteren Teils der Loge auf. Dann vernahm er den Schwall der Stimmen, ging nach vorn, beugte sich vorsichtig über die Brüstung der Loge und sah sich einem hundertköpfigen erwartungsvollen Publikum gegenüber. »Petersen, was habe ich nur angerichtet?«, flüsterte er kaum hörbar und wurde blass. Buchhändler Schwan führte ihn zu einem bequemen Sessel und bat ihn, sich auszuruhen. »Ich kann mir vorstellen, wie sehr Sie dies alles hier aufregt, lieber Schiller. Aber seien Sie unbesorgt, der große Iffland spielt eine der Hauptrollen. Das wird ein Erfolg!« – »Ich weiß, wer Iffland ist. Aber nicht allein sein Spiel wird über den Wert meines Dramas entscheiden, sondern das Werk selbst, das ich erschaffen habe«, flüsterte Schiller fast tonlos. Herrn Schwan fehlten dazu die Worte. Er warf einen bedenklichen Blick auf den blassen rothaarigen Mann mit rot geränderten entzündeten Augen, dem es trotz aller Nervosität offenbar nicht an Selbstbewusstsein mangelte.

Auf der Bühne erklangen drei Hammerschläge und fast lautlos hob sich der Vorhang, um den Blick auf einen ganz in Silber und Schwarz gehaltenen Rittersaal freizugeben. Der alte Moor saß in einem Sessel und Franz stand vor ihm.

»Es ist Iffland, der den Franz spielt! Hört nur!«, flüsterte Schwan ergriffen.

Langsam wurde der große Kronleuchter in die Decke emporgezogen, der Zuschauerraum verdunkelte vollends und versank vor der hell erleuchteten Bühne wie weggeschnitten ins Nichts. Plötzlich erlebte Schiller, wie seine eigenen über Jahre aufgeschriebenen und sorgsam verborgenen Worte lebendig wurden, ein Eigenleben entfalteten und zu ihm sprachen.

Der alte Moor auf der Bühne hob erwartungsvoll die Augen: »*Ganz wohl, mein Sohn – was hattest du mir zu sagen?*«

Schiller schloss die Augen. Er kannte jedes Wort auswendig. In der Krankenstube, in durchwachten Nächten im Schlafsaal der Akademie, in verborgenen Räumen und selbst im heimlich vor sich hin Repetieren beim Exerzieren hatte er die Worte ersonnen und mit jagender Feder aufs Papier gebracht. Immer in der Furcht, entdeckt und verraten zu werden, hatten sie sich unauslöschlich in sein Gedächtnis gebrannt! Dann die Demütigungen und Verfolgungen, seine finanzielle Not – diese Worte, die dort auf der Bühne gesprochen wurden, waren sein Leben, sein ganzes verfluchtes kurzes Leben!

Als er die Augen wieder öffnete, befremdete Schiller die altertümliche kostbare Kleidung. Auch die Ornamente an den Fenstern und das Mobiliar störten ihn. Die flammenden Worte standen in einem seltsamen Gegensatz zum Mittelalter, in das Dahlberg die Handlung versetzt hatte. Ein unförmiges Schwert, seltsame alte Gefäße, immer wieder waren es Kleinigkeiten, die Schiller ärgerten und seine Fantasie lähmten, die durch die Worte und das Spiel angeregt werden sollte. Ging es nur ihm so oder empfanden die Zuschauer dies ähnlich?

Die ersten »Handlungen«, wie sie das Programm nannte, ließen die Zuschauer ungerührt. Mit Interesse, gespannter Erwartung, aber ohne größere Anteilnahme folgte man dem Geschehen auf der Bühne. Selbst das erste Auftauchen der Räuber in den böhmischen Wäldern erhitzte das Publikum nicht, ja noch nicht einmal der Auftritt des jungen Boeck als Edel-Räuber Karl Moor rief Reaktionen hervor. Der Zwischenvorhang rauschte nieder und keine Hand rührte sich. Kein Beifall. Vielstimmiges Gemurmel, ein, zwei Zwischenrufe. Nichts. Eine unentschiedene Gleichgültigkeit. Schiller war betroffen, spähte immer wieder angstvoll in den Zuschauerraum. Das konnte nicht sein! Wenn jetzt einer pfeift, bricht ein Tumult los und ich bin durchgefallen! Schiller begann zu keuchen, Angstschweiß auf seiner Stirn. Bitte, bitte, gib, dass sie weiter zuhören, eine weitere Chance erflehe ich! Schiller faltete die Hände. Der Vorhang ging wieder in die Höhe, und Schwan beobachtete seinen neuesten Autor aufmerksam. Das Licht der Bühne erhellte das Gesicht Schillers. Das Leid und die Einsamkeit, die der junge Mann als Eleve in der württembergischen Akademie ertragen musste, sein Hass, seine Auflehnung gegen die Willkür und die Missstände im schwäbischen und deutschen Volk, sein unbändiger Wille, den eigenen Geist aus dem Joch unwürdiger Knechtschaft zu befreien, und gleichzeitig die abgrundtiefe Angst, dass dieses Vorhaben über seine Kräfte gehen könnte, all dies lag in seinem Gesichtsausdruck. Schwan war ergriffen und fasziniert von dem jungen Mann. Von ganzem Herzen wünschte er ihm Erfolg.

Nach dem dritten Aufzug verließ Schiller der Mut. »Ach, Petersen, wo wird das enden?«, stöhnte er. Doch sein Freund beschwichtigte ihn und wies auf die Zuschauer: »Alles wird gut! So hör doch!« Und tatsächlich waren Zwischenrufe zu hören, erster Szenenapplaus brandete auf, und die Zuschauer schienen endlich aus dem Mittelalter in der Gegenwart angekommen. Jede Anspielung auf aktuelle Missstände wurde verstanden. Jeder Seufzer brandete zurück auf die Bühne. Gespielte Anklagen fanden Zustimmung. Der riesige Theatersaal begann zu brodeln. Die Zuschauer erlebten ihr eigenes Schicksal, das über Generationen auf ihnen lastete.

Der junge Schauspieler Boeck in der Rolle des Karl Moor kannte jetzt keine Gnade mehr. Feurig lief er zur Höchstform auf. Erbarmungslos schrie er es den Zuschauern in die Ohren: »*Streicheln und kosen kann ich nicht. Ich will euch – den Schuldigen – die zackigsten Sporen ins Fleisch hauen und scharfe Geißel versuchen!*«

Und aus der Tiefe des Theaters tönte vielstimmig die Antwort: »Rache!«

Gebannt verfolgte Schiller jetzt Handlung und Reaktion. Wie im Fieber formten seine Lippen die Worte. Er saß jetzt weit vorgerückt, hätte sich am liebsten zu Füßen der Bühne begeben, um dem Geschehen möglichst nahe zu sein. Plötzlich bekamen seine Worte Macht über Menschen. Karl Moor kniete nieder, streckte die Finger gen Himmel und begann mit schrecklicher Stimme zu schwören: »... *hier schwör ich, und so speie die Natur mich aus ihren Grenzen wie eine bösartige Bestie aus, wenn ich diesen Schwur verletze; schwör ich, das Licht des Tages nicht mehr zu grüßen, bis des Vatermörders Blut – vor diesem Steine verschüttet – gegen die Sonne dampft.*«

Langsam, unendlich langsam stand Karl Moor auf. Um ihn herum atemlose Stille, und dann brach es aus den Menschen hervor: Heisere

Schreie der Verzweiflung, Tränen und Schluchzen, Zorn, unbändiger Zorn, es gab einige, die es zur Bühne drängte, und Begeisterung, Anfeuerungsrufe und immer wieder und wieder »Rache«-Rufe füllten den Saal. Es roch nach offenem Aufruhr! Hilflos versuchte Boeck die Szene zu Ende zu spielen. Seine Worte gingen unter. Der Vorhang fiel vorzeitig.

Am Ausgang entzündete man kleinere Kronleuchter, um den Zuschauerraum notdürftig zu beleuchten. Schiller, Schwan und Petersen sahen aufgewühlte Gesichter. Einige Frauen wurden zum Ausgang geleitet. Fremde Menschen fielen sich schluchzend in die Arme. Petersen hielt es nicht länger in seinem Sitz. Er sprang auf, wurde mitgerissen. Drohend schwang er die Faust und klagte laut die Ungerechtigkeit, das sinnlos vergossene Blut, den Verrat am eigenen Leben an. Laut schrie er: »In tyrannos!« Doch seine Stimme ging in den Tumulten unter. Schiller saß unbeweglich wie erstarrt und schaute und staunte. In diesem Moment, gerade in diesem Moment musste er an den unglücklichen Schubart denken, dem er die Idee zu diesem Stoff verdankte. Er ballte die Fäuste und knirschte mit den Zähnen über diese Ungerechtigkeit. Schubart hätte diesen Abend miterleben müssen!

Doch das Schauspiel war noch nicht zu Ende. Mitten in dem Aufruhr zog man den Vorhang ein letztes Mal in die Höhe. Bild um Bild, Auftritt um Auftritt wurde von einer Woge jubelnden Beifalls und lauter Zwischenrufe begleitet. Nur bei dem Verräter Franz Moor herrschte eisiges Schweigen – von ihm ging etwas Unheimliches aus. Iffland gab dieser Rolle seine ganz eigene Interpretation. Es fehlte das Feuer der Monologe, die Hybris, die an die Grenze des Wahnsinns reichte. Dieser Franz Moor, bleich, schleichend und hinterlistig wie eine Schlange, war gewohnt, zu befehlen, kam herrschaftlich daher. Schiller musste empört feststellen, von vielen langen Textpassagen waren nur noch Verstümmelungen geblieben. Und dann die Pausen. Das Spielen ohne Worte! Dort, wo Schiller Verzweifelung, hektische Ausbrüche vorgesehen hatte, zeigte Iffland ein Mienen- und Gebärdenspiel, das ebenso ausdruckvoll, geradezu meisterhaft die Situation darstellte und einfing. Dieser Schauspieler verstand sich auf Psychologie. Zerlegte diesen Charakter in seine Einzelteile und gab dem Zuschauer gleichsam die Aufgabe mitzudenken, selbst zu urteilen. Sein Spiel fesselte Schiller, je mehr er versuchte, seinen eigenen Entwurf von der Rolle zu vergessen.

Der letzte Vorhang fiel. Das Theater glich einem Irrenhaus. Rollende Augen, geballte Fäuste, stampfende Füße, heisere Aufschreie im Zuschauerraum! Fremde Menschen fielen sich in die Arme, Frauen wankten einer Ohnmacht nahe zur Tür. Es war eine allgemeine Auflösung wie im Chaos, aus dessen Nebel eine neue Schöpfung hervorbricht. Der riesige Kronleuchter wurde aus der Deckenkuppel wieder heruntergelassen, um den gesamten Innenraum auszuleuchten. Da brandete der donnernde, nicht enden wollende Applaus auf! Bravorufe! Mannheim – Deutschland hatte noch nie eine solche Theateraufführung erlebt!

Die Hände auf die Brüstung der Loge gestützt, die Finger in den roten Samt gekrallt, sog Schiller das Geschehen auf. »So hör doch, Petersen, es ist ein Erfolg!« – »Schiller! Schiller!« Die ersten Zuschauer entdeckten den jungen Dichter in der Loge. Sofort schwoll der Jubel zum Orkan. Schiller verneigte sich. Sein ganzer Körper wurde von einem Zittern ergriffen. Petersen hielt sich schützend an seiner Seite. Dann drängte es Schiller aus der Loge. Er musste allein sein. Keine Antworten mehr geben müssen, seine Gefühle ordnen. Aber auch ins Foyer und in den Flur folgten ihm die Zuschauer, die ihm gerade noch zugejubelt hatten. Nur mit äußerster Mühe konnte er sich durch die Brandung des tosenden Beifalls bringen. Endlich geriet er in eine Gruppe, die, mit Mänteln bepackt, durch die offenen Türen nach draußen drängte. Menschen, die ihn nicht erkannten. Schiller lief auf der obersten Stufe des Theaterausgangs ganz auf die linke Seite und entging so der großen Menschenmasse, die jetzt nach und nach aus den Ausgängen strömte. Er atmete tief durch. Das Zittern ließ nach. Vielmehr fühlte er sich müde und ausgelaugt, als habe er und nicht Iffland und Boeck auf der Bühne gestanden. Ihm zu Füßen lag der Goetheplatz. Ja, auch Goethe würde von diesem Triumph erfahren! Weiter mochte Schiller jetzt nicht denken. Auf dem Platz und in den angrenzenden Straßenzügen, die geradlinig von dem Platz wegführten, leuchteten Laternen. Diener, die im Schein der Laternen ihrer Fuhrwerke standen, riefen immer wieder die Namen ihrer Herrschaften. Doch die Menschen diskutierten auf der Straße noch weiter und erst langsam löste sich der Stau auf.

Buchhändler Schwan trat an Schillers Seite. »Hier verstecken Sie sich also. Zufrieden?« Schiller nickte stumm, entdeckte Petersen an einem der Ausgänge und winkte ihn heran. »Das glaubt uns keiner in Stuttgart«, rief Petersen, noch ganz ergriffen. »Sie haben Theatergeschichte geschrieben, Schiller. In ganz Deutschland wird man über ›Die Räuber‹ sprechen«, versicherte Schwan. »Kommen Sie, mein Freund, Exzellenz von Dahlberg wünscht Sie zu sehen.«

Schiller zögerte noch, dachte an die herzogliche Tafel in der Akademie, an der er nie sitzen durfte – er war weder von Adel noch Chevalier. Jetzt bat man ihn an die Tafel des Reichsfreiherrn, Geheimrates, Obersilberkämmerers und Vizekammerpräsidenten Seiner kurfürstlichen Durchlaucht zu Pfalz und Bayern. Er, im schlichten grauen Straßenanzug, den sein Vater zusammengespart hatte, würde wie ein Fremdkörper unter diesen Persönlichkeiten stehen, speisen und reden wie einer von ihnen. Diese Macht hatte die Literatur! Schiller war ein wenig beklommen zumute.

Schwan ging voraus und führte die Freunde in einen kleinen Saal, in dem man eine festliche Tafel eingedeckt hatte. Weißer Damast, schwere vollsilberne Kerzenhalter, teuerstes Porzellan – man verstand zu leben, hier in Mannheim. Schon scharten sich die Schauspieler um Schiller und begrüßten ihn mit einem fröhlichen »Vivat«. Alles junge Gesichter, stellte Schiller fest, als er in die Runde schaute. Etwas abseits dieses Kreises erkannte Schiller Iffland und neben ihm stand ein junger Mann mittlerer Größe, etwas zur Körperfülle neigend, mit rundem Kopf und kurzem Hals. Ein silberner Ordensstern prangte auf dem tadellosen Frack, seine große weiße Halsbinde erinnerte Schiller an eine Serviette. Schiller bemerkte, dass auch jener Mann ihn beobachtete und dabei die Augen zusammenkniff.

Schwan führte Schiller aus dem Kreis hinüber: »Darf ich Ihnen den Regimentsmedikus und frisch gebackenen Theaterdichter Schiller aus Stuttgart vorstellen, Euer Exzellenz?«

Das war Dahlberg! Den Reichsfreiherrn hatte sich Schiller ein wenig großartiger vorgestellt. Stattlicher vor allem. Vielleicht ein wenig majestätisch sogar. Schiller verbeugte sich der Etikette entsprechend und Dahlberg beglückwünschte ihn mit leiser Stimme zu diesem außerordentlichen Erfolg. Dahlberg sprach rasch, fließend, mit leicht unterhaltendem Tonfall. Er erwies sich als geistreicher Gesprächspartner, dem durchaus an einem Gedankenaustausch auf gleicher Ebene gelegen war. Eine für Schiller neue Situation.

Das Gespräch kam auf das nächste Projekt. Schiller erzählte von seinen Plänen, die Verschwörung des Grafen Fiesko zu Genua auf die Bühne zu bringen. Ihm ginge es dabei um die Tragik eines Mannes, der mehr an der eigenen Größe und Macht interessiert gewesen sei als an menschlichen Empfindungen. Dahlberg hörte dies gern, denn die angedeutete zeitliche Distanz zur deutschen Gegenwart würde zu keinen politischen Verwicklungen führen. Das Genua des 16. Jahrhunderts sei, so äußerte er seine Ansicht, eine ideale Bühne für Intrigen, Umstürze, Anschläge und tragischen Tod. Ein großer historischer Stoff. Er ermutigte Schiller ausdrücklich. Doch Schiller, der bislang nur eine Würdigung Rousseaus zu diesem Thema gelesen und kaum etwas hierüber zu Papier gebracht hatte, hätte sich lieber mit politischen Themen beschäftigt. »Ein deutsches Nationaldrama würde ich diesem historischen Stoff jedoch vorziehen«, bekannte er freimütig. Dahlberg befürchtete die alten Komplikationen und musterte Schiller kritisch. »Ein deutscher Dichter schreibt zuerst über deutsche Verhältnisse, nimmt Einfluss auf seine Nation, fördert die Menschlichkeit und schafft bestenfalls sogar eine Nationalidentität. Nehmen Sie Shakespeare für die Engländer oder Molière für die Franzosen. Freilich gehört Mut und Weitsicht dazu, bei dem zerstückelten Zustand unseres Vaterlandes und den Rücksichten, die uns auferlegt werden, patriotisch Partei zu ergreifen. Aber gerade hier liegt die Chance eines jungen Theaters!« Schiller sprach mit Feuer und Überzeugungskraft. Dahlberg lächelte verbindlich, machte nur eine verhaltene elegante Handbewegung. Er werde darüber nachdenken, rate aber dem jungen Dichter, sein Talent zunächst an dem historischen Stoff des Fiesko zu entwickeln.

An der Tafel fand Schiller seinen Platz neben Iffland und dem Regisseur Meyer. Letzterer gestand Schiller lächelnd, dass er eher einen wilden, grimmigen Haudegen als einen stillen und höflichen Menschen erwartet habe. Dies amüsierte Schiller, denn üblicherweise ertappte er sich selbst, dass die Fantasie mit ihm durchging.

Nach einer kräftigen Rinderbrühe trug man Hirschbraten und Kartoffeln auf. Der ausgezeichnete Rotwein funkelte in erlesenen Kristallgläsern. Schiller und Petersen langten zu. So fürstlich hatten sie noch nie in ihrem Leben getafelt.

Das Gespräch kreiste schon bald wieder um künstlerische Themen. Iffland sprach sich gegen den lärmenden Überschwang, das laute Pathos auf der Bühne aus. Erst dort könne ein Drama hohe Kunst entfalten, wo die Charaktere psychologisch fein gesponnen gestaltet seien. Schiller widersprach: »Ich erkenne durchaus Ihre Kunst der psychologischen Gestaltung der Figur an, Herr Iffland. Sie haben dem Franz Moor auf der Bühne damit wahrlich Leben eingehaucht, wo ich die Figur schon für verloren gehalten hatte, aber dort, wo es galt, das Barbarische anzuprangern, darf, ja muss es manchmal barbarisch zugehen!« – »Sie als Arzt und Psychologe, Herr Schiller, müssen doch wissen, dass niemand eine Gesundung erzwingen kann, dass es um die richtige Dosierung der Mittel geht, um eine Krankheit zu besiegen. Keine Kanonenböller und hektischen Aufschreie können eine kluge Menschengestaltung ersetzen. Das Pathos sollte der hohen Kunst versagt bleiben.« Iffland reckte sein kantiges Kinn vor und sprach mit großer Überzeugungskraft. »Manchmal ist der Protest wichtiger als die Psychologie. Manchmal übertönt der Kanonendonner die Weisheit einer Lebensphilosophie. Ich will mit den ›Räubern‹ mein Publikum erschüttern, Herr Iffland, aufwühlen! Mein Drama ist kein Lehrstück.« – »Ich bleibe dabei. Ein wenig hätte das Grelle und Laute im Drama gemildert werden müssen. Es ist zu ungestüm, manchmal zu vordergründig für das gebildete Publikum«, beharrte Iffland.

Über Mäßigung und Psychologie hatte Schiller beim Schreiben des Dramas nicht nachgedacht. Seine Zeilen waren gelebter Protest. Im Sturm wollte er die alte Ordnung hinwegfegen. So sehr er sich ärgerte, so öffnete dieses Gespräch ihm auch eine neue Dimension für seine Arbeit. Petersen, der ihm gegenübersaß, konnte das Schweigen Schillers auf Ifflands Bemerkungen weder verstehen noch akzeptieren. Heftig, geradezu streitsüchtig verteidigte er das Drama: »Haben Sie es nicht gespürt, Herr Iffland, wie das, was Sie als laut und grell bezeichnen, die Menschen mitgerissen hat? Dazu braucht es keiner fein gesponnenen Psychologie. Rache!, war die Antwort aus tiefstem Schwarz des Theatersaals. Hier hat ein Dichter neue Töne angeschlagen und er hatte Erfolg! Das soll ihm einer nachmachen! Schiller ist aus den Fußstapfen der alten Theaterdichter getreten und hat einen neuen Weg gefunden. In Zeiten wie diesen gehören auch einfache Wahrheiten laut und deutlich ausgesprochen! Das Drama hat mich von meinem Stuhl gerissen und mit mir ringen heute Abend viele Hunderte Theaterbesucher um Fassung! Diese Wirkung war so ungeheuerlich, als hätten wir heute zu Mannheim die Deutsche Republik ausgerufen!« Schiller nickte seinem Freund dankbar zu. Iffland zog es vor, diesen nicht weiter zu reizen, und Dahlberg blickte verwundert zu Petersen hin. Herzoglicher Bibliothekar war also jener. Gesinnung und Auftreten passten nur wenig dazu – Freunde hatte dieser Schiller!

Mit fortgeschrittener Stunde feierte man ausgelassen den Erfolg der Uraufführung. Dahlberg musterte den Erfolgsdichter, diesen Regimentsmedikus aus Stuttgart, der sicher ohne Erlaubnis und mit leerer Börse fahnenflüchtig hier in Mannheim sein Glück suchte. Er bemerkte dessen selbstbewusste Haltung des Kopfes, die kühn geschwungene Nase, die flammend roten Haare, die sich jeglicher Ordnung zu entziehen schienen. Ein feuriger Kopf, von seinem Wesen, seiner Beharrlichkeit und seiner Aufmerksamkeit durchaus dem jungen Iffland nicht unähnlich. Dahlberg prostete Schiller und Iffland zu, nahm einen Schluck vom ausgezeichneten Rotwein. Versonnen fuhr er mit der linken Hand über den großen Ordensstern auf seiner Brust. Das glatte, kühle Metall beruhigte ihn. Es war ein Panzer gegen die Welt, das sichtbare Zeichen, das ihn aus der Gesellschaft, aus der Masse hervorhob. Mochte dieser Schiller mit seinem Stück eine ideale Eingebung gehabt haben. Mochte man ihn heute feiern. Er blieb ein Niemand ohne Geld und Stand. Er musste zurückkehren zu seinem Siechen-Regiment. Die Ungunst seiner Verhältnisse wird seinen Höhenflug schon bald lähmen! Carl Eugen von Württemberg wird zudem das seine dazutun, um ihm die Flügel zu stutzen. Deutsche Nationaldichtung! Aus solcher Enge wird sie nicht geboren. Ich gönne ihm den Erfolg des Tages, die Gunst des Publikums, das Glück seiner Arbeit. Die Bewunderung verfliegt. Der Respekt vor meinem Amt bleibt! Dahlberg stellte das leere Glas neben das teuere Porzellan, gab dem Bedienten mit einer knappen Geste zu verstehen, dass er nicht mehr nachzuschenken brauche. Dann faltete er seine Serviette und legte sie daneben.

Plötzlich bemerkte Schiller, dass sich Dahlberg verabschiedete. Er gab Schwan die Hand, wechselte einige Worte, woraufhin beide lachten. Dann nickte er den Schauspielern zu und sagte zu Schiller gewandt: »Wie ich hörte, müssen Sie schon morgen zurück nach Stuttgart. Vielleicht sehen wir uns ja morgen noch. Ansonsten wünsche ich Ihnen eine gute Rückreise.« Noch einmal hob er kurz zum Gruß die Hand und verließ den Saal.

Schiller hielt es kaum auf seinem Platz. Natürlich würde er morgen Dahlberg nicht mehr treffen, mussten sie doch in aller Herrgottsfrühe die Kutsche besteigen. Keinen Tag länger durften sie bleiben! Warum hatte er Dahlberg nicht auf sein Honorar angesprochen? Jetzt wusste er nicht, wie sie die Rückfahrt bezahlen sollten! Sollte er jetzt dem Intendanten hinterherlaufen, ihn anbetteln? Unmöglich in dieser Gesellschaft! Regisseur Meyer bemerkte Schillers Verlegenheit und große Unruhe. Und er deutete ihre Ursache richtig. Zu Schillers großer Erleichterung war er beauftragt, gegen Quittung die Reisekosten in Höhe von vierundvierzig Gulden zu erstatten. So viel hatte die Postkutschenfahrt gekostet. Er erklärte noch einmal, dass das Theater keine Extravergütung und auch keinen Druckkostenzuschuss bezahlen werde. Alles Weitere werde sich finden. Schiller bedankte sich artig, strich das Geld ein und dachte an seine Stuttgarter Schulden, die er jetzt trotz des großen Erfolges immer noch nicht abtragen konnte.

Sie nächtigten beim Buchhändler Schwan und lernten dessen Familie, insbesondere dessen zwei reizende Töchter kennen. Schwan bemühte sich mit großer Aufmerksamkeit und Fürsorge um die beiden Freunde und machte Schiller nochmals große Hoffnungen, sich als Theaterdichter für die Mannheimer Bühne und für seinen Verlag etablieren zu können. Schiller seinerseits versicherte, sich unverzüglich an den Fiesko zu setzen. Im Morgengrauen bestiegen Schiller und Petersen die Postkutsche in Mannheim und traten die Rückreise nach Stuttgart an.

Je näher sie der Grenze kamen, desto unruhiger wurde Schiller. Wenn seine Flucht entdeckt worden war, würde ihn der Herzog bereits an der Grenze abfangen lassen. Sein Entschluss stand fest: Er würde fliehen, wenn es so weit kommen sollte. Sie passierten den schwarzgoldenen Grenzpfahl und hielten vor dem Schlagbaum in der Nähe des württembergischen Grenzhauses. Der Wagenverschlag wurde aufgerissen. Ein bärtiger Grenzposten fragte nach Namen und Zweck der Reise. »Doktor Fischer auf der Reise zu seinem Oheim, General von Rieger auf dem Hohenasperg«, gab er schneidig zur Auskunft. Der Posten salutierte, nahm Haltung an und stellte keine Fragen mehr. Nicht duckmäusern darf man! Frech imponieren und aufschneiden! Ist sowieso alles Blendwerk, dachte Schiller und grinste Petersen an, als sich die Kutsche wieder in Bewegung setzte.

Hinter Bretten saßen sie wieder allein in der Kutsche. Die Scheiben tauten im Sonnenlicht ein wenig auf und Schiller blickte auf die ärmlichen Höfe und Dörfer, die sie passierten. Im Pfälzischen hatten die Häuser Schindeldächer, gestrichene Türen und Fensterrahmen, die Ortschaften sahen sauber und gepflegt aus. Hier im Württembergischen gab es kein neu erbautes Gehöft. Armut und Verfall waren allgegenwärtig. Die Lumpen, die die Bauern an ihrem Leib trugen, klagten den Herzog an, der den letzten Kreuzer aus seinem Land presste. Nachdenklich sagte Schiller: »Der Iffland mag ein gebildeter Mensch sein, der mehr von der Welt gesehen hat als ich. Auch als großer Künstler und aufrechter Bürger mag ihm meine Bewunderung zuteil werden. Aber er hat nie unter diesen Menschen hier gelebt. Er hat keine Ahnung von den wahren Verhältnissen hierzulande! Deshalb vermenschlicht er den Tyrannen und Peitschenschwinger Franz Moor. In seinen Kreisen hat man keine Vorstellung vom Hunger, der Not und dem Schmutz.«

»Streicheln und Kosen ist meine Sache nicht. Ich will euch die zackigsten Sporen ins Fleisch hauen und die scharfe Geißel versuchen!«, rief Petersen aus. »Ich weiß, mein Freund. Genau solche Stellen hat er unterschlagen, weil er die Menschenschinder nie kennen gelernt hat.«

Schiller deutete auf ein halb zerfallenes Gehöft mit faulem Strohdach: *»In meinem Gebiet soll es so weit kommen, dass Kartoffeln und Dünnbier ein Traktament für Festtage werden, und wehe dem, der mir mit vollen, feurigen Backen unter die Augen tritt! Blässe der Armut und sklavische Furcht sind meine Leibfarbe; in diese Livree will ich euch kleiden.«* – »In Tyrannos!«, rief Petersen und der aufgeschreckte Kutscher rief vom Bock, ob er helfen könne, was die Freunde lachend verneinten.

Auf halber Strecke zwischen Ludwigsburg und Stuttgart verließ Schiller die Kutsche und ging allein zu Fuß weiter. Zu nächtlicher Stunde, kurz bevor die Tore schlossen, passierte er das nördliche Stadttor. Niemand kontrollierte ihn.

Seine Stube war behaglich angewärmt. Die Vischerin erwartete ihn im Bett mit der Frage: »Wie war denn die Aufführung, mein Held?« Schiller musste ihr versprechen, sie das nächste Mal mitzunehmen.

27

In Feldscheruniform trat Schiller wieder seinen Dienst an und ließ sich in den Tagesrapport als genesen aufnehmen. Kronenbitter erschien ihm heute besonders anhänglich und wich ihm nicht von der Seite. Als Erstes hatte Schiller einen eiternden Hautausschlag zu behandeln. Ein anderer Grenadier litt unter seinem eiternden und stinkenden Beinstumpf. Es kostete Schiller einige Überwindung, die notwendige Hilfe zu leisten. Der Glanz der Mannheimer Aufführung verstärkte dabei sogar seinen Widerwillen. Kronenbitter litt unter seiner schlechten Laune. Bei der anschließenden Wachparade reihte sich Schiller wie gehabt ein. Oberst von Rau nickte ihm ernst zu. Der Herzog ritt wie gewohnt auf seinen Platz und nahm die Parade ab. Niemand, außer vielleicht Kronenbitter, schien ihn wirklich vermisst zu haben. Schiller ärgerte sich über seine Laune. Auch die nächsten Tage verstrichen ergebnislos, geprägt vom alltäglichen Einerlei und der Unlust Schillers am Dienst. Schiller vertiefte sich in eine Chronik, die ihm Reichenbach mit einem Gruß von Petersen überbracht hatte: »Anno 1547 nahm die Verschwörung des Grafen Fiesko von Lavagna indessen zu Genua eine seltsame Wendung …«

Der Winter ging dahin und es wurden einige Briefe mit Mannheim ausgetauscht. Der Herr Intendant ließ sich nicht in die Karten schauen, blieb unverbindlich freundlich, weckte Hoffnungen, ohne Versprechen zu machen. Nur mit Mühe brachte Schiller einige Raten für seine Schulden auf und blieb in diesen Monaten die Miete bei der Vischerin schuldig. Erledigte er die fällige Mietzahlung, bedrängten ihn die Gläubiger. Schiller sah keinen Ausweg, da sein Gehalt als Regimentswundarzt nicht reichte und die Schriftstellerei außer den regelmäßigen zehn Gulden für Mäntlers »Zeitschrift zum Nutzen und Vergnügen« nichts einbrachte.

Er wunderte sich, dass die Aufführungen seines Dramas in Mannheim, der Erfolg, der weit über die Landesgrenzen hinaus bekannt geworden war, und auch seine unerlaubte Reise zur Uraufführung folgenlos blieben. Schiller schwang daraufhin im »Ochsen« wieder große Reden gegen den Herzog und seinen Sklavenstaat und genoss es, dass gewisse Kreise ihn als Dichter nicht mehr ignorieren konnten. Als er im Mai wieder einmal die Miete schuldig bleiben musste, beschloss er eine zweite Reise nach Mannheim zu organisieren, um dieses Mal der Vischerin ihren Wunsch zu erfüllen. Die Reisekosten würde Frau von Wolzogen übernehmen und auch Hoven sollte von Ludwigsburg aus dazustoßen. Schiller schrieb ihm, er könne an der Chaussee zwischen Zuffenhausen und Ludwigsburg warten und zusteigen, es sei für alles bestens gesorgt. Ein Abenteuer erwarte ihn. Die Gelegenheit schien günstig, bereitete der Herzog eine zehntägige Reise nach Wien vor.

Oberst von Rau legte zwar die Stirn in Falten, als er von dem Vorhaben erfuhr, gab sich aber bald nachsichtig: »Mach er, was er will. Er möchte sein Kind auf der Bühne laufen sehen, kann ich verstehen, durchaus! Ist auch ein Mordsstück. Habe es die Tage selbst gelesen – ganz schön mutig, Schiller. Durchlaucht ist auf Reisen, mein Regimentsmedikus erkrankt und ich weiß mit keiner Sterbenssilbe von diesem Vorhaben. Ist das klar?!«

Dieses Mal reiste Schiller nicht zur Nachtzeit. Am Mittag bestieg man die Kutsche in Stuttgart. Mit dem Adelspass der Frau von Wolzogen ließ man sie unbehelligt passieren. Obwohl der Kutscher am vereinbarten Treffpunkt noch wartete, tauchte jedoch Hoven nicht auf. Schiller war bestürzt. Was hatte sich sein Freund dabei gedacht? »Er ist in Amt und Würden«, scherzte die Vischerin halb ernst. »Als Kreisarzt riskiert man nicht alles. Und schon gar nicht, mit einem Fahnenflüchtigen an der Grenze aufgegriffen zu werden …« Schiller zweifelte das erste Mal an seinem Freund aus Kindertagen. Schließlich beruhigte er sich, indem er sich sagte, dass es nicht anders sein konnte, als dass Hoven an ein Krankenbett gerufen worden sei.

In Mannheim erwartete sie Intendant von Dahlberg, der bedauerte, dass man die »Räuber« nicht spielen könne, wegen Erkrankung und Urlaub einiger Schauspieler. Aber man solle den Aufenthalt einen Tag verlängern und er werde sehen, was er für die Damen arrangieren könne. Stunden später brachte Regisseur Meyer letzte Neuigkeiten aus dem Theater. »Mein lieber Schiller, Sie haben offenbar einen großen Eindruck auf den Herrn Intendanten gemacht. Er hat soeben Goethes ›Clavigo‹ ankündigen lassen.« – »Ich habe ihm erzählt, dass ich selbst den ›Clavigo‹ in der Karlsschule einmal gespielt habe. Auch wenn meine Darstellung verunglückte, es ist ein großes Drama«, erklärte Schiller lächelnd und stolz darauf, dass man ihn hier in Mannheim vor den Augen der Frauen so hofierte. Freiherr von Dahlberg, ganz in aufgeräumter Stimmung an diesem Abend, verabschiedete Schiller persönlich mit Handschlag am Theaterausgang und versprach ihm, alles zu versuchen, um ihn nach Mannheim zu ziehen.

Auf der Rückfahrt bekam Schiller Fieber und Schüttelfrost. Er kaute Chinarinde, die er für solche Fälle bei sich trug, aber eine Besserung wollte nicht eintreten. Mit schlotternden Gliedern meldete sich Schiller am nächsten Tag krank bei Oberst von Rau zurück und erklärte, er habe Fieber. Dieser tobte, machte Schiller Vorhaltungen, er habe sich nicht an die Vereinbarung gehalten, sei länger ausgeblieben und jetzt auch noch krank.

Christophine und Kronenbitter räumten das Zimmer auf, während Schiller am Tisch saß und schrieb. Er schien ihre Anwesenheit noch nicht einmal zu bemerken. Christophine maulte, ein Drecksloch sei das, man müsse sich schämen für den Bruder, wo doch neuerdings Herrschaften aus Württemberg und feine Leute aus dem Ausland zu Besuch kämen. Was sollten diese für einen Eindruck mitnehmen? Voller Wut riss sie das Bettlaken hoch. Ob er denn nicht wenigstens die Stiefel ausziehen könne, bevor er ins Bett fiele? Sie schickte Kronenbitter, Besorgungen zu machen. Dann ließ sie ein Donnerwetter über ihren Bruder hereinbrechen, dass diesem die Feder aus der Hand fiel. Ein Kartoffelhaufen neben dem Schreibtisch, die Füße auf den achtlos weggeworfenen Schalen, zerbrochene Teller, angeschimmelte Essensreste, abgenagte Wurstschalen, leere Weinflaschen! Eine Luft sei das zudem, da sich das Fenster vor lauter Büchern und Zeitschriften nicht mehr öffnen ließe! Kein Wunder, dass er Fieber bekommen habe, wo draußen die mildeste Sommerluft Einlass begehre! Erst als sie nach Atem rang, konnte er die kurze Gelegenheit zur Verteidigung nutzen. Er müsse jede freie Minute schreiben. Sie wisse doch, das Drama des Fiesko zu Genua. »Phinele, vertrau mir und habe Nachsicht«, bat er und setzte ein so müdes und betrübtes Gesicht auf, dass ihr der Ärger schon fast wieder verging. »Gleich machst du aber eine Pause mit mir. Ich habe Kronenbitter geschickt, Kaffee und Gebäck zu holen. Ich muss doch bald wieder zurück, damit Vater nicht schimpft. Er meint, ich würde dich vom Dienst abhalten«, sagte Christophine. Unter seinem Stuhl beim Zusammenkehren der Scherben entdeckte sie einen abgerissenen Knopf der Uniformjacke. »Ach Fritz«, stöhnte sie, enthielt sich aber jedes weiteren Kommentars, setzte sich auf das Bett, um den Knopf anzunähen.

Kronenbitter kam und meldete, er habe alle Befehle ausgeführt, hier seien Kaffee, Gebäck und Blumen. Hinter ihm betrat Andreas Streicher die Stube. Die Freunde begrüßten sich herzlich. Schiller gab der Runde einen Brief zu lesen, der heimlich vom Hohenasperg geschmuggelt worden war. »Er ist von Schubart, der von meinem Drama und dem Erfolg gehört hat. Das bedeutet mir mehr als alle Artikel in den Zeitungen zusammen!«, rief Schiller.

Schubarts Zeilen waren offenbar in fliegender Hast und aller Heimlichkeit auf das Papier geworfen:

»... ich sah nicht des eisernen Gitters Schatten,
den die Sonne malt auf meines Kerkers Boden,
hörte nicht Fesselgeklirr am wunden Arm:
denn du sangst! –
Schiller, du sangst
Hoch empor stieg meine Seele!«

Christophine konnte die Tränen nicht zurückhalten: »Der arme Mann!«

Schiller blickte entschlossen in die Runde: »Phinele, ich darf mich nicht nur mit den schönen Worten aufhalten«, erwiderte Schiller trotzig. Sie blickte zu ihm auf, fasste ihn beim Arm: »Mir ist oft schwer ums Herz und ich fürchte, dass etwas Schlimmes geschehen kann! Du bist in aller Munde, Bruderherz, aber der Herzog rührt sich nicht. Auch deine Gegenspieler hüllen sich in unheimliches Schweigen, gerade so, als seien sie nicht mehr vorhanden. Die Stille macht mir Angst!«

Schiller setzte die Kaffeetasse ab und nickte. Der Gedanke, dass ein einziger Wink des Herzogs genügte, den Bruder in die Verdammnis zu stürzen, erschütterte Christophine so sehr, dass sie haltlos schluchzte. Auch Schiller spürte die Angst. Er hielt sie umschlungen und tröstete sie.

Freitag, der 28. Juni 1782, sollte der Wendepunkt in Schillers Leben werden. Leutnant Fricke trat unangemeldet in sein Behandlungszimmer, beachtete weder den auf der Pritsche liegenden Patienten noch Kronenbitter, der noch kurz versucht hatte, sich ihm in den Weg zu stellen. Militärisch zackig nahm er den Hut unter den Arm, baute sich vor Schiller auf, knallte mit den Hacken zusammen, musterte den Regimentsmedikus und fragte: »Regimentswundarzt Schiller?«

»Mensch, Fricke, wir kennen uns doch«, antwortete Schiller verwirrt. »Keine Privatheiten!«, war die knappe Antwort. »Der Herzog schickt Ihnen ein Pferd aus seinem Marstall.« – »Was soll das, Fricke!« Schiller wurde ärgerlich. »Ich habe zu tun. Das sieht er doch!« – »Euer Durchlaucht befehlen dem Regimentswundarzt, sich unverzüglich in Hohenheim zu melden, wo der Herzog für den heutigen Tag residiert.« Auf weitere Fragen und Einwände reagierte Fricke nur mit einem: »Meine Order ist ausgerichtet. Ich warte.« Dann ging er voraus und führte Schiller zu dem Pferd. Dem Befehl musste er folgen. Was wollte der Herzog von ihm? Verhaften lassen hat er ihn jedenfalls noch nicht. Schiller fühlte sich unwohl.

Es war ein schöner Sommertag, aber Schiller hatte keinen Blick für die Landschaft. Er sah nicht die Bauern auf den Äckern, die ihm hinterherschauten. Mut und Feigheit stritten in seinem Innersten.

Kammerherr von Zwiefalten führte Schiller durch das Vorzimmer, in dem sich die Bittsteller drängten. Mit raschem Blick versuchte Schiller die Wartenden abzuschätzen. Da war niemand, dessen Anwesenheit etwas mit ihm zu tun haben konnte. Alles einfache Leute, ein Vater mit zwei Söhnen, künftige Karlsschüler vielleicht, einige Kaufleute und ein Bauer, jener dort vielleicht ein Advokat, einige Frauen. Die Flügel der Saaltüren standen weit geöffnet. Der Herzog saß hinter seinem riesigen Schreibtisch und nahm eine Zwischenmahlzeit, während die ängstlichen Bittsteller seinen ausgezeichneten Appetit und die Qualität der Speisen bewundern durften. Franziska von Hohenheim saß in einem hohen Lehnstuhl vor dem Fenster bei einer Stickerei.

Kammerherr von Zwiefalten meldete Schillers Ankunft, kehrte zurück und gebot ihm, in das Kabinett des Herzogs zu folgen. Schiller ging an den Bittstellern vorüber, spürte deren Blicke, fiel in den Marschtakt, noch drei kleine Schritte in den großen Raum hinein, die Hacken zusammenschlagen, den kleinen Hut vom Kopf gerissen und die Augen starr geradeaus gerichtet. Dressiert ist dressiert, das wird mir bis ans Lebensende noch im Halbschlaf gelingen, dachte Schiller.

»Nun?«, ertönte es hinter dem Schreibtisch. »Regimentswundarzt Schiller aus dem Regiment Augé wie befohlen zur Stelle, Euer Durchlaucht!«, schnarrte Schiller in Hab-Acht-Stellung. Der Herzog taxierte ihn nur einen winzigen Augenblick, dann ließ er ihn warten wie alle anderen. Er bat von Zwiefalten die Doppeltüre zu schließen, die da draußen würden gar zu hungrig dreinschauen und er liebe keine Zaungäste bei Regierungsgeschäften. Carl Eugen aß zu Ende, tupfte sich den Mund ab und trat dann neben seine Mätresse, die Reichsgräfin zu Hohenheim.

»Schöne Stickerei ist das. Wahrlich ein Geschenk für die bayerische Herzogin zum Geburtstag, Franzl. Wie ausgezeichnet du den Löwen getroffen hast. Die ganze Würde Bayerns trägt das Wappentier. Schiller, komme er einmal her, er versteht doch was von Bestien!« Der Herzog trieb sein Spiel mit ihm. Schiller ging gesenkten Blickes mit raschen Schritten über das Parkett. Die Angst war jetzt körperlich spürbar. Er verspürte einen großen Drang, seinen Darm zu entleeren. Die Reichsgräfin nickte ihm ernst zu, vertiefte sich aber sofort wieder in ihre Stickerei. »Na, was hält er von diesem Löwen?« Schiller setzte an zu einer lobenden Antwort. Doch der Herzog ließ ihn nicht zu Wort kommen. »Was für absurde Ideen ich manchmal habe. Das liegt wahrscheinlich an den Einflüsterungen und Ratgebern, wie er bereits unlängst in einem angetrunkenen Zustand so trefflich zu bemerken pflegte. Denn ein Regimentswundarzt ist ja nur um seine Grenadiere besorgt, versieht seinen Dienst in aller Bescheidenheit und weiß nichts von fremden Ländern und wildem Viehzeug. Oder hat er schon mal einen wirklichen Löwen gesehen?« – »Nein, natürlich nicht«, gab Schiller mit belegter Stimme zur Antwort.

»Fränzl, ist er nicht bescheiden, unser Medikus?« Carl Eugen setzte sein väterliches Lächeln auf. Franziska von Hohenheim machte den Versuch, sich zu entschuldigen, doch der Herzog legte ihr die Hand auf die Schulter. »Fränzl, jetzt enttäusche unseren Schiller nicht, der ein großer Verehrer von dir ist und den wir seit langer Zeit nicht mehr zu Gesicht bekommen haben.«

Carl Eugen lenkte im gemütlichen Plauderton das Gespräch auf das Hausfrauliche. Dann plötzlich: »Fränzl, unser Schiller ist dabei, ein großes Subjektum zu werden. Erinnerst du dich, dass ich dies schon bei der Entlassungsfeier prophezeit habe. Er hat aber auch eine gute Erziehung genießen dürfen auf meiner Akademie. Erziehung und Fürsorge, Härte, wo es angebracht ist, wir formen großartige Menschen zum Wohle unseres Landes. Fränzl, nicht wahr, unser Schiller ist ein Beispiel dafür.« Carl Eugen wandte ihm sein feistes Gesicht zu. »Er hat zudem einen tüchtigen, gottesfürchtigen Vater. Wie lange war er nicht mehr zu Hause in Ludwigsburg?« – »Ein halbes Jahr, Euer Exellenz«, antwortete Schiller so sachlich wie möglich. »Oh, das ist hart! General Augé wacht streng über seine Grenadiere. Aber es gibt noch manch einen, der sein Zuhause überhaupt nicht mehr sehen darf, weil er weder reisen noch laufen kann. Kann er mir folgen? Ich meine, diese armen Menschen sitzen und kommen nirgendwo mehr hin. Nicht nach Hause und nirgendwo anders hin.« Carl Eugens Stimme hatte die gewohnte Schärfe angenommen. Der Herzog stand jetzt eine Handbreit vor ihm. Schiller konnte seinen Atem spüren und riss seinen Körper in die Höhe. Jetzt überragte er seinen Landesherrn um Kopfeslänge und sah ihm von oben herab in die Augen. Es war ein ungleicher, ein verlorener Kampf, aber Schiller nahm ihn an.

Das Gesicht des Herzogs verzerrte sich vor Wut, er schrie aus Leibeskräften. »Ein Haufen Mist ist er, auf dem nur Unkraut gedeiht! Eine erbärmliche Kreatur! Weiß er, was mit wilden Löwen passiert? Die gehören eingesperrt, hinter hohe Eisengitter! Groß will er werden? Ich kann ihm helfen dabei. Vielleicht fühlt er sich erhaben, wenn er vom Turm des Hohenasperg künftig ins Tal schauen kann. Vielleicht bekommt sein Räuberlied eine neue Melodie beim Klirren der Fußketten!« – »Carl Eugen, ich bitte dich!«, flehte ihn die Reichsgräfin an, sprang jetzt auf und verließ eilends den Raum. Aber der Herzog achtete nicht mehr auf sie. Seine Wut steigerte sich. »Lang genug habe ich seinem schändlichen Treiben zugeschaut. Glaubt er, ich weiß nicht, was er sich da zusammengeschmiert hat, dass er allein der Urheber des Räuberbuches ist?« Carl Eugen hielt Schillers Drama in die Höhe. »Hier der Löwe! In Tyrannus! Den Schuh mag sich anziehen wer will. Ein Dreck ist das!« Er krallte sich in Schillers Uniform und zog ihn hinter sich her, dann warf er das Buch voller Verachtung in das Kaminfeuer. »Meint er wirklich, ich wüsste nicht, dass er zwei Mal ohne Erlaubnis im Ausland gewesen ist? Ein Hanswurst ist er – ein Nichts mit achtzehn Gulden im Monat und dem Buckel voller Schulden! Er weiß ja nicht, was er sich und der Familie antut! Überhaupt weiß er sehr wenig! Nennt die braven Bauern Graubündens in seinem Drama Gauner und sein Herzog darf diese außenpolitische Scharte auswetzen!« Der Herzog war heiser, konnte kaum noch sprechen, ging zum Tisch, trank aus einem Wasserglas.

Aus dem Nebenraum hörte Schiller das Schluchzen der Reichsgräfin. Der Herzog schaute zur Tür. Es herrschte Totenstille. »Wir haben die Macht und den Willen, ihn zur Vernunft zu bringen. Er kann sein eigenes und das Leben der Familie mutwillig zerstören. Aber sein Herzog kennt ihn – er wird den Befehlen seines Landesherrn Folge leisten.« Carl Eugen legte eine Pause ein, verschränkte die Hände auf dem Rücken und lief umher. Schiller starrte geradeaus auf die Wand hinter dem Schreibtisch. Schweiß rann über sein Gesicht. »Um seines treuen Vaters willen und weil dort die Reichsgräfin um ihn weint und ihn noch immer schätzt, bekommt er eine allerletzte Gnade. Eine Gnade, die er nicht verdient hat! Wir verbieten ihm das Schreiben. Das ist mein unmissverständlicher Befehl! Medizinisches, seine Doktorarbeit, darf er gern verfassen und mir seine Kleckserei zur Prüfung vorlegen, aber keine Dichtkunst und Literatur. Sollten wir noch eine einzige von seinen Sudelzeilen und Anmaßungen zu Gesicht bekommen, wandert er in den dunkelsten und feuchtesten Keller des Aspergs und lässt seine Familie des Hungers leiden!«

Schiller stand auf glühenden Kohlen und spürte Nadelstiche in seinem Herz. Ihm wurde nicht mehr das Wort erteilt. Also hatte er zu schweigen. Mündlich wie künftig auch schriftlich.

Der Herzog griff zur Schelle und der Kammerherr von Zwiefalten erschien: »Der Regimentswundarzt Schiller hat sich bei Unserem General Augé in Stuttgart zu melden. Er wird mit vierzehn Tagen Arrest bestraft, hat seinen Degen abzugeben, bekommt für diesen Monat das Salär um die Hälfte gekürzt und ist mit einem absoluten Schreibverbot belegt. Hat er das?« Von Zwiefalten verneigte sich. Zu Schiller gewandt fügte der Herzog jetzt in väterlichem Ton hinzu: »Es ist zu seinem Besten. Er hat jetzt Gelegenheit, sich durch untertänigsten Gehorsam Unsere Gnade zu verdienen. Er nehme meinen Befehl, bevor er marschiert, geschrieben und gesiegelt nach Stuttgart mit. Das Pferd bleibt hier. Er darf jetzt gehen und aus Unseren Augen verschwinden.«

Von Zwiefalten hatte den Befehl bereits vorbereitet. Er ergänzte noch ein, zwei Sätze, siegelte das Dokument, steckte es in einen Umschlag und reichte diesen Schiller. Während Schiller wortlos seinen Degen ablegte, fragte der Kammerherr eher beiläufig: »Er ist in Mannheim gewesen, zwei Mal. Man spricht von seinem Drama. Sein Oberst hat Verständnis, dass er davon wusste und es dennoch möglich gemacht hat.« Schiller schaute dem Kammerherrn fest in die Augen: »Ja, ich war in Mannheim und bereue es nicht.« – »Nicht alle haben einen so verständnisvollen Oberst …«, von Zwiefalten senkte Blick und Stimme. Er hält mich für vollkommen arglos und naiv, dachte Schiller. Ich habe eine verdammt gute Schule genossen, dass er mit solchen plumpen Intrigen nicht zu kommen braucht. Schiller parierte: »Nein, Oberst von Rau hatte keine Ahnung. Ich hatte mich krankgemeldet und er konnte es kaum nachprüfen wegen der Umstände.« – »Der Herzog denkt, er lügt«, erwiderte von Zwiefalten bedächtig. »Mir hat er gesagt, er habe sogar Beweise dafür.« – »Ich weiß nicht, welche Beweise der Herzog zu haben glaubt. Ich bleibe dabei, dass Oberst von Rau keine Schuld trifft. Da mag mich Euer Durchlaucht selbst befragen! Ich empfehle mich!« Schiller blieb fest, verbeugte sich und stürzte jetzt aus dem Raum, denn er hielt es nicht länger aus. Er rannte an den verdutzten Bittstellern und Grenadieren, an Bedienten und einer Magd vorbei. Er rannte wie von Furien gehetzt durch den herzoglichen Park. Fast wäre er mit Dekan Zilling zusammengestoßen.

»Vor den Abgründen seiner Seele kann man nicht davonlaufen, Schiller!«, rief dieser ihm zu.

Schiller stockte einen Moment, drehte sich erschrocken zu Zilling um.

»Glaube er mir, das war erst der Anfang. Er sollte sich vorsehen!«, drohte der Dekan. »Glauben Sie nicht, Hochwürden Dekan – oder sollte ich Herr Professe sagen? –, glauben Sie nicht, dass Gott Menschen wie Sie vom Fegefeuer verschont. Sie sollten mir nicht drohen, wo Sie Ihre Macht so irdisch speichelleckend vom Herzog ableiten!«, zischte Schiller ihm zu, sodass nur Zilling es hören konnte.

Schiller lief weiter und hörte in seinem Rücken die Antwort: »Ich lasse ihn rädern und zerquetschen wie ein lästiges Insekt!«

Er schlug sich seitwärts in die frisch geschnittenen Hecken, riss die Hose herunter und erleichterte sich endlich vom grausamen Darmgrimmen. Und als sei mit der Verdauung seine Angst aus dem Körper gefahren, beschloss Schiller spontan, zur nächsten Poststation zu eilen, um noch heute mit Hoven von Ludwigsburg aus Schubart auf dem Hohenasperg aufzusuchen. Sein Arrest hatte noch einen Tag Zeit und Hoven würde ihn noch heute Nacht sicher mit der Kutsche bis zum Stuttgarter Stadttor bringen.

28

Die Sonne stand hoch an diesem Nachmittag und es würde noch lange keine Abkühlung zu erwarten sein. Hoven und Schiller stiegen die rebenbepflanzte Anhöhe zum Hohenasperg hinauf. Schweiß rann ihnen über das Gesicht und den Rücken. Ein leichter Wind, der auch an heißen Tagen hier oben wehte, verschaffte ihnen ein wenig Kühlung. Die Festung lag drohend schwarz über ihnen. Unwillkürlich war Schiller versucht, den Kopf einzuziehen.

Sie traten durch das Festungstor. Noch waren sie aus freien Stücken hier und konnten jederzeit umkehren. »Bitte zügele dich nur. Schmeichele, katzbuckle, auch wenn es nicht deine Natur ist. Der Rieger ist nicht mehr ganz klar, seit der Herzog ihn seinerzeit selbst eingekerkert hat, um ihn gefügig zu machen. Je plumper die Komplimente und Glaubensbekenntnisse, umso besser. Denk immer daran: Wenn du dich vergisst und aufbraust, muss es Schubart büßen!« Schiller verstand Hovens Appell nur zu gut. Der Wachtposten hielt sie an. Hoven war bekannt und durfte passieren. Sie prüften Schillers Papiere. Regimentswundarzt aus Stuttgart. Ob es denn eines Assistenten bedürfe? Schiller gab sich unbeteiligt und Hoven verlangte, zu General Rieger gebracht zu werden. Ein Musketier führte sie durch den Innenhof auf das klotzige Hauptgebäude zu. Sie warteten in einem kahlen Raum. Die Anordnung der Stühle ließ vermuten, dass man hier vielleicht zu Gericht saß über die Vergehen der in der Festung Einsitzenden. Es roch modrig und feucht in der Festung. Die Wände zeigten hässliche gelbliche Stockflecken. Wie eiternde Wunden, dachte Schiller.

Dann war alles ganz einfach. Der Kommandant erwartete sie. Ein Leutnant führte beide zum General Rieger. Dieser stand vor einem großen rötlichen Wandteppich. Das Sonnenlicht fiel gleißend durch die hohen Scheiben und tauchte den Raum in die rötlichen Teppichfarben. »Das Blut der Opfer«, flüsterte Schiller, doch Hoven schüttelte nur verständnislos den Kopf, trat vor und reichte Rieger als Erster die Hand. Schneeweiß und dünn waren die Haare des Generals geworden. Die tiefliegenden dunklen Augen des Kerkermeisters brannten wie glühende Kohlen. Schiller, der an seinen Onkel nur schwache Erinnerungen aus Kindertagen hatte, erkannte ihn fast nicht wieder. »Willkommen, meine Herren! Ich freue mich sehr, zwei so gebildete Herren begrüßen zu dürfen. Mein täglicher Umgang hier ermöglicht mir nur selten ansprechende Konversation und standesgemäßen Umgang. Darf ich den Herren etwas anbieten?«

Hoven und Schiller nahmen Wasser. Rieger drückte nochmals die Hand seines Neffen Schiller. »Des Dichters kühne Hand in meiner zu halten. Er wird kaum ermessen, was mir das bedeutet.« Schwulst, verlogener Mist!, dachte Schiller und verbeugte sich. Schiller konnte und wollte nicht länger plaudernd zuwarten und fragte danach, ob er Schubart sehen könne. General Rieger schritt voraus und erzählte, dass er dem Schubart sogar das Buch des Neffen habe zukommen lassen, ihm Papier und Feder gegeben habe, um eine Rezension zu schreiben. Des größeren Spaßes wegen solle sich Schiller dem Schubart nicht zu erkennen geben und sich Doktor Fischer nennen.

»Des Spaßes wegen?«, rief Schiller entsetzt aus. »Mein Gott, ja, hab er sich nicht so! Schubart wird sich über den Besuch freuen und ich mache mir einen Spaß daraus, ihn noch eine Weile auf die Folter zu spannen«, entgegnete Rieger.

Folter, das war das zutreffende Wort für diese Umgebung, dachte Schiller verbittert, sagte aber nichts mehr. Beten könne der Schubart inzwischen, wusste Rieger zu berichten. Ihre Schritte hallten durch die Gänge. Vereinzelte Wachtposten salutierten. Er brauche nur den Stock zu heben und Schubart würde das Vaterunser von vorne und von hinten in gleicher Geschwindigkeit beten. Besonders stolz sei er darauf, dass sein Gefangener, der sich draußen von der Kirche losgesagt hätte und exkommuniziert worden sei, jetzt um die Gnade der Beichte und des heiligen Abendmahls bettele. Nur dass Dekan Zilling und der Herzog ihm dies noch verwehrten, damit sei er, Rieger, nicht einverstanden. Die Luft war stickig und es roch nach Kohlsuppe und menschlichen Ausdünstungen. In den nicht enden wollenden Fluren lagen die schweren Bohlentüren dicht an dicht. Ein Wachtposten eilte herbei, klirrte mit einem großen Schlüsselbund. Der General riss mit einem Ruck die Zellentür auf. Schubart hatte sich vorschriftsmäßig erhoben und stand an der gegenüberliegenden Seite der Zelle mit dem Gesicht zur Wand. »Schubart! Freue er sich! Er hat Besuch! Die Doktoren Hoven und Fischer!«, brüllte Rieger im Befehlston.

Der Gefangene schrak zusammen und drehte sich langsam um. Mühsam hob er den Kopf mit einem Gesichtsausdruck, als käme er von weit her. Ein bleiches, verfettetes Gesicht mit wirren, teilweise verfilzten Haaren starrte ihnen entgegen. Dann hob er schützend einen Arm vor das Gesicht. »Was soll das?«, fuhr ihn General Rieger an. »Verneige er sich anständig! Sofort!« – »Ich bin für keinen Besuch hergerichtet und ein elendes Schauobjekt«, antwortete Schubart mit zittriger Stimme. »Zeige er sich nicht länger trotzig. Ich bin ihm gewogen, und die Herren sind eigens wegen ihm gekommen«, fuhr Rieger ihn an. Schubart nahm den schützenden Arm herunter, ohne jedoch die Besucher anzublicken, und versuchte eine zeremonielle Verbeugung aus seiner besten Zeit. Es war die leidende, schmerzhafte Bewegung eines lahmenden Hundes, der für sein Fressen Männchen machen sollte. Schiller schluckte schwer beim Anblick dieses gebrochenen Mannes. Fünf Jahre Festung hatten dem wilden Sänger und herrlichen Dichter, dem mutigen Herausgeber einer Zeitung, dem kühnen Geist, der seiner Zeit stets vorauseilte, Gesundheit, Mut und freien Willen zerstört.

Schiller trat auf den Gefangenen zu. »Ihre Freunde haben Sie nicht vergessen, Herr Schubart. Sie bewundern Ihre Tapferkeit.« – »Freunde?« Schubart blickte ungläubig auf. »Schubart hat noch Freunde? Nach all den Jahren?« Er sprach von sich selbst in der dritten Person. Er war sich selbst fremd geworden.

General Rieger missfiel Schillers Vorpreschen und er fürchtete, um sein Schauspiel gebracht zu werden. Er gebot daher Schiller zu schweigen. »Die Herren Doktoren kennen den Schiller ...«, sagte Rieger. »Den Schiller, der die ›Räuber‹ verfasst hat?«, fragte Schubart sofort und sein Gesicht hellte sich auf. Wie ein Dirigent bewegte sich Rieger zwischen seinem Gefangenen und den Besuchern. »Weil er brav war, erlaube ich ihm, seine Rezension zu den ›Räubern‹ vorzutragen. Freut er sich? Der Doktor Fischer kann ihm anschließend viel über Schiller erzählen.«

Schubart trat auf Schiller zu, ergriff voller Demut dessen Hand. »Wie sieht Schiller aus? Er ist ein großer Dichter. Ich liebe sein Buch. Wenn ich ihn einmal sehen könnte!« Dann begann er, das Blatt in seinen zittrigen Händen haltend, eine Rezension vorzutragen. Schiller errötete vor Verlegenheit und vor Empörung über dieses unwürdige Spiel. Rieger, der nur wenig Interesse für den Vortrag zeigte, hob plötzlich gebieterisch die Hand: »Genug! Schau er auf!« Verwirrt blickte Schubart auf seinen Kerkermeister, der jetzt Schiller vor sich her schob. »Dies hier ist der Verfasser der berühmten ›Räuber‹ höchstpersönlich!«

Schubart wurde blass, das Papier fiel ihm zu Boden und er stammelte Unverständliches. Ungeschickt machte er ein paar rasche Schritte auf Schiller zu, stieß mit seiner massigen Gestalt einen Stuhl um. Dann warf er sich voller Verzweiflung weinend an Schillers Schulter, der beruhigend auf ihn einredete. Roh versuchte Rieger den Gefangenen von Schiller wegzudrängen. Es gelang ihm nur mit Mühe. Schubart taumelte und hockte schließlich kraftlos, aber mit wachem Blick auf der Kante seines Bettes. »Friedrich Schiller ..., Friedrich Schiller ...«, sagte Schubart bedächtig, als lausche er dem Klang der eigenen Stimme nach. »Ich danke ihm sehr, Herr General, dass ich einen solchen Tag erleben durfte.«

»Dass er auch gleich derart seine Fassung verlieren muss! Wenn es der Herzog erfährt, bekommt es mir schlecht«, keuchte Rieger, der noch von der Anstrengung der Auseinandersetzung in dieser stickigen Luft schwitzte.

Dies war der Mann, der den württembergischen Herzog so erzürnt hatte, dass er ihn am Ende fürchtete und wegsperren lassen musste. Dessen Schriften und Ansichten sogar die Kaiserin in Wien beschäftigt hatten? Schiller war zutiefst erschüttert. »So beruhige er sich doch«, bat Hoven. »Soll ich ihm etwas zu trinken holen?« Schiller fand, dass eher etwas Tröstliches angebracht sei: »Seinem Sohn Ludwig geht es gut. Er ist ein ausgezeichneter Schüler und, was mehr zählt, ein aufrechter Kamerad, dessen Freundschaft und Vertrauen ich schätze.« Schubart wischte sich die Tränen aus dem Gesicht, hob die Fäuste, schüttelte sie sprachlos.

»Kein Wort, sonst beende ich den Besuch! Es ist Gnade genug, dass ihm der Herzog neuerdings brieflichen Kontakt gestattet. Rede er von Glaubensdingen oder Kunst meinetwegen. Aber bleibe er unverbindlich!« Riegers scharfer Befehlston vertrieb das Lächeln augenblicklich.

»Der Junge macht seinem Vater alle Ehre«, sagte Schiller dennoch. Rieger wurde wütend: »Genug!«, und zog Schiller am Ärmel mit sich fort. Längst lief das Schauspiel hier nicht mehr nach den Regieanweisungen des Kerkermeisters. Hoven schritt ein und sprach von der erstaunlich feststellbaren Bekehrung des Gefangenen, von der Erziehung zur Demut und zu rechtem Glauben, und versicherte Rieger, dass es wohl in Deutschland keinen zweiten Kommandanten mehr geben würde, der wie er durch das Beispiel des eigenen Lebens einen so segensreichen Einfluss auf die Häftlinge ausüben könne. Dies lenkte Rieger ab, sodass sich Schiller und Schubart noch voneinander verabschieden konnten.

Den Blick unauffällig auf den Boden gerichtet, die Haltung demütig gebeugt, zischte Schubart seinem Besucher unbemerkt von Rieger und Hoven zu: »Den Zellennachbarn Scheidlin bitte aufsuchen! Fragen Sie ihn, ob ihn das Traben des Pegasus nebenan nicht störe, und schmuggeln Sie die Papiere unbemerkt hinaus. Ich bitte Sie!

Ich vertraue niemandem sonst, nur Ihnen, Schiller! Sie werden dafür sorgen, dass die Ungerechtigkeit benannt und der Schubart nicht vergessen wird.«

»Bitte erheben Sie sich, Herr Schubart. Das ist mir peinlich. Ich bin es, der Ihnen zu Füßen fallen müsste!«, bat Schiller, zutiefst bewegt. General Rieger, hin und her gerissen zwischen den Schmeicheleien, der Konversation mit Hoven und dem Schauspiel, dass die beiden in der Zelle boten und dem er schnellstens ein Ende bereiten wollte, schaute unruhig von einem zum anderen und zögerte. Dann endlich ließ er Hoven einfach stehen, vergessen schienen jetzt die Gunstbezeugungen Schiller gegenüber, und er drängte ihn einfach barsch aus der Zelle. Schubart zitterte vor Aufregung am ganzen Leib und rief unter Tränen: »Sei klüger als ich, Bruder! Wehre dich! Fliehe Schwaben und Württemberg! Wähne dich nie in Sicherheit!«

General Rieger knallte die schwere Bohlentür ins Schloss und schaute Schiller vorwurfsvoll an. »Er trotzet wieder. Das ist seine Schuld!« Mit dem ausgestreckten Finger wies er auf Schiller. Schiller machte eine tiefe Verbeugung, als stünde er vor dem Herzog selbst, und entschuldigte sich. Er sei unerfahren und bedaure sehr, die Erziehungsbemühungen des hochverehrten Generals zu gefährden. Aber wer, wie er, noch nie in einer Gefängniszelle gewesen sei und dabei einen alten Bekannten wiedertreffe, den quäle nicht die christliche Barmherzigkeit. Und dieses Mitgefühl habe ihn falsch handeln lassen. Er bitte untertänigst um Verzeihung. Als auch Hoven, den General umschmeichelnd, in diese Kerbe schlug, gab sich Rieger bald versöhnt. »Eine letzte Bitte hätte ich noch, hochverehrter Herr General«, begann Schiller, als er sich sicher war, dass ihr Schauspiel seine Wirkung zeigte. »Lassen Sie mich ein paar Worte der Begrüßung mit dem Gefangenen hier nebenan wechseln. Er hat gewiss von unserem Besuch gehört und ihn quält nun seine Einsamkeit besonders.«

Überrascht blickte Hoven den Freund an, er verstand nicht, worauf dieser hinauswollte. Rieger schien ebenfalls nicht begeistert von der Bitte: »Den Scheidlin wollen Sie sehen, den Rosstäuscher?« – »Scheidlin heißt er?«, fragte Schiller scheinheilig. »Haben Sie keine Bedenken, Herr General, er ist ja kein Dichter. Allein, es wäre ein Akt christlicher Nächstenliebe.« – »Nun gut, ich gewähre ihm wenige Minuten. Fasse er sich kurz«, schnarrte Rieger widerwillig und winkte erneut einen Wächter heran, der die Bohlentür aufschloss. Schiller gab Hoven ein Zeichen, dass dieser den Kerkermeister erneut ablenken möge. Den überraschten Scheidlin begrüßte er mit den Worten: »Stört ihn das Traben des Pegasus nebenan nicht und hindert es ihn nicht am nächtlichen Schlaf?«

Scheidlin erbleichte, schaute rasch zu Rieger herüber, der sich aber nicht weiter für ihn und seinen Besuch zu interessieren schien, bat um Verzeihung, ihn schwindele ein wenig, Besuch sei er nicht gewöhnt, setzte sich auf die Kante seines Bettes. Schiller stand mit dem Rücken so zur Tür, dass er den Blick auf den Häftling so gut es ging verstellte. Da lockerte Scheidlin ein Brett vor seinem Bett und holte ein kleines verschnürtes Papierpäckchen hervor, das in Sekundenbruchteilen unter Schillers Regimentsjacke verschwand. Den ängstlich fragenden Blick Scheidlins beantwortete Schiller mit einem Kopfnicken und freundlichen Lächeln. Dann verabschiedete man sich und Rieger äußerte sich auf dem Weg nach draußen zufrieden, dass zumindest dieser Besuch ohne Zwischenfälle verlaufen sei.

Sie durchschritten das Tor der Festung und atmeten befreit auf.

»Du hast zu viel gewagt«, warf Hoven dem Freund vor. »Es musste sein«, antwortete Schiller und trat wortkarg und gedankenvoll den Heimweg an. Er hatte einem Menschen gegenübergestanden, der gebrochen über sein Unglück in Tränen ausgebrochen war, der verdammt war, dem Ende seines Lebens ohne Hoffnung auf Liebe und Trost entgegenzublicken. Darauf war Schiller nicht gefasst gewesen. Ihm war hundeelend zumute.

Hoven brachte ihn in rasender Fahrt zum Eßlinger Tor und Schiller begab sich auf direktem Weg zu Oberst von Rau, um ihm den Befehl des Herzogs auszuhändigen und seinen Arrest anzutreten. Der Oberst, dankbar dafür, dass Schiller standhaft geblieben war und ihn aus der Sache rausgehalten hatte, konnte ihm noch gerade versichern, dass er für jede Hafterleichterung geradestehen wolle, da betrat General Augé das Zimmer. Schiller sprang auf, nahm Haltung an. Der General klemmte sein Monokel vor das rechte Auge: »Gestern soll er beim Herzog gewesen sein?« – »Jawohl!«, brüllte Schiller. »Wo?«, schrie der General und rührte mit dem Zeigefinger im linken Ohr, um besser hören zu können. »Beim Herzog in Hohenheim!«, schrie Schiller aus Leibeskräften. »So, so, beim Herzog.« General Augé maß seinen Regimentsmedikus mit abschätzigem Blick. »Ohne sich bei mir abzumelden!« – »Befehl Eurer Durchlaucht. Bin sofort los!«, antwortete Schiller achselzuckend. »Wie? Noch einen Schuss?« Augé schien verwirrt. Dann winkte er ab. Oberst von Rau reichte ihm den Befehl des Herzogs.

»Üble Geschichte das! Herr Medikus zum Arrest befohlen!« Von Augé schüttelte missbilligend den Kopf, dass ihm das Monokel aus dem Auge fiel und an der Schnur vor seiner ordenbehängten Brust baumelte. »Begebe er sich zum Leutnant vom Dienst!« Zum Oberst gewandt: »Habe er künftig eine Auge auf ihn!«

Die Arrestzelle lag zu ebener Erde. Der gestampfte Lehmboden war vier Schritt lang und knapp zwei Schritt breit. Tisch und Schlafpritsche standen so eng beisammen, dass es keines Stuhls bedurfte. Wollte sich Schiller Bewegung verschaffen, musste er die Pritsche an die Wand klappen und dort festbinden. Das kleine Fenster befand sich fast in Deckenhöhe. Schiller kletterte auf die Pritsche und lugte auf den staubigen Kasernenhof und die Mauer dahinter. Langeweile quälte ihn, und er studierte die Inschriften seiner Vorgänger, die diese in den salpetrigen Putz geritzt hatten. Doch auch diese erwiesen sich nur als wenig geistreich. So lag er die halbe Nacht wach und starrte abwechselnd auf Decke und Fenstergeviert.

Als er sicher war, dass sich auch die Wachen schlafen gelegt hatten und ihn niemand mehr überraschen würde, drückte er sich an die schwere Eichentür, holte unter seinem Hemd Schubarts Päckchen hervor. Noch einmal horchte er auf Geräusche. Nur eine Katze draußen auf dem Kasernenhof. Schwaches Licht fiel vom beleuchteten Flur vor seiner Arrestzelle durch ein handbreites Viereck, das man in den oberen Teil der Tür geschnitten hatte, damit die Wärter den Arrestanten jederzeit beobachten konnten. Dieses Licht ausnutzend, versuchte Schiller in aller Heimlichkeit festzustellen, was ihm da anvertraut worden war. Schüchtern strich Schiller mit einer Hand über das Papier und die Verschnürung des Päckchens. Ein Glücksgefühl durchströmte ihn. Schubart hatte ihn anerkannt! Ein Mensch wie Schubart vertraute ihm sein kostbarstes, vielleicht letztes Geheimnis an! Das

Päckchen wog schwer in Schillers Händen. Noch einmal horchte er in den Flur. Kein Geräusch. Er knotete die Verschnürung auf und hielt wenig später Schubarts Vermächtnis in Händen. Es waren an die dreißig eng beschriebene Bögen mit zwei verschiedenen Handschriften. Wahrscheinlich hatte man Schubart nicht immer Feder und Papier gewährt und er hatte sich dadurch beholfen, seinem Zellennachbarn Scheidlin die Sätze durch das die beiden Zellen verbindende Ofenrohr zu diktieren. Die selbst geschriebenen Seiten hatte Schubart wahrscheinlich unter dem Ofen hindurch in die Nachbarzelle geschoben, denn es fanden sich noch Rußspuren auf ihnen, die Teile der hastig hingeworfenen Schrift fast unleserlich machten. Schiller erinnerte sich daran, dass man sich erzählte, wie Schubart angekettet im tiefsten Turmverlies mit einem Löffel seinen Protest und seine Verse in die Wände geritzt habe.

Schiller hielt den letzten Bogen an das schwache Licht, das durch das Viereck in der Tür fiel, und las ergriffen und mitgerissen:

»Da liegen sie, die stolzen Fürstentrümmer,
Ehemals die Götzen ihrer Welt!
Da liegen sie, vom fürchterlichen Schimmer
Des blassen Tags erhellt.
Die alten Särge leuchten in der dunklen
Verwesungsgruft, wie faules Holz;
Wie matt die großen Silberschilde funkeln,
Der Fürsten letzter Stolz!

Da liegen Schädel mit erlosch'nen Blicken,
Die ehemals hoch herabgedroht,
Der Menschheit Schrecken, denn an ihrem Nicken
Hing Leben oder Tod!

Nun ist die Hand herabgefault zum Knochen,
Die oft mit kaltem Federzug
Den Weisen, der am Thron zu laut gesprochen,
In harte Fesseln schlug!

Zum Totenbein ist nun die Brust geworden,
Einst eingehüllt in Goldgewand,
Daran ein Stern und ein entweihter Orden
Wie zween Kometen stand …«

Schillers brennende Augen flogen über die Verse. Das Gedicht war lang, sparte nicht den Soldatenverkauf, die unversorgten Krüppel, den Wildschaden, den die armen Bauern, zur Fronarbeit gezwungen, erdulden mussten, und die Gewalt, die lüsterne Fürsten den Mädchen antaten, aus. Lodernde Flammen legte dieser Schubart an den goldenen Thron und führte all die Elenden zum Tanz auf das Fürstengrab mit seinen vermodernden Knochen. Doch er fand auch einen versöhnlichen Abgesang auf die »besseren Fürsten«, denen »wie Sternenklang des Richters Waage klinge«, weil sie »›zu herrschen wert gewesen«.

Plötzlich verstand Schiller, warum die Jesuiten diesem Dichter nach dem Leben trachteten! Mit seinem letzten Atemzug würden Menschen wie Schubart unter Schmerzen schreiend aufbegehren und nie aufhören, die Sonne und die Gerechtigkeit zu besingen. Sie allein hatten die Macht, Despoten in den Staub zu stoßen und sie auf furchtbarste Weise ihres blendenden Glanzes zu berauben!

Serenissimus hatte ihn, Schiller, einschüchtern, ihn verzagt und demütig machen wollen. Aber er war doch einer von Schubarts Sorte! Der Arrest und die Drohungen hatten ihn nur wachgerüttelt und ihn bei seinem Mut gepackt! Er spie auf das Verbot dieses Hundsfotts! Er würde weiterschreiben und mit seinem Leben dafür sorgen, dass Schubarts Zeilen Leser und Gehör fanden!

Von Rau hielt Wort und schickte ihm am nächsten Tag Kronenbitter, der Schiller mit Schreibzeug, Büchern und – wie früher in der Akademie – mit einem medizinischen Fachbuch zur Tarnung versah. Der wachhabende Korporal, ein alter verständiger Mann, der bereits viel Elend auf der Welt zu Gesicht bekommen hatte, brachte einen Schemel und zog gönnerhaft lächelnd aus der Rocktasche ein Tütchen selbst gebeizten Tabak, der Schiller später beim Rauchen die Tränen in die Augen trieb und den Magen umdrehte. Das waren schon Kerle, seine Siechen und Alten, die er hier behandelte! Am zweiten Arresttag gestattete man Andreas Streicher als Erstem einen Besuch des Arrestanten. Er trat mit ernster und sorgenvoller Miene ein. Aber er fand Schiller mit zerzausten Haaren auf der Kante seines Klappbettes hockend, die Beine um ein Tischbein geschlungen, in der Hand einen lädierten Gänsekiel, seine Jacke auf den Boden geworfen und die Rollgamaschen achtlos unter das Bettzeug gestopft. Auf dem Tisch eine Vielzahl eng beschriebener Manuskriptblätter und irgendwo dazwischen neben Wieland, Goethe und Shakespeare das einzige medizinische Fachbuch aus Schillers Behandlungszimmer.

»Schön, dass du kommst. Nun schau nicht so! Mein Freund, carpe diem!«, rief Schiller ihm lachend entgegen. »Wie du siehst, so schlecht ist es hier noch nicht einmal. Sogar für die Verpflegung ist gesorgt! Steckrüben und Brot an vier Tagen – für den fünften ist mir eine köstliche Kartoffelsuppe in Aussicht gestellt – und wenn du es nicht verrätst, der Oberst selbst will eine Wurst dazu spendieren!«

»Der verliert wenigstens nicht seinen Witz beim Arrest! Ein fideler Vogel ist das!«, lachte der Korporal, der hinter Streicher in die Zelle getreten war, jetzt lässig grüßte, sich verabschiedete und die Tür wieder verschloss. Mit einer großartigen Geste umschloss Schiller die Manuskriptseiten: »Der ›Fiesko‹. Es geht voran! Wenn die da draußen nicht beim Exerzieren so einen monotonen Lärm machen würden!«

Vom Kasernenhof drangen die Befehle: »Eins! Zwei! Eins und zwei! Kehrt marsch! Präsentiert das Gewehr! Stillgestanden! Habt Acht! Und eins und zwei! Im Laufschritt marsch!« durch das Fensterloch in der Nähe der Decke zu ihnen in das Halbdunkel der Arrestzelle. Streicher stieg auf das Bett und lugte durch die Gitterstäbe. »Die werden gedrillt für Südafrika. Der Herzog braucht Geld. Es gibt einen Staatsakt, der Zar soll kommen. Bauliche Vorbereitungen sieht man allenthalben. Sogar hundert Hirsche und Wildsauen lässt er aus allen Teilen des Landes im Ludwigsburger Forst zusammentreiben, um ein schönes Gemetzel zu veranstalten.« – »Der Landesvater rechnet doch schon fest damit, dass jedes Zweite seiner verkauften Landeskinder fällt, damit er Extra-Subsidien einfordern kann. Das Geld für die Toten ist verfressen, schon bevor sie die Fremde erreicht haben!« Schiller spie aus vor Verachtung.

»Was hast du mitgebracht?« Schiller langte nach dem Korb, den Streicher abgestellt hatte. Er hob den Deckel ab und zog zwei Weinflaschen hervor, Käse und eine Hand voll Würste. In einem kleinen Päckchen fand sich Marokko-Schnupftabak vom Kaufmann Merkel. Liebevoll roch Schiller an dem Päckchen. »So mit Reichtümern gesegnet war ich schon lange nicht mehr! Wo hast du das her?« – »Avec les hommages de Madame de Wolzogen. Und auch die Frau Vischer lässt herzlich grüßen!«, antwortete Streicher. »Ja, hab ich denn Geburtstag?« Schiller biss hungrig in eine der Würste und machte sich daran, die erste Flasche Wein zu entkorken.« Dass es heute noch so gemütlich werden würde!« Mangels Gläsern und Bechern tranken sie aus der Flasche. »Wo war ich doch gleich stehen geblieben? Ach ja! Zweiter oder dritter Aufzug im Fiesko …«, und schon schrie er los: »… *dass ich der größte Mann bin im ganzen Genua? Und die kleinen Seelen sollen sich nicht unter die große versammeln? Aber ich verletzte die Tugend? – Der erhabene Kopf hat andere Versuchungen als der gemeine. Sollt' er Tugend mit ihm zu treiben haben? Der Harnisch, der des Pygmäen schmächtigen Körper zwingt, sollte der einen Riesenleib anpassen müssen?*« Schiller schleuderte seine Arme umher, längst war er aufgesprungen, wäre am liebsten herumgelaufen. »*Die Sonne geht auf über Genua. Diese majestätische Stadt.*« Er sprang auf sein Bett, dass der salpetrige Putz von den Wänden rieselte. Schillers Sonnenaufgang glich mehr einem Erdbeben, wie Streicher schmunzelnd feststellen musste. »*Mein! Und darüber empor zu flammen gleicht dem königlichen Tag – darüber zu brüten mit Monarchenkraft – all die kochenden Begierden – all die nimmersatten Wünsche in diesem grundlosen Ozean unterzutauchen? – Gewiss! Wenn auch des Betrügers Witz den Betrug nicht adelt, so adelt doch der Preis den Betrüger. Es ist schimpflich, eine Börse zu leeren – es ist frech, eine Million zu veruntreuen, aber …*«, mit Brüllen deklamierte Schiller den Rest, »… *es ist namenlos groß, eine Krone zu stehlen. Die Schande nimmt ab mit der wachsenden Sünde.*« Jetzt brüllte der Spieß vom Kasernenhof herein: »Ruhe da, sonst lasse ich ihn knebeln. Ein Arrestant hat hier nichts zu schreien.«

Gerade in diesem Moment flog die Tür auf und Scharffenstein und Petersen sprangen herein: »Sünde? Wir haben was von Sünde gehört!« – »Sünde im Arrest? Das mag lustig werden!« Schiller sprang vom Bett, warf die Manuskriptblätter zu den übrigen und erklärte nur: »Mein Fiesko! Meine Herren! Die Gedanken kennen keine Mauern und kein

Schreibverbot!« – »Hombre oder Manille!« Petersen warf die Karten auf den Tisch. »Wir werden dir schon deine krausen Gedanken glätten!«

»Fassung, Kamerad!« Scharffenstein klopfte Schiller auf die Schulter. »Keine Sentimentalité! Beistand naht von allen Seiten. Sogar deine Frau Wolzogen und Frau Vischer geben sich zerknirscht und hilfsbereit. Sie messen sich ihren Teil der Schuld an dem Arrest zu. Und die Miete sei dir diesen Monat erlassen! Hipp hurra!« Die Weinflasche kreiste und flog schon bald leer in die Ecke. Streicher, der gekommen war, seinem Freund, den er zutiefst bewunderte, beizustehen, fühlte sich durch das Treiben der Offiziere bald zurückgedrängt. Er stand auf und wollte gehen. »Sie bleiben, mein Freund Streicher!«, befahl Schiller. »Nach dem Budenzauber hier haben wir noch ein ernstes Gespräch zu führen.«

Streicher fügte sich und war froh, Schillers Vertrauter geworden zu sein. Auch die zweite Flasche und eine Wurst nahmen den Weg alles Vergänglichen. Nach einer guten Stunde war der Spuk vorbei und Scharffenstein eilte in Begleitung von Petersen gut gelaunt zu seinem Dienst. Streicher versuchte, das entstandene Durcheinander in der engen Zelle ein wenig zu ordnen.

Plötzlich sagte Schiller mit großem Ernst und ganz ohne die ansonsten von ihm gewohnte Heftigkeit: »Ich bin am Ende meiner Geduld, Streicher. Schreibverbot! Kein Kontakt mehr mit Mannheim oder irgendeinem Verleger oder Dichter. Der Herzog versucht, meine Natur zu zwingen. Diese Bespitzelungen und ständigen Bedrohungen. Mein Innerstes zersprengt sich, wenn ich unter diesen Umständen leben muss.« Streicher setzte sich auf den Hocker, nahm eine Manuskriptseite zur Hand und begann zu lesen. Nach einer Weile sagte er schlicht: »Dann flieh doch aus dem Land!« Er sagte es ohne besondere Betonung, fast ohne Gefühl, mit seiner hohen, immer etwas wehleidigen Stimme.

Schiller erschrak. Ja, das waren auch seine Gedanken. Auch Schubart hatte es ihm geraten. Aber noch sperrte sich sein Bewusstsein gegen so etwas Unerhörtes und Unvermessenes. Es wurde still in der Zelle. Alle Sätze, die jetzt gewechselt wurden, flüsterten die Freunde wie bei einer geheimen Verschwörung. »Wer das Feuer haben will, muss den Rauch leiden«, antwortete Schiller. »Mein Entschluss steht fest: Ich werde weiterschreiben!« – »Für wen, mein Freund, wenn du nichts veröffentlichen, noch nicht einmal darüber reden darfst?« – »Schon lange denke ich an eine Flucht nach Mannheim. Doch als Soldat käme das einer Fahnenflucht gleich, für die der Herzog sich an meinem Vater rächen könnte. Ich selbst dürfte nie mehr zurück in meine Heimat, zu meiner Familie, meinen Freunden. Und ich würde hier fast sechshundert Gulden Schulden bei fremden Leuten hinterlassen. Fronboten und Schuldenrichter können sich an meine Fersen heften, die Auslieferung verlangen und mich bei Wasser und Brot ehrlos in den Schuldenturm werfen.«

Schiller trug seine Sorgen und Bedenken vor und gemeinsam suchten sie nach einem vergleichbaren Fall, der ihnen wenigstens ein wenig Sicherheit geben könnte in der Beurteilung, wie der Herzog sich verhalten würde. Aber sie fanden keinen Präzedenzfall. Schiller stützte seine Ellenbogen auf den Tisch und massierte sich mit den Fingerspitzen die Schläfen, als könne er so einen klareren Blick auf die Dinge des Lebens zwingen. »Reize den Serenissimus nicht, setze ihm noch einmal schriftlich deine Lage auseinander und bitte ihn untertänigst um Zurücknahme des Verbots. Du gibst ihm zu erkennen, dass du ihn und seine Macht als real akzeptierst. Er wird ablehnen. Wenn du fliehst, wird die Beurteilung deiner Absichten sich vielleicht vor dem Hintergrund eines solchen Schreibens günstiger darstellen«, schlug Streicher vor. »Das ist gescheit«, lobte Schiller. »Ich werde mich von meiner Familie verabschieden, aber mein Vater darf nichts erfahren von den Fluchtplänen, damit er dem Herzog notfalls guten Gewissens entgegentreten kann!« – »Ich werde dich begleiten und dir unter die Arme greifen. Ich habe Geld zurückgelegt für meine Reise nach Hamburg zu Philipp Emanuel Bach. So führt mich meine Reise an deiner Seite also zunächst erst einmal nach Mannheim. Schiller, ich bin stolz, dich begleiten zu dürfen! Zähle auf mich!« Streicher wirkte ergriffen und unternehmungslustig.

Sie schmiedeten weiter an den Plänen für die Flucht. Am Ende ihres Gesprächs steckte Schiller seinem Freund die Abschrift des Schubart'schen Fürstengedichts zu. »Es ist eine Abschrift, Streicher. Bei Gott, dass dich niemand erwischt! Es ist von Schubart und muss anonym erscheinen. Dennoch wird jeder, der es wirklich will, den Urheber erkennen können. Bring es zu Abel mit einem Gruß von mir. Er hat Kontakte. Und kein Wort zu niemandem!« – »Du hast es … vom Hohenasperg?«, fragte Streicher und riss ungläubig die Augen auf. Schiller nickte nur. »Und ich habe noch mehr davon!«

Im »Frankfurter Musenalmanach« wurde Schubarts »Fürstengruft« gedruckt, zunächst anonym, wie Schiller es erbeten hatte, im Jahr darauf jedoch schon unter Schubarts Namen im »Frankfurter Museum«. Auch die Beteuerungen des Herausgebers, es handele sich um ein altes Werk Schubarts, zerstreuten nicht den Verdacht, dass es auf dem Hohenasperg eine undichte Stelle gäbe. Zilling versuchte es mit dem Abendmahl. Er ließ Schubart in die Kapelle führen und seine Aussöhnung mit der Kirche und Christus vollziehen. Zur selben Zeit durchsuchte er in aller Heimlichkeit persönlich mit seinen Helfern Schubarts Zelle, ohne jedoch etwas Verdächtiges zu entdecken. An den harmlosen Rosstäuscher Scheidlin in der Zelle nebenan dachte niemand. Jemand musste die Gedichte und Texte vor der Zeit rausgeschafft haben, und hatte General Rieger nicht vor seinem plötzlichen Tod von einem Besuch Schillers berichtet?

29

Schiller begann, seine Sachen auszusortieren. Für eine Flucht passten von den wenigen Dingen, die er besaß, längst nicht alle ins Gepäck. Bücher, Schuhe, Papiere, Kleidung. Alles geschah in größter Heimlichkeit, denn seit er die Arrestzelle verlassen hatte, fühlte sich Schiller ständig verfolgt und beobachtet. Als die Vischerin an einem Abend zufällig von den Beschattungen erfuhr, erzählte sie, dass vor vielen Jahren in diesem Haus der berüchtigte Gesetzesbrecher Wittleder gewohnt habe, der sich über einen alten Stollen stets einen Fluchtweg sicherte. Schiller, der längst nicht alles glaubte, was die Vischerin so den ganzen Tag schwätzte, legte zweifelnd die Stirn in Falten. Da lief sie aufgeregt in die Küche, kehrte mit einer Handlaterne zurück und meinte, der junge Herr solle sich nichts auf seine Gelehrsamkeit einbilden und auch die Hilfe einer einfachen Frau annehmen. Nach dem Tod ihres Mannes sei sie selbst den Weg zu ihrem heimlichen Geliebten gegangen. Sie habe damals Heiratsabsichten gehabt. Weiter erklärte sie sich nicht, sondern ging direkt ins Untergeschoss. Etwas verunsichert folgten ihr Schiller und Streicher. Unter der Holztreppe, die ins Obergeschoss der Wohnung führte, befand sich eine aus dicken Bohlen gefügte halbrunde Tür, die Schiller nie zuvor bemerkt hatte. Die Vischerin langte in eine versteckte Griffmulde und zog die schwere Tür mit aller Kraft auf. Schiller spähte hinab ins tiefe Schwarz und konnte noch gerade im oberen Teil ein paar grob gehauene Stufen erkennen. Dann drückte ihm die Vischerin die Handlaterne in die Hand: »Nun los, meine Herren. Keine neunmalgescheiten Reden schwingen, sondern frisch gewagt!«

Streicher vernahm aus dem Dunkel Geräusche und ein Fiepen. »Ratten?«, fragte er angstvoll. »Zittert etwa die zarte Künstlerseele?«, spottete die Vischerin. »Die nehmen Reißaus, wenn man kommt.« Gebückt krochen sie vorwärts, stützten sich gegenseitig, wenn sie auf Unebenheiten ins Straucheln oder auf dem glitschigen Untergrund ins Rutschen kamen. Schiller erinnerte sich an die Wegbeschreibung der Vischerin – nach fünfzig Metern kämen wieder Stufen, die man hinabsteigen müsse – auf geradem Weg würden sie sonst im Haus des Kanzleirats landen. Sie tasteten sich Schritt um Schritt vor. Moder und ein widerwärtiger Geruch stachen ihnen unangenehm in die Nase. »Wie in einer Gruft«, flüsterte Streicher, »fehlt nur noch, dass wir gleich auf Skelette von Wittleder und seinen Gesellen stoßen.« – »Keine Sorge, denen hat Carl Eugen bei Tageslicht ihr Ende bereitet«, antwortete Schiller mit fester Stimme. Dennoch, auch ihm war reichlich unbehaglich zumute. Nur kurz hatte er sich nach seinem Freund umgedreht und stieß sich jetzt schmerzhaft den Kopf an einem Querbalken. Der unterirdische Gang war wie ein Stollen nach Bergmannsart gestützt und gesichert. Schiller rieb sich seine schmerzende Stirn. Nach hundert Schritten stießen sie auf eine weitere Bohlentür. Gemeinsam und mit größter Anstrengung rüttelten sie die verrosteten eisernen Riegel locker. Die schwere Tür schwang auf. Gebückt, fast auf allen vieren kroch Schiller voran ins Freie, richtete sich auf und füllte begierig seine Lunge mit Frischluft. Hinter ihm krabbelte Streicher und warf sich schwer atmend ins Gras. »Sie hatte tatsächlich Recht, deine Vischerin. Ein geheimer Gang!« – »Ein Abenteuer und ein gutes Zeichen für unsere Flucht!«, entgegnete Schiller. »Wo sind wir hier überhaupt?«

Vor ihnen standen hohe Bäume, in deren Blätterwald der Sommerwind rauschte. Die Sonnenstrahlen fielen schräg durch das Geäst. Ein paar Schritte über ihnen eine kleine Böschung. Streicher sprang mit wenigen Schritten hinauf. »Hier oben ist die Stadtmauer, da drüben das Haus des Kanzleirates. Ein Gartengrundstück auf der halben Strecke wohl zwischen zwei Stadttoren.« Auf diesem Weg würden sie Schillers Sachen unbemerkt hinaus zu Streichers Bude in der Altstadt schaffen und letzten Endes auch fliehen können! Die Vischerin hockte in ihrer Stube, spielte nicht mehr wie früher Klavier. Sie spürte, dass etwas vorging und dass Schiller ihr etwas verheimlichte. Eifersüchtig und besorgt zeigte sie sich dickköpfig. Die Stadt füllte sich wegen des bevorstehenden Zarenbesuches mit zahlreichen ausländischen Gästen und auch Handwerkern. Und es geschah jetzt, dass sie, wenn sie Schiller in der Nähe wähnte, auf die Straße lief und aufreizend lächelte, wenn ihr fremde Kavaliere Komplimente machten oder sie herausfordernd anschauten. Schiller jedoch ging nicht weiter darauf ein und zog sich immer mehr zurück. Er wollte vor seiner Flucht den »Fiesko« zu Ende schreiben und einen Entwurf für ein weiteres Drama, das er zunächst »Luise Millerin« nannte, reifen lassen. Wer konnte schon sagen, wie die Flucht verlaufen und ob nicht diese Zeilen auf lange Zeit sein letztes Vermächtnis sein würden!

Man zitierte Schiller zu General Augé und Kronenbitter warf ihm einen schrägen, sorgenvollen Blick hinterher, als er das Behandlungszimmer verließ und über die langen Flure stakste. General Augé stand hinter seinem Schreibtisch. »Gesuch um Milderung des Schreibverbotes«, brüllte er, hielt sein Monokel in der einen, das Blatt in der anderen Hand und nickte beifällig. »Maßvoll und ordentlich abgefasst. ›Untertänigsttreugehorsamster Sohn.‹ Exzellente Wortwahl! Er versteht, mit Worten zu fechten. Schiller!« Dann fiel sein Monokel herunter und baumelte an einem Band an seiner Heldenbrust. Der General stolzierte jetzt in leicht vorgeneigter Haltung, die Hände auf dem Rücken verschränkt, auf Schiller zu. Er schnappte ein paar Mal mit vorgebeugten Lippen wie ein Karpfen nach einem Satzanfang, verursachte seltsame Geräusche dabei, ohne jedoch etwas zu sagen. Dann blieb er stehen, sammelte sich und begann in staatsmännischer Haltung: »Schiller, er hat kein Fortune! Der Herzog ist ihm nicht gewogen. Ich habe mir wegen ihm Vorhaltungen machen lassen müssen. Quelle malheur! Der Durchlauchtigste hat die Annahme seiner Bittschrift verweigert und ihm mit Haft gedroht, wenn er sich nicht widerspruchslos füge! Ich fürchte um seine Sicherheit!«

Schiller hatte nichts anderes erwartet, dennoch fuhr ihm dieses Urteil in die Knochen. Der endgültige Abschied aus der Heimat war besiegelt. General Augé blickte in das blasse, sorgenvolle Gesicht seines Regimentsmedikus, verschränkte wieder die Hände auf dem Rücken und begann erneut umherzuschleichen. »Glaube er mir, angesichts feindlicher Übermacht rate ich zum taktischen Rückzug. Die Flanke schützen und hinter die Festungswälle! Gegen eine Übermacht hilft nur Geduld! Courage dann, wenn sich eine neue Gelegenheit bietet. Quelle bataille! Es macht keinen Sinn, sein Pulver vor der Zeit zu verschießen und zu Schaden zu kommen.« – »Sehr wohl, Euer Exzellenz! Ich habe verstanden!« Schiller salutierte.

»Gut dem Ding. Mache er mir keine Sorgen. Werde mich weiter für ihn verwenden.« General Augé schüttelte geistesabwesend den Kopf und rief: »Schiller! Abmarschiert! Verwenden, jawohl …« Hinter Schiller fiel die Tür zum Empfangszimmer des Generals ins Schloss. Für einen Moment stand er wie angewurzelt im Flur, presste die Stirn gegen die kalte Wand. Ein Leutnant trat auf ihn zu: »Ist Ihnen nicht gut?« Schiller bedankte sich für die Anteilnahme, nein, es sei nichts. Und doch war alles anders, endgültig.

Keinen klaren Gedanken konnte er an diesem Abend fassen. Das Datum für den Empfang des Zaren rückte immer näher, sein eigener Abschied wurde immer unausweichlicher und die meisten Sorgen und Ängste blieben ungeklärt. Er löschte die Kerze auf seinem Tisch und schob die Papiere zu einem Stapel zusammen, schlich sich aus der Tür, griff nach der Handlaterne und verschwand in dem unterirdischen Gang. Er wollte nach Ludwigsburg, aus der Stadt! Die Gelegenheit schien ihm günstig, denn Scharffensteins Regiment hatte Wachdienst an den östlichen und südlichen Stadttoren. Wie ein Dieb schlich er in der hereinbrechenden Abenddämmerung an der Stadtmauer entlang. Erst als er am Eßlinger Tor stand und die Wache hervortrat, kam er zur Besinnung. Erleichtert erkannte er Scharffenstein. Schiller ging mit ihm in sein Wachstübchen. Scharffensteins Kamerad verabschiedete sich rücksichtsvoll und versah außen seinen Dienst an der Schranke, damit die Freunde ungestört reden konnten. So saßen sie beide in der Dunkelheit, rauchten und redeten. Schiller beobachtete dabei durch das Fenster den Posten und den Korporal, die draußen die Reisenden abfertigten. »Dein Korporal lässt draußen die Leute im Reisewagen per Zuruf passieren und fordert nur von den Fußgängern die Pässe. Ist das immer so?«, fragte Schiller. »Hat schon seine Richtigkeit«, brummte Scharffenstein. »Wenn kein besonderer Anlass besteht, nennt derjenige, der in einer fremden Kutsche daherkommt, Namen und Reiseziel. Personen mit eigener Kutsche preschen sogar im gestreckten Galopp durch das weit geöffnete Tor. Ein jeder nach Rang und Stellung. Kontrolliert werden nur die Habenichtse.« – »Nimm einmal an, eines Tages führe ein guter Freund hier vor und erklärte dir, wie es um ihn stünde, dass er davongehen müsse, nicht irgendwann, sondern auf der Stelle! Du würdest die Ernsthaftigkeit seiner Absichten und auch seine Not erkennen. Würdest du helfen?« Schiller versuchte, die Frage so beiläufig wie möglich zu stellen.

Scharffenstein reichte dem Freund die Hand und nickte: »Wenn du keine andere Rettung mehr weißt ...«, dann legte er bedächtig die Pfeife zur Seite. »Es ist Fahnenflucht. Da kennt er kein Pardon, wenn er dich einfängt ... Hast du dir das gut überlegt?« – »Mit dem Bedenken und meiner Angst habe ich abgeschlossen. Es geht mir nur noch um die Frage des Wann und Wie ...« – »Wir werden uns nicht mehr wiedersehen«, Scharffenstein schluckte. Dann nahm er Schiller das Dienstpapier aus der Hand. »Am 17. September ist das Feuerwerk, dann wird allerhand los sein und sich kaum jemand für einen abgängigen Regimentsmedikus interessieren. Ich habe Dienst. Du nimmst das dunkelste, das Eßlinger Tor hier. Ihr fahrt zum Schein in die entgegengesetzte Richtung, dann später um Stuttgart herum, bis die Landstraße nach Enzvaihingen erreicht ist, danach weiter nach Mannheim.«

Mit derangierter Uniform und zerzausten Haaren durchtorkelte Schiller in diesen Tagen schlaftrunken und geistesabwesend die Schlafräume und das Behandlungszimmer. Kronenbitter schaffte Kaffee herbei und wusste Schlimmeres zu verhüten, wenn Schiller bei einer

Behandlung völlig neben sich stand. Nach solchen Tagen schlich er todmüde zu seiner Kammer, hörte nicht die Leute, die sich laut redend über den wunderlichen Regimentsmedikus, der in Ungnaden gefallen sei, die Mäuler zerrissen. Er fiel in Kleidern und Stiefeln ins Bett, um immer wieder von wilden Verfolgungsjagden zu träumen und schweißnass mitten in der Nacht aufzufahren, um wieder zu irgendeiner nächtlichen Wanderung aufzubrechen.

Oberst von Rau blieben die Besorgnis erregenden Veränderungen seines Regimentsmedikus nicht verborgen. Er führte sie jedoch auf die herzogliche Strenge und Schillers Bemühen, sich den Befehlen letztendlich zu beugen, zurück. Einen Tag freien Ausgang mit Passierschein für einen Besuch bei der Familie erhielt der überraschte Schiller ausgehändigt und wusste sein plötzliches Glück kaum zu fassen. »Ein Zeichen«, meinte er zu Streicher, der ihm auf seinem letzten Besuch im väterlichen Haus den Rücken stärken sollte. »Es wird alles gut.«

Das Wetter gab sich bescheiden. Tief hängende Wolken, ein trüber Tag und ein warmer spätsommerlicher Landregen, der die Wege aufweichte. Die Witterung dürfte Carl Eugen die Lust an den Planungen des Zarenbesuches und die Freude an seinem opulenten Programm verderben. Schiller schritt aus und unterhielt den Musikus mit Versen und dramatischen Szenen. Er lebte halt nicht in dieser ungastlichen Welt, sein Freund, stellte Streicher fest, sondern maß die Erde in Manuskriptseiten aus. Auf dass sie irgendwann einmal bezahlt würden!

In Ludwigsburg trafen sie auf einen großen Menschenauflauf. Eine Militärkapelle schmetterte schneidig. Sie zögen dorthin, wo das ganze Jahr die Sonne schiene, erklärte ihnen eine junge Frau mit sehnsuchtsvollem Blick. Selig sind jene, die keine Wahl haben, dachte Schiller, denn sie dürfen alt und in Armut sterben. Doch jene trug vor Aufregung rote Flecken im Gesicht und wäre am liebsten den Werbern hinterhergelaufen, die sich jedoch erst nach getaner Arbeit für Weiberröcke interessierten. Afrika, ein Katzensprung ins Sonnenlicht, ein ganzes Leben im Sommer, wo sich die Wilden beim Anblick eines Degens nur allzu gern bekehren ließen. Sie würden heilig, flüsterte das Mädchen gar und hob ihre Augen zum Himmel, weil so wenig Glaube in Übersee sei. Ach, wenn man sie nur mitnähme!

Da rückten sie heran. Vorneweg ein Werberoffizier mit frisch geschneiderter Uniform, die wohl kaum für die afrikanische Hitze taugte. Und hinter dem Rattenfänger in Dreierreihen, jetzt in strömendem Regen, Regiment um Regiment. Ein jeder Grenadier um Schneid und Schönheit bemüht, und niemand, der aus dem Takt fiel. Schiller drängte sich nach vorn und blickte in die Gesichter der Menschen am Straßenrand. Tücher wurden geschwenkt, letzte Blumensträuße geworfen. Laut schallte der Jubel bis zum Kirchturm herauf. Doch die älteren Frauen standen bleich wie die Totentücher am Straßenrand und hielten die kleinen Kinder fest umklammert.

Schiller zupfte Streicher am Ärmel, deutete auf die Militärkapelle. »Jetzt dröhnen sie uns die Ohren zu, damit niemand das Klimpern in der herzoglichen Kasse hört.« Doch Streicher hatte bereits die kleine Abteilung Kavallerie ausgemacht und wies mit ausgestrecktem Arm auf Kapf, der hoch zu Ross saß und seinen Blick starr auf eine unsichtbare Ferne gerichtet hielt. Mochte Schiller ihm auch noch so zürnen, das hatte er nicht gewollt! »Kapf!«, schrie er aus Leibeskräften. »Kapf, hierher!« Doch der Freund aus Kindertagen drehte sich nicht um. Ganz der Draufgänger von einst, ein stolzer Hahn inmitten der armen Teufel, ritt er vorbei. Irgendwo hier am Straßenrand mochten seine Mutter und seine zehn Geschwister stehen und sich die Seele aus dem Leib heulen. Schiller hielt es nicht länger. Er wartete das Ende der Parade nicht ab und lief mit Streicher zur Solitude.

Christophine stand am Brunnen und schöpfte Wasser. Als sie Schiller sah, ließ sie den Eimer stehen und lief ihm entgegen. »Fritz! Schön, dass du dein Versprechen wahr machst!«, rief sie mit einem halben, rasch ersterbenden Lächeln, das ihn ganz wehmütig stimmte. Erst jetzt nahm sie Streicher überhaupt wahr und begrüßte ihn flüchtig. »Mutter weiß Bescheid. Sie hat heftig zu weinen angefangen, ohne ein Wort zu sprechen. Sie hat nur noch einen Wunsch, sie will dich noch einmal sehen, um Abschied zu nehmen. Vater weiß noch nichts. Er hat alle Hände mit den Vorbereitungen des Feuerwerks zu tun und ist fast nie zu Hause. Auch die Schwestern sind heute mit ihm unterwegs, um in die Kerzenleuchter neue Kerzen zu stecken und im Park Hunderte von Lampen aufzustellen.« – »Ein Feuerwerk?« An Schiller waren all die

Großartigkeiten dieses Staatsempfangs spurlos vorbeigegangen. »Von neunzigtausend Lichtern! Stell dir vor! Und Vater wird die Beleuchtung der Solitude arrangieren.«

In der Tür stand die Mutter und sah ihren Sohn prüfend an. Als sie merkte, wie still und verlegen er war, ergriff sie das Wort: »Einen Napfkuchen mit Rosinen habe ich heute gebacken, gerade so, als ob ich mit dir gerechnet hätte, Junge. Schön, dass du kommen konntest.« Sie umarmte ihn noch lange in der offenen Tür. In der Stube wurde der Kuchen gereicht und Streicher in die Unterhaltung mit einbezogen. Sie erzählten von dem Auszug der Regimenter, die an die Niederlande für das Afrikacorps verkauft worden waren. Draußen hörten sie Kinderstimmen. Christophine lief ans Fenster und rief ihre Schwestern: »Nanettchen, Luise, rasch herein. Besuch ist da!« Schon stürmten die Mädchen ins Haus, drückten sich dann aber schüchtern im Türrahmen herum, als sie dem ihnen fremden Streicher gegenüberstanden. Schiller holte seine inzwischen siebzehnjährige Schwester Luise heran und stellte sie seinem Freund vor. »Hübsch bist du geworden, Luischen. Eine richtige Prinzessin!« Er fasste sie leicht bei den Schultern und drehte sie, dass ihr Rock wie eine Glocke schwang.

Kaspar Schiller trat in die Stube und wunderte sich über den plötzlichen Besuch seines Sohnes, der ihm zur Beruhigung sogar den Passierschein zeigte. Der Vater zog die kleine Nanette auf seinen Schoß, erzählte von den Festvorbereitungen, davon, dass es nicht Hunderte, sondern Tausende Hirsche aus ganz Württemberg seien, die man zusammengetrieben habe. Ganz kapitale Burschen seien darunter. Als Schiller sein Missfallen über das bevorstehende Gemetzel äußerte, meinte der Vater nur leichthin, bei der Jagd müssten die Büchsen knallen und der Herzog müsse seinen Gästen doch etwas bieten. Wann würde ansonsten je die Solitude einen Zaren zu Gesicht bekommen?

Da erhob sich Schiller und folgte seiner Mutter unauffällig in die Küche. Nur das Phinele und Streicher schauten ihm mit sorgenvollen Blicken hinterher. »Wie trostlos ist das alles, mein Junge«, flüsterte sie und blickte kaum von ihren Verrichtungen am Herd auf. Schiller schwieg und spürte, dass das Schweigen auf eine unerträgliche Art mächtig wurde. Er hätte am liebsten davonlaufen mögen. Es wurde ihm immer schwerer, mit ansehen zu müssen, was er da anrichtete.

»Wenn du erst einmal fort bist, Fritz, so werde ich dich in dieser Welt wohl nicht mehr sehen.« Sie wischte sich mit dem Schürzenzipfel die Tränen aus den Augen. »Ich lass die Hoffnung nicht sinken, Mutter. In Mannheim hatte ich Erfolg und wer weiß, welchen Weg mir der Erfolg noch ebnen wird. Vielleicht eines Tages sogar den Weg zurück auf die Solitude«, Schiller versuchte, so gut es ging, sich zuversichtlich zu geben. »Hätte der Herzog sein Versprechen gehalten und dir ein Auskommen verschafft und dich nicht in diesen blauen Regimentsrock gezwungen, wäre alles anders gekommen«, sagte sie.

Jetzt traten auch Schiller die Tränen in die Augen. Sie machte ihm keine Vorhaltungen. Tapfer sagte sie nicht Nein zu seinen Fluchtplänen. Seine Mutter hielt zu ihm, auch wenn die Flucht den Vater gefährden konnte. Sie lagen sich in den Armen und weinten beide. Dann schob sie ihn von sich und sagte fast sachlich: »Geh in die Stube, ehe der Vater nach dir fragt.« Er schaute sie an, wieder ratlos, was er ihr zum Trost sagen könnte. »Du verstehst, dass ich so nicht reingehen kann. Schick mir das Phinele. Ich will das Essen richten und mich ordnen.« In ihrer Stimme schwang die Festigkeit und Zuversicht, die Schiller schon als Kind über so manches Leid hinweggeholfen hatte.

Als Streicher und Schiller sich abends verabschiedeten, standen Christophine und die Mutter still abseits. Eine kurze schmerzende Umarmung noch. Auf dem Weg drehte sich Schiller erneut um. Seine Mutter stand in der offenen Tür, seine große Schwester am Arm haltend. Ihr Gesicht war ernst und verschlossen. Sie winkte nicht, blickte ihm nur mit großen traurigen Augen hinterher. Schiller ließ die grüßende Hand wieder sinken. Müde nickte er ihr zu, dann nahm sie das Phinele, ging ins Haus und schloss die Tür. Streicher versuchte die beklemmende Stille zu überbrücken und erzählte, wie es ihm gelungen sei, bei dem Köberle einen letzten flachen Planwagen für die Flucht zu organisieren. Alles sei ausgebucht und unbezahlbar wegen der Feierlichkeiten. In der Ferne am Seeufer sahen sie die lodernden Feuer der Treiber, die das Wild umstellt hatten. Der Regen hatte kurz ausgesetzt und der Wind rauschte über die beiden Freunde hinweg wie das Flügelschlagen ungezählter Vögel.

30

Die letzte Nacht in Stuttgart. Die Reisekutsche stand bepackt und verborgen in Köberles Stall. Das Handgeld für die Reise war anbezahlt. Dafür hatte der Zehrpfennig von zehn Gulden herhalten müssen, den seine Mutter Schiller zugesteckt hatte. Woher sie das Geld besaß, wusste er nicht und er getraute sich auch nicht zu fragen.

Jetzt hockte Schiller allein auf seinem Bett und traf eine letzte Auswahl unter den Büchern, die er mitnehmen wollte. Hintereinander weg las er alle »Laura«-Gedichte aus seiner Anthologie. Es war wie ein Sturmlauf gegen das eigene Gefühl. Durfte er wirklich die Urheberin dieser Gefühle verleugnen und sich heimlich, ohne Abschied davonstehlen? Nie würde er diese durchliebten Nächte vergessen, auch wenn sie künftig unwiderruflich der Vergangenheit angehören mussten. Was bedeutete er der Vischerin? Natürlich wollte er sie nicht verletzen. Es war einfach, sich einzureden, sie sei eine erfahrene Frau, die keiner besonderen Rücksicht bedürfe, die bei ihren Kindern und einem neuen Liebhaber Trost und Ablenkung finden würde. Nein, nicht nur einfach – wenn er die Flammen der Gedichte wachrief – war es vor allem auch billig!

Andererseits kannte Schiller seine Vischerin und ihr Mitteilungsbedürfnis. Er wusste nur zu gut, dass es gefährlich war, sie ins Vertrauen zu ziehen. Missbrauchte sie gedankenlos ihre Kenntnis, würde er, noch bevor er Mannheim erreichen konnte, auf dem Hohenasperg landen! Das war der eigentliche Grund, warum er die Aussprache und den Abschied immer wieder verschoben und sie wahrscheinlich bereits gekränkt hatte. Doch jetzt wollte er nicht grußlos verschwinden. Vielmehr war es sein Wunsch, dazu zu stehen, was zwischen ihnen beiden einmal gewesen war. Am Abend war er ein letztes Mal in der Kaserne gewesen, war die Betten der kranken Grenadiere abgeschritten, hatte ein letztes Mal Medizin verabreicht und sich geistesabwesend nach dem Zustand der Kranken erkundigt. Mit einem langen Händedruck und einer Umarmung hatte er sich von seinem Gehilfen Kronenbitter verabschiedet, ohne sich zu erklären. Dieser hatte nicht gewusst, wie ihm geschah, und war verlegen geworden. Jetzt war es neun Uhr, und er hatte noch knapp zwei Stunden, bis Streicher ihn abholte, aber die Vischerin und ihre Kinder waren nicht zu Haus. Schiller ging durch die Zimmer, berührte vertraute Gegenstände, klimperte gedankenverloren auf dem Klavier und schlich wieder zurück auf seine Stube. Aufgeschlagen lag die Anthologie mit den »Laura«-Gedichten auf dem Bett. Wie eine Anklage, dachte Schiller. Er fühlte sich wie gelähmt. Hoffentlich tauchte sie noch rechtzeitig auf. Schiller versuchte sich abzulenken, blätterte in einigen Büchern, die er sich noch rausgelegt hatte, um zu entscheiden, was er mitnehmen wollte. Ein Band mit Gedichten von Klopstock fiel ihm in die Hände. Seltsam vertraut diese Verse, die ihn an seine Jugendjahre erinnerten. Dann rutschten Blätter aus den Buchseiten. Eng beschrieben. Er studierte die eigenen Notizen und Bemühungen, das, was ihm an Klopstock missfiel, in eigenen Versuchen zu verbessern. Schon hielt er seine Feder in der Hand, tunkte sie ins Tintenfass und begann, eine Klopstock'sche Ode zu bearbeiten. Es gelangen ihm aber nicht mehr als zwei brauchbare Zeilen. Viel zu unruhig liefen seine Gedanken bereits den Fluchtweg voraus und beschäftigten sich mit den möglichen Gefahren. Viel zu aufmerksam hing sein Ohr an den quietschenden Angeln der Haustür und seine Gefühle an dem Wunsch, die Vischerin noch einmal sprechen zu können. Da endlich vernahm er das ersehnte Geräusch, aber es war Andreas Streicher, der eintrat.

»Schiller, du hast noch gar nicht gepackt! Wir wollen gleich los!« Streicher war entsetzt. Schuldbewusst griff Schiller zu einer Notlüge, hielt seinem Freund die Klopstock'sche Ode und seinen jämmerlichen Versuch einer Umdichtung hin und begann sogar noch, ihm daraus vorzulesen. Streicher konnte vor Ungeduld Füße und Hände nicht still halten. Vergeblich versuchte Schiller, nochmals Zeit zu gewinnen. Die Vischerin kam nicht mehr.

Köberle knallte ein paar Mal mit der Peitsche über den Rücken der Pferde. Die Kutsche rollte voran. Das alte Gefährt rumpelte über Kopfsteinpflaster und die vom starken Regen aufgeweichten Straßen. Das Verdeck des Fuhrwerks war hochgeklappt und schützte sie notdürftig vor den herniederpeitschenden Regenschauern.

»Das richtige Wetter für ein Feuerwerk!«, spottete Streicher. »Da wird unser Carl Eugen eine Laune haben«, entgegnete Schiller. Die Freunde stießen in der schaukelnden Kutsche gegeneinander. Streicher fasste Schiller an die Rocktasche. »Was hast du denn da?« Schiller erhob sich ein wenig von der Sitzbank und zog zwei ausgediente Pistolen ohne Feuerhahn und Kugeln aus den Taschen hervor. Wenn es ernst werden sollte, wollte er mit diesen untauglichen Geräten die Wachen einschüchtern. Streicher mochte über diesen Einfall seines Freundes nicht lachen. Streicher rückte näher heran: »Schiller, du weißt, dass ich alles für dich wagen würde. Und wenn uns das Schicksal heute Nacht übel mitspielt ..., ich fürchte mich nicht.« – »Dann, lieber Freund, hat es so sein sollen und du wirst unverzüglich und ohne dich noch einmal umzudrehen nach Hamburg weiterreisen und dein Musikstudium aufnehmen. Was geht einen Doktor Wolf ein entlaufener Regimentsmedikus an, der mit falschen Papieren unterwegs ist und zufällig den Sitz in der Kutsche mit ihm teilt?« Schiller drückte Streichers Hand. »Ich danke dir, mein Freund, für alles. Du hast für mich getan, was du konntest, und dabei solltest du es bewenden lassen.«

Die kleine Kutsche fuhr ins Eßlinger Tor ein, das bereits zu dieser späten Stunde geschlossen war. »Halt! Wer da?«, rief die Wache, obwohl Köberle die Kutsche schon vorschriftsmäßig zum Stehen gebracht hatte. Ein Unteroffizier kam heraus und trat neben die Sitzbänke der Kutsche. Die Wache hielt eine Laterne in die Höhe. »Die Namen?« – »Alles zu retten, muss alles gewagt werden!«, zischte Schiller seinem Freund zu. Seine Hand schob sich über den Pistolengriff in der rechten Manteltasche. »Doktor Ritter und Doktor Wolf!«, rief Streicher. »Fuhrmann Köberle aus Stuttgart«, kam es vom Kutschbock und ein mitfühlendes »Wärst auch lieber draußen auf der Solitude, das Feuerwerk zu bestaunen, als hier auf nassem Posten in der schwarzen Nacht ...« – »Was geht es dich an?«, schnauzte der Wachtposten unfreundlich zurück. Der Unteroffizier kletterte auf die Einstiegsstufe der Kutsche und lugte ins Innere. »Wohin geht die Reise?« – »Beide nach Eßlingen«, antwortete Schiller und lächelte freundlich. Dann wandte er das Gesicht ab, hob die linke Hand vors Gesicht, als ob er gähnen müsste. Der prüfende Blick des Unteroffiziers glitt an ihm vorbei und fiel auf Streicher, der ihn völlig ruhig erwiderte. Für einen Moment schien der Unteroffizier unschlüssig. »Was ist?«, fragte Köberle in breitem Schwäbisch. »Geht's endlich weiter? Die Herren haben bezahlt und wollen bei diesem Wetter bald ankommen.« Der Unteroffizier tätschelte die Pferde und rief plötzlich: »Passieren! Aufmachen!« Sie hörten, wie der schwere Eichenbalken zurückgeschoben wurde, eine schwere Kette zu Boden rasselte, das Tor ächzend aufschwang und in den großen eisernen Angeln quietschte. Das Fuhrwerk fuhr ruckend an und rumpelte vorwärts. Einen Seitenblick noch auf die warme Wachstube. Plötzlich entdeckte Schiller dort Scharffenstein, der vor die Tür getreten war und die Hand zum Gruß hob. »Alles Glück der Welt«, rief er seinem Freund mit halblauter Stimme nach und erntete dafür einen verwunderten Blick des Unteroffiziers.

Sie fuhren an Häusern vorbei, die außen an die Stadtmauer angebaut waren. Das Licht dort war längst ausgelöscht. Die rechtschaffenen Bewohner schliefen den Schlaf der Gerechten. Noch immer waren sie nicht in Sicherheit. Sie sprachen vor Anspannung kein Wort. Erst wenn sie den pfälzischen Grenzpfahl passieren würden, könnten sie sich in Sicherheit wähnen. Nach einer Viertelstunde näherten sie sich der nächsten Wegkreuzung. Schiller kletterte nach vorn auf den Kutschbock neben Köberle und erklärte, sie hätten es sich anders überlegt und wollten jetzt doch lieber auf die Straße nach Ludwigsburg und ins Pfälzische hinein. Sie würden extra bezahlen. Immer wunderlicher werden die Fahrgäste, dachte Köberle, enthielt sich aber jeden Kommentars, denn er brauchte das Geld. Er zog die Zügel, lenkte den Wagen nach links und verließ die Eßlinger Landstraße.

Gegen ein Uhr rötete sich der Himmel wie bei einer großen Feuersbrunst. Als sie die Weggabelung zur Straße erreichten, von der aus der Weg zur Solitude führte, sahen sie oberhalb des Pfades, der die Wälder durchschnitt, wie sich das Schloss über die Kante der Höhenzüge deutlich sichtbar abhob. Es war ein gewaltiger Schein, der von dort ausging, der mächtiger und mächtiger wurde und die Dunkelheit zurückdrängte. Umrisse des Schlossgebäudes, der runde Mittelbau, aber auch Türen, Fenster und Dächer waren jetzt von Tausenden leuchtenden Kugeln erhellt und sahen von der Ferne aus wie ein Bild in glühende Perlen gefasst. Der Regen verminderte die Großartigkeit dieses Schauspiels keineswegs, denn die aufsteigenden Nebelschwaden und der Wasserdunst ließen die ganze Szenerie unwirklich erscheinen und von der Ferne ihres Standpunktes aus geradezu schweben. »Gar zu schön!«, rief Köberle aus und lugte unter dem Verdeck des Wagens hervor. Er machte sogar Anstalten, den Wagen anzuhalten, um das Schauspiel in Ruhe zu genießen. »Neunzigtausend Leuchten, die die Macht des Herzogs verkünden. Da gibt er uns eine angemessene Abschiedsvorstellung!«, kommentierte Schiller trocken und seine Augen glitten an dem erleuchteten Schloss vorbei und suchten die Häuser in der Nachbarschaft, die wie Schattenrisse den Rahmen des Spektakels bildeten. Dort oben würden jetzt Christophine und Mutter stehen und mit weit aufgerissenen Augen in die Landschaft starren.

Drittes Buch
Mannheim im September 1782

Ich schreibe als Weltbürger, der keinem Fürsten dient. Früher verlor ich mein Vaterland, um es gegen die große Welt auszutauschen, die ich nur eben durch die Fernröhre kannte. Ein seltsamer Missverstand der Natur hat mich in meinem Geburtsort zum Dichter verurteilt. Neigung für Poesie beleidigte die Gesetze des Instituts, worin ich erzogen war, und widersprach dem Plan seines Stifters. Acht Jahre rang mein Enthusiasmus mit der militärischen Regel, aber die Leidenschaft für die Dichtkunst ist feurig und stark, wie die erste Liebe. (...) Die Räuber kosteten mir Familie und Vaterland in einer Epoche, wo noch der Ausspruch der Menge unser schwankendes Selbstgefühl lenken muss (...). Nunmehr sind alle meine Verbindungen aufgelöst. Das Publikum ist mir jetzt alles, mein Studium, mein Souverän, mein Vertrauter. Ihm gehöre ich jetzt an. Vor diesem und keinem anderen Tribunal werde ich mich stellen. Dieses nur fürchte ich und verehr' ich. Etwas Großes wandelt mich an bei der Vorstellung, keine andere Fessel zu tragen, als den Ausspruch der Welt – an keinen anderen Thron mehr zu appellieren, als an die menschliche Seele.

(Schiller: Ankündigung der Rheinischen Thalia, 1784)

Der Mohr hat seine Arbeit getan, der Mohr kann gehen.

(Schiller: Fiesko III, 4)

31

»Don Carlos« hieß seine neue Leidenschaft, und diese lehrte die einfachen Bauersleute zu Bauerbach, dem Gut der Frau von Wolzogen, wohin sich Schiller in die Einsamkeit geflüchtet hatte, das Fürchten. Bei teuflischem Sauwetter, Wind und peitschenden Regengüssen rannte Schiller im Hemd, ohne Rock und Hut, aus dem Haus, aß tagelang nichts, tauchte nach ein, zwei Tagen wieder auf, hockte dann in der verdunkelten und verräucherten Stube, qualmte Marokko-Tabak, verbrannte den gesamten Kerzenvorrat und schrie und tobte in seiner Stube, als könne ein Mensch allen Ernstes mit sich selbst in tödlichen Streit geraten. Natürlich, er kam voran, in dieser Bauerneinsamkeit. Allein, es blieb das alte Spiel: Ihm fehlte das Geld an allen Ecken und Enden.

Zaghaft klopfte es an die Tür. »Punktum!«, schrie Schiller. Der königliche Beichtende war verschwunden, durch die spanischen Gartenanlagen, durch eine Reihe blühender Zwetschgen- und Mandelbäume schritt Don Rodrigo, der Marquis Posa … Er trug ein rotes Kopftuch – rot? Nein, das konnte nicht sein! Schiller schaute genauer hin, es war Judith, die Tochter des Geldverleihers Israel aus dem Dorf, die die Post besorgte. Schüchtern war sie in der Tür stehen geblieben und starrte auf das Chaos im Zimmer, vor allem aber auf den wild entrückten Doktor mit seinen rot geränderten Augen.

»Hallo, Judith«, Schiller versuchte ein Lächeln und streckte eine Hand aus, die Post entgegenzunehmen. Der Brief trug das Siegel der Mannheimer Bühne und tatsächlich, er kam von Dahlberg höchstpersönlich. Jenem Intendanten und Schatzkämmerer mit seinen unzähligen Titeln und Orden, die ihn zum devoten Instrument der Fürsten machten. Jenem Unmenschen, der ihn nach Mannheim gelockt, dann aber aus Angst vor Verwicklungen wegen seiner Desertion vom Stuttgarter Regiment Augé fallen gelassen hatte wie eine zu heiße Kartoffel aus seinen zarten adeligen Händen. Ihm hatte er eine mehrmonatige Flucht quer durch Hessen und die Pfalz und eine Menge neuer Schulden, Verpflichtungen und Unannehmlichkeiten zu verdanken. Sein »Fiesko« sei nicht gut genug für die Mannheimer Bühne! Kein Wort mehr über alte Versprechungen, keinen Gedanken mehr daran verschwendet, wovon ein Flüchtling mit nichts als seiner Begabung leben sollte! Wenn Streicher nicht sein letztes für seine Ausbildung gespartes Geld geopfert hätte ... Mit zusammengepressten Lippen und zitternden Händen riss Schiller den Brief auf. Allzu deutlich stand ihm der schmerzliche Abschied von Streicher in Oggersheim wieder vor Augen – wie sie sich bei klirrender Kälte und tiefem Schnee in den Armen gelegen hatten. Ein Abschied, ohne das Versprechen auf ein Wiedersehen. Dann sieben Tage ohne schützende Kleidung zu Fuß und mit dem Postwagen, bis er Anfang Dezember Bauerbach erreicht hatte.

Dahlberg erkundigte sich nach seinem Wohlergehen und seinen Plänen. Er schrieb von einem vorschnellen Urteil über den »Fiesko«. Gern würde er sich doch noch an einer Aufführung versuchen und ermuntere ihn, ihm weitere theatralische Arbeiten zu senden, von denen Schillers Freund Streicher ihm berichtet habe. Der Brief endete sehr persönlich, mit: »Ich sähe Sie gern wieder hier. Ich erwarte freudig baldige Nachrichten.«

Verächtlich warf Schiller das Schreiben auf den Tisch zu dem wilden Haufen von Manuskriptblättern. Wahrscheinlich hatte ihm Schwan die Erstausgabe von der »Verschwörung des Fiesko zu Genua« zugespielt. Schiller wusste, dass er auf seine Freunde zählen konnte. Vielleicht hatte Dahlberg auch davon gehört, dass man im Bonner Kurfürstlichen Theater im Sommer eine Uraufführung plante. Vielleicht fürchtete dieser eitle Hofmensch Dahlberg, dass sich Fremde mit seinem »Räuber«-Dichter schmücken könnten! Sollte er! Schiller würde ihn zappeln lassen, um dieses Mal bessere Bedingungen auszuhandeln. Überhaupt sollte sich diese fettleibige Hoffratze die Schleimereien schenken und ihm lieber das zukommen lassen, was ihm zustand – Geld!

Schon wieder langte er nach dem Schnupftabak, fluchte und nieste abwechselnd mit donnernder Heftigkeit. Erst jetzt bemerkte er, dass

Judith noch immer im Raum stand und offenbar zu verstehen versuchte, was mit ihm los war. Vielleicht war sie auch nur neugierig oder wurde von ihrem Vater geschickt, dem Schiller auch Geld schuldete. »Sie kann gehen. Danke. Es war eine gute Nachricht aus Mannheim. Schönen Gruß auch an den Herrn Vater, ich erwarte eine feste Anstellung und einen Vorschuss.« Dann schob Schiller sie zur Tür hinaus, riss anschließend Fenster und Läden auf, blickte in einen milden Apriltag und schmiedete Pläne.

Fast drei Monate und ein weiteres werbendes Schreiben aus Mannheim ließ Schiller verstreichen. Insgeheim hoffte er, sein Wert werde dadurch steigen. Andererseits besaß er keinen Kreuzer, um die Reise und die Unterkunft zu finanzieren. Der Verkauf der Erstausgabe »Fiesko« spielte nur wenige Gulden in seine leeren Hosentaschen und diese schienen, angesichts der Ausgaben, die er trotz sparsamster Lebensführung hatte, Löcher zu haben.

Die Sonne brannte heiß im Juli, als Schiller den Dreispitz vom Kopf riss, sich die schweißnasse Stirn wischte und ein letztes Mal die windschiefe Hütte des Geldverleihers Israel aufsuchte. Wild schlug er gegen das wurmstichige Holz der Eingangstür, wütend über sich selbst und sein Unvermögen, sich von seiner Schreiberei anständig zu ernähren. Judith öffnete ihm die Tür und führte ihn in das finstere Loch, das als Wohnstube diente. Dort stand Schiller auf dem Boden aus gestampftem Lehm, schwitzte noch mehr in der stickigen, geradezu schmierigen Luft, die noch die Gerüche der letzten Mahlzeiten in sich trug, und drehte verlegen seinen Hut in den Händen.

»Unser Herr Dichter. Ein herzliches Willkommen! Er bringt Geld?«, schnarrte ihm ein verrostetes Lungenwerk entgegen. »Nein, ehrlich gesagt nicht. Ihre Tochter Judith brachte mir ein Schreiben aus Mannheim. Man will mich dort als Theaterdichter gegen Bezahlung anstellen. Jetzt benötige ich ein letztes Mal das Reisegeld …«, Schiller rang nach Luft. Wie konnte ein Mensch, der Geldgeschäfte trieb, so ärmlich hausen? »Kurzum, ich brauche vierzig Gulden!« – »Die hätte ich auch gern, Herr Doktor! Die Zeiten werden immer kostspieliger und die Schuldner unzuverlässiger. Das macht auch das Geld teurer«, erwiderte der weißhaarige Jude und kraulte sich mit einer Hand im langen Bart. »Ich muss das Geld haben! Er kennt mich doch, weiß doch, dass ich der Vertraute der Frau von Wolzogen bin und auf ihrem Gut lebe.« – »Bürgt die Freifrau für ihn?«, fragte der Alte emotionslos. »Die Zukunft bürgt für mich! Meine Dramen sind genauso gut«, rief Schiller aus und schlug sich selbstbewusst an die Brust. »In der Zukunft werden wir alle sterben. Das ist die einzige Sicherheit, von der ich weiß, dass sie eintreffen wird. Er wird hohe Zinsen zahlen müssen.« – »Das Geld her! Es muss weitergehen! Zappalott noch mal. Die Unterschrift der Frau von Wolzogen bekommt er auch.«

»Hohe Zinsen …«, der Alte legte ihm ein Papier zur Unterschrift vor, schlurfte zur Kellerwand und beugte sich stöbernd zu einer Truhe herunter, aus deren Tiefe er unter Stoffen und Kleidern eine erste Rate von fünfzehn Gulden hervorholte. »Neun Prozent und die Unterschrift der gnädigen Frau, dann besorge ich den Rest.«

Ohne hinzusehen, unterschrieb Schiller den Wechsel und stopfte das Geld achtlos in die Tasche. Sein Blick fiel auf ein schmales Bücherregal, in dem er Werke von Lessing entdeckte. »Ein Dichter von Wert. Leider tot. Aber es gibt noch andere, die für die Freiheit leben.« Grußlos und gedemütigt eilte er ins Freie.

Wenige Tage später umarmte er seine Gönnerin, die Frau von Wolzogen, drückte ihre achtzehnjährige Tochter Lotte, mit der er nur allzu gern angebändelt hätte, die aber nach dem Wunsch ihrer Mama einer guten Partie vorbehalten bleiben sollte, und bestieg gegen das Versprechen, bald wieder nach Bauerbach zurückzukommen, die Postkutsche, die ihn mit verschiedenen Aufenthalten binnen drei Tagen nach Mannheim bringen würde.

Doch der Aufenthalt verlängerte sich. Dahlberg und Iffland waren auf Reisen und würden erst in zwei Wochen zurückkommen. Der gute Freund und Regisseur Meyer empfing und bewirtete Schiller und brachte ihn bei Madame Hammelmann im Hubertushaus in der Nähe des Schlossplatzes ganz repräsentabel unter. Schiller sah sein geborgtes Geld schon wieder dahinschmelzen und legte, unmittelbar nachdem er sein Quartier bezogen hatte, die Summe für die Rückreise nach Bauerbach zur Seite.

Schiller schrieb an seine Schwester Christophine: »Mannheim hat mich wieder, das prächtige Schloss und die wirklich schöne, moderne

Residenz. Nur ist sie so gebaut, als ob die Leute darin wohnen müssten und nicht als ob sie in den Häusern wohnen wollten. Gemacht und nicht geworden. Keine Heimstadt, eher despotisch zum Repräsentieren. Das Wasser hier ist so schlecht, dass ich heute meinen Tee wie flüssigen Stein getrunken habe. Es verspricht ein heißer Sommer zu werden, mit einer argen Mückenplage. Die Stadtgräben verbreiten einen faulen Geruch, der vom Wasser herrührt und den vier Kirchhöfe, die alle in der Stadt liegen, noch verstärken. Man fürchtet hier das kalte Fieber, eine alljährliche Sommerkrankheit. Die Mannheimer haben meistens um die Lippen einen Zug von großer Stadtschneidigkeit, der auch sogleich laut wird, wenn man sich mit ihnen einlässt. Sonst gibt man sich hier, zwischen Rhein und Neckar, leichtlebig und stolziert gern en mode daher. Ich werde mich aufrüsten müssen, um nicht als Bauerntölpel verschrien zu werden.«

Am Abend feierte er mit Streicher, der inzwischen als Musikus sein Auskommen in der Residenzstadt bestritt und sich als Pianist einen Namen gemacht hatte, beim Ehepaar Meyer ein rauschendes Wiedersehen. Vom ersten Moment an waren sie sich so vertraut, als wären sie nie getrennt gewesen. Später verabschiedeten sich Streicher und Schiller auf einem Spazierweg durch das nächtliche Mannheim.

Schiller legte seinem Freund die Hand auf die Schulter und sagte bewegt: »Nie werde ich dir vergessen, was du für mich geopfert hast. Jetzt sitzt du hier fest und könntest in Hamburg oder sonst wo in der Welt sein.« – »Allzu viel Liebfrauenmilch umnebelt dein Hirn. Jetzt wirst du sentimental, mein Freund. Ich habe mein Auskommen, mir geht es gut«, lachte Streicher ihm zu. »Unsere Flucht war schon ein Wahnsinn! Was wir da gewagt haben, Streicher, hätte bös' ausgehen können. Wir waren ahnungslose Burschen, die von der Freiheit geträumt haben«, sinnierte Schiller. »Und wir sind dem Württemberger nicht in die Fänge gegangen und unser eigener Herr«, führte Streicher den Satz fort.

»Ahnungslos wie wir waren, sind wir unter ein neues Joch geraten.« – »Um Gottes willen, Schiller! So arg kann es doch nicht sein!« Streicher klang besorgt. »Die Wahrheit ist hart! Schulden habe ich wie ein Pilgerreisender Flöhe. Und genau so quälen sie mich. Stolz gebe ich mich, frei im Geist, und muss doch vor den erbärmlichen Kontrakten zu Kreuz kriechen und jenen, die mir übel mitgespielt haben, ein freundliches Gesicht zeigen!« Schiller sah auf die finstere Stadt hinab. Sie standen erhöht auf einer Wiese, die zu einer der Mannheimer Kirchen gehörte. Der Tag hatte eine feuchte Schwüle zurückgelassen, die den üblen Dunst, der von den Dächern der Häuser qualmte, zurück in die gradlinigen Straßen und Gassen drückte. Wie in einem Opferherd, dachte Schiller, brodelt es. »Grimmig neidisch könnte ich werden auf die dort«, Schiller deutete auf die Grabsteine. »Sie quälen sich nicht mehr mit unnützen Hoffnungen und eitlen Fantasien.« – »Schiller, alles wird sich wenden. Pass auf, wir gehen das Gespräch mit Dahlberg Schritt für Schritt durch. Legen eine Taktik zurecht. Weißt du noch: Courage und Fortune!« Streicher versuchte ein Lachen, stets bemüht, den Freund aus seiner Düsternis aufzuscheuchen. »Recht hast du. Wem nützt das Geflenne? Komm, schleichen wir uns zu Madame Schneider. Ich will heute Nacht ein Schwein sein, damit ich meinen Mitmenschen gleicher werde!« – »Lass gut sein, Schiller. Du weißt, dass ich nicht in Freudenhäuser gehe, und du solltest dein Geld auch zusammenhalten«, mahnte Streicher. »Du hast es gut, erledigst deine Bedrängnis mit der Musik, während sich unsereiner mit einem blutigen Herzen plagt …« Gemeinsam gingen sie zurück in die Stube und trafen dort auf die jungen Schauspieler Beck und Beil. Streicher verabschiedete sich bald.

»Da ist er wieder, der Stern der Mannheimer Bühne«, wurde Schiller von Beck begrüßt. »Ich freue mich über Ihre offenen Arme, mit denen Sie mich empfangen«, antwortete Schiller. »Mit demütigem Feuer wollen wir uns der Kunst widmen.« – »Er reitet noch immer hohe Rösser!«, spottete Beil. »Aber seine Anwesenheit tut Not. Zwei Paare saßen heute im Parkett und eines hat es sogar lustig getrieben, dass die Sitze teuflisch geknarzt haben. Bei solchen Zuständen ist es ein Segen, dass sich Dahlberg Ihrer erinnert hat.«

»Ihre ›Räuber‹ sind wieder im Repertoire und Dahlberg hat uns vor der Abreise Ihren ›Fiesko‹ in Aussicht gestellt«, sagte Beck. »Es geht jetzt stürmisch aufwärts!« – »Noch ist nichts entschieden. Wie ich den Intendanten kenne, hat er zahllose Wünsche für die Bühnenbearbeitung«, erwiderte Schiller.

Ein Nachtwächter tutete vom anderen Stadtende. Kurze Zeit später bummelte er über die lange Allee dem Goetheplatz vor dem Theater zu und schlurfte faul den Spieß hinter sich her. Beil verabschiedete sich Richtung Madame Schneider und träumte von einer schwarzhaarigen Muselmanin. Beck lehnte dankend ab. Er war jung vermählt. Schiller hakte sich bei ihm ein: »Recht hat er gehandelt, lieber Beck, gegen alle Standesunterschiede sich der Liebe verschworen. Zusammen gegen die Welt. Wie ich euch zwei beneide.«

»Dahlberg ist wieder da. Er will Sie als Theaterdichter mit fester Anstellung! Ist das nichts? Mit Schwung warf der Verlagsbuchhändler Schwan die Ladentür hinter sich zu, dass die Türglocke laut aufschrillte.

Schiller legte das neue Buch von Goethe weg, das ihm Margarete Schwan, die achtzehnjährige, hübsche und kluge Tochter des Hauses aus dem Regal gesucht hatte, und nahm seine Beine vom Tisch. »Sie vergessen, lieber Herr Verleger, dass ich völlig unbegabt und nur ein entlaufener Regimentsmedikus bin. Wann erwartet mich Dahlberg?« – »Morgen. Ich bin noch einmal alles durchgegangen. Auch Iffland rät Ihnen, Sie sollen sich die Einnahmen einer Vorstellung vorbehalten, ebenso die Verwertung für die anderen Bühnen – Hamburg, Berlin! Schiller, die Welt erwartet Sie!« Energisch fasste Schwan seinen Schützling am Ellbogen. »Sie werden es geschickt anstellen und sich nicht alles verderben?«

»Ach, Vater, lass ihn doch«, sprang Margarete an Schillers andere Seite. »Du verwirrst ihn noch ganz. Geben Sie mir Ihren Rock, damit ich ihn noch mal für morgen ausbürsten und den fehlenden Knopf annähen kann.«

»Ihr umtanzt mich wie ein goldenes Kalb! Das ist Götzendienst!« Schiller hob warnend den Finger. »Da ruht kein Segen darauf!«

Schwan trat hinter den Ladentisch und prüfte die Kasse. Die Abendsonne fiel schräg durch die Fenster. »Sie geben doch Ihre ›Luise Millerin‹ in meinen Verlag? Ich zahle Ihnen ein Honorar – trotz der frechen Nachdrucke, die in letzter Zeit mein Auskommen gefährden.« Schiller trat ans Fenster und schaute in die Ferne. »Ich möchte dazu noch nichts sagen. Wer weiß, was morgen ist.« – »Lieber, verehrter Dichter, mein Doktor Schiller«, säuselte jetzt Schwan, »war ich es doch, der Sie protegiert. Meine Empfehlung hat den ›Räubern‹ den Weg auf die Mannheimer Bühne geebnet. Ich bin Ihr guter Geist beim Intendant Dahlberg. Oh, Sie vergessen mir zu schnell, wenn Sie dankbar sein sollten!« Schwan gab sich jetzt sogar ein wenig beleidigt. Schiller blieb stehen und sah ihn nachdenklich an. Er zog tatsächlich alle Register. »Jetzt hören Sie doch mit dem Gejammer auf! Mir scheint, die Abrechnungen über die letzten Bücher sind nicht zu meinem Vorteil ausgefallen. Und ich war mir, als man mich aus Mannheim vor Monaten ziehen ließ, geradezu sicher, Sie wollten mein Drama nicht.« – »Nein!«, rief Schwan empört aus und malte mit ausgestrecktem Zeigefinger ein Ausrufezeichen in die Luft. »Wenn Sie so schäbig über mich denken, verbietet es mir mein Ehrgefühl –«, er stockte einen Moment, wollte sich offenbar nicht jeder Möglichkeit verschließen, »heute mit Ihnen zu verhandeln. Bekommen Sie erst mal einen klaren Kopf, lieber Herr Doktor.«

Schwan machte sich wieder im Laden zu schaffen. Er kannte seine Herren Dichter! Abwarten und Tee trinken. Die gaben am Ende stets nach.

Andreas Streicher betrat den Laden und brachte Post mit. Schiller erkannte die Schriftzüge der Freifrau von Wolzogen. Sie hatte ihn bereits zurückerwartet und berichtete, Charlotte habe eine Stelle bei Hofe in Gotha angetreten. Kein Wort über die Heiratsabsichten Schillers, die er ihr gestanden hatte. Dann mahnte sie die offen stehenden Raten bei Israel an, der den Zinssatz wegen des Verzuges auf zehn Prozent heraufgesetzt habe. Was hatte sich Schiller erhofft? Dass sie ihm ihre Tochter anvertrauen würde, bei seinen desolaten Verhältnissen? Dass sie ein persönliches Wort der Aufmunterung oder der Bewunderung finden würde, wo ihr nur die Umstände verblieben, die er verursacht hatte, und die Schulden bei Israel, der ihr jetzt fordernd über den Weg lief? Schiller wandte sich jetzt Schwan zu: »Ich werde mit Dahlberg abschließen, und Sie, Schwan, drucken meine ›Millerin‹. Hand drauf.« Margarete freute sich über den glücklichen Ausgang.

32

Obwohl Schiller im Sonntagsstaat bei Dahlberg für seine Verhältnisse ordentlich herausgeputzt antrat, taxierte der kurfürstliche Schatzkämmerer und Intendant des Mannheimer Theaters seinen einfachen blauen Rock mit polierten Stahlknöpfen, seine abgetragenen Schuhe mit übergroßen Schnallen und seine unbändige Frisur abschätzig. Mit diesem Mann war immer noch kein Staat zu machen! Doch die Umgangsformen hatten sich gewandelt – dieser Schiller redete geschliffen daher, voller Selbstvertrauen, gewürzt mit einem Schuss Selbstironie und Esprit. Dass sich der Geist und das Talent doch so häufig so elende Behausungen suchten, dachte Dahlberg, eilte seinem künftigen Theaterdichter entgegen, um ihm herzlich die Hand zu schütteln und ihn mit großer Zuvorkommenheit zu behandeln. Dies schien Schiller jedoch nicht im Mindesten zu beeindrucken. »Eure Exzellenz scheinen ungeachtet meiner misslungenen Versuche und Ihres geäußerten Missfallens über meine dramaturgischen Dichtungen noch immer einiges Zutrauen zu meiner dramatischen Feder zu haben.«

»Ich bitte Sie, guter Schiller, der Dichter der ›Räuber‹ wird stets eine Bereicherung für jede Bühne in Deutschland sein.« Dahlberg fühlte sich ein wenig in die Defensive gedrängt. »In der Tat. Ich trage mich mit dem Gedanken, nach Berlin zu reisen, wo man im nächsten Monat mein Drama spielen will. Dann kehre ich nach Bauerbach zurück.« – »Von einer Abreise will ich nichts wissen«, erklärte Dahlberg rasch. »Hier werden Sie gebraucht! Ich biete Ihnen einen festen Kontrakt als Theaterdichter für ein Jahr. Und Ihren ›Fiesko‹ führen wir hier als Erstes auf!«

Schiller lächelte, diese Erklärung hatte er nach Schwans Gespräch bereits erwartet. Gewappnet, zählte er mit Absicht die »Fehler« des Stücks auf, da er sich der Gefahr, die Erwartung des hochverehrten Intendanten zu hintergehen, nicht aussetzen wollte. Er hob neben der vielleicht allzu freien Satire und Verspottung einer vornehmen Narren- und Schurkenart unter anderem die Vermischung von Schrecklichem und Lustigem hervor und versicherte listig, dass, wenn dies auf der

Bühne anstößig sei, alles Übrige, wenn es auch noch so vortrefflich ausfallen könne, für Dahlbergs Zwecke unbrauchbar sein werde. Nein, angesichts der Erfahrungen, die er in Mannheim habe machen müssen, sei es doch besser, den ›Fiesko‹ zurückzubehalten. Auch davon wollte Dahlberg nichts wissen, drängte auf eine Bühnenfassung und versicherte ihm wegen der Inhalte freie Hand. Schiller habe in dem Jahr als Theaterdichter drei Stücke abzuliefern und er erhalte dreihundert Gulden als Vorschuss. »Und die Einnahmen jeweils einer Vorstellung sowie die Rechte an den auswärtigen Aufführungen«, ergänzte Schiller rasch. Dahlberg stutzte. In der Tat, dieser Schiller hatte sich verändert! Der Vertrag wurde aufgesetzt und Schiller sollte sofort die Arbeit aufnehmen.

Am 31. August gab die Mannheimer Bühne zu Ehren des neuen Theaterdichters unter großem Zuschauerandrang »Die Räuber«. Und während Dahlberg noch die Einnahmen zählte und fest mit den großen Zeiten rechnete, die jetzt für das Nationaltheater anbrechen würden, liefen Schiller, Streicher und Beck mit schnellen Schritten über den Goetheplatz, die dunklen Häuserzeilen der Straßen entlang. Erbarmungslos hielten die hohen Stadtmauern noch immer die Gluthitze des Tages gefangen. Dunstverschwommen vom Rauch der Herde vernebelt, der nicht abzog, standen die Sterne im fernen Himmelsraum.

»Dass man nur atmen könnte«, stöhnte Schiller. »Ein frischer Wind und kühler Regen, das wäre es«, rief Beck den Wunsch vieler Mannheimer aus. »Man hält es drinnen nicht aus. Die Finger kleben mir auf den Tasten des Klaviers. Die Gedanken sind wie gelähmt«, sagte Streicher. »Die Stuben sind wie Bleikammern. Mir ist alles so eng, als ob einem die Kraft zum Atmen fehle«, Schiller nahm den Dreispitz in die Hand und fächelte sich, während sie weiterliefen, frische Luft zu. »Man erzählt sich, dem Hofrat May seien heute allein dreißig neue Fieberfälle gemeldet worden«, berichtete Streicher. »Lasst uns einen Moment verschnaufen«, bat Schiller, blieb stehen und atmete schwer. »Die Seuche kommt vom brackigen, faulenden Wasser der Kanäle her«, Becks ausgestreckter Arm wies auf die Stadtmauer, die in der Ferne dunkel drohend vor ihnen lag. »Nirgendwo sonst ist es im Sommer so schlimm wie in Mannheim.« – »Schüttelfrost soll das erste Anzeichen sein«, wusste Streicher zu erzählen. »Wer weiß, wie viele Opfer die Seuche in diesem Jahr fordert.« Keine Antwort.

Der Weg führte durch die Hohlweggasse auf das Stadttor zu. Trotz später Stunde wollten sie versuchen, ob sie nicht wenigstens ein paar Stunden im Freien außerhalb der Stadtmauern Luft schöpfen könnten. Da trat ihnen ein stämmiger pfälzisch-bayrischer Grenadier in den Weg, mit tiefer Bassstimme und schwarz gekräuseltem Rauschebart. Ohne Passierschein von der Obrigkeit käme hier keiner durch, bis die Sonne wieder scheine. »Der ist recht!«, meinte Streicher lachend. »Vielleicht gar ein finsterer Geselle für deinen ›Don Carlos‹, was meinst du, Schiller?«

Doch Schiller hörte nicht, sprang auf den viel kräftigeren Mann zu, packte ihn am Revers seiner Uniform und schrie: »Aus dem Weg! Herauslassen soll er mich! Ich ersticke hier!« Schon hängten sich Streicher und Beck an ihren Freund und zerrten ihn weg. »Keine Prügeleien und keinen Skandal! Schiller, du hast jetzt eine Stellung!«, flehte Streicher.

Der überraschte Grenadier schaute der Gruppe nach und rief seinem Kollegen in der Wachstube zu: »Lass gut sein, war eh nur der Räuber-Dichter. Dem war halt heiß im Kopf. So sind sie halt, die Genies – immer ein bisschen verrückt im Oberstübchen.«

Schiller hing wie ein nasser Sack zwischen seinen Freunden. »Seid so gut. Bringt mich heim, mir ist nicht gut.«

Zwei Tage später trug man Regisseur Meyer zu Grab, dessen Herz den Belastungen der plötzlichen Fieberschübe nicht standgehalten hatte. Zur großen Trauergemeinde fanden sich neben den vollzählig vertretenen Theaterleuten sowohl honorige Repräsentanten der Bürgerschaft als auch Regierungsvertreter ein. Meyer hatte in seinem Amt Achtung und Ansehen erworben, was für den Stand der Theaterleute, mochten sie auch noch so bekannt werden, keineswegs immer selbstverständlich war. So kondolierte der Oberkammerrat der Witwe Meyer am offenen Grab und warf dabei einen missmutigen Blick auf seine Tochter, die gegen seinen Willen den Schauspieler Beck geheiratet hatte und in der Gruppe der Vertreter des Theaters auf der anderen Seite des Grabes darauf wartete, dass man die Grube schlösse. Er ging anschließend zum Verlagsbuchhändler Schwan und erkundigte sich nach dem Verbleib von Schiller. Gerade dieser sei doch, wie man höre, dem Meyer zu Dank verpflichtet gewesen.

»Friedrich Schiller leidet ebenfalls am kalten Fieber und ist sehr geschwächt«, antwortete Schwan mit besorgter Miene. »Sein neues Drama ist bei mir in Druck und wird in der nächsten Woche erscheinen. Sie können jederzeit Vorbestellungen hinterlegen. Gern werde ich Euer Exzellenz Hofkammerrat auch eine persönliche Widmung des Doktors besorgen. Trotz seines Besorgnis erregenden Zustandes.«

»Richten Sie ihm meine aufrichtigsten Genesungswünsche aus. Sind doch alle darauf gespannt, was er uns Neues für unsere Bühne bescheren wird. Ich werde ihm meinen Arzt vorbeischicken«, der Hofkammerrat nickte Schwan freundlich zu, wartete jetzt aber nicht mehr das Ende der Beerdigungszeremonie ab, suchte auch keinen Kontakt zu seiner Tochter und flüchtete in die Hitze der Mittagssonne.

Schiller hatte einen wirklich saueren Geschmack im Mund. Die Gedanken in seinem Kopf waren ebenso aufgewühlt wie seine Eingeweide. Sein Herz jagte, und regelmäßig wiederkehrende Fantasien raubten ihm den Verstand. Fast den ganzen Tag lag er zusammengerollt wie ein kleines Kind im Bett. Sein dichtes rotes Haar klebte matt und glanzlos an seiner verschwitzten Stirn. Wie lange dauerte dieses Elend jetzt schon an? Ob er überhaupt wieder ganz gesund werden würde? Immer wenn er sich zwei, drei Tage vom Klima erholt hatte, kam der Rückfall. Heftiger, gnadenloser als zuvor. Wieder einmal hat das Schicksal mir einen grausamen Streich gespielt, dachte Schiller. Eigentlich hatte er in den letzten Wochen bereits die teuere Wohnung neben dem Schlossplatz räumen und mit Streicher in die Vorstadt in ein preiswerteres Quartier beim Baumeisterehepaar Hölzel ziehen wollen. Jetzt fesselte ihn das kalte Fieber an das Bett und er war jedes Mal froh, wenn er den nächsten Tag erlebte. Sein Geld schmolz wieder dahin, und seine Arbeit lag als angefangenes Stückwerk auf dem Tisch. So durfte er nicht enden! Wieder schüttelte das Fieber seinen Körper durch und er stieß heftig mit den Beinen gegen die Bettlade. Man schaffte Umschläge herbei, wickelte ihn und versuchte ihm abgekochtes Wasser einzuflössen, das er jedoch gurgelnd und nach Luft schnappend inmitten eines Anfalls wieder von sich gab. Dann übermannte ihn die Erschöpfung und er fiel in einen tiefen Schlaf, einer Bewusstlosigkeit ähnlich. Als er die Augen wieder aufschlug, fand er Streicher und den Arzt des Hofrates May neben seinem Bett, die sich besorgte Blicke zuwarfen.

Schiller sammelte seine Kräfte, dann stieß er fluchend hervor: »Jetzt schauen Sie beide nicht so bekümmert drein! Wie soll ich zu Kräften kommen, wenn man mich zur Ader lässt und mir nichts zu essen gibt! Wassersuppen heute, Wassersuppen morgen! Und wenn mein Körper trotz dieser Behandlung nicht verreckt und noch Lebenswillen zeigt, kriegt er trotzdem allenfalls gelbe Rüben und sauere Kartoffeln. Kein Wunder, sage ich! Der arme Meyer ist wahrscheinlich auch an der Behandlung krepiert!«

»Sparen Sie sich Ihre Energien, mein Freund, für die Genesung, und lassen Sie mich meine Arbeit machen«, antwortete der Hofmedikus lächelnd und hörte Schillers Herz mit einem vergoldeten Horchrohr ab. »Ich bin ja billig und esse die Chinarinde wie Brot«, gab Schiller keuchend zurück. »In allem bist du maßlos!« Streicher schüttelte den Kopf. »Du solltest dich besser an die verordneten Dosierungen halten.« – »Damit ich noch monatelang hier herumliege und auf mein elendes Ende harre! Ich verdiene nur, wenn ich arbeite! Ich muss schreiben! Himmel Herrgott schwere Not!« Schiller griff nach einem Kissen und warf es wütend quer durch den Raum. »Mein lieber Schiller, auch ich schreibe gelegentlich Gedichte, erwarte aber keineswegs, meine Ergüsse vom Iffland auf der Nationalbühne vorgetragen zu hören. Sie haben der Medizin Ade gesagt, weil Sie Ihre Qualitäten – wahrscheinlich zu Recht – eher in der Dichtkunst sehen. Bleiben Sie daher bei Ihrem Metier und lassen mich für Ihre Gesundheit sorgen. Sie sind, mit Verlaub, ein unmöglicher Patient!« Der Hofmedikus empfahl sich bis morgen und Streicher flößte Schiller jetzt die verhasste Wassersuppe ein.

Die Waschfrau kam und Schiller scheuchte fluchend seinen Freund durch das ganze Zimmer, um aus allen Ecken, Truhen und Schubladen die Schmutzwäsche hervorzukramen. Dann verlangte er nach Papier und Federkiel und begab sich an seine Monatsrechnung. Die Post und der Perückenmacher, die Waschfrau und der Wirt, Papier und Tinte, schon wieder waren fünfzehn Gulden draufgegangen! Für seinen Hunger gab er noch das Wenigste aus, und seit er krank war, investierte er ohnehin nur noch in Chinarinde. »Ich hätte eine Baumplantage betreiben sollen.« Lachend hielt Schiller seinem Freund die Rechnung hin.

Das Kostgeld war er auch noch schuldig, Schneider und Schuster hatten Arbeiten ausgeführt, die er wegen seiner plötzlichen Erkrankung weder abgeholt noch bezahlt hatte. Auch diese Posten fanden sich jetzt auf dem Papier wieder.

»Ja, so ist es. Man darf nicht zurückstehen. Erscheinung und Kleidung übertünchen den Menschen für jene, die den Geist nicht schätzen. Und diese, mein Freund, sitzen zumeist auf den Geldsäckeln!« Schiller lachte bitter auf und warf die Rechnung verächtlich auf den Fußboden. Die erhofften Einnahmen für die Erstaufführung des »Fiesko« hatte Schiller schriftlich der Freifrau von Wolzogen zur Begleichung der Bauerbacher Schulden zugesagt. Das musste gut gehen. Immer noch hatte er keinen Plan, wie er neben den Lebenshaltungskosten für seine Stuttgarter Schulden einstehen sollte. Verdammt! Der Schädel schmerzte zum Zerplatzen. Zum Verrücktwerden! Jetzt verlangte Schiller nach seinem »Don Carlos«, um Vergessen zu finden in der Arbeit. Kopfschüttelnd besorgte Streicher auch diesen Auftrag und sparte nicht mit mahnenden Worten, ehe er sich verabschiedete. Lasst mich nur alle hier in meinem faulen Elend!, dachte Schiller bitter, ungerecht gegen alle und gegen sich selbst. Wo war er stehen geblieben? Die letzten Worte des vergifteten Ferdinands. Auch der war am Ende! Das Fieber stieg wieder. Hilflos und verzweifelt presste er den arbeitsunfähigen Kopf wieder in das Kissen.

Mitte Oktober, Schiller hatte seine Krankheit immer noch nicht ganz überwunden, organisierten Schwan, Streicher und Beck den Umzug. Schiller bezog in der Wallgasse 8 beim Baumeister Hölzel eine gemeinsame Wohnung mit Streicher. Ein billigeres Logis und das Ganze noch geteilt mit dem Freund, das musste sich auf Dauer doch rechnen lassen! Er arbeitete jetzt wieder und unternahm sogar einen Ausflug mit Schwan nach Speyer zu Sophie La Roche, der Jugendliebe des berühmten Wieland, einem der Weimarer Literaturgötter. Sie selbst war als Verfasserin viel gelesener Romane, Erzählungen und Memoiren vor allem dem weiblichen Publikum bekannt und eine bezaubernde Persönlichkeit obendrein. Sophie La Roche sagte ihm, dass sie ihn für ein

Talent hielte, einen jungen Mann mit Visionen, der vielleicht sogar die Lücke, die Lessing mit seinem Tod für das deutsche Theater gerissen hatte, schließen könnte. Schiller verneigte sich, wurde leicht verlegen über so viel Ehre und berichtete von seinen Plänen, künftig eine eigene periodische Literaturzeitung, die »Rheinische Thalia« herauszugeben. Die Gastgeberin stand ihm Rede und Antwort hinsichtlich des Vertriebs, der Unkosten und des Aufwandes, den ein solches Unternehmen erforderte, denn sie selbst fungierte seit kurzem als Herausgeberin der »Pomana«, einer Zeitschrift für Frauen.

Doch kaum kehrte Schiller aus Speyer zurück, ereilte ihn ein schwerer Rückfall des kalten Fiebers. Dennoch rang er Woche um Woche seinem geschwächten Körper die Zeit der Bühnenbearbeitung des »Fiesko« nach Dahlbergs Vorgaben ab. Vor Weihnachten galt es noch, die Ankündigung an das Publikum, das übliche Werbeblättchen zu schmieden. Auch diese Zeilen kleisterte er weihelos, abgemagert bis auf die Knochen, kreidebleich im Bett hockend, zusammen. Er fühlte sich müde, zerschlagen, wollte jeder weiteren Auseinandersetzung aus dem Weg gehen, da er auch noch die »Luise Millerin« und den »Don Carlos« gemäß Vertrag zu bewältigen hatte und Dahlbergs Stimmung angesichts der langsamen Arbeitsfortschritte sich neuerdings wieder auf den Gefrierpunkt zubewegte. Deshalb versah er sein *republikanisches Trauerspiel* sogar mit einem glücklichen Ausgang: Fiesko verzichtete auf den Herzogentitel, versöhnte sich mit Vendrina und Leonore und blieb am Leben.

33

Zur Eröffnung des Karnevals am 11. Januar 1784 ließ Dahlberg »Die Verschwörung des Fiesko zu Genua« mit allem Pomp aufführen. Streicher war nicht zugegen, denn im Schloss wurde ein Konzert gegeben und er griff in die Tasten. Professor Abel, zum Jahreswechsel eigens angereist, um den kränkelnden Schiller, der inzwischen wegen der Unmengen Chinarinde, die er zu sich genommen hatte, unter Schüben von Bauchkrämpfen litt, aufzurichten und den Kontakt zu seinen Freunden und seiner Familie in der Heimat nicht ganz abreißen zu lassen, war längst wieder dienstverpflichtet in der Stuttgarter Akademie.

Schiller fürchtete, dass der nicht enden wollende Winter, der einfach keine rechte Genesung bringen wollte, ihm vielleicht auch zeitlebens einen Stoß versetzen wollte. Und jetzt fiel der »Fiesko« noch durch! Hilflos musste Schiller mit ansehen, wie sich der nur halb besetzte Theatersaal bereits nach zwei Dritteln der Aufführung deutlich leerte. In den spärlichen Schlussapplaus mischten sich Buhrufe und Pfiffe! Kraftlos versank Schiller in dem Sessel in seiner Parterreloge und wäre am liebsten ganz woanders gewesen. Zweifel befielen ihn. Nein, einen zweiten Lessing gab er noch lange nicht ab! Das Publikum bevorzugte Kurzweil, nach dem Stil der Iffland'schen Stücke, die dieser in letzter Zeit schrieb, verdauliche Konversationen à la Gimmigen, mit Kalauern durchsetzt. Er hatte das Publikum fordern, erhöhen wollen mit seiner Sprache, die dem Alltag entrückt war. Vier Stunden Spieldauer, lange Deklamationsszenen, das alles erwies sich als zu viel. Ein Missverständnis zwischen Dichter und Publikum, wenn nicht gar Ärgeres! Das letzte bisschen Selbstwertgefühl rann dahin wie der Regen an einer Fensterscheibe.

Beck und seine schöne Frau warfen ihre Kostüme achtlos in die Garderobe und eilten, noch immer nicht ganz abgeschminkt, zu Schillers Loge. Sie erahnten zumindest, was in ihrem Dichterfreund vor sich ging. Schiller jedoch wollte auch sie nicht sehen, aber beide nahmen ihn, unter Hinweis, dass das Theater gleich schließen müsse, in ihre Mitte und gingen zielstrebig auf den Hinterausgang des Theaters zu. Unglücklicherweise trafen sie auf diesem Weg Iffland, der sich angesichts des Erfolges seines Dramas »Verbrechen aus Liebe« überlegen gab und herablassend meinte: »Schiller, das sollte Ihnen eine Lehre sein. Das Publikum hat einen feinen Geschmack für das, was sich ziemt. Niemand greift ungestraft seinen Fürsten an und pöbelt sich in genialischer Manier durch die Geschichte. Gelassene Andeutungen, geistvolle Kritik und etwas Humor werden vom Publikum goutiert. Sie sollten das bei Ihrem nächsten Bühnenstück bedenken! Und unterlassen Sie die nervtötenden Monologe.«

»Herr Iffland. Sie sind zweifellos ein großer Schauspieler, aber das sagte ich Ihnen ja bereits ...«, Schillers Stimme bebte vor Zorn, »... nicht alles, was billig ist, muss recht sein. Was das Publikum heute goutiert, mag zwar in Ihrer Geldkatze klimpern, landet aber erfahrungsgemäß morgen auf dem Mist!« – »Der Hochmut steht Ihnen nicht, Kollege«, entgegnete Iffland. »Nicht solange Exzellenz Dahlberg bereits nächste Woche die Absetzung Ihres ›Fiesko‹ befohlen und mein Stück auf den Spielplan gesetzt hat.« Gemessen grüßte Iffland, der jetzt auch noch Meyers vakante Stelle als Oberregisseur übertragen bekommen hatte.

Schiller senkte betrübt den Kopf. Beck und seine Frau sprachen ihm mit lieben, ablenkenden Worten, Trost zu. Selbst Goethes »Clavigo« sei hier durchgefallen, und der »Kaufmann von Venedig« von Shakespeare sei als überspannte Fabel abgelehnt worden. Die Mannheimer seien launenhaft und eitel, und das gelte nicht nur für das Publikum, sondern auch für die Theaterverantwortlichen.

»Die nicht vom Stand gestellten Zuschauer in der obersten Galerie, die mit wenig Geld, haben Sie schon verstanden, lieber Schiller«, sagte Frau Beck. »Dort oben hat es Vivat-Rufe und freundlichen Applaus gegeben.« – »Und wie!«, bestätigte Beck und gab sogar noch die entsprechenden Textzeilen zum Besten. Gerührt dankte Schiller den Freunden. »Ihr meint es gut mit mir, wohin geht unsere Reise?«

»Zu uns selbstverständlich. Gern wollen wir Ihnen die Zeit vertreiben, gemeinsam essen und Sie erzählen uns derweil von der ›Millerin‹«, antwortete Frau Beck.

»Von jener drohenden neuen Katastrophe, die auf Vorschlag Ifflands künftig ›Kabale und Liebe‹ heißen wird.« – »Gleich, wie – erläutere doch am besten mal die Rolle der ›Luise‹, die mein liebes Eheweib sprechen und mit Leben füllen soll, aber noch nicht so recht versteht.« Beck freute sich, dass Schiller sich jetzt tatsächlich durch seine Frau ablenken ließ. Gemeinsam ging es die zwei steilen Holzstiegen zur Beck'schen Wohnung hinauf, und Schiller hockte sich behaglich in den Kanapeewinkel, wo er sich eine eigens für ihn gestopfte Pfeife vornahm. Frau Beck lief in die Küche. »Meine Frau backt die besten gefüllten Pfannkuchen der Stadt«, verkündete der Schauspieler stolz. »Und einen kurfürstlichen Weißwein für die letzte Premiere haben wir auch noch dazu.« Beck deckte auf. »Nur wenn sie sich dazusetzt und mittrinkt«, forderte Schiller.

Um die Ecke blitzten zwei tiefblaue Augensterne unter wunderschönen gelockten blauschwarzen Haaren. »Bleiben Sie nur hocken.

Sie kränken mich sonst als Gastgeberin, wenn Sie mit Hand anlegen.« Dann setzte sie sich neben Schiller. »Wenn's recht ist. Oder hätten wir die Margaret Schwan dazubitten sollen?« – »Wie kommt sie denn auf solche Ideen?« – »Na, weil sie mir gestanden hat, dass sie Sie mag. Ich habe sie gestern auf dem Markt getroffen«, log Caroline Beck und freute sich über die Wirkung ihrer Worte, die den schüchternen Schiller in Verlegenheit brachten. Doch dann wurde Schiller ernst. »Wie sollte ich mich um eine Frau bemühen, wenn ich noch nicht einmal genug habe, um meine Schulden zu bezahlen und meiner Gönnerin, der Frau von Wolzogen, den Zinswucher vom Hals zu schaffen.« – »Du bist zu schlecht honoriert«, bestätigte Beck. »Der Iffland allein bekommt das Vierfache von dir.« – »Auch du bekommst das Doppelte«, warf Caroline Beck vorwurfsvoll ein. »Ich verstehe den Dahlberg nicht. Wie soll sich jemand freischreiben, der in materieller Unfreiheit lebt!« – »Die Mittellosigkeit eines flüchtigen Dichters ist eine gute Vorbereitung für die großen Werke, weil man nur so den Grund von allem berührt und hinter die kunstvoll gewebten Vorhänge der gesellschaftlichen Bühne blickt«, antwortete Schiller. »Nun lasst es gut sein, ihr braucht euer Geld, denn im Überfluss lebt ihr auch nicht.«

»Lieber Schiller«, sagte Beck verlegen und erhob sich, »es ist eine große Ehre für uns, dich zu kennen, mit dir zusammensitzen zu dürfen.« Sie stießen an und prosteten sich zu. »Bitte gib auch meiner Frau den Bruderkuss, damit wir einen unerschütterlichen Freundesbund schließen!« – »Aber drückt mich nicht zu fest, denn ein Kind wächst in mir heran …«

Kurze Zeit später erhob sich Schiller, nahm noch einmal die junge Frau in den Arm und ging.

Trotz des Misserfolges des »Fiesko« wählte man Schiller und nicht Iffland in den Vorstand der Kurfürstlichen Deutschen Gesellschaft in Mannheim, wo Schiller Aufsehen erregende Reden hielt und Anerkennung von den besseren Kreisen der Mannheimer Intellektuellen erfuhr. Derart gestärkt, begleitete Schiller die Proben zu »Kabale und Liebe«, die parallel zu einem Theaterstück Ifflands liefen.

Mit sprachlosem Erstaunen hört Luise Millerin die Liebeserklärung Ferdinand von Walters an und kann als Antwort nur stammeln: »*Wie schön in dieser Sprache das bürgerliche Mädchen sich ausnimmt.«* Sie sprachen nicht die gleiche Sprache, benutzten nicht dieselben Worte. Ferdinand lieh seiner Luise daraufhin Bücher, die sie ihrerseits fleißig zitierte, wenn sie über Gefühle reden wollte. Nicht mehr um Schurken im Fürstengewand, sondern um die Überwindung der Standesunterschiede angesichts des Bundes zweier Herzen ging es Schiller. Still wurde es im abgedunkelten Zuschauerraum, in dem die Bedienten des Theaters der Probe zusahen. Viel schien ihnen in dem Stück zu stecken, das sie aus dem eigenen Erleben hätten beisteuern können.

Noch einmal begannen sie auf Bitten Dahlbergs mit der Eingangsszene. Beil, den Musikus Müller spielend, stritt heftig mit seinem Weib und ließ es an Derbheiten nicht fehlen. Schiller wurde dieses Treiben auf der Bühne zu bunt und er eilte in Dahlbergs Loge. »Euer Exzellenz, so geht das nicht! Der Beil hält sich nicht ans Skript. Er meint wohl, der Dichter liefere nur das Gerüst zu seinem Spiel!«

Da Dahlberg nicht sogleich reagierte, schrie Schiller mitten in die laufende Probe: »Herr Beil! Lassen Sie doch die Grobheiten – das ist nicht der Musikus in meinem Stück! Und bitte, benutzen Sie meine wohl überlegten Reden!«

Beil brach die Szene mitten im Satz ab und trat an den Bühnenrand, hielt die Hand vor die Stirn und rief zurück: »Ist Eure Exzellenz Dahlberg auch der Meinung, dass wir zu lebhaft sind?« Dann lief er wie ein gereizter Stier am Bühnenrand auf und ab.

»Vor allem, meine Herren, sollten sich die Künstler gemeinsam um das Stück bemühen und sich nicht im Streit entzweien und behindern«, kam es jetzt aus Dahlbergs dunkler Loge. »So ganz ohne Derbheiten sind Ihre Stücke wohl niemals, Herr Schiller, das legt so manche Selbsthilfe des Schauspielers nahe.« – »Da hören Sie es!«, donnerte Beil von der Bühne. »Ich bin kein Handlanger für geistloses Gossenspiel! Niemals!«, schrie Schiller. »Die Schauspieler haben bis in feinste Nuancen das umzusetzen, was ich ausgedacht und wohlfeil formuliert habe. Anders würde die Muse zur Metze des eifernden Virtuosen!« – »Dann spielen Sie den Mist doch selber!«, schrie Beil, krebsrot vor Zorn. Jetzt trat Iffland auf die Bühne. »Meine Herren, ich bin der Auffassung Ihrer Exzellenz Dahlberg.« Er verbeugte sich kurz in Richtung Zuschauerraum. »Wir müssen in jeder Lage vornehm bleiben, auch wenn es das Stück mit seinen Schwachheiten verwehrt. Dem Dichter sollte dabei die Beurteilung der Bühnenbearbeitung nicht zustehen.« – »Genug der Eitelkeiten!«, rief Schiller. »Sein persönliches Streben sollte auch Herr Iffland in den Dienst der Sache stellen. Zum Nutzen der Gesamtheit.« – »Und wer sagt uns, was der Nutzen der Gesamtheit ist?«, fragte Dahlberg hintersinnig. »Der Dichter, Eurer Exzellenz. Wer sonst?« Sie lachten. Neid und Missgunst ergossen sich über Schiller. Dieser ballte die Fäuste in den Taschen, lief durch den Zuschauerraum an den Bühnenrand und schrie Iffland an: »Mit Erlaubnis Eurer Exzellenz Dahlberg gehen die Proben weiter. Herr Iffland, räumen Sie augenblicklich die Bühne.«

Iffland verbeugte sich graziös und ging ab. »Unbelehrbar ist dieser Stückeschreiber! Exzellenz haben in Aussicht gestellt, Schiller sehe seine Fehler ein und bessere sich …«, begann Beil von neuem. Schiller schnitt ihm das Wort ab: »Ihr Stichwort, Herr Beil, ist: ›Ein für alle Mal. Der Handel wird ernsthaft. Meine Tochter kommt mit dem Baron ins Geschrei.‹ Wenn ich jetzt bitten dürfte?«

»Encore une fois«, tönte es aus Dahlbergs Loge, der sich die Spielleitung nicht aus den Händen nehmen lassen wollte.

Das dreistöckige Rundhaus des Mannheimer Nationaltheaters war zum Bersten voll. Die aufgeregte Erwartungshaltung entlud sich mit einem lauten Stimmengewirr, das fast den dröhnenden Gong übertönt hätte, mit dem der erste Akt angekündigt wurde. Margarete Schwan saß in der Loge neben ihrem Vater. Nervös sah sie zu Schiller herüber, der neben Streicher in der Parterreloge hockte und seine Fingerknochen knetete. Ihr war elend zumute, als ginge es heute Abend um ihre eigene Haut. Dahlberg schaute sich noch einmal wohlgefällig im hohen Rund des Hauses um, bevor er sich setzte und seine Nachbarinnen zur Linken und zur Rechten begrüßte. Der riesige Kronleuchter verschwand in der Kuppel, die Lichter an den Wänden und Ausgängen wurden ausgelöscht, der Vorhang glitt zur Seite und gab den Blick zu Beil frei, der als Musikus Miller seine Frau schalt. Streng versuchte Schiller, seine Worte herauszuhören. Noch immer sprach Beil nicht nach Wunsch, aber er hielt sich zumindest in groben Zügen an den Text und verdrehte die Handlung nicht, dieser elende

Dickkopf. Das Uhrwerk des Dramas lief entlang der straffen Handlungsfeder, die Flamme der Leidenschaft loderte hell und das Publikum wurde ergriffen von den Herzensangelegenheiten der Luise und des Ferdinands.

Streicher beobachtete sorgenvoll das Mienenspiel seines Freundes. Sollte auch dieses Stück ein Misserfolg werden, würde sich Schiller davon nicht wieder erholen. Während des ganzen ersten Aufzuges saß Schiller wie in Stein gemeißelt. Es entschlüpfte ihm kein Wort, und nur zum Schluss des Aktes hörte Streicher ein leises: »*Es geht, geht gut*« und sah ein Lächeln über das Gesicht des Freundes huschen. Halbzeit. Der Vorhang fiel. Die Zuschauer, die gerade noch gebannt auf die Bühne gestarrt hatten, hielt es nicht länger auf ihren Bänken, auf ihren Sesseln. Sie sprangen auf und brachen in rhythmisches Händeklatschen und Jubeln aus. Unter den Jubel mischten sich erste »Schiller!«-Rufe. Die Schönen der Nacht gefährdeten den Sitz ihrer Frisurtürme, zumindest verloren sie den Puder ihrer Haare, aber auch die Herren rangen um Haltung. »Vivat! Vivat Schiller!« Langsam, fast bedächtig stand Schiller auf, trat nach vorn und machte eine edle, stolze Verbeugung gegen das Publikum.

Aus einer Reserveloge im ersten Stock winkte eine junge Dame einen Theaterbedienten heran, steckte diesem ein Billet zu und bat ihn: »Geben Sie dies Schiller höchstpersönlich. Ich verlasse mich auf Sie. Er soll uns bald aufsuchen. Ich will ihm Grüße von Frau von Wolzogen ausrichten.« – »Unnötig war das, meine Liebe, absolut unnötig! Der Kerl hat meinen Namen in seinem Stück lächerlich gemacht!«, erboste sich der Ehemann der jungen Frau, Major von Kalb. Charlotte von Kalb zuckte gleichgültig mit den Schultern. Was verstand ihr Krieger schon von Kultur? Nebenan aus der Loge hörte sie noch einen Kaufmann aus Württemberg schwäbelnd sich beschweren, dass dieses Stück wieder einmal schlecht ausginge. Der werte Herr las das Drama in der wohlfeilen Ausgabe Schwans im Voraus. Auch eine Art, sich den Spaß zu verderben. Noch einmal blickte sie zu dem hochgewachsenen jungen Mann mit starkem Profil hinüber. Sie war interessiert. Ein Mann, der mehr vom Leben kannte, als Branntwein zu saufen, mit dem Säbel zu rasseln, großzutun und Karten zu spielen. Welch angenehme Abwechslung würde ihr ins Haus stehen!

Mit erheblicher Verspätung erst konnte der zweite Teil des Dramas beginnen. Und weiter flog die Handlung, in die sich selbst die Schauspieler bis in den stärksten Erfolg hineinsteigerten.

Schiller verweilte einen Moment vor dem imposanten Bürgerhaus, in dem die von Kalbs eine weitläufige Wohnung im ersten Stock gemietet hatten. Aus der hell erleuchteten Fensterfront fiel der Lichtschein auf die Straßen. Man gab also eine Gesellschaft. Gut. Er würde sich eine Mahlzeit sparen. Etwas unbehaglich erinnerte er sich daran, dass er in seinem Drama mit dem Namen von Kalb einen Hofmarschall beliehen hatte, dem nicht gerade eine heldenhafte Rolle zufiel. Der Name war ihm eher zufällig ins Gedächtnis geflogen und er würde ihn in den weiteren Aufführungen ersetzen. Aber so stand er nun mal im Buch und so durfte das Ehepaar von Kalb auf Mannheims Brettern das zweifelhafte Vergnügen gehabt haben, zu einiger Berühmtheit gelangt zu sein. Hoffentlich nahm man ihm diesen Fauxpas nicht allzu übel.

»Mein lieber Theaterdichter«, begann Major von Kalb bereits bei der Begrüßung im Flur, »er hat mich ganz nett in Verlegenheit gebracht, indem er dem drolligen Hofmarschall in seinem Stück meinen Namen gegeben hat. Dichterische Freiheit, wie?« Major von Kalb lachte dröhnend. »Normalerweise ziehe ich es vor, zu Pferd und auf dem Feld zu reüssieren. Dass sich das nicht wiederholt!« Schiller beeilte sich zu versichern, dass der Hofmarschall für künftige Aufführungen umgetauft würde, und bekam daraufhin vom Gastgeber eine Pfeife gereicht, mit der Aufforderung, sich ohne weitere Formalitäten im Kreis der versammelten Soldateska wohl zu fühlen. Schiller wandte sich der Form gemäß an die Frau des Hauses und fragte nach der Bekanntmachung höflich: »Darf ich rauchen? Es stört Sie nicht?« – »Natürlich dürfen Sie!« Frau von Kalb nickte ihm freundlich zu. Schiller bemerkte, wie ihn die großen Augen der durchaus hübschen jungen Frau aufmerksam musterten. Etwas verwirrt wandte sich Schiller wieder dem wesentlich älteren Gastgeber zu, der gerade im Kreis der anwesenden Offiziere von seinen Kämpfen gegen die amerikanischen Rothäute zu berichten wusste. »Sie waren in fremden Ländern, jenseits des großen ewigen Ozeans?« Schiller begeisterte sich sofort für das Thema. Schon schilderte Major von Kalb die Großartigkeit, die unendliche Weite der amerikanischen Landschaft, um aber sogleich wieder auf das Schlachtgetümmel, auf entbehrungsreiche Feldzüge, die Zahl der Rothäute und seine eigenen Heldentaten zu sprechen zu kommen. Dem staunenden Publikum präsentierte er sogar eine Narbe am Oberarm, die von einer Pfeilspitze herrühren sollte. »Wie ich Sie beneide. Hier in Mannheim ist nichts zu erleben«, entgegnete Schiller.

»Sie gestatten uns ein kleines Spielchen, meine Liebe?«, fragte Major von Kalb seine Frau, die ihren aufwändig frisierten Schopf freundlich lächelnd neigte und nur erwiderte: »Unter der Bedingung, dass Sie mir den Herrn Schiller zur Unterhaltung dalassen.« – »Falls es ihm noch nach Karten gelüsten sollte, stoße er ruhig zu uns in die Bibliothek. Ansonsten«, er reichte ihm die Hand, »willkommen ist er jederzeit. Wir führen ein offenes Haus. Und er hat mich für sich eingenommen.« Von Kalb schlug die Hacken zusammen.

Etwas schüchtern saß Schiller jetzt im großen Salon neben Frau von Kalb, nahm von den dargebotenen Fleischspießen und drehte sein Weinglas in den Fingern.

»Grämen Sie sich nicht, Herr Schiller. Mein Mann flieht immer das Feld, wenn schöngeistige Gespräche drohen. Davon versteht kein Kriegsmann wirklich etwas.« – »Das Billet stammt von Ihnen. Sie suchen nach geistiger Abwechslung und leben hier in treuer Pflichterfüllung. Das sind Gegensätze, die größer nicht sein könnten. Oder bin ich Ihnen jetzt zu persönlich geworden?«, erwiderte Schiller.

Frau von Kalb errötete ein wenig, schaute Schiller erneut prüfend an: »Wer erlaubt Ihnen, in den Seiten meiner Gefühle zu blättern?« – »Niemand. Verzeihen Sie meine Aufdringlichkeit, aber bei all dem sind Sie für mich eine faszinierende Persönlichkeit. Es ist mir eine große Freude, hier mit Ihnen sitzen und Sie kennen lernen zu dürfen«, gestand Schiller.

Aus dem angrenzenden Bibliothekszimmer klangen freche Ausrufe, Fäuste knallten auf den Tisch und anschließend gieriges Gelächter.

»Wie hat Ihnen meine ›Kabale und Liebe‹ gefallen?«, erkundigte sich Schiller, noch in der Selbstsicherheit seines Erfolges. »Ein modernes Stück und für jene, die über Standesgrenzen sich hinwegzudenken getrauen, ein revolutionäres Drama. Als Frau bin ich Ihnen, lieber Schiller, schon deshalb gewogen, weil Sie die Welt mit Herzensangelegenheiten zu reformieren trachten.« Frau von Kalb lächelte, hielt einen Moment inne, neigte ihren Kopf ein wenig graziös nach links und rechts. »Aber insgesamt, glaube ich, Sie können mehr. Es steckt noch Größeres in Ihnen. Sie sollten sich vielleicht von den Vorbildern Ihrer Jugend befreien und nicht zu viel Shakespeare-Jüngereien betreiben.« – »Wie meinen Sie das?«, fragte Schiller ernüchtert, der nicht mit Kritik gerechnet hatte. »Ihre Sprache ist derb und schockierend, wo Sie anklagen wollen, aber es herrscht ein Mangel an Erziehung, an innerer Reife. Nehmen Sie die Franzosen Racine und Corneille, die wissen erhabene Empfindungen darzustellen und zu wecken. Mancherorts wendet man sich den großen klassischen Vorbildern zu. Sie sollten versuchen, Ihre Sprache in eine feste Form zu bringen.« Schiller ließ den Kopf hängen. Natürlich dachte er an Ifflands Schmährede. »Ich habe schon einige so sprechen hören«, gestand er nachdenklich und wortkarg. »Hier, ich gebe Ihnen die neueste Ausgabe des Wieland'schen Merkur. Er fordert ein deutsches Trauerspiel, das wir der ›Phädra‹ oder der ›Athalie‹ entgegenstellen könnten. Bleiben Sie nicht auf halber Strecke stehen, Schiller. Ziehen Sie Ihrem nächsten Drama die alten Alltagskleider aus und schmücken Sie es erhaben in Verse!« Frau von Kalb verstand durchaus mit Leidenschaft zu argumentieren. »Mein neues Trauerspiel ist eine fürstliche Familienkatastrophe. Auch wenn es noch in der Ihnen unsympathischen verslosen Form daherkommt, möchten Sie etwas hören?«, fragte Schiller.

»Lassen Sie mich teilhaben, bitte! Ich will Ihnen meinen aufrichtigen Rat und meine Bewunderung schenken!« Sie griff nach seinen Händen und küsste sie dankbar. Und während Schiller mitten im Vortrag in gewohnter Manier mit sich selbst in Streit geriet und schwäbelnd lauthals deklamierte, erreichte das Kartenspiel im Nachbarzimmer offenbar ebenfalls einen Höhepunkt. Einigen herausfordernden Rufen folgte ein trunkenes Grölen und der Ausruf: »Bei der Sache solltest du sein, mein lieber Major, sonst zieht man dir die Hosen aus!« – »Mein Gewinnrevier ist heute das Bett, meine Herren! Man kann nicht alles haben!« Die dröhnende Lache des Majors von Kalb als Antwort.

Schmallippig, etwas verletzt, reagierte Frau von Kalb. Sie bat Schiller, sich in den Sessel gegenüber zu setzen und ein anderes Mal mit dem

Vortrag fortzufahren. Schiller schwieg betroffen, nahm einen Schluck Wein.

»Mein Mann geht morgen in seine französische Garnison zurück. Kein Aufenthaltsort für eine Frau von Stand. Darum bleibe ich hier – hier habe ich Kunst, Esprit und Zerstreuung. Hätten Sie morgen um drei Uhr Zeit?«

Schiller strahlte, mochte sein Glück kaum fassen. Diese wunderschöne gebildete Frau machte ihm Avancen! Er würde mit ihr seine Arbeiten durchgehen und auf ihr Urteil bauen können! »Ich könnte vor Jubel brüllen!«, rief er aus. »Und wenn Sie wollen, selbst in Versen!« Frau von Kalb lachte ebenfalls. Dankbar, dass er die Grobheiten ihres Mannes derartig leicht überging und ihre Gefühle erwiderte.

Charlotte von Kalb war jetzt heiter, gelöst, und der etwas verschüchterte, linkische Dichter verwandelte sich in einen galanten Schöngeist. Auf ihre Bitte hin reichte Schiller ihr die Manuskriptseiten und sie las noch einmal in dem ersten Akt. »Dieser Teil gefällt mir außerordentlich. Ich sehe die Charaktere lebendig vor mir«, begann Charlotte von Kalb. »Großartige Literatur, obwohl …« – »Obwohl?« Schiller blickte erschrocken auf. Was für ein Tadel mochte ihn jetzt ereilen? »Obwohl Sie so schrecklich vortragen. Sie sind Dichter und beileibe kein Schauspieler. Bekommen Sie Ihren schwäbischen Dialekt in den Griff!«

»Nein!«

»Doch! Glauben Sie mir. Es fällt schwer, Ihren Gedankenflügen auf voller Höhe zu folgen, wenn Sie vortragen!« – »Gefällt Ihnen überhaupt etwas an mir?« – »Ich bin nur aufrichtig.« – »Es ist nicht mein Vortrag. Es sind die Amouren im ersten Akt, die Anzüglichkeiten«, mutmaßte Schiller. »Nein, nicht deswegen.« Charlotte von Kalb schmunzelte hinterlistig. »Hat Mademoiselle Baumann Pate gestanden?« – »Woher wissen Sie das denn schon wieder?« Frau von Kalb stellte ihr Glas auf das kleine Holztischchen neben ihrem Sessel, dass der Wein darin überzuschwappen drohte, und öffnete mit einer theatralischen Geste die Arme. »Woher weiß man so etwas? Dieser Schiller, ahnungslos! Die ganze Stadt zerreißt sich bereits das Maul. In Frankfurt sollen Sie ihr ein Medaillonbild von sich geschenkt haben – andere glauben zu wissen, Sie hätten ihr einen Antrag gemacht. Und was glauben Sie, was so ein eitles Geschöpf wie die Baumann treibt?«

Schiller wühlte verlegen in seinen Hosentaschen, griff nach seiner Tabaksdose, erinnerte sich aber rechtzeitig daran, dass Schnupfen jetzt unschicklich wäre. »Es waren schöne Tage in Frankfurt. Ifflands und mein Drama wurden gefeiert und wir von Fresserei zu Fresserei herumgereicht. Ich war einfach in so einer Stimmung.« – »Nur eine kleine, unbedeutende Stimmung, wie?« – »Nun ja, sie gefällt mir schon.« – »Wenn Sie sich unbedingt verehelichen wollen, meinetwegen. Aber ich bin eine eifersüchtige Freundin, solange sie flatterhaften Mädchen wie dieser Baumann hinterherlaufen, der man übrigens ein Verhältnis mit Iffland nachsagt.«

Schiller hockte da, wie vom Donner gerührt, spürte aber sofort, dass sie die Wahrheit sagte. Er sprang auf, fiel vor ihrem Sitz auf die Knie und bat: »Bitte verzeihen Sie mir, meine Gnädigste. Ich wäre der glücklichste Mensch, wenn ich Sie für mich gewinnen könnte.«

Nebenan in der Bibliothek rückten die Sessel. Offenbar hatten genügend Gulden die Taschen gewechselt. Rasch erhob sich Schiller. Die Offiziere traten ein und lärmten weiter, gerade so, als seien sie noch mitten im Kartenspiel. Mit überlegener Ruhe reichte Frau von Kalb ihrem neuen Verehrer die Hand zum Abschied, die dieser küsste. »Die Statuen der Griechen und Römer sind von zeitloser Schönheit. Sie sind in Gips und Marmor gefasste Verse zu unserer Erbauung, die noch Generationen überdauern werden.« Dann wandte sie sich einem untersetzten Korporal zu und parlierte über Militärisches ebenso unangestrengt wie über die Kunst und Herzensangelegenheiten. Ihr Mann, erhitzt vom Kartenspiel, langte nach der Weinkaraffe und trank mit großem Durst.

»Herr Major, es war mir eine große Freude«, trat Schiller zackig vor ihn und drehte den Dreispitz verlegen in den Händen.

Major von Kalb klopfte ihm freundschaftlich auf die Schultern. »Adjeu, mein Lieber!«, schrie er. »Gar nicht ohne ist er für einen Zeilenschinder. Es würde mich freuen, ihn mal wieder bei uns begrüßen zu dürfen.«

Noch einmal verneigte sich Schiller pflichtgemäß vor der Gastgeberin und kam sich jetzt unbeholfen und überflüssig vor. »Lieber Herr Schiller, ich bin neu hier. Sie müssen mir vieles über Mannheim erzählen.« Sie nickte ihm noch einmal freundlich zu und übersah ihn dann weiter, indem sie sich ganz der Männergesellschaft widmete. Schiller floh die Runde und ließ die Tür in aller Hast hinter sich offen stehen. Etwas nachdenklich schaute ihm Major von Kalb nach und sagte am Abend, als sie allein waren, zu seiner Frau: »Gar nicht so ohne, dieser Schiller. Für einen Tintenkleckser fast zu schade. Zäher Bursche, glaube ich. Man spürt die straffe Erziehung und das soldatische Blut väterlicherseits.« Charlotte von Kalb sah ihren Mann prüfend an. Dann sagte sie in leicht überheblichem Tonfall: »Sie wissen, mein lieber Gatte, dass Ihr Urteil in diesen Dingen selten mit meinem kombiniert. Ich halte ihn für bürgerlichen Durchschnitt. Geistvoll, sicher, aber ohne gesellschaftliche Eleganz. Ganz und gar unreif. Ich gestehe, enttäuscht zu sein.« Major von Kalb lächelte zufrieden.

34

Man hatte ein vorzügliches Essen genossen und spazierte jetzt in der Schlossparkanlage. Die Sonne brach gelegentlich zwischen den Wolken hervor und ein leichter Wind verschaffte eine angenehme Kühlung. Ein feuchtwarmes Maiwetter, wie es die Bauern liebten, doch Dahlberg und Iffland, im Gespräch vertieft, verstanden vom Wetter, von Felderwirtschaft und ähnlichen Dingen wenig. Ihr Metier war das Theater.

»Ich hatte die Gelegenheit, Frau Rat Goethe in Frankfurt kennen zu lernen.«

»In der Tat, lieber Iffland«, Dahlberg war guter Stimmung.

»Goethe selbst, versicherte sie mir, habe sich anerkennend und lobend über mein ›Verbrechen aus Liebe‹ geäußert und erwägt es für die Weimarer Bühne. Man schätzt mich im Ausland.« – »Wie Sie das sagen, lieber Iffland! Wir wissen hier alle, was wir an Ihnen haben!« – »Sie hätten den Erfolg in Frankfurt erleben sollen, Eure Exzellenz«, antwortete Iffland und verzog das Gesicht, als würde er großen Schmerz erleiden. »Ich setze auf Sie. Sie sind als Schauspieler und Dichter eine feste Größe der Mannheimer Nationalbühne. Und persönlich schätze ich Sie ebenfalls sehr!« Dahlberg legte die Hand auf Ifflands Schulter und nickte ihm zu.

»Allerdings, meine Dramen kommen ohne anmaßende Wildheit aus und überfordern die Schauspieler nicht. Auch sind mir leere Versprechungen fremd, die ich nicht halten könnte. Ich bin nur für den sicheren Kassenerfolg gut. Ein Esel, der ohne genialisches Getöse seine Arbeit verrichtet!« Bei diesen Sätzen hielt Iffland seinen Kopf demütig gesenkt, aber er focht mit seinem mit Silberknopf verzierten Stock, als gelte es Ungeheuer zu erlegen. »Ich verstehe, Sie sprechen von Schiller. In der Tat. Herr Schiller hält seinen Vertrag nicht. Noch immer warte ich auf sein drittes Stück. Da ist es gut, dass Sie, lieber Iffland, ein verlässlicher Posten sind.«

Iffland trat jetzt Dahlberg in den Weg und zwang ihn so, stehen zu bleiben. »Ich will ganz offen sein. Eine Autorität, einen genialen Dichter würde ich anerkennen. Aber ich bin nicht länger gewillt, hinter Schiller die zweite Position einzunehmen. Ich habe mich entschieden und werde nach Wien oder Berlin gehen. Mir liegt bereits ein Angebot vor.« Dahlberg erschrak zutiefst: »Was ist in Sie gefahren, Iffland? Wurmt es Sie immer noch, dass man Schiller und nicht Sie in die ›Deutsche Gesellschaft‹ berufen hat? Ich erfülle Ihnen doch jeden Wunsch. Sie wissen genau, dass Sie bei mir alles andere als zweite Wahl sind.« – »Eure Exzellenz!«, unterbrach Iffland. »Wir sind abhängig von den Launen des Publikums. Sicher, der Schiller hat Ideen und manche Szene genialisch entworfen, aber das Publikum folgt ihm nicht. Vielleicht ist er zu modern, zu kraftstrotzend und suhlt sich zu offen mit dem Pöbel in den Gossen. Auch zu Frankfurt übertraf mein Erfolg den seinen bei weitem. Er ist ein armer Mann, der in wenigen Jahren zugrunde gegangen sein wird. Vielleicht ringt er sich noch einmal durch und es gelingt ihm etwas Großes, was seine Jugendsünden ›Räuber‹ und ›Fiesko‹ vergessen machen kann. Aber ich fürchte, das ist nun einmal seine Art. Man sollte ihm eine Brücke bauen, einen Fingerzeig für eine bürgerliche Existenz geben.« – »Ist schon geschehen. Ich habe ihm meinen Sekretär mit dem Vorschlag geschickt, er möge sein Medizinstudium wieder aufnehmen. Er hat ihm freudig zugestimmt, ihn sogar auf ein Bier eingeladen und nur anfragen lassen, ob ich bereit sei, dieses Unterfangen mit zweihundert Gulden jährlich zu unterstützen. Stellen Sie sich das vor, Iffland! Er geht allen Ernstes davon aus, dass ich ihn finanziere!« Die Fassungslosigkeit war Dahlberg noch anzumerken. »Ich habe offenbar nicht so viel Glück in Geldsachen. Haben Sie schon einmal den Aufwand bemerkt, den unser Herr Schiller in letzter Zeit betreibt?« Iffland lachte verbissen. »Natürlich hat das alles seinen Grund. Man kennt das ja. Aber mich wurmt es schon, dass ich dagegen so bescheiden aufzutreten gezwungen bin.« Aufgeregt befeuchtete Dahlberg seine Lippen und warf Iffland prüfende Blicke von der Seite zu. »Sie bleiben, Iffland! Wir brauchen Sie hier! Um wie viel geht es? Ich bin bereit, Ihr Gehalt aus privaten Mitteln zu erhöhen. Dreihundert Gulden zusätzlich?« Dahlberg zögerte, winkte dann ab: »Sagen Sie nichts, lieber Iffland. Sechshundert und ein mehrjähriger Kontrakt und Ihre jetzigen Schulden betrachten Sie als beglichen. Ist das ein Wort? Ihr nächstes Stück wird die Novität an der Mannheimer Bühne. Was können Sie noch mehr verlangen?« Iffland spielte den Gerührten: »Wie kann ich Ihnen danken, Exzellenz? Aber wollen Sie gütigst bedenken, welche Unannehmlichkeiten der Schiller uns bei den Proben bereitet. Noch so ein Mammutstück von ihm und wir können andere Aufführungen drangeben. Was aber noch schlimmer ist, neuerdings kursieren Gerüchte, der bürgerlich polternde Hitzkopf, die um Mode bemühten Mutter und Tochter in meinem Drama seien dem Schiller'schen ›Kabale und Liebe‹ entlehnt. Dabei sollten die Lästermäuler mal in Gimmingens ›Der deutsche Hausvater‹ lesen, um zu sehen, woher unser genialer Schiller seine Ideen bezieht! Ich habe es nicht nötig, mich mit fremden Federn zu schmücken! Aber so etwas entsteht, wenn es ein Theaterdichter beim einfachen Volk zu zweifelhaftem Ruhm gebracht hat und mit dem Pöbel paktiert. Ich, Euer Exzellenz, habe es nicht nötig, mich mit ihm weiter zu messen. Da sage ich einfach: er oder ich! Lieber gehe ich, als mich hier durch solche Eitelkeiten von meiner wahren Berufung abhalten zu lassen!« – »Sie wollen partout seinen Kopf«, erwiderte Dahlberg nachdenklich. »Wenn Sie versprechen zu bleiben, erneure ich seinen Vertrag nicht. Mein Wort!«

Iffland schwieg angestrengt. In der Gestaltung bedeutungsschwangerer Pausen war er Meister. Dahlberg schwitzte – weiter konnte und wollte er unmöglich gehen. Er tastete vorsichtig nach seinem Ordensstern, der an seiner Brust prangte. In kritischen Situationen der rechte Talisman! Warum sagte dieser Iffland nichts? Verdammt, er sollte jetzt nicht überziehen mit seinen Forderungen!

Mit einem wehmütigen, entsagenden Lächeln kam es über Ifflands gespitzte Lippen: »Ich werde wohl hier bleiben. Eurer Exzellenz zuliebe!« Dahlberg atmete erleichtert auf: »Danke! Es soll Ihr Schaden nicht sein, Iffland!«

Vor dem Schloss wartete der Schauspieler Beil. »Nun? Wie ist es gelaufen?«

»Alles bestens. Den Schiller sind wir so gut wie los.« – »Und jetzt besorgen wir den Rest.« Beil zog seinen Regisseur und Schauspielerkollegen Richtung Innenstadt. »Die Requisiten sind besorgt. War gar nicht so schwer, den Gehrock mit den blank polierten Stahlknöpfen aufzutreiben. Die Perücke wird jedoch ins Geld reißen.« – »Rot muss sie sein und ein wenig wild und ungepflegt!« Iffland geriet in sein Element. »Ich kenne da einen ausgezeichneten Perückenmacher, dem der Schiller nicht unbekannt ist. Das Geld kommt von mir, da mach dir keine Sorgen, Beil.« Beide liefen lachend davon. Noch heute Abend würden sie mit den heimlichen Proben beginnen.

»Es ist ein Unglück!« Margarete Schwan lief Schiller bereits auf der Straße vor dem Verlagsgeschäft ihres Vaters entgegen. »Um Gottes willen, Margarete, so beruhigen Sie sich doch«. Schiller, tief in Gedanken, hatte sich mächtig erschreckt, gab sich aber jetzt besonnen. »Kommen Sie schon mit! Die Caroline ist tot! Bei der Probe von der Bühne gestürzt.« Tränen flossen ihr über das Gesicht, die Frisur war längst in den Zustand der Auflösung übergegangen, der ihren inneren Gefühlen entsprach. Schiller, der kaum fassen konnte, was Margarete Schwan ihm da gerade mitgeteilt hatte, ließ sich ein paar Schritte von ihr fortziehen, dann begann er zu laufen, immer schneller, immer entschlossener, und nahm längst keine Rücksicht mehr darauf, ob die junge Frau Schritt hielt. Caroline, hochschwanger und jetzt tot? Ein Sturz von der Bühne! Schiller fürchtete um seinen Freund Beck, und sein Weg führte direkt zu dessen Wohnung. Er nahm auf der steilen Holzstiege zwei Stufen auf einmal, die Wohnungstür war nur angelehnt. Drinnen standen viele Menschen dicht gedrängt beisammen, um Abschied zu nehmen und Trost zu spenden, wo keine Hoffnung mehr war. Schiller drängte sich rücksichtslos durch Theaterleute, Nachbarn und Verwandte, stieß jene zur Seite, die nicht sofort Platz machten, und überhörte deren Protestrufe. Er fand Caroline aufgebahrt in dem kleinen Raum, der an die Küche angrenzte, wo sie nach der missglückten Aufführung des »Fiesko« zusammengesessen und sich Freundschaft geschworen hatten, wo Caroline offenbart hatte, dass sie ein Kind erwartete, und wo er beide um das Glück ihrer großen Liebe beneidet hatte. Das blutleere Gesicht der toten jungen Frau erinnerte nur noch schwach an jenes liebenswerte, freundliche Geschöpf, das diesen Haushalt einmal mit Leben füllte.

»Schrecklich, unsere beste Aktrice!«, hörte Schiller jemanden flüstern. Ein anderer antwortete: »Sie starb auf der Bühne in treuer Pflichterfüllung! Möge Gott ihr Frieden schenken.« Was wussten diese Schaumschläger und Hohlköpfe schon davon, was diese junge Frau wirklich für ein liebenswerter und begabter Mensch gewesen war.

Beck kauerte neben dem Sarg. Sein Körper wippte haltlos vor und zurück in einem grausamen, nie endenden Rhythmus, und immer wieder kam ein lang gezogener klagender Laut über seine Lippen, der an das Heulen eines Hundes erinnerte. Schiller sprang hinzu, riss den Freund an seine Schulter und strich ihm wie einem kleinen Kind über den Kopf. Gemeinsam mit Margarete Schwan und einigen Nachbarn hielten sie Totenwache und erzählten sich Geschichten über die Tote. Doch die Worte des Trostes versiegten angesichts der grausamen Endgültigkeit des Erschreckens. Als Beck schließlich auch den Trost des Pfarrers verweigerte und ihn bat zu gehen, sagte Schiller nur: »Wir werden deiner Caroline ein Begräbnis bereiten, mein Freund, das dem einer Fürstin würdig sein wird.«

Am Nachmittag des darauf folgenden Tages fand sich eine große Menschenmenge auf dem Friedhof ein, um der jungen, beliebten Schauspielerin das letzte Geleit zu geben. Der Choral der kurfürstlichen Sänger trat unter der Leitung von Streicher an, um »inoffiziell« ihre Kunst im Freien zu üben. Ihr festlicher Gesang stieg in den sommerlichen Himmel und ging wahrhaft zu Herzen. Schiller und Margarete nahmen den Freund in ihre Mitte. Doch kaum war die Predigt des Pfarrers verklungen, trat ein Hofbeamter in Begleitung von zwei angesehenen Ratsherren vor und wies den Totengräber an, die Blumen vom Sarg zu entfernen, bevor man das Grab zuschaufele. Man trat sogar Trauergästen in den Weg, die einzelne Blumen noch als letzten

Gruß in die Graböffnung werfen wollten. Sie sei, das bitte man nicht zu vergessen, nur eine Schauspielerin gewesen. Ein solches Gepränge gebühre nur Personen von Stand! Für einen Moment gewann betroffenes Schweigen die Oberhand. Der Totengräber zögerte noch, den Befehl auszuführen, dem vielleicht auch sein Gefühl widersprach. Beck begann wieder haltlos zu schluchzen. Da trat Schiller hervor, stellte sich breitbeinig vor das offene Grab und schrie tief bewegt: »Wer es wagt, dessen Knochen schlag ich zusammen, dass man ihm gleich nebenan eine schmucklose Grube ausheben kann!« – »So nehme er doch Vernunft an und mische sich nicht in Dinge, die von Staats wegen so geregelt sind«, versuchte der Hofbeamte einzulenken, während die beiden anderen Männer den Totengräber Richtung Grab schubsten. »Ich sage es noch einmal! Ich kannte diese junge Frau! Die Blumen bleiben!« Spontan entriss Schiller dem Totengräber die Schaufel und hielt sie drohend in Höhe des Brustkorbes. »Lasst sie in Frieden ruhen. Sie war mein treues Weib!« Es war ein Schrei der Verzweiflung aus Becks Kehle.

Schon schlug Schiller nach den Männern, die seiner Attacke nur mit Mühe ausweichen konnten. Weiter hinten bei den Trauergästen standen Dahlberg und der Hofkammerrat zusammen. »Ein Skandal, dieser Schiller!«, echauffierte sich der Intendant. »Als öffentliche Person hat er Contenance zu üben und das Gesetz zu achten!« – »Ja, der Auftritt gerät zur peinlichen Affäre, mit der niemandem gedient sein wird.« Dahlberg verließ das Begräbnis vorzeitig.

»Nur der erbgesessenen Bürgerschaft und denen von Rang gebührt der Blumenschmuck! Im Namen der Ordnung: Mache er Platz da!« Doch Schiller widerstand. »Sie war Bürgerin wie Ihr! Herr Hofkammerrat, war sie nicht Ihr eigenes Fleisch und Blut? Warum schweigen Sie? Sie war ein wunderbarer Mensch und mit ihr tragen wir auch ihr ungeborenes Kind zu Grabe! Eure Knochen mögen in der Hölle schmoren, weil Ihr dies nicht respektiert!«

Jetzt endlich kam Bewegung in die Menge der Trauergäste. Es waren die Theaterleute, die neben Schiller traten, die »Wächter der Ordnung« packten und vor das Tor des Gottesackers expedierten. Erst allmählich kehrte wieder Ruhe ein. Margarete Schwan trat vor und küsste Schiller vor aller Augen am offenen Grab auf die Wange. »Caroline war unsere Freundin. Meinen aufrichtigen Dank und meine Bewunderung, Herr Schiller!« Noch bebend vor Wut und Aufregung ergriff Schiller das Wort: »Die Kunst kann unsere Fähigkeit stärken, um Menschen zu weinen, die nicht wir selbst sind und nicht zu uns gehören. Wer wären wir, wenn wir uns selbst nicht zeitweise – wenigstens zeitweise – vergessen könnten? Wenn wir nicht jemand anderes werden könnten, als wir sind? Ich verneige mich vor ihr, Caroline Beck, denn sie war eine große Künstlerin.«

Dann trat er weg vom Grab und sie schaufelten die viereckige Grube zu. Versöhnt fasste der Hofkammerrat den Mann seines toten Kindes bei den Schultern. Doch nicht wenige in Mannheim waren der Auffassung, dass sich Schiller für die Bürgerschaft und die besseren Kreise vernichtend kompromittiert habe und keinen Kredit mehr beanspruchen könnte.

In seinem Zimmer fand Schiller ein Paket aus Leipzig vor, das ihm die versammelte Familie Hölzel mit feierlichem Gesicht und neugierigen Blicken überreichte. In diesen düsteren Tagen voller Schicksalsschläge, Sorgen und Enttäuschungen entpuppte sich die Sendung, wie Schiller später enthusiastisch Streicher berichtete, als die herrlichste Überraschung der Welt. Von der Solitude erreichten ihn nur noch Ermahnungen seines Vaters, endlich einen ehrbaren Beruf zu ergreifen und Geld zu verdienen, um dem Schuldenmachen zu entrinnen, und auch von seinen sonstigen Freunden im Ausland und aus der Heimat wurde er nur an die Begleichung von Außenständen erinnert, die zugegebenermaßen immer dringlicher wurden. Aber in diesem Paket aus Leipzig fanden sich von vier völlig fremden Personen Briefe voller Wärme und Leidenschaft für Schiller und seine Schriften.

Sein Schaffen und Wirken, vor allem aber seine Sicht der Dinge und die Neuartigkeit der Gestaltung seiner Dramen, seine unbedingte Aufrichtigkeit, fanden wärmstes Lob und aufrichtige Bewunderung. Absender waren Christian Gottfried Körner, Oberkonsistorialrat und Assessor der Landesökonomie-, Manufaktur- und Kommerziendeputation in Dresden, seine Verlobte Anna Maria Jacobine (Minna) Stock, deren Schwester Johanna Dorothea (Doro) Stock sowie deren Verlobter, der Schriftsteller Ludwig Ferdinand Huber. Der Sendung lagen kleine Porträts der Freunde bei, die Dora Stock angefertigt hatte, und eine von Minna Stock gestickte Brieftasche. Sie bekundetem dem Dichter der »Räuber« und des »Fiesko« ihre Verehrung und boten ihre Freundschaft an. Allein dieser Körner war schon wer. Er hatte es im Leben offenbar zu etwas gebracht. Schiller las Streicher mit stolz geschwellter Brust aus dem Brief Körners vor: »*Zu einer Zeit, da die Kunst sich immer mehr zur feilen Sklavin reicher und mächtiger Wollüstiger herabwürdigt, tut es wohl, wenn ein großer Mann auftritt und zeigt, was der Mensch auch jetzt noch vermag.*« Schiller umarmte seinen Freund Streicher glücklich lachend, schickte ihn auf seine Stube, um zu musizieren, und schrieb beim Klang des Klaviers die ganze Nacht durch.

35

Schiller war gegen Morgen eingeschlafen. Sein Kopf lag auf den auf dem Tisch ausgebreiteten Manuskriptseiten des »Don Carlos«. Die Kerzen, längst heruntergebrannt. Durch die Ritzen der angelehnten Fensterläden brach ein wenig Tageslicht. Es klopfte. Zunächst erschien Frau Hölzels rundes Gesicht in dem offenen Türspalt: »Er schläft noch. Die ganze Nacht geschrieben hat er …« Dann hörte man den Türklopfer von draußen hart an die eichene Bohlentür schlagen. Energische befehlsgewohnte Männerstimmen begehrten Einlass. Andreas Streicher schob jetzt entschlossen die Vermieterin zur Seite: »Lassen Sie mich das machen! Es pressiert!« Er trat an den Tisch und rüttelte Schiller, der auch auf das Zurufen nicht reagierte. Dies verwunderte Streicher keineswegs, denn sein Freund arbeitete häufig bis zur Erschöpfung und fiel anschließend in einen Zustand, der dem der tatsächlichen Bewusstlosigkeit nahe kam. Streicher wurde barsch und ungeduldig. Er rüttelte Schiller derart stark, dass dieser seitlich vom Stuhl kippte und sich fluchend auf dem Boden wiederfand. Dann goss Streicher kaltes Wasser in eine Waschschüssel, stellte sie vor Schiller auf den Boden und bevor es sich dieser wieder gemütlich machen konnte, packte er ihn beim Nacken und steckte seinen Kopf in die kalte Schüssel. Es kam zu einem Handgemenge, an dessen Ende sich Schiller wankend, aber mit wachem Blick wieder auf seinen Beinen befand. Erneut dröhnte der Ton des schweren Türklopfers durch die Räume des Hauses. Erneut erschien Frau Hölzel in der Tür und rieb sich die ohnehin schon trockenen Hände aufgeregt an einer Schürze ab. Man verlangte nach dem Baumeister Hölzel und Herrn Schiller. Sicherlich waren die Nachbarn bereits aufmerksam geworden.

»Was zum Teufel –«

»Sie haben die Frau Korporalin Fricke und den Petersen verhaftet!«, platzte es aus Streicher hervor. »Die Polizei steht unten und verlangt jetzt auch nach dir, mein Freund.« – »Was sagst du da? Ich habe die ganze Nacht geschrieben.« – »Das dürfte die kaum interessieren.« Vorsichtig spähten beide durch die Ritzen der Fensterläden auf die Straße. Vor der Tür standen zwei stämmige, offenbar entschlossene Polizisten. »Sieh mal dort!« Schiller deutete auf die gegenüberliegende Straßenseite. Dort lauerte ein schwarz gekleideter älterer Mann im Häuserschatten und beobachtete die Szenerie. »Das ist doch …« – »Genau, das ist der Reuss aus Württemberg. Der ist gekommen, die Schulden einzutreiben.« – »Wie ich diesen schwarzen Pestfrack hasse!«

Noch einmal der Blick nach unten. Blaue Röcke mit rotem Aufschlag und Zinnknöpfen, Hüte mit weißen Borten und Säbel an der rechten Hüfte. Das waren zwei Mannheimer Polizeivisitatoren, denen Hölzel jetzt pflichtschuldigst die Tür öffnete. »Rasch, Streicher, laufe runter und sag, dass ich nicht da bin und mich aber noch heute auf der Station melden werde.«

Der Sachverhalt klärte sich weiter auf. Schillers Schuldwechsel waren längst überfällig, sodass man zwischenzeitlich an die Bürgen herangetreten war. Man hatte der Korporalin Fricke mit dem Schuldturm gedroht, ihrem Mann waren dienstrechtliche Konsequenzen in Aussicht gestellt worden und um die Ehe der beiden stand es in Folge des unvermeidbaren Zerwürfnisses nicht zum Besten. In ihrer Not hatte sich Frau Fricke an Petersen gewandt, der ebenfalls gebürgt hatte, nicht zahlen konnte und gemeinsam mit ihr nun die Flucht organisierte. Fronbote und württembergische Soldaten hatten sie vor den Mannheimer Stadttoren gestellt und der Obrigkeit übergeben, die sie gleich in Haft genommen und in den Turm werfen ließen, bis die Schuldfrage geklärt sei.

Schiller wurde noch bleicher. Er tastete nach einem Stuhl. »Zweihundert Gulden! Die Korporalin hat für zweihundert Gulden gebürgt. Ich dachte, es hätte noch Zeit.« – »Nichts hat mehr Zeit, Schiller. Wenn die beiden erst belegen, dass du der wahre Schuldner bist, wird man dich ebenfalls festsetzen.« Streicher räumte die im Zimmer herumliegenden Sachen zusammen und warf sie auf das Bett.

»Sie haben mich aufgespürt, die Jesuiten! Ich dachte, ich wäre sicher.« Schiller fasste sich an den Kopf. »Wie willst du das Geld auftreiben? Schiller, denk nach!« Streicher drängte. »Zweihundert Gulden, Streicher! Ich habe kaum zwei in der Tasche.« Schiller griff nach der Waschschüssel und spritzte sich kaltes Wasser ins Gesicht. Ein böser Traum, aus dem er aufzuwachen hoffte!

»Ich habe auch nichts. Und wenn ich ehrlich bin, kenne ich auch niemanden, der dir helfen könnte.« Streicher, der nie tagsüber trank, griff nach einer halbvollen Rotweinflasche, setzte sie an und schluckte gierig.

Als Schiller am Nachmittag aufbrach, die Inhaftierten zu besuchen, wusste er immer noch nicht weiter. Zwar ging er täglich bei Charlotte von Kalb ein und aus, aber er wollte sie nicht vor ihrem Mann in Verlegenheit bringen, der nichts von der Vertrautheit und Intensität ihrer Beziehung wusste. Von Dahlberg ließ sich verleugnen. Natürlich wartete der Herr Intendant zu Recht auf das vertraglich vereinbarte dritte Drama. Daher war Schillers Wunsch, zu ihm vorzustoßen, ohnehin nur ein hilfloser Akt gewesen. Schwan klagte über schlechte Verkaufszahlen und was die Freunde hätten entbehren können, hätte nie gereicht, eine solch hohe Summe aufzubringen.

Schiller spürte seine Angst, dass man auch ihn sogleich inhaftieren könnte. Mit äußerster Willensanstrengung bewegte er seine Beine die Stufen des Turms zum Wachtor hinauf. Dort trat ihm ein feister Beschließer in den Weg. »Niemand darf zu den Gefangenen, ohne dass er daran verinteressiert ist.«

Schiller schluckte, holte Luft und sagte: »Ich bin der Schuldner, für den diese beiden Personen unterschrieben haben.« – »Der Herr Theaterdichter höchstselbst! Sie machen aber auch Sachen!« Fast verschwörerisch klopfte ihm der Beschließer auf die Schulter. Würde man ihn hierbehalten, dieses Mal ginge seine Haft nicht aus wie seinerzeit der

Arrest unter Oberst von Rau! Eine Wendeltreppe ging es hinauf. Kalt waren die Gänge zu den Zellen hier. Der schwere Schlüsselbund rasselte. Schiller hielt den Beschließer auf, trat vor die Tür und öffnete eine Holzklappe, um vorsichtig und unerkannt ins Innere zu spähen. Dort kauerte die Korporalin Fricke im Stroh neben einer Pritsche und rührte sich nicht. Schiller erschrak. Dies war nicht mehr das Soldatenweib, das seine Lust entflammt und ihn dazu getrieben hatte, sie im Wirtshaus zu lieben. Ihre Haare, von stumpfer Farbe, standen ihr wirr um den Kopf. Ihr Blick ins Leere gerichtet, das Gesicht faltig und verlebt. Schiller trat rasch zurück, als sie den Kopf hob und in Richtung Tür schaute. Er hatte keine Ahnung, was er mit dieser fremden Frau reden sollte. Es mochte hässlich und schäbig von ihm sein, dass er keine Worte des Trostes und des Mitleides fand, denn immerhin hatte sie an ihn geglaubt und für seine »Räuber« gebürgt. Ein vergeblicher Liebesdienst. Jetzt war auch ihr Mann kompromittiert und auf sie selbst wartete eine ungewisse Zukunft! Aber Schiller empfand nichts für diese Frau. So sehr er sich anstrengte, er war entschlossen, die Ungerechtigkeit zu beseitigen, aber er wollte keinen Kontakt mehr. Ihre Liebe, die sicherlich nicht nur ihm galt, beanspruchte Milderungsgründe. Doch Schiller war machtlos und konnte nichts abmildern.

Er bat den Beschließer weiterzugehen. Petersen stand auf der Pritsche und lugte durch die Fensteröffnung nach unten ins Freie. Fettleibig war er geworden, der Herr Unterbibliothekar.

»Petersen! Mein Freund, verzeih mir!«, rief Schiller ihm zu.

Vorsichtig und ungelenk kletterte Petersen von der Pritsche runter. Der Beschließer schloss die Tür und gewährte zehn Minuten Besuchszeit.

»Der Herr Theaterdichter, im feinen Frack und ganz ohne Geld, nehme ich an?« Petersen reichte ihm nicht die Hand. »Ich bin untröstlich, Petersen. Du weißt doch, dass ich alles ...« – »Du bist ein arroganter Lumpenhund, du!«, schrie Petersen und sprang vor. »Ein leichtsinniger Schweinehund wie du, schlawenzelt bei Dahlberg ein und aus, macht sich ein angenehmes Leben und vergisst seine Freunde von der Militärakademie.«

Militärakademie – ein Wort, das am Kleiderhaken eines untergegangenen Jahrhunderts hing.

»Es steht längst nicht so gut. Aber ich schreibe derzeit an einem Stück, das meine ›Räuber‹ in den Schatten stellen wird.« Schillers Stimme hatte einen flehentlichen Unterton.

Petersen wandte sich ab und hockte sich auf die Pritsche. Dann blinzelte er ihn böse mit seinen weinverglasten Augen an, klopfte sich mit den Händen auf seine feisten Oberschenkel. »Es wäre mir verdammt lieber, du würdest endlich das Geld auftreiben! Und so lange bist du ein pathetischer Witz, ohne Herz und Charakter, bei dem es vorne und hinten nicht langt. Vielleicht hast du ja Glück und man schmeißt dich am Ende zu der Korporalin ins Stroh, nur damit du ihr mit ein wenig Schnupftabak noch ein letztes Vergnügen in diesem Leben bereiten kannst!« – »Petersen, bei unserer Freundschaft!«, schrie Schiller entsetzt. »Lass mich in Ruhe!« Petersen ließ sich ins Stroh fallen, drehte sich auf die Seite und schloss die Augen. Die Sache war für ihn erledigt. So sehr Schiller sich noch mühte, es kam zu keinem weiteren Kontakt. War er wirklich zu einer herzlosen Karikatur verkommen? Schiller floh aus der Zelle, stolperte die Stiegen hinunter. Niemand hielt ihn auf. Drohte ihm mit Haft. Hatte er sich nicht gerade dem Beschließer gegenüber zu seiner Schuld bekannt? Die schwere Tür des Gefängnisturms fiel hinter ihm ins Schloss. Lauernd stand er mit dem Rücken gegen das raue Holz im Schatten des Gebäudes. Immer ließ er einige Zeit verstreichen, bevor er auf die Straße trat, das traurige Laster desjenigen, der stets auf seinem Weg kontrollierte, ob ihm jemand folgte. Die Schwalben flogen so hoch, dass sie nur noch als winziger Punkt auszumachen waren. Heiße Tagen standen bevor. Hoffentlich befiel ihn nicht wieder das kalte Fieber. Er würde noch einmal bei der Kurfürstlichen Deutschen Gesellschaft vorsprechen, deren Mitglied er seit kurzem war, und um Mittel für den Herrn Theaterdichter betteln.

Wie aus dem Boden geschossen stand plötzlich Reuss vor ihm. Hilfe suchend blickte Schiller um sich, aber der Reflex eines Fluchtversuches wurde unterbunden, indem ihm der Einbeinige erneut in den Weg trat und ihn fest am Arm packte. Erst jetzt bemerkte Schiller, dass hinter ihm ein hünenhafter Gehilfe in württembergischer Uniform mit gezücktem Degen stand.

»Ich will keine Umstände machen, Regimentsmedikus. Wie ich schon sagte, die Tage der Hilfestellungen sind vorbei. Ich bin gekommen, das Geld einzutreiben und den Abtrünnigen und gottlosen Herumtreiber an seine christlichen Pflichten zu erinnern!« Die Stimme des Einbeinigen war von schneidender Kälte und Entschlossenheit. »Woher?« Schiller versagte die Stimme. »Es gibt kein Woher und Wohin, Schiller! Er sollte noch nicht einmal an einen Fluchtversuch denken, denn zuzutrauen wäre es ihm, dass er seine Freunde im Schuldenturm verfaulen lässt. Die pfälzischen Torwachen sind informiert und ich werde ein Auge auf ihn haben. Er ist arrestiert in der Stadt und hat jetzt zwei Tage Zeit, um zweihundert Gulden aufzutreiben.« – »Und dann …«, Schiller schluckte und schwitzte, als er die Spitze des Degens in seinem Rücken spürte. »Dann werden wir entscheiden, welcher Art der Verwertung er zugeführt wird. Es sei denn, er besitzt etwas, das für meine Brüder in Stuttgart von einigem Wert ist. Für Schubarts Vermächtnis sollten zumindest seine Stuttgarter Verbindlichkeit als passé betrachtet werden können. Bedenke er es wohl, denn meine Auftraggeber werden in der einen wie der anderen Sache nicht nachlassen, ihn zu jagen. Ich empfehle mich!« Reuss deutete eine Verbeugung an und verschwand mit wehenden schwarzen Rockschößen. Sein Gehilfe folgte ihm auf dem Fuß.

Auch die beiden Galgentage verstrichen schlaf- und ruhelos. Schiller war als Bittsteller bei Bekannten und Verehrern in Mannheim gewesen. Streicher hatte für ihn ergebnislos bei bekannten Adeligen vorgesprochen, bei denen er als Musikus einen Namen hatte. Es schien alles verbaut und sinnlos. Schillers bürgerliches Ansehen war vollends ruiniert. Schiller aß nichts mehr, hielt einen Brief mit frommen Ermahnungen des Vaters in den Händen und irrte den ganzen Tag ziellos durch die Straßen. Immer wieder bemerkte er Reuss oder andere ihm verdächtige Personen in seiner Nähe. Als er in der Nacht zum dritten Tag todmüde in sein Zimmer torkelte, mit noch stärker geröteten Augen als sonst, hatte er in tiefster Verzweifelung einen Entschluss gefasst. Er wollte sich in der Früh den Werbern verkaufen und sich in die afrikanischen Kolonien verschicken lassen. Es wäre wahrscheinlich sein sicheres Ende, denn kaum einer kam zurück von solchen Einsätzen, aber das Geld würde vielleicht reichen, Petersen und die Korporalin Fricke freizubekommen. Und lieber wollte er in Afrika sterben, als auf dem Hohenasperg unter Carl Eugens Augen zu vegetieren. In keinem

Fall würde er Schubarts Texte der sicheren Vernichtung überantworten!

In Schillers Stube warteten sein treuer Freund Streicher und das Ehepaar Hölzel auf ihn. Sie hatten voller Sorge den Verfall Schillers in den letzten Tagen verfolgen müssen. Frau Hölzel zog Schiller zu seinem Schreibtisch. Darauf lag ein linkisch beschriebener Zettel: »*Wie ich hörte ist der Herr Schiller in nöten. Wenn das gelt würkong machte sollte er es annehmen, bis er besser bestellt sei. Anna Hölzel.*«

Schiller las, griff nach dem Geld. Es waren genau zweihundert Gulden! Er legte es zurück und schüttelte fassungslos den Kopf. »Das kann ich nicht annehmen.« – »Herr Schiller«, sagte Frau Hölzel in großer Erregung, »wir möchten Sie bitten, den ›Don Carlos‹ für uns zu Ende zu schreiben und Ihre Freunde aus dem Turm zu holen.« Dann hielt es sie nicht länger und sie heulte los. »Das Ehepaar Hölzel schießt dir sein gespartes Geld vor, bis Herr Körner aus Leipzig hilft. Ich habe ihm geschrieben«, sprang ihr Streicher zur Seite.

Schiller ließ sich in den Sessel fallen und begann ebenfalls vor Erleichterung zu weinen. »Es gibt noch einen Gott. Ich bin nicht verlassen von den Menschen …«

»Wenn Sie jetzt nicht endlich das Geld nehmen, Herr Schiller, kündige ich Ihnen das Logis!«, ließ Herr Hölzel vernehmen. »Das wäre eine Missachtung meines geringen Handwerkerstandes! Auch Menschen wie ich haben ihren Stolz!«

Bewegt dankte Schiller allen und wenige Minuten später lag er in voller Montur im Sessel und schlief bereits tief und fest.

36

Große Schritte, die Arme in weitem Bogen schlenkernd, wäre er fast geistesabwesend in eine Gruppe Halbwüchsiger gelaufen, als er um die Ecke bog. Sie sprangen auseinander, machten ihm Platz und bückten sich fast ehrerbietig. »Dichter Flickwort, zu Diensten«, rief der eine. »Welche Ehre, Herr Flickwort«, ein anderer, und schon liefen sie wieder lachend davon. Schiller schüttelte den Kopf. Flickwort, das war doch eine Figur aus einem Lustspiel. Ja, richtig! »Der schwarze Mann«, von Gotter. Ja, das Theater beschäftigte die Menschen und bewegte allerhand. Gut gelaunt setzte Schiller seinen Weg fort. Er führte wohlgesetzte Jamben im Gepäck und war gespannt, was sie auf seinen Vortrag aus dem »Don Carlos« zu sagen hatte. Wenn sie nicht verheiratet und er nicht so ein armes Dachstubengenie wäre …

»Der Herr Schiller. Selbstverständlich, Sie werden erwartet!« Die Tür schwang auf und der Diener lief die Treppe voran, den Besucher anzukündigen. Von oben wehten zarte Töne des Spinetts den Flur hinunter. Madame übte Scarlatti, was für eine heitere gelöste Stimmung sprach. Auch sie mochte diesen etwas linkischen Schwaben in ihrer Gesellschaft nicht mehr missen, und lockerte man ihm erst einmal ein wenig die Zunge, trat ein erstaunlicher Mann mit Geist, Witz und sogar erotischer Ausstrahlung zutage. Kaum betrat Schiller das Musikzimmer, das gleichzeitig als Salon diente, beauftragte Charlotte von Kalb ihren Diener, Weißburgunder für ihren Gast und Likör für sich zu bringen. Der Diener schenkte ein, verbeugte sich und verschwand wie ein Schatten in der Sonne lautlos und diskret wieder, hinter sich den Vorhang vor einer Tür zuziehend. Die Stores im Salon waren zur Seite gezogen, sodass die Sommersonne durch die Gardinen flutete und weiche Konturen auf das dünne Seidenkleid der Charlotte von Kalb zeichnete. Die junge Frau reichte Schiller die Hand zum Kuss, die dieser einen winzigen Moment länger und inniger hielt, als es sich geziemte. Sie errötete, atmete heftig auf und ging rasch zu ihrem Sessel im Erker, von dem aus sie einen guten Blick auf die Straße hatte, und Schiller setzte sich zu ihren Füßen. Charlotte von Kalb vergaß ihre Vorsätze und strich mit ihrer Hand über seine Haare, glättete seine Stirn, seine Lippen berührten die Rundung ihres bloßen Armes. Dann schien sie wie aus einem Traum zu erwachen, schob ihn zurück, rang um ihre Selbstsicherheit und zwang sich zu einem entspannten Lächeln. »Was bringen Sie für Neuigkeiten? Haben sich die Leipziger gemeldet?«

»Ihr dunkelblaues Haarband ist wunderschön!«

Verlegen zupfte Charlotte von Kalb an ihrem Brusttuch, denn sie hatte sehr wohl bemerkt, das Schillers Blicke keinesfalls nur auf das Haarband gerichtet waren. Sie räusperte sich und sagte, immer noch auf Abstand bedacht: »Mit Gewissheit sind Sie gekommen, etwas über Ihren ›Don Carlos‹ zu hören. Ich habe die Blätter noch einmal gelesen.

Dort drüben auf dem Spinett liegen sie. Dieser erste Akt ist außerordentlich gelungen, obwohl Sie das letzte Mal wieder so scheußlich vorgetragen haben.« – »Das kann nicht sein. Ich nehme mich doch schon zurück und bedenke meine Aussprache!«, protestierte Schiller. »Doch! Sie sollten Ihre Stücke lieber vortragen lassen. Glauben Sie mir, das Versmaß ist geglückt. Das wird ein Buch, das den Menschen trägt. Ihn erhöht, anstatt ihn in einen Sumpf des Alltäglichen zu ziehen. Ein Stück wie dieses nimmt die Last des Alltags vom Rücken.«

Das Lob klang wie eine Liebeserklärung und Schiller konnte seinen Blick nicht mehr von dieser begehrenswerten Frau wenden. Rasch griff er nach dem Weinglas, um irgendetwas in Händen zu halten, und hatte vor Aufregung einen Krampf im Magen. Sein Körper liebte bereits diese Frau, warnte ihn mit schmerzhaften Stichen und begehrte auf, auch wenn sein Kopf ihn der Unvernunft schalt. Er war es seinem Körper schuldig, wegen der Last, die er ihm täglich aufbürdete, wegen des Risikos und weil es niemals zu ihm passte, etwas aufzugeben, was er aus dem tiefsten Innern seines Herzens begehrte, statt in Geduld auf seinen Kopf zu hören. Schiller trank von dem Weißwein, ein französischer, einer von denen, die den Gaumen zum Niederknien bringen. Er hatte keine Zunge für solche Köstlichkeiten, sie ja, wie sie in allem Bildung und Geschmack bewies. Aber er liebte sie auch dafür, dass sie ihn seine Unzulänglichkeiten nicht spüren ließ.

»Mit diesem Stück, Schiller, werden Sie zum Klassiker. Halten Sie durch und die Streiche Dahlbergs und Ifflands und auch ihre gefürchteten jesuitischen Verfolgungen werden Sie nicht mehr treffen können.« – »Was haben nur alle mit Iffland und Dahlberg? Der Intendant selbst hat mich erst kürzlich wissen lassen, dass er ein Studium der Medizin unterstützen wolle.« – »Denken Sie doch nicht immer so edel von den Menschen! Alles um uns ist verdorben, verrottet in einem egoistischen Sumpf. Ihr Traum von ewiger Freundschaft und Menschlichkeit, Schiller, macht Sie liebenswert, aber er ist nicht von dieser Welt. Dahlberg will Sie wieder einmal loswerden und Iffland intrigiert, weil er sich für einen Dichter hält.« Charlotte von Kalb wurde heftig, stand jetzt sogar auf und lief unruhig im Zimmer auf und ab. »Gute Freundin, bitte regen Sie sich nicht so auf. Es stimmt, Dahlberg hat meinen Kontrakt noch nicht verlängert und ich werde ihn nicht bitten, auch wenn ich das Geld bitter brauche. Auch ist mir Iffland eher ein hoch geschätzter Schauspieler und Kollege als mein Freund. Aber Sie übertreiben, wenn Sie eine Gefahr sehen und meinen, ich hätte zu wenig Platz für Vernunft in meinem Kopf!« Schiller fasste sie behutsam am Arm und geleitete sie zu dem zierlichen Sofa neben dem Spinett. Doch Charlotte von Kalb mochte sich nicht beruhigen. »Schiller, meine Empfindungen sind aufrichtig und wahrscheinlich tiefer, als es sich für eine Frau wie mich geziemt. Sie leben in Ihrer Dichtung, Schiller, nicht in der Wirklichkeit, und das muss sich ändern!«

Schiller stand da und wühlte verlegen in seinen Taschen nach seiner Tabaksdose, die er in seiner Stube auf dem Tisch vergessen hatte. »Also gut, ich will mich bessern. Was soll ich tun, liebste Freundin?« – »Das beginnt doch schon damit, wie Sie daherkommen. Dort drüben ist ein Spiegel. Nun gehen Sie schon rüber und werfen einen Blick hinein!« – »Ich weiß wirklich nicht, wofür das gut sein soll …«, protestierte Schiller schwach, trat aber wie geheißen vor den Spiegel. Was er sah, verschreckte ihn keineswegs. Er warf die Rockschöße zurück, steckte die Hände in die Taschen und drehte sich zur Seite. Groß gewachsen wie er war, fand er sich durchaus akzeptabel.

Charlotte von Kalb, die ihn beobachtete, mochte sich vor Lachen ausschütten. »Nun? Natürlich fällt dem Schiller nichts auf! Er ist ganz und gar zufrieden mit sich, wie?« Sie stand auf und trat hinter ihn vor den Spiegel. »Und was sagt er zu den roten Strümpfen, zu den grauen Hosen und dem blauen Rock? Das schreit nach Farbenblindheit! Und dann die wilden Haare, kraus und ungebändigt wie das Räuberdrama! Und wenn Sie schon keine Perücke tragen wollen, mein lieber Schiller, sollten Sie nicht das kauzige Genie mimen und einen Taler mehr zum Frisör tragen! Von den Schnupftabakflecken auf dem weißen Hemd, das auch schon bessere Tage gesehen hat, ganz zu schweigen!«

Verlegen zog Schiller den Ärmel seines blauen Rockes in die Länge.

»Da hilft kein Verdecken, mein Lieber. Wie wäre es mit einer kleinen modischen Note? Spitzenmanschetten, vielleicht? Sie machen aus dem ernsthaften Dichter noch lange keinen Modegecken. Und die schief gelaufenen Stiefel, die keinen Schritt halten können mit dem Temperament seines Trägers, gehören zum Schuster und ordentlich geputzt!« Schiller trat ein wenig beleidigt vom Spiegel weg. »Mögen Sie überhaupt etwas an mir?« Charlotte von Kalb reckte sich aus ihren Schuhspitzen und küsste ihn zärtlich auf die Wange: »Du Dummer. Es ist doch zu deinem Besten!« Jetzt war es heraus. Das vertraute Du! Spontan schloss Schiller sie in die Arme und drückte ihr einen leidenschaftlichen Kuss auf die Lippen, um diese Vertrautheit zu besiegeln und seiner Sehnsucht nachzugeben. Lachend, mit geröteten Wangen wand sie sich aus seinen Armen. »Mach nur so weiter, Charlotte, und die Weibsbilder werden mir in Scharen nachlaufen!«, drohte Schiller mit erhobenem Zeigefinger.

»Solange die Wandlung aus dir einen Dichter macht, der seinen Jamben würdig ist, will ich der Bedrohung meiner Gefühle für dich gelassen entgegensehen und die Eifersucht als meinen Beitrag für deine Zukunft hinnehmen.« Charlotte von Kalb strahlte ihn an. »Und noch etwas. Du bist nicht von Stand, ein Dichter zwar, aber doch ein Bürgerschreck. Der Makel des entlaufenen Regimentsmedikus, des Schuldenmachens und des ungezähmten Wilden haftet dir an und macht dich wenig gesellschaftsfähig. Wenn erst der Erfolg ausbleibt, wird man gern zusehen, wie jemand wie du im Elend versinkt.« – »So sind sie, unsere Mannheimer. Genau so lieben wir sie!«, rief Schiller aus. Mit großem Ernst fuhr Charlotte von Kalb fort: »Du musst deshalb nach Darmstadt. Weihnachten und im Jahreswechsel wird der Herzog Carl August von Weimar dort verbringen. Unter den Fürsten ist er derjenige mit dem größten Kunstverstand. Ich kann ein Treffen arrangieren. Jetzt schau nicht so! Du musst dich den Satzungen der Zeit, in der wir leben, fügen. Nur durch Beziehungen zu einem Fürsten vermagst du deine Grobheiten und deine Württemberger Desertion zu kompensieren, die an all deinen gegenwärtigen Bedrängnissen schuld sind. Niemand hätte gewagt, gegen dich zu intrigieren, dir Hilfe zu versagen, wenn man dich von Fürstenhand protegiert wüsste.«

»Ich bin kein Mensch, der zu Kreuze kriecht!«, entgegnete Schiller finster. »Auch wenn du Recht hättest, kenne ich die Fürsten von einer anderen Seite und fühle mich unwohl an einem Tisch mit ihnen.« – »Ich bitte dich. Du bist kein Eleve mehr. Werde erwachsen, mein Lieber. Du hast eine Gabe. Bei allen Schwächen – die Fürsten verstehen sich auf Geist und Kultur. Also revoltiere nicht und nutze die Gelegenheit für deine Zwecke!« – »Ich werde darüber nachdenken!«, erwiderte Schiller. Zärtlichkeit und Vertrautheit schienen ihnen verflogen, es überwog der Ärger über das Standesbewusstsein der Freundin, auch wenn er keinen besseren Weg wusste. Fast bittend hob sie ihre Hände und beugte sich vor: »Dein ›Don Carlos‹ wird beim hessischen Hofe ein Erfolg. Die dir wohl vertraute Charlotte von Wolzogen, die Tochter deiner Gönnerin, ist dort bei Hofe. Über sie habe ich bereits Kontakt zur Gesellschaftsdame, der Luise von Mecklenburg, aufgenommen. Sie wird dich bei Hofe einführen.« – »An allem ist dieses Geschwätz, dieser Mannheimer Sumpf schuld. Eben Sumpf, fiebertreibend, krankmachend.«

»Warum setzt du dich nicht zu mir? Ich verspreche, dich nicht länger zu schulmeistern und voller Hingabe zu dir aufzublicken.«

Schiller setzte sich zu ihr auf das Sofa. »Du hast schon Recht, wir sollten aufrichtig zueinander sein.« Sie prosteten sich zu. Mit den Fingerknöcheln strich sie ihm zärtlich über den Handrücken und schob seinen Ärmel nach oben. Es ist so heiß, sagte sie und half ihm aus dem blauen Rock. Ihm fiel keine Geste der Erwiderung ein. Verschüchtert rührte er sich nicht. »Es gefällt mir, wie du bist«, sagte sie, »eine Stromschnelle im Fluss.« Schiller betrachtete sie, mochte plötzlich aufstehen, den kleinen Tisch mit den Gläsern wegschieben, sie an den Hüften ergreifend festhalten. Er blieb jedoch still sitzen. »Und ich gefalle dir«, sagte sie ohne zu fragen und auf seine Antwort zu warten. Charlotte streifte ihre Schuhe ab, ging barfüßig, mit fast tänzerischen Schritten zum Sessel, wo die Weinflasche stand. Leise summte sie ein Lied, kam wie zufällig an der Tür vorbei, schaute hinter den Vorhang, drehte spielerisch den Schlüssel im Schloss.

Dann setzte sie sich wieder zu ihm. Ihr Gesicht war nahe, sie seufzte, es verwirrte ihn nicht, sondern er sah alles endlich klar und geordnet vor sich. Woran er dachte? Er brauchte nicht länger zu grübeln, nur ihre Haare betrachten, darin ihre ordnenden Handbewegungen wiedererkennen, den Perlmuttgriff ihrer Haarbürste, die wie der Wind im Meer lange Wellen grub. Charlotte knotete ihr Brusttuch auf, griff nach einem Fächer und beugte ihre Stirn vor, eine glühend heiße langsame Bewegung, der Schiller nicht auswich. Ein Duft von Parfüm und sommerheißer Haut lenkte seinen Blick über ihren zierlichen Hals, die runden Schultern auf die Wölbungen der Brüste. Sie lehnte sich an ihn.

Mit einem Griff zog sie das Haarband vom Kopf, sodass ihre Haare lose über die Schläfen fielen. Noch einmal begehrte Schillers Verstand auf: »Und dein Mann? Er ist nicht blind und taub! Wie soll ich ihm noch ehrlich unter die Augen treten?« Charlotte lachte leise: »Mein Mann? In unserem Ehekontrakt stand nichts von Liebe. Es ging dabei, soweit ich mich erinnere, um Titel und Familienvermögen. Ich frage auch nicht, was er in Landau in der Garnison treibt.«

Schiller spürte, wie sein Verlangen überhand nahm und seine Hände zu zittern begannen. »Ist die Liebe nicht zuallererst eine Frage des Herzens? Du bist doch Dichter. Du weißt es besser. Viele leben zu dritt miteinander und allen ist geholfen, wenn man nur die Form wahrt.« Jetzt drückte sie seinen Nacken mit der Hand und presste ihren Mund fest auf seinen. Seine Hände führten ein Eigenleben und zerknitterten die feine Seide ihres Kleides. »Ich bin ein Nichts!«, keuchte er. »Du hast eine gesellschaftliche Stellung, eine geborene Marschalk von Ostheim.« – »Ich bin nur eine einfache Frau, die geliebt werden möchte«, widersprach sie mit sanfter Stimme. »Ist dir nicht heiß, so in Hemd und Hose? Warte, lass dir helfen …« Sie küsste seine nackte Brust, und er streichelte sie unter ihren Röcken. Dann war sie über ihm. Mit Mühe gelang es ihm, sich zurückzuhalten. Er konzentrierte sich nur auf seine Hände, die sie aus ihrem Kleid schälten, ihre nackte, heiße Haut streichelten, während sie nicht von ihm abließ. Sie spürte sein gestautes Verlangen, und sie wollte seine bedingungslose Hingabe. Die Fülle der Umarmungen zog das Blut zusammen, er konnte es nicht länger aushalten, es kam zu einem rauschhaften Glücksmoment. Sie überhäufte ihn mit Küssen und flüsterte ihm Kosenamen ins Ohr.

Sie bat ihn zu warten, stand auf und durchquerte das Zimmer, blickte nur kurz unter den dunkel getönten Wimpern zu ihm herüber und verschwand hinter einer kleinen Tapetentür, hinter der sich ihr Boudoir mit Toilette befand. Wie in Panik griff Schiller nach seinen Sachen und flüchtete. Aus dem Zimmer. Aus dem Haus. In diese Liebe war er hineingegangen, ohne an Rückkehr und Konsequenz zu denken, und jetzt fand er sich in den Zimmern von früher nicht mehr zurecht. Doch wie schnell und wie weit er auch laufen würde, sein Körper behielt ihre Zärtlichkeiten bei sich und jubelte vor Dankbarkeit. Ein untrügliches Zeichen für Liebe. Eine Liebe, die ihn verwirrte, die über ihn gekommen war wie dieses kalte Fieber im Sommer über Mannheim.

Sein Weg führte ihn am Neckar entlang. Schiffsleute waren mit dem Beladen der breiten, flach gebauten Holzkähne beschäftigt. Einige stießen gerade ab und manövrierten ihre Schiffe in eine günstige Strömung. Marktweiber unter hochgepackten Körben, Handwerker, Bauern mit Ochsenkarren und Händler waren bereits auf ihrem Weg zurück nach Waldhof, Viernheim und zu ihren Dörfern an der Bergstraße. Sein Vater hatte schon Recht in seinen Briefen, er musste seine Verhältnisse endlich in Ordnung bringen! Maß halten, weniger verschwenden, nicht verludern! Und jetzt dieses Verhältnis, diese Liebe! Bei allen guten Vorsätzen. Schiller lief schneller, begann sogar zu hüpfen und mit seinem Spazierstock wild durch die Luft zu schlagen, dass die Passanten verwundert stehen blieben und ihm nachschauten.

Beck und Streicher kamen ihm entgegen, froh, ihn endlich gefunden zu haben. Noch ganz außer Atem, aber voller Empörung berichteten sie Schiller, dass Iffland in der Rolle des Dichters »Flickwort« in Gotters Lustspiel in der Maske Schiller gespielt und ihn damit zur lächerlichen Figur gemacht habe. Mit roter Perücke und einer Kopie von Schillers Kleidern sei jede Anspielung unmissverständlich auf Schiller gemünzt gewesen. Das Publikum habe sich gebogen vor Lachen, getrampelt vor Vergnügen und Zugabe gefordert! Das war es also! Wie weit würde Iffland sich noch gehen lassen, um zu versuchen, ihn auszustechen. »Mon dieu! Welch eine Indelikatesse!«, rief Schiller schlicht aus und versetzte seine Freunde in Erstauen, die damit gerechnet hatten, er würde aufbrausen und Iffland und Beil sogar zum Duell herausfordern. Mit dieser weiteren Blamage hatten sie ihn bloßgestellt. Ihm war die Unantastbarkeit eines großen Mannes genommen. Der Erfolg der »Räuber« war der Lächerlichkeit preisgegeben. Ganz gleich wie sich Dahlberg zu diesem Affront stellen würde, hier in Mannheim war seines Bleibens nicht länger. Schiller dankte seinen Freunden für ihre aufrichtige Teilnahme und lud sie sein, mit ihm einen zu trinken. Unterwegs trafen sie noch auf Schwan und Schiller berichtete das erste Mal von seinen Reiseplänen und der Absicht, jetzt endlich seine »Thalia«-Zeitschrift herauszugeben. Nicht ohne Stolz gab Schiller zum Besten, dass in Berlin sein »Fiesko« im Doebblin'schen Theater vierzehn Mal innerhalb von drei Wochen gefordert und unter Applaus gespielt wurde, während man sich hier in Mannheim an Komödien und Rührstücken zu ergötzen suche. »Republikanische Freiheit ist hierzulande ein Schall ohne Bedeutung. In den Adern der Pfälzer fließt eben kein römisches Blut!«, rief Schiller und stürzte den Wein hinunter, während die Freunde sorgenvolle Gesichter aufsetzten und sich um seine Zukunft sorgten.

37

Durch das Bessunger Tor im Süden von Darmstadt ritt Schiller in die landgräfliche Haupt- und Residenzstadt ein. Enge, spätmittelalterliche Gassen führten zum Marktplatz mit dem angrenzenden Gebäude des zweiflügeligen Schlosses. Am Markt entdeckte er Gasthausschilder. Sein Falbe trabte durch übel riechende Pfützen, die Abwässer flossen hier durch den Rinnstein, und er schreckte immer wieder streunende Hunde auf, die Abfälle beschnüffelten. Schiller bezog Quartier – ein geräumiges Zimmer mit Ausblick auf den Markt. Und er wartete die nächsten Tage auf eine Einladung vom Hofe. Am Weihnachtsabend endlich erhielt er diese mit einem Anschreiben der Charlotte von Wolzogen. Der Herr Dichter Schiller wäre vom gnädigen Herrn Landgrafen Ludwig IX. und Seiner Durchlaucht, dem Herzog Carl August von Sachsen-Weimar, wohlwollend aufgefordert, am zweiten Weihnachtstag abends um fünf Uhr vor dem versammelten Hof aus seiner neuesten dramaturgischen Dichtung zu lesen. Im Gasthof erregte der herrschaftlich gesiegelte Brief einiges Aufsehen und man begegnete Schiller mit großem Respekt und zahlreichen kleinen Aufmerksamkeiten. Schiller nutzte die Zeit, um mit Vortragsübungen seine wachsende Nervosität zu bekämpfen.

Der Herzog von Weimar nahm ihn nachsichtig beim Arm, nachdem Schiller die höfische Begrüßung in Anwesenheit seiner Bekannten Charlotte von Wolzogen gründlich missraten war, und er erbot sich, ihn dem Landgrafen und dem Hof höchstselbst vorzustellen. Das verkürze das Zeremonielle und vereinfache doch einiges. Wie denn die Reise bei diesen miserablen Straßen gewesen sei? Geritten sei der Dichter? Ein Mann der Tat. Wahrhaft der »Räuber«-Dichter! Geradezu sympathisch finde er das. Dann führte der Herzog den Gast durch den angrenzenden Saal zur landgräflichen Familie. Wenig später stand Schiller, einen Fuß nach vorn gesetzt, wie zu einem Degengefecht, auf dem Parkett des Erbprinzlichen Palais zu Darmstadt und spürte, wie alle Augen auf ihn gerichtet waren. Sein Blick streifte noch einmal über die in das spiegelnde Parkett eingelassenen verschlungenen Ornamente aus unterschiedlichen Hölzern und zu den Stuckreliefs der Decke mit dem großen Deckengemälde im Oval.

»Mesdames et Messieurs! Wir haben das exzellente Plaisir, die neueste dramatische Dichtung des Herrn Schiller vom Autor selbst deklamiert zu hören.« Stühle wurden gerückt und die Gesellschaft von fünfundzwanzig Personen nahm im großen Halb und um ein Tischchen in der Mitte des Raumes Platz. Einige der Herren standen auf die Lehnen gestützt hinter den Stühlen der Damen. Carl August, der Herzog von Weimar, nickte Schiller aufmunternd zu.

Dieser hielt gestreckt den rechten Arm in die Luft. Zwar hatte er das Manuskript noch in der Linken, aber das benötigte er nicht, denn er hatte den ersten Akt im Kopf. »*Die schönen Tage in Aranjuez/Sind nun zu Ende …*« Es war still im Saal. Schiller hörte seine Stimme merkwürdig fremd, wie entrückt. Er erinnerte sich an Charlotte von Kalbs Anweisungen, bezähmte seine Gesten und wechselte die Stimmlage, ohne dabei allzu sehr ins Schwäbische zu verfallen. Die Verse leisteten ihr Übriges. Mal war er mit tiefer ruhiger Stimme der Berichterstatter Domingo, mal der Kronprinz Don Carlos. Das Gespräch zwischen beiden spitzte sich zu. Trauer, Zorn und Hass erntete der ahnungslose Domingo, denn ihm, dem Kronprinzen, war die junge, schöne Elisabeth von Valois versprochen, die jetzt seines Vaters Frau geworden war. Die Granddamen griffen nach ihren Spitzentüchern – die unerhörten Verstrickungen verfehlten ihre Wirkung nicht.

Und dann, im neunten Auftritt des ersten Aktes, wagte Schiller alles, die Rebellion gegen den König, die Befreiung der Niederlande durch Verteidigung des Volksaufstandes. Mit einer selbstbewussten Kopfbewegung warf er die Haare aus der Stirn, die während des lebhaften Vortrags nach vorn gefallen waren. Mit flammenden Augen deklamierte er – ja, da spürte er wieder das Gefühl seiner Bestimmung, das er so lange in Mannheim vermisst hatte. Mit laut tönender Schärfe rief er in den Saal, dass es von den Wänden widerhallte:

»Erhabene Vorsicht! – Die Vernunft der Weisen.
Sprach deine Allmacht dieses Wunder ab.
Beschäme sie und mache wahr und wirklich.
Was nimmer sein wird, nie gewesen war,
Lass dieses Bündnis dauern.
Carlos: Jetzt zum König! –
Ich fürchte nichts mehr – Arm in Arm mit dir
So ford'r ich mein Jahrhundert in die Schranken!«

Applaus brandete auf, Jubelrufe. Schiller verneigte sich tief. Die Manuskriptblätter fielen ihm aus den zittrigen Händen. Noch bevor ihn Herzog und Landgraf zum Drama beglückwünschen konnten, sprang die Erzprinzessin mit roten Wangen vor, überreichte ihm einen Blumenstrauß und sammelte voller Verehrung die Blätter auf. »Spannend, ergreifend geschrieben und kraftvoll vorgetragen«, lobte der Landgraf von Hessen-Darmstadt und reichte Schiller die Hand zum Kuss. Nie mehr würde er Rockschöße küssen müssen wie einst in der Akademie, schoss es Schiller durch den Kopf. Am Ende des Empfangs nahm ihn Carl August von Weimar zur Seite, schlug ihm tatsächlich fast freundschaftlich verbrüdernd auf die Schulter und bat ihn um Verzeihung, denn er habe ihn tatsächlich für einen Haudegen gehalten, der der Moderne hinterherlaufe und von den ewigen Dingen der Kunst wenig verstehe. Aber wie er mit Versmaß hantiere und wahrhaft klassische Themen meistere, zeige ihm, dass Deutschland in Friedrich Schiller tatsächlich einen großen Dichter gewonnen habe.

Dankbar blickte Schiller zu dem Herzog auf, der sich anschickte, das kleine Weimar zur Kulturresidenz von ganz Europa zu gestalten. »Ja, auf die ›Räuber‹ stürzen sich viele gerne nur mit Gebrüll, wenig mit Vernunft. Es ist nicht immer einfach für mich, von den einen zuallererst an diesem einen Erfolg gemessen und von den anderen für einen barbarischen Wilden gehalten zu werden.«

Der Herzog verstärkte sein Lob sogar noch. Vor allem möchte er das Ganze bald lesen. Dann die Frage nach Goethe. »Ich verehre ihn zutiefst«, bekannte Schiller. »Er ist der größte Mann, den ich kenne!«, bestätigte Carl August freudig. »Ein wahrer Freund, pflichtbewusst dazu und ein Mensch mit großer Bildung und Weitsicht. Ohne ihn wäre Weimar nicht das, was es ist.« – »Mein Verleger Schwan erfuhr durch Herrn Hofrat Wieland, dass es Herrn von Goethe nach Italien zieht?« – »Auch große Männer sind gegen Moden nicht gefeit. Er hat den italienischen Koller.« Der Herzog nickte ernst. »Dabei verstehe ich ihn ja. Seine Pflichten … Er ist Minister, Theaterdichter, Architekt, Bergwerker, Bauer, Rekrutenausheber und vieles mehr. Schlichtweg unentbehrlich! Wie soll er da noch Großes schreiben. Auch wenn ich ihn nicht gern ziehen lasse, der Mann muss seinen Kopf frei bekommen. Denn ich zähle weiterhin auf ihn, er ist mein ›Marquis Posa‹!«

Müde, ausgelaugt saß Schiller auf seiner Kammer im Gasthof und sog an seiner längst ausgebrannten langen Tonpfeife. Immer wieder ging ihm das Gespräch mit dem Herzog durch den Kopf. Draußen schneite es seit einer Stunde. Aufrichtig hatte er seine Situation geschildert, seine Desertion aus Württemberg, seine Schulden, und dann hatte er seine Bitte vorgetragen und um eine Krücke in Form einer Verbindung zum Hofe gebeten. Schiller riss das Fenster auf und spie den Tabaksaft angewidert auf die dünne Schneedecke. Dann sog er die frische Nachtluft ein. Carl August hatte ihm die Hand geschüttelt und gesagt, er verneige sich vor so viel Ehrlichkeit und Bescheidenheit. Jetzt hatte Schiller einen »Charakter«, einen Titel, zwar ohne Geld, aber wer wusste schon zu sagen, wie der Titel Wirkung machen würde bei den Leuten. Schiller galt jetzt etwas. Er schloss das Fenster, nahm noch einmal das Schreiben vom Tisch:

»Mit vielem Vergnügen, mein lieber Herr Doktor Schiller, ertheile ich Ihnen den Charakter als Rath in meinen Diensten, und ich wünsche Ihnen dadurch ein Zeichen meiner Achtung geben zu können.

Leben Sie wohl

Carl August, Herzog zu Sachsen-Weimar.«

Ein Degen musste her! Als Adeliger würde er einen solchen tragen, wenn er in Mannheim einritt. Ein wirkliches Weihnachtsgeschenk, dieser Titel. Doch dann besann sich Schiller wieder, hockte auf der Bettkante. Nach allem, was vorgefallen war, würde man ihm wegen des

Titels allein in Mannheim keine Rosen zum Empfang streuen. Er brauchte einen Neuanfang.

Streicher und Schiller saßen abseits in der Gastwirtschaft. Ihre vom Aprilregen durchnässten Mäntel und Hüte hingen am Haken hinter ihnen an der Wand. Der Abschiedsschmerz schnürte ihnen den Magen zu, sodass sie nur zwei Krüge Bier bestellten. In den letzten Monaten hatte Schiller wie ein Eremit gearbeitet, den »Don Carlos« vorangebracht, eine Probenummer seiner literarischen Zeitung »Thalia« herausgegeben, die er selbst finanzieren musste, weil auch in Schwan kein verlässlicher Partner dafür zu finden war, und einige Dichtungen und Besprechungen verfasst. »Ich habe außer dir keine Seele hier, keine einzige, die die Leere meines Herzens füllte, und was mir vielleicht noch teuer sein könnte, daran scheiden mich Konvenienz und Situation«, begann Schiller. »Wie hat es Frau von Kalb aufgenommen?«, fragte Streicher direkt. »Du hast es ihr doch gesagt?« – »Sie liebt mich aufrichtig und hofft auf ein Wiedersehen. Ich verdanke ihr unendlich viel und werde sie niemals vergessen. Unter anderen Umständen vielleicht …, aber sie ist gebunden.« Schiller stopfte seine Pfeife. »All dieser Neid, diese Intrigen und diese miefige bürgerliche Enge, die nur auf den Geldsack schielt! Du tust recht, wenn du Mannheim entfliehst.« Streicher blickte zur Seite, um seine Tränen zu verbergen.

»Kein Wort zu niemandem. Hörst du?«, bat Schiller.

»Du fürchtest immer noch Verfolgung? Deine Schulden hier sind doch beglichen.« – »Körner aus Leipzig ließ mir über den Verleger Göschen dreihundert Gulden zukommen, als Vorschuss für meine ›Thalia‹, wie in dem Brief steht. Ich denke aber, er wollte mich durch seine Großzügigkeit nicht beschämen. In Mannheim bin ich schuldenfrei, sodass mich die Wachen passieren lassen werden.« Schiller stockte einen Moment, schaute sich prüfend in der Gaststätte um. »Aber sie wissen, dass ich Schubarts Vermächtnis mit mir trage. Wenn sie sich dieses Schatzes erst versichert haben, fürchte ich um mein Leben.« – »Von mir erfährt niemand das Ziel deiner Reise. Schweigen werde ich wie ein Grab«, versprach Streicher mit feierlichem Ernst. Bis Mitternacht noch hockten die Freunde zusammen, rauchten, tranken und redeten. Dann gaben sie sich das Versprechen, einander nicht zu schreiben, bis der eine Minister oder der andere Kapellmeister geworden wäre. Was sie nicht wissen konnten, aber deutlich spürten, war, dass es ein Abschied für immer sein würde.

Im Morgengrauen bestieg Friedrich Schiller, Sachsen-Weimarerischer Rat, die Postkutsche nach Leipzig. Mit gemischten Gefühlen blickte er auf die Stadt zurück, die ihm den größten Erfolg als Dichter, aber auch bittere Niederlagen und andauernde gesundheitliche Probleme beschert hatte. Jetzt gehörte er wieder zu den Abenteurern, deren Leben vom Zufall, von der Gunst anderer und notfalls auch von Taschenspielertricks und Betrug bestimmt war. In diesem Gewerbe gab es keinen Befähigungsnachweis, keinen sicheren Karriereverlauf und schon gar keine verlässlichen Einkommensquellen. Überall lauerten große Gefahren und unzählige Fallstricke. Er musste sich auf seinen Verstand, seinen Mut, seine Umgangsformen und manchmal auch auf sein Gefühl verlassen und stets bereit zum waghalsigen Vorstoß oder rechtzeitigen Rückzug sein. Schiller dachte an General Augé, der ihm wahrscheinlich »Courage und Fortune« zugerufen hätte, und musste schmunzeln. Den einen Tag würde er an der Tafel der Mächtigen speisen und seine Eitelkeiten im Silber der Kronleuchter spiegeln können, am nächsten saß er vielleicht schon ehrlos bei Wasser und Brot in der Gesellschaft von Ratten im Schuldturm. So oder so, dachte er still vor sich hin lächelnd, in der Gesellschaft von Hunden und Schafen und räudigen Ratten bin ich ohnehin die meiste Zeit! Noch ein letzter Blick auf Mannheims Kirchtürme, ein schmerzlicher Gedanke an seinen Freund und die Geliebte. Ade! Je enger der Käfig, desto schöner die Freiheit!

Mit der linken Hand fuhr er sich unter den Rock und spürte das wohl verschnürte Manuskript Schubarts eng auf seiner Brust. Dann griff er zu Papier und Stift und schrieb in großen Buchstaben:

»Heftig braust's in meinen Adern –
23 Jahre und nichts für die Unsterblichkeit getan!
Ich bin erwacht, ich fühle mich …«

Viertes Buch
Leipzig, 17. April 1785

Dumm ist mein Kopf und schwer wie Blei,
die Tabaksdose ledig,
mein Magen leer – der Himmel sei
dem Trauerspiele gnädig (...)

Die Wäsche klatscht vor meiner Tür,
es scharrt die Küchenzofe –
und mich – mich ruft das Flügeltier
nach König Philipps Hofe.

Ich eile durch die Galerie
und – siehe da! – belausche
die junge Fürstin Eboli
in süßem Liebesrausche (...)

Schon ruft das schöne Weib Triumph!
Schon hör ich – Tod und Hölle!
Was hör ich? – einen nassen Strumpf,
geworfen in die Welle.

Und weg ist Traum und Feerei!
Prinzessin, Gott befohlen!
Der Teufel soll die Dichterei
beim Hemdewaschen holen!

(Schiller: Gedichte)

38

Nach acht Tagen Rüttelei erreichte Schiller in der Postkutsche am Sonntag, den 17. April 1785, Leipzig. Gerade als ob er die Bürger hier beeindrucken wollte, trieb der Kutscher die vier Pferde bei der Stadteinfahrt noch einmal an. Mit Hornsignal ratterten sie durch das Ranstädter Tor, dass die Passanten und Posten zur Seite sprangen, und ohne das Tempo zu drosseln, jagte der Postillion die Kutsche die Hainstraße hoch, dass es die Fahrgäste drinnen bei den Unebenheiten des Pflasters und den Löchern auf der Straße nur so hochwarf und wahlweise an die linke und rechte Seitenwand drückte. Der Teufel sollte diesen Kutscher holen! Hatte die Höllenfahrt bis jetzt ohnehin zwei Tage länger als vorgesehen gedauert, sodass es dieses Auftrittes kaum bedurft hätte.

Bei der Ankunft suchte der Wirt des »Blauen Engel« in Begleitung von Ludwig Huber den Weimarer Rat auf der rechten Seite, während Schiller schon ungeduldig den linken Verschlag aufgerissen hatte und seine langen Knochen mitten auf der Straße streckte. »Auf den Dichter der Nation!«, schrie ein langer Mensch im fein bestickten französischen Frack und in hochgeschlossener Atlasweste, der sich als Huber vorstellte und bereits eine Champagnerflasche unter dem Arm hielt, die, kaum auf dem geräumigen und luftigen Zimmer angekommen, geköpft wurde. »Was soll das schlechte Leben! Prost! Hier herrschen die Dichter- und die Krämerseelen! Jedenfalls keine württembergischen Sklaventreiber! Also entspann dich, Schiller!«

Für den nächsten Tag lag Schiller eine Einladung zu Minna und Dora Stock in das Haus des verstorbenen Kupferstechers »Zum Silbernen Bären« vor. Huber hatte ihn grinsend gewarnt, die jungen Damen könnten die »Räuber« auswendig zitieren und erwarteten einen

Hünen mit pechschwarzem Bart, Stulpenstiefeln und riesigem Säbel. Er solle sich ja schicken, um niemanden zu enttäuschen …

Als Schiller Punkt zehn in der Früh die Wohnstube betrat und sich mit einer galanten Verbeugung vorstellte, fauchte ihn Minna Stock an, er solle keinen Schabernack treiben. Ein Herr Rat Schiller sei bereits da gewesen und habe flegelhaft eine Flasche Likör geleert, um seine Muse zu wecken. Auch habe dieser Herr Schiller mit wildem Haarwuchs, in Kanonenstiefeln, mit Pferdesporen und haarsträubenden Gebärden durchaus dem Räuberdichter ähnlicher gesehen. Für heute habe man genug von Dichtern, und wenn sich noch zehn andere Schiller vorzustellen gedächten. Schillers Blick wanderte von einer der jungen Frauen zur anderen. Er konnte sich keinen Reim auf die schroffe Begrüßung machen. Dora nahm das Ganze wohl leichter und kicherte hinter ihrem hochgehaltenen Fächer. »Eine so große Familie Schiller gibt es also derzeit zu Leipzig. Da müssen wir aufpassen, liebe Schwester, dass es da nicht andauernd zu Verwechselungen kommt.« Doch Minna wollte sich nicht beruhigen und Schiller, rot vor Verlegenheit, suchte das Weite, um vor der Haustür auf Huber und dessen Freund aus der Reineck'schen Theatergruppe zu stoßen, die sich vor Lachen über den geglückten Streich die Tränen aus den Augen wischten. Sie hakten Schiller unter und zerrten ihn wieder hinein zu den Damen.

Leipzig gab sich hektisch und aufgeregt. Kaum eine Stunde blieb Schiller vom Tag, ohne dass sich Besuch vorstellte oder er von Huber zu diversen gesellschaftlichen Verpflichtungen geschleppt wurde. Das »geistige Zentrum« der Stadt befand sich nach Hubers Ansicht nicht in der Universität, sondern in »Richters Kaffeehaus«, wo sich echte Dichter mit Scheinliteraten, Philosophen mit Lebenskünstlern, Maler und Musiker mit Tagträumern zur Schau stellten und die Studentenschaft einen Großteil ihres Tages verbummelte. Dort dirigierte man Schiller durch die qualmende, debattierende und lärmende Menschenmenge. Irgendjemand rief ihm etwas von großer Politik zu, ein anderer äußerte sich zur Bauweise des Gebäudes und ein Dritter wusste etwas über ein Gemälde an der Wand zu berichten, während Huber ihn auf die Stadtschönheiten hinwies, die sich zum Nachmittagskaffee eingefunden hatten. Alles rauschte laut und hektisch mit grellen Tönen an Schiller vorbei, der nur atemlos nicken und freundlich lächeln konnte. Er kam sich unwissend und unbeholfen vor wie ein Bauer, den man in einen teuren Frack gezwängt hatte. Große, gusseisern gerahmte Glastüren und zahlreiche deckenhohe Wandspiegel gaben den Räumlichkeiten eine weitläufige Tiefe und helle Freundlichkeit. Hier herrschte ein aufgeklärtes, selbstbewusstes Bürgertum, das keines Schlossparks und keiner höfischen Etikette mehr bedurfte. Neugierig schauten ihm einige Kaffeehausbesucher nach und steckten die Köpfe zusammen. Ein unbekanntes Gesicht, ein Dichter aus Mannheim? Der Räuberdichter! Neben einem großflächigen Bild des Kurfürsten im großen Hauptraum des Cafés hatte man dicke pausbäckige Engel auf den Putz gemalt, die dem Herrscher ihre Posaunen in die Ohren bliesen. Händler mit Bauchläden boten Waren an und Schiller entdeckte freudig seinen geliebten Marokko-Schnupftabak. Schon ließ er sich übermütig treiben, schon lärmte und lachte er mit. Die Odyssee fand ein Ende. Huber wies auf einen bequem gepolsterten Lehnsessel in einem etwas ruhigeren Nachbarraum, über dem man Lorbeergirlanden angebracht hatte. »Dein künftiger Stammplatz!« Der Wirt persönlich machte Schiller seine Aufwartung: »Es ist mir eine Ehre, Sie zum Gast zu haben. Hier haben wir genug von solchen, die mehr scheinen als sie sind. Da ist es eine Freude, jemanden begrüßen zu dürfen, der sich wirklich auf die Kunst versteht und mit Verstand in die Zukunft weist.« Der rundliche Wirt mit Knollennase reichte Schiller die Hand und schaute ihm geradewegs in die Augen. Keine Verbeugung, keine liebedienerischen Gunstbezeugungen, sondern ein offener und ehrlicher Blick. Die Menschen in Leipzig waren sich ihres Wertes bewusst, war doch die Welt mit ihrem Handel täglich bei ihnen zu Gast.

Kaum hatte sich der Wirt entfernt, trat ein schwarz befrackter, kahlköpfiger Herr mittleren Alters an den Tisch. »Herr Schiller, wenn Sie einen Moment für mich hätten …«

Schiller und Huber blickten überrascht auf. Nein, den Mann kannten sie nicht. Er sah aus wie ein Kaufmann und für Geschäftliches stand ihm jetzt nicht der Sinn. »Sie sehen doch, ich bin in Gesellschaft. Geht es nicht später?«, gab Schiller barsch zur Antwort. »Die Gelegenheit erschien mir günstig und ich denke, es dürfte Herrn Schiller interessieren, was ich zu sagen habe.« – »Ist er Verleger? Spekuliert er auf ein neues Drama?«, rief Huber. »Dann zahle er gleich mal die nächste

Runde, damit wir uns von seinen Verhältnissen überzeugen können!« Mit einem Wink orderte Huber die Bedienung heran. »Nein, wenngleich ich in gewissen Kreisen als nicht unvermögend gelte ...« – »Habt ihr's gehört, wir haben einen Gönner!«, rief einer der Schauspieler, die jetzt ebenfalls am Tisch Platz genommen hatten. »Herr Schiller«, versuchte sich der Mann jetzt noch einmal Gehör zu verschaffen, »wenn Sie vielleicht die Güte hätten, mir Ihre Aufmerksamkeit zu schenken.« Dabei zupfte er Schiller sogar aufdringlich am Ärmel. »Lass er das! Ich bin nicht dazu aufgelegt!«, wehrte Schiller verärgert ab. Bevor der Mann noch einmal insistieren konnte, wurde er von einer Gruppe lärmender Studenten abgedrängt, die Schiller kurzerhand aus dem Sessel hoben, ihn an Armen, Beinen und Körper fassten und Richtung Decke warfen, mit ihm sodann, ihn auf ihren Schultern tragend, einen kleinen Umzug durch den Raum veranstalteten und ein dreifaches »Vivat!« ausriefen, bevor sie ihn quer über den Tisch hoben und auf seinen Dichterthron setzten. Schiller wurde mitgerissen von der Begeisterung der Leute, die keineswegs selbstverständlich war, da man sich zu Leipzig schon seit langem der französischen Dichtung verbunden fühlte und neuere literarische Strömungen, die sich an der »Unregelmäßigkeit« der englischen Literatur, insbesondere Shakespeare, orientierten, geflissentlich nicht beachtete. Schon wegen einiger mit Bonmots voll gekleckster Bogen hielten sich viele hier bereits für einen Dichter. Aber vielleicht war es der Freigeist Schillers, der die Leute für ihn einnahm, oder einfach Hubers Fürsprache. Schiller war es egal – er genoss das Gefühl! Mitten im Gedränge versuchte er in seinem Sessel, seine Kleidung wieder zu ordnen, das Hemd in die Hose zu stopfen und seine Schnallenschuhe, die verloren gegangen waren, wieder anzuziehen. Ihn schwindelte. »Huber, um Gottes willen, besorg er doch mal einen Kaffee und hilf er mir, dass ich erst mal Luft holen kann!«

Es war abzusehen, dass Kaffeehausbesuche wie dieser sich stets bis in den Abend hinein ausdehnen würden.

Als Schillers finanzielle Mittel sich wieder dem Ende zuneigten, besorgte ihm Huber ein preiswertes Zimmer in der Hainstraße im kleinen Joachimstal. Inzwischen hatte Schiller Leipzig auch als grüne Stadt mit vielen Parks und Plätzen, Alleen und Promenaden schätzen gelernt. Die Stadtgärten erschienen ihm so prächtig, dass er schon nach wenigen Tagen überzeugt äußerte, er sei in den elysischen Gefilden gelandet. Doch auch in der Hainstraße kehrte keine Ruhe ein. Zu Schillers freudiger Überraschung traf er im Haus auf die Schauspielerin Sophie Albrecht und ihren Mann, die er von Frankfurt und Mannheim her kannte. Man feierte das glückliche Wiedersehen und schon machten die Schauspieler der Rheineck'schen Truppe ihm ihre Aufwartung, um sich nach einem neuen Stück zu erkundigen und den berühmten Theaterdichter zu bestaunen. Schiller schrieb Briefe, versuchte sich an Dichtungen, besorgte sich Bücher, noch unentschlossen, ob er seine medizinischen oder juristischen Studien aufnehmen sollte, um vielleicht dem Wunsch seines Vaters entsprechend in einem bürgerlichen Beruf zu geordneten Verhältnissen zu kommen, und schmiedete mit dem jungen Göschen, seinem neuen Verleger, Pläne für die künftige Zusammenarbeit. Aber mit seiner Arbeit an den Projekten wie dem »Don Carlos« und auch mit seinen Studien kam er nicht voran. Er erwies sich einfach als zu schwach, um den Ablenkungen der Stadt zu widerstehen. Und der schriftstellernde Huber, der flugs aus dem Französischen übersetzte und so Literatur unter das Volk warf, erwies sich auch nicht als der Freund, der geeignet gewesen wäre, ihm ins Gewissen zu reden.

Wenige Wochen später zog Schiller aufs Land. Er erinnerte sich an seine Schaffensperiode in Bauerbach. Huber und Göschen besorgten Unterkünfte in Gohlis und endlich fand sich auch ein Termin für ein erstes Zusammentreffen mit dem Freund und Gönner Körner, der in Dresden wohnte und arbeitete. Eher beiläufig hatte Huber seinen Freund Schiller mit dem Geldverleiher Beit bekannt gemacht. Huber kannte allerlei nützliche Leute in Leipzig. Beits Wohnung mit Geschäftsraum lag in einem der Durchgangshöfe von der Katharinen- zur Hainstraße im zweiten Stock. Klingelzug und Messingtürklopfer, Schiller hatte inzwischen einige Praxis in solchen Geschäften. Er kannte das schon: Den Schreibtisch am anderen Ende des Raumes, dem sich der Bittsteller, mit jedem Schritt kleiner werdend, nähern musste, der ausladende Sessel dahinter, die imposanten Regale mit den Geschäftsunterlagen und der einfache Holzstuhl davor. Je schuldbewusster und zerknirschter der Blick ausfiel, desto höher die Zinsforderung, desto knapper das Geld, desto schlechter die Zeiten. Dieses elende Ritual war in seiner Gänze dem fürstlichen Umgang mit seinen Untertanen abgeschaut und fragte nicht nach Ursachen, nach Fähigkeiten und dem Menschen, der hier um materielle Hilfe vorsprach. Es erwies sich als die Fortsetzung des ewigen Machtspiels.

Doch zunächst schien Schiller von der Figur des Geldverleihers Beit angenehm überrascht. Ein hagerer groß gewachsener Mann, ansprechend gekleidet, aber keineswegs aufschneiderisch, mit dem Gesicht eines Intellektuellen. So hatte er ihn nicht aus Richters Kaffeehaus in Erinnerung gehabt. Forschen Schrittes trat Schiller vor den Schreibtisch. »Sie erinnern sich? Rat in weimarischen Diensten, Friedrich Schiller.« Eine knappe Verbeugung, stramme Haltung, gerader, fast fordernder Blick. Beit gab sich geschäftig, bot mit der linken Hand den Stuhl an. »Angenehm. Habe ihn in Begleitung von Huber kennen gelernt, wenn ich mich nicht täusche? Was kann ich für ihn tun?« – »Schiller. Weimarer Rat.« – »Ja, ja. Wie er schon gesagt hat. Hier gehen viele Räte, sogar Grafen und Konsule ein und aus. Und allen fehlt zum Titel das Geld.« Beit lächelte unverhohlen und legte die Feder beiseite, um die Hände erwartungsvoll zu verschränken. »Ein Kredit, nehme ich an, wünscht der Herr Rat? Hat er Sicherheiten?« – »Ich bin Schriftsteller und meine Bücher werden bei Göschen verlegt. Derzeit sind zwei Theaterstücke in Hamburg und Berlin in Aufführung, und ich habe vom Verleger Schwan zu Mannheim für meine letzten Werke noch Geld zu bekommen.« – »Schriftsteller, herrje! Er ist kein Bürger zu Leipzig?« – »Ich bin ein Mann von Ehre und zahle zurück.« – »Das versteht sich. Göschen ist noch jung und neu im Geschäft. Ich habe nichts zu verschenken.«

Beit schüttelte missbilligend den Kopf, dass seine Haare nur so hin und her flogen. »So tief ist ein Rat Schiller nicht gesunken, dass er zu Kreuze kriechen muss«, entgegnete Schiller verärgert und wandte sich zum Gehen. Doch auch dann musste eine Lösung her. Sein Geld neigte sich wieder dem Ende zu und es standen Umzug und Reise zu Körner auf dem Programm. Außerdem hatte er bereits davon gehört, dass Körner in nächster Zeit Minna Stock zu heiraten beabsichtigte. Auch da wollte und konnte er nicht mit leeren Händen dastehen. »Einen Moment!«, rief ihm Beit nach. »Hat er denn keine Sicherheiten? Kennt er jemanden in der Stadt, der für ihn einsteht, wenn er in Schwierigkeiten kommt? Dann will ich ihm Kredit gewähren, zu den landesüblichen Zinsen. Also?«

Schiller überlegte einen Moment, betrachtete den schweren eichenen Schreibtisch, die Öllampe mit fein geschliffenem Glas darauf, musterte das freundlich lächelnde Gesicht Beits und antwortete schließlich mit Widerwillen: »Körner ist mein Freund …« – »Gottfried Körner, der Sohn des kürzlich verstorbenen Theologieprofessors? Warum hat er das nicht gleich gesagt! Ein ansehnliches Vermögen soll ihm zugefallen sein!« Beit wurde geschäftig, lebendig geradezu.

Schiller senkte den Kopf und murmelte vor sich hin: »Weil jeder Mensch doch einen Wert an sich hat.« Schon war ein vorbereitetes Schriftstück zur Hand, auf dem Beit Namen und Einzelheiten kritzelte. »Einen günstigen Zinssatz offeriere ich ihm. Was darf ich einsetzen? Einhundert, zweihundert Taler? Oder gar mehr? Und hier bitte den Namen druntersetzen. Es war mir eine Ehre, Herr Rat Schiller, mit Ihnen Geschäfte zu machen. Beehren Sie mich doch wieder.«

Als kleine Reisegesellschaft reiste Schiller mit seinen Bekannten und Freunden in dem beliebten Naherholungsort Gohlis an. Er selbst mietete sich bei dem Gutsbesitzer Schneider auf einem kleinen Dachstübchen im ersten Stock ein. Ein schräges Zimmer, dessen Decke mit Querbalken auf seinen Scheitel drückte, und daneben ein Schlafstübchen, für seine Körperlänge zu kurz und zu eng, um seine Glieder auszustrecken. Er hatte alles genau berechnet, die Ausgaben hielten sich im Rahmen und mit den ersten Erlösen aus den Verkäufen einer neuen Ausgabe der »Thalia« würde er übers Jahr kommen. Seine Behausung teilte er zudem gelegentlich mit Göschen, seinem Verleger, wenn dieser von Leipzig herauskam.

»Eine ›Fiesko‹-Bearbeitung für die Leipziger Bühne! Es geht voran und das bei der Vorliebe meiner Leipziger fürs Französische. Schiller, die Leute mögen dich.« Göschen umarmte seinen Freund herzlich zur Begrüßung. Gemeinsam stiegen sie die Holzstufen zur Dachkammer hinauf. »Bringt mir kaum das Salz in die Suppe«, stöhnte Schiller. »Du gibst den Leuten Ideale, sie finden die Worte, um Missstände zu benennen. Das treibt das Jahrhundert voran«, beschwor Göschen ihn.

»Gier und Hatz nach Gewinn, das treibt die Leute. Unser Krämer-Jahrhundert prägt sie, die Tyrannei meinetwegen auch, aber nicht die Ideale.« Schiller hob anklagend die Hände zur Decke. »Du hast schon Recht. Vielleicht solltest du dich etwas leichter zugänglich zeigen, die Leute verführen, ohne deine Ideale zu verraten. Unterhalte sie und schmuggle ihnen die Ideale unter die Weste. Ich versuche gute Bücher zu machen. Teures Papier, gute Einbände, solides Handwerk. Aber ich denke auch an die Käufer. Ohne Zugeständnisse erreichst du nur ein paar gebildete Feingeister.« Schiller blickte Göschen nachdenklich an. »Zugeständnisse sind nicht meine Stärke. Ich begebe mich nicht auf die Stufe der Komödienschreiber! Dabei hast du schon Recht, ich spüre auch, dass ich an einer Grenze angelangt bin.«

»Der ›Don Carlos‹, du kommst nicht mehr voran.« – »Ja, an dieser Arbeit spüre ich es vor allem. Natürlich haben mich die Zerstreuungen in Leipzig abgehalten, aber ich spüre auch, dass ich zu wenig weiß von der Historie. Die Grenze liegt in mir, in meiner Bildung. Bei jedem Drama, bei jedem Buch kommt der Moment, in dem man auf seinen wirklichen Gegner stößt und erkennt, dass man selbst dieser Gegner ist.« – »Dann leg ihn weg, verbeiße dich nicht«, schlug Göschen vor, »schreibe etwas Leichtes oder wühle dich in die Geschichte des alten Spanien, dann fließen dir Zeilen und Dialoge wieder von allein aus der Feder. Du kannst nichts zwingen.« – »Etwas Leichtes soll ich schreiben? Mich dem Pöbel verkaufen – für die Bretterbuden auf dem Jahrmarkt vielleicht?« Schiller lachte bitter. »Ein begnadeter Dichter ist immer besser als der Durchschnitt, auch wenn er sich einmal in die Niederungen der Unterhaltung begibt. Ein Traktat hier zur Historie, etwas Romanhaftes dort. Zähle auf mich, ich drucke es.« Göschen zog seine vergoldete Taschenuhr aus der Weste. »Mein Freund, bedenke es. Ich lasse dir Bücher von Leipzig herausbringen, damit Du hier in der Sommerfrische studieren kannst. Ich für meinen Teil muss zurück in die Stadt.« Er stand auf, nahm sich Überrock und Hut von der Kommode. Beide umarmten sich noch einmal und schon knarrten die Holzstiegen, als er nach unten eilte.

Schiller fand in Gohlis zu geregelter, fruchtbarer Arbeit zurück. Schon bei Sonnenaufgang gegen vier Uhr in der Früh stand er auf. Nur leicht bekleidet sah man ihn gedankenvoll und geistesabwesend stundenlang in den Wiesen und Feldern der Umgebung herumwandern. Manchmal schickte der Gastwirt des Ortes seinen kleinen Sohn mit Wasserflasche und Trinkglas hinterher. Zwischen sechs und sieben Uhr kam Schiller zurück, diskutierte seine Ideen mit Huber, den er aus dem Bett warf, oder Göschen, wenn dieser aus Leipzig zu Gast war, und verbrachte den Morgen in der Holunderlaube des Ortsrichters Möbius, wo er niederschrieb, worüber er nachgedacht hatte. Am Nachmittag sah man ihn wieder auf Spaziergängen, die ihn über die Felder hinter dem Dorf bis zur Hallischen Straße, dann durch die Brandt'schen Wiesen ins Gohliser Bauernholz und zurück am Pleißenufer und über die beschaulichen Pfade des Rosentals zur »Wasserschenke« führte, in die er nicht selten einkehrte. Der Abend gehörte der Geselligkeit, mit Diskussionen, Kartenspiel und Kegeln.

Im Treppenhaus hörte Schiller die Magd, die ihm gerade nach seinem morgendlichen Spaziergang Kaffee, Schinken und Brot in die Dachstube gebracht hatte, aufkreischen und lauthals schimpfen. Dann ein lautes Poltern und Gelächter. Schließlich knallten Stiefel auf den Holzstiegen, dann nahm jemand zwei, drei Stufen auf einmal. Schiller schreckte hoch. Es war ausgeschlossen, hierhin verfolgten ihn die Württemberger nicht! Die Kammertür flog auf und Huber, etwas derangiert, aber bester Laune, stürmte herein und warf sich auf den erstbesten Stuhl. »Ein süßes Geschöpf!«, rief er aus und schnalzte anerkennend mit der Zunge. »Ist dir das schon aufgefallen?«

»Huber, ich bitte dich! Bist du aus dem Bett gefallen heute Morgen? Lass mir meine Magd in Ruhe! Du bist verlobt …«, Schillers Stimme ließ es nicht an missbilligender Schärfe fehlen. »… aber noch nicht verheiratet. Und wer weiß, wann wir wieder einen solchen schönen Frühsommer bekommen, in dem einen der Hafer sticht, schon wenn man nur an der Bettdecke lupft! Überhaupt, hier riecht es nur nach Tintenklecksen und staubigem Papier! Und Blasen hast du dir heute Morgen wahrscheinlich auch bereits gelaufen. Bei so einem Lebenswandel kann man keinen Blick für zwei apfelrunde Pobacken bekommen!« Huber lächelte Schiller an.

»Jetzt lass es gut sein«, bat Schiller und wandte sich seinem Frühstück zu. »Du hast mich mit deinem Überfall ganz nett erschreckt.

Immer noch sitzen mir die Württemberger im Hinterkopf.« – »Womit wir beim Thema wären.« Jetzt wurde auch Huber ernst. »Du erinnerst dich doch noch an diesen Menschen, der mit dir am ersten Abend in ›Richters Kaffeehaus‹ sprechen wollte? Der nicht unvermögende Geheimnistuer.« – »Ja, sicherlich. So ein schwarz befrackter, kahlköpfiger, untersetzter Mensch.« – »Ich habe ihn gestern Nachmittag hier in Gohlis gesehen.« Schiller blickte überrascht auf. »Das kann kein Zufall sein.«

»Genau das dachte ich mir auch und bin ihm heimlich gefolgt. Er hat einem Boten für die Postmeisterei Leipzig einen Brief anvertraut. Gegen ein paar Gulden machte der Bote wenig Aufhebens, mir den Brief zu überlassen. Moritz heißt der Kerl mit Nachnamen. Er soll Kaufmann sein und Geschäfte über die Landesgrenzen hinweg im Papierhandel tätigen. Aber jetzt kommt's! Die Briefe sind samt und sonders nach Württemberg adressiert. Hier ist das teuer erkaufte Einzelexemplar für Herrn Trautwein, andere Adressen sollen Reuss, Thaler und Elwert lauten.« Huber reichte Schiller das Schreiben, das er diesem sofort aus der Hand riss und zu lesen begann. Moritz lieferte in dem Schreiben – offenbar gegen Bezahlung – einen Bericht über die Aktivitäten Schillers und seinen neuen Aufenthalt ab. Er beschrieb dessen Umgang, seine Kontaktpersonen und seinen Lebenswandel. Schiller wurde aschfahl vor Wut und Erschrecken, zerknüllte den Brief und warf ihn mit Abscheu quer durch das Zimmer. »Ganz schön hartnäckig, deine Württemberger. Ist schon ein anderes Leben hier. Für meine Schulden hat mir noch nie jemand so zugesetzt«, meinte Huber kopfschüttelnd. »Du hast keine Ahnung!«, presste Schiller zwischen den Zähnen hervor. »Es sind nicht nur Geldeintreiber. Das sind die Württemberger Jesuiten. Ich besitze etwas, das sie am liebsten vernichtet sehen möchten.« Weiter erklärte sich Schiller seinem Freund Huber gegenüber nicht, aber er gab das verschnürte Paket mit Schubarts Schriften heimlich an Minna Stock zur Verwahrung. Zu ihrer ernsthaften und gewissenhaften Art hatte er das größte Vertrauen gefasst.

39

Das gelbe Getreide wogte in der grellen Julisonne zu beiden Seiten der alten Poststraße. Schiller freute sich, endlich Körner zu treffen, und fühlte sich eins mit der Natur wie bisher nur selten in seinem Leben. Sie saßen dicht gedrängt in der Postkutsche. Zwei Stunden bis Kahnsdorf. Minna, ganz mit ihren Heiratsvorbereitungen beschäftigt, zeigte ihrer Schwester Dora Skizzen von Brautkleidern und ging mit ihr die Liste der Hochzeitsgäste durch. Die Vorfreude zeichnete ein hübsches Rot auf ihre Wangen. Nur Huber gab sich gelangweilt, klammerte sich an einen Tonkrug mit Bier, um die Hitze zu bekämpfen, und hielt den Kopf immer wieder in den Fahrtwind. Als die Kutsche eine scharfe Rechtskurve fuhr, gewannen sie einen weiten Ausblick über die Landschaft und auf den zurückgelegten Weg. Plötzlich deutete Huber mit ausgestrecktem Arm nach hinten und machte Schiller auf einen Reiter aufmerksam, der offenbar der Kutsche bereits seit Gohlis in gebührendem Abstand gefolgt war. Längst hätte er sie überholen müssen, aber er ließ sich Zeit. »Der will nicht gesehen werden. Jede Wette, dass das unser Herr Moritz ist«, erklärte Huber.

Sie kamen rasch voran. Huber rief dem Kutscher zu, er möge noch einmal eine Rast einlegen, bevor sie nach Kahnsdorf einführen. So hielten sie bei dem nächsten Gehöft, das gleichzeitig eine Poststation war. Der Kutscher stieg vom Bock und schöpfte aus dem Brunnen Wasser für seine Pferde. Auch die Reisegesellschaft erfrischte sich mit dem kühlen Nass. Und tatsächlich, der Reiter stieg ebenfalls ab, um sein Pferd an einen Bach in der Nähe zu führen.

»Das haben wir gleich!«, rief Schiller verärgert aus. Er und Huber schlichen sich an den Reiter heran. Schiller überraschte Moritz, stellte ihn zur Rede. Beide diskutierten laut und heftig auf der Landstraße. Währenddessen schlich sich Huber von der Seite an das Pferd heran. Kurze Zeit später saßen Schiller und Huber wieder bei den jungen Damen in der Postkutsche. »Was habt ihr gemacht?«, wollte Minna wissen.

Dora spähte nach draußen. »Der Reiter ist ja weg.« – »Irgendjemand hat ihm den Sattelgurt durchgeschnitten. Jetzt steckt der Arme in der

Wildnis, und das bei dieser Hitze«, lachte Huber vergnügt und sprach wieder dem Bier zu. »Trink nicht so viel – und schon am Morgen«, mahnte ihn Dora, seine Verlobte. Doch Huber bot ihr nun gut gelaunt ebenfalls einen Schluck an. Schiller wurde immer schweigsamer. Ihn beschäftigten diese Verfolgung und die Berichte mehr, als er zugeben wollte.

Auf einem Hügel inmitten von Obstwiesen und Kornfeldern tauchte Kahnsdorf auf. Die Postkutsche schaukelte über die Dorfstraße. Die großen Höfe mit mehrstöckigen Wohn- und Wirtschaftsgebäuden unterschieden sich schon deutlich von den ärmlichen Bauerndörfern in Württemberg und zeugten von Wohlstand und guten Bodenverhältnissen. Bauern zogen ihre Hüte und grüßten, Kinder liefen schreiend neben der Kutsche her oder vertrieben das Viehzeug von der Straße. Das Gut der Familie Ernesti, den Verwandten Körners, lag ziemlich am Ende der Dorfstraße. Repräsentative Gebäude, massiv gemauert, eine steinerne Brücke, die über einen Bach führte. Für Generationen geplant und gebaut, dachte Schiller. Kaum dass die Postkutsche hielt, trat schon ein junger Mann mit hochgekrempelten Hemdsärmeln und offener Weste aus der Tür und lief ihnen entgegen. Die jungen Frauen waren die Ersten, die aus der Postkutsche sprangen, um, ohne auf jede Etikette zu achten, schnatternd wie die Gänse dem Jüngling um den Hals zu fallen. Dieser griff nach seiner Minna, küsste sie auf den Mund, hob sie dabei ein Stückchen von der Erde und wirbelte sie umher, dass sie kreischte. Dann standen sich Schiller und Körner gegenüber und reichten sich die Hand, lange und wortlos. Schiller kannte ihn bislang nur von Doras Zeichnungen und musste zugeben, dass sie ihn gut getroffen hatte. Die klugen, aufmerksamen Augen, den weichen Gesichtszug des Intellektuellen, die senkrechte Stirnfalte, der vergnügte, heitere Zug um die Mundwinkel, dieselbe beeindruckende, fast staatsmännische Haltung, die jetzt, wo sie sich gegenüberstanden, fast in einem krassen Gegensatz zu seinem noch jugendlichen Alter stand. Aber erst am Abend konnten sie ungestört unter vier Augen reden.

»Hast du dich in Sachsen eingelebt?«, fragte Körner und führte seinen Freund auf einem schmalen Pfad über die Dorfwiesen, an einem kleinen Bachlauf entlang.

»Ich bin ein freier Mensch, ohne herrschaftliche Bedrängnis. In Mannheim war zuletzt meines Bleibens nicht mehr. Intrigen, Bespitzelungen, keine Aussicht mehr auf ein Fortkommen und eine unglückliche Beziehung. Aber hier!! Ich bin dir sehr dankbar«, bekannte Schiller aufrichtig. »Und, geht es voran? Was macht der ›Carlos‹? Göschen hat mir von den Fortschritten bei der ›Thalia‹ geschrieben.

»Ich musste aus Leipzig fort. Zu viele Zerstreuungen, du verstehst. Ich bin nicht der Mensch, der sich einer Gesellschaft entzieht und sich wehrhaft abriegelt, um sich der Arbeit zuzuwenden. Aber in Gohlis mache ich Fortschritte.« Schiller stockte einen Moment, schaute Körner unsicher von der Seite an. Dieser forderte ihn auf: »Nun, frei heraus, mein lieber Schiller, wo wir doch aufrichtig miteinander umgehen.« – »Manchmal denke ich an einen Beruf, der mich ernährt. Vielleicht sollte ich mein Studium der Medizin wieder aufnehmen.« – »Du musst schreiben! Punktum! Die wirklichen Dichter sind rar geworden!« Körner bedrängte ihn mit Feuereifer. »Du hast gut reden, dich ernährt dein Beruf und du hast bald eine beneidenswerte hübsche Frau an deiner Seite«, gab Schiller zu bedenken.

»Mich ernährt mein väterliches Erbe und ich bin ein Dilettant in der Kunst, froh, wenigstens den Schund und Tand vom Gold der Dichterworte unterscheiden zu können, und daher glücklich, dich, Friedrich, zum Freund zu haben.« Körner überreichte ihm einen Brief. »Hier, lies das, wenn du auf der Rückreise bist, und versprich mir, mit Minna nach Dresden zu kommen und die Sommermonate kostenfrei in unserem Haus in den Weinbergen in Loschwitz zu verbringen. Du wirst sehen, dass du weder die Juristerei noch die Medizin vermissen wirst. Und bitte habe nicht weitere Bedenklichkeiten, mir deine Bedürfnisse zu entdecken.« Dankbar und überwältigt schloss Schiller seinen Förderer und Freund in die Arme. »Womit habe ich das alles verdient?« Aber auch diese Antwort blieb ihm Körner auf dem Weg zurück zum Gut nicht schuldig.

Kaum verließ die Kutsche Kahnsdorf, zerriss Schiller das Siegel und las den Brief. Er murmelte leise vor sich hin: »Dabei habe ich ihm nur Andeutungen gemacht, dass ich auf den Druck einiger Schriften bei Göschen hoffe …« Huber bedrängte ihn und er las laut vor, stockend vor Ergriffenheit:

»Warum schriebest du mir nicht gleich, wie viel du brauchst? Kommt es bloß darauf an, einige laufende Ausgaben zu bestreiten, so ist vielleicht das hinreichend, was ich beilege. Ich würde dir gleich mehr schicken, wenn ich hier nicht noch allerlei Handwerksleute zu bezahlen und erst in Leipzig Geld zu empfangen hätte. Aber Rat kann ich allemal schaffen. Wenn ich noch so reich wäre, und du ganz überzeugt sein könntest, welch ein geringes Objekt es für mich wäre, dich aller Nahrungssorgen auf dein ganzes Leben zu überheben: so würde ich es doch nicht wagen, dir eine solche Anerbietung zu machen.

Aber ein Jahr wenigstens lass mir die Freude, dich aus der Notwendigkeit des Brotverdienens zu setzen. Auch kannst du mir meinethalben nach ein paar Jahren alles wieder zurückgeben, wenn du im Überfluss bist. Also, schreibe mit der ersten Post und bestimme die Summe …«

Minna strahlte ihn an und Schiller wusste, dass es auch ihr Verdienst war, dass sich Körner ihm gegenüber so großzügig erweisen konnte. Er kniete vor ihr und küsste im Überschwang der Gefühle ihre Hände, was sie ganz verlegen machte. »Und du, Huber, besorgst mir gleich einen Brief auf die Post nach Leipzig. Ich will ihm sofort danken und zurückschreiben.«

An Christophine Rheinwald
Ich hoffe doch nun sehr, dass du dich trotz meiner Bedenken in das Eheleben eingefunden und in Meiningen eingelebt hast. Wenn auch mein Phinele Besseres verdient hätte, aber das Leben schreibt uns manchmal seine eigenen Kapitel. Ich finde derweil in Loschwitz die himmlischste Gegend vor. Am Fuße des Berges liegt das Wohnhaus. Am Haus ist ein niedlicher kleiner Garten, und oben auf der Höhe des Weinberges steht noch ein artiges Gartenhäuschen. Die Aussicht von diesem und der Untergang der Sonne soll ganz zum Entzücken sein. Alles hier herum wimmelt von Weinbergen, Landhäuschen und Gütern. Ich richte mich auf einen mehrwöchigen Arbeitsaufenthalt ein. Während heute Dorchen und Minna auspackten und im Hause sich beschäftigten, hatten Körner und ich philosophische Gespräche. Das Wohnhaus selbst liegt an einem Hang und hat im oberen Stock zu ebener Erde nur zwei kleine Stübchen und zwei Kämmerchen. Für mich hat Minna im ersten Stock zu ebener Erde die Presskammer als Wohnstube mit grünseidenen Vorhängen, einem

Schreibtisch, einem Großvaterstuhle und einem Bett eingerichtet. Nur ein schmaler Gang trennt mein Zimmer von der Waschküche, dem Winzerstübchen und dem Kuhstalle, in welchem zwei Kühe stehen. Dieses sind die einzigen Ablenkungen, denen ich trotzen muss für meine Schriften und Studien. Ich sehe rückwärts in meinem Leben und bin fröhlich, liebe Schwester, und voll Mut für die Zukunft. Möge es dir auch so ergehen!

Dein Fritz

Er hatte sich für die Nacht ein paar Stühle im Gartenhäuschen zusammengeschoben und sich mit einer einfachen wollenen Decke gewärmt. An jenem Morgen sprang er vergnügt von seiner improvisierten Bettstatt und setzte seine Füße selbstbewusst auf den Boden, bereit, sich die Erde untertan zu machen. Er platzte fast vor Selbstzufriedenheit, die neue Hose saß stramm und die angepasste Weste wurde das erste Mal in seinem Leben vom Körper ausgefüllt. Er war randvoll vom guten Leben der letzten Wochen – und wenn es hier und jetzt und heute Menschen gab, die die Last des Lebens schwer auf ihren Schultern fühlten, so gehörte Schiller gewiss nicht zu ihnen. Mit einer Hand fuhr er sich kurz durch die struppigen Haare, die andere Hand griff bereits wieder nach der Feder, tunkte diese ins Tintenfass und warf noch ein paar Verskorrekturen aufs Papier.

»Schiller! Fritz! Komm endlich! Frühstück ist angerichtet!«, rief Minna Richtung Gartenhäuschen, das jetzt oben am Hang fast vollständig vom satten Grün des Weinlaubes und den roten Trauben verdeckt lag. »Nicht so grob!«, mahnte Huber, der sich beeilte, an der Morgentafel Platz zu nehmen, und nach Essbarem Ausschau hielt. »Eine zarte Künstlerseele reagiert auf Himmelstöne.« – »Du gerade, zarte Künstlerseele, dass ich nicht lache! Fritz, lass den Kaffee nicht kalt werden!«

»Ich gehe ihn jetzt holen«, entschied Dora, die aus dem Haus trat und Brot und Kuchen auf den Tisch stellte. »Nichts da, hier geblieben!« Huber fasste sie am Handgelenk. »So weit kommt es noch, dass meine Braut anderen Männern in den Weinbergen nachsteigt. Die süßen Früchte pflückt mein Liebchen gefälligst an meiner Seite!« – »Ach du! Was du so immer daherredest!« Es kam zu einem kleinen Handgemenge, an dessen Ende Huber nur augenzwinkernd erklärte: »Jetzt trete ich den Beweis an.« Er griff nach seiner Mandoline, begann zu spielen, und tatsächlich sah man Schiller den steilen, gewundenen Pfad zwischen den Weinstöcken hinabkommen. Dora und Minna hatten den Tisch schon auf das Gemütlichste unter dem Pfirsichbäumchen gedeckt, in dessen Blättern der Wind wie in einer Harfe spielte. Dora drapierte für »ihren Dichter« den in der Frühe gepflückten Blumenstrauß in einer Vase, während Huber jetzt versuchte, ihr Strumpfband zu ergattern, und sie so um den Tisch trieb. Schiller lachte, als er das Treiben von oben beobachtete, ging dann aber nicht direkt zur Terrasse, die auf der rechten Seite des Hauses vor seinem Wohnstübchen lag, sondern auf den Hinterausgang des Hauses zu. »Fritz, wo willst du jetzt schon wieder hin? Ich werde noch ganz verrückt hier!« Minna nahm jetzt protestierend Platz und legte die Hände in den Schoß. Schiller eilte seinem Freund Körner entgegen, nahm diesem die große Kaffeekanne aus der Hand. »Lass mich das machen, mein Freund. Von poetischer Hand kredenzt, entfaltet dieses Göttergetränk erst seine wahre Wirkung.« Körner willigte lachend ein und nahm an der Seite von Minna Platz, die er mit zärtlichen Wangenküssen begrüßte. Noch einen Schritt auf die Hausschwelle zu und Schiller hatte Glück, den Hausdiener Gottfried zu erwischen und ihm zuzuraunen, er möge eine Flasche Champagner aus den Tiefen des Kellers holen und Gläser bereithalten, denn es gäbe etwas zu feiern. Dann eilte Schiller zu seinen Freunden, schenkte Kaffee aus und begutachtete die Kaffeetafel.

»Genug für deinen Löwenhunger, Schiller?«, erkundigte sich Dora und machte ihm schöne Augen. »Du weißt, ich bin ein eher bescheidener Mensch. Da muss es nicht wenig sein, Hauptsache gut!«, scherzte Schiller und langte kräftig zu. »Du warst die ganze Nacht dort oben im Gartenhäuschen«, begann Dora. »Hm. Eine wunderschöne laue Sommernacht«, antwortete Schiller. »Du solltest nicht so leichtsinnig sein, die Nächte werden auch bei guter Witterung im September schon recht kühl«, mahnte ihn Minna. »Erfroren bin ich nicht, aber fast verhungert dort auf meinem Dichterhügel«, beschwerte sich Schiller im Scherz. »Nun hört euch diesen Tagträumer an! Da rufe ich mir die Stimme aus dem Leib und der Herr Dichter hockt auf seinen Ohren, bereit, mich als knauserig zu beschimpfen«, gab Minna schlagfertig zurück.

»Viel entscheidender, meine Freunde, ist die Frage, ob und was er dort oben geschrieben hat«, erkundigte sich jetzt Körner und genoss den heißen Kaffee.

»Na, welche Muse hat dich geküsst? Ich für meinen Teil habe auf mein Dorchen die ganze Nacht Acht gegeben«, lachte Huber und kaute genüsslich mit vollen Backen, während Dora, die ewige Verlobte, rot wurde vor Verlegenheit.

»Bei Sonnenuntergang habe ich ein Lied begonnen und heute Morgen die letzten Verse gedichtet.« Schiller zog die Blätter schüchtern aus der Tasche. Schon war Dora zur Stelle und las: »*An die Freude.*« Still bewegte sie ihre Lippen beim Studium der Verse. Schiller begann seine Pfeife zu stopfen und beobachtete jetzt seine Freunde, bei denen die Blätter die Runde machten. »*Freude schöner Götterfunken/ Tochter aus Elysium …*«, las Körner jetzt laut vor. »Unserem Dichter geht es richtig gut. Man muss ihn nur lassen, da verfliegen die düsteren Zeilen und seine Kunst strahlt hell empor.« – »Wie der Sommermorgen«, pflichtete Huber bei. »Gefällt mir, altes Haus!« – »Das ist wunderschön«, Dora drückte Schiller einen Kuss auf die Wange, »es gefällt mir so gut, dass du einen Wunsch bei mir frei hast.« – »Wenn ich mir wirklich etwas wünschen dürfte …«, sagte Schiller gedehnt. Doch Minna hob schon den Zeigefinger: »Dora, man sollte nie etwas versprechen, das man nicht halten kann.« – »Und man sollte nie etwas wünschen, was einem anderen unmöglich ist«, ergänzte Schiller und erntete von Huber einen schrägen Blick. »Die Freude sollte unsere treibende Kraft sein in diesen Zeiten und der Glaube daran, dass unser Jahrhundert an Menschlichkeit gewinnen wird.« – »Unser Jahrhundert wird so gut und so schlecht sein, wie wir es machen. Darum lasst uns auf der Menschheit Straße kräftig voranschreiten!«, rief Körner aus. »Darauf müssen wir anstoßen!«

Auf einen Wink trat Gottfried mit dem Champagner aus dem Hauseingang. Schiller sprang auf und fuhr mit dem Glas über den Tisch. Doras Glas klirrte und sie hielt nur noch den Stil in der Hand. »Fritz, musst du immer so ungestüm sein!«, ärgerte sich Minna. »Jammere nicht, Scherben bringen Glück«, entgegnete Körner und stieß an. Alle standen sie jetzt und prosteten sich mit »*Freude schöner Götterfunken*« zu. Schiller warf anschließend sein Kristallglas mit großer Geste über den Zaun nach unten auf die Straße, wo es klirrend zerschellte. Die anderen standen ihm in nichts nach. Schon forderte Schiller neue Trinkgefäße und Minna lief, um vier kleine versilberte Trinkbecher zu holen, damit nicht ihr Kristall weiter Schaden nähme. Schiller rief: »*Eine Libation für die Götter! Gießen wir unsere Becher aus!*« Und sie schütteten mit einem Schwall den Champagner in dieselbe Richtung, in die zuvor die Gläser geflogen waren. Jetzt ertönten Protestrufe von der Straße, offenbar hatten sie einen vorbeispazierenden oder vielleicht auch neugierigen Dörfler getauft. Sie tranken weiter in enthusiastischer Stimmung und schlossen beim Rest der Flasche mit dem Ausruf: »*Keine Trennung! Keiner allein! Sei uns ein gemeinsamer Untergang beschieden!*«

Huber griff sogleich nach der Mandoline. »Freunde, das Lied braucht eine Melodie!« Und sie probten noch, bis die Gesellschaft wieder nach Dresden aufbrach und Schiller allein in seinem Weinberg mit seinem »Don Carlos«, seiner »Thalia«, den »Geistersehern«, den Versen, Ideen und Studien zurückließ. Auf Körner wartete sein Konsistorium mit Regierungsgeschäften, denn das Geld für das Haushaltsgeschirr, das Dichter nach geglückter Arbeit gewöhnlich zu zerschmettern pflegten, wollte verdient sein!

40

Ein frohes Jahr in Dresden lag hinter Schiller. Ein Jahr sorglosen Lebens und Arbeitens. Allerdings auch getrübt von einer unglücklichen Liebe zu Henriette von Arnim, mit der er eher zufällig auf der Straße bekannt geworden war und die binnen kürzester Frist seine Leidenschaft entfacht hatte. Schiller stürzte sich in Unkosten, kaufte neue Kleidung, frisierte und parfümierte sich, dass Dora schon über ihn zu witzeln begann und die gestrenge Minna sich weigerte, weiterhin seiner Verschwendungssucht und seinem bohèmehaften Lebenswandel zuzuschauen. Er gab Unsummen für Blumen und Einladungen aus und musste letzten Endes erfahren, dass er keinesfalls der einzige Günstling jener höchst attraktiven jungen Dame war und dass es ihrer Mutter vor allem um eine gute Partie ging. Schiller stellte Henriette von Arnim in seiner ungestümen Art zur Rede, machte ihr Vorhaltungen, man stritt sich, entzweite sich sogar, was aber nur dazu führte, dass er tagelang keine Zeile mehr zuwege brachte und Löcher in die Luft stierte. Schließlich, nachdem sie schrieb und um ein Treffen bat, drohte Schiller erneut schwach zu werden. Huber, der sich auf nüchtern erotische Art dem weiblichen Geschlecht und den Dingen der Liebe näherte, redete ihm ins Gewissen. Er schlug vor, der Dame nachzuspionieren, damit Schiller endlich klar sehe. So standen sie an einem Abend, an dem Mademoiselle von Arnim angeblich verhindert war, schweigend im schützenden Schatten einer Hauswand, beobachteten das Arnim'sche Haus und warteten. Das hell erleuchtete Fenster in der ersten Etage gehörte zu ihrer Wohnung.

»Sie ist zu Haus. Ich will es wissen!«, seufzte Schiller und drückte Huber sein Antwortschreiben in die Hand, um ihn als Boten und Kundschafter ins Haus zu schicken. Auch wenn sich Schiller in letzter Zeit immer mehr von Huber wegen dessen Oberflächlichkeiten, seinen ewigen Weibergeschichten und vor allem der Art und Weise, wie er die treue Dora hinterging, entfremdet hatte, für derlei Mission war er wie geschaffen. Es dauerte nicht lang, da sah Schiller ihn wieder aus dem Hauseingang und der Toreinfahrt kommen. Schnell lief er ihm entgegen: »Und?« – »Willst du es wirklich wissen?« – »Warum frage ich sonst! Red schon!«, flüsterte Schiller mit zitternder Stimme. »Sie saß drinnen beim Kartenspiel und der dicke Bankier Eppsteiner machte ihr in Anwesenheit des galanten Grafen Waldstein den Hof.« Huber wirkte sogar ein wenig verlegen. »Danke, Huber, für diesen Freundschaftsdienst.« Schiller wandte sich ab und lief allein nach Hause.

Doch damit war die Angelegenheit nicht ausgestanden. Anderntags lauerte ihm der Bankier Eppsteiner auf, drängte ihn in ein Café und eröffnete Schiller unverblümt, dass er den Umgang mit der jungen von Arnim einzustellen habe und am besten sogleich die Stadt verließe. Schiller sprang auf, rot vor Empörung. Er habe nicht vorgehabt, den Kontakt zu Mademoiselle von Arnim zu vertiefen oder fortzuführen, aber das sei doch wohl ganz und gar seine Privatangelegenheit, die den Bankier – unbekannterweise – nichts, aber auch überhaupt nichts anginge. Noch weniger dürfte diesen interessieren, wo er, Schiller, zu leben gedenke. Der Bankier wurde deutlicher. Er habe Schuldscheine und Wechsel aus Leipzig und Meiningen erworben. Es lägen ihm Anzeigen und Schreiben aus Württemberg vor und er habe Kontakte zu einem Fronboten mit Namen Reuss, der Herrn Schiller nicht unbekannt sein dürfte. Es ginge sogar das Gerücht, er habe einem in Württemberg einsitzenden Kriminellen zur Flucht verhelfen wollen, zumindest aber verbotene Gegenstände aus der Festung geschmuggelt. Gewisse Kreise dort wären an einer genauen Untersuchung und Überstellung des Herrn Schiller sehr interessiert. Schiller setzte sich nicht wieder, schüttelte nur drohend die Fäuste. Er sei weimarerischer Rat und besitze über seinen Freund Körner die Protektion der sächsischen Regierung! Er lasse sich nicht drohen. »Auch die Regierung hat Kredite bei meiner Bank …«, grinste ihn der dicke Eppsteiner frech an. Schiller stürmte davon. »Ich sehe, wir haben uns verstanden!«, rief ihm der Bankier noch nach.

Wieder streckten sie ihre Tentakel nach ihm aus. Diese ekelhafte Krake schnitt an jedem Ort neue Fratzen! Das Gift der Verfolgungsangst raste ein weiteres Mal durch seine Gedanken und stellte alles in Frage. Auf keinen Fall durfte er Körner, dem er so viel zu verdanken hatte, in diese Sache mit hineinziehen.

Näher hielt Schiller die Handschrift an das Licht der Öllampe, um seinen entzündeten, übermüdeten Augen, die keinen Schlaf fanden, Entlastung zu verschaffen. Fasziniert und aufgeregt las er halblaut die Verse:

»Weh! Steck ich in dem Kerker noch?
Verfluchtes, dumpfes Mauerloch!
Wo selbst das liebe Himmelslicht
Trüb durch gemalte Scheiben bricht …«

Wie machte dieser Goethe das bloß? Alles wirkte wie mit leichter Hand hingeworfen. Wie konnte sein »Don Carlos« daneben bestehen? Viel lag ihm daran, Goethes Anerkennung zu gewinnen. Dora und Minna, die er regelmäßig aufgesucht hatte, wenn er in Dresden oder Leipzig weilte, hielten Goethe für hochmütig und unnahbar. Wie war das möglich, bei einer solch klaren, einfachen Sprache? Schiller quälten Selbstzweifel, noch immer fehlte ihm die Gewissheit, wo er mit seinem Können wirklich stand. Er müsste sich erproben an den großen Geistern der Zeit, um zu wissen, was ihm fehlte. Noch weilte Goethe in Italien – wäre da nicht Weimar ein ungefährliches und lohnendes Ziel? Charlotte von Kalb hatte ihn eingeladen, sie würde ihm Zugang zu Wieland, Herder und von Knebel verschaffen und seine Beziehungen zum Hofe erneuern. Oder erwiesen sich diese Gedanken in Wahrheit nur als Fantasien, die seiner Enttäuschung und Einsamkeit entsprangen?

Im Schlafrock trat Körner ein, setzte sich in den Sessel schräg hinter ihm, nippte an einem Kaffee, den er mitgebracht hatte, stellte die Tasse schließlich weg. »Du rezitierst aus dem ›Faust‹-Fragment?« Schiller nickte stumm. »Das könnte ein wirklich großes Werk werden, wenn er es vollendet. Aber wer weiß, ob er jemals die Fäden wieder aufnehmen wird, die er mit seiner Abreise nach Italien hier liegen gelassen hat.« – »Er wird es vollenden. Ein Mensch wie er ist sich seiner Fähigkeiten sicher, da spielt es keine Rolle, ob er den Faden ein paar Jahre früher oder später weiterspinnt. Ich dagegen –«, Schiller legte das Manuskript zur Seite, »ich weiß auch nicht … Es gärt in mir!« – »Dein ›Don Carlos‹ liegt verschnürt und versiegelt vor dir, bereit zum Druck bei Göschen. Vier Jahre Arbeit und Studien sind beendet, mein Freund. Jetzt deine geschichtlichen Forschungen. Du machst große Fortschritte. Deine ›Geisterseher‹ haben dir die Leute förmlich aus der Hand gerissen und Göschen zum Verleger mit glücklicher Hand gemacht. Willst du jetzt nicht die ›Geschichte des niederländischen Abfalls von Spanien‹ zu Ende schreiben?« Körner spürte deutlich, wie sehr Schiller Zuspruch benötigte, denn die heitere Stimmung der Loschwitzer Tage war verflogen, Schiller zog sich immer mehr zurück und nahm nicht mehr am gesellschaftlichem Leben Dresdens teil.

»Frage mich nicht nach solchen Plänen! Ich bin mürrisch, sehr unzufrieden. Kein Pulsschlag der vorigen Begeisterung.« Schillers Blick glitt ins Leere. »Mein Herz ist zusammengezogen, und die Lichter meiner Fantasie sind ausgelöscht. Ich könnte des Lebens müde sein, wenn es der Mühe verlohnte zu sterben. Erschrecke nicht, mein Freund, wahrscheinlich bedarf ich einer Krisis – die Natur bereitet eine Zerstörung, um neu zu gebären.«

Bedrückt sah Körner auf: »Gönne deinem Kopf mehr Ruhe. Die viele Nachtarbeit bedrückt dein Gemüt.« – »Mein Wille zwingt meinen Geist und treibt meinen Körper, solange er vorhanden ist.« Schiller nahm das geschnürte Manuskriptpaket und wog es bedächtig in den Händen. »Goethe schickt dir Manuskriptblätter. Obwohl er weiß, dass ich bei dir lebe, erwähnt er mich mit keinem Wort. Obwohl er davon ausgehen muss, dass auch ich sie lese, will er von meiner Meinung dazu nichts wissen.« – »Worum geht es dir wirklich? Frei heraus und ehrlich, wie wir es uns versprochen haben!«, forderte Körner. »Gottfried, ich muss wieder raus in die Welt. Ich muss fort von dir. Hier bin ich sehr wenig oder nichts. Unter euch glücklichen Paaren hier fühle ich mich einsam und habe doch nicht die Mittel, selbst eine Familie zu gründen. Du bietest mir Unabhängigkeit und Freundschaft seit zwei Jahren. Auch wenn ich dir das nie vergessen werde, ist doch das Geben und Nehmen ungleichgewichtig. Ich muss es schaffen, über mein Leben selbst zu bestimmen.« Es wurden mehr Sätze der Erläuterung und Rechtfertigung, als Schiller beabsichtigt hatte, denn er wollte den Freund, der jetzt konzentriert in seinen erkalteten Kaffee blies, nicht verletzen, und dieses Geständnis, lange aufgeschoben, kostete Schiller alle Kraft. Dann stand er auf und schritt wie gewöhnlich, die Hände auf dem Rücken verschränkt, im Zimmer auf und ab.

»Ich kann dich nicht halten und ich verstehe dich, ich bin kein Künstler, an dem sich dein Geist messen kann, eben nur ein Nachaffer. Aber versprich mir, dass du dich und deine Entscheidung noch einmal ernsthaft prüfen wirst. Goethe kannst du auch bei uns treffen.« Körners Stimme wurde brüchig.

Schiller trat vor ihn und legte ihm die Hände in einer freundschaftlichen Geste auf die Schultern. »Das hat nichts mit dir zu tun. Du bist mir der aufrichtigste und wertvollste Freund, der verlässlichste Ratgeber und ein anregender Gesprächspartner. Verstehe doch, ich muss fort. Es ist entschieden. Des Schicksals Schwerkraft wirkt auf unsere Freundschaft, die auch die Trennung überdauern wird.« – »Wohin willst du gehen?« – »Nach Weimar und vielleicht nach Hamburg. Dort will Schröder den ›Don Carlos‹ uraufführen.« – »Charlotte von Kalb ist nach Weimar gezogen. Du bist diesem Verhältnis schon einmal entflohen«, warnte Körner. »Der große Wieland ist in Weimar, Herder, von Knebel. Gestern las ich, Lavater ist auf der Reise dorthin, Goethe wird auch zurückerwartet. Und wahrscheinlich werde ich nur ein paar

Wochen bleiben, bis ich weiterreise. Kein Grund zur Besorgnis, lieber Körner«, antwortete Schiller. »Ich sehe, es macht keinen Sinn, dir Bedenken in den Weg zu streuen. Versprich mir nur, dass du deine Schreiberei nicht aufgeben wirst. Denn im Unterschied zu vielen Dichtern steckt in deinen Zeilen Aufrichtigkeit, Anteilnahme und kein kunstvolles Wortgeklingel. Du hast eine Gabe, an der du schwer tragen magst, aber es ist eine Gabe, um die dich noch viele Große beneiden werden.« Auch Körner stand jetzt auf, um den Freund bewegt in die Arme zu schließen. »Verweilen kann ich hier nicht länger, auch wenn es mir das Herz bricht. Ich habe nie das Meer gesehen, Körner, darum weiß ich nichts von den Gezeiten und wie der Lauf der Sterne die Fahrt der Boote lenkt. Von zu vielen Dingen weiß ich nichts, um sie in Betracht zu ziehen, doch manchmal taucht eine Unwissenheit auf, die mich süchtig macht. Ich bin bereit, diesen Horizont zu überschreiten.«

41

»Melden Sie Madame von Kalb, der Räuberhauptmann aus Mannheim begehrt Einlass!«, schnarrte Schiller und rasselte mit dem Galanteriedegen an der Seite. Die Hausjungfer warf verschreckt die Tür zu und lief zur Herrschaft. Kurze Zeit später erschien Charlotte von Kalb persönlich an der Tür, um ihren Friedrich in die Arme zu schließen und ohne viele Worte in ihr Schlafgemach zu führen. Schiller bemerkte, jeder zerrissene Faden des Umgangs knüpfte sich schnell wieder an, und es wurde ein Arrangement wie zuvor in Mannheim. Der Herr Major von Kalb hoch zu Ross, ein seltener Gast bei seiner jungen Frau. Auch wenn Schiller beschönigend an Körner schrieb: »*Lange Einsamkeit und ein eigensinniger Hang ihres Wesens haben mein Bild in ihrer Seele tiefer und fester gegründet, als bei mir der Fall sein konnte mit dem ihrigen …*«, die Wirklichkeit sah anders aus. Gegen Abend hatte ihn die Postkutsche auf dem Weimarer Marktplatz abgesetzt und Schiller nahm sich nur Zeit für die ersten notwendigen Verrichtungen im Hotel »Zum Erbprinzen«, wo er für die nächsten Tage Quartier bezog. Dann eilte er, kaum dass eine Stunde vergangen wäre, ohne vorher die Residenzstadt in Augenschein zu nehmen und vor allem, ohne auch nur im Geringsten auf Anstand und Etikette zu achten, zu Charlotte von Kalb. Sie hatte einen kleinen, kränklichen Sohn und sie war fraulicher geworden, was Schillers Sinnlichkeit entfachte. Er warf Rock und Hemd auf den Boden, ließ sich vor ihrem Bett zu Boden sinken und legte den Kopf auf ihren nackten, weißen Bauch. Charlotte lächelte und neigte den Kopf kokett nach links. Mit einer kleinen Handbewegung löste sie die blonden Haare, die ihr in Locken über die Schultern fielen. Schiller spürte, wie sein Herz rascher schlug. Ihr Blick jagte ihm einen Schauer über den Rücken. Sie sagte nur: »Wie lange habe ich auf dich gewartet. Komm zu mir, Liebster. Ich will dein Kissen sein.« Schiller blies alle Kerzen aus und fiel ihr in die Arme.

Den nächsten Morgen verschlief Schiller in seinem Bett im »Erbprinzen«. Die Fenster standen auf, und die milde Morgenluft wehte zusammen mit den Geräuschen des auflebenden Markttreibens zu ihm herein. Verflogen schien ihm die letzte lähmende Verstimmung, die ihn in Dresden noch gequält hatte. Er würde dieses Residenzstädtchen erobern, sich einen Namen machen, sein Auskommen sichern! Mit halb geschlossenen Augen blinzelte er in das Sonnenlicht, das schwach durch die zugezogenen Vorhänge schien. Ob er Charlotte liebte? Er wusste es nicht. Sie war eine erfahrene Frau, die es verstand, seine Lust zu entfachen. Sie war klug, sehr weiblich, eine begehrenswerte Persönlichkeit. Aber ihm fehlte diese unstillbare Sehnsucht, dieses Herzklopfen, das alle Opfer forderte und zuließ. Eine heiße Begierde trieb ihn zu ihr, der Kitzel des Verbotenen. Auch den Vorzug, sich selbst in ihren Worten spiegeln zu können, von ihrer Lebensklugheit, vielleicht auch Abgeklärtheit zu lernen, mochte er nicht missen ... Er wusste nicht, ob er überhaupt lieben konnte. Er suchte nach Lust, nach Belehrung und alles in seinem Verhalten mochte seine Umgebung als Liebe deuten.

An diesen Zweifeln und Gedanken änderte sich auch in den darauf folgenden Tagen und Wochen nichts. Manchmal, wenn er in der Nacht von ihr kam, hockte er noch bei Kerzenlicht über seinen Manuskripten und grübelte über dieses Verhältnis. Doch Klarheit über Gefühle und über ihre Tragfähigkeit besaßen wohl nur die guten, gesicherten Menschen mit ihrem festen Platz in der Gesellschaft, die an die Konsequenz ihres Lebens glaubten und keinen Schritt unternahmen, den sie nicht auch morgen oder übermorgen würden billigen können. Schiller hatte nicht das Glück, zu ihnen zählen zu können.

Doch auch Charlotte von Kalb machte sich ihre Gedanken über Schiller. Wenn überhaupt jemand in Frage kam, schien er ihr der richtige Mann zu sein, mit dem sie ein solches Verhältnis wagen konnte. Sie war der Einsamkeit überdrüssig, die sie launisch und kränklich machte. Sie suchte Leidenschaft und Esprit. Und dieser Schiller, sicherlich kein Adonis, schien ihr Manns genug, es mit den Weimarer Klatschmäulern aufzunehmen und sich zu ihr zu bekennen. Anders als in Mannheim machte sie aus ihrer Liebschaft kein Geheimnis mehr und sie bewegten sich als Paar offen und ungezwungen in der Gesellschaft. Die Weimarer zeigten Contenance und bewiesen Diskretion, wenn man vermutete, dass das junge Paar nicht gestört zu werden wünschte. Aber hinter der Fassade zerfetzten sie sich die Mäuler, waren sie selig, all die Honoratioren, die Hofschranzen, die ganze Residenz- und Musengesellschaft, endlich, nachdem das Verhältnis von Goethe mit Charlotte von Stein kein Thema mehr war, endlich wieder einen handfesten Skandal zu haben. Ein Dichter, ein ungehobelter Rebell und selbsternannter Weltbürger, und eine junge lüsterne Adlige aus bestem Hause mit ausgezeichneten Beziehungen zum Hofe! Das roch nach mehr! Nach Ehedramen, nach Scheidung, Verbannung vielleicht oder gar nach einem Duell! Warum nicht ein melodramatisches Ende wie in Goethes Werther-Roman – der Tod von eigener Hand …, wie gern hätte man Anteil genommen! Als Schiller erst Tage nach seiner Ankunft das erste Mal wirklich unter Menschen ging, stellte er fest, dass sein Verhältnis mit Charlotte längst zum Gesprächsstoff geworden war. Aber warum sollte ihn das stören, hatte sich doch Goethe, in dessen Fußstapfen er sich träumte, auch keine Rücksicht auf diese Kleingeisterei genommen. Nur wunderte er sich über die unverändert freundschaftliche Beziehung zu Major von Kalb, der offenbar seine Frau liebte und dem Schillers Verhältnis mir ihr notwendigerweise nicht verborgen bleiben konnte. Aber vielleicht lag die Langmütigkeit des zumeist abwesenden Majors auch darin begründet, dass man in Weimar das Verhältnis mit viel Achtung und Diskretion für alle Beteiligen behandelte. Das jedenfalls mutmaßte Schiller treuherzig und weltfremd und nahm sich vor, mit dem Major offen über eine Menage à trois zu sprechen.

Charlotte von Kalb jedenfalls sorgte auf anderem Gebiet rasch für klare Verhältnisse. Ihr Geliebter musste in Weimar, in der Welt des Adels und der Literaten, etabliert werden! Binnen weniger Tage arrangierte sie die notwendigen Zeremonienbesuche. Charlotte diktierte ihrem Liebhaber auf der Bettkante das Billet, mit dem Schiller um einen Empfang bei Wieland nachsuchte. Wieland, der älteste unter den Musengöttern und neben Goethe jemand, dessen Wort bei Hofe, aber auch in ganz Deutschland galt, lud Schiller zwei Tage später ein. Schiller, der diesen bedeutenden Mann schon als Übersetzer von Shakespeare in seinen Akademietagen bewundern gelernt hatte, war durchaus befangen. Aber er nahm sich vor, selbstbewusst aufzutreten, denn immerhin galt auch er etwas im literarischen Deutschland und wähnte sich künftig als Gleicher unter Gleichen. Dass er mit den »Räubern« und dem »Fiesko« den eher konservativen Herausgeber der wohl bedeutendsten deutschen Literaturzeitschrift, dem »Deutschen Merkur« kaum beeindrucken konnte, war ihm bewusst. Zurückhaltung, Respekt vor dem Alter waren angesagt und Charlotte gab ihm Hinweise für die Eigenarten dieses Familienmenschen Wieland mit seiner hausbackenen Ehefrau Dorothea und seiner Kinderschar. Waren es inzwischen vierzehn? Auch Charlotte kannte sich nicht mehr so genau damit aus, warnte aber Schiller, dass er stets versuche, seine ältesten Töchter, die noch keine zwanzig zählten, zu verkuppeln. Der gute Wieland sei ebenso vermögend wie sparsam, poetisch wie realitätsbezogen und von eiserner Disziplin gestählt. Der Fall eines amtierenden Weimarer Dichters, der sich strikt an seine Bürostunden halte, in denen er die Feder spitze und keine Unterbrechung gelten lasse. Er habe daher wenig Sinn für Künstlerseelen, die dem Kuss der Muse träumend entgegenwarten.

Mit der höflichen Rückantwort auf sein Billet in Händen stand Schiller, in schlichtes graues Tuch gekleidet und ohne Galanteriedegen, vor Wielands Tür. Um seine Beine tobte eine lärmende Kinderschar. Eine wohl siebzehnjährige, ganz ansehnliche Tochter des Hauses öffnete die Tür. Schiller reichte ihr Wielands Einladung, musste aber seine Stimme erheben, um das Toben der Kinder zu übertönen: »Ist Herr Hofrat Wieland bereit, mich zu empfangen?« Das junge Mädchen nickte nur freundlich, bat zu warten und verschwand im Inneren des Wieland'schen Quartiers. Die Kinderschar belagerte Schillers Hosenbeine und Rockenden. Bewundernde Blicke starrten ihm von unten entgegen – war er doch mit Abstand der längste Mann, dem man hierorts begegnen konnte. Schiller vertrieb sich die Zeit, schnitt Grimassen und begann, die Kinderchen zu zählen. Ohne Frage gab es dem Augenschein nach mehrere Gebiete, auf denen der Hofrat mit großem Fleiß und eiserner Disziplin wirkte.

Ehefrau Dorothea, eine vorzeitig verblühte, ältliche Frau, geleitete Schiller in das Allerheiligste. Hier traf er den Dichter in tiefster Konzentration in seinem gepolsterten Lehnstuhl bei der Arbeit an. Nichts und niemand schien ihn zu stören, schon gar nicht der Kinderlärm! Frau Dorothea und Schiller standen etwas unschlüssig im Zimmer und Wieland schaute nicht auf, ignorierte ihre Anwesenheit. Seine Frau wurde nervös. Schiller bemerkte ein leichtes Zucken um ihre faltigen Mundwinkel. Dann, immer noch ohne den Blick zu heben, seine mürrische Stimme: »Wer beliebt mich zu stören, Dorothea?«

»Der Herr Rat Schiller … Ich kann nichts dafür, aber er hat eine Einladung.«

Schiller beobachtete mit Befremden diese seltsame Zeremonie und ihm war keineswegs wohl bei dem Gedanken an das bevorstehende Gespräch. Wieland schaute auf, seine grauen Augen lagen prüfend auf ihm. Das war also dieser Wüstling, dieser literarische Stürmer? Der machte ihm doch eher den Eindruck eines wohl erzogenen Schwiegersohnes! Wieland trat Schiller entgegen, in Stiefeln, langem Mantel, breitem roten Gürtel – eine imposante Mischung aus rüstigem Bauern und kraftstrotzendem, edlem Poeten, reichte er ihm zur Begrüßung die Hand. »Das Vergnügen ist ganz auf meiner Seite, Herr Hofrat. Es ist mir eine Ehre, Sie persönlich kennen lernen zu dürfen. Ihre Shakespeare'schen Übersetzungen waren die Nahrung meiner Jugendjahre an der Akademie, mein Stern in oftmals finsterer Nacht. Ich weiß nicht, was aus mir ohne Ihre Arbeit geworden wäre.«

»Na, nun übertreiben Sie mal nicht, Herr Rat. Und setzen Sie sich lieber – ich sorge mich, dass Sie sich ansonsten noch den Kopf stoßen und den brauchen wir Dichter doch zu wichtigeren Zwecken«, lächelte Wieland, durchaus erfreut und geschmeichelt.

Das Gespräch kam rasch in Fluss und kreiste recht bald um die literarische Zeitung Wielands, den »Deutschen Merkur«. Es sei stets eines seiner Ziele gewesen, als Gelehrter und Schriftsteller in seiner Zeitung auf junge Talente aufmerksam zu machen, die Förderung verdienten und Hilfe beim Gelderwerb benötigten. Schiller bestätigte dankbar, dass ihm manche Veröffentlichung geholfen habe. Wieland schenkte seinem Gast die aktuelle Ausgabe. Je länger das Gespräch dauerte, je behaglicher sich Wieland gab, desto deutlicher standen die ausgesparten Themen im Raum. Kein Wort über Goethe, kein Wort über Schillers Werke, insbesondere seinen »Don Carlos« nicht. Schiller fasste Mut und fragte, wann man Geheimrat von Goethe zurückerwarte. Er würde ihn gern ebenfalls persönlich treffen.

Wieland warf ihm einen eher bedenklichen Blick zu: »Auch wenn Herr von Goethe in ein paar Wochen zurückkehrt, sollten Sie Ihre Erwartungen nicht zu hoch spannen. Er empfängt niemanden. Entweder Sie werden eingeladen oder Sie müssen auf eine spätere, günstigere Gelegenheit hoffen.« Dorothea Wieland reichte Kaffee und Gebäck. Wieland musterte seinen Gast. Ihm blieb nicht verborgen, wie sehr ihn diese Auskunft schmerzte. »Ich bedaure sehr, aber da kann auch ich nichts für Sie tun. Gehen Sie lieber zu Herder.« – »Vielen Dank für Ihre Offenheit. Ich hatte die Absicht, den Herrn Hofprediger aufzusuchen.«

Dann sprach man sehr angeregt zwei Stunden lang über Religion und Philosophie, über Berlin und Wien, über die Literatur und ihren gesellschaftlichen Wert, natürlich auch immer wieder über Goethe, der zwar in Italien weilte, aber doch allgegenwärtig schien, über Horaz und Lukian, nur nicht über den »Don Carlos« und Schillers Werke. Schiller übte sich, wie empfohlen, in einer neutralen Weltoffenheit, zeigte Geduld und Manieren und drängte sich nicht auf. Dann wanderte Wielands Blick zur Standuhr, die zur vollen Stunde schlug, und Schiller war klar, dass jetzt im wohl abgezirkelten Terminkalender des großen Amtsdichters ein neuer Punkt seiner Erledigung und Anteilnahme harrte. »Bleiben Sie länger, Herr Rat?«, fragte Wieland. »Ich bin auf Studienreise und werde nicht sogleich wieder abfahren. Noch ist mir zudem unklar, wo ich mich niederlassen werde«, antwortete Schiller diplomatisch und dachte, vielleicht vermittelt er mir ja ein Angebot zu bleiben. Wieland stand auf, legte Schiller beschwichtigend die Hand auf den Arm: »Wissen Sie, ich tue mich schwer mit Ihren Dramen. Ihre Art, ein Thema anzugehen, hat wenig von klassischer Größe und Eleganz. Sie setzen auf Dramatik, Aufruhr, starke Charaktere und teilweise drastische Aussagen. Nicht ohne Effekt, das gestehe ich durchaus! Aber, wie gesagt, ich bevorzuge die Reinheit, die Erhabenheit von Sprache und Stil und fühle mich da eher den Griechen und Römern verbunden.«

Schiller wurde blass, ein wenig meinte er, den Boden unter seinen Füßen schwanken zu fühlen. »Wir sind eben doch verschiedene Naturen, vielleicht auch unterschiedliche Generationen. Vieles in der heutigen Zeit ist in Aufruhr und Aufbruch.«

»… und in Unordnung, das ist wohl wahr«, ergänzte Wieland und lächelte freundlich. »Goethe denkt übrigens ähnlich wie ich. Sie sollten nicht leichtfertig einreißen, was wir hier schwer ringend aufbauen und pflegen.« – »Vielleicht haben Sie meine aktuelle Entwicklung nicht gänzlich vor Augen. Ich bin gewiss, dass sich unsere Standpunkte noch annähern werden«, Schiller deutete eine Verbeugung an, die Wieland mit Genugtuung registrierte. »Wie alt sind Sie?« – »Achtundzwanzig Jahre.« Jetzt klopfte ihm Wieland auf die Schulter. »Mein Gott, wie jung. Sechsundzwanzig Jahre bin ich länger auf der Welt als Sie. Ein gutes Stück Zeit, in denen ich Gelegenheit hatte, mir meine allzu idealistischen Hörner abzustoßen. Das ist das Vorrecht der Jugend!« Schiller stand kerzengerade. Die väterliche Attitüde gefiel ihm nicht, wollte er doch das Gespräch auf gleicher Ebene führen. Er wolle jetzt nicht länger die Zeit des viel beschäftigten Herrn Hofrat in Anspruch nehmen. »Wie, Sie wollen schon gehen? Sie sollten meine Töchter kennen lernen. Reizende Geschöpfe – gerade eins zum Aussuchen. Wie ich hörte, sind Sie noch unverheiratet.« Wieland amüsierte sich prächtig, als er sah, wie sich Schiller vor Verlegenheit wand. »Schicken Sie mir mal wieder kürzere Texte für den ›Merkur‹. Sie arbeiten an geschichtlichen Stoffen? Gut so! Ein solider Boden! Ich würde gern wieder mit Ihnen zusammenarbeiten, mein Musenfreund. Im Übrigen wollen wir uns Zeit nehmen, einander etwas zu werden, wir wollen aufeinander wirken.« Noch beim Abschied erbot sich Wieland, sich bei der herzoglichen Dame für einen Besuch zu verwenden und Schiller freien Zugang zur herzoglichen Bibliothek zu verschaffen, die in Deutschland dank Anna Amalia ihresgleichen suche.

Nicht nur, dass Herders Wohnung im düsteren Schatten des Turms der Stadtkirche lag, in der er zu predigen berufen war, auch sein Gemüt schien Schiller freudlos. Seine großen dunklen Augen prüften den jungen Poeten, dessen Skandalgeschichten natürlich längst bis zu seiner Kanzel vorgedrungen waren. Voller Misstrauen fragte er ihn nach seinen Gedanken und Glaubenssätzen, nach den Zielen seiner Schriften. Eine Verständigung zwischen der Schiller'schen und Herder'schen Welt gestaltete sich vor allem schon deshalb schwierig, da der Herr Generalsuperintendent und Hofprediger sich ziemlich von der Welt entfremdet hatte und nur zu sagen wusste, dass Schiller offenbar für etwas gehalten werde. Keine Zeile hatte er von dem jungen Dichter gelesen. Rasch einig wurden sie sich jedoch bei der Einforderung von Menschenrechten und ihrem Tyrannenhass. Hier konnte es Schiller sogar wagen, temperamentvoll ein Plädoyer zu halten und aus seinen Werken zu zitieren. Seine Literatur hielte die Unzufriedenheit mit den gegenwärtigen Zuständen aufrecht und füttere die Menschen mit Ideen, wogegen zu rebellieren und wofür zu kämpfen es sich auch künftig lohne. Auch hier konnte ihm Herder mit einem müden Lächeln folgen, wenngleich er einwandte: »Es ist schön, wenn man noch so klar umrissene Ziele vor Augen zu haben glaubt …« Ja, das könnten auch seine Gedanken sein, wenn er schreibe oder auf die Kanzel steige. Doch an die Erlösung, an den idealen Weg mochte Schiller hingegen nicht mehr glauben. Wann immer Menschen das Paradies gesucht hätten, argumentierte er, hätten sie die Hölle gefunden. Er sei bereit, von einer Welt zu träumen, in der Menschen um der Erlösung willen eine Koexistenz in Frieden leben würden. Doch die Realität zeige, wie verletzlich ein jeder Traum sei. Das, so entgegnete Herder entschlossen, sei auch der Grund, warum er glaube und nicht träume.

»Ich sehe sehr wohl, warum manche Kreise Großes von Ihnen erwarten. Doch mein Urteil in solchen Dingen ist nicht maßgeblich«, sagte Herder schließlich und empfahl: »Versprechen Sie sich nicht zu viel von Weimar. Haben Sie sich schon in der Stadt umgesehen? Nein? Tun Sie es, mein Lieber. Hier ist alles klein, schäbig und auf Bewunderung ausgerichtet. Entweder man gehört zur Goethe-Gemeinde oder man darbt mehr schlecht als recht. Glauben Sie mir, meine Schriften wären anders geraten, freundlicher, genialischer, bei milderer Luft und besserem Auskommen. Nichts gegen Goethe, auch für mich war er ein Segen und Inspiration zugleich, aber er sieht zuweilen nur sich selbst und raubt allem um ihn herum die Luft zum Atmen.« Tatsächlich gewann Schiller den Eindruck einer drückenden Bescheidenheit bei den Herder'schen Verhältnissen. Für seinen Geschmack predigte ihm der Geistliche mit dem großen Ruf auch ein wenig zu sehr das Glück der Entsagung. Jedenfalls schieden beide noch im angeregten Gespräch und Schiller schrieb an Körner: »Ich glaube, ich habe ihm gefallen.«

Zurück im Hotel »Erbprinzen«, klopfte es an seiner Tür. Schiller, der insgeheim wieder Nachstellungen fürchtete, was vielleicht auch daran lag, dass er wie so oft am Schreibsekretär saß und seine Außenstände und Einnahmen notierte, sah sich völlig unerwartet einem Verehrer gegenüber. Ein Mann in weißem Frack, recht auffällig gekleidet, klein, dürr, krumm gewachsen und sehr gebückt, entschuldigte sich devot für die Störung. Schiller fehlten zunächst die Worte. Er machte nur eine einladende Geste. »Habe ich das außerordentliche Glück, mit dem Herrn Rat Schiller zu sprechen?«, fragte das Männchen mit hoher Stimme. Schiller räusperte sich, senkte die Stimme: »In der Tat, der bin ich.« – »Verzeihen Sie nochmals meine Aufdringlichkeit, ich konnte nicht widerstehen. Ich habe gehört, dass Sie im ›Erbprinzen‹ logieren, und musste einfach den Autor des ›Don Carlos‹, des Stückes, das mir die letzten Tage den Schlaf raubte, kennen lernen.«

»Ich bitte Sie, mein Bester, stets zu Diensten. Und mit wem habe ich die Ehre?« Schiller war jetzt ernsthaft neugierig geworden.

»Ich bin ein Niemand neben Ihnen, einer der vielen Weimarer Bürger, die zur Feder greifen und es doch nicht zu Ihrer Meisterschaft bringen. Vulpius ist mein Name.« Wieder verbeugte sich der Überraschungsgast, legte, zur reinen Zerstreuung, wie er betonte, einen Roman auf den Stuhl neben der Tür, denn er wage es nicht, ein solches Machwerk dem Meister persönlich in die Hand zu geben, und wandte sich zum Gehen. Schiller nahm das Buch zur Hand. Ein Räuberroman, »Ronaldo Rinaldini«. Er blätterte kurz und fand, dass es durchaus unterhaltsam zu lesen sei und ganz sicher seine Abnehmer finden würde. »Halt, so warten Sie doch!« Schiller eilte dem sonderbaren Menschen hinterher, der bereits das Hotel verlassen hatte und auf der Straße stand. »Sie sind hier zu Haus und sozusagen ein Kollege.«

»Ein glühender Verehrer Ihrer Kunst.« Vulpius zog den Hut.

»Umso besser! Dann machen Sie mich mit der Stadt bekannt, denn außer einigen Persönlichkeiten hier habe ich noch nichts gesehen und erlebt.« Tatsächlich zeigte sich Weimar im Vergleich zu Stuttgart, Mannheim, Frankfurt, Leipzig und Dresden als ein Mittelding zwischen Hofstadt und Dorf. Nur etwa sechstausendfünfhundert Menschen lebten hier, von denen jeder Dritte der Poesie verfallen schien und dichtete. Vulpius kannte sich aus, empfahl hier einen der sechsunddreißig ansässigen Metzger, stellte Schiller dort seinem Bäcker vor und riet dringend davon ab, einen anderen der neunzehn Stadtbäcker in Anspruch zu nehmen, wusste auch über die sechzig örtlichen Schuhmacher Geschichten zu erzählen und einen Buchhändler am Marktplatz zu empfehlen, der auch einige von Schillers Schriften führen würde. Kaum, dass er Schiller den Vorzug eines eigenen Redebeitrages gewährte, machte er schon darauf aufmerksam, dass die stattliche Zahl der Tuchmacher und Strumpfwirker der übermächtigen Konkurrenz von außen nicht standgehalten habe. Doch das alles interessierte Schiller nicht. Er bemerkte vielmehr den augenfälligen Gegensatz zwischen dem Anspruch einer kulturellen Residenz Europas und der elenden Mittelmäßigkeit des Stadtbildes. Die Stadt hatte kaum baulich Sehenswertes. Schiller sah die Reste des 1774 abgebrannten Schlosses, dessen Neubau zwar vom Herzog geplant, aber noch nicht finanzierbar war, er ging vorbei an niedrigen schindelgedeckten Häusern, durch krumme schmutzige Gassen und schaute von einer kleinen Anhöhe auf den nach Goethes Plänen neu angelegten Park an der Ilm. In der Ferne sah er das erste Mal Goethes Gartenhaus, zweigeschossig, großzügig geplant, idyllisch gelegen, von Rosen berankt. Einen halbwegs erfreulichen Anblick machte auf ihn auch die neu angelegte Esplanade, eine großzügige Promenierstraße mit einigen respektablen Häusern. Und schließlich standen sie vor dem ersten Stadttor Weimars, dem Frauentor, und Schiller begutachtete Goethes Haus am Frauenplan und das in der Nähe liegende Bernstorff'sche Palais in der Teinertgasse. Vulpius berichtete, dass die dort ansässige Gräfin von Bernstorff, die Witwe eines dänischen Ministers mit besten Beziehungen zum Hofe, ein offenes Haus führe, große Gesellschaften gebe und sogar ein eigenes Kammerorchester beschäftige. Für den Fall, dass Schiller dort als Gast erscheine, empfahl er ihm, Bekanntschaft mit dem Verwalter des Anwesens, Herrn Bode, zu schließen. Johann Joachim Christoph Bode sei ein Freund Klopstocks und ein zeitweiliger Mitarbeiter Lessings gewesen und daher sicherlich für Schiller ein interessanter Gesprächspartner. Schiller bedankte sich und beschloss, hier in der Nähe des Frauenplans, am besten mit Blick auf das Haus, das Goethe vom Herzog geschenkt bekommen hatte, eine Wohnung zu beziehen. Jeder Mensch braucht ein Ziel vor Augen, dachte er und lächelte. Gleich am Abend würde er mit Charlotte von Kalb darüber sprechen.

Doch zunächst musste er mit zwei Zimmern und einer Kammer für einen Mietpreis von siebzehn Talern im Dachgeschoss des Hauses von Luise von Imhoff in unmittelbarer Nähe des Wittumspalais an der Esplanade 18 vorlieb nehmen. Erst nach weiteren drei Monaten fand er zu einem etwas geringeren Preis am Frauentor neben dem Gasthof »Zum weißen Schwan« eine Wohnung mit Blick auf Goethes Haus.

Inzwischen wurde der schwäbische Räuber-Dichter bei Gesellschaften herumgereicht. Man hatte in Abwesenheit des Genius am 28. August in dessen Gartenhaus im Ilmpark auf Einladung von Knebel Goethes Geburtstag gefeiert und auf seine gesunde, baldige Rückkehr getrunken. Von Knebel erwies sich als geistreicher Gesprächspartner mit einer durchaus nicht ganz so verstaubten Ansicht zu moderner Literatur.

Längst wurde Schiller auch von anderen Damen der Weimarer Gesellschaft umschwärmt. Er galt zwar nicht als Schönling, dafür aber mit seinen ein Meter vierundachtzig als der größte Mann in Weimar, und seine Lebensführung hatte als freier Schriftsteller und Liebhaber der Charlotte von Kalb durchaus etwas Verwegenes, das ihn von den Hofschranzen und Amtsdichtern, die in Weimar den Ton angaben, abhob. Sein Temperament und seine Direktheit waren teilweise gefürchtet und machten Eindruck. Mit der Schauspielerin Corona Schröter befand er sich auf charmantestem Fuß. Man spielte Whist, ein Kartenspiel, und neckte sich. Frau von Schardt, durchaus auch erotischen Abenteuern nicht abgeneigt, machte Avancen. Wieland bot seine Tochter zur familiären Verbindung an. Überhaupt: Unter den empfindsamen Frauen der Gesellschaft gab es eine Art Religion der Liebe, in der jedes echte Gefühl als heiliges angesehen wurde, gegen das jeder

Einspruch unberechtigt erschien. Was konnte da mehr romantische Gefühle provozieren als der Umgang mit einem echten Räuber-Dichter, der aus seinem Heimatland entflohen und offenbar bereit war, auch Konventionen zu sprengen? Schiller bemerkte bald seinem Freund Körner gegenüber, dass beinahe keine der Damen nicht eine Geschichte hätte oder gehabt hätte. Erobern mochten sie alle gern. Man konnte hier in Weimar sehr leicht zu einer Angelegenheit des Herzens kommen, welche aber freilich bald genug ihren ersten Wohnplatz veränderte und nicht von Bestand sein konnte.

Zusammen mit Wieland wurde Schiller nach Tiefurt gebeten, wo die Herzoginmutter Anna Amalia ihre Sommermonate verbrachte. In Begleitung Charlotte von Kalbs fand er sich dort zu Konzert, Souper, Tee, Gebäck und artigem Geplauder ein. Auch wenn Wieland inzwischen eine freundliche, aber zurückhaltende Rezension des »Don Carlos« veröffentlicht und ihm eine ständige Mitarbeit am »Deutschen Merkur« angeboten hatte, einem Großteil der dortigen adligen Vertreter der Gesellschaft behagten die Schiller'schen Dramen nicht. Schiller vermisste den kunstverständigen Herzog, der auf Reisen war, und er machte selbstbewusst aus seiner Enttäuschung und seinem Unverständnis über die nonchalant vorgetragene Ablehnung seiner mit Herzblut erdichteten Zeilen keinen Hehl. Die aufgeblasene Hofgesellschaft tratschte ihm zu viel schales Zeug. Auch wenn er Anna Amalias Verdienste durchaus anerkannte und von ihrer Bibliothek begeistert war, als Person lehnte er die Herzoginmutter ab. Er hielt ihren Geist für borniert. Sie schien sich vornehmlich nur für Malerei und Musik zu erwärmen. Charlotte von Kalb versicherte ihm auf dem Heimweg, er habe nicht übertrieben und so viel Manieren gezeigt in diesen Kreisen, wie man von ihm habe erwarten dürfen, doch eine weitere Einladung bei Hofe erhielt Herr Rat Schiller nicht mehr. Dies erschien ihm zwar insoweit bedauernswert, da er auf eine Verbesserung seiner inzwischen wieder prekären finanziellen Situation gehofft hatte. Andererseits erklärte er küssend und scherzend seiner Geliebten in der Kutsche, er sei nicht gemacht für diese Welt der speichelleckenden Hofschranzen, er besitze nicht die nötige Garderobe und er gedenke auch nicht, sich dafür in Unkosten zu stürzen. Auf den Einwand Charlotte von Kalbs hin, das ließe sich doch alles finden, erklärte er ernst und mit großer Bestimmtheit: »Als unbedeutender bürgerlicher Mensch müsste ich unter dem Adel dort doch eine sehr prekäre Rolle spielen, die meinem Stolz sehr wehtun würde.« Schiller hatte seine Lektion im Umgang mit Herrschern und dem Adel schon zu Stuttgarter Zeiten gelernt.

Schiller wollte die Anerkennung der Weimarer Größen, und wenn seine Dramen ihnen nicht gut genug waren und wenn er selbst in Zweifel fiel, er würde es zwingen, sein Geist, stark und wach wie nie, würde ihn befähigen, sie auf ihren eigenen Gebieten, beispielsweise der klassischen Dichtung, zu schlagen. Tagelang schloss er sich ein und arbeitete verbissen. Geschichtswerke, ein Roman und klassische Dichtung standen auf seinem Arbeitsprogramm. Wielands Anregungen sollten seine Richtschnur sein, wenigstens für einige Zeit. Was sprach dagegen, auf den Rat und die Kritik von einem der angesehensten deutschen Literaten zu hören? Einsam kratzte Schillers Federkiel über leere Seiten, und sein Blick schweifte immer wieder zum Haus am Frauenplan. Goethe war immer noch nicht zurück. Er musste sich beweisen, um Goethes Anerkennung zu verdienen – und er würde es schaffen!

Nun war der Beruf des phlegmatischen Einsiedlers, neben dem des Misanthropen, sicherlich einer der schwierigsten und anspruchsvollsten Berufe der Menschheitsgeschichte. Schiller brachte es Tag für Tag immer näher an eine gewisse Meisterschaft darin. Und wenn er sich die Großen der Weimarer Literatur anschaute, fügte er sich zweifellos in eine Reihe bedeutender Sonderlinge ein. Es störte ihn nicht, denn er hatte ein Ziel vor Augen. Unwirsch reagierte er auf Störungen. Auch wenn er sich nach Tagen seiner Einsiedelei wieder der Welt öffnete, sich wie besessen in Liebesabenteuer und gesellschaftliche Ereignisse stürzte, Charlotte von Kalb fühlte sich bald zurückgesetzt, vernachlässigt und reagierte launisch und eifersüchtig. Ohne sich dessen wirklich bewusst zu sein, suchte Schiller verstärkt nach seinem eigenen Weg. Erste Erfolge stellten sich ein. Die Fortsetzung der »Geisterseher« fand reißenden Absatz, Wieland veröffentlichte den Vorabdruck der »Geschichte des Abfalls der vereinigten Niederlande von der Spanischen Regierung« im »Deutschen Merkur« und auch Schillers Meisterwerke klassischer Dichtung »Die Götter Griechenlands« und »Die Künstler«. Es fand sich ein Verlag für das Geschichtswerk vom »Abfall der Niederlande«, der sogar mehrere Bände plante und Vorschuss zahlte. Die Lebenshaltungskosten für die nächsten Monate schienen gesichert, Zinsen für die Außenstände konnten beglichen werden und tatsächlich begann Schillers Stern mit seinem neu gewachsenen Selbstbewusstsein und seiner literarischen Neuorientierung zu steigen.

42

Schiller saß im Bett, frühstückte Brot, Käse und eine scharf gewürzte Rindswurst, als sein Hausdiener hereinkam, um ihm einen Eilpostbrief zu überreichen. Schiller begutachtete den versiegelten Umschlag von allen Seiten. Der Absender: Ludwig Schubart aus Potsdam. Er stellte das Frühstück zur Seite, stand auf, trat ans Fenster und blickte auf die Straße, den Umschlag immer noch unschlüssig in den Händen haltend. Schubarts Sohn schrieb ihm mit Eilpost. Was mochte das bedeuten? Schiller befürchtete das Schlimmste. Hatten es die Peiniger Daniel Schubarts geschafft und ihm auf dem Hohenasperg ein Ende bereitet? Das Bild des gebrochenen Daniel Schubart in seiner engen Zelle, die Verzweiflung und die Müdigkeit in dessen Augen, Schiller erinnerte sich jetzt geradezu lebhaft an viele Details. Auch daran, dass er schon eine kleine Ewigkeit nichts mehr von seinem Freund Hoven gehört hatte. Die Stuttgarter Zeiten lagen weit zurück, Erinnerungen wie aus einem fremden Leben. Schiller hasste Sentimentalität. Entschlossen erbrach er das Siegel, riss den Umschlag auf.

Dann die Nachricht, die ihn mit diesem Schreiben mit erheblicher Verspätung erreichte: Schubart war schon seit Monaten ein freier Mann! Nicht mehr in Ketten, todgesprochen, abgenabelt vom Blutstrom der Welt, sondern frei an der Seite seiner Frau Helene. Den Dingen des Lebens wieder zugetan und Gott sei Dank gesund, wie man noch Kraft und Zuversicht von einem Mann erwarten durfte nach jahrelanger zu Unrecht erlittener Kerkerhaft. Schiller rückte sich einen Stuhl zurecht und setzte sich. Er spürte Freudentränen aufsteigen. Seine Hände zitterten vor Aufregung.

Ludwig, der jetzt in Diensten Friedrichs von Preußen stand, berichtete, dass zuletzt ein Gnadengesuch des preußischen Königs und die beständige Fürsprache Franziska von Hohenheims den Ausschlag gegeben hätten. Das Fränzel, dachte Schiller und schmunzelte, als er sich erinnerte, dass die Mätresse des Herzogs über viele Jahre seines Lebens das einzige weibliche Wesen in seiner Umgebung gewesen war. Natürlich hatte Carl Eugen seinen prominenten Häftling nicht ziehen lassen und ihn in Stuttgart bei geringem Einkommen für Schauspiel und Oper verpflichtet. Schubarts Schriften seien zwar der Zensur unterworfen, aber man ließe ihn gewähren. Doch das dauerhafte Wirken falle Daniel Schubart schwer, sein Herz sei nicht mehr das alte, sein Atem fahre ihm häufig stechend in die Brust und nicht selten jammere er über die verlorenen Jahre und die zerstörte Kraft. Doch es sei ein Segen, dass nach dieser schicksalhaften Situation dem Vater die Freiheit seiner Entscheidung, seines Denkens wieder gegeben worden sei, schrieb Ludwig Schubart. Von Herzen grüße er den Freund aus Schultagen, aus dem ja etwas geworden sei, und bitte ihn herzlich, von den Schriften des Vaters, die er offenbar besitze, keinen Gebrauch zu machen, um das Wohlergehen des Vaters nicht erneut zu gefährden. Auch wolle Daniel Schubart diese nicht zurück. Der Vater vertraue darauf, dass sie bei Schiller in besten Händen seien.

Schubart frei! Auch wenn es offenbar nur seinem Schulfreund Ludwig gelungen war, den Fängen des württembergischen Herzogs zu entkommen und in das liberale und freiere Preußen zu flüchten, dieses Schreiben war ein Anlass zu feiern, die Arbeit für heute ruhen zu lassen!

Es schneite und regnete fast gleichzeitig und der Wind trieb die kalte Nässe fast waagerecht durch die Straßen und Gassen. Beck, der Schauspieler und Freund aus Mannheim, bemühte sich, Schritt zu halten neben Schiller, der unruhig ein ums andere Mal den Weg vom Markt- zum Exerzierplatz und zurück durcheilte. Der beladene Himmel verdunkelte das Tageslicht, wie auch die Gespräche der beiden Freunde nicht so richtig mehr an der alten Vertrautheit anknüpfen mochten. Beck zog sich den Hut schützend tiefer ins Gesicht und schlug mit den Armen über die Brust, um sich zu erwärmen. Schiller bedachte ihn mit einem spöttischen Blick.

»Jetzt mache dich nicht auch noch lustig über mich«, klagte Beck, »wenn ich mich erkälte, ist es nichts mit meinem Gastspiel hier in Weimar.« – »Theater! Mein Freund, das nehme ich längst nicht mehr so ernst«, antwortete Schiller und schüttelte missbilligend den Kopf. »Wie kannst du das sagen, wo du dem Theater so viel zu verdanken hast!«, protestierte Beck. »Es ist ein launisches Gewerbe. Mich interessiert es nur noch wenig. Hätte mir nicht Ludwig Schubart von dem Misserfolg meines ›Don Carlos‹ in Berlin geschrieben, ich hätte noch nicht einmal gewusst, dass man das Stück irgendwo spielt. Frönt ihr ruhig der Kunst und huldigt dem zurückgekehrten Goethe mit seiner ›Iphigenie‹ heute Abend. Ich stürze mich in das Treiben des Karnevals und halte nach einem hübschen Mieder Ausschau. Das scheint mir lebenswerter zu sein!« Schiller riss sich den Dreispitz vom Kopf. Der Sturm zerwühlte seine Haare, die ihm in kürzester Zeit nass am Kopf klebten. Schiller lachte und beklatschte das Toben der Natur. »Herr Hofrat, Sie werden sich wieder Ihr Fieber zuziehen …«, warnte Beck und erschrak, dass die Entfernung zwischen ihnen bereits so groß geworden war, dass er seinen Freund siezte.

Eine kleine Reisekutsche mit Schellen am Kutschbock rumpelte auf dem Weg vom Park in die Innenstadt an ihnen vorbei. Jetzt war es an Beck, der sich den Hut vom Kopf riss und sich tief verbeugte. Schiller stand unbeweglich und schaute dem Fahrzeug hinterher. »Mein lieber Beck, warum fürchtest du jetzt keine Erkältung und setzt dein edles Haupt so plötzlich ungeschützt dem Frost aus?«, spottete Schiller. »Bedenke doch, das war Goethe!« Beck schien wie in Ehrfurcht erstarrt.

»Ach ja, jetzt wo du es sagst …«, entgegnete Schiller, setzte sich seinen Dreispitz auf und begann wieder in seinen kniehohen Reitstiefeln loszustaksen. »Viel Erfolg, mein Freund. Und geh jetzt auf dein warmes Zimmer, damit du heute Abend bei guter Gesundheit bist.« Schiller gab ihm die Hand, nickte ihm freundlich zu und ließ seinen Freund am Marktplatz stehen.

Das Redoutenhaus wurde durch Hunderte von Wachskerzen erhellt. Draußen leuchteten Fackeln in der feuchten Samstagnacht des 2. Februar 1788 und wiesen den Gästen den Weg. Während Schiller noch die Stufen zum Saal nahm, drangen aus den hell in die Nacht scheinenden Rechtecken der Fenster die Klänge eines kleinen, chorisch besetzten Orchesters. Unwillkürlich machte er größere Schritte, nahm zwei Stufen auf einmal, Neugier und Vorfreude trieben ihn an. Das

Karnevalstreiben im Saal schien vollkommen. Staatskleid, Pierrot, Schäferin und Schäfer, Pirat und Mönch, farbige Fantasieuniformen und bunte Leinenroben beherrschten die Szenerie. Die Menschen standen so dicht beisammen, dass es den Bedienten schwer fiel, die Erfrischungen an den Mann zu bringen. Es war fast kein Durchkommen. Vor dem kleinen Orchester versuchte ein Tanzmeister in schwarzem Frack mit lebhafter Gestik und lauter Stimme, sich Gehör zu verschaffen. Nachdem er lange Zeit eher hilflos wie ein in Spinnfäden zappelndes Insekt gewirkt hatte, begann sich schließlich doch die Menge zu ordnen. Schon fand sich auch ein Mädchen an Schillers Seite. Den Fuß vorgestellt, eine kurze höfliche Verbeugung des Kavaliers, ein Knicks der Tanzpartnerin und man bewegte sich gelassen vornehm zum Menuett. Doch das Blut der jungen tanzenden Leute rauschte heftiger an solchen Tagen. Es war Karneval, da musste die strenge Etikette das Nachsehen haben, da sollte es auch ausgelassener, ungezwungener zugehen, da wollte man dem Zufallspartner in den Armen liegen, erhitzt und von romantischen Gefühlen überwältigt nach Atem ringen. Daher wechselte das Orchester unter starkem Applaus rasch zu Dreh- und Gleittänzen. Der Ländler wurde zum ausgelassenen Lieblingstanz an diesem Abend.

Schiller geleitete seine Tanzpartnerin zurück zu ihrer wartenden Freundin und erst da schien sie es wirklich zu wagen, in seine lachenden Augen zu schauen. Hinzu trat eine alte Bekannte, die Schauspielerin Corona Schulte. Man macht sich bekannt. Charlotte von Lengefeld hieß das schüchterne junge Mädchen an Schillers Seite. Man plauderte und plauderte. Als er hörte, dass Charlotte hier zu Besuch sei und bei Frau von Imhoff wohne, erzählte Schiller, dass er dort, nach seinem Eintreffen in Weimar im Sommer letzten Jahres, auch ein paar Monate logiert habe. Schon wieder ein Ländler! Charlotte von Lengefeld reichte ihren Fächer ihrer Freundin und stürzte sich mit ihm in das wilde Treiben auf der Tanzfläche, dass sich ihre Haarschleifen lösten und die Haare lose zu wehen begannen. Man lachte zusammen und war vergnügt. Diese Nacht verging fast wie im Flug. Ob man sich einmal wiedersehen könne? Man versprach sich, in Kontakt zu bleiben.

Charlotte von Lengefeld war in Weimar zur Ballsaison, um sich in der Gesellschaft vorzustellen. Das wohl berechnete Ziel ihrer Mutter, der Chère mère, wie sie liebevoll von ihren Töchtern genannt wurde, war, dass Charlotte als Hofdame am Hofe reüssieren und dort eine gute Partie heiraten sollte. Daher konnte man es auch nicht dem Zufall zuschreiben, dass Charlotte von Kalb, die bei Hofe einen ausgezeichneten Ruf und verwandtschaftliche Beziehungen besaß, ebenfalls die Bekanntschaft dieses Mädchens machte. Man fand Gefallen aneinander und seltsamerweise traf Schiller daher seine Schäferin aus Karnevalstagen bei seiner Geliebten wieder. Kurze Zeit später reiste Charlotte von Kalb mit ihrem Mann während dessen Dienstferien für mehrere Monate nach Kalbsried. Die Aussprache zwischen Schiller und dem Major verlief günstig und friedlich, doch so recht kam der Plan eines gemeinsamen Lebens zu dritt nicht voran. Vielleicht lag es auch daran, dass sich Schiller längst ein bürgerlich geordnetes Familienleben ersehnte.

Zu seiner neuen, kleinen Freundin, Charlotte von Lengefeld, konnte er nicht einfach gehen. Dies hätte ihren Ruf und ihre Karriere bei Hofe beeinträchtigt. Man schrieb sich daher Briefchen, in deren Folge man sich schließlich auch einige Male bei Tee und Kaffee bei Frau von Imhoff traf. Die sonst so schüchterne siebzehnjährige Charlotte fasste sich ein Herz, weihte ihre Schwester Karoline von Beulwitz in Rudolstadt ein und Schiller erhielt noch vor ihrer Abreise aus Weimar eine Einladung, sie in ihrer Heimat zu besuchen. Auch wenn sie wegen ihrer Chère mère ihn nicht offiziell einladen könne, würden ihre Schwester und sie für ihn alles auf das Behaglichste arrangieren, damit er auch bei seiner Arbeit dort nicht gestört würde. Ihr würde eine Fortsetzung des Gedankenaustausches viel bedeuten und auch ihre Schwester würde bereits einem Treffen freudig entgegensehen. Dabei errötete sie vor Verlegenheit und senkte ihren Blick. Schiller versprach zu kommen und wunderte sich später ein wenig über sich selbst. Hatte er doch bisher ausschließlich engere Bekanntschaft von Frauen gemacht, die Erfahrung besaßen, reife, lebenstüchtige Frauen mit erlebnisträchtiger Vergangenheit. Doch dieses freundlich zurückhaltende Mädchen, das sich seiner selbst keineswegs sicher schien, übte eine starke Anziehungskraft aus. Dieses Mal trieb ihn keine blinde Leidenschaft, kein stürmisches Verlangen. Er fühlte sich zu ihrem warmen Wesen, zu ihrer jugendlichen Offenheit hingezogen und war bereit, sich auf das

Abenteuer eines Wiedersehens einzulassen und dabei auch seine Beziehung zu Charlotte von Kalb aufs Spiel zu setzen.

43

Karoline von Beulwitz, die ältere Schwester von Charlotte von Lengefeld, eine üppige, geistreiche Schönheit, dachte, seit sie Schiller begegnet war, viel über ihre Ehe nach, um die sie sicher manche Frau in der kleinen Residenzstadt beneidete. Herr von Beulwitz hatte schon mit jungen dreiunddreißig Jahren das Amt des Vizekanzlers inne, galt als fähiger Kopf in der Regierung und privat als gutmütig und großzügig, wenn es darum ging, seiner jungen Frau Wünsche zu erfüllen. Doch von Beulwitz liebte zu Hause die Aufregungen und Abwechslungen nicht. Leidenschaften blieben ihm fremd und er schätzte zufriedene Menschen um sich. Ein Mann, der Karoline ebenso langweilig erschien wie diese winzige verschlafene Residenz Rudolstadt, ein thüringisches Ackerstädtchen mit viertausend Einwohnern, einer Stadtmauer für den beschränkten Blick, fünf Toren für das Kommen und Gehen, einer Stadt, in der die Fürsten von Schwarzberg-Rudolstadt herrschten, in der jeder jeden kannte und in der sich nichts ereignete und änderte. Nicht einmal eine befestigte Fahrstraße gab es durch das Saaletal, und im Ort selbst fanden sich auch nur an wenigen Stellen gepflasterte Fuß- und Fahrwege.

So wenig, wie man an einem solchen Ort auf ein weltbewegenden Ereignis hoffen konnte, so wenig schien Herr Vizekanzler von Beulwitz gewillt, sich von Emotionen und neuen Einsichten beunruhigen zu lassen. Kam er des Abends aus dem Amt, drückte er seiner Angetrauten einen Kuss auf die Stirn und begehrte nur noch eins: in Ruhe in seinem Fauteuil zu sitzen, nichts mehr zu bereden, schweigend und ungestört das »Wochenblatt« zu lesen. Und gerade diese Gleichförmigkeit und Teilnahmslosigkeit ihres Gatten ließ Karoline von Beulwitz ernsthaft über ihre Ehe und die Andersartigkeit eines Mannes wie Schiller nachdenken, gegen den sich ihr Gatte wie eine Gipsbüste ausnahm. Wie sprühte dieser Schiller vor Geist und Worten! Dabei nahmen seine guten Manieren und sein bescheidener Ton sogar Chère mère für ihn ein, die natürlich nichts davon wissen durfte, dass dieser Aufenthalt von Schiller in Rudolstadt von ihren Töchtern arrangiert und längst zu einer Angelegenheit der Herzen geworden war.

Die beiden hatten ihm ein Quartier beim Kantor Unbehaun in Volkstädt besorgt und suchten ihren Räuberdichter dort mit klopfendem Herzen auf. Dem überrascht dreinblickenden Unbehaun erklärten sie nur, der Schicklichkeit wegen, versteht sich, man sei vom Hofe aus gebeten worden, zu sehen, ob es dem berühmten Gast auch an nichts fehle. Unbehaun lief sogleich, um Kaffee und Kuchen zu kredenzen. Karoline und Charlotte wechselten überraschte Blicke, denn außer der Tatsache, dass Schiller das Bett benutzt hatte und auf dem Tisch in der Nähe des Fensters Rezensionsexemplare, Manuskriptseiten und sein Schreibzeug lagen, hatte er nichts verändert. Dieser Mensch brauchte keine Kiste, keine Koffer, keinen Mantelsack oder sonstiges Gepäck. In einem kleinen Dachsranzen transportierte er wohl etwas Proviant, wenig Kleidung und Gegenstände für das tägliche Leben. Er konnte offenbar auf vieles verzichten, was allen anderen Menschen aus ihrer Umgebung als unentbehrlich erschien. Charlotte dachte unwillkürlich an Chère mère, die ihn wohl abfällig nur als Hungerleider betitelt und ihn ob seiner brotlosen Kunst, von der sie nichts verstand, milde belächelt hätte. Gut, dass sie von diesen Verhältnissen nichts mitbekam!

Schillers Reichtum lag woanders. Nachdem die letzten Neuigkeiten aus Weimar zwischen Charlotte und ihr ausgetauscht waren, flammten sogleich Gespräche und Diskussionen von hohem Anspruch über das Wesen des Menschen schlechthin und seine Bedeutung. Freiheit gegen Dummheit! Schiller setzte seine Ideale und die Bestimmung des Menschen gegen das Geschmeiß, Gesocks und Gezücht, das uns umgarnt. Nicht blenden lassen wollte er sich von dem strahlenden Reichtum der Tyrannen, sich nicht auf das Gemeine hinabdrücken lassen und vielmehr Geist und Willen bemühen, um zu gestalten. Vor allem Karoline sprach er aus der Seele, die die Initiative beim lebhaften Gedankenaustausch sofort an sich riss und ihrer Schwester mehr und mehr die Rolle der bewundernden Verehrerin überließ. Wie unterschied sich dieser Dichter von den trüben Tassen, die um ihren Mann herumscharwenzelten, wohlklingende Titel und Pfründe anstrebten und keine Gedanken an ihre Fähigkeiten und ihre Bestimmung verschwendeten. Hohlköpfe allesamt, dazu verdammt, gestelzt nachzuplappern, was en mode und opportun erschien, und die eigene Meinung am Kleiderhaken der Jugend möglichst rasch abzugeben!

»Der Mensch besitzt die Möglichkeit, frei zu handeln«, erklärte Schiller mit freundlichem Nachdruck. »Weder äußere Umstände noch innere Zwänge legen das menschliche Tun und Denken von vornherein fest. Weder materielle Armut noch die menschlichen Anlagen bei Geburt. In jeder schicksalhaften Situation bleibt dem bewussten Kulturwesen Mensch die Freiheit seiner Entscheidung.« Dabei war sein Lächeln beinahe kindlich unschuldig und zuweilen blitzte in seinen Sätzen etwas Schalkhaftes auf, denn ihm waren die höfischen, rückständigen Verhältnisse in Orten wie Rudolstadt durchaus vertraut. Schiller lebte und redete wohltuend fernab vom ewig gleichförmigen, schalen Lebensgeklimper und übertraf alle Erwartungen, die Karoline in diesen Gast gesetzt hatte. Hut ab vor ihrer Schwester, die diesen Mann aufgetan und offenbar für sich gewonnen hatte!

Seit dieser ersten Kurzvisite wechselten Briefe zwischen Volkstädt und Rudolstadt hin und her. Doch bevor es zu weiteren Treffen kam, fesselte Schiller das kalte Fieber, verbunden mit Hals- und Kopfschmerzen, für zwei Wochen ans Bett. Charlotte schrieb ihm, dass sie jetzt zutiefst bedauerte, dass er nicht näher bei ihnen wohne, da ihre Gesellschaft ihn vielleicht ein bisschen aufheitern könnte. »*Glauben Sie nur, dass wir Sie gern sehen, und es uns herzlich leid ist …*«

Von Beulwitz, ebenfalls vom prominenten Gast in der Residenz angetan, schickte nach einem Arzt, ließ sich über Schillers Befinden berichten, nahm Anteil und ließ ihm mehrfach Leckereien und Obst zukommen. Karoline registrierte erfreut und überrascht, dass er den bürgerlichen Schiller den Standesunterschied niemals merken ließ und sich damit über die üblichen gesellschaftlichen Regeln hinwegsetzte. Diese Offenheit ihres Mannes erlaubte ihr, ohne Furcht vor weiteren Komplikationen, mit Schiller den vertrauen Umgang zu suchen.

Erst Mitte Juni war Schiller wieder ganz wohlauf, sodass Verabredungen für Spaziergänge am Nachmittag und Begegnungen am Abend getroffen werden konnten. Den unkenden Klatschmäulern in der Residenz begegneten die Schwestern, indem sie sich stets zu zweit bei den

Treffen einfanden. Charlotte überraschte Schiller, indem sie ihm eine neue Pfeife schenkte und seinen Marokko-Schnupftabak besorgte. Karoline ließ einen Picknickkorb packen und erleichterte ihren Göttergatten dabei ein ums andere Mal um eine Flasche besten Burgunders. Am Saaleufer, auf halber Strecke zwischen beiden Orten breiteten sie die Picknickdecke aus, ließen sich nieder und redeten von Gott, der Welt, dem Geist des Weines und dem Einfluss des Schnupftabaks auf die Klarheit der Gedanken. Kein Wort mehr über seine Krankheit, seine Unpässlichkeit. Auch wenn Schiller noch angegriffen aussah, gab er sich bestens gelaunt, scherzte, machte Komplimente und unterhielt die jungen Damen geistreich. Bei ungünstigen Witterungsbedingungen ersetzten Wanderungen am späten Nachmittag oder am Abend das Picknick. Ein Waldbach, der sich in die Saale ergoss und über den eine schmale Brücke führte, war das Ziel, wo die Schwestern ihn erwarteten.

Bald schon spürte Karoline, wie viel Wert Schiller auf ihre Meinung legte, wie er sie herausforderte und mit ihr den gedanklichen Wettstreit suchte. Immer häufiger schien es, wenn die drei über schmale Uferpfade und dunkle Waldwege einem Rastplatz oder Kaffeegarten zustrebten, als gäbe es nur zwei Gesprächspartner. Karoline, zumeist heftig gestikulierend, selbstvergessen und aufgeregt ins Gespräch mit dem sie um zwei Kopflängen überragenden Schiller vertieft – dann hinterherhängend, oft wie verloren wirkend, Charlotte, die scheinbar mehr den Weg und die Natur betrachtete und die aufmerksam schweigende Zuhörerin abgab. Über lange Wanderstrecken blieb sie stumm, als habe sie nichts zu sagen. Dabei beobachtete sie erstaunt, dass sich ihre Schwester gegenüber Schiller so ganz anders gab als gegenüber ihrem Ehemann, ihrem Schwager. Nicht nur, dass Diskussionen und Gespräche von hohem Anspruch über die Bestimmung des Menschen, seine Freiheit, den Anteil der Seele, über seine Möglichkeiten, Anlagen, seine Herkunft einbeziehend, mit Beulwitz wohl kaum möglich wären. Nein, nie hatte sie ihre träge Schwester so lebhaft, so außer sich erlebt.

Für Schiller gab es nichts, was ihn so stark zum Umgang mit bestimmten Menschen zwang, als ihr Wunsch und ihre Fähigkeit, ihm zuzuhören. Der Wunsch war bei Karoline Passion. Dafür liebte er sie und Charlotte, die Lollo, wie sie von ihrer Schwester gerufen wurde.

Eine unerfahrene junge Frau, liebreizend, ohne hübsch zu sein – das genaue Gegenteil ihrer Schwester. Sie umgarnte ihn, der sich gern stark gab, aber oft unter seinen gesundheitlichen Rückschlägen zu leiden hatte, mit Fürsorge und Anteilnahme, die er so noch nie erfahren hatte. Längst kannte sie seine Vorlieben und Schwächen. Er spürte dieses liebevolle Bemühen. Voller Dankbarkeit schrieb er ihr: »*Ich möchte Ihnen oft so viel sagen, wenn ich von Ihnen gehe, habe ich nichts gesagt. Bin ich bei Ihnen, so fühle ich nur, dass mir wohl ist, und ich genieße es mehr still, als dass ich es mitteilen könnte …*« Natürlich wünschte sich seine Lollo mehr, wenn sie schrieb: »*Mein Stübchen erwartet Sie, und mein Schreibtisch, es ist mir lieb, dass Sie auch in meinem Eigentum einmal leben, es wird mir eine freundliche Erinnerung geben, wenn wir nicht mehr zusammen sind! Es ist ein böser Gedanke, der sich da einmischt, und ich entferne ihn gern …*« Doch wohin sollte das, konnte das führen? Beide Frauen verursachten ein Hochgefühl in Schiller und er sprühte vor Arbeitsfreude. Nur auf dem fast täglichen Weg zu ihrem Treffen überkam ihn der noch unbestimmte Gedanke an eine gemeinsame Zukunft, von der er nicht wusste, wie sie aussehen könnte. Karoline, zwar gesellschaftlich und finanziell gut gestellt, war verheiratet und fest verwurzelt in höchsten gesellschaftlichen Kreisen. Die Chère mère, früh verwitwet, daher kaum vermögend und eher in bescheidenen Verhältnissen lebend, konnte ihrer Tochter Charlotte keine größere Aussteuer und finanzielle Ausstattung ins Leben mitgeben und hoffte auf eine gute Partie, die er, Schiller, keineswegs abgab. Keine Illusionen, schwor er sich und erinnerte sich schmerzhaft daran, dass der Alte von Knebel und ein Kammerjunker aus bester Familie, ein Herr von Kettelholdt, alles Lieblinge der Madame von Lengefeld, seiner Charlotte Avancen machten. Außerdem: war er nicht mit Körner übereingekommen, dass auch ihn nur eine gute Partie aus seinen finanziellen Bedrängnissen erlösen und ihn für seine literarische Arbeit freimachen könnte? Keinesfalls durfte er Körner eine Zeile über seine wachsenden Gefühle für die Schwestern schreiben, denn, bei Licht betrachtet, sie durften, sie konnten keine Zukunft haben!

Gegen Mitte August zog Schiller, auch wegen des wechselhaften Sommerwetters und der damit verbundenen Unannehmlichkeiten bei seinen täglichen Rendezvous, ganz nach Rudolstadt. Die Schwestern achteten sehr darauf, ihn nicht von seiner Arbeit abzuhalten, und überließen es fast gänzlich ihm allein, Zeit und Ort für Verabredungen zu treffen. Bald schon fasste Schiller so viel Vertrauen, dass er den beiden Frauen vorlas, was er am Tag zuvor geschrieben hatte und im Druck erscheinen würde. Karoline kam aus dem Staunen nicht heraus, was ihm in kürzester Zeit so alles gelang, und Charlotte bemerkte beeindruckt, wie wörtlich ihr Sommergast seinen beabsichtigten »Arbeitsaufenthalt« in Rudolstadt nahm. Beiden erschien es unglaublich, mit welcher Geschwindigkeit Schiller schreiben konnte und dennoch nirgendwo der Eindruck entstand, irgendetwas könnte unfertig oder nur ein erster Entwurf sein. Seine Texte wirkten wie aus einem Guss, benötigten kein zweites, drittes Umschreiben. Karoline versuchte hinter sein Geheimnis zu kommen, arbeitete sie doch ebenfalls an einem Roman und wusste nur zu gut, wie schwer ihr das tägliche Schreiben fiel. Aber es gab kein Geheimnis, keinen Trick. Schiller war nicht nur bienenfleißig, sondern in gleichem Maße ein riesiges Talent. Anscheinend bemerkten dies auch andere, denn immer häufiger reiste er für ein, zwei Tage nach Weimar, um bei Wieland, Herder, bei Bertuch und Bode Gast zu sein. Der Dichter Gleim wählte den Zeitpunkt seines Aufenthaltes eigens so, dass er Schiller treffen konnte. Und getreu seinem Motto: *»Am Ende würden wir uns schämen, uns nachsagen zu lassen, dass die Dinge uns formten und nicht wir die Dinge«* schien Schiller stets entschlossen, das Unmögliche möglich zu machen. Er bat Charlotte, die freundschaftlichen und verwandtschaftlichen Beziehungen zu Charlotte von Stein dazu zu nutzen, um ein Treffen mit Goethe zu arrangieren, der ihm immer noch aus dem Weg ging.

Doch Chère mère, der inzwischen die Intensität des Umgangs mit diesem Habenichts von einem Dichter ein Dorn im Auge war, schickte Charlotte nun des Öfteren nach Weimar, damit sie ihre in Aussicht genommene Laufbahn bei Hofe weiter befördere. Als Charlotte dort auf einer Redoute gerade ihren Tanz beendete und von ihrem Kavalier zu Tisch geleitet wurde, setzte sich Frau von Kalb zu ihr. Nach ein paar belanglosen Floskeln über die Musik und das Wetter fragte diese gereizt und ziemlich aggressiv nach Schillers Befinden und wie lange sie und ihre Schwester noch gedächten, ihn von ihr fern zu halten. Sie habe doch die älteren Rechte auf ihn, und er, der sonst die Zuverlässigkeit in Person gewesen wäre, würde ihr nicht mehr schreiben, hielte seine Verabredungen nicht mehr ein und vernachlässige auch seine Weimarer Kontakte. Es sei absolut egoistisch und degoutable, Schiller derart in Beschlag zu nehmen. Fräulein von Lengefeld solle ihr doch einmal diese Wandlung Schillers erklären und sich selbst die Frage beantworten, was einen Mann wie ihn schon in Rudolstadt in tiefster Provinz voranbringen könne! Charlotte lief rot an vor Verlegenheit, wusste jedoch von dem Verhältnis dieser verheirateten Frau zu Schiller. Sie gab sich pikiert, verbat sich die Unterstellungen und Vorhaltungen. Schiller sei erwachsen genug zu entscheiden, was für ihn gut sei, und er läge keineswegs in Ketten. Frau von Kalb änderte daraufhin ihre Taktik. Sie fragte nach Gesprächen, die sie führten, nach den Stücken, an denen er gerade arbeite, und nach den Details seiner jetzigen Lebensumstände. Charlotte stand auf, verneigte sich entschuldigend und erklärte nur, wenn sie etwas wissen wolle, könne sie Schiller jederzeit selbst befragen. Er würde ihr sicher, da sie ja die älteren Rechte beanspruche, gern Auskunft geben. Sie sähe keinen Anlass, Auskunft über ihre und die Beziehung ihrer Schwester zu Schiller zu geben. Sie bitte, dem Kammerpräsidenten Major von Kalb beste Grüße auszurichten.

Karoline war begeistert, so viel Courage hatte sie ihrer kleinen Schwester nicht zugetraut. Schiller und ihrer Mutter gegenüber blieb der Vorfall unerwähnt. Gemeinsam entwarfen die Schwestern einen Schlachtplan, wie sie Goethe nach Rudolstadt locken könnten.

An einem herrlichen Herbstsonntag mit blauem Himmel und sommerlicher Schwüle war es endlich so weit. Aus Kochberg kommend, fuhr die Gesellschaft in der Stein'schen Chaise vor. Dem Wagen entstiegen die Damen Herder, Stein, Hardt, der Geheimrat Goethe und sein Schüler, der Filius Fritz von Stein. Kurze Zeit später traf auch Schiller im Sonntagsstaat im Beulwitz'schen Garten ein. Es war Karolines Aufgabe als Hausherrin, die beiden miteinander bekannt zu machen. Charlotte und sie hatten alles bis ins Kleinste arrangiert. Mittels Tischkarten platzierten sie Goethe zwischen von Beulwitz auf der linken und Schiller auf der rechten Seite. Es wurde das Lieblingsgericht des Dichterfürsten, Hecht in Gelee, gereicht, dazu Rheinwein, Sherry und Wasser. Der Geheimrat richtete einige freundliche Worte an Schiller. Weitere Gäste trafen ein, und noch ehe das Gespräch in Gang kommen konnte, scharten sich diese ebenfalls um den berühmten Gast. Alle wollten ihn sprechen, ihn hören, ihn wenn möglich beeindrucken. Während des Essens richtete Goethe das Wort an den Hausherrn und Vizekanzler und erörterte mit ihm Projekte des Straßenbaus und seine Erfahrungen mit dem Ilmenauer Bergbau, von dessen Wiederaufnahme sich der Herzog endlich dringend benötigte Einnahmen verspräche. Er erging sich in Details der Entlohnung, des Prinzips der verlorenen Zimmerung, das nötig war, damit die Stollen der besseren Haltbarkeit wegen nach und nach ausgemauert werden konnten. Anschließend wandelte man im herbstlich gefärbten Garten, bewunderte gepflegte Rabatten, seltene Stauden, idyllisch angeordnete Ruheplätze in der Nähe von hübsch arrangierten Baumgruppen. Goethe lebte auf und erzählte von seiner Italienreise. Er schwärmte von dem heiteren Himmel dort, flocht italienische Redewendungen ein in seine Schilderungen, äußerte sein Entzücken über die entferntesten Gegenstände und beschrieb die großen Kunstwerke der Klassik, die ihm Ansporn und Inspiration zugleich geworden seien. Er schilderte Reise und Land so plastisch, dass auch Schiller davon beeindruckt war. Doch außer ein paar höflichen Freundlichkeiten kam es zu keinem tieferen Kontakt zwischen Schiller und Goethe. Bei Schiller entstand sogar der Eindruck, auch hier weiche ihm Goethe aus.

Wie zufällig hatte Charlotte die Märzausgabe von Wielands »Deutschem Merkur« auf dem Tisch im Garten liegen gelassen. In einer Gesprächspause griff Goethe danach, blätterte ein wenig geistesabwesend und entdeckte Schillers Gedicht »Die Götter Griechenlands«, jenes Beispiel klassischer Lyrik aus Schillers Feder, das dem Einfluss Wielands entsprang und schon vielfach Bewunderung hervorgerufen hatte. Goethe bat, das Heft für die Reise mitnehmen zu dürfen. Endlich registrierte der Dichterfürst Schillers Arbeiten! Die Schwestern tauschten mit Schiller einen Blick der Erleichterung.

Goethe ging mit Frau von Stein und Chère mère in die Jasminlaube, um dort seinen Kaffee zu sich zu nehmen. Man lachte und scherzte. Schiller stand ein wenig missgestimmt beiseite und philosophierte mit seiner Karoline über die persönliche Freiheit, wie frei das Gehirn sei und über verpasste Chancen, denen man gestaltend nicht nachtrauern sollte. Charlotte stand dazwischen und sah die ganze Zeit zu Goethe hinüber, damit sie den Moment nicht verpasste, da Schiller sich zu den Frauen gesellen und doch noch ein Gespräch beginnen könnte. Doch dieser Moment kam nicht.

Dafür unterzog Schiller seinen Heroen aus den Akademietagen einer kritischen Prüfung. War Goethe wirklich so ein Übermensch? Was konnte er von ihm lernen in gesellschaftlichem Umgang? Goethe hatte den Kreis dieser Gesellschaft in Rudolstadt nach Jahren seiner Abwesenheit mit der Selbstverständlichkeit eines Mannes betreten, der nach Hause kam. Ciao, Karoline, ein Handschlag, Monsignore …, der Mantel wurde ihm jetzt gereicht – es kühlte schon rasch ab zu dieser Jahreszeit, das Personal umwirbelte den großen Mimen, der die Rolle seines Lebens spielte. Er spielte noch immer den Italiener, den Grandseigneur. Spielte? Es schien mehr zu sein als ein Spiel. Ein Ritual, eine Huldigung. Sie klebten an seinen Lippen, folgten jeder seiner Bewegungen. Ein Patrone, der diese kleine Welt in den Mittelpunkt rückte, dessen Stimme sich plötzlich mit jenem heiseren Klang überzog, als hätte er mit einer Hand voll rostiger Nägel gegurgelt, und sogleich so leise schwang, dass man eine Schreibfeder hätte fallen hören können. Selbst der Bergbau zu Ilmenau bekam so den Klang von etwas Bedeutendem.

Noch in der Nacht saß Schiller am Schreibsekretär und schrieb Körner nach Dresden: »*Im Ganzen genommen ist meine in der Tat große Idee von ihm nach dieser persönlichen Bekanntschaft nicht vermindert worden; aber ich zweifle, ob wir einander je sehr näher rücken werden. Vieles, was mir jetzt noch interessant ist, was ich noch zu wünschen und zu hoffen habe, hat seine Epoche bei ihm durchlebt; er ist mir (an Jahren weniger als an Lebenserfahrungen und Selbstentwicklung) so weit voraus, dass wir unterwegs nie mehr zusammenkommen werden; und sein Wesen ist schon von Anfang her anders angelegt, als das meinige, seine Welt ist nicht die meinige, unsere Vorstellungen scheinen wesentlich verschieden …*«

Auch Karoline war verstimmt. Was musste ihr Göttergatte auch fachsimpeln über Straßenbau und Bergbau! Als ob das die Menschheit allein voranbrächte! Und alle hingen speichelleckend den beiden an den Lippen und beteten Zahlen und Fakten nach. Was ging in diesen

Hohlköpfen und Gipsbüstengatten nur vor! Es schien ihr unglaublich, wie viel geistige Armut sich hinter den Titeln der besseren Gesellschaft verbarg. Vielleicht steckte ein geheimes Gesetz darin, dass all die blassen Erscheinungen auf ihrem Weg nach oben so viel Energie verbrauchten, dass sie am Ende der Stufenleiter mit einem hohlen Kopf ankamen … Armer Schiller! Was hatte er für Hoffnungen in dieses Treffen gelegt! Und wie viel geistreicher und wertvoller war dieser Schiller! Er lebte ärmlich von der Hand in den Mund. Der Titel als Hofrat, unbezahlt. War nur auf sich gestellt, von frühster Jugend an. Nicht der Versuchung erlegen, sich ein Pöstchen zu sichern, Wohlgefallen zu heucheln, um den Lohn einzustreichen, der ihn sanft durch das Leben trug. Kein Spott über jene, die es anders machen, kein abwertendes Wort. Schiller stand da allein auf weiter Flur mit nichts als seiner unglaublichen Begabung, seinem Fleiß und seiner Entschlusskraft, etwas aus sich zu machen. Er vertraute auf den sprudelnden Quell seines Geistes, auf die Freundschaft, vielleicht auch ein Mensch, der das genaue Gegenteil von der ganzen höfischen Gesellschaft repräsentierte. Er bedurfte keines Ranges, Schiller wuchs aus sich selbst. Das war revolutionär, stellte alles auf den Kopf. Ein Rebell, dessen einzige Waffe sein Geist war!

Als Karoline ihn am nächsten Tag darauf ansprach, meinte er nur schmunzelnd: »Mein Geist, die Waffe der Rebellion? Eine romantische Vorstellung …« Dann aber wurde er ernst: »Geht man mit seiner Waffe zu Bett, schläft man mit seiner Angst.« Wie konnte der große Goethe einen solchen Menschen übersehen, ihn nicht wertschätzen und seine Nähe suchen?

Man saß sich schweigend in der Stein'schen Chaise gegenüber. Auch noch so ein gelungener Nachmittag in entsprechender Gesellschaft täuschte nicht darüber hinweg, dass an die enge Vertrautheit, die Charlotte von Stein und Goethe verbunden hatte, nicht mehr angeknüpft werden konnte. Frau von Stein kannte ihren Goethe. Wenn er mit sich im Unreinen war, urteilte er hart und unwirsch. Noch hoffte sie darauf, dass er sich erneut in die Weimarer Verhältnisse schicken würde, wenn er erst einmal Abstand von seinen Italienfantasien gewonnen und sein neues Liebchen, diese Vulpius, zum Teufel geschickt hatte. Doch all diese Befindlichkeiten blieben unerwähnt und so schwieg man sich taktvoll an. Goethe nahm sich das Heft des »Deutschen Merkur« vor und las Schillers Gedicht. Doch bereits nach kurzer Zeit warf er das Heft ärgerlich in die Ecke. »Dieser Schiller! Er ist mir zuwider – seine ganze Erscheinung – ein Wirrkopf!«, rief Goethe aus.

Froh, endlich ein Thema gefunden zu haben, stimmte Frau von Stein ein: »Über sein Verhältnis zu der von Kalb spricht ganz Weimar. Und jetzt umgarnt er die Töchter der von Lengefeld. Er wird der Gattin des Vizekanzlers noch die Reputation und der Charlotte die Laufbahn bei Hofe kosten.« – »Aber er ist durchaus gebildet und hat Manieren«, räumte Frau Herder ein. »Mein Mann spricht nur Gutes über ihn.« – »Nichts an ihm kann verleugnen, dass er aus einfachen Verhältnissen kommt.«

Frau von Stein machte eine wegwerfende Handbewegung und berichtete von Schillers Auftritt bei der Herzoginmutter Anna Amalia. »Er hält offenbar viel von sich und scheut sich keineswegs, das auch lautstark kundzutun.« – »Auch wenn sich Wieland viel auf seinen Einfluss zugute hält, dessen Wirkungen an diesem Gedicht deutlich zu Tage treten, so äfft Schiller nur gekonnt nach, was wir zu Weimar Großes geleistet und gedacht haben. Mir ist dieser Schiller verhasst und auch Wieland und Herder stünde es gut zu Gesicht, ihm mit mehr Misstrauen zu begegnen. Da pöbelt und brüllt einer auf der Bühne seine Räuberromantik heraus, ergeht sich im Tyrannenhass und setzt stürmerisch auf die billige Wirkung beim Pöbel. Schon begeistert man sich in ganz Deutschland wie seinerzeit über meinen ›Werther‹. Sicherlich, dieser Mensch bemüht sich in letzter Zeit um sprachliche Eleganz. Aber das Mühen ist ihm anzumerken.« Goethe wurde laut und ungehalten. »Keine Gelegenheit lässt dieser Nichtsnutz aus, sich anzubiedern. Stets um die Gunst der großen Geister bemüht. Lebt dabei frei wie der Vogel von seinen Verbindlichkeiten. Und mir sind da Dinge zu Ohren gekommen …« – »Zu Mannheim ist er gescheitert und Freunde sollen für ihn im Schuldturm gesessen haben«, ergänzte Frau von Stein. »Oh Gott, wie schrecklich!«, entfuhr es Frau Herder. »Frauen finden solche Geschichten, genau so wie die von seiner Desertion aus dem Württemberger Regiment, für gewöhnlich romantisch und himmeln diese Art Vagabunden an. Ich aber frage, was hat dieser Schiller für die

Gesellschaft geleistet, dass er glaubt, er sei so genial, dass alle Welt ihm huldigen und ihn durchfüttern müsste!« Noch einmal griff Goethe nach dem »Deutschen Merkur« und warf ihn verärgert quer durch die Kutsche, dass er fast Fritz von Stein am Kopf getroffen hätte.

»Ist es wahr, dass Schiller heimlich den Schubart in der Festungshaft aufgesucht hat?«, wollte Fritz von Stein jetzt wissen. »Da haben die richtigen Wirrköpfe wohl beisammen gesessen!«, knurrte Goethe zur Antwort. »Vielleicht beeindruckt solche Verwegenheit auch die Jugend, aber wem nützt so etwas? Glaubt er, mein Schüler, etwa, ich bekleide meine Ämter und mühe mich um die Zukunft des Landes, weil ich ein schlechterer Dichter wäre? Nein, Verantwortung tragen in dem einen wie dem anderen, seine Fähigkeit in den Dienst einer großen Sache stellen, die Reinheit der Sprache und Gedanken pflegen, das sind Dinge, die mir wichtig sind und die Lohn tragen – für mich und für jedermann! Diese Dramen des Herrn Schiller – man kann noch so berühmt werden – erscheinen mir wirr, abstrus, in ihren philosophischen Ansätzen verkehrt und sogar gefährlich in vielem.« Niemand wagte mehr, dem aufbrausenden Goethe zu widersprechen, der in Gedanken nur damit beschäftigt war, diesen Schiller, der sich anschickte, sich in seinem Weimar zu etablieren, wegzubeißen. Hatte sich dieser Schiller nicht auch mit Wielands Schwiegersohn, dem Reinhold, der Professor zu Jena war, angefreundet? Läge da nicht eine wunderbare Möglichkeit, diesen dichtenden Rebell bei seiner Eitelkeit zu packen und ihn in ein Amt wegzuloben? Sollte er doch sehen, wie schwer ein Mensch arbeiten musste, um sein Auskommen zu sichern! Wie leicht waren doch solch einfache Naturen wie dieser Schiller auszurechnen! Ein kurzes Gespräch würde er mit ihm führen müssen, ein Empfehlungsschreiben, den Rest konnte er getrost seinem Stellvertreter im Amt, dem Geheimen Regierungsrat Voigt, überlassen.

44

Fast wurde Schiller von der Menschenmenge fortgerissen. Er fand sich mitten im Pulk von bereits Hunderten von Studenten wieder, wurde geschoben und gestoßen und klammerte sich fest an seine Aufzeichnungen für seine Antrittsvorlesung. Mit solch einem riesigen Interesse hatte keiner rechnen können! Im Reinhold'schen Haus hatte er für abends sechs Uhr den Hörsaal belegt, der rund hundert Sitzplätze fasste. Halb sechs bereits platzte das Auditorium aus allen Nähten. Angstvoll hatte Schiller aus dem Fenster geschaut und sah von der Straße her noch Trupp um Trupp dem Haus zustreben. Der Ansturm schien kein Ende nehmen zu wollen. Im Vorsaal, im Flur und auf der Treppe herrschte bald drangvolle Enge. Griesbachs Schwager war unter den Studenten und schlug geistesgegenwärtig vor, Schiller möge bei Griesbach lesen. Alles stürzte wie befreit hinaus und in einem lautstarken Zug die Johannisstraße hinunter, eine der längsten Straßen Jenas und zudem eine, die stets von Studenten bevölkert war. Schon liefen die ersten Gruppen, um in Griesbachs Auditorium einen guten Platz zu ergattern. Sie rissen die folgenden lautstark lärmend mit. Viele schlossen sich dem Zug an, ohne genau zu wissen, wohin und zu welchem Zweck, allein aus Sorge, etwas Bedeutendes zu verpassen. Fenster wurden aufgerissen, aufgeregte Kaufleute liefen mit ihrer Kundschaft auf die Straße. Schon glaubte die Obrigkeit, es wäre Feueralarm, und am Schloss kamen die Wachen in Bewegung. Was ist denn? Wohin? Warum so eilig? Welcher Lärm? Der neue Professor wird lesen. Der Schiller! Der Räuberdichter!

Das Griesbach'sche Auditorium verfügte über vierhundert dicht gedrängte Plätze, doch dieses Mal reichten sie ebenfalls nicht, sodass auch der Vorraum und der Flur bis an die Haustür besetzt waren. Schiller wurde nach vorn durchgeschoben, erreichte nur mit größter Mühe den Katheder und rang, begleitet vom lauten Pochen, das als Beifall galt, nach Luft. Als er den Blick wieder aufrichtete, sah er sich wie in einem Amphitheater von Menschen umgeben – schlimmer noch, sie lagen sogar zu seinen Füßen. Von draußen schien an diesem 26. Mai 1789 die Sonne herein und drinnen wurde es fast unerträglich schwül. Man riss die Fenster auf und machte Durchzug. Ein solch triumphaler Empfang war noch keinem Professor bereitet worden! Was Schiller jedoch keineswegs beruhigte, hatte er doch ein wenig Juristerei betrieben, Grundzüge der Medizin gelernt und Dramen verfasst. Aber war er wirklich ein Geschichtsprofessor? Sicher, er hatte dieses erfolgreiche Buch vom Abfall der Niederlande geschrieben und

Goethe hatte ihn empfohlen, aber verstanden nicht einige seiner Studenten mehr von der Geschichte als er, der er seine eigenen Theorien verfocht? Schiller machte sich keine Illusionen, er würde nie ein Historiker werden, auch wenn ihn Geschichte und Politik schon seit langem faszinierten. Seine Geschichte hatte sich von der verwandten Erzählkunst etwas zu borgen, ohne deswegen notwendig zum Roman oder Drama zu werden. Reichte das, um hier zu bestehen, oder würde er vor den Augen der vollständig versammelten Studentenschaft und im Angesicht einer Vielzahl von Professoren untergehen? Vor vier Wochen, noch mitten in der Arbeit an der siebten Ausgabe seiner »Thalia«, hatte er noch keine Ahnung, worüber er überhaupt lesen würde. Vielmehr musste er sich unauffällig im Kollegenkreis erkundigen, wie man wen an der Universität anzureden hatte.

»*Was heißt und zu welchem Ende studiert man Universalgeschichte*«, lautete Schillers Thema und im eigentlichen Sinn auch sein Versuch einer eigenen Standortbestimmung für dieses Fach. Schiller sammelte sich und erhob die Stimme. Überlaut musste er sprechen, damit auch die außerhalb des Auditoriums Stehenden etwas verstehen konnten. Nach den ersten zehn langsam vorgetragenen Worten fand er zur inneren Zuversicht zurück und las mit einer Stärke und Sicherheit in der Stimme, die ihn selbst überraschte. Doch ein Rest Befangenheit gegenüber seiner neuen Professorenrolle blieb, und so vermied er es weitgehend, frei zu sprechen. Er las alles Wort für Wort ab. Nach den ersten zustimmenden Reaktionen verfiel er sogar wieder in seine hohe, schwäbelnde Stimmlage und trug Passagen in einem pathetischen, deklamatorischen Ton vor, als ob er sich auf der Bühne befunden und aus seinem Drama vorgetragen hätte. Doch auch diese Unzulänglichkeiten taten seinem Erfolg keinen Abbruch. Der Reiz der Neuheit und die Begierde, den berühmten Dichter nun auf dem Katheder in einer ganz neuen Situation zu erleben, hatte die Studentenschaft in Griesbachs Auditorium zusammengetrieben und sorgte dafür, dass Schiller an diesem Abend nichts falsch machen konnte.

Im Schulterschluss begleiteten ihn Hunderte von Studenten zu seiner »Schrammei« in der Jenagasse 26, einer großzügigen, aus drei Zimmern bestehenden Studentenbude, die er bei der redseligen Jungfer Schramm gemietet hatte und wo er in unruhiger Nachbarschaft mit einem guten Dutzend Studenten lebte. Während er, noch unmittelbar überwältigt von dem Eindruck seines Erfolges, die schützenden Wände seiner Bude aufsuchte, packten auf der Straße einige ihre Instrumente aus und man sang aus Hunderten von Kehlen ihm zu Ehren eine Nachtmusik, die mit einem dreifachen Vivat lautstark beendet wurde! Schiller winkte noch einmal vom Fenster aus, trat dann an den Schreibtisch, auf dem sich seine angefangenen Arbeiten und etliche historische Bücher, die ihm Körner besorgt und empfohlen hatte, stapelten, strich mit der linken Hand über die Maserungen des Holzes, spürte erst jetzt, dass ihm die Beine zitterten, und setzte sich auf den Holzstuhl davor. Um einen klaren Kopf zu bekommen, griff er zur Feder und schrieb an Körner von seinem Erfolg, dann hielt er inne, starrte auf den letzten Satz, den er geschrieben hatte: »*Ich bin in Jena zum ersten Mal eigentlich ein bürgerlicher Mensch, der gewisse Verhältnisse außer sich zu betrachten hat ...*«

Jetzt besaß er das erste Mal etwas als Eigentum – einen eigenen, nach seinen Vorstellungen gezimmerten Schreibtisch. Jetzt bereute er das erste Mal nicht mehr, der Empfehlung von Professor Reinhold, dem Schwiegersohn Wielands, und dem freundschaftlichen Rat des Theologieprofessors Paulus gefolgt zu sein.

Die Universitätsstadt gefiel ihm. Nicht nur die Häuser hier waren höher gebaut als in Weimar, auch die hier versammelte Intelligenz erschöpfte sich offenbar nicht in Götzenanbetung. Schiller spürte das Fluidum der freien und ungezwungenen Art des Umgangs miteinander. Auch wenn dieses Universitätsstädtchen, kaum sechshundert Meter lang und ebenso breit mit zwanzig zwischen den hohen Stadtmauern eingezwängten Straßen, sich von der Größe her nicht mit den Residenzen Stuttgart, Mannheim oder Dresden messen konnte, hier gab es nichts Verschlafenes und Geducktes. Dass die Studenten hier etwas galten, zeigte einem der erste Anblick, und wenn man die Augen zumachte, konnte man immer noch wahrnehmen, dass man in Jena mitten unter ihnen lebte, denn die Studenten hier in der freien Universitätsstadt wandelten mit den Schritten von Nichtbesiegten. Kein Ort hatte ihm bislang das bedeutet, was Jena und seine Umgebung ihm waren. Dabei dachte Schiller nicht zuletzt auch an das nahe Rudolstadt und die Schwestern Karoline und Charlotte, die er hier in seiner Professoreneinsamkeit vermisste. Er galt jetzt etwas, auch im bürgerlichen Sinn. Der Herr Professor wurde herumgereicht, bekam Einladungen, hatte sich auf Bällen und Empfängen einzustellen und sich entsprechend seiner neuen Stellung zu kleiden. Mit der Gründung einer bürgerlichen Existenz als Professor wollte er das gesellschaftliche Prestige erringen, das er benötigte, um auch in besseren Kreisen als heiratsfähig zu gelten.

Die Medaille hatte jedoch zwei Seiten: Zwei, drei Jahre unabhängigen Schaffens als Schriftsteller hätte er noch benötigt, um sein Werk voranzubringen und seine Schulden zu minimieren. Kühl lächelnd hatte ihm Goethe erklärt, beim Lehren lerne man. Der Geheime Regierungsrat Voigt hatte, ohne Schiller weiter zu informieren, das Einverständnis des Weimarer Herzogs Karl August und der übrigen vier Erhalter der Gesamtakademie Jena, der Fürsten von Gotha, Meiningen, Coburg und Hildburghausen eingeholt und Schillers Berufung erfolgte auf dem Fuß. Er fühlte sich übertölpelt, mitten aus der Arbeit herausgerissen und bloßgestellt, denn das Professorenamt musste ohne jede Bezahlung ausgeübt werden. Honorar erhielt der neue Herr Geschichtsprofessor nur für seine Vorlesungen und bemessen wurde es nach der Zahl seiner Zuhörer. Schiller hatte durch intensives Literaturstudium seine Wissenslücken zu stopfen, tagelang seine Vorlesungstexte vorzubereiten, philosophische Studien zu treiben, denn Kants Schriften galten hier als Allgemeingut und er hatte Rücksicht zu nehmen. Zudem mussten die Zulassungen zu seinem Professorenamt für teures Geld erkauft werden. Schiller hatte seine Wut in einem Brief an Körner hinausgeschrieen: »*Könntest du mir innerhalb eines Jahres eine Frau mit zwölftausend Talern verschaffen, mit der ich leben, an die ich mich attachieren könnte, so wollte ich dir in fünf Jahren – einen Friederiziade, eine klassische Tragödie und, weil du doch so darauf versessen bist, ein halbes Dutzend schöner Oden liefern – und die Akademie in Jena möchte mich dann im Arsch lecken.*« Doch so blieb seine Dichtung liegen, kam der Räuberdichter ins Joch des Professorenamtes. Schiller zürnte Goethe, denn dessen schwache, aber effektvolle Empfehlung ins Amt erschien ihm jetzt als nichts anders als eine Verbannung aus Weimar. Reinhold und auch dem Juraprofessor Hufeland gegenüber, der in Jena als Mitherausgeber der viel gelesenen »Allgemeinen Literaturzeitung« verantwortlich zeichnete und um Schillers Beiträge warb, erklärte er aufgebracht: Dieses Ränkespiel mache ihm den Charakter dieses aufgeblasenen Gecken Goethe noch um einen guten Teil verachtenswerter. Er, Schiller, sei nun entschlossen, ihm, dem großen Heroen seiner Jugendjahre, auf ewig den Rücken zu kehren, wie dies bereits viele rechtschaffene Männer der deutschen Nation vor ihm getan hätten. Der eigene Geist sei mit Goethe und lasse ihn glücklich sein ohne Gott, ohne Freunde und ohne Tugend. Auch wenn Hufeland und Reinhold ihn beschworen, nicht zu weit zu gehen, Schiller war verbittert und unversöhnlich geblieben.

Schiller entkorkte eine Flasche Wein und ließ den Roten genüsslich seinen Gaumen kitzeln. Er lächelte stillvergnügt vor sich hin. Vielleicht mochte sich Goethe vorgestellt haben, ihn kaltzustellen, dann aber würde der heutige Erfolg und die Aufruhr, die seine Antrittsvorlesung ausgelöst hatte, den Alten in Weimar ordentlich fuchsen! Auf Dauer würde niemand in Weimar mehr seine Leistungen und sein Talent ignorieren können! Schiller tunkte erneut die Feder ins Tintenfass. »*Ich bin bis jetzt als isolierter Mensch in der Natur herumgeirrt, und habe nichts an Eigentum besessen*«, sinnierte er. »*Alle Wesen, an die ich mich fesselte, haben etwas gehabt, das ihnen teuerer war als ich, und damit kann sich mein Herz nicht behelfen. Ich sehne mich nach einer bürgerlichen und häuslichen Existenz und das ist das Einzige, was ich jetzt noch hoffe. Ich muss ein Geschöpf um mich haben, das mir gehört, das ich glücklich machen kann und muss, an dessen Dasein mein eigenes Ich erfrischen kann.*« Schiller fasste den Entschluss, möglichst bald seine beiden Musen Karoline und Charlotte wieder aufzusuchen. Natürlich schrieb er auch von diesen Gedanken nichts mehr an Körner, denn der würde – völlig zu Recht – hierin wieder nur einen weiteren Anlass sehen, der Schiller künftig von seiner Dichtung abhalten würde.

Der frisch inthronisierte Professor nahm die Extrapost nach Bad Lauchstädt, wo Karoline zur Kur weilte. Soviel er wusste, war Chère mère noch mit der Erziehung der Prinzessinnen in Rudolstadt beschäftigt und Charlotte zu Gast bei den von Steins in Weimar. Schiller, entschlossen, allen Mut zusammenzunehmen, um sich zu erklären, hatte den ganzen Tag vor Aufregung keinen Bissen zu sich genommen.

Unruhig spähte er durch die Scheiben der Kutsche. Von weitem sah er Karoline die Straße hinunterkommen. Natürlich wartete sie auf die Kutsche, um ihre Briefe abzuholen, schrieb allein er doch fast täglich. Verwirrt, als sei ihr ein Geist erschienen, schaute sie zu ihm auf, als er aus der Kutsche sprang. Sie errötete vor Aufregung und am liebsten hätte er sie auf der Stelle geküsst. Fahrgäste und Passanten bedachten beide bereits mit neugierigen Blicken, denn sie wirkten unwillkürlich wie ein Liebespaar, das sich nach einer langen Phase der Trennungen wieder gegenüberstand. Waren zwei Wochen oder zwei Monate vergangen? Sie fassten sich bei den Händen. Handelte es sich bei der jungen Frau nicht um die Gattin des Vizekanzlers Beulwitz? Schiller spürte die prüfenden Blicke als Erster. Er zog Karoline mit sich fort. Ungestört sprechen wollte er. Ob sie auch hier eine Picknickdecke und einen Korb habe. Er könne nur einen halben Tag bleiben und wolle die Zeit mit ihr allein verbringen. Ganz gegen ihre Gewohnheit flogen ihre Schritte die Stufen hinauf zu ihrem Zimmer. In aller Hast raffte sie das Allernötigste zusammen und völlig außer Atem, mit aufgelösten Haaren hakte sie sich bei ihm ein. Nervös war sie wie ein junges Mädchen – das tägliche Einerlei ihrer Anwendungen und Verpflichtungen vergaß sie von einem Moment auf den anderen.

Doch Schiller, eben noch springlebendig und enthusiastisch, schien jetzt befangen. Etwas beschäftigte ihn, doch er wollte noch nicht darüber sprechen. Immer wieder warf er ihr verstohlene Seitenblicke zu.

»Ich liebe dich«, sagte er leise, kaum wahrnehmbar. Karoline lag ganz still auf der Picknickdecke neben ihm im Gras, die Augen starr, den dahineilenden Wolken zugewandt, aber mit allen Sinnen bei ihm. Wie das klang! Schon eine Ewigkeit hatte ihr das niemand mehr gesagt. Sie lächelte vor Glück. »Und was noch?« Schiller stützte sich mit dem Ellbogen auf und betrachtete sie von der Seite. Eine seltsame Reaktion. Vorwürfe, Entsetzen, Leidenschaft – vieles hatte er erwartet, aber sie schien einfach nur glücklich und zufrieden. »Ich bin gekommen …«, noch einen winzigen Moment stockte er, die Tragweite seiner Entscheidung vor Augen, die Gefühle zu Charlotte abwägend. »Weshalb bist du gekommen?«, fragte sie verträumt und blinzelte, weil sie die Augustsonne blendete. Karoline gab keine Schönheit ab, aber ihm waren noch nie ihre Sommersprossen auf Nase und Wangen aufgefallen. Ein Mädchen ohne Sommersprossen ist wie ein Himmel ohne Sterne, dachte er und küsste ihre Nasenspitze. Sie lachte und drehte ihr Gesicht zur Seite. »Du bist gekommen …« – »Ich will dich fragen, ob du mit mir zusammenleben willst.« Jetzt war es heraus.

Wollte sie ihn nicht hören, nicht verstehen? Er fuhr mit Zeige- und Mittelfinger der rechten Hand über ihre Augenbraunen, die Wange entlang, strich ihr eine Haarsträhne mit einer zärtlichen Geste hinter das Ohr. Ihre Augenlider flatterten. Erst ein wenig unruhig, dann aber schloss sie die Augen voller Vertrauen und seufzte nur ergeben. Er schob ihren Kopf in seine Richtung und küsste sie jetzt leidenschaftlich. Erschrocken setzte sie sich auf, ordnete sich das verrutschte Oberteil des Kleides, fuhr sich mit den Händen durchs Haar. Auch Schiller setzte sich aufrecht. »Ich liebe dich wirklich und will mit dir leben«, sagte er jetzt lauter, entschlossener, sodass sie ihn nicht mehr überhören konnte. Sein Ton klang jetzt so entschlossen, dass es nur noch ein Ja oder Nein geben konnte. Karoline verschlug es die Sprache. »Du liebst mich wirklich?« Ihre ungläubige Frage, mit der sie Zeit zu gewinnen erhoffte. Mit dem Handrücken strich er ihr sanft die Wange entlang, dann halb hinunter bis auf das Dekolleté. »Das spürst du doch, oder? Du hast mir so gefehlt die letzten Wochen.« Sie sprang auf, taumelte ein wenig benommen, ging zur Tasche, um ein paar Getränke zu holen, spürte, wie seine verlangenden Blicke sie verfolgten. Ja oder Nein – er wollte eine Antwort. Er begehrte sie hier und jetzt und auf der Stelle.

Sie hantierte umständlich mit den Getränken, vermied den Blickkontakt, ihre Gedanken rasten. Was hatte sie außer Wohlstand und gesellschaftlicher Reputation schon von dem Herrn Vizekanzler zu erwarten? Wann waren ihm zuletzt die weiblichen Rundungen ihres Körpers aufgefallen? Trat jetzt nicht das ein, was sie im Stillen stets heimlich ersehnt hatte? Wild schlug ihr Herz und Gefühle überwältigten ihren Verstand. Wie lange konnte sie ihre Antwort noch hinauszögern und Schillers unvermutete Liebeserklärung genießen? Unruhig und verunsichert beobachtete Schiller ihre Reaktion. Er war manchmal ungeschickt im Umgang mit Worten, wenn es darum ging, seine Gefühle auszudrücken. Schreiben, ja, das war kein Problem, aber von Angesicht zu Angesicht fehlte ihm häufig der Charme, um eine

Frau zu umgarnen. Wieder befielen ihn Zweifel wegen seines übereilten Antrages. Immerhin warb er um eine verheiratete Frau mit gesellschaftlicher Stellung! Was wusste er schon über ihre Beziehung zu Beulwitz? Eifersucht schlich sich in seine Gedanken. Auch wenn es unvernünftig blieb, sie durfte ihn jetzt nicht ablehnen!

Schiller sprang auf, trat hinter sie, drückte seinen Körper eng an ihre weichen, weiblichen Formen und überhäufte sie mit Küssen. Seine Hände wanderten wie wild geworden ihren Körper entlang. Flasche und Gläser fielen ihr aus den Händen und zerbrachen, aber ihr Widerstand erlahmte. Da schlang Karoline auch schon ihre Arme um seinen Hals und erwiderte seine Küsse. Sie presste ihren Leib fest gegen seinen, spürte, wie sehr Schiller sie auch körperlich begehrte. Alle Initiative ging jetzt von ihr aus, während Schiller ihr Brusttuch zur Seite schob, zog sie ihm die Hose aus und bedeutete ihm, er solle sich auf die Decke setzen. Ohne jede Furcht, entdeckt zu werden, liebten sie sich. Schiller schien völlig außer sich: »Gib mir dein Herz! Nur durch dich, Karoline, nur durch dich spüre ich meine Kräfte. An deiner Seite kann ich wachsen. Bleib bei mir!« Karoline las rasch ihre Kleider auf und beeilte sich beim Ankleiden, ohne sich zu erklären. Sie gab sich geschäftig, konnte dabei jedoch weder ihre Verlegenheit noch ihre Erregung verbergen, was Schiller zu immer neuen Liebesschwüren animierte. Schließlich stand sie vor ihm, bedankte sich artig für die Komplimente und die Gunst seiner Liebe und sagte, so wie die Dinge nun einmal stünden, könnte er nur die Lollo heiraten.

Schiller überraschte die Aussage und er schaute ihr lange ins Gesicht. Wie ernst war es ihr damit. Liebte er denn nicht jede der Schwestern auf ihre Art? Eigentlich schien alles ganz einfach: Wenn es tatsächlich ein Organ für das Gefühl gab, das jetzt seinen Verstand gefährdete, und wenn dies das Herz war, schien es an der Zeit, einen kühlen Kopf zu bekommen und sich bewusst zu machen, dass dieses Herz auch nur ein Muskel sein konnte. Vielleicht ein Muskel, der den besonderen Anforderungen dieser Situation nicht gewachsen schien. Ein Muskel, der ganz ohne Rücksichten auf das Chaos, das er anrichtete, auf die Verletzungen, die er verursachte und die Schiller wirklich nicht wollte, einfach zu wenig geübt war. Aber eben nur ein Muskel, dem er unmöglich zubilligen konnte, derart über sein Leben zu bestimmen. Das

Wesen dieses Muskels schien die Beliebigkeit, sein Charakteristikum der Gesinnungswechsel. Warum also stets und immer aufs Neue ein verliebt-verzücktes Kontinuum erhoffen? Eine Ordnung musste her, ein innerer Friede. »Auch wenn ich dich wirklich liebe, Karoline«, erklärte er. »Du bist verheiratet und ich bringe dich in eine prekäre Situation. Daher ist dein Gedanke gar nicht einmal so abwegig. Ganz im Gegenteil! Wenn ich Lollo, die ich auch herzlich liebe, heirate, kann ich immer in deiner Nähe bleiben.«

Karoline widersprach nicht, bedachte ihn nur mit einem Blick und drängte zum Aufbruch, da er ansonsten die Kutsche verpassen würde. Auf dem Weg zurück nach Lauchstädt versicherte sie ihm mehrfach, dass Charlotte ihn aufrichtig liebe und ihn schon seit langem begehre. Sie bat ihn, sich erst mal zu beruhigen und wieder zur Vernunft zu kommen. Man werde sich eine Taktik zurecht legen, um Chère mère für seine Heiratsabsichten zu gewinnen. Er solle Charlotte schreiben und sie, Karoline, würde sich für ihn verwenden.

Doch ohne dass Karoline überhaupt die Gelegenheit dazu gefunden hätte, sich zu erklären oder gar ein Geständnis abzulegen, brach es aus Charlotte hervor: Keine Lust hätte sie mehr, die Anstandsdame für Karoline bei Schiller zu spielen, den Picknickkorb hinterherzuschleppen. Sie, Karoline, würde sich auf unverschämteste Art in den Vordergrund spielen, sich wichtigtun mit ihren literarischen Ambitionen und philosophischen Lektüren und gebe ihr nicht einmal die Gelegenheit, Schiller unter vier Augen zu sprechen. Wenn Karoline partout ihrem Mann den Laufpass geben wolle, was sie überhaupt nicht verstehen könne, solle sie künftig nicht mehr auf ihre Schwester zählen. Sie könne sich gefälligst ein anderes Tugendmäntelchen suchen! Sie gedächte nicht länger zu stören und dem Glück der älteren Schwester im Weg zu stehen!

Dieser Ausbruch kam für Karoline völlig unerwartet. Noch nie hatte sie ihre Schwester so aufgebracht erlebt. »So beruhige dich doch, Lollo! Du bist nicht störend. Ich bin sogar sicher, dass er dich liebt …«, versuchte Karoline zu beschwichtigen. »Du redest von Liebe? Schwesterherz, mach mir nichts vor! Warum trifft er dich heimlich in Lauchstädt?« – »Weil, weil –«, Karoline geriet ins Stocken, hätte sich ohrfeigen mögen. Auf keinen Fall durfte sie dem Glück ihrer Schwester im Weg stehen! »Da siehst du es! Du verschweigst mir etwas. Da ist mehr zwischen euch, als du mir zugeben willst! Es reicht!« Charlotte sprang auf und lief aus dem Salon. Karoline hinter ihr her, entschlossen zu retten, was vielleicht nicht mehr zu retten war, fasste die Schwester bei den Schultern, doch nur mit Gewalt ließ sie sich noch aufhalten. »Ich habe ihm versprechen müssen, nicht darüber zu sprechen. Er liebt dich und er will dir einen Antrag machen. Aber er traut sich nicht, weil er sich nicht für standesgemäß hält.« – »Du spielst Theater! Lass das!« Charlotte reagierte überrascht und ärgerlich zugleich. »Wenn ich es dir sage!« Karoline bot alle Überzeugungskraft auf. Charlotte zog einen Brief aus ihrem Ausschnitt, gab ihn Karoline mit einem Blick, aus dem alle Verachtung sprach, dann zitierte sie die Zeilen auswendig, während Karoline hastig den Brief überflog und nach einem Ausweg suchte: »*Karoline ist mir näher im Alter und daher auch gleicher in der Form unserer Gefühle und Gedanken. Sie hat mehr Empfindungen in mir zur Sprache gebracht, als du meine Lotte – aber ich wünschte nicht um alles, dass dieses anders wäre, dass du anders wärest als du bist. Was Karoline von dir voraus hat, musst du von mir empfangen, deine Seele muss sich in meiner Liebe entfalten, und mein Geschöpf musst du sein, deine Blüte muss in den Frühling meiner Liebe fallen. Hätten wir uns später gefunden, so hättest du mir diese schöne Freude weggenommen, dich für mich aufblühen zu sehen.*« Aufrichtig schien er wenigstens zu sein, stellte Karoline fest, doch wie konnte man einen Heiratsantrag mit dem Geständnis verbinden, dass man für die ältere Schwester große Gefühle hegte? Und an die Adresse von Charlotte klang das Ganze wohl eher wie ein liebevoller Erziehungsauftrag!

Karoline konnte die Empörung ihrer Schwester verstehen und wusste Schillers Worte wohl zu deuten: Er wollte sie beide, eine Ménage à trois! Ungewöhnlich für einen Menschen, der eine bürgerliche Existenz anstrebt, unmoralisch zugleich! Aber diese Unverfrorenheit war es ja, die sie hatte schwach werden lassen. Da pfiff jemand auf Konventionen und forderte alles vom Leben! Doch in einem war sich Karoline sicher: Wenn ihre Schwester auch nur einen Hauch davon wüsste, was in Schiller vorging, würde sie tief verletzt reagieren und eher ins Kloster gehen, als ihren Dichter zu heiraten. Eine Ordnung musste her und es war an ihr, Karoline, für einen glücklichen Ausgang zu sorgen. Noch hatte sie ihren Beulwitz, und wenn es absolut nicht mehr zusammen ging, konnte sie sich immer noch von ihm trennen! War da nicht ein Wilhelm von Wolzogen, ihr Cousin, ein adliger Habenichts und Freund Schillers aus Akademietagen, der sich verzehrend nach ihr sehnte? Da lag die Lösung des Problems! Karoline zog ihre Schwester auf den nächstbesten Stuhl und erfand kurzerhand ihre Liebesgeschichte zu Wilhelm von Wolzogen, machte Charlotte zu ihrer Vertrauten und beschwor sie, Schillers Antrag anzunehmen. Schließlich schloss sie mit den Worten: »Wenn man die Ringe wechselt, soll man sein Herz ganz verschenken und einen Strich über alles Frühere machen. Sonst rührt man das Reich der Schatten. Mit dem Wühlen im Schlamm der Vergangenheit hat die Torheit begonnen, der Zerfall die Zerstörung vollendet. – Ich helfe dir einen Brief zu schreiben, du nimmst den Heiratsantrag an. Der Postwagen kommt in einer Stunde.«

Die resolute Chère mère hörte ihren Töchtern aufmerksam zu, aber als sie merkte, in welche Richtung die umständlichen Erklärungen ihrer Töchter liefen, reagierte sie aufgebracht. Ein umgänglicher, geistreicher Mann, dieser Schiller. Vielleicht sogar eine kleine Berühmtheit und respektabel als Professor dazu. Aber ein Dichter mit unsicheren Einkünften, noch dazu ohne Adel! Charlotte würde mit der Heirat eine Bürgerliche werden! Aus der Ferne habe man einen Dichter zu bewundern, aber nicht das Bett mit ihm zu teilen und seine unterernährten Kinder zu gebären! Die Fantasie eines Dichters sei absolut keine sichere Kapitalanlage und eine Quelle, die jederzeit versiegen könne. Chère mère wurde deutlich und ließ sich auch nicht mit einer Auflistung seiner jetzigen Einkünfte besänftigen. Schiller schrieb und schmeichelte der alten Dame. Lotte drohte ihr, sie ließe sich nicht ihr Glück zerstören. Karoline riss sich zu der Bemerkung hin, wenigstens eine von ihnen hätte etwas Leidenschaft verdient. Bevor Chère mère alle Grundsätze ihrer Erziehung und das letzte Mindestmaß an Contenance schwinden sah, stimmte sie zu, Lottchen solle ihren Schiller in Gottes Namen heiraten, ihr aber später nicht mit Wehklagen kommen. Da Lotte unter ihrem Stand heiraten würde, müsse man mit der Blamage rechnen, dass die adligen Familien einer Einladung absagen könnten. Also keine Brautkutsche, keine Ehrenpforte, keine Brautjungfern und keine rauschende Ballnacht. Das Beste sei, niemanden zur Hochzeit einzuladen, um sich und dem nicht gerade vermögenden Bräutigam jede Peinlichkeit zu ersparen. Karoline bedachte schreckensstarr die Konsequenzen eines solch ärmlichen Festtages, aber Lollo strahlte vor Glück und küsste ihre Schwester wegen der gewonnenen Schlacht.

Die Hochzeit fand – ganz dem kargen Rahmen entsprechend – an einem eiskalten Februartag statt. Die unscheinbare Dorfkirche von Wenigenjena war menschenleer. Chère mère und Karoline wirkten in der ersten Bank vor dem Altar verloren. Charlotte nahm ihren Schiller selbstbewusst vor dem Portal der Kirche noch einmal zur Seite: »Mein schöner Bräutigam, von einem armen Mädchen wird immer das ganze volle Herz verlangt, und die erste Liebe, und das unerprobte Gefühl, aber was bekommt sie? Einen Gasthof, worin schon unzählige vor ihr logiert haben. Du bist wirklich sicher, dass du es so willst?« Schiller spürte, wie ernst es ihr war. Fest umschloss er sie mit seinen Armen und küsste sie auf die Stirn. Dann trat er aufrecht vor den Altar und bedachte seine frisch angetraute Charlotte mit einem aufmunternden Lächeln. Für ihn war das Zeremoniell gerade gut genug, er mochte nicht so viel Aufhebens um seine Privatheit. Auch seine Eltern schienen mit der neuesten Entwicklung mehr als zufrieden. Sein ewig kritisierender Vater hatte ihm schriftlich zur Hochzeit, vor allem aber zum bürgerlichen Professorenamt gratuliert. Doch ganz sicher hatte Charlotte am heutigen Tag mehr als ein Opfer gebracht, indem sie auf alle Feierlichkeiten verzichtete und ihre gesellschaftliche Stellung preisgab. Schiller zwang sich dazu, keinen Blick in Richtung Karolines zu werfen. Dieser Tag sollte allein Charlotte gehören! Zudem war es gut, dass Karoline so erfahren wie sie war, alles arrangiert hatte und das Liebesabenteuer mit ihr bislang ohne weitere Konsequenzen geblieben war. Er würde ihr später ein Angebot machen, Beulwitz zu verlassen und gemeinsam mit ihm in Jena zu leben. Der Theologe Schmid, aus Jena mit herausgefahren, vollzog die Trauung. Seine Stimme hallte in dem leeren Kirchenschiff wider. Sein Atem stieg in kleinen Wolken nach oben. Die Brautleute froren, als sie die Ringe tauschten. Chère mère bewahrte Haltung, nahm die Dinge wie sie waren und weinte nicht.

Mit der einbrechenden Dunkelheit am späten Nachmittag fuhr man in einer eigens gemieteten Kutsche zurück. Gemeinsam nahm die Gesellschaft in Schillers Studentenbude noch einen Tee. Von Beulwitz, in Amtsgeschäften verhindert, schickte ein Geschenk, das ausgepackt wurde: ein großer Porzellanteller mit Schillers Porträt. Wer hätte das gedacht, Chère mère schenkte den Brautleuten eine Wohnungseinrichtung. Zudem erhielt Schiller einen Diener und Charlotte eine Magd, sodass sie wenigstens in diesem Punkt weiter standesgemäß leben konnte. Bald schon verabschiedeten sich Karoline und Chère mère und die Brautleute zogen sich zu ihrer Hochzeitsnacht zurück.

45

Das junge Paar bezog eine geräumige Wohnung im Griesbach'schen Haus am Lödergraben, Ecke Jenagasse und man lebte dort recht zurückgezogen. Schiller gab keine Gesellschaften, folgte nur gelegentlich noch Einladungen, arbeitete fleißig, genoss die neue Zweisamkeit und erlangte schnell einen Ruf als dichtender Eremit. »Zu Schiller geht man nicht …«, hieß es bald in Jenaer Kreisen. Fleiß und streng geordnete Tagesabläufe schienen auch notwendig, denn die finanzielle Situation wandte sich keineswegs zum Besseren. Die Zahl der Studenten pro Vorlesung bewegte sich wie auch bei anderen Professoren inzwischen auf einige Dutzend zu, und da Schiller wegen seiner universitären Verpflichtungen immer weniger zum Schreiben kam, konnte er auch kein großes Werk mehr vorweisen, mit dem die Familienkasse aufzubessern gewesen wäre. Schiller war seine Vorlesungsverpflichtungen bald ziemlich leid und zweifelte auch an ihrem Nutzen. Körner gegenüber beklagte er sich schriftlich: »*Es bemächtigt sich meiner lebhaft die Idee, dass zwischen dem Katheder und den Zuhörern eine Art Schranke ist, die sich kaum übersteigen lässt. Man wirft Worte und Gedanken hin, ohne zu wissen und fast ohne zu hoffen, dass sie irgendwo fangen, fast mit der Überzeugung, dass sie von fast vierhundert Ohren vierhundert Mal, und oft abenteuerlich verstanden werden. Ich tröste mich damit, dass in jedem öffentlichen Amt immer nur der hundertste Teil der Absicht erfüllt wird.*« Doch es half nichts. Allein von seinen Autoreneinkünften, den hundertfünfzig Talern jährlich der Chère mère, ihren monatlichen Zuwendungen für das Personal und einem schmalen Gehalt von jährlich zweihundert Talern aus der Kasse des Weimarer Herzogs Carl August ließ sich allein nicht leben. Da mochte der Herzog in Gesellschaft zu diesem aus seiner Sicht gelungenen Hochzeitsgeschenk noch so tönen, dass er doch zur Heirat das Beste hergegeben habe, nämlich das Geld! Es stimmte schon: Der Pegasus war im Joch!

Wenn schon Charlotte ihm zuliebe auf ihre gesellschaftliche Stellung als Adelige verzichtet hatte und bei Hofe deshalb nicht mehr verkehren durfte, so sollte sie wenigstens nicht den Umgang mit den ihr aus Kindestagen vertrauten Personen vermissen. Deshalb reiste Schiller mit ihr nach Rudolstadt, Meiningen und Weimar. In Weimar blieb sie öfter einige Tage bei Charlotte von Stein zu Gast. Obwohl Schiller nicht lange von seiner Frau getrennt sein mochte, protestierte er nicht, sondern bestärkte sie im Gegenteil.

Das erste Jahr im Ehestand verlief für Schiller glücklich, denn er fand in Charlotte eine Lebenspartnerin an seiner Seite, die sich völlig auf ihn einstellte, die zu ihm aufblickte. Karoline ihrerseits reiste viel. Verliebte sich in den Erfurter Statthalter des Mainzer Fürstbischofs und tanzte mit diesem Carl Theodor von Dahlberg, dem Bruder des Mannheimer Theaterintendanten, eine Wintersaison lang den gerade neu entdeckten und als verrucht geltenden Walzer. Sie schrieb Schiller, der sie viel lieber an seiner Seite gesehen hätte, von der Freundschaft zu den Humboldts und hielt ihn, den ein wenig weltabgewandten Professor in Jena, gesellschaftlich auf dem Laufenden. Als sie ihre Beziehungen nutzte, um Schiller Aussicht auf eine gut dotierte Professorenstelle am Mainzer Hof zu verschaffen, schöpfte dieser Hoffnungen auf eine Besserung seiner Situation und dachte gleichzeitig daran, dass dies wohl auch die beste Gelegenheit wäre, seine Vorstellungen von einer Beziehung zu dritt endlich in die Tat umsetzen zu können.

Am 31. Dezember 1790 traf Schiller mit Charlotte in Erfurt ein. Heiter, ja euphorisch stießen sie auf das neue Jahr an. Dieser Dahlberg schien Schiller ein lebenslustiger Mann mit Visionen und freiheitlichen Ideen, der nur wenig von der Krämerseele seines Bruders hatte. Er konnte Karoline schon verstehen, dass sie sich zu ihm hingezogen fühlte. Am Neujahrstag, einem Samstag, schien die Sonne vom frostklaren Himmel. Die Gesellschaft unternahm einen Spaziergang durch Erfurt und besuchte die Lutherstätten, verweilte auf der Krämerbrücke mit ihren Häusern und Geschäften und besichtigte sogar die Zitadelle auf dem Gelände des Benediktinerklosters. Man plante bereits den Umzug nach Mainz – auch die Humboldts wollten sich anschließen. Doch der Kür ging die Pflicht voraus. Am 3. Januar veranstaltete die »Kurfürstliche Akademie nützlicher Wissenschaften« im Saal der Statthalterei in Erfurt eine feierliche Sitzung zum Geburtstag des Mainzer Kurfürsten. Schiller kam diese ganze aufgeblasene Zeremonie mehr als vertraut vor. Das Volk stand wie ehedem in Stuttgart auf den billigen Rängen. Der Hofstaat und die Studentenschaft herausgeputzt, zu Lobgesängen angetreten, wetteiferten um die Gunst des Fürsten und die nächste Stufe in der Hackordnung. Schiller musste nicht lange suchen, da fand er auch unter den kirchlichen Würdenträgern einige schwarz berockte Jesuiten. Das Wetter schlug um wie seine Stimmung. Wabernder Nebel verhüllte den Horizont und tauchte alles in einen gleichfarbigen grauen Schleier. »Eine Trauerfeier wäre heute wohl angemessener«, raunte Schiller der neben ihm stehenden Karoline zu, die jedoch nur Augen für ihren Dahlberg zu haben schien.

Preise – Zeichen der kurfürstlichen Weisheit und Großzügigkeit – wurden ausgeteilt, die eingegangenen Schriften zur Beantwortung der Preisfragen durch die Professorenschaft und den Fürstbischof beurteilt und neue Mitglieder in die Akademie aufgenommen. Unter diesen befand sich auch Schiller. Dem Festakt folgte am Nachmittag um fünf Uhr ein Konzert im Redoutensaal des Ratskellers. Auf dem Programm stand eine neue Symphonie von Haydn und ein Violinenkonzert des Berliner Komponisten Samuel Dietrich Grosse, der einzige Lichtblick für Schiller in diesem vom Zeremoniell verdorbenen Tag. Doch mitten im Konzert fühlte sich Schiller so krank, dass er sich, von Fieberschüben geschüttelt, nicht mehr auf den Beinen halten konnte und in einer Sänfte ins Quartier tragen lassen musste. An dem anschließenden Souper, zu dem Dahlberg über hundert Gäste geladen hatte, konnte er nicht mehr teilnehmen.

Nur mit Mühe schafften es seine Familie und Freunde, ihn in den nächsten Tagen wieder so weit herzustellen, dass er unbeschadet die Rückreise nach Jena antreten konnte. Schiller spürte, dass man ihm diese Krankheit als Schwäche auslegen und sie seiner Berufung nach Mainz entgegenstehen könnte. Es half nichts, er musste möglichst rasch seine Vorlesungen wieder aufnehmen, um Geld zu verdienen. Doch schon bald überwältigte ihn ein schwerer Rückfall. Fieberschübe bis zur Bewusstlosigkeit und völlige Kraftlosigkeit ließen das Schlimmste befürchten. Sein Arzt, der Jenaer Professor Johann Christian Stark, behandelte ihn mit verschiedenen Arzneien, mit starken Aderlässen, Blutegeln, Brechmitteln, Klistieren und blasenzehrenden Pflastern, die auf die Brust appliziert wurden. Schillers Erkrankung sprach sich herum. Frau von Stein schickte Selterwasser, der Herzog Carl August sechs Flaschen Madeira. In den wenigen Momenten der Linderung der Beschwerden lächelte Schiller nur schwach über diese Geste. Geld wäre nötiger gewesen, aber immerhin, der Herzog hatte ihn noch nicht vergessen.

Am schlimmsten waren die Nächte, in denen er fantasierte und unter Erstickungsanfällen litt. Längst war auch Charlotte mit ihren Kräften am Ende und Studenten, darunter der junge Friedrich von Hardenberg (Novalis), übernahmen die Nachtwache.

Wie durch ein Wunder erholte sich Schiller binnen Wochenfrist so weit, dass er seinen Arzt Stark zum Teufel schickte und, obwohl noch stark geschwächt, gegen den Rat von Reinhold, den Charlotte zur Hilfe gerufen hatte, entschied, einer Einladung zum Weimarer Hof nachzukommen. Sieben Jahre nach seiner Ernennung zum Hofrat war es an der Zeit, den Herzog an den Dichter des »Don Carlos« und armen Professor aus Jena zu erinnern. Jedoch nur durch Aufbietung seiner gesamten Willenskraft überstand er den Empfang, wortkarg, blass und schwer gezeichnet. Am Ende drang er sogar darauf, Charlotte möge einige Tage bei der von Stein bleiben. Ein wenig Abwechselung könne sie jetzt gut gebrauchen, denn von Krankheiten habe sie in letzter Zeit genug gehabt.

»Was sagen Sie, Schiller, zum neuesten Buch von Jean Paul?«, fragte Charlotte von Stein und hob ihre Teetasse wie zum Gruß. »Ich finde es außerordentlich. Er hat Fantasie und Herzensbildung.« Schiller hatte sich Brote richten lassen, um sich für die Heimreise zu stärken. Er aß und trank hastig. »Ich kenne es nicht, Verehrteste, ich lese derzeit keine neuen Bücher mehr.« – »Er findet bei seiner Arbeit dazu kaum noch Zeit«, versuchte Charlotte der etwas kurz angebundenen Antwort ihres Mannes die Schärfe zu nehmen. »Und kein Geld, keine Muße und kein Interesse …«, setzte Schiller hinzu. Nein, dieser Schiller war derzeit kein guter Gesprächspartner.

Frau von Stein widmete sich lieber ihrem Kuchen und begann mit Charlotte über Erfurt und Dahlberg zu plaudern. Schiller beteiligte sich nicht mehr an der Unterhaltung und erhob sich bald, bereit zum Aufbruch. »Ich danke für Ihre Gastfreundschaft, Frau Oberstallmeisterin.« – »Bitte richten Sie meinem Sohn in Jena Grüße aus. Ich hoffe doch, er macht sich als Student dort«, bat Frau von Stein. »Er hatte in Goethe den wohl besten Lehrer und dürfte dort seinen Kommilitonen einiges voraus haben.« Schiller zeigte Ungeduld. »Gern werde ich ihm Ihre Grüße überbringen.« Charlotte trat jetzt neben ihren Mann und ergriff seine linke Hand. »Und ich soll wirklich hier bleiben? Ich habe alles gerichtet und auch dem Klavierlehrer für die nächste Woche abgesagt.«

»Sie nehmen wieder Klavierstunden, Kindchen?«, erkundigte sich die von Stein und wunderte sich über die Ausgabe im knapp bemessenen Haushalt der Schillers. »Ihre Musik regt meine Arbeit an«, antwortete Schiller und schenkte seiner Frau ein Lächeln.

Der Hausdiener brachte die Mäntel. Charlotte von Stein blieb im Wohnungsflur, während Charlotte ihren Mann nach draußen begleitete. Es schneite leicht und der Abend würde bereits Frost bringen. »Ich muss los, damit ich Jena erreiche, bevor sie das Stadttor schließen«, sagte Schiller, stellte den Mantelkragen hoch und schlang sich den Schal enger um den Hals. Er küsste sie auf die rot gefrorenen Wangen. »Geh rein, damit du dich nicht erkältest. Ich freue mich auf dich nächste Woche«, flüsterte er ihr zärtlich ins Ohr. Dann stieg er in die Steigbügel. Das Pferd scheute ein wenig. Er saß auf, gebrauchte die Gerte, trabte davon, dem Schützengraben zu und verschwand im schwachen winterlichen Nachmittagslicht.

Zögernd, mit hängendem Kopf kam Charlotte zurück in die Stein'sche Wohnung. »Was ist mit Ihnen?«, erkundigte sich Charlotte von Stein. »Sie sind ja ganz blass.« – »Ich sorge mich um Schiller«, ihre Antwort. Mit einem Lachen versuchte Charlotte von Stein den

Moment der Angst zu überbrücken, hakte sie ein wie eine alte Freundin und führte sie zum Klavier. »Lassen Sie mal hören, ob Sie Fortschritte gemacht haben. Die Literatur Deutschlands liegt offenbar – wenigstens zum Teil – in Ihren musikalischen Händen. Da darf nichts versäumt werden!«

Die eiskalte Luft stach Schiller in der Brust. Steifgefroren und sich nur mühsam im Sattel haltend ritt Schiller in Jena ein. Sein Pferd hielt auch ohne Führung vor dem Eckhaus am Jenaplatz. Mit letzter Anstrengung glitt er aus dem Sattel und hielt sich am Zaumzeug aufrecht. Oben wurde ein Fenster aufgerissen. Jemand rief ihn beim Namen. Schon eilten einige Studenten zu Hilfe, unter ihnen Hardenberg, der Schiller jetzt packte und ihm die Stufen hinauf in die Wohnung half. Oben bereitete der Sohn der von Stein einen Tee und schlug Schiller eine Wolldecke um den zitternden Körper. Schiller riss sich zusammen: »Lasst es gut sein, ihr Burschen. Ich bin weder betrunken noch steinalt und brauche weit weniger Fürsorge als ihr meint.«

»Hardenberg hat sich einen Orden verdient«, verkündete Stein. »Er hat das Weimarer Militär mit vertrieben.« – »Militär? Wie denn das?«, fragte Schiller. »Man wollte dem Professor Hufeland ans Leder, nur weil er eine Vorlesung über die französische Konstitution gehalten hat. Auf eine kursächsische Beschwerde hin hatte man ihn wegen Staatsgefährlichkeit unter Arrest gestellt. Denen haben wir Beine gemacht!«, lachte Hardenberg und vollführte mit ausgestrecktem Arm einige Fechtbewegungen. »So weit kommt es noch, dass man uns in Jena das Denken verbietet!«, tönte Stein.

Schiller rang sich ein gequältes Lächeln ab. Ein Schüttelfrost warf ihn in die Polster des Sessels zurück und setzte ihm zu, dass die Zähne hart aufeinander schlugen. Die anwesenden Studenten tauschten erschrockene Blicke. Nachdem der Anfall vorbei war, fühlte Schiller das Fieber steigen. Er bat um Federkiel, Papier und Tinte. Nur mühsam gelang es ihm, Ordnung in die Buchstaben zu bringen. »Liebste kleine Frau, mir geht es ganz gut, aber du fehlst mir sehr, weil die Krankheit nicht stark, aber wieder … komm …« Nichts konnte er mehr in Händen halten, auch der Kopf kippte ihm zur Seite, eine Ohnmacht überwältigte ihn.

Als Charlotte am nächsten Tag eintraf, war Schiller nur noch zeitweise bei Bewusstsein. Sie fand ihn fantasierend, in heftiger Fieberglut versunken, im Bett liegen, von Frau Griesbach, der Hauswirtin, seinem Diener und einigen Studenten ratlos umstanden. Zuerst verscheuchte sie die Studentenschaft und untersagte jegliches Pfeifenrauchen im Haus, dann ließ sie per Eilboten den Arzt rufen.

»Es ist ein Eiterherd im Lungenbereich und eine böse Entzündung des Brustkorbs und Zwerchfells. Dies alles verursacht hohes Fieber und macht ihm das Atmen sauer. Zugpflaster, Wundegel, absolute Ruhe, keinerlei Zugluft. Halten Sie die Fenster geschlossen. Wenn es zu arg wird mit dem Fieber, Umschläge mit kaltem Himfong.« Professor Stark packte seine Instrumente zusammen und erhob sich vom Bettrand. Er stutzte, durch den verängstigten Blick der jungen Frau aufmerksam gemacht. »Wird er es schaffen? Er ist doch noch so jung«, ihre Stimme wie ein Flehen von weit her. »Es ist ernst, sehr ernst. Mit diesem Rückfall hat er sich, fürchte ich, zu viel zugemutet. Er hat zu früh mit der Arbeit begonnen. Überhaupt immer zu viel gearbeitet, ist gegen meinen Rat zu dieser Jahreszeit gereist und brütete im Studierzimmer, dicht vom Tabakqualm, vor sich hin. Er ist überhaupt immer zu unduldsam mit sich und seinem Körper, der besonderer Aufmerksamkeit und Fürsorge bedarf. Zuerst muss das Fieber die Krankheit ausbrennen, dann werden wir sehen. Schicken Sie jederzeit nach mir, wenn es noch schlimmer wird.«

Charlotte begleitete den Arzt zur Tür, da hörte sie aus dem Krankenzimmer ein überlautes Röcheln und die kraftlose sich überschlagende Stimme Schillers. »Ich will – ich will – nie ringst du mich hernieder! Du mit deinem schwarzen Pestfrack! Götter, steht mir bei! Meine Freunde, der Schubart hat's gesagt! Lollo! Lollo, die Papiere, gib sie nicht her! Sie zünden das Haus an! Feuer, Feuer überall!« In den wüsten Ausbruch mischten sich die Hilfeschreie der Mamsell. Sie rannten zurück in das Krankenzimmer. Nur gemeinsam konnten sie ihn halten. Mit Armen und Beinen schlug Schiller um sich, Blut floss aus seinem Mund auf das zerfetzte Hemd. Dann wurde er bewusstlos. Professor Stark tastete nach dem schwach fliegenden Puls, der Atem kaum noch wahrnehmbar, so flach. Ein lautes Röcheln plötzlich. Seine Augen weit aufgerissen, wie aus einer weiten Ferne. Sein Körper bäumte sich auf vor Schmerz. Die Gesichtszüge verzerrten sich. Ein Krampf durchfuhr die Brust. Dann kämpfte der erneut Bewusstlose um jeden Atemzug. Professor Stark setzte das Hörrohr an. »Ein Durchbruch. Eiter könnte das Zwerchfell durchbrochen haben. Die Entzündung breitet sich aus. Sie sollten beten, meine Teuerste.« Professor Stark verabreichte Opium gegen die Schmerzen und zur Beruhigung und verließ erst mitten in der Nacht das Krankenbett jedoch ohne größere Hoffnung für seinen Patienten.

Auf bloßen Strümpfen wanderten sie alle im Haushalt umher, bemüht, jedes unnötige Geräusch zu vermeiden. Von draußen klang gleichgültig der Stundenklang der Glocke des nahen Turms in die schwarze Winternacht. Nasse Tücher umschlangen die fiebergedörrte Gestalt Schillers. Charlottes Blick klammerte sich an seine vom Tod gezeichneten eingefallenen Gesichtszüge. Das Rot seiner Haare schien einem kraftlosen Gelb gewichen zu sein. Die Strähnen klebten schweißnass an den Schläfen. Seine Nase stach spitz aus dem weißen blutleeren Gesicht. Pfeifend, unregelmäßig kamen und gingen die Atemzüge aus seinem Mund. Jeden Moment der Gedanke, dies könnte sein letzter Atemzug sein. Es gab nichts zu tun. Furcht und Sorge nahmen überhand. Die Tür zum Arbeitszimmer stand offen. Dort im schwachen Lichtschein einer Öllampe wachten Hardenberg, Reinhold und Fritz von Stein. Hilfe suchend wanderte der Blick Charlottes zu ihnen herüber, allein, sie alle waren machtlos.

Dieses Ringen um Leben und Tod setzte sich auch den ganzen nächsten Tag fort. Professor Stark wirkte ratlos, obwohl er sich gegen seine Überzeugung zwang, Mut zu machen. Studenten wechselten sich ab bei der Krankenwache. Jetzt stand der Livländer Graß am Fenster im Krankenzimmer, während Lotte im Haus nach dem Rechten sah. Von Zeit zu Zeit kam die junge Ehefrau an die Tür, um besorgt nach Schiller zu sehen. Dieser bewegte den Kopf unruhig hin und her, sodass sie sich lautlos auf Strümpfen zum Bett begab und dort ebenso leise hinkniete, die Hände faltete und flüsternd, beruhigend auf ihn einzureden versuchte. Ihr offenes dunkles Haar floss über die Schultern. Längst wusste sie nicht mehr, dass da noch jemand im Zimmer war. Tränen flossen über ihr Gesicht. Völlig unvermutet schlug in diesem Moment der Kranke die Augen auf und erkannte seine Frau. Mit

Leidenschaft umschlangen plötzlich seine Arme ihren Nacken, seine Hände fuhren über ihren Kopf. Nur einen kleinen flammenden Moment des Lebens lang, dann verließen ihn erneut seine Kräfte. Den Studenten Graß rührte diese Szene so sehr, dass er augenblicklich in Tränen ausbrach, Zimmer und Haus verlassen musste, da er sich nicht mehr beruhigen konnte.

Unendlich langsam ging es bergauf mit Schiller. Die Bewusstseinszustände mehrten sich und er konnte schluckweise geringste Mengen Flüssigkeit zu sich nehmen. »Keinen Tag länger hätte er es überlebt. Er ist noch lange nicht außer Gefahr, mein Kind, aber da das Unwahrscheinliche der Besserung bereits eingetreten ist, sollten wir umso stärker hoffen«, meinte Professor Stark zu Charlotte und ihm gelang sogar ein Lächeln der Erleichterung, das jedoch auf dem Gesicht der jungen Frau noch keinen Widerhall fand.

Chère mère eilte aus Rudolstadt herbei und stand mit der starren Seide ihres Kleides raschelnd vor der Wohnungstür. Weinend fiel ihr ihre Tochter um den Hals. »Mach mir bitte keine Flecken auf den teueren Stoff«, protestierte die Oberhofmeisterin von Lengefeld. »Haltung, mein Kind. Und dies hier, wenn es eng werden sollte.« Mit diesen Worten übergab sie ihrer Tochter ein kleines Lederbeutelchen mit Geld, das sie für »alle Fälle« zurückgelegt hatte. Sie betrat die Wohnung, die sie immer noch ärmlich, doch wenigstens in geordnetem Zustand vorfand. »Es geht ihm nicht gut? Du siehst übrigens furchtbar aus, mein Kind.« Jetzt war sie bereit für den Begrüßungskuss und hielt die Wange hin. »Zerdrück mir bitte nicht die Frisur. Hier in Jena werde ich kaum jemanden finden, der sie mir en mode richtet.« – »Du bist lieb, Mutter, dass du gekommen bist, und uns unterstützt. Es geht ihm besser. Er ist zwar noch so schwach, dass er bei jeder kleinen Bewegung ohnmächtig wird, aber er ist jetzt immer häufiger bei Bewusstsein und behält auch geringe Mengen Flüssigkeit bei sich«, erklärte Charlotte und wirkte angesichts der Anwesenheit ihrer Mutter das erste Mal seit Tagen erleichtert.

»Schone dich ein wenig, mein Kind. So eine Krankheit kann dauern, dann musst du alles zusammenhalten!« – »Willst du ihn sehen, Mama? Komm, ich führe dich zu ihm.« – »Ihn sehen? Um Gottes willen!« Unwillkürlich trat sie einen Schritt zurück. »Es wäre ihm sicherlich nicht recht, wenn ich ihn im Bett liegend begrüßen würde. Außerdem haftet die Winterkälte an meiner Robe. Ich will mich lieber hier setzen und mich um dich sorgen.« Sie ergriff die Hand ihres Kindes, um sie zu tätscheln. »Vor allem will ich ein Wort mit eurem Medikus reden. Den Rückfall hätte er voraussehen müssen! Ich werde ihm deutlich machen, dass der Herr Erbprinz großen Wert darauf legt, dass mein Schwiegersohn gesundet.« Der Blick der Mama fiel in das Arbeitszimmer und auf die dort wachenden Studenten. Charlotte wurde verlegen angesichts des Wirrwarrs von Papieren und Büchern, eine Umgebung, die so ganz und gar nicht den Rudolstädter Verhältnissen entsprach. Entschuldigend meinte sie: »Dort drüben wacht Hardenberg. Er bringt jeden Morgen frisch abgeschnittene harzige Tannenzweige, die wir ins Zimmer stellen.« – »Parliere öfters französisch, mein Kind. Lies in der Bibel. Das klärt die Gedanken«, der hilflose Ratschlag der bis ins Knochenmark adeligen Chère mère. Einen Moment lang blickte Charlotte ihre Mutter zweifelnd an. Begriff sie überhaupt nicht, in welcher Lage sie sich befand? Sie, das Aschenputtel der Familie, hatte den genialen Dichter aus Liebe geheiratet, um ihn gleich im ersten Jahr ihrer Ehe zu verlieren? Wie sollte es weitergehen, wie sollte sie seinen Anfällen einfach zusehen, ihre Hilflosigkeit ertragen? Ein Leben unter dem Fallbeil, bedroht vom Tod und ohne Einkünfte! Sie müsste sich auf das Nächstliegende konzentrieren. Charlotte strich sich ihre Schürze glatt. »Wenn es ihm besser geht, will ich den ganzen Tag französisch plappern, Klavier spielen und Seifenblasen pusten. Aber jetzt, Mama, habe ich zu tun und zu sorgen. Also belaste mir meinen Kopf nicht mit Unnötigem!«

Frau von Lengefeld erschrak ein wenig angesichts der Entschlossenheit und Ablehnung ihrer Tochter. Aber das kannte sie ja, war sie ja als Mutter stets zu nachsichtig gewesen, auch der Vater hatte gefehlt. Natürlich war ein Leben in diesen ärmlichen Zuständen alles andere als angenehm! »Leg ihm ölgetränkte Tücher auf die Brust. Das löst den Schleim und zieht die Entzündung aus dem Körper.« – »Danke, Mama. Ich habe nach Karoline schicken lassen«, antwortete Charlotte. »Ich hoffe, du weißt, was du tust«, mahnte Chère mère, die natürlich vermutete, dass da mehr Gefühle im Spiel waren als die, die sich zwischen Schwager und Schwägerin ziemten. »Seine Gefühle sind mir vertraut wie meine eigenen. Wenn ihre Gegenwart ihm hilft zu gesunden, ist es das Richtige. Im Übrigen, ich erwarte ein Kind von ihm.« – »Du bist schwanger?« Das war zu viel für die alte Dame. Sie stand auf, strich ihrer Tochter zärtlich mit der Hand die Wange entlang. »Dann muss ja alles gut werden. Ich werde jetzt den Medikus aufsuchen und hier nicht meine Zeit mit Warten vertreiben.« Eilig verließ sie die Wohnung.

Es hatte geklopft und Chère mère war zur Tür gegangen. Womit sonst sollte sie ihre Zeit in diesem Dichterhaushalt verbringen. Jetzt erschrak sie, als sie diesem seltsam schwarz gekleideten Mann mit Holzbein gegenüberstand, dessen Stimme sogleich ungeduldig fordernd schnarrte, er wünsche Herrn Hofrat Schiller zu sprechen. Doch eine Oberhofmeisterin in bestem Gewand ließ sich nicht so leicht einschüchtern oder sie ließ es sich zumindest nicht so rasch anmerken. Ohne näher auf das Verlangen einzugehen, antworte Frau von Lengefeld mit einer Gegenfrage, wer er denn sei und was er begehre? Daraufhin traf sie ein scharfer, verachtender Blick, der geeignet gewesen wäre, jeden jungen Rekruten in den Staub des Kasernenhofes zu werfen und um Gnade bitten zu lassen. Ohne eine weitere Antwort reichte ihr der schwarze Mann zwei Schriftstücke. Sein Holzbein machte abscheuliche klopfende Geräusche auf den Holzdielen des Flures.

Frau von Lengefeld warf einen Blick auf die Siegel und Briefköpfe. Nun gut, dieser unheimliche und zudem sehr unfreundliche Mensch schien in offizieller Mission unterwegs und mit entsprechenden Vollmachten ausgestattet. Sie würde ihre Gläser benötigen, um die Papiere lesen zu können. Diese lagen in der Wohnstube neben den ganz erbaulichen Reiseberichten der von Chère mère hoch geschätzten Sophie La Roche. »Einen Moment bitte.« Schon halb im Gehen warf sie die Tür zu, doch von irgendwoher hatte dieser unmögliche Mensch einen schweren Holzstock hervorgezogen, der eher grob behauen einem Schlagknüppel glich und der jetzt zwischen Rahmen und Tür steckte und dafür sorgte, dass die Tür mit dem gleichen Schwung wieder aufsprang. Frau von Lengefeld erschrak darüber so sehr, dass sie einen kleinen spitzen Schrei ausstieß. Das Gesicht des Fremden zeigte jedoch keine Reaktion. »Herr Schiller ist ernsthaft erkrankt und wir alle sind in großer Sorge. Das ist in ganz Jena bekannt. Ich weiß wirklich nicht, was ihn zu einem solchen Auftreten veranlasst! Es ist absolut unmöglich, mit meinem Schwiegersohn in geschäftlichen Dingen zu sprechen. Auch der Hofmedikus Professor Stark hat jegliche Besuche untersagt. Ich werde meine Tochter bitten, sich um die Angelegenheit zu kümmern, die offenbar keinen Aufschub zu dulden scheint.« – »Sie duldet keinen Aufschub, Madame«, seine knappe Antwort. So schnell, wie der Holzstock zum Vorschein gekommen war, verschwand er auch wieder an der linken Seite dieses unheimlichen Mannes. »Wenn Sie gestatten, warte ich in der Wohnstube.«

Ohne eine Antwort abzuwarten, schob er Frau von Lengefeld grob zur Seite, trat ein und warf hinter sich die Tür zu. Proteste überhörte er einfach und ging voran, als sei er in der Wohnung zu Hause. Chère mère beeilte sich, ihn zu überholen, und rief nach ihrer Tochter. Zu allem Unglück waren Diener und Mamsell außer Haus, um Besorgungen zu machen. Charlotte schien im Krankenzimmer beschäftigt und hörte sie nicht. Scharf forderte sie den Fremden, der sich noch immer nicht vorgestellt hatte, auf, in der Wohnstube zu warten. Dieser neigte nur ein wenig den Kopf, um seine Zustimmung zu artikulieren. Ein unmöglicher Mensch! Noch immer musste sie laute Geräusche und jegliche Aufregung vom kranken Schiller fern halten, sodass Chère mère hastig, aber mit der gebotenen Rücksicht das Krankenzimmer aufsuchte, das sie bislang sorgsam gemieden hatte. Sie händigte Charlotte die Schriftstücke aus, die ans Fenster trat, die Vorhänge zur Seite schob, um besser lesen zu können.

Dann berieten sich die beiden Frauen tuschelnd miteinander. Fällige Schuldscheine und Wechsel gedachte der Fremde einzulösen. Von den Schulden und einem Bankier Eppsteiner aus Dresden hatte Charlotte noch nie etwas gehört. Dass seit einem Vierteljahr keine Zinszahlungen mehr erfolgt seien, schien der jungen Frau angesichts des durch die Krankheit bedingten Einkommensrückgangs im Schiller'schen Haushalt durchaus plausibel. Das andere Schriftstück war die Bestallungsurkunde des Fronboten Reuss. Chère mère fühlte sich einer Ohnmacht nahe. Schuldscheine, Wechsel, Fronboten – diese Dinge gehörten nicht zu ihrer Welt! Aber auch Charlotte wirkte recht hilflos, da Schiller sich bislang allein um alles Finanzielle gekümmert hatte. Schiller erwachte und sah die beiden Frauen am Fenster stehen: »Ist irgendetwas nicht in Ordnung?« – »Alles in bester Ordnung, mein Liebling. Wir haben nur gerade die Rechnungen des Fleischers überprüft. Ich gehe, der Mamsell das Geld zu geben«, log Charlotte. »Chère mère wird dir gerne etwas Gesellschaft leisten.«

Missmutig schaute Frau von Lengefeld ihrer Tochter hinterher. Aber wenn sie es recht bedachte, zog sie die Gesellschaft des kranken Schillers allemal derjenigen dieses finsteren Gesellen vor. Als Charlotte aus dem Krankenzimmer kam und die Tür behutsam hinter sich zuzog, fand sie den Fronboten keineswegs mehr in der Wohnstube, sondern im Arbeitszimmer ihres Mannes vor. Sein schwerer Holzstock lehnte gegen den Stuhl und er selbst schien damit beschäftigt, den letzten Rest vorhandener Ordnung zu verwüsten. Die Bücher lagen geöffnet und achtlos weggeworfen auf dem Boden, die vier Schubladen des Schreibtisches waren aus ihren Fächern gerissen und durchwühlt, Papiere und Manuskripte fanden sich im wilden Durcheinander überall im Zimmer verstreut. Völlig ungeniert durchstöberte dieser Mensch gerade die Bücherregale, drehte sich nur kurz zur eintretenden Hausherrin um: »Frau Schiller, nehme ich an? Erfreut, Sie kennen zu lernen ...« Dabei machte er keineswegs Anstalten, der Höflichkeit zu genügen und ihr die Hand zu reichen, sondern stöberte einfach weiter. »Was erlauben Sie sich!« Charlotte war außer sich, gleichzeitig aber auch vorsichtig genug, um nicht Schiller durch allzu laute Stimmen zu beunruhigen. Sie schimpfte drauflos, während dieser Mensch sie nicht zu beachten schien.

Da sprang sie zum Stuhl, ergriff den Holzknüppel, hob diesen zum Schlag bereit in die Höhe und trat auf den schwarzen Mann zu. Dieser jedoch drehte sich in einer blitzschnellen Reaktion zur Seite, wich dem Ansatz eines Schlages aus, ergriff gleichzeitig das Holz und ihren Unterarm und entwand ihr die Waffe. Wütend stampfte Charlotte auf, wies mit dem ausgestreckten Arm zur Tür: »Verschwinden Sie! Sofort!« Der schwarze Mann nahm jetzt die Papiere, die er ihrer Mutter ausgehändigt hatte, vom Stuhl. »Reuss mein Name. Ich kenne Ihren Mann bereits aus Stuttgarter Tagen. Er hätte seine Schulden begleichen sollen. Ich habe ihn gewarnt.« – »Fordern mag Ihr Recht sein, Herr Reuss, aber keineswegs diese Vorgehensweise hier!« Charlotte weinte bitterlich. »Was suchen Sie überhaupt? Denken Sie wirklich, wir hätten Geldsäcke hinter den Büchern versteckt?« – »Beruhigen Sie sich und hören Sie mir gut zu!«, forderte Reuss mit einem drohenden Unterton in der Stimme. »Ich will mich nicht beruhigen!« Charlotte fühlte sich entschlossen zu kämpfen, gegen wen auch immer. Sie sprang auf den Fremden zu und schlug auf den überraschten Reuss mit offenen Händen ein, versetzte ihm Ohrfeigen, trommelte schließlich gegen seine Brust und versuchte, ihn wegzuschieben.

Es dauerte eine Weile, ehe Reuss die Situation wieder unter Kontrolle bekam, und man sah ihm an, dass er nicht mit einer solch heftigen Gegenwehr gerechnet hatte. »Der Diener ist gleich da und ich lasse Sie auf die Straße werfen!«, drohte Charlotte. »Ihr Diener, Madame Schiller, und Ihre Mamsell machen Besorgungen und werden noch ein wenig aufgehalten werden. Dies habe ich bereits veranlasst«, antwortete Reuss ungerührt. »Hören Sie endlich zu!« Mit diesen Worten presste er sie auf den Schreibtischstuhl und stellte sich vor sie. Erst jetzt bemerkte Charlotte das Holzbein, was ihr diesen Mann noch unheimlicher machte. »So wie die Dinge liegen, verfügen Sie nicht über ausreichendes Geld, um die Schulden zu begleichen, und Einkünfte erzielt Ihr Mann derzeit auch keine nennenswerten. Ich weiß Bescheid, Sie brauchen mir nichts vorzumachen!« – »Wie viel wollen Sie?« Charlotte sprang auf, entwand sich seinem Zugriff, lief in die Wohnstube und kam mit dem Ledersäckchen zurück, das ihr Chère mère für »alle Fälle« geschenkt hatte. Sie schüttete den Inhalt über die auf dem Schreibtisch liegenden Papiere. »Reicht es für's Erste? Und quittieren Sie bitte hier und sofort!« Reuss beugte sich vor, zählte, strich die Taler ein, griff zu Federkiel und Tinte und setzte eine Quittung auf. »Sie haben die Summen gesehen, Madame Schiller. Ich werde und muss wiederkommen! Es sei denn –« – »Was, zum Teufel, wollen Sie noch?« – »Ihr Mann verfügt über Papiere eines gewissen Herrn Schubart. Papiere, die ihm eigentlich nicht gehören. Wenn Sie uns diese aushändigen können, würde dies Ihre Situation augenblicklich verbessern. Es gibt da Kreise in Stuttgart, die sich sehr großzügig zeigen würden.«

Charlotte spürte den Boden unter ihren Füßen wanken. Auch von diesen Papieren wusste sie nichts. Was hatte es damit auf sich? Warum hatte man ein solch großes Interesse an diesen Papieren und wie war Schiller an sie gekommen? Jetzt, da er vom Tod gezeichnet leichenblass in den Kissen lag und ihn jede kleine Anstrengung ohnmächtig werden ließ, geriet er immer mehr zu dem Räuberhauptmann, den sie sich als junges Mädchen erträumt hatte. Doch jetzt wünschte sie sich vielmehr einen erfolgreichen Dichter und treu sorgenden Ehemann an ihrer Seite, jemanden, der ihr die drückende Last der Verantwortung für alles von den Schultern nehmen würde. »Gehen Sie, sofort! Ich weiß nichts von den Papieren. Einen Herrn Schubart kenne ich nicht. Ich werde meinen Mann fragen, sobald er wieder gesund ist, das versichere ich Ihnen. Aber ich denke, wenn das so ist, wie Sie sagen, wird er wohl Vorsorge getroffen haben, dass Sie hier nichts finden werden. Also adieu!«

Als Reuss endlich gegangen war, befreite sie Chère mère aus dem Krankenzimmer und nutzte die nächste Gelegenheit, die Papiere im Arbeitszimmer zu sichten, zu ordnen und sorgsam wegzuschließen. Niemand sollte mehr ungefragt Zugang zu seinen Manuskripten und Unterlagen bekommen!

Fünftes Buch
Jena im Jahr 1790

Was liegt der Welt daran, meint Ihr, ob der niedrig
Geborene sich ehret oder schändet.
Wenn nur der Fürstliche gerettet wird.
Ein jeder gibt den Wert sich selbst. Wie hoch ich
mich selbst anschlagen will, das steht bei mir.

(Schiller: Wallensteins Tod IV, 8)

Wozu sie also töten, sie ist tot!
Verachtung ist der wahre Tod. Verhüte,
dass nicht das Mitleid sie ins Leben rufe!

(Schiller: Maria Stuart II, 3)

Stüssi: Ja, wohl dem, der sein Feld bestellt in Ruh
und ungekränkt daheim sitzt bei den Seinen.
Tell: Es kann der Frömmste nicht in Frieden bleiben,
wenn es dem bösen Nachbarn nicht gefällt.

(Schiller: Wilhelm Tell IV, 3)

Rasch tritt der Tod den Menschen an,
Es ist ihm keine Frist gegeben,
Er stürzt ihn mitten aus der Bahn,
Er reißt ihn fort vom vollen Leben …

(Schiller: Gedichte)

46

Die Krise dauerte bis weit in den Frühling hinein. Immer wieder Fieberschübe, immer neue Erstickungsanfälle, Bauchkrämpfe und Bewusstlosigkeiten. »Er ist ausgebrannt«, erklärte Charlotte traurig ihrer Schwester. »Er bezahlt sein Genie mit Krankheit. Dabei haben wir keine Rücklagen, nichts Eigenes, keine Sicherheiten, um über schlechte Zeiten zu kommen. Der Fronbote war bereits da und man drohte uns. Wir leben von der Hand in den Mund.« Auch wenn sich Karoline erbot, Beulwitz auszunutzen, um das Gröbste zu überstehen, denn so könne es nicht weitergehen, hielt das Charlotte nicht ab, eine absurde Rechnung darüber aufzumachen, mit wie wenig der Mensch leben könne, und die ganze Summe belief sich auf sechs Taler. Sie hatte alles Position auf Position aufgeschrieben: Man kaufe sich einen Laib Brot, man hat an einem halben Kreuzer täglich genug, vorausgesetzt, es schimmelt nicht vor der Zeit bei ungünstiger Witterung. Man isst einmal in der Woche eine warme Wurst und so fort.

Professor Stark kam zur täglichen Visite, reichte Charlotte zum Abschied die Hand. »Wie geht es der werdenden Mutter?« Schlank, geradezu mager wie Charlotte vor Sorgen und Entbehrungen geworden war, zeichnete sich ihr Schwangerschaftsbauch überdeutlich unter dem Kleid ab. »Danke. Wie geht es ihm?« – »Die Gefahr der Erstickung ist vorüber. Auch das Fieber, denke ich, wird nachlassen. Jeden Abend zwei Gläser vom guten herzoglichen Madeira für die Blutbildung und zur Entspannung. Es wird schon, Frau Schiller, es wird schon.« Tatsächlich besserte sich die Stimmung im Haus augenblicklich.

Als Schiller an diesem Nachmittag die Augen aufschlug, sich fieberfrei, geradezu leicht fühlte, fand er Karoline an seinem Bettrand sitzend vor, bereit, ihm aus der Kant'schen »Kritik der Vernunft« vorzulesen.

Schiller hatte alle aufgefordert, keine Rücksicht zu nehmen, denn wenn ihn etwas vom elenden Körper mit seinen Unzulänglichkeiten ablenken könnte, dann nur anspruchsvolle geistige Tätigkeit. Dankbar lächelte Schiller seine Schwägerin an. Der Tod, dieser Schelm, hatte inzwischen manchen kraftstrotzenden jungen Draufgänger geholt und ihn bis zuletzt übrig gelassen. Schiller musste an Kapf denken, der sich nach Afrika verkauft hatte. Ob er noch lebte? Vielleicht schien es dem Tod der Mühe nicht wert, ihn mitzunehmen. Schiller verlangte nach Schreibzeug. Man musste ihm helfen, da er nicht mehr die Kraft besaß, sich aufrecht hinzusetzen. Er schrieb an Körner. Sein erster Gedanke immer an die Freunde, dann verließen ihn die Kräfte und das Dankschreiben an den Herzog für den Wein und die Dispensation von den Vorlesungen diktierte er Karoline mit heiserer Stimme in die Feder. Charlotte wusch und fütterte ihn. Sie scherzten miteinander und Karoline beobachtete ihre Schwester sogar mit ein wenig Eifersucht. Charlotte liebte und wurde geliebt. Sie trug das Kind ihres Liebsten unter dem Herzen. Abends saßen sie mit Hardenberg, Stein und Reinhold beim vertraulichen Gespräch zusammen im Krankenzimmer und Schiller begann, von seiner Zeit in der Militärakademie in Stuttgart zu reden. Jeder spürte, dass Schillers Sehnsucht nach Schwaben sehr groß war, denn er sprach ausführlich und mit auffallender Behaglichkeit über diese Zeit. Es war rührend, wie er sich und anderen immer wieder seinen Wunsch, dorthin zu reisen oder sogar eine Anstellung dort zu bekommen, zu verbergen suchte.

Die Ironie des Schicksals wollte es, dass ausgerechnet zu einem Zeitpunkt, an dem man ihm das erste Mal einen Stuhl vor das Fenster rückte und er selbst wieder ein Buch halten und lesen konnte, Ende Mai und Anfang Juni zuerst in der Ostdeutschen Allgemeinen Zeitung, dann auch in anderen Blättern Schillers Todesanzeigen und Nachrufe erschienen. »*Jena. Der Liebling der deutschen Musen, Herr Hofrat Schiller, ist hier gestorben.*« – »*Die Universität Jena, aber nicht Jena allein, ganz Deutschland, hat eines ihrer Genies verloren. Schiller ist gestorben, ein Mann, dessen Geist schnell brausend sich erhob, sich ganz aus sich selbst entwickelte, weit und kraftvoll um sich wirkte. Er war ganz er selbst!*« Die Todesnachricht raste wie ein Lauffeuer durch ganz Europa. Schiller tot! Baggesen, ein Däne, der Schiller einmal in Rudolstadt besucht hatte, organisierte spontan mit seinem Kopenhagener Freundeskreis eine Gedenkfeier am Nordseestrand.

Schiller hörte davon, ärgerte und freute sich sogleich, spürte den Stolz, dass er etwas galt in der Welt, allein ihn plagten die Sorgen der Lebenden. Längst wusste er um seine finanzielle Situation. Er musste arbeiten, gesund werden. Innerhalb weniger Tage waren sein Nachttisch, das Bett, die Stühle und das ganze Zimmer mit Büchern und Manuskripten belegt. Der Verleger Göschen drängte ungeduldig auf die Fortsetzung der »Geschichte des Dreißigjährigen Krieges«, dessen erster Teil musste für den »Historischen Kalender für Damen« noch redigiert werden. Bücher galt es zu besprechen, eine neue Ausgabe seiner »Thalia« fertig zu stellen …

Auch wenn alle bemüht waren, Nachrichten von ihm fern zu halten, die ihn beunruhigen könnten, es drängte ihn danach, wenigstens mit seinem Geist wieder an der Welt teilzuhaben. »Hardenberg, Stein, berichtet mir, was die Welt so treibt! Hier drin glaubt man offenbar die Todesanzeigen und ist bemüht, mich vor der Wirklichkeit wegzuschließen. Erzählt mir irgendetwas! Gleichgültig was! Ich war so lange aus der Welt verbannt!«

»Zu Paris sitzt der König gefangen …«

Schiller blickte erschrocken auf. Jetzt ging es dem Tyrannen an den Kragen! Aber um welchen Preis. Was folgte danach? »Als ich krank wurde, hat er noch auf das Volk schießen lassen.« – »Jetzt haben sich die Verhältnisse umgekehrt und der Adel gibt Fersengeld, will er nicht hingemetzelt werden. In Heerscharen flüchten Adelige über die deutsche Grenze bis nach Koblenz, Mainz, Trier. Die Quartierpreise sind dort inzwischen in unglaubliche Höhen geschnellt und es herrschen Ausnahmezustände, über die keiner gerne spricht. Mord und Totschlag in Frankreich und Verfall der Sitten auf dieser Seite der Grenze.«

»Anarchie?«, grübelte Schiller und schloss vor Entsetzen die Augen.

»Wildeste Revolution! Niemand hält das Volk mehr auf!«, rief Stein begeistert.

»Es herrscht Jubel – der Weimarer Herzog ist auch dafür, aber Goethe ist dagegen«, ergänzte Hardenberg. »Gegen die Freiheit? Steht es so schlimm? Wüten sie derart ohne Maß? Ich kann es nicht glauben!« Schiller überkam ein Schwindel. Er war diesen Gedanken noch nicht gewachsen. Karoline trat hinzu: »Auch die Herzoginmutter ist angewidert von dem Pöbel nach Italien gefahren.« Schiller hob die Hand abwehrend, er wollte nichts mehr hören. »Sie nahmen Herder mit …« – »Herder, so, nach Italien, wegen der Revolution. Den König in Haft und die Schlösser geplündert. Karoline, sei so gut, lies mir bitte rasch was von Kant vor, ich muss meine Gedanken ordnen, zur Ruhe finden!«

Am nächsten Tag fuhr Vizekanzler von Beulwitz sechsspännig und imposant vor. Seine Ankunft verursachte einiges Aufsehen, denn solch hohen Besuch sah man in Jena selten die Schlossgasse hinunterkommen. Sekretär und Equipagen bahnten dem Vizekanzler den Weg, der schließlich aufgeregt in der Tür stand und sich sogar dazu hinreißen ließ, Schiller zu umarmen. Aus der Zeitung hatte er von Schillers Tod erfahren und fand ihn Gottlob unter den Lebenden! Groß war die Erleichterung, als Schiller ihm versicherte, er brauche sich keine Sorgen mehr zu machen. Doch, da Beulwitz Schiller schon seit Monaten nicht mehr zu Gesicht bekommen hatte, erschrak er dennoch sehr über dessen körperlichen Verfall. So gehe das nicht weiter, entschied Beulwitz, Schiller müsse zur Kur nach Karlsbad. Und weil Schiller nun einmal zur Familie gehöre, wolle er ihm den Kuraufenthalt auch schenken. Fast herrschte Ausgelassenheit im Schiller'schen Haushalt. Karoline musste jedoch nach Rudolstadt, um ihren Mann auf einen Empfang dort zu begleiten. Bei der Verabschiedung zog Schiller sie zu sich hinab und flüsterte ihr ins Ohr: »Ich fahre nur nach Karlsbad, wenn du mitkommst.« Karoline protestierte und gestattete sich einen vorsichtigen Seitenblick auf die schwangere Charlotte. Es blieb dabei, sie wäre die Letzte, die ihrer Schwester den Mann streitig machen würde. Unter einem Vorwand zog sie Charlotte noch einmal beiseite. »Hör gut zu! Er will, dass ich mitkomme, und ich werde ihm den Gefallen tun. Aber danach lasse ich mich von Beulwitz scheiden und werde Wilhelm von Wolzogen heiraten.« Erschrocken blickte Charlotte ihre Schwester an. »Dann wirst du alles verlieren. Das kannst du nicht tun.« – »Ich werde nicht ewig warten und mein Leben verplempern. Ich will es wagen. Man wird mich schneiden, ich weiß, und ich werde woanders neu anfangen müssen. Aber es ist entschieden!«

Die Reisevorbereitungen verzögerten sich erheblich. Erneut musste Karoline mit einspringen, denn Charlotte erlitt eine Fehlgeburt. Die

Strapazen der letzten Monate waren zu viel gewesen. Jetzt lag sie danieder und Schiller, voller Sorge und Unruhe, geisterte wie ein Untoter durchs Haus. Er vernachlässigte sich, fiel entweder mit Gehrock und Hemd ins Bett oder zog den Schlafrock auch tagsüber nicht aus, wenn Gäste kamen. Karoline beschäftigte sich mit praktischen Dingen, besorgte Pässe, schrieb an das Grenzzollamt zu Asch, um ihr Kommen zu avisieren, und siegelte Schreiben mit dem Beulwitz'schen Wappen, um der Sache Nachdruck zu verleihen. Verpflegung für fünf Tage, guter Rotwein, Schillers geliebter Marokko-Schnupftabak und vor allem jede Menge Arzneien wurden besorgt. Ansonsten waren seine Krämpfe teilweise nicht auszuhalten.

Karoline finanzierte alles, sorgte für gute Stimmung und interessante Gesprächspartner und -stoffe, sodass die Badekur ein Erfolg wurde. Charlotte erholte sich rasch, blühte geradezu außerhalb ihres tristen Hausstandes auf und Schiller ging es wenigstens nicht schlechter. Auf der fünftägigen Hinreise versorgte er sich an jedem Ort mit Lesestoff, begierig auf jede Neuigkeit aus Frankreich und von den Zuständen in deutschen Grenzregionen. In Hof bekam er sogar den »Kosmopolit« zu kaufen. Mit einem spaltenlangen Augenzeugenbericht über den Sturm auf die Bastille! Mit stockendem Atem lasen sie, während die Kutsche bereits über Franzenbrunn nach Eger rumpelte. »Die ganze Nacht hindurch, nachdem schon lange der feierliche Umzug mit den abgeschlagenen Köpfen vorbei war, hörte man noch das Poltern der niederstürzenden Bastillesteine. In dieser Nacht wurde aller Besitz des Königs als Eigentum der Nation erklärt, gemäß dem Beschluss der Nationalversammlung: ›Die Menschen werden frei und an Rechten gleich geboren und bleiben es, weil die gesellschaftlichen Unterschiede nur auf dem allgemeinen Nutzen begründet werden können.‹ In Paris wurde die Nacht zum Tag und man spricht davon, dass auch in den nächsten Tagen und Wochen noch Tausende von Todesurteilen gesprochen und vollstreckt werden …« Vorn vom Kutschbock tönte laut die Stimme des Kutschers in seiner Begeisterung für blutrünstige Nachrichten: »Sie haben in Paris alle umgebracht. Alle diese Lackaffen.« Der Ausruf blieb ohne Kommentar. Schiller legte die Zeitung zur Seite und wirkte nachdenklich. Keiner sprach ein Wort. In Eger verweilten sie für mehrere Tage. Schiller verkehrte viel mit österreichisch-kaiserlichen Offizieren und Beamten und musste bald feststellen, dass die Ereignisse in Frankreich auf diese keinen Eindruck machten. Man könnte, meinte er, diese Sorte Mensch sogleich im Stück verwenden, da sie an Borniertheit und Selbstgefälligkeit für ein Exempel taugten. »Da schreitet die Menschheit voran!«, rief er aufgebracht aus. »Und diese Herrschaften sind in Sorge um ihren Kaiserschmarrn!« In Eger besuchte er den Ort, an dem Wallenstein ermordet worden war. Auf der Rückreise nach Karlsbad überredete Karoline die Gesellschaft zu einem Umweg über Burgöner, wo sie Humboldts auf ihrem Landsitz besuchten. Karoline fand, dass es Schiller nicht schaden könnte, aus seinem gedanklichen Dunstkreis zu treten und sich der jüngeren Generation zu öffnen. Auch wenn Schiller zunächst meinte, dieser Humboldt mit seiner Ehefrau Li habe mehr Fläche als Tiefe zu bieten, bemerkte er doch schon recht bald, dass er auf einen ganz eigenen Kopf getroffen war, dessen Ansichten ihn über den Tag hinaus beschäftigen würden. Außerdem erwies sich, dass Humboldt alles von Schiller »bis auf die letzte Zeile« gelesen hatte. Was war mehr geeignet, einen kranken und zweifelnden Dichter aufzubauen?

Nach Jena zurückgekehrt, musste Schiller feststellen, dass der Herzog auch auf seinen Bittbrief hin nicht reagiert hatte, und machte sich deshalb daran, einen sehr eingeschränkten Vorlesungsbetrieb, der aus gesundheitlichen Gründen in seinem Arbeitszimmer stattfinden sollte, wieder aufzunehmen. Karoline, die bislang über ihre Zukunftspläne geschwiegen hatte, teilte schriftlich ihre Scheidung mit und richtete Grüße von Schillers Freund aus Akademietagen Wilhelm von Wolzogen aus. »So, der Wilhelm ist es also. Er soll weltgewandt sein und inzwischen mehrere Sprachen sprechen«, war Schillers schlichter Kommentar. Doch fortan wurde der Name Karoline in Gegenwart von Schiller nicht mehr erwähnt. Es verstand sich von selbst, dass er auch nicht daran dachte, zur Eheschließung zu erscheinen oder das Paar einzuladen. Er war verbittert, dass sie sein Angebot, bei ihm zu leben, ausgeschlagen hatte.

Schiller arbeitete wieder bis tief in die Nacht hinein, schlief bis mittags und aß oft erst am späten Abend. Er humpelte und lärmte in seinem Arbeitszimmer herum, während Charlotte den Sessel noch einmal wischte, die Stuhlreihen ordnete und dann in die Wohnstube ging, Löcher in den Hemden und Hosen zu flicken. Nach und nach kamen die Hörer zur ästhetischen Vorlesung. Zehn, zwölf? Charlotte rechnete: Die Krämerrechnung konnte beglichen werden. Wenn nur nicht wieder der Fronbote kam, denn für Schuld und Zins hatten sie keinen Kreuzer übrig gehabt. Gedämpft drang Schillers Stimme durch die Tür. Immer wieder wurde sein Redefluss durch Hustenanfälle unterbrochen. Charlotte setzte Tee auf, damit sie seinen Husten stillen konnte, sobald er mit der Vorlesung fertig sein würde.

»Idealisieren heißt, die Tragödie aus den mächtigen Nebensächlichkeiten des Milieus hervorzuheben, den in der Schöpfung vorhandenen realen Sinn des Ganzen geistig aufzuzeichnen.« Charlotte hörte, wie sich Schiller erhoben hatte, sich auf seinen Stock stützte, während er bedächtig umherging. »Die Harmonie des Ganzen allein ist verehrungswürdig ...« Er sprach von Krankheit und Not und wie allein die wahre Kunst uns zu heilen und uns vor uns selbst zu schützen mochte. Wie nötig dies sei, könne man allein an der starken Umwälzung in Frankreich sehen. Als Dichter müsste man in diesem Sinne die Kunst beherrschen, sich selber und zugleich die Welt zu sehen.

Ein starker Hustenanfall unterbrach den Vortrag. Charlotte hörte die Stühle unruhig knarren und ein paar Stimmen lauter werden. Schon wollte sie nach dem Rechten sehen, da hörte sie Schiller, der eher zu sich selbst sprach und längst seine Aufzeichnungen verlassen hatte. »Wir begeben uns in Gefahr durch das, was wir schreiben. Denn wenn das, was wir schreiben, uns zu besseren Menschen machen kann, dann kann es uns umgekehrt gewiss auch zu schlechteren machen. Dichter sind keine gefestigteren Menschen als ihre Leser. Und auch sie suchen nach Bestätigung und irren ...« Er kann die vielen Toten aus Paris, die aufgespießten Köpfe nicht vergessen, dachte Charlotte. Dann plötzlich abgehackte Sätze, seine überschlagende Stimme, irgendwie außer Kontrolle: »Der Arbeiter, der nicht mehr arbeiten kann, ist keines Lohnes wert! Der Tod, meine Herren Studiosi, ist wahrlich nicht das größte Übel – jedenfalls nicht für den Tragiker! Das Kolleg kann ich lesen – sorgt für eure Gesundheit, meine Freunde – nicht gut ... ohne sie.« Charlotte sprang auf. Nebenan ein Poltern und der Lärm vieler Stimmen. Hardenberg war der Erste, der die Tür aufriss. »Frau Hofrat, der

Schiller ist ohnmächtig!« Ein anderer: »Ein Arzt! Warum holt denn keiner einen Arzt?« Das Zimmer war voll gestikulierender Menschen, die alle auf Schiller starrten. Charlotte stürzte hinzu. Gemeinsam hoben sie ihn auf und legten ihn auf sein Bett. Blut quoll aus seinen Mundwinkeln. Todbleich sein Gesicht, die Augen verdreht, zeigten nur noch das Weiße. Schon tastete Charlotte nach dem Herzschlag. »Der Puls setzt aus! Hardenberg, Kampfer aus dem Küchenschrank!« Sie flößten ihm durch den aufgesperrten Mund die Medizin ein, wuschen ihn abwechselnd kochend heiß und eiskalt und massierten seine Arme und Beine, um den Blutfluss wieder in Gang zu bringen. Endlich öffnete er die Augen und schaute wie aus weiter Ferne kommend verwirrt in den traurigen Kreis der um ihn Versammelten. Schiller hob den Kopf, als ob er aufmerksam einer Musik lauschte, wischte mit dem Hemdsärmel das Blut vom Mund, hustete, schwang mit überirdischer Kraft die Beine aus dem Bett und kam wankend zum Stehen. Ungewohnt dunkel dröhnte seine Stimme, die er mit letzter Kraft hervorpresste: »Lasst eure Freunde kommen, damit sie sehen, wie ein Mensch stirbt.« Er torkelte, drohte erneut hinzustürzen. Zwei, drei Männer sprangen hinzu und stützten ihn. Er sabberte ein wenig, der Kopf fiel nach vorn, sein Atem flach und hastig. Dann wieder der hochaufgerichtete gläserne Blick, seine eigene Situation wohl erkennend: »Der Tod, er wird mich mutig finden!« Charlotte, die schluchzend am Boden gehockt hatte, sprang auf und beide fielen sich in die Arme. Finsternis und Verzweiflung füllten den Raum. Professor Stark eilte herbei und machte wie schon so oft ein bedenkliches Gesicht.

Es ging nicht mehr, Schiller sah es ein, er konnte keine Vorlesung mehr halten. Er musste froh sein, dass er noch lebte und schreiben konnte. Reinhold war zu Gast. Sie löffelten die Wassersuppe aus. Düster hockte der Wintertag in ihrer ungeheizten Wohnung. Müde, erledigt, mit hängenden Schultern vorn übergebeugt saß Schiller am Tisch. Ein schmaler Kanten Brot sorgte dafür, dass der quälende Hunger noch eine Weile auf sich warten ließ. Schiller verließ die Wohnung nicht mehr. In der Früh fanden sie das Wasser im Waschtrog gefroren vor. Meistens schrieb er die ganze Nacht, eine Wolldecke um die Schultern gehängt, die knochigen Hände in fingerlose Handschuhe gesteckt.

»Der Verleger Göschen zahlt erst, wenn er die Fortsetzung des

›Dreißigjährigen Krieges‹ aus der Druckerei zur Auslieferung erhält. Na, Reinhold, hat man dir schon meine Professorenstelle angetragen?« Der so Angesprochene duckte sich verlegen. »Du weißt doch, dass ich der Erste wäre, der verzichtete, wenn du wieder Vorlesungen halten könntest.«

Charlotte erschrak, starrte mit offenem Mund auf die Brosche, die unter der Tellerwölbung auf dem Tischtuch lag. »Um Gottes willen, Schiller, hast du das gekauft? Das ist dein Bild. Ein Porträt!« Schiller lächelte milde: »Du hast doch deinen Konfirmationsring an Frau von Stein geschickt, um des Haushaltsgeldes wegen. Ist dir nicht aufgefallen, dass ich dir das Geld für den väterlichen Ring nicht gegeben habe?« – »Natürlich ist es mir aufgefallen, aber ich wollte nicht fragen«, gestand sie. »So sollst du eine kleine Freude haben, eine Erinnerung an mich«, sagte Schiller und wehrte ihren Dank bis auf einen schüchternen Kuss verlegen ab.

»Dann ist es die richtige Gelegenheit«, setzte Reinhold an und erhob sich. »Die Gelegenheit wofür? Will man mir noch den Todesstoß versetzen. Bei unserem Zustand bedarf es dazu nur wenig.« Reinhold zog ein großes Schriftstück hervor, entrollte es und reichte es Schiller. Dabei fiel es ihm schwer, seine Rührung zu verbergen. Schiller neigte sich vor, las hastig. Plötzlich flog dessen Atem, er fasste sich an die Brust und das Papier flatterte zu Boden. Schwer stützte er sich auf den Tisch. Dann stürzte er zum Fenster und weinte.

»Reinhold, was haben Sie gemacht?«, rief Charlotte in höchster Not. »Er wird sich was antun!« – »Im Gegenteil«, lächelte Reinhold siegesgewiss, »jetzt werdet ihr erst richtig leben. Der Brief ist ein Geschenk von jährlich je tausend Talern für drei Jahre, damit er in Ruhe gesunde, sein Leben ordne und die Kraft und Freiheit zu neuem Schaffen finde!« Charlotte hob das Schriftstück auf und las andächtig wie zum Morgengebet: »*Ihre durch allzu häufige Anstrengung und Arbeit zerrüttete Gesundheit bedarf zur Abwendung drohender Gefahr, um der Menschheit willen, für einige Zeit großer Ruhe … Zwei glühende Verehrer Ihrer Persönlichkeit wünschen, der Welt einen Ihrer Lehrer zu erhalten, dieser Wunsch muss jeder anderen Betrachtung nachstehen. Gezeichnet vom Prinzen von Augustenburg, dem Schwiegersohn des dänischen Königs, und Finanzminister Grafen von Schimmelmann.*« Hier das Siegel. Ein

Strom von Tränen erstickte ihre Stimme. Reinholds Fürsprache, die Freundschaft zu Baggesen, der wieder einmal auf Besuch gewesen war … Jetzt konnten sie endlich die Medikamente kaufen, den treuherzigen Empfehlungen Starks Folge leisten, der Milch, Honig, Eier und Butter verordnet hatte. Welch ein Luxus! Sie hielt das Taschentuch vors Gesicht und zitterte am ganzen Körper, dass die Gläser auf dem Tisch klirrten. »Beruhigen Sie sich doch und seien Sie einfach froh. Ich bin es wahrhaftig auch!« Reinhold nahm Hut und Mantel und begab sich in die Literatur zu Professor Schütz, um auch hier für Schiller zu sprechen und ihm offen zu sagen, dass er den Schlegel, diesen Goetheverehrer und Romantiker, doch allzu sehr protegieren würde. Er fühlte sich riesig und mutig und das nur, weil ihm diese gute Tat gelungen war!

Währenddessen hielt Schiller seine Fäuste auf die Brust gepresst und stammelte in einem fort: »Wir sind gerettet! Lotte, wir sind gerettet!« Für so viel Glück war kein Mensch gebaut.

47

Das Öllämpchen rußte und Schiller blinzelte mit seinen rot entzündeten Augen angestrengt, bemüht, den Kant'schen Gedankenflügen zu folgen. Immer wenn seine eigene Arbeit stockte, griff er zu Kant. Das machte die Situation nicht besser, weil hinterher der Druck, etwas Eigenes zu Papier zu bringen, um Geld zu verdienen, umso größer war. Er fühlte sich müde gedacht, zweifelte am Wert der eigenen Werkpläne, als Charlotte eintrat, ihm wie jeden Abend seinen Brusttee hinzustellen, und meinte: »Du müsstest mal wieder unter Menschen gehen. Es ist nicht gut, wenn du dich hier so eingräbst.« – »Lass mich!«, wehrte er ab, der Vorschlag schien ihm lästig. »Ich bin nicht gesund und habe genug damit zu tun, meine Kräfte für die Arbeit einzuteilen.« – »Die Hufelands haben heute eine Gesellschaft. Sie haben auch uns eingeladen. Es ist mild draußen.« Charlotte wusste, dass er es hasste, abgelenkt zu werden. Seine Arbeitsstunden, sein heldenhafter Dialog mit sich selbst, dem Papier und den Büchern. Fast krampfhaft hielt er seinen Geist in Bewegung, wenn der Körper ihm seinen Dienst versagte. Aber sie fürchtete um seinen Verstand und auch meinte sie zu ersticken in den Wänden der Wohnung, die immer mehr zum Gefängnis gerieten. Tapfer harrte sie aus, widerstand seinem missbilligenden Blick und trug ihr Anliegen vor: »Du könntest dich mit einer Sänfte hintragen lassen …« – »Zerstreuung bekommt mir nicht. Kunst hasst zu viel Wirklichkeit.« Schiller wandte seinen Blick wieder dem Buchstudium zu. »Ich weiß. Man sagt, auch Goethe habe sich ganz vom öffentlichen Leben zurückgezogen. In Weimar hat sich so ein armes Ding ertränkt, mit seinem ›Werther‹ in der Hand. Das soll ihn getroffen haben. Andere meinen, durch sein Verhältnis zu dieser Vulpius würde seine Gesellschaftsfähigkeit leiden. Aber wahrscheinlich hast du Recht: Kunst hasst die Gesellschaft und ist ein einsames Geschäft.«

Bei dem Namen Goethe merkte Schiller auf. Mit ihm mochte er nicht gleichgesetzt werden, denn zu groß waren die gegenseitigen Vorbehalte angewachsen. »Ich hätte halt gern Humboldts noch einmal gesehen, besonders Li, bevor sie wieder auf ihr Landgut fahren, und so häufig werden wir auch nicht mehr eingeladen.« Charlotte hockte sich vor ihn und ergriff bettelnd wie ein kleines Kind seine beiden Hände. »Humboldt ist auch da? Gut, wir gehen. Du sollst deine Karoline sehen!« Charlotte konnte es nicht glauben, hüpfte wie ein kleines Kind. »Was soll ich anziehen?« Schiller ungerührt: »Hilf mir in den guten Rock. Du bist von Natur aus schön.« – »Sei nicht so griesgrämig zu Humboldt. Er hat eine hohe Meinung von dir, schickt dir all seine Publikationen …« – »Ja, ja. Ich gehe zu Fuß.«

Herzlich drückte ihm Hufeland die Hand. »Welch seltener Gast, Herr Hofrat. Schön, dass Sie gekommen sind.« Schillers Ankunft erregte Aufmerksamkeit. Die Gesellschaft stellte für einen Moment das Rauchen und Trinken ein. Zu selten nahm Schiller überhaupt noch an Gesellschaften teil. »Geheimrat von Goethe hat auch sein Kommen angekündigt.« Schiller bedachte seine Frau mit einem ärgerlichen Blick. Unter diesen Bedingungen wäre er doch lieber zu Hause geblieben. »Du könntest Frau Kirchenrätin Griesbach begrüßen. Sie sitzt dort hinten am Klavier«, fuhr Schiller seine Frau an. »Gewiss, Liebster.«

»Wie er seine Frau anfährt! Dabei hat sie es weiß Gott nicht einfach. Der schmale Haushalt, die Krankheit, die Fehlgeburt – da sollte er sich mal eine Bessere suchen!«, flüsterte Frau Griesbach ihrer Nachbarin zu.

»Er soll neuerdings eine Rente vom dänischen König beziehen. Es wird daher schon nicht mehr so schlimm bestellt sein. Sie ist auch noch ein junges Ding«, die andere. »Grüß Sie der Himmel, liebe Frau Schiller.« – »Ihrem Gatten geht es offenbar besser. Was macht seine Lunge?«

»Professor Stark wird es bezeugen«, lächelte Schiller in den Kreis der Männer, »ich bin ein schwieriger Patient. Dabei gilt all mein Bestreben, ein wundervoll geduldiges Opfer der hippokratischen Kunst abzugeben.« Nicht jeder lachte. Es gab in diesem Kreis einige, denen Schiller mit seinen Idealen, seinem Pathos und seinem Hang zum Weltverbesserertum auf die Nerven ging. In Jena hatte sich im Professorenzirkel ein Kreis der Romantiker gebildet, mit denen sich Schiller bis hin zur Ehrverletzung über literarische Maßstäbe stritt. Außerdem hatte die Schenkung aus dem dänischen Königshaus bereits die Runde gemacht. Und wenn es sich jeder tausend Mal zur Ehre hätte gereichen lassen können, dass einem Dichter in ihren Stadtmauern eine solche internationale Anerkennung zuteil wurde, gab es doch genügend Neider, die meinten, andere wären berufener gewesen für die Gunstbezeugung. Schiller entdeckte in der Ecke den jungen Humboldt, der wissend lächelte und die ganze Zeit kein Auge von ihm gelassen hatte. »Na, wetzt die Jenaer Räuberbande wieder ihre Dolche gegen Sie?« – »Es wäre übertrieben zu behaupten, sie seien angetreten, mir ihre Liebe zu zeigen. Wie ich hörte, erfinden Sie mit Ihrem Bruder an einer Grubenlampe herum.« Ohne allzu sehr zu fachsimpeln, erläuterte Humboldt die technischen Vorzüge der neuesten Entwicklung.

Die Tür ging erneut auf und der dicke Herausgeber der »Literatur-Zeitung«, Professor Paulus, trat mit seiner jungen Frau ein, strebte sofort auf Schiller zu, um ihn nach neuen Beiträgen zu fragen. Doch bereits nach kürzester Zeit kam die Rede auf die neuesten Nachrichten über die Französische Revolution. »Man soll Sie zum französischen Ehrenbürger gemacht haben, Herr Hofrat?«, wusste Professor Paulus zu berichten. »Ich habe davon gehört«, gestand Schiller, »wenngleich mir eine entsprechende Urkunde bislang nicht zugegangen ist.« – »Dann dürfen Sie mitreden«, rief Griesbach dazwischen. »Werden Sie Stellung beziehen?« – »Ich habe lange darüber nachgedacht. Bei dem, was man hört, steht es nicht gut um die persönliche Freiheit und die Menschlichkeit. Die Revolution darf ihre Ziele nicht verfehlen. Vielleicht verfasse ich einen Appell«, dachte Schiller laut nach.

»Die Revolution wird die persönliche Freiheit sichern! Nur sie wird dies leisten!«, rief begeistert Professor Paulus. »Alles Alte, Tyrannische wird sie hinwegfegen. Lesen Sie Wielands begeisterten Zuruf im ›Merkur‹, dann wissen Sie, welchen Weg auch wir in Deutschland zu beschreiten haben!« Es brach eine laute Diskussion los, in die sich immer wieder Stimmen mit Neuigkeiten mischten.

Schiller zog Humboldt zur Seite: »Gehen wir in die Nische, um der Vernunft im Gespräch wieder mehr Raum zu geben.« – »Die sitzen hinter ihrem warmen Ofen, weit weg vom Schuss und den scharfen Messern der Guillotine. Da lässt es sich gut schwadronieren.« – »Wehe, es vergreift sich einer an ihrer Speisekammer, dann ist es vorbei mit der persönlichen Freiheit, dann wird nach Recht und Ordnung geschrien und nach herzoglichen Truppen. Ich weiß sehr wohl, wovon Sie sprechen, Humboldt«, ergänzte Schiller. Und während die Gesellschaft ihre Gläser erhob, um die Revolution hochleben zu lassen, sagte Reinhold: »Nach Kant wird durch eine Revolution niemals eine wahre Denkform geschaffen. Und die ist es, die jede Gesellschaft für ihre Zukunft benötigt.« Mit schriller Stimme übertönte die dicke Frau Kirchenrätin Griesbach jede Diskussion, indem sie ausrief: »Welch wunderbar aufregende Zeit, meine Lieben, noch nie hat so viel Interessantes in den Zeitungen gestanden. Noch nie gab es täglich so viele Neuigkeiten! Mir ist's ein Pläsir!« Lachen, zustimmende Rufe, erneutes Zuprosten. »Mein Mann hat an Sitzungen der Pariser Nationalversammlung teilgenommen«, wusste Karoline von Humboldt zu berichten, und schon sah sich Humboldt in den Mittelpunkt der Gesellschaft gerückt und musste Rede und Antwort stehen. »Er war dabei?« – »Vor Ort!« – »Zum Gruseln spannend!«, befand Paulus. Schiller und Reinhold standen mit verstimmten Mienen abseits.

»Selbst in den höchsten Gremien der Nationalversammlung herrscht Chaos. Guter Wille, Mordbrennerei und Machtgier gehen Hand in Hand. Es ist gefährlich in Paris. Kein angenehmes Leben mehr dort. Man hat einen Minister an die Laterne gehängt. So viel zur persönlichen Freiheit.« – »Weiter! So erzählen Sie doch!«, schrie die entfesselte Griesbach, die vor Aufregung und Alkohol rot anlief. »Trotz allem, Herr Humboldt, Frankreich hat neue Maßstäbe gesetzt. Allein die Verfassung wird Weltpolitik machen«, meinte der junge Professor Fichte. »Gleiches Recht für jedermann! Gehe man doch raus auf die Straße zum Pöbel und setze sich in den Straßengraben! Die Menschen sind nicht gleich und werden es durch schöne Worte nicht werden!« – »Anmaßender Wahnsinn!«, rief ein anderer dagegen. Mitten in der Gruppe stand plötzlich Schiller mit flammendem Blick: »Der Fehler, meine Herren, ist nicht die Forderung nach Freiheit und Gleichheit! Das Volk dort erhebt sich und sucht die Glückseligkeit, statt sich zu besinnen und die Tugenden zu erwerben. Wann immer Menschen das Paradies gesucht haben, haben sie die Hölle gefunden. Das Ende von Herrschaft bedeutet noch nicht Freiheit. Die Freiheit fällt nicht vom Himmel! Freiheit, Demokratie, Gerechtigkeit und Wohlstand müssen erkämpft werden. Man kann sie nicht durch Morden und Plündern gewinnen, man kann sie auch nicht herbeiträumen.«

Still und nachdenklich saßen und standen alle für einen Augenblick. Dann begehrten die Ersten auf: »Herr Hofrat ist jetzt plötzlich gegen die Abschaffung der Tyrannei? Dabei liefert sein Werk doch geradezu die schönsten Beispiele für die Notwendigkeit gewalttätigen Aufbegehrens!« – »Sie fürchten Anarchie und neuen Despotismus, Schiller? Woher die kühnen Prophezeiungen? Sind Sie nicht längst als Ehrenbürger ein Mann der Revolution?« Daneben tuschelten die Frauen miteinander: »So ändern sich die Zeiten. Kaum hat er eine adelige Frau, wendet er sein Fähnchen«, flüsterte die dicke Griesbach. »Rückschrittlichkeit steht nicht gerade in der Gunst des Herzogs …«

Goethe stand auf der Schwelle, im einfachen Rock. In Zeiten wie diesen war es still um den Minister und Dichterfürsten geworden. Auch seine Ansichten galten nicht mehr als modern. Er blieb zwar abseits stehen, lauschte aber interessiert dem Disput, ohne sich daran zu beteiligen.

»Sie meinen also, meine Herren, einen König zu köpfen und einen Minister den Krähen zum Fraß öffentlich an einen Laternenpfahl zu hängen, Angst und Schrecken zu verbreiten, sei geeignet, eine neue, eine bessere Staatsform zu gebären. Raub und Mord als Weg zu einer gerechten Gesellschaft?« Humboldt lachte gequält auf, konnte seine Entrüstung und Erschütterung nicht verbergen. »Auswüchse, an denen wir sensationslüstern teilhaben, aber eben nur Auswüchse«, behauptete Professor Paulus.

»Einen Augenblick! So hören Sie doch!« Sie lauschten. Aus der Gasse drang ein Lärm von Tritten, ein Schreien und Poltern herauf. Metall schlug hart auf Pflastersteine, Pferdehufe. Mit verkniffenem Mund beobachteten Schiller und Goethe sich, während die Gesellschaft zum Fenster eilte. »Es sind Studenten von der hiesigen Universität!« – »Haben Sie nicht, Kollege Paulus, heute einen Lausejungen relegiert?«, fragte Professor Schütz. »Er hat eine Duellforderung ausgesprochen! Die Relegation war rechtens!«, verteidigte Paulus. »Wie dem auch sei, die Zeiten sind geeignet, aus jedem kleinen Funken einen Brand zu entfachen«, warnte Hufeland. Schon gingen klirrend zwei Scheiben zu Bruch. Steine flogen in die Stube. Kreischend drängte sich die Gesellschaft an die Wände und in den hinteren Teil des Raums. »Her zu mir!«, dirigierte die Griesbach und räumte schnell alle Gläser vom Silbertablett. Von draußen der Ruf: »Burschen heraus!« – »Lichter aus! Mein Gott, Lichter aus!« – »Herr Geheimrat, kann da nicht die Akademieleitung einschreiten? Es gärt! Der Lehrbetrieb ist gefährdet!«, rief Hufeland. »Meine Herren Professoren«, lächelte Goethe wie über einen schlechten Scherz, »walten Sie Ihres Amtes. Die Akademieleitung mischt sich nicht in die Angelegenheiten des Senats.« – »Zurücknehmen, die Relegation!« – »Ich bin darüber nicht beleidigt, meine Herren«, erklärte vorschnell und verängstigt Paulus, »wenn es nur einer höheren Sache dient, findet sich eine Rechtfertigung.«

Durch die zerborstenen Fenster strömte die kühle Abendluft in den Raum. »Gehen wir«, sagte Schiller zu Humboldt, »hier predigt man Wasser und säuft Wein, auf dass die Jugend ohne Erziehung tüchtig werde. Eine schöne Professorenschaft ist das!« Schon kam Lotte mit dem Wollschal herbeigeeilt und entschuldigte Schiller bei den Gästen. Es sei zu kalt für die empfindsame Gesundheit des Herrn Hofrats. Sie empfahl sich. Goethe und Schiller standen sich jetzt in Türnähe unmittelbar gegenüber. Unsicher blickte ihm Goethe in die Augen. Steckte da mehr in diesem Schiller? Auch die Rezension, die er gestern aus dessen Feder gelesen hatte, hätte er Wort für Wort unterschreiben können! Der Moment einer Erklärung verstrich wieder ungenutzt. Goethe sagte nur unbeholfen: »Titelkupfer und Einband von Ihrem neuen historischen Werk sind sehr ansprechend, Herr Schiller.« Ohne eine Miene zu verziehen, Schillers Antwort: »Ich werde meinen Verleger bitten, dem Kupferstecher und Buchbinder Ihre Wertschätzung zu übermitteln. Mich zeichnen Sie nicht aus.« Schiller ging. Betroffen senkte Goethe den Kopf. Da traf es sich gut, dass die dicke Griesbach ihn zur Weinprobe führte und geschwätzig die Situation überging.

Auf dem Heimweg schwieg Schiller wieder, während Humboldts, seiner Li und Charlottes Gedankenaustausch munter sprudelte. Schiller schwieg, nicht nur der kalten Abendluft wegen, sondern auch, weil er über Goethe nachdachte. Der Dichterfürst schützte sich. Mit Worten, mit künstlicher Distanz. Jede Phrase, die er der Nachwelt hinterließ, genau ausbalanciert. Jedes Schriftstück und jeder Reim vom Sekretär gegengelesen. Keine unvorsichtige Äußerung, kein Risiko. Präzisionsarbeit in Buchstaben. Kein Drama, keine Leidenschaft, nirgends. Goethe wollte allein sein auf seiner geistigen Höhe, unerreichbar ins weite Land schauen. Von den schneebedeckten Gipfeln der Alpen auf den Frauenplan in Weimar. Seine Größe machte ihn schon fast bedauernswert einsam.

Zu Hause angekommen, die Bestätigung in der Zeitungsmeldung: Sie hatten in Paris den König geköpft! Im Büßerhemd auf einen Karren gebunden, der Masse zur Schau gestellt und öffentlich geköpft. »Ja, aber –«, Charlotte suchte nach Worten, »der König ist doch gesalbt gewesen: Wie können sie ihn da massakrieren?« – »Sie haben doch auch den schwedischen König erschossen. Gleich ob Katholik oder Protestant, ob gesalbt oder nicht. Die Zeiten haben sich geändert«, antwortete Li. Schwer atmend, gesenkten Hauptes schritt Schiller im Zimmer hin und her, die Hände zu Fäusten geballt auf dem Rücken. Dann ging er ins Arbeitszimmer und kam mit ein paar Bögen Papier heraus. »Ich war zu schwach. Jetzt ist es zu spät.« – »Wenn wir nur mehr wie Sie hätten, Schiller«, antwortete Humboldt. »Das französische Bürgerdekret billigte mir das Recht zu, mitzureden bei der neuen Ordnung, die dort im Entstehen begriffen sei. Ich wollte Gebrauch von diesem Recht machen, von der edelsten Sache der Menschheit, der Freiheit zu dienen.« Anklagend und verbittert hielt er die beschriebenen Bögen in die Höhe. »Ich sah durchaus die Gefahr: abgrundtiefer Hass, der brennende Durst nach Rache und Parteigezänk!« – »Ganz sicher könnten Sie als Vertreter der deutschen Nation sprechen. Man würde auf Sie hören«, sagte Humboldt. »Die Zeit wäre vielleicht günstig gewesen, um das Beste zu bewirken. Meine Freunde, aber jetzt ist es wieder einmal zu spät. Ich bin machtlos!« Schiller ging zum Kamin und warf die Bögen Blatt für Blatt ins offene Feuer. Die Flammen versengten die Papierränder, dann erschienen braune Flecken auf der Oberfläche und schließlich tanzten sie lodernd über die Seiten hinweg. »Das Schafott weist den Weg rückwärts und man wird rasch behaupten, das Volk sei noch nicht reif für die Freiheit. Die Kühnheit der Revolution hat sich selbst zerstört. Bald werden neue Despoten erscheinen, die Zügel fest anziehend, die Peitsche schwingend, das Volk zu einem kläglichen Haufen zusammentreiben. Auch Deutschland wird die Fäuste dieser neuen Macht spüren. Dem richtungslosen Volk ist nichts Besseres aufzuzwingen. Die Stimme des Geistes bleibt machtlos und ich werde künftig der Versuchung entsagen, das Rad der Politik beeinflussen zu wollen.« – »Wie Recht Sie haben. Heute ist der Mord an dem König Sensation und die Menschen hier wiegen sich in der Sicherheit, dass morgen der normale Lauf der Welt weiterginge«, warnend hob Humboldt den Zeigefinger, »doch die Macht der Anarchie macht vor keiner Grenze halt.« – »Revolution wird künftig in Deutschland einen faulen Mundgeruch bekommen, und das liegt nicht zuletzt an der Selbstgefälligkeit und Skrupellosigkeit einer Clique, die sich seit Jahrzehnten in Hinterzimmern zusammenrottet, um ihre Pfründe zu verwalten. Ein Kreis von Speichelleckern und Despoten, der es zu Ministerämtern gebracht hat, regiert mit einer Mischung aus Größenwahn und Eitelkeit. Ihre Tage sind gezählt, aber sie ahnen es noch nicht. Aus eigener Kraft müssen wir jetzt unseren Weg finden.« Schiller streckte die Arme aus: »Komm her, Lotte!« Sie suchte seine Nähe, noch bevor er seine Aufforderung zu Ende gesprochen hatte. Er schlang die Arme fest um seine Frau, küsste sie auf den Haaransatz und zog sie auf seinen Schoß.

»Ich hätte da eine Neuigkeit zu vermelden«, erklärte Charlotte mit purpurroten Wangen. Neugierig blickten drei Augenpaare in ihre Richtung. »Ich bin guter Hoffnung, und dieses Mal«, sie küsste ihren Mann zärtlich auf die Wange, »dieses Mal wird es gut ausgehen.« Schiller lachte seiner Lotte glücklich ins Gesicht. »Ich bin ein schöner Mediziner, dass mir nichts aufgefallen ist.« – »Ihr Männer seid doch ohnehin die meiste Zeit nur mit euch beschäftigt«, lächelte Li. Fest schmiegte Lotte ihren Kopf an seine Brust. Humboldt sprang auf, holte spontan die Gläser aus dem Schrank, entkorkte einen Rotwein und meinte, wenn das kein Anlass für eine Feier sei!

»Wissen Sie was?«, erklärte Schiller in bester Stimmung. »Wir nehmen die Einladung meiner Mutter an. Mein Kind soll in Schwaben geboren werden. Und ich lasse mich von Hoven kurieren!« – »Nur, wenn du dich mit Karoline aussöhnst und sie mir bei der Niederkunft beistehen darf.« Charlotte, entschlossen, die Gunst des glücklichen Moments zu nutzen, ließ ihren Schiller nicht antworten, sondern überschüttete ihn mit Küssen.

48

Schiller konnte sich nicht daran erinnern, dass es bei seinem Vater jemals zu einem solchen Gefühlsausbruch gekommen wäre. Als die Kutsche in den Weg zum Gärtnerhäuschen auf der Solitude einbog, sah er seinen Vater bereits vor dem Gartentor stehen. Schiller ließ anhalten und lief ihm, so weit es die Atemnot und der stechende Schmerz in der Brust zuließen, entgegen. Ohne Scheu und dem sonst Kaspar Schiller eigenen Stolz warf sich der Vater an die Brust des Sohnes und weinte vor Freude. So standen sie lange, die Welt um sie herum vergessend, ehe Schiller schließlich die Arme von den Schultern seines alten gebeugten Vaters heruntersinken ließ und sich Kaspar Schiller die Tränen der Wiedersehensfreude aus den Augen wischte. »Nie hätte ich zu hoffen gewagt, ihn in diesem Leben noch einmal wiederzusehen. Jetzt bin ich alt, und mir ist eine solche Freude vergönnt, die mein Verstand nicht fassen kann und mein Herz überquellen lässt. Hier steht ein alter, von der Gicht geplagter Hauptmann, zu nicht mehr viel nütze, und flennt im Angesicht seiner Schwiegertochter, die ihn das erste Mal zu Gesicht bekommt.« Kaspar Schiller, den Degen an der Hosennaht, verbeugte sich vor der adeligen Frau Schwiegertochter, die eine solche Ehrbezeugung verlegen machte. »Lass gut sein, Kaspar«, rief aus dem offenen Küchenfenster Schillers Mutter, »und bring mir die jungen

Leute endlich herein, dass auch ich meinen Sohn begrüßen kann!« Doch zuerst wünschte der Vater, seiner Schwiegertochter einen Begrüßungskuss zu geben, und erbat sich ausdrücklich von ihr statt des »Hauptmanns« die zivile Anrede »Herr Vater«! Charlotte sank dem Herrn Vater an die Rosshaarkrawatte und freute sich über die herzliche Begrüßung. In strammer Haltung zog Kaspar Schiller sein Taschentuch aus den eng sitzenden Militärhosen, polierte sich Nase, Mund und Augen, um adrett genug für seine vornehme Schwiegertochter zu erscheinen. Vorsichtig, als sei Charlotte zerbrechlich, erledigte er anschließend die Kusszeremonie.

Später bei Tisch die kleine Nanette, inzwischen ein heranwachsendes quicklebendiges Fräulein an Schillers Seite, Charlotte gegenüber, die Tafel umsorgt von der allumfassenden Präsenz von Schillers Mutter, die zum besten Wein, den das Haus hergab, Knödel und Fleisch auftischte und dem verlorenen, kranken Sohn immer wieder über den Kopf strich. Kaspar Schiller stand auf, das Weinglas in der Hand: »Weiß er, Fritz, eigentlich wollte ich es ihm unter vier Augen sagen. Aber angesichts seiner lieben Frau und dem Kind, das sie unter dem Herzen trägt, kann ich es nicht länger aufschieben.« Sie prosteten sich zu. Fast heroisch und knorrig zugleich stand der Alte da und suchte nach den rechten Worten. »Demütig bekenne ich ihm, meinem Sohn, dass ich kleinmütig war, weil ich meinem Herrn Sohn manches Hemmnis in den Weg legte. Ich vermochte seine weit über meinen Horizont gehenden Absichten und Fähigkeiten nicht zu begreifen. Heute sitzt er zur Ehre der Familie und zu meiner großen Freude an der Familientafel. Ich habe in manchem gefehlt und möchte ihn um Verzeihung bitten!« Schiller sprang auf und fasste die Hand seines inzwischen siebzigjährigen Vaters: »Vater, auch ohne eure Worte, weiß ich um eure Fürsorge und Liebe. Wir sollten nicht mehr an den alten Geschichten rühren, nicht an jene Zeiten erinnern, in denen ich Sie heftig gequält haben muss.« – »Nein, mein Sohn, meine Schwiegertochter, was gesagt werden muss, ist zu sagen!« Kaspar Schiller senkte demütig den Kopf. »Doch wie viele Umwege hat Gott ihn und uns geleitet! Wie viel musste der liebe Fritz leiden, sich oft unter härtestem Druck befinden, von seinen Eltern ohne Hilfe, in einem fremden Land einzig sich selbst überlassen und immer im Zweifel, ob er seine angefangene Rolle in der großen Welt würde fortspielen können! Ich muss jetzt zu meiner Demütigung bekennen, dass ich für meinen Sohn immer mehr Furcht als Hoffnung genährt habe, und das vornehmlich deswegen, weil ich ihn zur Erreichung seiner über meinen Horizont gegangenen Absichten niemals unterstützen konnte.«

Nach dem Essen machten die Männer allein einen Spaziergang und Kaspar Schiller erzählte seinem Sohn, dass er wegen seines bevorstehenden Besuches beim Herzog vorstellig geworden sei, damit es ihm nicht erginge wie Schubart und er auf dem Hohenasperg festgesetzt würde. Der Herzog habe geantwortet, die Wiederherstellung der Gesundheit seines Sohnes sei eines seiner lebhaftesten Anliegen. Vaterländische Luft möge Schillers und seiner Hoffnung entsprechen. Dennoch, dies sei keine schriftliche Begnadigung und Kaspar Schiller bedauerte es, dass Schiller und seine Frau daher nur zu Besuch auf die Solitude kommen könnten und in der alten Reichsstadt Heilbronn leben müssten. Schiller erzählte, wie man sie dort durch alle Honoratioren und mit einem Ehrenspalier auf das Herzlichste begrüßt habe. Bedächtig nahm Kaspar Schiller den Dreispitz vom Kopf und wischte sich den Schweiß von der Stirn. »Man weiß nie, was der alte Herodes Carl Eugen so im Schilde führt und welche Tücken er schließlich doch gegen seinen entflohenen Regimentsmedikus hegt. Die nahe Kriegsfuria der französischen Umstürzler hat meinen Herzog – trotz aller geäußerten Nachsicht – strenger und unberechenbarer gemacht.« – »Herr Vater wünscht«, sagte Schiller gradheraus, »ich solle den Herzog selbst bitten, dass er mir freies Geleit und die Erlaubnis zur Rückkehr nach Württemberg gibt?« Überrascht und wie vor den Kopf geschlagen stand der Vater und schaute seinen Sohn an. »Würde er das denn machen?« – »Ich werde dem Schwabenkönig schon ein paar kluge Zeilen aufsetzen und mir selbst keinen Zacken aus der Krone brechen.« Kaspar Schiller wunderte sich über die Wandlung seines Sohnes.

Hoven, inzwischen ein hoch angesehener Arzt im Dienstes des Herzogs, war Urlaub gewährt worden und er kam von Ludwigsburg gereist, um seinen Freund zu kurieren. »Du hast eine Nachricht vom Herzog?«, fragte Schiller und Hoven erzählte: »Ich hatte meine Arztvisite beendet, packte gerade meine Sachen zusammen und verabschiedete mich vom

Fränzel – die ist alt geworden, Schiller! –, die mir die Hand zum Kuss reichte, da kommt der Alte herein, nimmt mich in gewohnter Manier ins Visier und sagt beiläufig, als wolle er über das Wetter sprechen: ›Sein Freund, dieser dichtende Deserteur von einst, der vermeinte bei mir nicht so viel zu erreichen wie anderswo, hat mir geschrieben. Antwort bekommt er keine, aber ich will den Hofrat in ihm achten und seine Gegenwart in Württemberg ignorieren.‹ Ohne eine weitere Antwort abzuwarten ließ er mich stehen und verließ den Raum.«

»Meinen Herrn Vater wird es freuen. Jetzt hat die Heimat mich auch offiziell wieder.« – »Weißt du, der Herzog ist krank. Seine Gicht plagt ihn und schlägt ihm neuerdings aufs Herz. Manche Tage steht es nicht gut um ihn. Und es ist einsam um ihn geworden. Manchmal denke ich, dass er außer seinen Schrullen gar nicht so übel ist.« – »Zu viel der Nachsicht, mein Freund«, entgegnete Schiller ernst. »Auch wenn wir ihm verzeihen, was haben andere unter seiner Willkür gelitten!« Das Gespräch der Jugendfreunde wurde immer wieder von längeren Pausen unterbrochen. Jeder Satz riss Erinnerungen auf. Hovens Blick zum Fenster hinaus gerichtet auf den sternklaren Himmel. »Hast du noch Schubarts Aufzeichnungen?«, fragte Hoven. »Ich habe sie ein ums andere Mal verteidigen müssen und würde jetzt gern die Gelegenheit nutzen, sie ihm zurückzugeben«, antwortete Schiller und legte das verschnürte und versiegelte Päckchen auf den Tisch vor sich. Hoven setzte eine ernste Miene auf und wog die Blätter in seinen Händen. »Es wiegt erstaunlich wenig, angesichts der Umstände, unter denen Schubart seine Zeilen verfassen musste.« – »Gerade deshalb sind mir Schubarts Zeilen heilig.« – »Es war mehr als gewagt, sie aus der Festung zu schmuggeln und dann sogar noch daraus zu veröffentlichen!« Noch bei dem Gedanken schüttelte Hoven den Kopf. »Keine Aufgabe für einen Hofmedikus, ich weiß«, grinste Schiller. »Nun gehab dich nur nicht so, als sei ich gänzlich unbeteiligt gewesen daran«, protestierte Hoven und knuffte seinen Freund. »Doch mit einem Wiedersehen mit Schubart wird es wohl nichts mehr. Er starb vor kurzem, soff sich tot, wenn man so sagen darf. Es war ein trunkenes, zerrüttetes Leben. Er hat in der Freiheit nie mehr so richtig Fuß fassen können.« – »Schrecklich.« Schiller schaute auf Schubarts Manuskripte. »Was mache ich damit? Man hat mir mehr als einmal schon deswegen gedroht.« – »Der

Ludwig, sein Sohn, ist aus anderem Holz. Er will damit nichts mehr zu schaffen haben. Strebt, wie man hört, eine Karriere im preußischen Dienst an und vermeidet alles, was Schatten auf diese Bemühungen legen könnte«, sagte Hoven. Schiller seufzte und verschloss das Manuskript wieder sorgfältig in seinem Reisegepäck.

»Komm, mach dich frei. Ich habe dich noch gar nicht untersucht.«

Schiller erhob sich, legte den Rock ab, öffnete das Hemd. »Gleich, was du finden magst, alter Freund, beruhige meine Eltern.« Hoven erschrak, wie mager und krank Schiller aussah. Er wirkte um Jahrzehnte älter als er, der etwas zur Fülle neigende Hofarzt. Plötzlich krümmte sich Schiller in einem seiner stetig wiederkehrenden Krampfanfälle und Hoven stand fast hilflos daneben. Kaum ging es Schiller besser, scherzte dieser: »Ich trage doch große Umsicht. Schau nur, wie ich mein Bett mit einer Batterie Arzneiflaschen als Belagerungsgeschütz umstellt habe.«

Hoven legte seinen Kopf auf die knochige Brust Schillers und befahl: »Atmen! Tiefer! Luft anhalten – weiteratmen!« – »Das schmerzt«, sagte Schiller, als Hoven den unteren Teil der Brust und den Bauchraum abtastete. »Meinst du, mir könnten die magnetischen Kuren des hiesigen Arztes helfen?« – »Du kommst zu mir nach Ludwigsburg. Ich will mich um dich kümmern und dein Kind zur Welt bringen.« Hovens Finger tasteten weiter. »Au! Hier sticht's!« Seine Finger flohen über den Körper seines Freundes, sein Blick verfinsterte sich. Grob sagte er nur: »Bild dir nicht ein, du verstündest noch etwas von Medizin.« Schiller zog die Brauen hoch und verstand die Drohung seines Freundes. So stand es also um ihn! Hoven richtete Schiller im Bett auf, gab ihm einen freundschaftlichen Schlag auf die Schulter. »Fertig!«, rief er mit gespielter Fröhlichkeit. »Da habe ich schon Schlimmeres gesehen.«

Zur Demonstration ging er ans Fenster und öffnete es weit. Aber gleichzeitig warf Hoven einen verzweifelten Blick in die Nacht hinaus. Der Gedanke quälte ihn, sich vielleicht für immer von seinem Freund verabschieden zu müssen. »Übrigens vergeht kaum ein Tag, an dem mich nicht einer nach dir fragt. Zumsteeg und Dannecker sind Kunstprofessoren geworden und glühende Verehrer von dir! Der Haug ist mir bereits auf die Bude gerückt. Abel hat geschrieben …« – »Was ist mit Petersen und Kapf?«, fragte Schiller. Wie immer scheute er sich nicht, direkt den Finger in die Wunde zu legen. »Kapf ist tot. Sein Schiff vor Batavia gesunken. Es hat keiner überlebt.« Schiller wurde von einem Hustenanfall durchgeschüttelt. Erst danach machte Hoven weiter: »Petersen geht seine eigenen Wege. Wenn ich ehrlich sein soll, er redet schlecht über dich.« – »Er vergisst, dass wir uns alle ändern und fortentwickeln«, antwortete Schiller, der den verlorenen Freunden nachtrauerte. »Er führt einen liederlichen Lebenswandel und bringt nichts zuwege. Mach dir keine Gedanken um ihn«, versuchte Hoven seinen Freund zu beschwichtigen. »Ein Herr Cotta, hat gerade die Buchhandlung seines Vaters geerbt, möchte dir auch seine Aufwartung machen. Du erinnerst dich vielleicht an ihn? Die Familie wohnte damals bei uns im Haus und er war noch so ein kleiner Dreikäsehoch, der immer so gestelzt redete und so würdig daherschritt.« – »Cotta? Natürlich erinnere ich mich an den Kleinen«, antwortete Schiller. »Wie alt ist er denn jetzt?« – »Dreiundzwanzig. Und er will einen Verlag gründen. Er scheint über Kapital zu verfügen und will Bücher von dir drucken und was du ihm sonst so gibst.« – »Vielleicht könnte was draus werden. In Preußen wurde wegen der revolutionären Aufgeregtheit meine ›Thalia‹ verboten. Ich denke daran, eine neue Zeitschrift herauszugeben: ›Die Horen‹. Kant selbst hat mir bereits ein Vorwort zugesagt. Vielleicht werde ich mit unserem würdigen Jüngelchen einig!« – »Unterschätze ihn nicht. Man sagt, er sei inzwischen ein gewiefter Geschäftsmann. Aber literaturbesessen ist er auch.« Hoven erhob sich. »So, ich denke, uns beiden würde ein wenig Schlaf gut bekommen.« Schiller stand auf, ergriff noch einmal Hovens Hand: »Du bist ein herzensguter Kerl. Ich danke dir für die schonende Diagnose. Wir sehen uns in Ludwigsburg und werden dort fröhlich sein. Ich will dort die Orte und Menschen besuchen, die mich einmal bewegt haben.«

Es roch nach Abschied. Hoven schluckte schwer. »Dannecker will dich modellieren für eine Büste. Ich werde alles arrangieren. Grüße die Frau von mir. Sie kann, mäßig, jeden Tag Bewegung machen. Und du, Schiller, pass auf dich auf und übernimm dich nicht! Du wirst gebraucht – als Dichter und als Vater!« Wortlos stieg Hoven die schmale Holztreppe des Gasthauses hinunter. Leise und bedrückt. Auf dem Hof winkte er noch einmal Richtung Fenster, hinter dem er zu Recht Schiller vermutete, der ihm lange nachsah. Hoven drehte sich nicht noch einmal um, um seine Tränen zu verbergen. Schiller nahm die Schreibfeder vom Tisch, tunkte sie ins Tintenfass und schrieb sein Testament. Nicht länger hielt es ihn mehr in der Stube. Er eilte die Treppe hinauf, horchte an der Tür. Beruhigende Stimmen, ein Stöhnen, Atmen, sonst nichts. Schiller klopfte ungeduldig, aber nicht zu heftig. »Noch nichts? Noch immer nichts?« Hoven trat in den Flur, schloss behutsam die Tür hinter sich zu dem Raum, in dem Karoline und Schillers Mutter sich um die Wöchnerin kümmerten. »Wird Lollo es überstehen? Hoven, sei ehrlich! Leidet sie sehr? Bei meiner Freundschaft zu dir, Hoven!« Beruhigend fasste der Arzt den werdenden Vater am Arm und führte ihn zurück in die Stube. »Beruhige dich doch. Gut Ding braucht Zeit. Bald präsentiere ich dir schon deinen Prinzen oder deine Prinzessin – oder sollte es gar ein Räuberhauptmann sein?« Schiller riss sich los: »Hör auf, mich mit Phrasen abzuspeisen! Mein Kind weiß, warum es sich wehrt, in diese verkommene Welt zu kommen. Man zeugt so einen Wurm gedankenlos. Hätte ich Lollo das Leid erspart! Komm, lass mich zu ihr!« – »Nichts da!« Hoven trat ihm entschieden in den Weg. »Du hast mich gerufen und du solltest mir, dem Freund, vertrauen. Dein Kind wird leben. In einer halben Stunde bist du Vater und kannst deine Frau in die Arme schließen.« Hoven holte Wasser, schenkte ein und schüttete Schiller ein Beruhigungspulver in das Glas. »Trink das, du musst ruhiger werden. Niemandem ist damit gedient, wenn du derjenige bist, der anschließend auf Leben und Tod im Bett liegt. Du bist der Vater und bekommst Verantwortung! Also trink, reiß dich zusammen und lies etwas. Ich muss wieder rauf!«

Schiller gehorchte und langte anschließend voller Verzweiflung nach dem Schnupftabak. Er nahm sich Skizzen zum »Wallenstein« vor. Ein großes Drama sollte dies werden. Eine Geschichte, in der sich Deutschland widerspiegeln könnte. Ein Stück Wahrheit, das in die Zukunft wies. Wie hatte Schlegel in Jena gesagt, als er daraus vorgetragen hatte? Bei aller unbändigen Fantasie sei er doch wohl Historiker und als solcher rückwärts gekehrter Prophet. Die Historie – der Blick zurück auf uns selbst. Schiller konzentrierte sich. Ein, zwei Sätze, ein gelungener Absatz, dann stockte es wieder. Er rang nach Atem, hustete, seine Gedanken waren lahm. Von oben hörte er seine Frau schreien, es drang ihm durch Mark und Bein!

Vorbei rasten auch die nächsten zwei Stunden! Schwer dröhnte die Glocke vom Ludwigsburger Turm. Von weiter Ferne stimmten andere Kirchenglocken ein. Draußen wurde es unruhig. Schiller hörte Reiter galoppieren, trat ans Fenster. In diesem Moment endlich kam Karoline die Treppe hinab und hielt ihm ein weißes Bündel entgegen. Ein Sohn! »Wie geht es Lollo? Hat sie sehr gelitten?« Noch immer die erste Sorge um seine Frau. Dann erst das unfassbare Glück des kleinen neuen Wesens. Aufmerksam betrachtete Schiller die Gesichtszüge und vorsichtig berührte sein Mund die Stirn des Säuglings.

Noch während er ihn das erste Mal in seinem Arm wiegte, schaute Schiller ernst seine Schwägerin an: »Karoline, um eins bitte ich dich. Stehe ihm und seiner Mutter bei, wenn ich nicht mehr bin.« – »Schiller, wie kannst du so etwas sagen, in solch einem Moment!«, ihr Protest. »Versprich es!« Schiller sah in ihrem Blick die Antwort. »Ich wünschte, ich selbst hätte dir das Kind geschenkt …« – »Hör nur, die Glocken läuten zu deiner Begrüßung«, fröhlich lachte Schiller seinem Sohn ins Gesicht. In diesem Moment betrat Kaspar Schiller die Stube, um seinen Enkel in Augenschein zu nehmen. »Der Herzog ist tot.« – »Carl Eugen gestorben?« Schiller mochte es nicht glauben. Sein Sohn war in diesem historischen Moment zur Welt gekommen! »Carl Friedrich Ludwig soll er heißen und Gott wird ihn auf den rechten Weg führen!«, verkündete der stolze Vater, reichte Karoline das Kind wieder zurück. »Ich will jetzt zu Lollo!«

Noch vor der Taufe seines Sohnes in Stuttgart wurde Schiller Zeuge des pomphaften Begräbnisses des alten »Herodes«, Herzog Carl Eugen von Württemberg. Erlebte den Aufmarsch der Tausend, unter ihnen wie früher schon die Karlsschüler, und schaute dem schwarzen Sarg hinterher, in dem der Quälgeist seiner Jugend lag. Gewünscht hatte er sich ein Gefühl der Befreiung, vielleicht auch der Genugtuung, dass er den Herzog überlebt hatte, doch war es Schiller, als trüge man auch ein Stück seines Lebens hier zu Grabe. Mit gemischten Gefühlen sah er den Leichenzug in die Schlosskirche einbiegen. »Ruhe in Frieden!«, flüsterte er. Dann wandte sich Schiller ab, denn Schauspiele wie diese waren seine Sache nicht. Den Kleingeistern in ihrem pompösen Auftreten fehlte jegliche Ahnung, dass schon in diesem Moment das un-

erbittliche Rad der Geschichte über Carl Eugen hinweggerollt war. Der Rest blieb Selbstbespiegelung derer, die es nötig hatten und die um die Macht buhlten.
Geschwollen redeten die Herren Professoren und traten gewichtig von einem Bein auf das andere. Sie umringten den berühmten Gast im Garten der Karlsakademie, als fürchteten sie, er könne jeden Moment flüchten. Schiller, der in nervöser Vorfreude die Nacht zuvor kaum geschlafen hatte und der sich an diesem Tag Danneckers Beistand versicherte, ärgerte dieses Festkomitee mit seinen Umständlichkeiten, je länger die Herren sich spreizten. Unterwürfig trat Oberst von Seeger, dessen Haar inzwischen zu einem weißen Haarkranz geschrumpft war, hervor, deutete auf die Blumenrabatten und erklärte mit brüchiger Stimme. »Dieses Stückchen Erde, das Herr Hofrat als Eleve bestellt hat, nennen wir in pietätvoller Erinnerung an Herrn Hofrat Schillers erste Geistesflüge Schillergarten. Würde Herr Hofrat es mir gestatten, voranzugehen?« Mit feierlichen Mienen setzte sich die Gesellschaft in Bewegung. Ein anderer der Professoren drängte sich vor: »Erinnern sich Herr Hofrat noch an mich? Plieninger mein Name, Professor Plieninger. Ich war dereinst Schulkamerad und Eleve wie er. Wir begeben uns jetzt in den Schlafsaal, um das Bett zu besichtigen, in dem Herr Hofrat nach seinem Studium zu ruhen pflegte ...« Barsch schnitt ihm Schiller das Wort ab: »An einen Eleven Plieninger mag ich mich aus verschiedenen Gründen nicht mehr erinnern, wohl aber an den Eleven Grammont, dem hier bis zum Wahnsinn zugesetzt worden ist. Vielleicht erinnert sich der Herr Professor an ihn?« Befriedigt registrierte Schiller das peinliche Erschrecken in Plieningers Gesicht. Dieses verlogene Natterngezücht soll ihm vom Leib bleiben! »Vielleicht hat Herr Intendant von Seeger die Freundlichkeit, gleich zum letzten Punkt des Programms überzugehen: Ich will die Eleven begrüßen!« – »Bitte, sehr gern, Herr Hofrat. Wie Sie wünschen!«

An acht langen Tischen mit je fünfzig Gedecken saßen vierhundert Eleven, als Schiller in Begleitung des Intendanten, der Professoren, der Offiziere und des Wachpersonals eintrat. Jetzt geschah etwas, das in der Geschichte dieser Sklavenplantage sicherlich nicht so häufig vorkam. Ohne ein Kommando abzuwarten, erhoben sich die Eleven begeistert, ein jeder in seinem eigenen Tempo, und vierhundert Kehlen lärmten wild durcheinander. »Vivat! Hoch!« Freundlich und gerührt dankte Schiller. Erst allmählich kehrte wieder Ruhe ein. Er vergaß alle Professoren, den Intendanten, verraucht war sein Ärger und er trat an die erste Tafel. Schiller wollte es besser machen als Goethe, dem er sich als Eleve damals nur von der Ferne hatte nähern können. Er hustete, konnte nur mühsam seine Tränen verbergen. Er reichte hier seine Hand, spendete dort aufmunternde Worte, blickte in verehrungsvoll zu ihm aufschauende Bubenaugen, frech und ergeben, freundlich strich seine Hand über den blonden, wirr gelockten Haarschopf eines Achtjährigen, der mit roten Wangen zu ihm aufgesehen hatte und nun zurückwich. »Keine Angst«, sprach Schiller mit behutsamer Stimme, »ich bin nicht sein Aufseher und weiß sehr wohl, wie sehr er hier sein Zuhause vermisst. Ich bin nur ein alter, kranker Mann, etwas berühmt vielleicht, mein Sohn, aber auch traurig, wenn ich an die Jahre zurückdenke, die ich hier in deinem Alter verbringen musste.« Schiller schritt jede Reihe ab, blieb vor jeder Tafel stehen, nickte allen freundlich zu und bemühte sich, für viele ein rechtes Wort zu finden. Er rief Dannecker an seine Seite. Glücklich lächelte er, er stand an dem Teil der Tafel, wo sich früher sein Platz befunden hatte. Gemeinsam erinnerten sie sich daran, wie oft er hier hatte parieren müssen. Sieghaft lächelte er dem Intendanten ins Gesicht, der damit nichts anzufangen wusste und verlegen irgendein Kommando ausgab.

49

Während die Zeit dem einen davonlief und er schreibend gegen seinen körperlichen Verfall anrannte, Zeile auf Zeile häufte, Projekte in fieberhafter Raserei zuwege brachte, lebte der andere, zehn Jahre ältere, im gleichförmigen Fluss, flüchtete sich nicht selten genug in die Alltäglichkeiten seiner Regierungsgeschäfte oder versuchte, über naturwissenschaftliche Betrachtungen wenigstens das innere Wesen des Zeitrades zu ergründen. Der eine hatte seinen Nachruf bereits zu Lebzeiten lesen müssen, zeugte wie zum Trotz Kinder in einer bürgerlichliebevollen Beziehung, dem anderen blieb nur eines und das gesellschaftlich geächtete Verhältnis zu Christiane machte das Leben ebenfalls nicht erträglicher. Nur eine Hand voll Vertraute, die sich längst nicht mehr mit seiner Größe maßen und ihn freundlich auf der Höhe seiner Gedanken alleine ließen, waren ihm noch treu. Während bei Schiller Freunde und Gäste Gelegenheit suchten, dessen durch Krankheit und Arbeit diktierte Abgeschiedenheit aufzubrechen, war Goethe mürrisch und unerreichbar geworden. Mit dem Freundschaftskult des Jüngeren konnte er nichts anfangen, dessen idealistisches Gedankengut erschien ihm fremd. Nur er selbst fühlte sich wie versteinert. Bei guter Gesundheit und im vollen Besitz seiner Geisteskraft wandelte sich nichts mehr zum Wunderbaren, sondern erstarrte unter seinen Händen. Wie unendlich überlegen hätte Goethe aus dem Vollen schöpfen können, doch Schiller schien das zu gelingen, was er erträumte. Nicht länger würde er ihm aus dem Weg gehen können. Handeln musste er, bevor die Zeit nur noch den Geheimen Rat übrig ließ und alles, was ihm wichtig war, zerstörte. Handeln musste er, um sich gegen die Vergänglichkeit seiner Bemühungen aufzulehnen, um die Größe seines Geistes auch nach seinem Ableben erstrahlen zu lassen. Goethe sah die Gefahr, dass der Erfolg des Jüngeren und dessen Fortschritte seine Einmaligkeit relativierten. Und je länger der Zustand der Versteinerung bei ihm andauerte, je teurer müsste er mit dem Rest seines Lebens den bleibenden Ruhm erwerben.

Die Vorträge in der von Professor Batsch in Jena ins Leben gerufenen »Naturforschenden Gesellschaft« wurden außerordentlich gut besucht. Zum einen lag das an den schönen Sammlungen, die ausgestellt, nicht selten als Ausgangspunkt für Diskussionen und wissenschaftliche Dispute herhielten, zum anderen ließen die Vortragenden auch philosophische Tiefe nicht fehlen, die fachübergreifend alle auch geisteswissenschaftlich Interessierten der Jenaer Gesellschaft in den Bann schlugen. Im Gedränge der herausströmenden Besucher gerieten Goethe und Schiller Schulter an Schulter. Schiller erschrak zunächst ein wenig über das unverhoffte Zusammentreffen und entschuldigte sich für die durch Schieben und Rempeln entstandene körperliche Nähe. Erst auf der Straße gewannen sie wieder Abstand. Schiller lachte und redete unbefangen von den Eindrücken, die diese Veranstaltung auf ihn gemacht hatte. Goethes Gesicht spiegelte immer noch Unentschlossenheit und Unsicherheit. Schiller spürte, dass er nach ein paar freundlichen Worten suchte. Die Besucher der Veranstaltung und Passanten strömten an ihnen vorbei. Respektvoll grüßten die in der Nähe Stehenden und wichen zur Seite. Schiller zog den Hut. Ohne sich ablenken zu lassen, kritisierte er, dass die aus dem Zusammenhang gerissene, gewissermaßen zerstückelte Darstellung der Natur wenig Anziehendes für ihn habe. Nichts könne er lernen über die Zusammenhänge der Natur, wenn er nur alle möglichen Details betrachten würde. Ihm fehlte im Vortrag von Koller die Weite der Weltbetrachtung, der Überblick, die Gesamtdarstellung. Goethe lächelte freudig überrascht: »Gern stimme ich Ihnen zu. Selbst Eingeweihten bleibt die Natur so vielleicht unheimlich. Dabei gibt es doch durchaus andere Möglichkeiten, sich die Natur nicht vereinzelt und nur im Detail in der Forschung vorzunehmen, sondern sie wirkend und lebendig, aus dem ganzen Detail des Strebens, darzustellen.« – »Ein interessanter Gedanke«, erklärte Schiller, »wenngleich ich mir nur schwer vorstellen kann, dass man eine solche Darstellung auf der Grundlage menschlicher Erfahrung ableiten kann.«

Derart ins Gespräch vertieft, gelangten sie bis vor Schillers Haus. Schiller machte eine einladende Geste und auch Charlotte erschien bereits in der Tür, um den Geheimrat einzuladen. Tatsächlich lockte ihn das Gespräch hinein.

Goethe ließ mit einigen Erläuterungen eine symbolische Urpflanze vor Schillers Augen entstehen, aus der sich alle Natur entfaltet habe. Dieser Vollkommenheit der Natur verdanke alles Leben seinen Ursprung und diese Vollkommenheit gelte es anzustreben – in jeder Betrachtung, auch in der Kunst und der Literatur. Als Goethe mit seinem Vortrag geendet hatte, schüttelte Schiller jedoch zweifelnd den Kopf: »Das ist keine Erfahrung, das ist eine Idee.« Goethe stutzte, ärgerte sich über den Kommentar, riss sich aber zusammen: »Das kann mir sehr lieb sein, dass ich Ideen habe, ohne es zu wissen und sie sogar mit Augen sehe.« Schiller spürte, dass hier ein Punkt berührt worden war, der sie beide auf das Schärfste trennte. Vorsichtig erklärte er: »Was mich für Ihre Ausführungen einnimmt, Herr Geheimrat, ist die Aussicht, dass ein Gedanke Ausblick auf die Gesamtheit gibt.« Goethe widersprach energisch: »Die Naturerkenntnis ist es, die den Menschen vollkommen machen könnte, wenn sie erreichbar wäre. Aber der

Mensch selbst, beschränkt wie er nun einmal ist, kann die vollkommene Naturerkenntnis nicht aus sich selbst machen.« Das Streitgespräch hielt sich auf höchstem Niveau und es blieb dabei, dass Schiller das für eine Idee hielt, was Goethe als Erfahrung aussprach. Doch zum guten Ende war es Goethe, der sich eingestand, dass diese Diskussion ihn unendlich viel mehr angeregt hatte als der gesamte Vortrag in der »Naturforschenden Gesellschaft« selbst. Schillers Anziehungskraft war groß.

Charlotte servierte Essen und Goethe wechselte mit ihr, die er schon von Kindesbeinen an kannte und schätzte, einige freundliche Worte. Schiller spürte sehr wohl, dass hier etwas in Gang gekommen war in seiner Beziehung zu ihm, was er schon seit langem erhofft, an das er aber nicht mehr geglaubt hatte. Die Gesprächsatmosphäre entspannte sich und wurde weniger formell.

»Ich höre Gutes über ›Die Horen‹. Die Zeitung scheint in Cotta einen fähigen Verleger gefunden zu haben. Sogar Kant haben Sie für ein Vorwort gewinnen können?« – »Die Zeitschrift entwickelt sich zufrieden stellend, Herr Geheimrat, und lohnt die Mühe«, antwortete Schiller in aller Bescheidenheit, und schon entwickelte sich ein anregendes Gespräch über Kunst und Kunsttheorie, das beide sogar noch am nächsten Abend fortführten. Sie entdeckten Gemeinsamkeiten über ihre Hauptideen und stellten mit größter Überraschung fest, dass diese aus der größten Verschiedenheit der Gesichtspunkte hervorgingen. Ein jeder konnte dem anderen etwas geben, was ihm fehlte, und etwas dafür empfangen. Goethe versprach, regelmäßige Beiträge für »Die Horen« zu liefern, da Schiller ihn mahnte, er habe schon zu lange nichts Künstlerisches mehr geschaffen.

Briefe wechselten zuerst wöchentlich, dann fast täglich zwischen den beiden Dichtern. Schiller fühlte sich durch Goethes Anteilnahme inspiriert wie schon lange nicht mehr und arbeitete mit Fleiß an seinem »Wallenstein«. Ihm gelangen seit Ewigkeiten das erste Mal wieder Dichtungen. Goethe spürte die Herausforderung des Jüngeren, der so krank wirkte, als könne er die nächsten vierzehn Tage nicht überleben, dem andererseits jedoch Ideen selbst für Goethes Werke nicht ausgingen, der ihn aufforderte, Liegengebliebenes endlich zu Ende zu bringen, und sich sogar Kritik erlaubte. Schiller beobachtete die Veränderungen beim

Dichterfürsten mit Erstaunen – jung wirkte er plötzlich, dynamisch, angriffslustig. War das wirklich sein Einfluss? Im September geschah das nächste Wunder. Schiller hielt eine schriftliche Einladung nach Weimar in das Haus am Frauenplan in Händen. »… *ich werde vierzehn Tage so allein und unabhängig sein, als ich sobald nicht wieder vor mir sehe. Wollten Sie mich nicht in dieser Zeit besuchen? Bei mir wohnen und bleiben? Wir besprechen uns in bequemeren Stunden, sähen Freunde, die uns am ähnlichsten gesinnt wären, und würden nicht ohne Nutzen scheiden.*« Dies konnte Schiller getrost als Ritterschlag werten.

Karoline kam von Weimar herüber, wo ihr Mann, Wilhelm von Wolzogen, bei Hofe eine Stellung angetreten hatte. Humboldt und Li trafen zum Abendkränzchen ein, und sehr zum Missfallen von Schiller schilderte Charlotte, wie er fast jede Nacht durcharbeiten und sich anstelle eines Frühstücks, wenn die Sonne aufging, nur aufs Kanapee legen würde, oftmals jedoch überhaupt nicht schlafen könne. Erst gegen Abend nähme er häufig den ersten Bissen zu sich. Von seinem Tabakverzehr und Rotweinverbrauch wolle sie erst gar nicht reden. Man redete Schiller zu, seine Gesundheit nicht gering zu achten und zur Regelmäßigkeit in seinen Ruhepausen zurückzukehren. In diesem Sinn antwortete Schiller seinem Weimarer Gastgeber mit der »ernstlichen Bitte, dass Sie in keinem einzigen Stück Ihrer häuslichen Ordnung auf mich rechnen mögen, denn leider nötigen mich meine Krämpfe gewöhnlich, den ganzen Morgen dem Schlaf zu widmen, weil sie mir des Nachts keine Ruhe lassen, und überhaupt wird es mir nie so gut, auch den Tag über auf eine bestimmte Stunde sicher zählen zu dürfen«. Schiller reiste und während der vierzehn Tage saßen die beiden oft zusammen, einmal sogar von halb zwölf am Vormittag bis nachts elf Uhr, aber ein Genuss war es für Schiller selten. Zu sehr setzte ihm seine Krankheit zu. Doch nie wäre er auf den Gedanken verfallen, diese neue Beziehung zu Goethe in Frage zu stellen, denn die beiden Säulen, auf denen sein Leben ruhte, waren Liebe und Freundschaft – beide unabdingbar, um ein reiches, belohnendes Leben zu führen.

Auch im Alltäglichen traten die Unterschiede zwischen ihm und Goethe spürbar zu Tage. Großzügig gab sich der Geheimrat, rücksichtsvoll in jedem Belang. Die Kutsche stand Schiller jeder Zeit zur Verfügung für die Ausfahrten zum Gartenhaus im Ilmenpark oder für die Teilnahme an Gesellschaften. Goethe, ganz der Genießer, fuhr den besten Wein und üppigste Mahlzeiten auf, an denen Schiller wegen seiner Krämpfe nur selten teilhaben konnte. Überhaupt war Schiller dieses Leben im Überfluss fremd, doch wenn er Goethe um etwas beneidete, war es nicht der Reichtum, sondern allein die Tatsache, dass diesem offenbar Ruhm, Erfolg und gesellschaftliche Anerkennung zugefallen waren, ohne dass er sich damit abquälte. Er versah seine Ämter mit der gleichen von Selbstbewusstsein geprägten Gelassenheit, mit der er Dinge des alltäglichen Lebens »Am Frauenplan« entschied oder Kapitel für seinen neuen Roman »Wilhelm Meister« entwarf. Goethe bemühte sich nicht einmal darum zu gefallen, er begegnete den meisten Menschen mit Arroganz und Überheblichkeit und unterschied sehr genau zwischen jenen, die ihm nützlich sein konnten, jenen, die er nur ausnutzte, und jenen, die er getrost ignorierte. Völlig fremd blieb Schiller der Umgang Goethes mit seiner Liebschaft, der Christiane Vulpius, die er auch in seiner Gegenwart wie eine Dienstmagd behandelte. Nein, Goethe war kein guter Mensch, kein Freund, wie ihm Körner einer war oder Hoven, und Schiller wurde sich tagtäglich bewusster, dass dieser ohne Zweifel genialisch begabte Mann ihm persönlich gefährlich werden konnte, wenn es darum ging, in einen literarischen Wettstreit einzutreten. Doch gute Menschen schienen Schiller aus schriftstellerischer Sicht uninteressant. Das Unvorhersehbare, Gefährliche und Mysteriöse, von dem man sich bedroht fühlte, erzeugte Literatur und Inspiration. Aus der persönlichen Konfrontation der Macht und den dunklen Mächten speiste sich Schillers Fantasie. In diesem Sinne entfachte der fast tägliche Umgang mit Goethe in Schiller weit mehr als nur Ehrgeiz, er wollte in der Gefahr bestehen und hoffte, mit Beharrlichkeit – er konnte nicht anders – auf ein gutes, freundschaftliches Ende.

50

Der junge Mann stürmte ins Griesbach'sche Haus, hetzte die Treppen hinauf, verursachte mit den Fäusten einen Trommelwirbel an der Wohnungstür und stürzte an Charlotte, die öffnete, mit knappem Gruß vorbei in Schillers Arbeitszimmer, dass dieser aufschrak, einen Hustenanfall bekam und sich ans Herz griff. Schließlich fasste sich Schiller wieder so weit, dass er den schwer atmenden jungen Fichte, der die Professorenstelle von Reinhold übernommen hatte, fragte: »Warum platzen Sie mir wieder ungebeten in meine Arbeit und erschrecken mich zu Tode? Haben Sie gegen die Burschenschaften gesprochen? Warum mengen Sie sich ständig ein und verlassen Ihr Fachgebiet? Das nimmt noch mal ein böses Ende, denn niemand von der Fakultät wird die Courage aufbringen, Sie zu schützen oder Ihnen zur Seite zu treten.« Von der Straße drangen laute Rufe und polteten nach oben ins Arbeitszimmer.

»Wenn die Sie hier entdecken, haften Sie mir für den Schaden!«

Fichte lachte. »Gestern haben sich wieder zwei im Ziegenhain duelliert und einer ist auf dem Platz geblieben. Eine Unsitte ist das! Statt für unser Vaterland einzutreten, meinen diese Burschen, die Zeit wäre angetan, die Händel untereinander auszufechten. Die Reichsheere ziehen sich zurück, schützen nicht mehr Schwaben und Tübingen. Es ist doch nur eine Frage der Zeit, bis unsere Ordnung von der Revolution hinweggefegt wird. Wenn wir uns nicht besinnen, Herr Hofrat, wenn wir uns nicht besinnen!« – »Politik ist Ihr Metier, Herr Professor?« – »Ja, ich sehe schon, Sie sind der Dichtung verpflichtet. Aber jetzt zählt nur noch das, was in die Tat umgesetzt werden kann. Ihre Ästhetik, Herr Hofrat, in Ehren, aber Ihre ›Horen‹ sind Unsinn!« Böse und aggressiv kamen ihm diese Sätze über die Lippen. »Dichtung, Literatur und Philosophie können keine Tat ersetzen? Auch wenn Sie in Zeiten wie diesen Orientierungen geben?« Schiller wurde bleich. Es fiel ihm sichtbar schwer, sich zu beherrschen.

Der Lärm draußen verklang. Die Studenten zogen offenbar weiter.

Schiller schaute Fichte nachdenklich an: »Vielleicht haben Sie Recht. Die Auflage sinkt beständig und die Arbeit rechnet sich längst nicht mehr. Ich werde mit Cotta darüber reden und vielleicht werden wir etwas Neues machen, das auch Heißsporne wie Sie zufrieden stellen wird. Einstweilen hier Ihr Honorar für Ihren Beitrag.« Wegwerfend steckte Fichte das Geld ein.

»Haben Sie neue Nachrichten aus Schwaben und vom Rhein?«, fragte Schiller besorgt. Fichte reckte sein Kinn vor: »Die Revolutionsheere marschieren auf Stuttgart.« Charlotte stieß einen Schreckensschrei aus und hielt sich die Hand vor den Mund. Schiller trat an ihre Seite und umfasste sie bei den Schultern.

»Nicht wahr, es ist etwas anderes, wenn man spürt, dass einem die so verachtenswerte Politik selbst auf den Leib rückt! Die Jenenser Philister sind zufrieden mit ihrem separaten Frieden und kommentieren das Blutvergießen ästhetisch. Die Zeit kommt, wo die Politik auch bei Ihnen anklopft und die Seelenfrage stellt …« – »Bleiben Sie mir mit Ihren weltbeglückenden Theorien vom Leib! Verstehen Sie denn nicht, mir geht es um meine Eltern und meine Geschwister! Und verdammt noch mal, Sie haben Recht, denen ist nicht mit schönen Worten geholfen – ich will handeln!« Schiller dachte mit Sorge an seinen Vater und hoffte inständig, dass sich der alte Mann im Greisenalter nicht noch zur Waffe gemeldet hatte. Er sah die gebeugte Gestalt seiner Mutter vor sich, was mussten sie und seine Schwester erleiden? Wie konnte er sie retten? »Fichte, hören Sie, meine Familie muss fliehen! Hier sind alle in Sicherheit. Charlotte ist sparsam. Wir werden zusammenrücken, es wird schon gehen!« Gemeinsam schmiedeten sie Pläne und Schiller schrieb schließlich an Cotta in Tübingen und Dannecker in Stuttgart, sie mögen sich um eine Flucht der Familie kümmern. Fichte kannte einen zuverlässigen Boten für das Geld und so hoffte Schiller, das drohende Unheil des Krieges von seiner Familie abwenden zu können.

Schiller an Gottlieb Hufeland, 5. Februar 1797:

Ich höre, lieber Freund, dass wir uns beide um den Professor Schmidtischen Garten bewerben … Ich habe ein dringendes Bedürfnis, in freier gesunder Luft zu leben, und das einzige Mittel dazu ist, dass ich so viel Monate im Jahr als es angeht im Garten wohne. Auf diesen Schmidt'schen Garten habe ich mein Absehen längst gerichtet … Ich wollte Ihnen davon Nachricht geben, teurer Freund, damit wir den Garten durch diese sonderbare Konkurrenz nicht in unnötiger Weise hinauftreiben … das Haus würde Ihnen schwerlich das wert sein, was es mir ist …«

Sein zweiter Sohn, Ernst Friedrich Wilhelm, war gerade ein Jahr alt, als sich Schiller zu dem Kauf eines Gartenhauses in Jena entschloss. Zu gern hätte er es Goethe gleich gemacht und ein solches in Weimar erworben, allein es ergab sich die Gelegenheit nicht, und was zum Verkauf stand, schien unerschwinglich. Natürlich hätte es in Goethes Macht gelegen, seinen Wunsch, wenigstens zeitweise nach Weimar zu ziehen, zu befördern, aber Schiller registrierte die Zurückhaltung, die zur Schau vorgetragenen halbherzigen Bemühungen des Geheimrates ohne Groll, denn er wollte aus sich selbst heraus das aufbauen, was seinem Vorbild gelungen war, und auf diesem Weg niemandem etwas schuldig bleiben. Also Jena. Ein schönes Haus mit Garten, renovierungsbedürftig, daher günstig, und eine Grundfläche, die nicht nur den Anbau von Blumen, Gemüse, Obst, sondern auch Gestaltungsfreiheit zuließ. »Wer etwas gelten will, muss mehr sein Eigen nennen als einen Schreibtisch, an dem er seine tägliche Arbeit verrichtet«, erklärte Schiller seiner Charlotte. »Einen Anfang müssen wir wagen, damit den Kindern und dir etwas bleibt, wenn ich nicht mehr bin.« Charlotte wehrte ab und wollte von solchen Gedanken nichts wissen. »Dann sieh es so, dass es an der Zeit ist, dass wir leben, dass wir Annehmlichkeiten nicht mehr aufschieben dürfen um unserer selbst willen.« Die dänische Leibrente war ausgelaufen, sie hatten einige Schulden getilgt, wenige Rücklagen gebildet und den Haushalt im Griesbach'schen Haus durchaus mit dem Nötigsten ansprechend ausgestattet. Charlotte sprach vom Geld und wiegte den einjährigen Ernst auf ihren Armen in den Schlaf. Schiller lachte und antwortete: »Wenn wir ohnehin kein Geld haben, scheint mir die Gelegenheit günstig, für tausendeinhundertfünfzig Taler ein Gartenhäuschen zu kaufen und es für einige hundert Taler umbauen zu lassen. Ein kleines Turmzimmer, ein Arbeitszimmer, das es mir ermöglicht, so lange es die Jahreszeit erlaubt, in frischer Luft zu schreiben und einen freien Blick zu haben, und eine Freiluftküche für dich sehe ich schon vor mir. Alles lässt sich günstig richten und Schwager Wilhelm soll auch nicht umsonst in der Militärakademie zu Stuttgart Architektur studiert haben.« – »Du hast bereits mit Karoline gesprochen? Und Wilhelm will von Weimar rüberkommen und den Umbau planen und überwachen?«, fragte Charlotte erstaunt. »Ich denke, das ist uns der frisch gebackene Hofrat in Weimarer Diensten Wilhelm von Wolzogen schuldig, denn schließlich durfte er Karoline heiraten.« – »Als ob es in deiner Macht gestanden hätte, Karolines oder Wilhelms Entscheidung zu beeinflussen«, tadelte ihn Charlotte. »Es wäre mir dennoch lieb, wenn du solche Dinge zuerst mit mir und dann mit meiner Schwester besprechen würdest. Ich mag es nicht, wenn sie in Angelegenheiten unserer Familie mitredet.« – »Ach bitte, es ging doch nur ums Geschäftliche …«, Schiller nahm ihr den eingeschlafenen Säugling ab, küsste sie zärtlich und brachte den Jungen zu Bett.

Am Morgen noch hatte ihn eine Kolik gequält und schweißnass auf das Bett geworfen. Jetzt saß Schiller kraftlos hinter seinem Schreibtisch, schaute aus dem Fenster in seinen für eintausendeinhundertundfünfzig Reichstaler gekauften Garten, der noch einer Baustelle glich, litt unter dem Lärm der Handwerker und blätterte. Rechts neben ihm lagen die Werke, die ihm schon für seine »Geschichte des Dreißigjährigen Krieges« gute Dienste geleistet hatten, in der Hand jedoch hielt er Bruchstücke seines »Wallensteins«. Er las quer, prüfte einzelne Stellen genauer, kritzelte Anmerkungen an den Rand, blätterte fast wahllos weiter. Sicher, Cotta hatte ihm einen Vorschuss von sechshundert Talern gewährt, aber sein Verleger hatte nicht gewusst, auf was er sich da einließ. Nichts wert seine Versuche, so gut wie nichts! Verärgert warf Schiller ganze Bögen auf den Fußboden, fluchte über den Lärm und sich selbst. Einfach wollte er schreiben, ungeschminkt wie das Leben selbst. Die Handlung musste scharf, klar und stark umrissen werden, der Spannungsbogen straff gespannt. Sicher, Ansätze dazu gab es genug, doch das Ganze zerfaserte in Prosa und Überlänge, quoll aus den Formen der Tragödie fast schon in das Romanhafte. Schiller nahm sich ein Skizzenblatt vor, beschrieb die Rückseite mit den Kernaussagen und den ihm am wichtigsten erscheinenden Handlungssträngen. Damit Wallenstein als Held erschiene, den die Tragödie niederringt, sollte die Handlung, sein Dasein, auf der schiefen Bahn beginnen. Ein gebrochener, aber starker Charakter würde Interesse wecken! Extra unterstrich er: Der Untergang des Wollens ist der Tragödie Ziel und Zweck.

Es klopfte. Karoline, eine der wenigen Personen, die er zu seinen Arbeitsstunden in seinem Zimmer duldete, trat neben seinen Schreibtisch und schaute ihm über die Schulter. »Sag nichts. Du siehst das Dilemma ja.« – »Was sagt Goethe?« – »Der kommt erst nächste Woche aus der Kur und wird sich über den Verriss seines ›Egmont‹ ärgern.« – »Du quälst dich zu sehr.« – »Zwei Tage habe ich schon mit den elenden

Brust- und Bauchkrämpfen verloren. Das geht nicht! Ich muss eine Lösung finden!« In seiner Stimme lag alle Willenskraft, seine Augen blickten müde aus dem kantigen weißen Gesicht. Karoline sammelte die Seiten am Boden auf und begann zu lesen. »Lass sie liegen, sie sind des Lesens nicht wert«, bat Schiller. »Du bist zu streng, wie immer«, antworte Karoline. Draußen peitschte Regen an die Scheiben. Der Baulärm hatte aufgehört, die Handwerker beendeten ihre Arbeit. »Lies mir vor, manchmal klären sich die Gedanken, wenn man das Geschehene laut hört«, schlug Karoline vor. »Du weißt doch, wie schrecklich ich lese.«

Dennoch stand Schiller auf, nahm eine Szene, erklärte deren Stellung im gesamten Drama und begann lautstark, die Arme wie stets dabei wild herumschlenkernd. Karoline ließ sich längst nicht mehr durch den eigenwilligen Vortragsstil irritieren. Schließlich unterbrach er abrupt. »Verstehst du mein Problem? Das Fundament, auf dem Wallenstein seine Unternehmung gründet, ist die Armee – eine unendliche Fläche, eine Vielzahl von Menschen, die ich den Theaterbesuchern nur schwer vor Augen führen kann. Und dann sein Scheitern durch die Intrigen und die Stimmung der Armee bei Hofe und beim Kaiser.« – »Dein Wallenstein ist leibhaftig, selbst in den Szenen, in denen er nicht auftritt. Seine Leidenschaft, die ihn treibt, Rachsucht und Ehrbegierde, sind von kältester Gattung, und er wächst in deinen Worten zu ungeheurer Größe«, lobte Karoline. »Aber Form und Sprache sind tatsächlich ein Problem, bei einem Werk von solchem Umfang und Gewicht.«

»In mir wächst die Schaffenskraft zu langsam. An drei Tagen der Woche lähmt mich meine Krankheit. Doch die Kraft muss wachsen, ob sie mich sprengt, sie muss wachsen wie die Urgefühle Liebe und Hass. Wenn nichts mehr ist als die Kraft, wenn sie endlich wieder alles Fühlen, Denken und Handeln bestimmt, wird sie losbrechen wie ein Sturm, der alles hinwegfegt, was keinen Grund hat, keine tieferen Wurzeln treibt und wankelmütig oder hohl daherkommt. Solange mir diese zur Leidenschaft gewordene Kraft fehlt, wird alles Handeln zur Berechnung, die Entschlossenheit zu einer Sache des Verstandes und auf niemanden wird der Funke der Begeisterung überspringen.« Schiller erkannte, Goethe mochte ihn vor sich her treiben, aber der Gegner bei der Vollendung dieses Dramas war er selbst. Die Beherrschung dieses Gegners würde sich als die wahre Kunst erweisen. In vertrautem Gespräch mit Karoline beruhigte er sich. Der Arbeitstisch, an dem sie saßen und jetzt durch die Texte forsteten, war groß genug, die Decken hoch genug zum Atmen und zum Denken, das Fenster unmittelbar vor Augen hell genug, um den Blick ab und an abzuwenden, durch den Garten spazieren, über die Ufer der Leutra springen zu lassen bis ans andere Ende des Tals. Von fern die lärmenden Stimmen der Kinder Karl und Ernst, Lottes Ermahnungen, das geschäftige Schuhgeklappere der Magd. Es gelang! Im Mittelpunkt standen sie plötzlich allein, mit der Arbeit an den Texten. Die Existenzangst, die noch bis gerade ständig an Schiller zerrte und fraß, war für eine Weile abgehängt. Das kranke Leben, das Nagende, Nervende blieb im Abseits. Mit einem Gefühl der Leichtigkeit lachten und diskutierten sie. »Mach die Geschichte nicht nur zu einer Sache des Kopfes. Warum gibst du deinem Inneren, deinen Gefühlen, die dir zu einer rhythmischen Sprache raten, nicht nach? Schreibe den Wallenstein in Jamben, wenn es dich dazu drängt. Die Sprache kommt auf den Punkt, die Handlung wird sich straffen«, riet Karoline.

»Weißt du, was du da verlangst?«, stöhnte Schiller.

»Du wirst sehr viel Arbeit haben, alles noch einmal umschreiben müssen. Sicher. Aber glaub mir, du wirst zufrieden sein.« Karoline griff ein Blatt aus dem ersten Akt der »Piccolomini« heraus und las, *»gut, dass Ihrs seid, dass Ihr Euch eben herbemüht! Wusst ichs doch, Graf Isolan bleibt nicht aus, wenn sein Chef auf ihn gerechnet hat.«* Dann legte sie ein leeres Blatt daneben und forderte ihn auf: »Versuchs!« Zögernd nahm Schiller die Schreibfeder zur Hand. Sein Blick auf eine weite Ferne gerichtet, seine linke Hand klopfte den Rhythmus. Schon nach kurzer Zeit fanden sich die wohl gesetzten Verse auf dem Papier:

»Spät kommt Ihr – Doch Ihr kommt! Der weite Weg,
Graf Isolan, entschuldigt Euer Säumen.«

Da war sie wieder, die zielgerichtete Genialität, die Karoline so bewunderte. Nie wäre ihr so etwas in Minutenschnelle gelungen! Schon fühlte sich Schiller wieder als Herr des Werkes, das ihn folterte. Er würde Karolines Rat befolgen. Das Gerüst seines Werkes würden Ver-

nunft und Ideale zimmern, die Schönheit der Sprache würde es tragen und das Gefühl befördern. »Line«, sagte er herzlich lächelnd, »ich danke dir!« Sie hatte sich bereits erhoben und schritt freundlich nickend zur Tür, um mit den Kindern zu spielen und mit Lollo zu reden.
Trotz der kälteren und unbeständigen Witterung wohnte Schiller den Mai über in seinem Garten. Wenn er sich nicht mit den Bauarbeiten beschäftigte, arbeitete er wie besessen am »Wallenstein« oder kurierte seine Krankheiten. Der Einsiedler vernachlässigte sich und seine Erscheinung, allein im Kreis der Familie und seiner Gedankenwelt fühlte er sich wohl.

Dannecker schickte aus dem Schwäbischen als Boten den Kaufmann Sander, der in diesen Tagen wie so mancher Gast an der Gartentür stand und nach dem berühmten Dichter Ausschau hielt. Für gewöhnlich ignorierte Schiller diese Zaungäste, die gekommen waren, ihn zu beobachten. Er überließ es Charlotte oder der Magd, im Notfall die nötige Konversation zu führen, wenn diese ungebetenen Gäste zu zudringlich wurden. Auch Sander verharrte zunächst unschlüssig auf der Straße, beeilte sich zu grüßen, wurde jedoch übersehen und konnte sich nicht recht vorstellen, dass dieser Mensch dort im Garten der berühmte Schiller sein sollte! Er bemerkte die eingefallenen Wangen, eine sehr spitze Nase, ungeordnetes Haar auf dem Kopf und buschrote Augenbrauen mit den entzündeten Lidrändern darunter. Dieser Mensch wandelte völlig geistesabwesend, mit sich selbst sprechend mit gelben eingetretenen Pantoffeln und einem schlafrockähnlichen Überzug in seinem Garten. Wäre Sander mit ihm in einer öden Gegend zusammengetroffen, er hätte für sein Leben oder wenigstens um seine Börse gefürchtet. So aber hängten sich bald zwei kleine Jungen an die Rockschöße des Gastes, die von der ebenfalls herbeieilenden Magd als die Schiller'schen Kinder vorgestellt wurden. Charlotte Schiller bat Sander schließlich ins Haus und bot ihm Erfrischungen an. Sander erzählte von dem Entschluss der Schiller'schen Familie, in Ludwigsburg zu bleiben und den Kriegswirren dort zu trotzen. Gefasst blickte ihm Charlotte entgegen und bat ihn mit leiser Stimme, es Schiller schonend beizubringen, alles Grausame wegzulassen und die Not bitte nicht auszuschmücken. Sander nickte und gab der jungen Frau einen Kuss auf die Hand.

Es wurde ein verständiges, ruhiges Gespräch mit Schiller, an dessen Ende er Sander sogar dankbar die Hand reichte. Sander wunderte sich nicht wenig, denn Erscheinungsbild und Sprache, Kleidung und Manieren wollten sich nicht zu einem Bild zusammenfügen.

»Ich habe es gewusst«, gestand Schiller seiner Frau beim Abendbrot und spielte dabei mit Ernst auf seinem Schoß. »Cotta hat es mir geschrieben. Er hegt die Hoffnung, dass keine Kugeln mehr über das väterliche Dach pfeifen und sich die Situation beruhigen wird. Vater lässt mir ausrichten, dass er im nächsten Jahr bei guter Gesundheit nach Jena reiten und uns besuchen will. Doch es steht schlimm, sie haben nur wenig zu essen, und Mutter und Nane müssen sich alle Tage vor plündernden Franzosen und Söldnern verstecken.«

Charlotte suchte Worte des Trostes.

51

Die Hufschläge der Pferde und das Rollen der Wagenräder vor dem Haus signalisierten ihm unmittelbar, dass Goethe wieder zurück war. Er hatte nicht lange mit seinem Besuch gewartet. Nur zwei Tage nach der Rückkehr von seinem Kuraufenthalt trieb es ihn schon nach Jena. Wenige Augenblicke später stand er im Türrahmen, strotzend vor Gesundheit und Lebensfreude, ausgeruht und unternehmenslustig. Schiller begrüßte ihn mit einer matten Geste vom Bett aus. Dieses Mal war es das kalte Fieber, das ihn quälte, und ein elender Husten, der ihn schon im ganzen Winter begleitete und ihm mittlerweile wie eine schlechte Angewohnheit erschien. Schiller bemerkte, wie Goethe einen Moment zögerte und ihm einen prüfenden Blick zuwarf. Was mochte dieser Naturmensch von ihm denken, der er hier von Krankheit gezeichnet im Bett lag? Schließlich konnte es ihn doch beruhigen, wenn sein so populärer Jenaer Konkurrent dahingerafft würde. Zu seinem eigenen Ruhm könnte er sich auf eine freundschaftliche Verbindung zu ihm berufen, Schillers Werke in die Literaturgeschichte einsortieren und fleißig an dem turmhohen Gebäude der eigenen Dichtung weiterbauen. »Sie finden mich schon wieder krank und arbeitsunfähig ans Bett gefesselt«, begrüßte Schiller den Besucher.

»Ich bin gekommen, Sie aufzuheitern, und bringe neue Pläne mit.« Goethe klatschte in die Hände und zog sich einen Stuhl ans Bett. Ein neuer Fieberschub durchschüttelte Schillers Körper. Charlotte kam herein, wischte ihm das Gesicht und wechselte die Umschläge. Die Kinder begrüßten ihren Vater und den Gast und schlichen auf Zehenspitzen wieder hinaus. Er gibt mir keine vier Wochen mehr, dachte Schiller und zwang sich zu einem Lächeln. Er soll sich über meine Zähigkeit wundern, der Herr Geheimrat …

»Sehen Sie, Ihr Gesicht hellt sich bereits auf. Ihnen fehlt Gesellschaft und Anregung«, bemerkte Goethe selbstgefällig.

»In der Heimat ist das Lazarettfieber ausgebrochen. Meine liebe Schwester Nane, ein lebhaftes und begabtes Kind, ist vor wenigen Tagen gestorben. Und auch der Herr Vater liegt danieder«, presste Schiller mühsam hervor und bekam sofort wieder einen Hustenanfall. »Es ist schlimm, sehr schlimm«, berichtete jetzt Charlotte an seiner Stelle. »Die alten Leute in Schwaben können sich nicht mehr allein helfen. Schiller hat Christophine gebeten, nach Ludwigsburg zu reisen, um der Mutter zur Hand zu gehen, und hat dem Reinhold in Meiningen das Reisegeld zukommen lassen. Aber Schwiegervater macht allen das Leben schwer und Reinhold hat erst zugestimmt, als wir ihm angeboten haben, bei uns zu wohnen. Wir müssen zusammenrücken, aber es wird schon gehen.« – »Der elende Krieg und die verfluchten Geldangelegenheiten«, stöhnte Schiller. Es blieb das alte Lied, dabei hatte er noch letzte Woche einen Geldleiher in Weimar aufgesucht, um den Hölzels in Mannheim, die ihm damals uneigennützig aus der Bedrängnis geholfen hatten, hundert Taler zukommen zu lassen. Dem Baumeister waren wegen des Krieges Zahlungen ausgeblieben und seine Arbeiter und Gläubiger bedrängten ihn.

»Da komme ich gerade recht, um mit neuen Plänen und Arbeiten von den Widrigkeiten des Lebens abzulenken«, Goethe rieb sich die Hände. »Mit Genugtuung habe ich gehört, dass mein ›Egmont‹, an dem Sie, lieber Schiller, so viel Anteil genommen haben, hierzulande gar niemandem gefallen hat. Jetzt, da man mir in Karlsbad meine Nieren erneuert hat, wäre es zu viel des Guten gewesen, wenn man mir für mein Werk auch noch gleich den Lorbeerkranz der Unsterblichkeit geflochten hätte! Und das ist gut so, zeigt es uns, dass da noch viel zu tun ist für uns auf Erden.« – »Doch die Vergnügungssucht der Leute und die darauf reagierende Oberflächlichkeit gewisser Dichter und Rezensenten, die nur auf ihre Vermarktung schielen, nimmt abscheuliche Formen an«, protestierte Schiller. »Nach Ihnen, verehrter Schiller, ist jedenfalls verteufelt viel Nachfrage in der Welt, das muss ich sagen.« Goethe rieb sich nachdenklich sein Kinn. »Neidisch geradezu bekenne ich, mehr Nachfrage als nach mir!« – »Viel Feind, viel Ehr!«, lachte Schiller bemüht. »Dennoch bin ich mit Cotta übereingekommen, die ›Horen‹ sterben zu lassen. Das Literaturblatt rechnet sich nicht mehr, wie alles, was in dieser Zeit von edlerem Gehalt ist. Ich werde meine Arbeit auf einen ›Musenalmanach‹ auf das Jahr verlegen und lade Sie herzlich zur Mitarbeit ein. Mir hat sich dieser Tage ein findiger Verleger für das Projekt vorgestellt.« – »Eine gute Gelegenheit, den Kläffern das Maul zu stopfen!« Goethe war begeistert.

»Die Kerle baden sich in Selbstgefälligkeit und Frechheit! Sie setzen unser Schaffen herab und wir leiden. Ich will – Schiller –, ich werde zurückschlagen! Hass ist die Antwort – keine kraftlose Resignation! Sie gehören auf dem Feld ihrer eigenen Gehässigkeiten niedergestreckt!« Goethe war aufgesprungen und lief im Zimmer umher, die Hände auf dem Rücken verschränkt.

»Cotta schrieb mir bereits, dass Sie zornig seien«, entgegnete Schiller, dem der Gedanke, den »Musenalmanach« für einen solchen Rachefeldzug herzugeben, nicht behagte. »Ein Literatengezänk, gespeist von Rachsucht – wir sollten uns nicht auf dieses Niveau begeben.« Goethe wurde immer ungehaltener: »Bitter wie Galle, reizend wie Juckpulver werden wir die Hohlköpfe zittern lassen, dass sie die Hosen voll haben werden. Wir sind schließlich wer! Spottverse, Gastgeschenke der besonderen Art, Xenien, Schiller! Wir sprechen keinen persönlich an, aber jeder, der gemeint ist, wird sich erkennen und sich der Gefahr ausgesetzt sehen, erkannt zu werden. Schlagen Sie ein, Schiller, es ist ein Spiel und ein notwendiges dazu!« – »Wir verschränken unsere Verse und wechselseitigen Ideen beide so ineinander, dass uns später niemand mehr auseinander dividieren kann«, schlug Schiller vor. »Einverstanden!«, strahlte Goethe und begann sogleich: »*Treibet das Handwerk nur fort, wir können's euch nicht wehren, aber ruhig, das glaubt, treibt ihr es künftig nicht mehr.*«

Goethe spitzte die Lippen, als koste er alten Wein. »Vortrefflich, das wäre mir so nie eingefallen! Werden Sie nur recht grob und Sie gesunden! Ich versprechs! Ich bleibe die nächsten Tage gleich hier und lasse in Weimar verkünden, ich bräuchte eine Nachkur.« – »Was nicht gänzlich erschwindelt ist«, lächelte Schiller, fühlte sich tatsächlich abgelenkt von seinem elenden Zustand. Auch wenn die beiden in den nächsten Wochen immer wieder in Jena zusammensaßen, um zu sichten, zu dichten, weitere »Gastgeschenke« für die Reise in den »Musenalmanach« zu rüsten, auch wenn die Hausbewohner immer wieder unbändiges Gelächter aus dem Arbeitszimmer vernahmen, Schiller glitt das Unternehmen Stück für Stück aus den Händen. Goethe schien ihm längst nicht mehr der abgeklärte Dichterfürst mit erhabenem Gestus, er entpuppte sich immer mehr als ein zorniger Mann in mittleren Jahren, der widerspruchslos Gefolgschaft einforderte. Dem konnte der gutmütige Schiller kaum Einhalt gebieten. Mal ließ er sich mitreißen, mal erschrak er über die Heftigkeit der Zeilen, und als der »Musenalmanach« erschien, brachen Klatsch und Aufregung alle Dämme. Jeder las ängstlich nach, ob er darin vorkam, viele rätselten, wer oder was gemeint sein könnte. Die Getroffenen kreischten wütend unter den in Versen verpackten Peitschenhieben auf und gaben sich beleidigt über die »Sudelköche in Jena und Weimar«. Gegengeschenke und Racheakte wurden in großer Zahl gedruckt. Auch wenn sich der »Musenalmanach« in drei Auflagen verkaufte, Schiller spürte bald recht deutlich, dass sie sich keinen Gefallen getan hatten. Baggesen aus Dänemark bat ihn schriftlich, nicht länger sein Talent zu verschwenden, Kant kommentierte die »Xenien« als unwürdiges Unternehmen, Herder und Wieland fanden sie schal, unwürdig, handwerklich ungeschickt.

Wenigstens warf diese Arbeit wieder einmal einen Ertrag ab, der sich in blanken Talern in der Schiller'schen Haushaltskasse niederschlug. Kaum hatte Schiller die Nachtarbeit an seinem »Wallenstein« wieder aufgenommen, erreichte ihn ein Brief Goethes, der jetzt große und würdige Kunstwerke forderte, mit denen sie in der Gestalt des Edlen und Guten ihre Gegner beschämen würden. Balladen sollten es dieses Mal sein. Seit seinen glücklichen Dresdner Tagen bei Körner hatte sich Schiller nicht mehr in dieser Gattung versucht. Er nahm die Herausforderung zum Balladenwettstreit an, aber er wollte auf seine Art überzeugend etwas Neues schaffen. Natürlich schöpfte Goethe schon bald aus dem Vollen, spielte mit dieser uralten Erzähl- und Liedform der Ballade und krönte sie mit seinem Können. Dabei ging es ihm wie stets bei Balladen um Menschen, die magischen, unheimlichen Kräften ausgeliefert waren. Nacht und Nebel, Moor und schicksalhafte Verstrickung, Todesnähe ... Mit Schaudern las Schiller des Meisters »Erlkönig«, bewunderte die »Leonore« und den »Zauberlehrling«. Schiller versuchte gar nicht erst, mit Goethe auf dem Gebiet der klassischen Balladendichtung gleichzuziehen. Auch bei ihm kämpfte der Mensch gegen sein Schicksal, aber dazu bedurfte es keines Mysteriums, keiner wabernder Nebel – seine Hauptfiguren verkörperten Ideen, Ideale. Bei hellem Tag schauten beispielsweise tausend zu, wie ein »Taucher« in unendlicher Mühe einen goldenen Becher nach oben beförderte und vom König mit dem Versprechen, ihm seine Tochter zu geben, noch einmal hinabgeschickt wurde und ertrank. Das Flehen der Tochter vergeblich, das Entsetzen der Menge, zu der sich auch der Leser zählen durfte, unmittelbar und greifbar. Eine Revolution in der Balladendichtung, etwas völlig Neues im alten Gewand. Dann gelangen ihm Schlag auf Schlag eine Ballade nach der anderen. Im Juni der »Handschuh« und sein Meisterwerk »Der Ring des Polykrates«, im Juli der »Richter Toggenburg«, im August ein weiteres Meisterstück, »Die Kraniche des Ibykus«, im September »Der Gang zum Eisenhammer«.

Schiller selbst hatte wieder Feuer gefangen für die Dichtung. Da ihm der »Wallenstein« noch immer wie ein unbehauener riesiger Felsbrocken im Weg lag, fragte er Humboldt, der gekommen war, sich zu verabschieden, um für Jahre nach Italien zu ziehen und sich auf Reisen zu begeben: »Bin ich eher Dichter oder tauge ich zum Dramatiker?« – »Wieder im Zweifel? Was Sie quält, ist die Tatsache, dass stets die Größe und Stärke einer Idee alles Schaffen bei Ihnen dominiert. Ein Stoff mag noch so verwirrend sein – und Ihr ›Wallenstein‹, Schiller, will gleich eine ganze Epoche voller Verwirrungen und Verwicklungen auf die Bühne bringen –, Sie entdecken Gesetzmäßigkeiten und justieren das Räderwerk des Geschehens neu, um Leser und Betrachter zu höherer Erkenntnis zu bringen. Insofern verblassen Zufälligkeiten und Farben der Natur und nichts fließt Ihnen selbstverständlich und ungestaltet aus der Feder. Schiller! Der ›Wallenstein‹ ist ein Stoff, der wie geschaffen ist für Sie – und wenn ich an Ihre Diskussionen mit Goethe denke – keiner wird Ihnen am Ende das Wasser reichen können!« Humboldt verneigte sich und Charlotte und Li, die beim Kaffee dabeisaßen, applaudierten zustimmend. »Wenn ich meine Freunde nicht hätte!« Schiller umarmte Humboldt herzlich. »Sie wissen, dass ich es mir als größte Ehre anrechne, von Ihnen zu Rate gezogen zu werden«, antwortete Humboldt mit aufrichtiger Bescheidenheit. »Nun scheiden auch Sie, Humboldt!«, sagte Schiller traurig bewegt. »Und mit Ihnen verliert meine liebe Frau ihre einzige Freundin. Li, lassen Sie es sich gut gehen und passen Sie mir auf den klugen Kopf an Ihrer Seite auf.«

Beide Frauen verabschiedeten sich tränenreich. »Reinhold ist fort, Fichte nach Berlin, jetzt gehen auch Sie, Humboldt. Jena wird nicht mehr dasselbe sein – nur ich hocke noch in meinem Gartenhaus. Doch Sie handeln richtig, Ihr Feld ist die Welt, Humboldt.« Schiller und Charlotte begleiteten die Gäste vor die Tür. Starr folgte Schillers Blick der abfahrenden Kutsche, während Charlotte mit einem weißen Taschentuch hinterherwinkte. Allein! Die Gewissheit, er hatte ein Riesenwerk zu vollbringen.

»Verstehen Sie das, Riemer?« Nervös schritt Goethe in seinem Arbeitszimmer am »Frauenplan« auf und ab, während sein dicklicher Sekretär mit zur Schau getragener Würde am Stehpult stand. »Verstehen Sie das, wie der Schiller das macht?« – »Die Balladen sind sicher trefflich geschrieben, interessant zu lesen, aber doch keine Balladen in der üblichen Form.« – »Riemer, reden Sie nicht über Dinge, von denen Sie wenig verstehen«, tadelte Goethe ihn scharf. »Sie sind doch gelungen. Ganz neuartig dazu, und wie ich hörte, schreibt er weiter jede Nacht an seinem ›Wallenstein‹. Der Mann ist doch schon seit Monaten, was sage ich, seit Jahren mehr tot als lebendig! Wie macht er das?« Riemer antwortete lieber nicht, um den Herrn Geheimrat nicht weiter zu reizen. Doch der steigerte sich. Polterte drauflos, zitierte einzelne Verse und schüttelte immer wieder verwundert den Kopf. Dann warf er Riemer das neueste Schreiben von Schiller hin. »Und dann das hier! Er schreibt mir: *Sie gewöhnen mir immer mehr die Tendenz ab, vom Allgemeinen zum Individuellen zu gehen, und führen mich umgekehrt von ein-*

zelnen Fällen zu großen Gesetzen fort. Verstehen Sie diesen Affront?« – »Nein, Herr Geheimrat, der Herr Hofrat äußert sich anerkennend«, erwiderte Riemer verlegen. »Nichts verstehen Sie, Riemer! Er lobt mich für meine Ansichten und beweist mit seinen Balladen das Gegenteil! Der Mensch ist mir unheimlich! Dabei sind die Unterhaltungen mit ihm in Jena immer fruchtbar, nur dass unsereins stets aufmerksam dabei bedacht sein muss, mit ihm Schritt zu halten. Ein Mensch, der nichts auf Äußerlichkeiten gibt, sich vernachlässigt und mich mit seinem Faible für Gartenbaukunst schier zur Verzweiflung bringt.« – »Aber lieben Sie nicht auch Ihren Garten und den Park an der Ilm?«, erkundigte sich Riemer in gewohnter Haltung. Goethe ignorierte die Frage, sammelte sich, dann diktierte er: »Ihre Balladen, allesamt Meisterwerke, zu denen ich Ihnen gratuliere. Wenn Sie nur noch für diesen ›Almanach‹ mit der ›Glocke‹ zustande kommen! Denn dieses wird eine der vornehmsten und besonderen Zierden derselben sein.« – »Sie wollen noch eine Ballade von ihm?«, wunderte sich Riemer. »An diesem Stoff mit der ›Glocke‹ hockt er seit Jahren. Er kann unmöglich auf dieser Höhe binnen so kurzer Zeit liefern. Gleichzeitig werde ich ihn zur Fertigstellung des ›Wallenstein‹ drängen und ihm die Uraufführung zur Einweihung des Umbaus des Weimarer Theaters zum Jahresbeginn in Aussicht stellen. Und ich werde Wort halten!« – »Der Schiller ist krank!«, wandte Riemer entsetzt ein. Doch Goethe hatte sich bereits erhoben und ging mit Entschlossenheit, die Arbeiten auf der Baustelle des Theaters zu überwachen.

Schiller erkrankte schwer und »Das Lied von der Glocke« konnte erst im darauf folgenden Jahr im »Musenalmanach« erscheinen. Vierhundertdreißig Verse, die abwechselnd die detailgetreue Schilderung des Glockengusses und parallel dazwischen die jeweilige Nutzanwendung und Moral für das tägliche Leben boten. Niemand hätte dem Rebellen von einst ein so kreuzbraves Gedicht zugetraut. Und während die einen, dem Zeitgeist verschrieben, noch spotteten und sich in intellektueller Erhabenheit distanzierten, trat gerade diese letzte große Ballade einen Siegeszug im bürgerlichen Lager an. Noch am Krankenlager erreichte ihn die Post aus der Heimat. Er griff zur Tischglocke auf seinem Nachttisch, mit der er sich bemerkbar machen konnte, wenn ihn die Krankheit daran hinderte, das Bett zu verlassen. Als Charlotte erschien, bat er sie, den Schwager Reinhold zu holen, er habe Neuigkeiten. Diesem ungewöhnlichen Anliegen, denn die beiden Männer gingen sich am liebsten aus dem Weg, kam Charlotte sofort nach. Irgendetwas Wichtiges musste vorgefallen sein! Verunsichert näherte sich Reinhold dem Bett. Schillers Gesicht wirkte wie versteinert.

»Freue dich, Schwager«, sagte Schiller und versuchte, die beißende Ironie in seiner Stimme gar nicht erst zu verbergen, »du kannst zu deiner Frau, dem Phinele, heimfahren.« Reinhold und Charlotte tauschten viel sagende Blicke. Etwas ängstlich fragte Reinhold schließlich nach: »Wie darf ich das verstehen?« – »Für dein häusliches Wohl in Meiningen ist künftig wieder gesorgt. Mein Vater ist verschieden!« – »Schiller«, Charlotte lief zum Bett, entriss ihm das Schreiben, das er noch in Händen hielt, und küsste ihn. Reinhold schlich wie geprügelt aus dem Zimmer und machte sich daran, seine Sachen zu packen. »Lass ihn doch über Nacht hier«, bat Charlotte, die an dem kalten Vorgehen litt. »Vater war es ihm nicht wert, auf seine Bequemlichkeit zu verzichten. Ich bin krank und brauche Ruhe. Der Herr Schwager stört. Ich habe bereits einen Burschen nach einer Kutsche schicken lassen.« – »Schiller, sei nicht so hart. Ich kenne dich gar nicht«, entgegnete Charlotte und wischte sich mit dem Handrücken die Tränen von der Wange.

52

Madame von Lengefeld spitzte den Mund und kostete den teueren Sherry, der im Schiller'schen Haushalt für hohe Festtage und besonderen Besuch vorbehalten war. Charlotte bastelte mit Ernst und Carl Weihnachtssterne aus Stroh und Papier. Auf der Mitte des Tisches stand der geflochtene Tannenkranz, auf dem drei Kerzen brannten. Die vierte, noch unversehrte, zog die begehrlichen Blicke der Kinder immer wieder auf sich. Chère mère warf einen prüfenden Blick zu ihrer Tochter, deren erneute Schwangerschaft bereits deutlich zu sehen war. Ungehörig, über solche Dinge nachzudenken, aber war es nicht unverantwortlich bei dem bedenklichen Gesundheitszustand des Ehegatten und den bescheidenen Lebensverhältnissen, noch ein Kind in die Welt zu setzen? Hatten die zwei nicht schon getrennte Schlafzimmer? Wenigstens in körperlicher Hinsicht schien diese Liebe gesegnet und die zwei Kinder angesichts der anfänglichen intensiven Beziehung von Karoline zu Monsieur Schiller keineswegs selbstverständlich. Sie müsste mit Charlotte mal über die Gefahr von weiteren Schwangerschaften reden, aber dies würde sich als undenkbar erweisen, da der kleinen schüchternen Dezenz alles Körperliche peinlich war und sie sich sogar für ihren Zustand, den sie leider öffentlich zur Schau tragen musste, schämte. Sicherlich, kleidsam konnte wohl niemand einen Kugelbauch nennen, der zudem Zeugnis darüber ablegte, dass man auch als reife Frau noch mit seinem Mann schlief. »Du siehst schlecht aus, mein Kind. Schonst du dich auch genug in deinem Zustand?« Kaum, dass Charlotte von den Bastelarbeiten aufschaute: »Mir geht es gut, Maman.« – »Weißt du schon, was Schiller dir zu Weihnachten schenken wird?« Charlotte antwortete nicht, wandte den Kopf ab und verdrehte die Augen in die Zimmerdecke. Sie wollte in Ruhe gelassen werden, es war ihre Art zu leben! »Du weißt es also nicht! Wahrscheinlich hat er vor lauter Arbeit überhaupt vergessen, dass Weihnachten ist. Zum Geburtstag hat er dir auch nichts gekauft. Dabei hättest du durchaus ein wenig ansprechende Garderobe und Schmuck nötig. Irgendwann unterscheidet man dich auf der Straße nicht mehr von deiner Magd«, tadelte Chère mère und raschelte dabei entrüstet mit dem steifen Seidenstoff ihres Kleides. »Chère mère, du verstehst uns nicht. Wir leben anders!« Charlotte gab sich verärgert.

Schiller kam herein, um seinen Kindern Schokolade und Marzipan zu bringen, Süßigkeiten, die er von einer Verehrerin aus Potsdam zugesandt bekommen hatte. Er strich seinen Jungen zärtlich über die Köpfe.

»Schön, dass der Herr Schwiegersohn sich auch mal wieder sehen lässt.« – »Maman, Schiller hat zu arbeiten. Goethe möchte mit dem ›Wallenstein‹ Anfang des Jahres das umgebaute Theater eröffnen«, wies Charlotte ihre Mutter mit einem Ruhe beschwörenden Blick zurecht. »Sie schreiben schon seit Jahren an diesem Drama! In Rudolstadt erzählt man sich, dass schon fünf Theaterdirektoren sich um eine Aufführung bemüht hätten. Das wundert mich nicht, wenn ich an die schöne Dichtung von der ›Glocke‹ denke, die manchen für ihn eingenommen haben dürfte. So etwas Moralisches, und gereimt noch dazu!« Vor Begeisterung klatschte Chère mère in die Hände. »Ich danke sehr für das Kompliment«, entgegnete Schiller bescheiden. »Würden Sie mir vom ›Wallenstein‹ erzählen?« Chère mère stockte einen Augenblick, durch Lottes strafenden Blick gebremst. »Ich meine, man sieht Sie ja nie. Und immerhin bin ich die Schwiegermutter und es ist mir unangenehm, auf meinen berühmten Schwiegersohn angesprochen zu werden und nichts antworten zu können.« Schiller lächelte verständnisvoll: »Der ›Wallenstein‹ ist ein Trauerspiel, das von den Geschehnissen des Dreißigjährigen Krieges erzählt.« – »Ach Gott, wieder etwas Trauriges. Warum nur? Schreiben Sie etwas Lustiges und Sie verdienen das Dreifache!« – »Maman! Schiller ist kein Kotzebue!«, fuhr Charlotte dazwischen, wurde aber sogleich von den quengelnden Kindern abgelenkt, die sich um den größten Anteil an Süßigkeiten stritten. Schiller zog sich einen Sessel heran und setzte sich zur Schwiegermutter. »Chère mère, was möchten Sie denn wissen über das Stück?«, fragte er geduldig. »Das Stück ist wieder historisch?« – »Wieder historisch«, bestätigte Schiller. »Dann kommen gewiss wieder ganz grausame Dinge darin vor?«, fragte Chère mère. »Nur Dinge, die sich täglich überall in der Welt ereignen. Intrigen, Mord, Krieg, Verschwörungen«, lachte Schiller. »Wallenstein ist ein Feldherr, der mit seinem Kaiser uneins ist und an seinem Machtstreben zugrunde geht.« Dies schien die erste Auskunft, die Chère mère zufrieden stellte: »So ist es recht! Niemand empört sich ungestraft seinem Kaiser gegenüber. Das werden auch die Franzosen noch lernen!« – »Er will schließlich mit den Feinden des Kaisers ein Bündnis schließen, wird vom Kaiser dafür in die Acht getan«, erzählte Schiller weiter. »Kurz bevor es dazu kommt, dass sich sein Heer mit denen der Feinde vereinigt, wird er von den eigenen Leuten, die nicht vom Kaiser lassen wollen, ermordet.«

Madame von Lengefelds Interesse schien geweckt: »Hört sich spannend an. Dass die Leute dem Bösewicht widerstehen, ist eine gute Sache. Treue dem Herrscher gegenüber ist für jede Ordnung unerlässlich.« – »Der Verrat an dem Bösewicht wird vom Generalleutnant begangen, er ist des Wallensteins bester Freund. Zum Dank dafür erhebt der Kaiser ihn in den Fürstenstand.« – »Das wird ein Erfolg! Ihr könnt ja auch Geld für den Hausstand und neue Kleider gebrauchen«, beschied Chère mère. Charlotte trat hinter ihren Mann, legte ihm die Hände auf die Schultern. »Geh ein wenig dich ausruhen. Dein Bett ist gelüftet. Du hast die ganze Nacht gearbeitet.« Dies war ihr gut gemeinter Versuch, das ungleiche Gespräch zu unterbrechen. Ihr taten Schiller und Chère mère, die sich um eine Verständigung bemühten, herzlich Leid. »Sagen Sie, Schiller, kommen auch Damen in dem Stück vor. Ich meine, was wird an Garderobe geboten? Ich kenne viele Leute, die nur ins Theater gehen, um neue Garderoben zu sehen.« – »Chère mère, es reicht!«, fuhr Charlotte dazwischen. »Nein, nein. Sie hat ganz Recht«, antwortete Schiller, um Sachlichkeit bemüht. »Ich habe drei Frauen darin vorgesehen, liebe Schwiegermama. Wenngleich die Sache mit der Mode nicht so einfach ist, da die Geschichte vor einigen hundert Jahren spielt.« – »Das kann auch interessant sein, Kleider von damals zu sehen …«, Chère mère hatte ihr Thema gefunden. »Zu Paris sollen die Damen neuerdings eng anliegende Trikots tragen. Skandalös!« – »Finden Sie, Chère mère, dass mein Stück moralisch ist?«, fragte Schiller. »Sehr moralisch«, die sofortige Antwort. »Ich danke Ihnen für Ihr Interesse und Ihre Ratschläge«, beendete Schiller die Unterhaltung. »Ich denke, ich werde mich jetzt ein wenig schlafen legen.«

Als Schiller gegangen war, erhob sich Chère mère, schlawenzelte mit ihrem bauschigen Seidenrock zur Tochter und sagte nur zurechtweisend: »Da siehst du es, der Schiller legt Wert auf mein Urteil. Nur du bist schuld daran, dass er sich so rar macht. Man könnte manchmal meinen, du bist eifersüchtig, willst ihn ganz für dich haben und verhinderst absichtlich, dass ich mal länger mit ihm reden kann.«

Das erste Mal seit Tagen kehrten Schillers Gedanken in die Gegenwart zurück. Wie spät war es? Mitternacht? Ein Uhr? Der Blick durchs Fenster des Griesbach'schen Hauses auf die winterliche Straße. Nur noch vereinzelt schwache Lichter, die es ermöglichten, dass man vom kleinen Fenster des Arbeitszimmers aus überhaupt noch etwas erkannte. Stille. Nur das kratzende Geräusch der Feder des Kopisten, der längst nicht mehr am Stehpult ausharren konnte und jetzt an Schillers Schreibtisch saß. Auch dieses Geräusch verstummte. Schiller drehte sich zu ihm um. Sein erwartungsvoller fragender Blick, seine müden

Gesichtszüge. Was machte er mit den Menschen, die er Tag und Nacht für seine Arbeit einspannte? »Fertig, Herr Möller! Alle drei Dramen des ›Wallenstein‹ fertig!« Schiller nickte dem Kopisten dankbar zu, atmete befreit auf und wurde doch nicht recht froh. Der Kopist ordnete die dicht beschriebenen Bögen. »Wenn mir Herr Hofrat die bescheidene Bemerkung gestattet, der ›Wallenstein‹ ist so großartig, wie ich von Herrn Hofrat noch nie etwas zu schreiben bekommen habe.« – »Ich danke Ihnen von Herzen für dieses Lob. Es könnte sein, das es vielleicht das Einzige sein wird.« – »Dies ganz gewiss nicht, Herr Hofrat!«

Schiller zog die Schreibtischschublade auf und reichte dem Kopisten das darin liegende Geldbeutelchen. »Sie haben es sich reichlich verdient. Es tut mir von Herzen Leid, dass ich Ihnen den Weihnachtsfeiertag gestohlen habe. Sie kommen jetzt zu spät zur Bescherung und Ihre Familie hat umsonst gewartet. Entschuldigen Sie!« – »Aber ich bitte Sie, Herr Hofrat, wenn Sie wieder etwas zu schreiben haben, wäre ich dankbar ...« Schiller lächelte müde und nickte Herrn Möller freundlich zu: »Selbstverständlich. Ich geleite Sie noch hinaus.« Im schwachen Licht der Öllampe nahm Schiller unten im Flur den Schlüssel vom Haken, steckte ihn ins Schloss der schweren Eichentür und schwang diese auf. »Ergebenst gute Nacht«, sprach der schmächtige Kopist, dienerte noch einmal, wünschte auch noch frohe Feiertage und einen glücklichen Jahreswechsel und stapfte durch den frisch gefallenen Schnee nach Hause. Ohne zu wissen warum ging Schiller in die Wohnstube. Eine innere Leere quälte ihn. Sollte er jetzt schlafen gehen? Er stellte die Öllampe auf dem Tisch ab. Es roch nach Wachskerzen und Festtagsbraten.

Schiller schloss die Augen und erinnerte sich an die Tage seiner Kindheit, in denen er als kleiner Junge Weihnachten bei seinen Eltern erlebt hatte. Wie ein Schatten legten sich aber sogleich Tod und die langen einsamen Jahre in der militärischen Pflanzschule darüber. Wie von fern drängte sich ihm ein süßlicher Geruch in die Nase. Karolines Parfüm. Sie war mit ihrem Mann und ihrem Sohn also auch hier gewesen. Er hatte nichts davon mitbekommen. Eine verpasste Gelegenheit, bei angeregten Gesprächen zusammenzusitzen – alles stahl ihm sein Werk! Das Leben, die Liebe der Menschen. Und wozu? Sein Kopf frei vom Zwang zu formulieren, nicht mehr der historischen Handlung verpflichtet, von den Ketten der Jamben erlöst. Die Uhr auf dem Kaminsims schlug die dritte Stunde. Schiller naschte vom Teller der Kinder. In der Ecke entdeckte er im Halbdunkel die Konturen des Schaukelpferdes, das wohl Carl als Geschenk bekommen hatte. Ihm fiel ein, dass er für Lotte kein Geschenk besorgt hatte. Nebenan hustete Ernst im Kinderzimmer. Schiller schlich hinüber, spähte vorsichtig durch die Türritze. Er lächelte, als er in die weichen Kindergesichter blickte. Nie würde er diese Geschöpfe Gottes, sein eigen Fleisch und Blut in die Fänge eines Herzogs oder auf eine Akademie geben! Nie sollten sie erleiden, was er durchleben musste! Er würde sich noch ein paar Stunden hinlegen und sie morgen früh mit seiner Anwesenheit überraschen. Er hatte manches abzubitten und gutzumachen …

Schiller hatte den dreijährigen Kampf um Sprache und Form des »Wallenstein« gewonnen, wenngleich er das Monstrum einer dreiteiligen Tragödie schuf. Aufführungen an drei Terminen, um ein Drama zu sehen! Aber genau hier gewann er das Publikum mit einem Trick: Im ersten Teil »Wallensteins Lager« trat der Titelheld Wallenstein überhaupt nicht auf, obwohl er unter seinen berittenen Soldaten unentwegt präsent war, es wurde ständig über ihn gesprochen. Aus den Aussagen bekamen die Zuschauer allmählich ein Bild von dem Helden, der aber erst in der nächsten Aufführung seinen Auftritt bekam. Als »Wallensteins Lager« am Weimarer Hoftheater Premiere hatte, fühlte man sich gut unterhalten, man staunte über die Neuartigkeit und manche waren sogar ergriffen. Freundliche Kritiken, reichlich Applaus, der fürstliche Hof dem Werk gewogen, ein gelungener Theaterabend.

Schiller hielt sich jetzt des Öfteren in Weimar auf, um bei den Proben anwesend zu sein, sich Anregungen zu holen und notfalls auch noch einiges umarbeiten zu können. Dieser Umstand missfiel ihm sehr, denn er brauchte seine geliebte Frau um sich und als ständig kranker Mann auch seine gewohnte Umgebung. Aber es galt, das Begonnene zu vollenden und in Szene zu setzen.

Als »Die Piccolomini« uraufgeführt wurden, war die Neugierde auf den »Wallenstein« so groß, dass das Haus lange vor der Aufführung bereits ausverkauft war. Es war das erste Mal in der Weimarer Theatergeschichte, dass Karten sogar unter der Hand zu erhöhten Preisen gehandelt wurden und dass sich Adels- und Professorenfamilien beim Kampf um Plätze verfeindeten. Endlich fühlte sich Schiller in Weimar angekommen. Keine der literarischen Größen Weimars und Deutschlands würde künftig mehr an ihm vorbeikommen! Zusammen mit Karoline und Wilhelm von Wolzogen, seinem Freund aus Akademietagen, feierte man diesen Triumph im repräsentablen neuen Haus der Wolzogens in Weimar. Auch Wilhelm hatte Anlass zu feiern. Er war zum Vertrauten des Herzogs aufgestiegen und sollte die Hochzeit mit der schönen russischen Zarentochter Maria Pawlowna arrangieren. Er würde nach Petersberg reisen und wäre, wenn ihm dieses Kunststück gelänge, für den Rest seines Lebens saniert. »Deine Bücher nehme ich mit«, verkündete Wilhelm lachend und prostete Schiller zu. »Und wenn Ihre Kaiserliche Hoheit, die gute Maria, eines Tages tatsächlich in Weimar mit achtzig Pferdewagen Gepäck hier einzieht und angesichts unseres Bauerndorfes hier den Schock ihres Lebens bekommt, wirst du, lieber Schiller, ein Kunststück zu ihrer Begrüßung aufführen, damit sie sich wieder fängt und uns erhalten bleibt.« – »Es sollte mit dem Teufel zugehen, wenn nicht etwas dabei für dich abfiele«, lachte auch Karoline übermütig Schiller an. Nur Charlotte fand an diesen Planspielen wenig Gefallen und meinte, Schiller würde sich lieber um sein Werk als um die große Politik kümmern.

Tatsächlich stieg Schillers literarischer Stern unaufhaltsam und überstrahlte alles am Weimarer Firmament. Als wieder ein Vierteljahr später Wallensteins Tod unter dem schlichten Titel »Wallenstein« gegeben wurde, riss dies auch die Unempfindlichsten mit. Es schluchzte alles in diesem Theater; selbst die Schauspieler mussten weinen. Auf dem Platz versammelten sich die Besucher des Schauspiels noch mal, bildeten eine Gasse, um Schiller, der an der Seite Goethes das Theater verließ, zu applaudieren und Vivat zu rufen. Schiller waren diese Gunstbezeugungen peinlich. So sehr ihn auch der Erfolg freute, er kannte seine Unzulänglichkeiten und wollte lieber sein Werk als sich selbst im Licht der Öffentlichkeit sehen.

Nachdenklich und stumm stiegen beide die Treppe im Flur des Hauses am »Frauenplan« empor. Oben auf einem Sockel thronte die riesige Büste der Juno, die Goethe aus Italien mitgebracht hatte, über ihnen. Voran schritt bedächtig der Sieger und hintendrein der Geheimrat im

Staatsfrack mit Ordensstern. Das Schweigen irritierte Goethe, sodass er schließlich, als sie oben angekommen waren, direkt danach fragte. Müde schaute Schiller auf: »Ich denke an meine Frau, die jeden Tag niederkommen kann, und ich bin hier in Weimar.« Verständnislos schüttelte Goethe den Kopf: »Weiberkram! Unser Theater hat heute mit Ihrem Stück, Verehrtester, eine weltbedeutende Tat vollbringen dürfen. Sie haben Geschichte geschrieben und jetzt nichts anderes zu tun, als Trübsal zu blasen und sich Gedanken über die Niederkunft Ihrer Frau zu machen, die sie weder hier noch dort beeinflussen können?« – »Sie verstehen mich nicht. Außerdem gäbe es noch viel zu verbessern.« – »Natürlich verstehe ich Sie nicht. Schiller, im Augenblick Ihres höchsten Triumphes!«, erboste sich Goethe und bat den Kollegen erst einmal in die gute Stube. »Es ist spät. Sie sind müde, Schiller, überreizt. Das ist verständlich. Das verfluchte Bankett hat auch zu lange gedauert. Wissen Sie, was unser Herzog, dieser kropfige Jupiter, zum preußischen Gesandten gesagt hat? Meine Leute haben Schönes geleistet ...« Goethe lachte verächtlich und auch Schiller gelang ein Schmunzeln. »Meine Leute! Sie, Schiller, ich? Wir sollten uns für seine göttliche Anleitung bedanken! Er ruhe sanft bei seiner Mätresse, der Jagemann.« – »Sie hat gut gespielt, die Jagemann. Eine Schauspielerin von Format für Ihre Bühne, Herr Geheimrat«, sagte Schiller anerkennend. »Vielleicht kann der Herzog mit seinem Sprüchlein ja bei ihr punkten und sie bedankt sich artig, wenn sie aus dem Mieder steigt!« Goethe brüllte vor Lachen, Schiller schwieg und senkte den Blick. »Mein Gott, mit Ihnen ist ja wirklich nichts los!«, beschwerte sich Goethe. »Sind Sie denn mit der Aufführung wenigstens halbwegs zufrieden gewesen?« – »Die Schauspieler haben ihr Bestes gegeben. Sie haben viel Geduld mit mir bewiesen, Goethe. Mein unseliges Temperament hat Ihnen sicher mehr als ein Mal Unrecht getan ...«

Goethe reichte ihm Mineralwasser, das er sich eigens aus Kurorten kommen ließ. »Wir sind alle Lumpen, wenn es um unser Werk geht. Es ist meine Pflicht als Leiter des Hoftheaters, Neues zu zeigen – auch Kotzebue und Schlegel. Aber Sie, verehrter Schiller, haben mir mit Ihrem ›Wallenstein‹ ein großes Geschenk gemacht!« Schiller, der ihm gegenübersaß, nicht jung und nicht alt, einfach ungeheuer präsent, so charmant wie bescheiden und ein wenig traurig, bedankte sich mit einem Kopfnicken. Der Ruhm, was war mit dem Ruhm? Was bedeutete er ihm? Das Indiz für Erfolg. Wichtig für die Distanz und das Überleben für die Ewigkeit. Überhaupt, ohne Distanz keine Literatur. Goethe begleitete ihn ins Besucherzimmer. Schiller öffnete die Tür. Zwei lange Kerzen, geschützt von Glaskelchen brannten ruhig. Das Bett war aufgedeckt. Auf einem kleinen Tisch lagen Papier und Feder. »Sind alle Bücher weggeräumt und die Ersatzkerzen sichergestellt?«, scherzte Schiller, der allzu oft von Goethe angehalten worden war, um seiner Gesundheit willen die Nachtarbeit einzuschränken. »Verehrtester, Sie mögen zwar an Jahren und Erfahrung um einiges jünger sein als ich, aber ich habe längst nicht mehr das Recht, Sie zu schulmeistern. Sie sind schon zu hoch. Der Theaterdirektor in mir erbittet ein neues Werk und würde Sie bedenkenlos hinter den Tisch sperren, der Mensch Goethe wünscht Ihnen jedoch eine angenehme Nachtruhe, die Sie dringend benötigen.«

Nach den Aufführungen in Weimar brachte Cotta die Buchausgabe der Trilogie raus. Die Auflage von viertausend Exemplaren war – trotz zahlreicher rasch kursierender Raubdrucke – binnen zweier Monaten vergriffen. Ein Riesenerfolg, genau so, wie ihn Goethe vorhergesehen hatte. Mit Plänen für ein neues Stück und der festen Absicht, mit der Familie ganz nach Weimar umzusiedeln, reiste Schiller zurück nach Jena. Im Hause fand er ein kostbares Tafelgeschirr vor, das ihm der Herzog als Anerkennung seiner Leistung hatte zukommen lassen, aber es erwartete ihn auch eine häusliche Krise schwerster Art.

Wieder hatte Schiller seine Schwägerin gebeten, Lotte bei der Entbindung beizustehen und einen Blick auf die häuslichen Angelegenheiten zu haben. Karoline kam diesem Wunsch nach, obwohl sie inzwischen selbst als Mutter und Ehegattin eines Weimarer Ministers umfangreiche Haushaltspflichten zu erledigen hatte und obwohl sie als erfolgreiche Romanautorin mit ihrer Zeit durchaus etwas Besseres anzufangen gewusst hätte. Doch sie kannte Schiller zu gut, sodass sie wusste, dass er, krank und vergeistigt, kaum in der Lage gewesen wäre, den Ausfall Lottes allein zu ersetzen. So fügte sich alles wie gewohnt. Schiller verschwand jeden Tag in seinem Arbeitszimmer, schrieb an einem neuen historischen Drama, schaute hin und wieder bei seinem lieben Frauchen vorbei, sie in ihrem Zustand zu trösten, und vertraute ansonsten ganz auf Karolines Fähigkeiten, alles beisammen zu halten.

In der Nacht zum 12. Oktober 1799 gebar Charlotte ihr drittes Kind, die erste Tochter, die drei Tage später auf den Namen Caroline Luise Friederike getauft wurde. Die Natur hatte ihren Lauf genommen.

Schiller schrieb an der »Maria Stuart«, jener Frau, die als Cousine der englischen Königin in einem zweifelhaften Prozess verschiedener Mordversuche angeklagt, zum Tode verurteilt und 1587 hingerichtet worden war. Wieder dachte er daran, die Zuschauer zu Beginn der Tragödie zu verblüffen, und begann das Drama direkt mit der Katastrophe. Die Hinrichtung Marias würde bereits im ersten Akt von Anfang an feststehen! Dies würde die Tragik des Falles spürbar machen! In den nächsten Akten würde sodann die historische Geschichte in einer Handlungszeit von drei Tagen aufgerollt. Über allem würde unausweichlich das Faktum der Hinrichtung stehen und die Zuschauer in Atem halten.

Schiller war ganz Feuer und gefangen von seiner Arbeit, als Karoline in sein Arbeitszimmer stürzte und blass vor Aufregung stammelte: »Komm schnell! Die Lollo liegt bewusstlos!« Karoline, Schiller und sein Diener schleppten die Reglose auf ihr Bett. Die Magd nahm die heulenden Jungen in ihre Obhut und bemühte sich, diese abzulenken. Man rief nach einem Arzt.

»Ein schweres Nervenfieber«, diagnostizierte Professor Stark achselzuckend, »es ist mir unerklärlich, Herr Hofrat, wie Ihre Gattin sich so etwas zugezogen hat. Ich habe so etwas noch nie erlebt.« Zusammengesunken, wie gestorben, saß Schiller im Sessel neben dem Krankenbett seiner Frau und wachte. Der Zustand verschlimmerte sich. Das Fieber stieg, ohne dass Charlotte einmal aus ihrer tiefen Bewusstlosigkeit erwacht wäre. Eine gespenstische Stille lag über dem Griesbach'schen Haus. Schiller selbst wechselte die Umschläge und Betttücher. Man hörte ihn in einem zärtlichen Monolog zu seiner Frau sprechen, doch seine Worte blieben ohne eine Antwort.

Es kam noch schlimmer. Karoline betete mit den Kindern zu Abend, als Charlottes schrille Schreie durch die Wohnung hallten: »Sie meucheln mich! Mörder! Schafft die Toten auf die Bühne! Luft!« Bewusstlos wie sie war, begann Charlotte im Bett zu toben. Schiller griff nach ihren Handgelenken, versuchte sie zu beruhigen. Karoline stürzte herbei, sprach auf ihre Schwester ein. Der Anfall dauerte wenige Minuten, dann wurde es wieder still. Als Professor Stark noch in der Nacht eintraf, um die Kranke zu untersuchen, öffnete diese plötzlich ihre Augen, reichte ihm mit verdrehtem, irrem Blick galant ihre schmale Hand und flüsterte verschwörerisch: »Herr Schiller möchte Sie sprechen? Gewiss, bitte sehr. Geht es um ein Theaterstück? Da wird er Zeit für Sie finden. Immerzu. Kommen Sie ...« Mit der andern Hand winkte sie ins Zimmer. Dann verstummte sie plötzlich mit einem tiefen Seufzer und reagierte auf keine Anrede mehr. Erschüttert, getroffen bis ins Mark, am ganzen Körper zitternd bat Schiller den Arzt um eine Erklärung. Doch der Arzt wusste keinen Rat und konnte keine Hoffnung auf Besserung geben. Auch Chère mère reiste an, da die Gegenwart einer Mutter schon so manches Wunder bewirkt habe, wie anteilnehmende Freunde und Nachbarn meinten. Doch das Wunder blieb aus.

»Das habe ich nicht gewollt«, erklärte Goethe und diktierte Riemer einen Brief der Teilnahme, dem er Blumen und Parfüm beifügte.

»Wird sie verrückt«, die bange Frage Schillers an Karoline. »Mein Gott, was habe ich ihr getan?« Karoline, selbst tief besorgt über den Zustand ihrer Schwester, suchte nach Worten des Trostes, einer Erklärung, die vielleicht Hoffnung geben könnte: »Lollo ist blutarm. Die Schwangerschaften, die Geldsorgen, manches hat ihr zugesetzt. Sie wird zur Ruhe kommen, sich erholen und wieder gesund werden, glaube mir.« – »Ich war ihr ein schlechter Ehemann«, Schiller versagte fast die Stimme. »Nein, sage jetzt nicht das Gegenteil. Alle Last hat sie allein getragen.«

Wieder gellten ihre Schreie durch die Wohnung. Eilends brachte die Magd die Kinder in den Garten. Schiller und Karoline rannten ins Krankenzimmer. Schiller flehte seine Frau an, erklärte seine Liebe, schluchzte und weinte zum Herzerweichen, doch er erreichte nicht mehr ihr Bewusstsein. »Wenn sie jetzt stirbt? Karoline, was soll ich nur tun, wenn sie jetzt stirbt?« Bebend hockte er im Sessel vor dem Bett, den Kopf vor Verzweiflung in die Hände gestützt. »Sie muss doch noch wissen, dass ich sie liebe. Jetzt gebe ich ihr die Ehre, sitze hier und habe Zeit für sie, weil sie am Sterben ist. Was bin ich für ein Schuft. Mein Gott, gib mir noch einmal die Gelegenheit, ihr meine Liebe zu erklären!« Er schloss die Augen. Karoline nahm ihn tröstend in die Arme. Die Aussichtslosigkeit, diese Verzweiflung waren die Hölle. Das Schlimmste an der Hölle war der Weg dorthin; manchmal dauerte es ewig, bis man ankam. Noch einmal schrie Charlotte auf, als sie ihn neben ihrem Bett wachen sah, noch einmal quälten ihn ihre Fieberfantasien. »Sie erschrickt nur«, erklärte Chère mère, die Zeugin dieser Szene wurde und ihn jetzt zur Seite zog. »An Ihrer Stelle, Schiller, würde ich mich dort hinten hinsetzen.« Schiller gehorchte. Nicht einmal seine Nähe ertrug sie.

Nach endlosen Tagen erkannte Charlotte für Augenblicke ihre Mutter und Schiller wieder, für Augenblicke kehrte Leben in ihre Augen zurück, doch dann versank sie erneut in stumpfsinnige Lethargie. Goethe kam zu Besuch, brachte kalte Luft mit seinem langen Reisemantel herein, trat neben Schiller. »Bleiben Sie sitzen, bitte«, flüsterte er, nahm Anteil an dem Leiden und bestellte auch seinen Arzt aus Weimar her, damit er sich mit Professor Stark über den Fall und dessen Behandlung beriete. »Sehen Sie, Goethe, was ich aus den Menschen mache. Die Angst, dass es bei dem Kampf zwischen Leben und Tod noch ein schreckliches Drittes geben könnte, den Wahnsinn, bringt mich schier um«, jammerte Schiller.

Schiller war am Ende. Erst nach vierwöchiger Krise setzte die Gesundung ein. Die Angst blieb. Ihre Fantasien gingen ihm ans Herz, quälten ihn nächtelang. Keinen Tag länger konnte er in dieser Wohnung bleiben, in der die Gespenster von Tod und Wahnsinn umhergingen. Sie brauchten einen Neuanfang! Und vor allem: Seine Arbeit sollte ihn nicht mehr für längere Zeit von ihr trennen. Goethe empfahl Schwabe, den Bürgermeister von Weimar. Er sollte eine neue Wohnung ganz in Goethes Nähe besorgen. Schiller schrieb an den Herzog, erbat Geld und die Genehmigung, nach Weimar ziehen zu dürfen. Zweihundert Taler zusätzlich wurden ihm zugesprochen und der Adelstitel verliehen. Das kostet wenigstens nichts, dachte Schiller verärgert, sah jedoch auch das Gute an der Sache, denn jetzt war seine Lotte wenigstens wieder von Stand und konnte mit ihrer Schleppe am Hofe herumschwänzeln. Geld genug für den Umzug war da und sobald Charlotte völlig genesen war, verließ die Familie von Schiller Jena. »Alle Erinnerungen an die letzten acht Wochen mögen im Jenaer Tal zurückbleiben«, versprach Schiller ihr, »wir wollen hier in Weimar ein neues heiteres Leben anfangen …«

53

Zur Weimarer Premiere der »Maria Stuart« reisten trotz glühender Sommerhitze sogar wagenweise Jenaer Studenten an. Und was Schiller besonders gefiel, aus seiner Loge konnte er selbst einfache Bauern im Publikum ausmachen. Den Herrn Geheimrat und Theaterdirektor »erfreute das Stück außerordentlich« und natürlich fragte er Schiller nach dessen neuen Plänen. Doch zunächst setzte sich Schillers Triumph fort. Anfang Juli wurde »Maria Stuart« im Lauchstädter Sommertheater, nicht weit von Merseburg und Halle an der Saale gegeben. Der Kassierer brauchte sich erst gar nicht weiter bemühen, da alle Karten bereits vergriffen waren und zu Wucherpreisen gehandelt wurden. Mehr als zweihundert Menschen fanden dennoch im Theater keinen Platz und harrten zum Teil davor aus, um wenigstens noch einen Blick auf den Dichter werfen zu können! Auch die Buchausgabe der Tragödie, die ein Jahr später erschien, erlebte auf Anhieb drei Auflagen und wurde mehrfach für Aufführungen ins Ausländische übersetzt.

In Schillers Leben änderte sich durch Adelsbrief und Erfolg zunächst nichts, außer dass er den Degen anlegen und den Zopf aufsetzen musste, wenn er zum Hof ging. Freunden gegenüber äußerte er nur: »Ich lebe relativ bescheiden. Reichtum bedeutet mir gar nichts. Niemand kann an dieser Erde etwas mitnehmen. Wer Reichtum liebt, wird keinen Nutzen davon haben.« Tatsächlich konnten auch noch immer nicht alle Verbindlichkeiten aus Dresdner Tagen als erledigt betrachtet werden. Darüber hinaus hatte Schiller neue Pläne. Seine Wohnung mitten in Weimar erschien ihm zu laut. Um konzentriert arbeiten zu können, war er bereits einige Wochen nach Jena in sein Gartenhaus ausgewichen und hatte eine Einladung auf Schloss Ettersberg angenommen. Er brauchte Geld, würde vielleicht auch sein Jenaer Grundstück verkaufen müssen, aber er wollte ein Haus für sich und seine Familie in Weimar erwerben. Bürgermeister Schwabe ging inzwischen bei der Familie ein und aus. Gemeinsam beriet man Schillers Pläne, bei denen es auch darum ging, dass seiner Familie, wenn er nicht mehr wäre, ein eigenes Dach über dem Kopf bliebe. Schwabe fand es einen Skandal, dass Goethe über mehr als dreitausend Taler Jahresgehalt verfügen konnte, während die Zuwendungen an Schiller aus der herzoglichen Kasse jährlich nicht mehr als vierhundert Taler betrugen. Doch Schiller winkte nur ab und meinte, Neid und Begehrlichkeiten seien hier fehl am Platz, denn er genieße sehr wohl die Freiheit, von öffentlichen Ämtern verschont geblieben zu sein. Goethe hielt Wort – brachte auf die Bühne, was Schiller nur schrieb. Hielt ihn zur Arbeit an, schickte ihm zur Entspannung manchmal seine Kutsche vorbei, damit er frische Luft atmen könne, wenn er sich zu krank für Spaziergänge fühlen würde. Aber auch Schiller revanchierte sich beim Geheimrat mit Ermahnungen. Als eines Abends das Gespräch darauf kam, dass er in Dresden die ersten Seiten des »Faust«-Dramas gelesen habe, erzählte Goethe ausführlich von seinen Plänen zum Drama. Schiller schalt ihn aus, dass er etwas so klar vor sich sehen könnte, der Entwurf bereits so meisterlich gediehen sei, ohne die Gedanken und Pläne weiter auszuführen durch Wort und Silbenmaß. Wie ein geprügelter Hund schlich der Meister an diesem Abend nach Hause und man sah noch lange Licht in seinem Arbeitszimmer.

Schiller fühlte sich entschlossen, die Gunst des Erfolges zu nutzen. Noch einmal wollte er sein ureigenstes altes Thema bearbeiten, die Vision von Freiheit. Um die Freiheit und Befreiung eines Volkes ging es ihm, und er wählte dafür den rührenden Stoff der »Jungfrau von Orleans«. Jenes naiven lothringischen Bauernmädchens, das im Hundertjährigen Krieg zwischen Frankreich und England mit seinen Visionen von Gott und der heiligen Jungfrau Maria die französischen Truppen in den Jahren 1429 und 1430 von Sieg zu Sieg führte, um schließlich im Alter von neunzehn Jahren als Hexe auf dem Scheiterhaufen zu enden. Schiller schrieb wie im Rausch.

Es erschien ihm immer einfacher, schneller zu schreiben als zu denken. Am Ende holten die Gedanken die Schnörkel auf dem Papier nicht mehr ein und er saß anderntags vor den Worten wie ein Fremder. Schlimmer noch: Wenn das geschriebene Wort etwas galt, wenn es gewogen wurde in barer Münze, hatte mancher gedankenlose Augenblick sicher schon einen Brand entfacht. Schiller war sich bewusst, wie viel Kraft ihn sein tägliches Pensum kostete, dass der Schreibtisch ihm keine Heimstatt bedeutete, aber doch die Stichworte für seine Biografie liefern würde. Ein bisschen schämte er sich dafür. Viel lieber wäre er ein Mann der Tat geworden – nicht säbelrasselnd –, sondern mit Worten die Herzen bewegend, voranschreitend den Menschen ein besseres Zeitalter weisend und mit starker Faust dreinschlagend, wo sich Unfreiheit breit machen würde. Aber auch, wenn ihn sein Handlungsvermögen im Stich ließ, wenn ihn immer häufiger Selbstzweifel angesichts seiner Ideale auffraßen, blieb ihm eine innere Macht, die in ihm weiterwirkte, die ihn befähigte, Geschehen zu bestimmen, den Geist in Aufbruch zu versetzen, über Standesschranken hinweg die Menschen von einer neuen Zeit träumen zu lassen. Schiller hasste die nutzlos verschwendeten Worte, die Tinte, die geistreich aus parfümierter Puderquaste quoll und jede Mode bediente. Es trieb ihn Tag und Nacht, aus der inneren Kraft zu schöpfen, aus Angst, eines Tages feststellen zu müssen, dass er genauso geworden sei wie diese Hofschranzen. Und Schiller verbarg diese Angst nicht selten hinter seiner beißenden Ironie und dem Pathos. Die Angst kostete ihn alle Kraft, die er für den Alltag brauchte, und sie würde ihn am Ende vielleicht sogar sein Leben kosten.

Die Tragik von Schillers Johanna resultierte aus dem Konflikt der natürlichen Menschlichkeit dieses jungen Mädchens und dem von ihr angenommenen Gebot, eben nicht menschlich zu sein – keinen Feind zu schonen und jeder irdischen Liebe zu entsagen. Gerade die keusche Jungfernschaft Johannas verhinderte jedoch die Aufführung in Weimar. Der Herzog hatte das Schiller'sche Manuskript angefordert und prüfen lassen. Es wurden kleinliche Bedenken vorgetragen, die jedoch ihre eigentliche Ursache darin fanden, dass die reizende Mittzwanzigerin Carolin Jagemann vom Weimarer Theater für die Hauptrolle zur Verfügung stand, die jedoch als Mätresse des Herzogs schlecht auf öffentlicher Bühne eine Jungfrau abgeben könnte. Die Uraufführung fand daher in Leipzig statt. Schiller wurde im »Theater am Randstädter Tor« mit Pauken und Trompeten, begleitet von Vivat-Rufen empfangen. Als der Vorhang nach dem ersten Akt fiel, brandete Beifall auf, der nicht mehr abebben wollte, und schließlich tobte und schrie das Publikum: »Es lebe Friedrich Schiller!« Schiller schwindelte. Eine solche Macht besaßen seine Worte! Er fand Huber und Körner an seiner Seite und bedurfte ihres Zuspruchs. Nur zögernd zeigte er sich der Öffentlichkeit und sofort applaudierte und rief man ihm wieder zu. Es bildete sich eine Gasse. Man zog den Hut und verneigte sich vor Schiller, Väter hoben ihre Kinder in die Höhe und riefen laut: »Schaut genau hin, dieser da ist Schiller!« Verlegen senkte Schiller den Blick, grüßte hier und da, fand ein paar freundliche Worte, schüttelte Hunderte von Händen und war unendlich froh, als er sich wieder allein mit seiner Arbeit befand.

Erst zwei Jahre später konnte man in Weimar das Stück von der Jungfrau aufführen, da sich eine Mademoiselle Malkoni fand, die an der Stelle der Jagemann die Hauptrolle übernahm. Doch das Weimarer Ensemble erwies sich als zahlenmäßig der Größe der Tragödie nicht gewachsen, sodass einzelne Schauspieler zwei, drei Rollen übernehmen mussten. Auch der Fundus des Hoftheaters war nicht ausreichend, Helme und Rüstungen aus silbern bemalter Pappe mussten für den Krönungszug herhalten, für den Krönungsmantel wurde eine blauseidene Gardine bereitgestellt, was bei Schiller, der eine solche Ärmlichkeit in der Darstellung nicht dulden mochte, einen Tobsuchtsanfall verursachte. Buchstäblich in letzter Minute genehmigte der Theaterdirektor höchstpersönlich die Anschaffung eines Mantels aus unechtem roten Samt, der für lange Zeit als das kostbarste Stück der Hoftheatergarderobe galt.

Es gab auch in Weimar kein Halten mehr! Unter dem Erfolg der Weimarer Premiere der »Braut von Messina« hatte Goethe noch wochenlang zu leiden. Schon nachmittags um vier Uhr drängten sich die Zuschauer in den Theatersaal. Die Jenaer Studenten reisten allein mit zweiunddreißig Wagen an. Nach der Aufführung die inzwischen gewohnten tumultartigen Szenen mit einem gewaltigen Vivat auf den Dichter. Diese jubelnde Stimmung verdarb dem ebenfalls anwesenden Herzog die Laune. Ein Hoch auf Seine Durchlaucht, das war gestattet, aber die Anwesenheit des Herzogs zu ignorieren und den Dichter derart lautstark hochleben zu lassen, grenzte an Aufruhr und widersprach der Hofetikette. Durchlaucht waren indigniert. Goethe wurde mehrmals einbestellt und erlebte ein paar böse Tage angesichts des missgestimmten Herrschers. Die immer größer wachsende Menge der Bewunderer und Verehrer beängstigte Schiller zunehmend, die Ehrbezeigungen, die ihm auf offener Straße widerfuhren, wurden ihm zunehmend unheimlicher und machten ihn schüchtern. Goethe hingegen blieb nichts anderes als zu erkennen, dass ihm sein Weimarer Konkurrent inzwischen längst den Rang abgelaufen hatte. Schiller, auf der Höhe seines Schaffens, bemerkte, dass ihm allmählich sein Gegenpart abhanden kam, und schrieb an Körner: »*Es ist zu beklagen, dass Goethe sein Hinschlendern so überhand nehmen lässt, weil er abwechselnd alles treibt, sich auf nichts energisch konzentriert. Er ist jetzt ordentlich zu einem Mönch geworden und lebt in einer großen Beschaulichkeit ... Seit einem viertel Jahr hat er, ohne krank zu sein, das Haus, ja nicht einmal die Stube verlassen. Wenn Goethe noch einen Glauben an die Möglichkeit von etwas Gutem und eine Konsequenz in seinem Tun hätte, so könnte hier in Weimar noch manches realisiert werden, in der Kunst überhaupt und besonders im Dramatischen. Oft treibt es mich, in der Welt nach einem anderen Wohnort und Wirkungskreis umzusehen; wenn es nur irgendwo leidlich wäre, ich ginge fort.*«

»Ist es wirklich wahr?«, fragte Charlotte ihren Mann, als sie ihm die Kinder ans Bett gebracht hatte, damit sie Gute Nacht sagen konnten, »willst du an der Esplanade ein Haus kaufen?« – »Ich gehe morgen mit dir und den Kindern dort vorbei. Es wird dir gefallen, Lollo«, antwortete er zärtlich. »Die Front hat zur Straße hin sechs Fenster, mit Beletage, darüber in der Mitte ein Giebelzimmer, gerahmt von Mansarden – sogar ein kleiner Garten gehört rückwärtig dazu. Platz genug für uns alle. Mach dir keine Sorgen. Ich habe mit Körner und Schwabe gesprochen. Auch Wieland rät zu.« Er sah Charlotte an, wie sehr sie sich über diese Nachricht freute, wollte sie doch so gern mit ihrer Schwester Karoline gleichziehen und ein ganz klein wenig große Dame spielen. »Und noch eine Neuigkeit. Lauf morgen zu Karoline und besorge die Reiseapotheke. Wir fahren nach Berlin. Ernst und Carl kommen mit.« Die beiden Jungen vollführten Freudentänze. »Werden wir den König sehen?« – »Vielleicht!« Die kleine Caroline klammerte sich an den Rockzipfel der Mutter und blickte verunsichert von einem zum anderen.

Er hatte jetzt einen Marktwert. Auch Cotta zahlte ihm schon das

Fünffache für seine Bücher, sollte der Weimarer Herzog erfahren, was man bereit war, in Berlin für ihn aufzubringen! Wenn er hier bleiben sollte, müssen sich die Herrschaften das etwas kosten lassen!

54

Gemeinsam mit Karoline und Charlotte war Schiller nach einer Theateraufführung mit der Kutsche die wenigen Meter zum »Frauenplan« gefahren. Goethe hatte versprochen, dass es ein Abend im kleinsten Kreis werden würde. Schiller wusste, dass Karoline ein häufiger Gast beim Geheimrat war, der sich, da er das Haus immer seltener verließ, interessante Gesprächspartner einlud. So hatte er unlängst eine Art Mittwochskränzchen eingerichtet, für das er – ganz Verwaltungsmensch – sogar Statuten hatte ausarbeiten lassen, die alle Mitarbeiter des Kränzchens – Schiller, Charlotte, die Imhoffs, die Egloffsteins, Einsiedel, Meyer, die Wolfskeel, die Göchhausen, von Wolzogen und seine Frau Karoline – einstimmig annahmen. Die höchste Verpflichtung bedeutete, nicht über Politik und Religion zu reden, um die Harmonie des Kreises und die Geselligkeit nicht zu stören. Man gab sich ungezwungen und pflegte den vertraulichen Umgang. Karoline, die auch mit ihrem zweiten Roman »Hermann und Dorothea« und einigen Erzählungen an ihren Erstlingserfolg anknüpfen konnte, genoss als Frau inzwischen höchstes Ansehen bei Goethe, und Schiller mutmaßte nicht zu Unrecht, dass sie von ihm öfter ins Vertrauen gezogen würde als er selbst. Da sie auch gleichzeitig Schillers engste Vertraute und zuverlässigste Kritikerin war, konnte Schiller überzeugt sein, dass Goethe den Kontakt stets auch dazu nutzte, um sich über Schillers Arbeiten auf dem Laufenden zu halten. Heute also das Mittwochskränzchen im Kleinformat.

Im Empfangsraum, einem Klavierzimmer mit eher mäßigen Proportionen, das sich durch flügellose Türen perspektivisch den dahinter liegenden Räumen öffnete, stand ein livrierter Diener und reichte auf einem Tablett Portwein. Charlotte kam der Bitte nach, ihre neuesten Übungen nach einer Partitur des jungen Komponisten Beethoven zum Besten zu geben. Schiller musterte derweil seinen redegewandten

Gegenpart, dem der Wein inzwischen die Zunge lockerte und die Gedanken beflügelte. Mit kurzen, etwas abgehackten Schritten ging jener im Raum umher, die Schultern zurückgenommen, der zweireihige geknöpfte Frack durch einen respektablen Bauch gespannt, damit auf der Brust ein schön gearbeiteter silberner Stern prangen konnte, das weißbatistene Halstuch gekreuzt und mit einer wertvollen Amethystnadel zusammengehalten. Goethe war beleibt geworden, mürrisch und dickleibig, sein Gesicht mit hängenden Wangen hatte sich seit der Rückkehr aus Italien deutlich ausgeprägt. Er stagnierte und er litt darunter. Schiller hatte seine Herausforderung zum Wettstreit angenommen, sich neben den Weimarer Heroen etablieren können und Goethe jetzt sogar überflügelt. Es bedeutete Schiller alles und nichts. Denn Goethe war es, der, um seinen Nachruhm besorgt, sorgfältig sammelte und redigierte und der auch jetzt wieder das Gespräch auf Schiller lenkte. »Sie sind jetzt eine Berühmtheit, mein Verehrtester. Jeder in Deutschland wird das neidlos anerkennen müssen. Von den ›Räubern‹ bis zum ›Wallenstein‹ und der ›Maria Stuart‹ – Schiller, Sie haben Literaturgeschichte geschrieben!«

Schiller nippte am Portwein und spürte deutlich, dass Goethe zwar über seine Bühnenerfolge sprach, aber eigentlich sich selbst meinte. »Ich will mich nicht mit Gedanken an den Nachruhm aufhalten«, meinte Schiller, »denn noch lebe ich und sorge mich um ein Auskommen.« – »Karoline, nun sagen Sie doch auch etwas«, Goethe hakte sich bei ihr ein, »dieser Schiller geht einem doch mit seiner ewigen Bescheidenheit auf die Nerven ...« Doch Schiller ergriff sofort wieder das Wort: »Stellt man nicht Dichter allein deshalb auf den Sockel, um sie fern zu halten oder, wie man so schön sagt, um sie sich vom Leib zu halten. Sie haben fortan nichts mehr mit dem Alltag zu schaffen und werden zunehmend zur Qual für Studenten und Schulkinder.« Goethe lachte herzlich. »Unter diesen Gesichtspunkten wundert es mich sehr, dass Ihnen der Carl Eugen, Gott hab ihn selig, nicht schon längst ein Denkmal zu Stuttgart errichtet hat. Und – Sie sollten sich fürchten, Verehrtester – angesichts der Huldigungen, die Sie hier im Weimarer Theater erfahren, dürfte vielleicht auch unser Herzog geneigt sein, Sie mit einem Sockel zu strafen. Immerhin, Ihre Büste steht schon in der Bibliothek Ihrer Gnaden.« Karoline stimmte ausgelassen in das Gelächter ein. Man applaudierte Charlotte, die ihren Klaviervortrag beendet hatte. »Ich denke, man bittet uns zur Suppe«, sagte Goethe, trat auf Charlotte zu, nahm sie mit einer gewissen Zurückhaltung bei den Händen und führte sie durch den sich anschließenden so genannten Gelben Saal in das kleine Esszimmer, wo für heute gedeckt war. Schiller und Karoline folgten zwanglos. Man brachte Brot und löffelte die sehr kräftige Brühe mit Markklößchen darin. Schiller schwieg und Goethe machte mit den Damen zwanglose Konversation. Bei Tisch wirkte er viel besser und erinnerte an seine jugendliche glänzende Erscheinung, vor allem hätte man ihn sitzend größer geschätzt, als er stehend tatsächlich war. – Insbesondere wenn Schiller in der Nähe war, der ihn um Kopfeslänge überragte. Goethe erhob sich: »Lassen Sie mich Ihnen ein Geschenk machen, verehrter Schiller …«

Er verließ den Raum, kam mit einer Kiste zurück, in der sich Bücher und Manuskriptbögen befanden. »Hier, die Geschichte des Schweizer Freiheitshelden Wilhelm Tell. Ich habe mich daran versucht, dem Stoff eine literarische Form abzugewinnen, und gestehe, dass ich nicht weit gediehen bin. Sie, Schiller, sind der größte Freiheitsdichter, den ich kenne. Bringen Sie den Stoff auf unsere Bühne. Ich schenke Ihnen meine Unterlagen. Wollen Sie es wagen?«

Charlotte wurde blass, denn sie wusste, dass sich Schiller dieser Herausforderung nicht entziehen würde. Dabei hätte er eine Ruhepause so dringend nötig gehabt! Und ihre Berlinreise? Der Hauskauf? Ihr schwindelte – das konnte Schiller nicht schaffen. Beschwichtigend griff sie nach seinem Arm, sprach von ihren Plänen, doch Schiller und Karoline breiteten die Unterlagen bereits auf dem Tisch aus und diskutierten mit Goethe die Historie.

Schiller stellte sich der Aufgabe. Alles andere musste zurückstehen und warten. Schiller begann damit, alle Wände seines Arbeitszimmers mit so viel Spezialkarten der Schweiz zu verkleben, als er auftreiben konnte. Er las alle Schweizer Reisebeschreibungen, bis er mit Weg und Steg des Schauplatzes aufs Genaueste bekannt war. Dabei studierte er sorgfältig die Geschichte der Schweiz, und nachdem er alles Material zusammengestellt hatte, setzte er sich an die Arbeit, machte wieder die Nächte durch und stand nicht vom Platz auf, bis der »Tell« fertig war. Nur Karoline, Charlotte und die Kinder durften ihn für kurze Zeit von der Arbeit abhalten. Goethe schaute vorbei, wurde aber schon bald von Schiller hinauskomplimentiert. Hatte Schiller sich anfangs noch in seinen Kleidern auf sein Bett geworfen, um ein wenig Schlaf zu finden, suchte er die letzten Tage das Bett und das Schlafzimmer überhaupt nicht mehr auf. Übermannte ihn die Müdigkeit, legte er den Kopf auf den Arm und schlief auf den Unterlagen und Manuskriptbögen auf dem Schreibtisch. Sobald er erwachte, schellte er nach dem Hausdiener und Charlotte und ließ sie schwarzen Kaffee und Wein bringen, um sich munter zu halten. Für das Manuskriptprojekt benötigte Schiller nur sechs Wochen und machte damit Goethes Niederlage, der immer wieder spionieren ließ, wie weit die Arbeit gediehen sei, perfekt. Ein Drama wie aus einem Guss! Der »Wilhelm Tell« wurde Schiller fast vom Schreibtisch weg gedruckt, und auch seine schärfsten Kritiker aus Jena, die Brüder Schlegel, waren voll des Lobes. Schiller gelang ein Nationaldrama, von dem er immer geträumt hatte. In wenigen Wochen verkaufte Cotta von dem ersten Schiller'schen Drama, das gut ausging, zehntausend Buchausgaben – ein noch nie da gewesener Erfolg! Schiller war endgültig zum ersten Dichter der Deutschen avanciert! Den Rüdlischwur:

»Wir wollen sein ein einzig Volk von Brüdern,
In keiner Not uns trennen und Gefahr,
Wir wollen frei sein wie die Väter waren,
Eher den Tod, als in der Knechtschaft leben.
Wir wollen trauen auf den höchsten Gott
Und uns nicht fürchten vor der Macht der Menschen.«

verstand das Publikum ganz in seinem Sinne als Aufforderung, die nationale Einheit in Deutschland herzustellen und Willkür und Gewalt der Herzöge und Fürsten zu überwinden. Unverhohlen forderte Schiller zum Tyrannenmord auf. Am 17. März 1804 wurde der »Wilhelm Tell« in Weimar uraufgeführt und Goethe musste schmerzlich erfahren, dass er mit seiner Einschätzung, dass Schiller der größte Freiheitsdichter sei, Recht behielt.

Schillers Selbstbewusstsein wuchs und er war entschlossen, in seinem vierundvierzigsten Lebensjahr das einzufordern, was ihm zustand!

Wieder fand ihn die Familie über Planungen und Rechnungen gebeugt. Wenn er mit *ungehinderten Geisteskräften* fünfzig werden sollte, müsste er so viel Geld zusammenbekommen, um seiner Familie die finanzielle Unabhängigkeit auch nach seinem Ableben zu sichern. Doch sein herzogliches Gehalt betrug immer noch magere vierhundert Taler im Jahr. Selbst Iffland, der als Schauspieler und Intendant in Berlin wirkte, verdiente mehr als viertausend und verfügte über ein schlossartiges Anwesen. Natürlich, er müsste nicht nach den Sternen greifen, aber fünfzehnhundert Taler im Jahr benötigte er schon, um Haus und die bald fünfköpfige Familie zu unterhalten. Theatertantiemen und Bühnenhonorare brachten das Notwendige ein, Geschenke und Zuwendungen, wie kürzlich ein von Wolzogen übermittelter kostbarer Ring der Zarin, taten ihr Übriges, nur für Rücklagen blieb einfach zu wenig! Hinzu kam, dass Schiller spürte, dass ihm manche in Weimar den Erfolg neideten und sich die Gesellschaft in diesem kleinen Nest in Intrigen und bösen Gerüchten versuchte. Er würde es ihnen beweisen! Keine sechs Wochen nach der Uraufführung verließ die Reisekutsche Schillers mit der schwangeren Lollo und den beiden Söhnen Weimar. Man stieg am 1. Mai 1804 im Hotel de Rossi in Berlin ab und bestaunte die riesige Residenzstadt, die dem Dichter vom ersten Tag an zu Füßen lag.

»Ich bin mehr als glücklich, Ihnen, hochverehrter Schiller, mit meinen Aufführungen hier in Berlin, huldigen zu können! Berlin wird alles daransetzen, die Aufführungen der ›Jungfrau von Orleans‹, der ›Braut von Messina‹, ›Wallensteins Tod‹ und der ›Räuber‹ zu einem unvergesslichen, noch nie da gewesenen Erlebnis werden zu lassen. Ich beuge voller Demut mein Haupt und meine Knie«, sprach der Königliche Schauspieldirektor Iffland mit bebender Stimme. Ein Großteil des Ensembles und einige Mitglieder der Berliner Gesellschaft standen daneben. »So können wir unsere erfolgreiche, in Mannheim dereinst begonnene Zusammenarbeit fortsetzen.« Verlogene Natur, dachte Schiller, verzog aber keine Miene und entgegnete trocken: »Bleiben wir in der Gegenwart, die gefällt mir besser.« Schiller wollte nicht nachtragend sein – er hatte anderes im Sinn. »Man hat mir bereits berichtet, dass Sie mit der Aufführung meiner ›Jungfrau von Orleans‹ heute Abend Außerordentliches leisten werden.« Schiller erwiderte Ifflands

Huldigung mit einem höflichen Kopfnicken. Der Schauspieldirektor lächelte geschmeichelt und froh, dass es zu keiner Auseinandersetzung kommen würde. »Darf ich Sie mit Ihrer Gattin zum anschließenden Souper einladen?« – »Ich komme gern, erbitte mir jedoch schon jetzt Pardon, wenn ich vorzeitig die Gesellschaft verlasse. Ich will meinen Körper, der sich derzeit gnädig gibt, nicht unnötig verstimmen«, antwortete Schiller. Aus dem Theatersaal vernahm man Stühlerücken und ein Raunen. »Die Majestäten«, erklärte Iffland und verschwand schnell. »Einem jeden seinen Platz im Leben«, lächelte Schiller. Schon klopfte es an der Logentür. Ein Offizier trat ein: »Ihre Majestäten wünschen den Dichter mit seiner Gattin begrüßen zu dürfen. Und wenn Sie es gestatten, möchte ich die Gelegenheit nutzen und Ihnen bereits jetzt meine Verehrung ausdrücken und Ihnen die Hand reichen.« Der Offizier hauchte einen Handkuss auf Charlottes Hand und empfing tief gebeugt Schillers Gruß.

Ein Lakai öffnete die Tür der königlichen Loge. Schiller und Charlotte traten ein. Tiefe Verbeugung, Hofknicks. »Seien Sie uns von ganzem Herzen willkommen«, sagte die Königin und reichte Schiller die Hand. »Nie werde ich vergessen, wie Sie uns am Darmstädter Hof aus Ihrem ›Don Carlos‹ vorlasen und ich Ihnen als kleines Mädchen, das Sie anhimmelte, die Blätter aufsammeln durfte.« – »Eure Majestät waren der erste hochwohlgeborene Mensch, der mir die Hand reichte«, entgegnete Schiller und lächelte freundlich. »Sie erinnern sich doch noch?« Königin Luise erwiderte das Lächeln. »Sie hat mir schon so oft davon erzählt, dass ich meine, dabeigewesen zu sein«, der König Friedrich Wilhelm trat hinzu. »Lieber Schiller, bitte besuchen Sie uns in Potsdam«, bat Königin Luise. »Bitte kommen Sie, Schiller«, bat jetzt auch der König, »ich will Ihnen manches sagen für Ihren Herzog, das keines weiteren Zeugen bedarf. Ich weiß, wie sehr Ihnen die Nation am Herzen liegt.« Auf dem Weg zur eigenen Loge wunderte sich Schiller und sagte zu Charlotte: »Es ist schon seltsam. Da habe ich nur ein paar Dramen geschrieben und sie behandeln mich wie einen Mann der Politik.«

Der Vorhang ging auf. Pompös geriet die Aufführung vom kühlen Haus. Warum verherrlichte man hier Frankreichs Volk? Krieg stand bevor! Doch es waren Schillers Worte von Freiheit und der Menschlichkeit, die schließlich mitrissen. Mit versteinerter Miene verfolgte Schiller die Prachtentfaltung des Krönungszuges im vierten Akt. Hunderte von erlesen ausgestatteten Statisten marschierten auf und beanspruchten eine geraume Zeit des Dramas. So sehr diese übertriebene Prachtentfaltung auch Eindruck machen konnte, Schiller schien es, dass das Heer von Statisten das gesamte Stück erdrückte. »Nichts hat er verstanden!«, schimpfte er Charlotte gegenüber. »Blendwerk, das meine Worte entstellt. Das ist wie in der Stuttgarter Akademie, wo Menschen anlässlich solcher Aufmärsche zu Puppen verkommen!« Dennoch, man applaudierte.

Ihren Höhepunkt erreichten die Schiller-Festspiele in Berlin am 14. Mai mit der Aufführung von »Wallensteins Tod«. Da Iffland bewusst war, wie sehr sich Schiller wünschte, ihn einmal in dieser Hauptrolle zu sehen, spielte er selbst und gab sich größte Mühe. Der Erfolg blieb nicht aus. Überall grüßte und huldigte man dem Dichter, wo man ihn erkannte.

Doch schon bald schrieb Schiller an seinen Verleger Cotta: »*Ich war acht Tage in Berlin krank und für alles verdorben. Die Reise, das üble Wetter und die Zerstreuung der ersten Tage hatten mir eine gänzliche Erschöpfung und ein catarrhalisches Fieber zugezogen …*« Der Leibarzt der Königin höchstpersönlich kümmerte sich um ihn. Es war ein alter Bekannter aus Jena: Christoph Wilhelm Hufeland. Ihm vertraute sich Schiller an und diskutierte mit ihm die Vorteile und Risiken eines Umzuges nach Berlin. Als Schiller schließlich abreiste, stand sein Entschluss fest und er wusste, dass die Zerstreuung in einer großen Stadt, so wie überhaupt die größere Bewegung um ihn herum das Fünkchen seiner Tätigkeit ganz ersticken würde. Um etwas Poetisches zu leisten, müsste er sechs bis acht Monate im Jahr einsam leben, und dazu war ein Ort wie Weimar, dem es nicht an einigem belebenden Umgang fehlte, eben recht. Nach der Audienz im Potsdamer Schloss war ein Jahresgehalt von dreitausend Talern im Gespräch, für den Fall, dass Schiller ganz nach Berlin wechseln würde. Natürlich ließ Schiller den Weimarer Herzog (und damit auch Goethe) von diesem Angebot wissen.

Der Herzog bat Goethe um Rat. Dieser diskutierte die Angelegenheit zunächst nur in seinem Arbeitszimmer mit Hofrat Schmidt und seinem Sekretär Riemer. »Misslich ist das. Äußerst misslich! Der Herzog ist der Auffassung, dass es sich Weimar nicht leisten kann, Herrn Hofrat von Schiller zu verlieren«, bekannte Hofrat Schmidt. Goethe schritt in bekannter Manier, die Hände auf dem Rücken verschränkt, im Arbeitszimmer auf und ab. Er hatte sich einen nervösen Husten zugezogen und gab seltsame Geräusche von sich. »Wir hätten ihn gar nicht erst nach Berlin reisen lassen dürfen«, sagte Riemer. »Und wie, bitte schön, hätten wir das verhindern können? Es wäre ein Affront der Königin Luise gegenüber geworden! Verfahren, die ganze Angelegenheit!«, wieder Hofrat Schmidt. »Wir sollten nicht über Vergangenes diskutieren«, entschied Goethe. »Man könnte vermuten, dass Schiller über den Ring verfügt, von dem Lessings Weiser Nathan erzählt. Er habe die geheime Kraft, denjenigen vor Gott und Menschen angenehm zu machen, der ihn in dieser Zuversicht trage. Nach einem solchen Ring habe ich mich schon in der Kindheit gesehnt, als ich den Namen Lessing noch gar nicht kannte. Es blieb bei dieser vergeblichen Sehnsucht – fast mein ganzes Leben lang.« Riemer und Schmidt warfen sich viel sagende Blicke zu. Der Geheimrat litt offenbar schon wieder an einer seiner Verstimmungen, die ihn in letzter Zeit häufiger befielen. Doch Goethe raffte sich auf und entschied: »Ich werde mit Schiller selbst reden.« Er diktierte Riemer ein Schreiben für den Herzog.

Schon am nächsten Tag erreichte Schiller der Brief des Weimarer Herzogs: »*Von Ihrem Herzen erwartete ich mir, dass Sie so handeln würden. Bitte nennen Sie mir die Summe, die es Ihnen auf Dauer nicht reuen ließe, das kleinere Weimarer Verhältnis dem größeren Berliner vorgezogen zu haben.*«

Schiller erbat sich die Verdopplung seiner Bezüge mit der späteren Aussicht auf weitere zweihundert Taler. Er bekam die Summe vom Herzog anstandslos zugesprochen.

55

In Weimar zurück, zog die Familie in das neue Haus an der Esplanade. Am Tag des Einzugs erreichte Schiller die von Reuss überbrachte Nachricht vom Tod seiner Mutter. Wortlos reichte ihm Schiller das Geld für Zinsen und Tilgung, presste die Lippen fest aufeinander und ging in sein Arbeitszimmer. Charlotte mochte ihn nicht so sehen, folgte ihm und versuchte ihn mit Worten und zärtlichen Gesten zu trösten. Er dankte ihr und antwortete nur: »Alles ist hässlich, wenn man an den Tod denkt. Manchmal reicht jedoch auch der Gedanke an das Leben. Lass mich arbeiten, das hilft mir immer noch am besten.« Der »Demetrius« sollte sein neues Drama werden. Schiller fühlte sich in Weimar angekommen. Gemeinsam mit Wieland, Rochlitz und Seume plante er die Herausgabe eines »Journals für deutsche Frauen von deutschen Frauen geschrieben«, und natürlich würde Karoline eine Erzählung oder sogar einen Roman beisteuern. Regelmäßig traf er sich mit Goethe. Man diskutierte über Literatur und Philosophie und gab sich gegenseitig die neuesten Werke zur kritischen Beurteilung. Goethe forderte ihn über Gebühr. Aber dieser ständige Anspruch lenkte Schiller von seinem immer häufiger auftretenden Unwohlsein ab. Heftiges Seitenstechen und Kurzatmigkeit quälten ihn in diesem Jahr bereits im Sommer. Er zwang sich zu kürzeren Spaziergängen, schränkte sogar seinen geliebten Tabakkonsum ein.

Auf einem seiner regelmäßigen Besuche kam Goethe vorbei. Charlotte führte ihn ins Arbeitszimmer, räumte Schillers Manuskripte zur Seite und bat den Geheimrat zu warten, denn Schiller sei ausgegangen, was erfahrungsgemäß nur eine kurze Zeit in Anspruch nähme. Goethe setzte sich an den Arbeitstisch und begann, sich Notizen zu machen. Aber bereits nach kurzer Zeit überfiel ihn eine seltsame Übelkeit, die so stark wurde, dass ihn schwindelte. Er sprang auf, riss das Fenster jenseits des Schreibtisches auf, nahm ein paar tiefe Atemzüge und machte sich daran, nach der Ursache zu forschen. Schon bald fand er in der Schreibtischschublade eine Hand voll fauler Äpfel. In diesem Moment betrat Charlotte erneut das Zimmer, um Goethe Kaffee zu bringen. Sie erklärte dem verwunderten Dichter, dass die Schublade stets mit faulen Äpfeln gefüllt sein müsse, da der Geruch Schiller bei seiner Kurzatmigkeit helfe. So war es also tatsächlich um ihn bestellt! Goethe mochte nicht länger warten, trank den Kaffee aus, verabschiedete sich, nicht ohne der werdenden Mutter alles Gute für die Entbindung zu wünschen.

Ende Juli zog Schiller für einige Wochen mit seiner Frau nach Jena, um dort Charlotte in die Hände des vertrauten Hausarztes zu geben.

Die Entbindung verlief ohne Probleme und Charlotte schenkte einer weiteren Tochter das Leben. Doch Schiller musste sich zum Geburtstermin mit einer heftigen fiebrigen Erkältung ins Bett legen und wurde dabei von so mächtigen Koliken gequält, dass er in seiner Not beständig schrie: »Ich halte es nicht mehr aus, wenn es nur schon aus wäre!« Auch der Arzt befürchtete sein Ende. Doch wie schon so häufig erholte sich Schiller, wenngleich ihm weitere Fieberanfälle und Bauchkrämpfe den ganzen Dezember und Januar über zusetzten.

Im April schrieb er jedoch hoffnungsvoll an Körner: »*Die bessere Jahreszeit lässt sich endlich auch bei uns fühlen und bringt wieder Mut und Stimmung; aber ich werde Mühe haben, die harten Stöße, seit neun Monaten, zu verwinden, und ich fürchte, dass noch etwas davon zurückbleibt; die Natur hilft sich zwischen vierzig und fünfzig nicht mehr als im dreißigsten Jahr. Indessen will ich mich ganz zufrieden geben, wenn mir nur Leben und leidliche Gesundheit bis zum fünfzigsten Jahr aushält …*«

Im Mai begann die Weimarer Theatersaison. Karoline begleitete Schiller zur Aufführung des Stücks »Die unglückliche Ehe aus Delikatesse«. Schiller war guter Dinge. Cotta hatte ihm erneut einen ansehnlichen Geldbetrag für die Verkäufe des »Wilhelm Tell« zukommen lassen, mit dem er einen Großteil der Hypothekenschuld tilgen wollte. Der »Marfa-Monolog« im »Demetrius« ging zügig voran und Schiller fühlte sich so wohl, dass er in der letzten Woche fünf Tage hatte arbeiten können. Schiller ließ kaum ein Bühnenstück aus, vornehmlich jedoch, um nach guten Besetzungen für die eigenen Dramen Ausschau zu halten. Karoline war ohnehin der Auffassung, dass andere Bühnendichter neben ihm kaum bestehen konnten. In dem Theaterstück, das an diesem Abend auf der Weimarer Bühne gegeben wurde, ging es lustig zu: Schauspieler und Publikum waren in einer ausgelassenen Stimmung. Als Karoline nach einiger Zeit zu Schiller hinübersah, bemerkte sie jedoch, dass dieser kreidebleich geworden war und zitterte. Diese jähe Wandlung verhieß nichts Gutes! Nach einem solchen Unwohlsein begannen normalerweise seine Krämpfe. Karoline drängte ihn, sofort das Theater zu verlassen, doch er bestand darauf, bis zum Schluss zu bleiben. Nach der Vorstellung schleppte er sich ins Bett. Der Weimarer Hofarzt Doktor Rüschke wurde gerufen, stellte einen krampfartigen Puls fest und verordnete ein Kräuterbad. Dennoch stellten sich am nächsten Tag Fieber und erneute Krämpfe ein. Schiller begann schon am helllichten Tag zu fantasieren. Karoline und Charlotte übernahmen im Wechsel die Nachtwachen. Als es Schiller am übernächsten Tag besser ging, rief er nach Charlotte und bat sie, ihn ins Arbeitszimmer zu verlegen. Sie ordnete seine Sachen, richtete sein Bett und er beobachtete sie, versuchte sie ganz neu zu entdecken, ohne die Vorbehalte, die er ihr gegenüber im Vergleich zu Karoline zu Anfang ihrer Beziehung gehabt hatte. Das sollten wir öfters tun, dachte er, Menschen, die wir zu kennen glauben, noch einmal so betrachten, als sei es das erste Mal.

Goethe ließ Grüße ausrichten. Selbst könne er nicht kommen, wegen eines eigenen Unwohlseins. Man kannte das – der Herr Geheimrat verabscheute nichts tiefer als Krankheit und Tod. Schiller sprach schon wieder von Literatur und Plänen, riet Karoline zu einem historischen Stoff. Alle Anwesenden zwangen sich jedoch, möglichst jede unnötige Konversation zu vermeiden, um Schiller nicht die Kraft zu rauben, die er zur Genesung so dringend benötigte. Die einzigen Fragen, die an ihn gestellt wurden, betrafen sein Befinden und seine Wünsche. Und immer versuchte er zu lächeln und antwortete: »Immer besser, immer heiterer ...« Schiller verlangte, dass Charlotte keine weitere Nachtwache mehr durchstehen sollte, sie habe ihre Kraft für die Kinder und den Haushalt nötig. Der Sohn des Dichters Voß, der Gymnasiallehrer in Weimar war und zusammen mit dem Bürgermeister Schwabe zu den engsten Freunden Schillers gehörte, übernahm die Wachen. Wenngleich Schiller ein rührender Kranker war, nie ungeduldig, nie lästig, immer mehr auf den Pfleger als auf sich selbst bedacht, war die Fürsorge für ihn eine herausfordernde Aufgabe. Allein der Geruch war es, warm und schal und Übelkeit erregend, der jedem, der das Arbeitszimmer betrat, den Atem nahm. Ein Geruch nach Krankheit, faulen Äpfeln und abgestandener schweißiger Luft. Schiller lag auf einem schlichten Bett aus Fichtenholz. Sein Haar klebte nass und strähnig an seinen Schläfen. Wangenknochen und Nase stachen spitz hervor, und die Kissen links und rechts von seinem Kopf waren so angeordnet, dass dieser nicht haltlos zur Seite rollte. Seine Lippen waren eingerissen, die Augen schmal und müde.

Einmal sagte er zu dem jungen Voß: »Heute wachen Sie aber nicht. Ich dulde das nicht!« – »Warum nicht, mein bester Herr Hofrat?«, fragte Voß erstaunt. »Weil Sie zum Maskenball müssen!«, sagte Schiller lächelnd. »Wie dürfte ich Ihnen diese Freude rauben!« Dem jungen Mann schossen die Tränen über diese rührende Rücksichtnahme in die Augen. »Mein bester Herr Hofrat«, rief er, »Sie wissen nicht, welch ein Vergnügen es für mich ist, bei Ihnen zu wachen. Sie bringen mich nicht von Ihrem Bett. Wie könnte ich Freude an einem Vergnügen finden, wenn ich Sie hier alleine wüsste. Nein, ich gehe nicht. Bitte lassen Sie mich bei Ihnen bleiben!«

Da reichte er Voß freundlich die Hand und sagte: »Gut, dann bleiben Sie!« Und scherzend fügte er hinzu: »Wären Sie auf die Maskerade gegangen, so wäre ich Ihnen vielleicht nachgeschlichen!« Immer noch lächelnd fügte er nach einer Pause hinzu: »Aber nicht wahr, dann würden Sie doch erschrocken sein und geglaubt haben, ich sei gestorben und es wäre mein Geist, der Sie heimsuche.« Nach weiteren acht Tagen öffnete man die Vorhänge und das Fenster, damit er das Abendrot sehen und man frische Luft in das Zimmer lassen konnte. Die Kinder wurden zu ihm vorgelassen und sie spielten ausgelassen mit ihm. Der Abend erfreute ihn so sehr, dass er in der Nacht gut und lang schlief. Alle Anwesenden atmeten auf. Alles würde gut werden. Doch am folgenden Morgen verlor er die Besinnung. Man rief nach Doktor Rüschke, der jedoch bei Goethe zur Behandlung weilte und erst gegen Nachmittag zurückerwartet würde. Über einen Boten ließ er ausrichten, man möge Champagner verabreichen, der den Kreislauf beleben würde. Es war schon ein seltsamer Zufall, dass zum selben Zeitpunkt beide Dichterheroen Weimars so schwer erkrankt waren! Ohne Zweifel, bei Schiller ging es um Leben und Tod. Und Goethe? Wie man später hörte, duldete er nicht, dass Doktor Rüschke sein Krankenbett verließ, obgleich er nur an einer fiebrigen Erkältung litt. Als Schiller nach zahlreichen Umschlägen, Arm- und Beinmassagen wieder zu sich kam, nahmen Charlotte und Karoline auch ein Glas Champagner. Sie prosteten ihm zu, denn er sollte in dem Umtrunk ein freudiges Vorzeichen seiner Genesung sehen. Tatsächlich gelang Schiller ein Lächeln, aber niemandem blieb verborgen, wie schwer ihm das Schlucken fiel.

Noch einmal verlangte er, mit Voß alleine im Zimmer zu sein. Er dirigierte diesen zum Schreibtisch, bat ihn, sich zu überwinden und ein wohl verschnürtes Päckchen Papier aus der Schublade mit den faulen

Äpfeln zu ziehen. Voß reichte Schiller dieses Päckchen, das dieser kaum noch in seinen Händen halten konnte. Er wog es schwer und mit ernstem Blick sagte er: »Vorbei! Ein dummes Wort – so höhnt der Teufel am Ende des großen Weltenspiels. Für den Teufel ist alles, was gewesen, so gut, als wäre es nicht gewesen. Und treibt sich doch im Kreis, als wenn es wäre! Ich liebte mir dafür das ewig Leere. Vorbei. Vorbei. Vorbei.« Schiller musste es gleich drei Mal sagen. Das traurigste und zugleich beruhigendste Wort. Dann bat er Voß mit den Manuskriptseiten ein Feuer im Kamin zu entfachen, damit ihn die Schubart'schen Aufzeichnungen einmal im Leben wärmen würden. Voß gehorchte, ohne zu wissen, was er da verbrannte. Dann sagte Schiller: »Das Ende ist bitter, schmachvoll, elend.« Er schlief ein und fantasierte. Erst am späten Nachmittag erschien Doktor Rüschke. Als er zusammen mit Karoline und Charlotte am Bett des Todkranken saß, stammelte dieser im Fieberwahn und unter Krämpfen nur noch etwas von Vergebung. Noch einmal erwachte er und mit offenen Augen setzte plötzlich der Atem aus. Schiller begann fürchterlich zu röcheln. Charlotte griff nach seiner Hand und er richtete sich leicht auf. Ihre Augen begegneten sich noch einmal. Dann fiel sein Kopf zur Seite und Doktor Rüschke stellte seinen Tod fest.

Karoline und Charlotte standen noch lange regungslos neben dem Bett. Dann holte Charlotte ein Tuch und deckte seinen Schreibtisch zu. Man würde den Hof von Schillers Tod informieren müssen. Später schauten sie reglos zu, wie seine Leiche zur Obduktion abgeholt wurde. Man wollte es offenbar genau wissen, was diesen todkranken Mann so lange am Leben gehalten hatte. Man fand die Lunge brandig, breiartig und ganz desorganisiert, das Herz ohne Muskelsubstanz, die Gallenblase und die Milz unnatürlich vergrößert, die Nieren in ihrer Substanz aufgelöst und völlig verwachsen. Doktor Rüschke fügte dem Obduktionsbefund den lapidaren Satz hinzu: *»Unter diesen Umständen muss man sich wundern, wie der arme Mann hat so lange leben können.«* Für Voß, Karoline und Charlotte, die plötzlich vor der Aufgabe standen, ohne nennenswerte im Haus befindliche Barschaft die Bestattung zu organisieren, stand außer Frage, dass es Schillers rastloser Geist gewesen war, der den Körper getrieben und am Leben gehalten hatte. Bis zuletzt.

Bitte beachten Sie die folgenden Seiten

Friedrich Schiller Friedrich Schiller Friedrich Schiller
Schiller Friedrich Schiller Friedrich Schiller Friedrich
Friedrich Schiller Friedrich Schiller Friedrich Schiller
Schiller Friedrich Schiller Friedrich Schiller Friedrich
Friedrich Schiller Friedrich Schiller Friedrich Schiller
Schiller Friedrich Schiller Friedrich Schiller Friedrich
Friedrich Schiller Friedrich Schiller Friedrich Schiller
Schiller Friedrich Schiller Friedrich Schiller Friedrich
Friedrich Schiller Friedrich Schiller Friedrich Schiller
Schiller Friedrich Schiller Friedrich Schiller Friedrich
Friedrich Schiller Friedrich Schiller Friedrich Schiller
Schiller Friedrich Schiller Friedrich Schiller Friedrich
Friedrich Schiller Friedrich Schiller Friedrich Schiller
Schiller Friedrich Schiller Friedrich Schiller Friedrich